Johanna Benden

Nebelsphäre - Das Licht des Phönix

Zu diesem Buch

Sofies Welt gerät aus dem Gleichgewicht. Sie wollte nie an die Steinburg-Akademie. Das Studium dort ist kräftezehrend und ihre erwachenden empathischen Fähigkeiten führen zu explosiven Stimmungsschwankungen. Zudem eilt der jungen Frau ihr Ruf als Phönix voraus. Dieser und ihre Beziehung zum WyvernPower-Chef Jan Hendrik Meier sorgen für eine Sonderrolle unter den Kommilitonen. Das macht Sofies Leben trotz neuer Freunde nicht leicht. Vor allem aber vermisst sie Jan. Als Botschafter der magischen Allianz wird er von den Drachen voll in Beschlag genommen und so können sie sich nur selten sehen.

Die Führung der Himmelsechsen setzt zum Wohle der Bevölkerung alles daran, dass Sofie die Gefährtenbindung mit einem Drachen eingeht. Doch Jan und Sofie wollen das nicht hinnehmen. Unterstützt von Bill halten sie an ihrer Liebe fest und kämpfen.

Zur Autorin

Johanna Benden, 1976 geboren, lebt mit ihrer Familie in Schleswig-Holstein, Deutschland. Nach ihrer Kiel-Trilogie setzt die Autorin mit ihrem fünften Roman „Nebelsphäre – Das Licht des Phönix“ die Lübeck-Reihe fort.

Weitere Infos zur Autorin und zur Nebelsphäre gibt es unter: www.johanna-benden.de

JOHANNA BENDEN

Nebelsphäre

Lübeck-Reihe Teil 2

Das Licht des Phönix

Roman

Liebe ist etwas Besonderes.
Gib nicht auf,
nur weil es schwierig wird.

Kiel-Reihe:

Nebelsphäre – haltlos (Debütroman)	(Teil 1, 2012)
Nebelsphäre – machtlos	(Teil 2, 2013)
Nebelsphäre – rastlos	(Teil 3, 2014)

Lübeck-Reihe:

Nebelsphäre – Der Zauber des Phönix	(Teil 1, 2016)
Nebelsphäre – Das Licht des Phönix	(Teil 2, 2016)
Teil 3 in Vorbereitung	

Für Gabriela,
weil Du immer für die Geschichte da bist und
mir unermüdlich Feedback gibst.

Für Maik,
weil Du die Story mit anderen Augen siehst und
das große Ganze im Blick behältst.

Für Christine,
weil Du jede Ungereimtheit aufspürst und
immer klar Position beziehst.

1. Auflage 2016

Umschlaggestaltung und Design: Imke von Drathen
Chef-Lektorat: Gabriela Anwander, Christine Westphal
Lektorat: Ute Brandt, Ebba Okkens-Theuerkauf, Corinna Kahl
ISBN-13: 978-1540802828
ISBN-10: 1540802825

Vorwort

Moin, moin, Dezember 2016

Willkommen zurück! Wie schön, dass Du wieder mit von der Partie bist. In diesem Buch beginnt Sofie ihr Studium an der Akademie zur Steinburg in Schleswig-Holstein. Die Steinburg gab es tatsächlich. Sie wurde kurz vor 1300 erbaut und 1643 wieder abgebrochen. Heute ist an der Stelle nur noch ein Erdwall und ein baumumsäumter Wassergraben. Rundherum grasen Rinder oder Schafe. Schade eigentlich.

Der Ort Steinburg ist ein Teil der Gemeinde Süderau. Damit Du Dir die Gegend besser vorstellen kannst: Süderau hat ca. 750 Einwohner und die Bevölkerungsdichte liegt bei 84 pro km^2. Es gibt hier also deutlich mehr Kühe als Menschen und jede Menge Platz. Was viele Einheimische nicht wissen, ist, dass bei der alten Steinburg kurz nach ihrer Erbauung ein Tor von den Menschenmagiern errichtet wurde. Ideale Voraussetzungen für die Drachen, dort eine Akademie zu gründen. Das schreit förmlich nach neuen Gefährtenbindungen, oder? (In Wahrheit gibt es natürlich weder diese Akademie noch das Tor. Ebenfalls schade…)

An meinen norddeutschen Dialekt, an Moin, Buddeln, Bagaluten und Co hast Du Dich ja schon im letzten Buch gewöhnt. Falls es trotzdem zu Wortproblemen kommen sollte, schick mir einfach eine Mail, dann „norde“ ich Dich gerne ein. Zwinker.

So, nun habe ich aber genug geschnackt! Dir schwant bestimmt schon Schlimmes, was Sofie und Jan angeht, also spanne ich Dich nicht länger auf die Folter. Viel Spaß beim Schmökern!

Deine Johanna

P.S.: Natürlich haben meine Mädels und ich diesen Roman gründlich lektoriert. Falls Dir trotzdem noch ein Fehler ins Auge springen sollte, schick mir gern eine Mail an info@johanna-benden.de. Das Skript wird vor der nächsten Auflage korrigiert.

Prolog

Ein Satan scharrte unruhig mit seinen Hufen über den steinigen Untergrund. Gemeinsam mit einer Gruppe seiner Artgenossen stand er vor dem Tor zur Erdenwelt und wartete. Sie alle waren voller Ungeduld, so dass sich ihre nackten Rattenschwänze ringelten. Über den Dämonen spannte sich ein düsterer Himmel. Zwei Sonnen kämpften sich kraftlos durch Unheil verkündende Wolken. Ätzende Dämpfe waberten durch die Atmosphäre. Zweifellos würde es bald regnen.

Endlich tauchte am Horizont der Anführer des Trupps auf und segelte über die weite Ebene vor dem Tor. Die Erregung der Satanas wuchs. Der Erste, wie sie ihn nannten, war der Dienstälteste von ihnen. Sie hatten ihm zu gehorchen, gleichgültig, was er befahl. Heute würden sie durch die Nebelsphäre ziehen, da konnte jede Unachtsamkeit tödlich sein. Das kalte Weiß der Sphäre saugte allen Wesen die astrale Kraft aus dem Körper. Verweilte man an diesem Ort, krepierte man langsam, aber sicher. Führte man dort Zauber aus, ging es mit dem Sterben schneller.

Der Siebte war der Jüngste der Gruppe und neu in der Einheit. Nervös blickte er dem Ersten entgegen.

„Werde ich diesen Tag überleben?“

Es begann zu nieseln. Der Anführer passierte soeben die Senke der zerbrochenen Eier, die von etlichen steil aufragenden Felsnadeln gesäumt wurde. Die pinkfarbenen Schalen leuchteten warnend. Jeder, der halbwegs bei Verstand war, machte einen großen Bogen um diesen verfluchten Ort. Nicht so der Erste. Er glaubte nicht an Flüche.

Niemand sprach ein Wort. Schon nach wenigen Minuten ließ der schwefelsaure Niederschlag die Hornansätze des jungen Satans jucken. Angespannt kratzte er sich mit dem Dorn seines oberen Schwingengelenks am Kopf.

Kurz darauf stieß der Erste endlich zu ihnen. Anfangs dachte der Siebte, der Anführer wäre allein, doch dann wurde ihm klar, dass er sich getäuscht hatte: Ein Kroyork begleitete ihn.

Der Siebte runzelte verwundert die Stirn. Kroyorks waren niedere Dämonen ohne Substanz, kaum mehr als ein Windhauch oder ein schlechter Gedanke. Kraftlos, machtlos, nutzlos. Gelegentlich schlichen sich diese lästigen Flüsterlinge in den Geist eines anderen Wesens, berauschten sich an dessen Stärke und wisperten dem Wirt ihre verdrehten Ideen ein.

Man konnte die Kroyorks leicht wieder loswerden. Zumindest wenn man sie bemerkte, ehe sie die Aura des Wirts verdunkelten. Aber selbst danach war es mit dem richtigen Zauber kein Problem, sie auszutreiben.

„Was will der Erste mit so einem Parasiten?", fragte sich der Siebte. Unwillig senkte er seine Hörner.

Als hätte der Anführer auf diese Geste gewartet, ruckte dessen Kopf herum. Sein Blick fixierte den jungen Satan und ein diabolisches Grinsen breitete sich auf seinem Gesicht aus. *„Nimm ihn in dir auf."*

Erschrocken zuckte der Siebte zurück und dachte bei sich: *„Das kann nicht sein Ernst sein!"*

Die Augen des Ersten wurden schmal. Seine Kiefermuskulatur verspannte sich bedrohlich.

Der Siebte hielt seinem Blick stand und schluckte beklommen. Falls er sich nicht fügte, war er so gut wie tot.

Er entschied sich für »leben« und trat vor. Gehorsam öffnete er seinen Mund. Der Kroyork näherte sich.

Voller Abscheu bemerkte der Siebte, dass der Flüsterling wie ein kalter Windhauch seine Zunge streifte, im Rachen aufstieg und sich in seinen Gedanken einnistete.

Kroyorks gehörten genau wie die Satanas zu den manipulativen Dämonen. Die Beeinflussung anderer war ihr natürliches Talent und stets strebten diese Arten danach, Schwächere zu kontrollieren.

Der Siebte erwartete, dass der Flüsterling seine Abwehr testete, doch nichts geschah. Das körperlose Biest verhielt sich vollkommen ruhig.

Der Anführer hatte ihn beobachtet und nickte zufrieden. Er ließ seinen Blick über den Trupp schweifen, knurrte *„Folgt mir!"*, und trabte auf das Tor zu.

Das Tor war ein klaffender Riss in der Weltenmembran, welche ihren sterbenden Planeten von der Nebelsphäre trennte. Das weiße Nichts leuchtete lichtlos hindurch.

Es hieß, einst hätten Menschen die dünne Membran mit mächtigen

Zaubern zerfetzt und dafür gesorgt, dass sie sich nicht wieder schloss. Die Menschen hätten mit Hilfe von magischen Barken einen Tunnel errichtet, der durch die Nebel führte und angeblich an einem zweiten Portal bei der Erdenwelt endete. Und nicht nur einen Tunnel schien es im wattigen Weiß der Sphäre zu geben, sondern ein regelrechtes Gewirr aus Gängen. Zu jener Zeit waren die Menschen auf diese Weise durch die Nebel gereist. Und irgendwann auch die Dämonen, das besagte jedenfalls die Legende.

„Die Luft jener Welt soll betörend und weich sein. Und das Blut der Säuger süß wie Nektar, besonders das der Menschen. Nahrung und astrale Kraft im Überfluss." Der junge Satan seufzte sehnsüchtig.

Viele Umläufe sollen seine Ahnen durch die Erdenwelt gezogen sein, doch dann hatten sich die Drachen erhoben, die Leuchtbarken in den Tunneln zerstört und die Tore versiegelt. Alle, bis auf das Portal in der Dämonensphäre.

„Jetzt wäre es mir lieber, sie hätten auch dieses Tor verschlossen", dachte der Siebte missmutig und reihte sich als Letztes in den Trupp ein, wie es seiner Stellung entsprach. Er hatte die Nebelsphäre noch nie betreten. Wenn es nach ihm gegangen wäre, hätte das so bleiben können, egal wie verlockend die andere Welt auch sein mochte.

In den Nebeln verlor der Siebte jedes Zeitgefühl. Kälte fraß sich unbarmherzig in seine Knochen. Sie ließ seine Glieder schmerzen. Schlimmer als die Temperatur war aber die Tatsache, dass es hier weder oben noch unten gab. Das raubte dem jungen Satan die Orientierung und brachte seinen Magen in Aufruhr. Ihm war kotzübel.

Sein Anführer schien von alledem verschont zu bleiben. Zielstrebig bewegte er sich durch die weiße Sphäre.

Der Siebte hatte keine Ahnung, wie der Erste im Nichts laufen konnte, dennoch kam er unbestreitbar vorwärts. Seine Einheit folgte ihm.

„Nicht darüber nachdenken!", beschwor sich der junge Satan. *„Auf den Vordermann konzentrieren."* So lautete die Devise für die Nebel. Offensichtlich funktionierte sie.

Wie es dem Ersten gelang, hier zu navigieren und seinen Weg zu finden, war dem Siebten ein Rätsel. Er selbst sah die lange erloschenen

Barken immer erst in dem Moment, in dem er sie passierte. Streckenweise gab es gar keine Orientierungspunkte.

Er hatte gehört, dass man an bestimmten Plätzen zwischen den Tunneln wechseln konnte und so an verschiedenen Toren der Erdenwelt herauskam.

Diese «Sprünge» zwischen den Gängen waren riskant, denn wenn man nicht genau wusste, wo das Ziel lag, verirrte man sich hoffnungslos in der Nebelsphäre. Einmal vom Weg abgekommen, gab es keine Rettung mehr.

Dieser Gedanke setzte dem Siebten zu. Er spürte schon jetzt, dass das eisige Weiß seine astrale Energie aussaugte. Hier zu stranden, wäre sein Ende.

„Keine Panik!“, versuchte er sich selbst zu beruhigen. *„Der Anführer weiß, was er tut. Dies ist nicht seine erste Reise durch die Nebel. Er genießt deswegen hohes Ansehen. Ich darf ihn bloß nicht verlieren.“*

Stur heftete er seinen Blick auf den Vordermann.

„Oooooh“, kicherte der Kroyork herablassend in seinem Kopf. „Du bist ja ein ganz tapferes Schlusslicht des Trupps!“

„Sei du still!“, knurrte der Siebte. *„Du bist nur Passagier. Wenn du frech wirst, treibe ich dich aus.“*

„Das würde ich lassen“, wisperte der Flüsterling. „Ich bin Teil des Plans.“

„Du? Ha! Was kann so ein laues Lüftchen wie du denn schon ausrichten.“

„Mir einen Wirt suchen, Informationen sammeln, die Pläne der Erdenwesen vereiteln.“

„Na, DAS will ich sehen!“, schnaubte der Siebte verächtlich. *„Das Wissen der Himmelsechsen ist uralt. Sie werden dich erkennen, sobald du eine von ihnen befällst.“*

„Darum halte ich mich von den Himmelsechsen fern. Ich wähle einen Menschen mit akzeptablem astralen Potenzial und schwachem Willen. Davon gibt es einige, wie wir in Erfahrung bringen konnten. Er wird meine Ideen umsetzen.“

„Und wenn nicht?“

„Er wird!“, wiederholte der Kroyork ohne die Spur eines Zweifels. „Ich wurde speziell für diese Aufgabe geschaffen. Ich werde meinen

Menschen mit einer Macht ausstatten, der er nicht widerstehen kann."

Dem Siebten verschlug es die Sprache. So ein arroganter Flüsterling war ihm noch nie untergekommen.

„He, Schlusslicht!", fuhr ihn der Kroyork an. „Konzentrier dich! Du verlierst den Anschluss."

Tatsächlich. Der Sechste war beinahe außer Sichtweite.

„Dann lenk mich gefälligst nicht ab", forderte der junge Satan barsch und beeilte sich, wieder aufzurücken.

Der Siebte wusste nicht, ob sie Minuten, Stunden oder Tage durch das eisige wattige Weiß gewandert waren. Es kam ihm wie eine Ewigkeit vor. Als sie endlich ihr Ziel erreichten, war er erschöpft und erleichtert.

Direkt vor seiner Einheit konnte er eine Störung in der Weltenmembran ausmachen. Ein unregelmäßiges Netz, etwa zweimal so groß wie er selbst, zog sich dreidimensional quer durch den Raum. Die dünnen Linien erinnerten von der Form her an ein fein verzweigtes Blutgefäß, die Struktur sah jedoch eher wie eine schlecht verheilte Narbe aus. Sie wirkte wulstig, leicht brüchig und gereizt. An einigen Stellen hatte jemand Sojatzzer und Kraxtier angesetzt – in der anderen Welt wurden sie Spinnenpilze und Schleimbeutel genannt. Diese Kreaturen schwächten die Versiegelung des Tores, aber es waren zu wenige, um das Tor öffnen zu können.

Der Erste wandte sich zum Zweiten und Dritten um. *„Beginnt!"*

Die Angesprochenen nickten und sorgten behutsam dafür, dass das Portal durchlässig wurde, ohne dabei die Wächtermagie der Drachen anschlagen zu lassen. Sie ließen sich Zeit. Niemand durfte ihr Tun bemerken.

Unzählige Male hatte der Trupp diesen Zauber geübt, nun zahlte sich das harte Training aus.

Der Erste beobachtete den Fortschritt und befahl dem Vierten nach ein paar Minuten: *„Stütze die beiden."*

Der Vierte nickte schicksalsergeben. Er berührte den Zweiten und den Dritten mit seinen Handflächen im Nacken und übertrug ihnen seine astrale Kraft, bis er schließlich tot zusammenbrach.

Niemand reagierte darauf.

Wenig später brummte der Erste: *„Das sollte genügen."*

Die beiden Satanas ließen ihre Magie sanft versiegen und traten beiseite.

„Ja, es ist genug", stellte der Erste zufrieden fest und führte eine komplexe Bewegung mit seinen Händen aus. Plötzlich wurde die Weltenhaut durchscheinend.

Der Siebte konnte hinter dem Schleier einen Raum sehen, wie ihn Menschen errichteten. So hatten das jedenfalls seine Ausbilder beschrieben. Ein dunkler Schatten bewegte sich träge in einer Ecke. Das musste der Wächter sein, ein schwarzer Drache in humanoider Gestalt.

Neugierig trat der Siebte einen Schritt vor. Er konnte den betörenden Duft der Erdenluft erahnen. *„Köstlich!"*

Unvermittelt witterte er das süße Blut der Himmelsechse. Durch die Membran konnte er ebenso deren astrale Kraft spüren.

„Wahrlich! Dort gibt es Leben und Magie im Überfluss!", keuchte der Siebte. Es zog ihn zu diesem Ort hin. Er hatte Mühe, diesem Drang zu widerstehen.

Der Erste richtete seinen Blick auf ihn. *„Tritt nah an das Tor heran, aber berühre es nicht. Dann treib…"*

Jäh unterbrach sich der Anführer und feuerte eine scharfe Salve nach links. Sie traf den Fünften. Offenbar hatte der sich dem verführerischen Ruf der Erdenwelt nicht entziehen können. Nur wenige Fingerbreit vor dem Tor sackte der Fünfte leblos zusammen.

„Tritt vor", nahm der Erste kaltherzig den Faden wieder auf und warf dem Siebten einen warnenden Blick zu. *„Tritt vor, doch berühre die Membran auf keinen Fall! Dann treib den Kroyork aus."*

Der Siebte näherte sich dem vernarbten Riss und versuchte krampfhaft, die Verlockungen hinter der Weltenhaut auszublenden. Verbissen konzentrierte er sich auf den körperlosen Dämon in seinem Geist und auf die Exorzismusbeschwörung.

Der Flüsterling war hartnäckig. Er weigerte sich, in die lebensfeindliche Nebelsphäre überzutreten, Plan hin oder her.

Der junge Satan erhöhte die Intensität seiner Hexerei und ließ dem Kroyork keine Wahl.

Zornig und mit einer Aura so pieksig wie ein Karotischer Kaktus verließ der Flüsterling seinen Wirt und floh durch die poröse Membran in die andere Welt.

Er war kaum verschwunden, da wirkte der Erste auch schon einen fremdartigen Zauber.

Mit einer Mischung aus Staunen und Entsetzen stellte der Siebte fest, dass sein Anführer das Tor versiegelte. Diese Form der Magie war tabu!

Dem Sechsten entfuhr ein missbilligendes Schnauben, woraufhin sich auf dem Gesicht des Ersten ein teuflisches Grinsen ausbreitete. *„Stütze mich und den Siebten"*, wies er den Sechsten an.

Der rührte sich nicht.

Die Augen des Ersten wurden schmal. Er fackelte nicht lang und zwang dem Befehlsverweigerer seine geistige Kontrolle auf.

Überrascht spürte der Siebte, wie ihn die astrale Kraft seines Artgenossen durchflutete. Seine Depots füllten sich wieder auf.

Als der Sechste starb, blickte der Erste den Siebten an. *„Folge mir, ZWEITER. Die anderen werden den Rückweg nicht schaffen."*

Der Siebte, der nun der Zweite war, atmete tief durch und tat, wie ihm geheißen. Diesen Tag würde er überleben.

Der Kroyork musste nicht lange durch die fremde Welt irren. Nach wenigen Tagen hatte er einen geeigneten Menschen gefunden und sich in dessen Geist eingenistet. Malte Rasmussen hatte ihn willig aufgenommen. Begierig lauschte der schüchterne Theologiestudent seinen Ideen. Es war nur eine Frage der Zeit, bis der junge Mann die ersten davon umsetzen würde.

Monate später:

Teil I

Aufbruch

1. Morgenlicht

Sofie wälzte sich im Bett hin und her. Es war Montagfrüh. Die Leuchtziffern ihres Weckers zeigten 4 Uhr 13 an. Sie konnte nicht schlafen und der Grund dafür lag neben ihr: Jan. Es war nicht Jan an sich, der sie wachhielt, obwohl er seit ein paar Tagen unruhig schlief. Nein, was Sofie hatte hochschrecken lassen, waren Jans Träume. In ihnen verarbeitete sein Unterbewusstsein die Ängste, die er tagsüber rigoros verdrängte. Da er nachts den Karfunkel ablegen musste, hatte er keine Chance, seine Gedanken abzuschirmen und badete Sofie unabsichtlich darin.

„Seine Befürchtungen sind meinen viel zu ähnlich, als dass ich sie fortwischen könnte.“

Sofie fröstelte und strich ihrem Freund tröstend über den Rücken. Seine Haut war warm und fühlte sich herrlich vertraut an. Ein Hauch Minze gemischt mit Aftershave und seinem markanten Duft stieg ihr in die Nase. Bittersüße Geborgenheit breitete sich in Sofie aus. Sie liebte diesen Mann mit jeder Faser ihres Herzens. Die Berührung tat ihr gut. Dessen ungeachtet spürte sie jetzt noch deutlicher, was Jan träumte:

Sofie sah sich selbst Auge in Auge mit einem Drachen. Plötzlich grinste das Schuppenwesen selig wie ein liebestrunkener Teenager. Sofies Gesichtsausdruck war ebenfalls verzückt. Jan wusste, dass sein Mädchen sich in diesem Moment mit der Himmelsechse verbunden hatte. Dieser Anblick zerriss ihm das Herz, denn ihm war klar, dass er sie auf ewig verloren hatte. Er fiel ins Bodenlose.

„Spacken!“, schimpfte Sofie leise und fügte trotzig hinzu: „Das wird nicht passieren. Ich will keinen Drachen. Ich will dich!“

Doch Jan hörte sie nicht. Er war gefangen in seinem Traum. Eine einzelne Träne lief ihm aus dem Augenwinkel und versickerte im Kopfkissen.

Sofie empfand seinen Schmerz, als wäre es ihr eigener. Hinter der lässigen weltmännischen Fassade des WyvernPower Chefs steckte ein sensibler Kerl, der um keinen Preis der Welt ohne sie leben wollte. Auch wenn er tagsüber nicht müde wurde zu betonen, dass er sie freigeben würde, wenn es an der Zeit wäre.

„Mich freigeben? Das kann er doch gar nicht mehr. Er will es mir nur leichter machen."

Sofie seufzte. Ein Teil von Jan starb mit diesem Traum, das fühlte sie überdeutlich. Seine Trauer schnürte ihre Kehle zu.

Die Tatsache, dass Sofie die Gefährtin eines Drachen werden sollte, blendeten sie beide bewusst aus. Den Sommer über hatte diese Taktik einwandfrei funktioniert, doch nun, da Sofie die Akademie in Steinburg besuchte, holte die Realität sie ein.

Sofie schnaufte unwillig. Sie hatte dort grade mal vier Tage verbracht, aber das hatte gereicht, um ihr zu zeigen, wie sehr sie Jan vermisste. Freitagmittag war gegen zwölf Uhr Feierabend gewesen. Sie war in ihren Golf gestiegen und so schnell es die mit unzähligen Ortschaften gespickte Strecke erlaubte, zurück nach Travemünde gedüst. Zurück in Jans Arme. Zurück in ihr Zuhause.

„Ich habe nicht gewusst, dass Vermissen sich so anfühlen kann. Und ihm ging es offenbar genauso."

Sie musste grinsen. Eigentlich hatte Jan sie Freitagabend groß zum Essen ausführen wollen, um ihren 23. Geburtstag nachzufeiern, doch sie hatten die Finger nicht voneinander lassen können.

„Essen gehen wird eindeutig überbewertet."

Ein erotisches Prickeln breitete sich in ihrer Mitte aus. Sie waren das ganze Wochenende kaum aus dem Bett gekommen mit Ausnahme von Sonntagnachmittag, als Ursula und Henriette zum Geburtstagskaffee vorbeigekommen waren.

„Geburtstage! Hmpf. Meinetwegen hätten sie den ersten August in diesem Jahr echt aus dem Kalender streichen können", dachte Sofie, denn es war ausgerechnet ihr Geburtstag gewesen, an dem ihre Ausbildung an der Akademie begonnen hatte. Die vier Tage in dem Internat hatten jeden Zweifel daran ausgeräumt, dass Jan und sie zusammengehörten.

„Aber sowas von! Nicht, dass er oder ich Zweifel daran gehabt hätten. Doch das interessiert ja leider niemanden."

Seit sie Jan in der Psychiatrie kennengelernt hatte, waren sie noch nie so lange voneinander getrennt gewesen. Natürlich hatten sie miteinander telefoniert und Sofie hatte ihn in ihren Träumen zu sich gerufen, aber das war nicht dasselbe.

„Wirklich! Wie kann man jemanden so dermaßen vermissen?!“

Jan war es nicht anders ergangen. Er hatte am Freitag kurzfristig alle Nachmittagstermine abgesagt und ihre Rückkehr auf seinem Anwesen erwartet. Bill und seine Haushälterin Frau Bröcker hatte er unter einem Vorwand aus der Villa geschickt. Er wollte Sofie für sich allein haben.

Kaum hatte sie den Motor abgestellt, hatte Jan auch schon neben ihrem Auto gestanden und die Fahrertür geöffnet. Charmant hatte er ihr aus dem Wagen geholfen.

Die bloße Erinnerung an den intensiv hungrigen Blick aus seinen saphirblauen Augen beschleunigte Sofies Herzschlag. Erregung pulsierte durch ihre Adern. Jan hatte es nicht abwarten können. Noch in der Garage hatte er sie schwindelig geküsst und auf dem Weg ins Erdgeschoss achtlos ihre Klamotten auf der Treppe und im Flur verstreut.

Sofie schüttelte leicht den Kopf. Früher war sie prüde gewesen, aber mit Jan war das anders. Er war das Gegenteil von verklemmt. Sie fühlte keine Scham, wenn er ihren nackten Körper mit seinen Augen verschlang, denn sie konnte sehen, was in seinem Kopf vorging. Verlangen und Liebe mischten sich dort zu einem berauschenden Cocktail, der keinen Raum für Verlegenheit ließ. Seine Leidenschaft entflammte die ihre. Sofies Wangen glühten und sie lächelte.

Sie hatte sich bei Jan revanchiert und ihn von der beengenden Jeans befreit. Ihre beiläufigen Berührungen hatten ihn aufstöhnen lassen. Das, was er in diesem Moment empfand, war zu ihr herübergeschwappt und dann war sie es gewesen, die nicht mehr hatte abwarten können, seine Haut auf ihrer zu spüren.

Sofie schluckte und befeuchtete ihre Lippen. Ihr Körper reagierte auf die Erinnerungen. Sie wollte ihn.

Eigentlich hatten Jan und Sofie im März, nachdem ihre Beziehung offiziell geworden war, das große Schlafzimmer im ersten Stock bezogen: einen Tanzsaal mit Ankleidezimmer, Meerblick und dem gigantischen Bett, in dem sie auch jetzt lag. Doch am Freitag war das zu weit gewesen. Jan und sie hatten es lediglich zu ihrem ehemaligen Gästezimmer geschafft und waren dort übereinander hergefallen. Als gäbe es kein Morgen, hatten sie sich geliebt. Wieder und wieder, bis sie irgendwann erschöpft und eng aneinander gekuschelt eingeschlafen waren.

Sofie atmete tief ein. Mit schlechtem Gewissen bemerkte sie, dass sich ihre sinnliche Stimmung auf Jan übertragen hatte. Sein Bewusstsein dämmerte an die Oberfläche.

„Das ist nicht seine Lust, die er jetzt fühlt. Ich habe ihn manipuliert."

Das war nicht ihre Absicht gewesen. Eliande, die Grüne, die Sofies empathischen Fähigkeiten ausbildete, hatte sie eindringlich davor gewarnt, die Emotionen anderer zu beeinflussen oder ihre eigenen zu übertragen. Eliande hielt dies aus zwei Gründen für gefährlich: Erstens verlor der Manipulierte das Gefühl dafür, welche Emotionen tatsächlich zu ihm gehörten und welche fremd waren. Das konnte verwirrend für den Betroffenen sein und zerstörte Vertrauen.

Zweitens war Sofie weder in der Lage, ihre Fähigkeiten zuverlässig zu dosieren noch sie ausreichend zu kontrollieren. In den Übungsstunden kam es Sofie immer so vor, als sollte sie mit einem Vorschlaghammer einen winzigen Nagel in eine Styroporwand schlagen. Meistens ging es gründlich schief. Es würde Jahre dauern, bis sie ihr Talent beherrschte. Das erste Ziel des Unterrichts bestand darin, dass Sofie ihre Fähigkeiten nicht mehr unabsichtlich benutzte.

Sie seufzte. *„Das Training meiner Meridiane hat diese Sache noch schwieriger gemacht. Früher hatte ich nur meine körpereigene Kraft und konnte damit wenig Schaden anrichten. Doch Bill und Karvin haben mich so gedrillt, dass ich gar nicht mehr darüber nachdenken muss, meine Meridiane zu öffnen, um astrale Energie aufzunehmen. Das passiert jetzt automatisch wie das Atmen. Ich kann mich nun zwar nicht mehr aus Versehen umbringen, aber dafür ist der Vorschlaghammer noch größer geworden. Das ist Mist. Häufig ist mir gar nicht bewusst, was ich da mache... Bei meiner Mutter muss es ähnlich gewesen sein. Sobald Sarah lachte, ging für alle anderen im Raum die Sonne auf. War sie traurig, verlor die Welt ihren Glanz. Das jedenfalls hat mir Großmutter erzählt."*

Jan wurde unruhig. Seine Hand tastete schlaftrunken über das Laken. Er suchte sie, noch immer in ihrer Leidenschaft verstrickt. Dabei war er eigentlich todmüde, das konnte Sofie spüren.

„Wir sollten jetzt nicht miteinander schlafen. Das wäre nicht echt. Außerdem haben wir uns in den letzten Tagen kaum erholt. Jan muss einfach mal für ein paar Stunden zur Ruhe kommen. Ohne Albträume. Und ohne mein Verlangen."

Sofie suchte in ihrem Inneren nach einem Gefühl von Harmonie und Gelassenheit.

„Ja, das ist perfekt."

Zufrieden konzentrierte sie sich auf das Bild der Ostsee in der Morgensonne. Möwen, Wellen, Weite und frischer Wind. Jan liebte diesen Anblick vom Strand aus. Das war der Grund, warum er seine Villa hier gebaut hatte.

Sofie betrachtete ihren Freund lächelnd im fahlen Dämmerlicht, griff nach der ausgewählten Emotion und ließ sie los.

Bei Jan war das anders mit der Übertragung. Sie beide hatten sich auf dieselbe Frequenz eingestellt, anders konnte Sofie es nicht in Worte fassen. Die Grenzen zwischen ihnen verwischten immer mehr. Sofie konnte sich Jans Gefühlen nicht entziehen. Selbst wenn er seine Gedanken mit Hilfe des Stirnreifs abschirmte, nahm sie jede Nuance seiner Emotionen wahr. Und er ahnte meist ebenso, wie es in ihr aussah, ohne dass sie etwas sagen musste.

Jetzt genügte ein winziger Stups und das friedliche Bild der Ostsee breitete sich in Jans Geist aus. Er wurde ruhiger und sank tiefer in den Schlaf zurück. Liebevoll strich Sofie ihm über den Rücken.

„Na, du bist ja echt ‘ne Heldin", spottete ihr Verstand. „Manipulierst die Folgen deiner Manipulation mit einer weiteren Manipulation. Soviel also zur Ethik von euch Empathen. Herzlichen Glückwunsch!"

„Ach, sei still", murrte Sofie, wohl wissend, dass die Margareta in ihr recht hatte.

„Warum hast du ihn denn nicht vernascht?", stichelte ihr Verstand voller Ironie weiter. „Wo ihr das ganze Wochenende nicht aus dem Bett gekommen seid, macht dieses eine Mal den Kohl auch nicht mehr fett. Du willst ihn, er will dich. Also warum nicht?"

Sofie widerstand der verlockenden Vorstellung und erklärte: *„Es geht nicht um den Sex an sich, wenn wir miteinander schlafen. Das weißt du. Eigentlich hat der Sex bloß eine untergeordnete Bedeutung."*

„Na klar! Logisch“, kicherte Margareta sarkastisch. „Seid ihr unter die Matratzentester gegangen oder was?!“

Gegen ihren Willen musste Sofie schmunzeln. Sobald sie mit Jan intim wurde, zog sich ihr Verstand zurück und überließ ihrer inneren Stimme, ihrem Gefühl das Feld. An diesem Wochenende hatte Margareta nicht viel zu melden gehabt.

«Stark voneinander abgegrenzte Facetten der Persönlichkeit», so bezeichnete Eliande die deutliche Trennung zwischen Sofies emotionaler Seite und ihrem Verstand. Über Jahre hinweg hatte sie ihre Gefühle ausgeblendet, um mit dem Tod ihrer Eltern klarzukommen. Damals war sie Margareta gewesen und hatte nichts von Magie und Drachen gewusst.

„Was übrigens bedeutend übersichtlicher war“, maulte ihr Verstand. „Ein Psychiater würde das Chaos in meinem Kopf wohl als beginnende Schizophrenie diagnostizieren.“

„Und wenn schon. Ich will es nicht anders haben“, entschied Sofie selbstbewusst und kam auf das ursprüngliche Thema zurück: *„Wenn ich mit Jan schlafe, bin ich ihm nah und das meine ich nicht nur körperlich. Ich sehe in seine Gedanken, fühle, was er fühlt. Es ist, als würden wir unsere Empfindungen miteinander teilen, als würden unsere Seelen miteinander verschmelzen. Ohne ihn bin ich unvollständig.“*

„Vielleicht seid ihr ja doch Gefährten. Eine gemeinsame Seele, miteinander verschmelzen – das hört sich ganz nach dem Gefährtenkram an, den die Kommandantin der Wölfe erzählt hat.“

„Stimmt. Nur leider gibt es keine rein menschlichen Gefährtenpaare“, widersprach Sofie resigniert. Wie sehr wünschte sie sich, dass sie sich mit Jan anstatt mit irgendeinem Drachen verbinden konnte! Aber so ein Paar hatte es nie gegeben.

„Ja, das hat Eliande auch erzählt. Sehr bedauerlich. «Empathen gehen innige Beziehungen mit ihren Partnern ein»“, zitierte ihr Verstand die Grüne. „«Die Partner des Empathen können sich aus eigenem Willen nicht aus so einer Beziehung lösen. Sie sind regelrecht abhängig von dem Empathen.»“

Sofort meldete sich Sofies schlechtes Gewissen. *„So wie du das sagst, hört sich das hinterhältig und ungesund an. Als hätte ich ihn mutwillig an mich gekettet. Aber das stimmt nicht! Am Anfang wollte ich ihn doch gar* *nicht.“*

Margareta entgegnete nichts darauf.

„Ich möchte Jan keinen Schaden zufügen. Er liebt mich und ich liebe ihn. Das ist echt.“

„Naja, zumindest manipulierst du ihn nur selten bewusst“, räumte ihr Verstand zögerlich ein. „Aber was ist, wenn du dich tatsächlich in einen Drachen verguckst? Laut der Kommandantin kannst du das nicht beeinflussen.“

Sofies Herz krampfte sich zusammen.

„Was wird dann aus Jan?“, bohrte Margareta unbarmherzig nach.

Das war genau die Frage, vor der Sofie Angst hatte. Und noch schlimmer, sie kannte die Antwort bereits: Ein Teil von Jan würde sterben. Obwohl er nicht müde wurde, zu betonen, dass er sie freigeben würde, sollte sie sich an einen Drachen binden, spürte Sofie, dass Jan das gar nicht mehr konnte. Dafür liebte er sie viel zu sehr. Er war ohne sie genauso unvollständig wie sie ohne ihn.

„Sollte ein Drache mich an sich binden, so wird es für uns mit Leid und Schmerz enden. Besonders für Jan. Ganz wie die Kommandantin der Wölfe es vorausgesagt hat.“

Bittersüße Hilflosigkeit flutete Sofies Inneres. Sie betrachtete Jans Gesicht im fahlen Morgenlicht und konnte sehen, wie ihre düstere Stimmung zu ihm herüberschwappte. Es war ihr unmöglich, sich von ihm abzugrenzen.

„So geht das nicht weiter! Ich muss hier raus. Allein. Wenn Karvin das mitbekommt, gibt es zwar Ärger, aber mir wird schon nichts passieren.“

Entschlossen schenkte sie Jan ein zweites Mal Ruhe und Gelassenheit, hauchte einen Kuss auf seine blonden Strubbelhaare und flüsterte: „Schlaf ein bisschen, mein Liebster. Ich gehe eine Runde joggen.“

2. Höllenfeuer

Sofie lief am Strand entlang, dort wo der Sand feucht und fest war und die Steine nicht allzu groß. Noch war die Sonne nicht aufgegangen, aber die Morgenröte am Horizont sorgte für ausreichend Licht, so dass Sofie sehen konnte, wohin sie trat.

„Außerdem kenne ich diese Strecke wie meine Westentasche. Jan und ich sind in den vergangenen Monaten fast täglich hier lang gerannt."

Dank der Ostsee hatte sich die Luft über Nacht etwas abgekühlt. Sofie spürte, dass es auch heute wieder heiß werden würde. Der Hochsommer zeigte sich von seiner besten Seite. In wenigen Stunden würde die Tour doppelt anstrengend sein, doch jetzt waren die Temperaturen angenehm und eine leichte Brise sorgte zusätzlich für Kühlung. Lächelnd fand Sofie in ihren Rhythmus. Die Bewegung, das gleichmäßige Rauschen der Wellen und der weite Blick über das Wasser taten ihr gut. Sie atmete tief ein und genoss den vertrauten Geruch von Meersalz und Seetang.

„Ganz allein muss auch mal sein."

Eigentlich war sie keine Sportskanone, aber Jan hatte sie überredet, ihre Fitness auf Vordermann zu bringen. Er kannte die Lehrpläne der Akademie in Steinburg und wusste, dass den Studenten ein umfangreiches Sportprogramm bevorstand.

„Einige Zauber können körperlich sehr anstrengend sein", hatte er erklärt, „und um mit einem Drachen fliegen zu können, brauchst du ebenfalls eine gute Konstitution. Je eher du dir die aneignest, desto leichter hast du es hinterher."

Sofie hatte daraufhin eine Grimasse gezogen. „Du bist ja mal wieder sehr fürsorglich. Ich dachte, wir zwei sind uns einig, dass ich keinen Gefährten will!"

„Das sind wir, Phönix!" Ein besitzergreifendes Funkeln hatte sich in Jans Augen geschlichen. „Trotzdem müssen alle Magier in der Lage sein, sich sicher auf einem Drachenrücken zu bewegen. Du darfst nicht vergessen, dass ihr für den Ernstfall ausgebildet werdet. Sollten Dämonen durch die Tore kommen, wird es von Vorteil sein, wenn ihr nicht am Boden bleiben müsst und notfalls mit einer Himmelsechse durch die

Nebel fliehen könnt."

Dann hatte er ihr breit grinsend einen Klaps auf den Po gegeben und gemeint: „Außerdem siehst du heiß aus in den Sportklamotten und ich finde es viel netter, mich nicht allein abmühen zu müssen."

„Typisch Jan! Immer einen flotten Spruch auf den Lippen."

Es war nicht so, dass ihr Freund die Situation nicht ernst nahm, doch er weigerte sich standhaft, sich davon unterkriegen zu lassen.

Sofie seufzte. *„Um diese Lebenseinstellung beneide ich ihn wirklich."*

Sie war da anders gepolt. Ihr Verstand analysierte alles ungefragt und warnte permanent davor, was schiefgehen könnte. Und bei der Geschichte mit den Toren und Dämonen war das so einiges.

Die Sonne verbarg sich noch hinter dem Horizont, dennoch strahlte sie die Wolken bereits glutrot an und steckte so den Himmel in Brand.

„Höllenfeuer!", zuckte es unwillkürlich durch Sofies Geist.

„Korrekt", bestätigte ihr Verstand. „Ob das ein Omen ist? Wenn bloß die Hälfte von dem stimmt, was Karvin über die Dämonen erzählt hat, dann sind wir schon so gut wie tot."

„Sind wir nicht!", widersprach Sofie vehement und beschleunigte ihr Tempo.

„Na, hoffentlich hast du recht. Ich frage mich allerdings, wie groß der Vorteil wohl sein kann, dass frisch ausgebildete Menschenmagier auf Drachen reiten? In den ersten Jahren ist das Potenzial von uns Humanoiden so gering, dass wir eh kaum was ausrichten können. Von unseren kümmerlichen Fertigkeiten mal ganz abgesehen. Unsere Möglichkeiten sind ein Pups im Vergleich zu denen der Himmelsechsen. Selbst die jungen Drachen stecken uns mit einer Schwingenspitze in die Tasche. Also, warum sollen wir Menschen fliegen lernen? Wenn es so schlecht um uns steht, dass DAS tatsächlich einen Vorteil darstellt, können wir gleich einpacken."

„Egal. Aufgeben gilt nicht!" Sofie schnaufte angestrengt.

„Ich gebe zu, bei den Gefährten ist das anders", ging ihr Verstand über die Parole hinweg. „Sowohl bei den Menschen als auch bei den Drachen steigert sich das Potenzial durch die Verbindung enorm. Zusätzlich werden bei einigen besondere Talente freigelegt. Ganz klar: jedes Gefährtenpaar verstärkt die Schlagkraft der echsisch-humanoiden Allianz merklich. Aber normale Jungmagier…"

„Pessimist!", schimpfte Sofie. Vor ihr tauchte ein Priel auf. Der kleine Wasserlauf floss vom Ufer zur See. Im Mündungsbereich breit und flach, war er weiter oben schmaler. Hier hatte er sich tief in den Sand gegraben. Sofie hatte keine Lust auf nasse Füße und bog Richtung Uferböschung ab. Keuchend kämpfte sie sich erst über faustgroße Steine, dann durch lockeren Sand. Jeder ihrer Schritte sank ein. Trotzig erhöhte sie ihre Anstrengung und behielt das Tempo bei. Gleich musste sie springen.

„Drachen sind stolze Wesen", lamentierte Margareta weiter. „Wenn sie einverstanden sind, junge Magier durch die Lüfte zu tragen, dann nur, falls es wirklich schlecht um diese Welt bestellt ist."

„Halt doch endlich mal die Klappe!"

Sofie drückte sich ab.

Schon beim Abheben wusste sie, dass sie ihren Sprung zu knapp bemessen hatte. Bei der Landung brach prompt der Sand unter ihrem linken Fuß weg und rutschte in den Priel. Entschlossen fing sie sich mit den Händen und dem anderen Fuß ab.

„Aufgeben gilt nicht!", wiederholte Sofie energisch. Sie rappelte sich auf, lief weiter und klopfte den Sand von ihren Händen. Jans Training hatte eindeutig etwas gebracht.

In diesem Moment schob sich die Sonne riesengroß über das Meer und goss ihr karmesinrotes Feuer in die Wellen. Es sah aus, als brannte nun auch die Ostsee.

Erneut spukte das Wort *„Höllenfeuer"* durch Sofies Kopf und spülte Adrenalin in ihre Adern.

Der Schweiß rann ihr über Rücken und Brust, trotzdem beschleunigte sie weiter. Dieses Tempo konnte sie nicht lange durchhalten, doch hinterher würde es ihr besser gehen.

Sie wollte es nicht leugnen: Es WAR schlecht um diese Welt bestellt. Sie konnte zwar noch immer nicht in die Gedanken anderer sehen, sofern man von Jan und in Ansätzen von Bill einmal absah, aber sie spürte, wie es den anderen ging, sobald die Tore oder ein möglicher Dämonenangriff zur Sprache kamen. Alle Eingeweihten nahmen die Situation sehr ernst und fühlten sich durch die dunklen Wesen bedroht. Niemand zweifelte daran, dass sich in wenigen Jahren die Tore öffnen und erbitterte Kämpfe den Planeten in Angst und Schrecken versetzen würden.

Allen voran Victoria und Jaromir. Bei dem Königspaar der Schwarzen konnte Sofie die Furcht vor der Zukunft am stärksten wahrnehmen. Auf ihre flapsige Frage an Jan, ob die zwei Angsthasen seien, hatte er tadelnd seinen Kopf geschüttelt. „Vici und Jaro sind vieles, aber keine Angsthasen. Ich weiß, dass du auf Victoria nicht gut zu sprechen bist, doch mit dieser Einschätzung tust du ihr und ihrem Gefährten Unrecht. Die zwei gehören zu den Leuten auf dieser Welt, die die Lage am realistischsten einschätzen können. Du weißt, dass Vici selbst die abgeschirmten Gedanken der Drachen lesen kann. Sie ist die Königin der Schwarzen und gehört als Mitglied des Kaleidoskops zum engsten Beraterstab des Vorsitzenden. Victoria hat sich in unzähligen Strategiesitzungen ein präzises Bild von der Bedrohung und unseren Verteidigungsmöglichkeiten gemacht. Außerdem hat Abrexar, der Graue Krieger, Jaromir vor dem Tod sein Wissen und seine Erinnerungen übertragen. Für die zwei ist es so, als hätten sie selbst die Torkriege und die Dämonenangriffe erlebt. Jaro und Vici kennen das Grauen, was über uns hereinbrechen wird, sollten sich die Tore tatsächlich öffnen. Wenn du mich fragst, ist das Bild, was die zwei von unserer Zukunft haben, viel zu präzise. Ich bin verdammt dankbar dafür, dass ich bloß einen Bruchteil davon weiß."

Die rot glühende Sonne erhob sich aus der Ostsee.

„Verfluchte Dämonen", keuchte Sofie und boxte in die Luft. „Gäbe es diese verflixte Bedrohung aus der fremden Welt nicht, würde mich niemand dazu nötigen, mich auf eine Himmelsechse einzulassen."

Sie hatte sich mit dem hohen Tempo verausgabt und konnte nicht mehr. Schwer atmend wurde sie langsamer. Schließlich blieb sie stehen und stützte sich auf den Knien ab. Unwillig wandte sie ihren Kopf dem Meer zu, der dramatische Sonnenaufgang zog ihren Blick geradezu an.

„Mistviecher!", zischte Sofie. „Nur euretwegen sieht sich die Allianz gezwungen, alles in die Waagschale zu werfen, was sie hat. Euretwegen habe ich keine Wahl! Ich MUSS an die Akademie in Steinburg. Ich muss lernen, so schnell ich kann und vor allem muss ich zulassen, dass ich mich in einen Drachen vergucke. Argh!"

Genau so lief es nämlich in der Steinburg: Die mit «Triff die Drachen» so harmlos benannte Kennenlernzeremonie war in Wahrheit eine Gegenüberstellung. Die menschlichen Studenten stellten sich in Reihen auf und die Himmelsechsen schritten diese Reihen ab. Dabei wurde angeblich locker miteinander geplaudert.

„Das Rumgeschnacke ist sowas von überflüssig!"

Sofie wusste, dass es viel mehr auf den Augenkontakt ankam. Gefährten erkannten einander auf den ersten Blick, Worte waren unnötig. Traf der «richtige» Drache auf den «richtigen» Menschen und schauten sie einander in die Augen, war es um die beiden geschehen.

„Boumm! Ein Blick und du bist lebenslänglich an einen Drachen gekettet. O Mann! Letzte Woche haben sie uns damit noch verschont, doch diese Woche sind wir dran. Ich will das nicht."

„Da bist du die Einzige", kicherte ihr Verstand. „Deine Kommilitonen sind ganz heiß auf «Triff die Drachen». Sie können es kaum erwarten, der Liebe ihres Lebens zu begegnen."

„Ja, ja, mag sein. Ich habe meine aber schon gefunden. Ich liebe Jan. Ich will kein Schuppending!"

„Vielleicht hast du ja «Glück»", murmelte Margareta. „Die statistische Wahrscheinlichkeit, sich während der Zeit an der Akademie mit einer Himmelsechse zu verbinden, liegt nur bei ungefähr zehn Prozent. Erinnerst du dich nicht mehr? Bill hat das extra für dich ausgerechnet, um dich aufzumuntern. Zu 90 Prozent geht der Gefährtenkelch an dir vorüber."

Darauf hoffte Sofie, doch irgendwie konnte sie nicht daran glauben. Sie hatte ein mieses Gefühl, was diese Gegenüberstellungen betraf. Einmal im Monat würde ein neuer Schwung Drachen kommen und für drei Wochen bleiben. In dieser Zeit verbrachten Himmelsechsen und Menschen jede Menge Zeit miteinander. Sie wohnten zusammen, wurden gemeinsam unterrichtet, trieben Sport und verbrachten die Freizeit miteinander. Networking wurde das zu Neudeutsch genannt. Man sollte sich austauschen und kennenlernen. Dabei wurde jeder Kontakt zwischen Drache und Mensch von der Führung ausdrücklich begrüßt.

„Wirklich jeder! Pah. Wir dürften sogar mit den Himmelsechsen ins Bett gehen."

Sofie rollte mit den Augen und schüttelte sich. *„Oah nee!"*

Obgleich die Drachen in ihrer Menschengestalt attraktiv aussahen, erschien Sofie diese Option vollkommen abwegig. Sobald sie in die Nähe einer Himmelsechse kam, sah sie bloß noch deren Schuppen vor ihrem geistigen Auge. Das konnte sie unmöglich ausblenden. Drachen waren keine Menschen, selbst wenn sie zeitweise so aussehen mochten.

Einige Kommilitonen hatten damit kein Problem. Auch Tyra Sjöberg, die kleine Schwedin, mit der sich Sofie das Zimmer im Internat teilte, war den Drachen gegenüber aufgeschlossen. Sie hatte Sofie in der letzten Woche augenzwinkernd erklärt, dass Drachen keine schlechten Liebhaber seien und sich zuvorkommend um die Menschen bemühten. Sofern die Echsen keine Gefährtenbindung eingegangen waren, neigten sie anscheinend nicht zur Eifersucht, was lockere Beziehungen einfach machte.

„Bei der Sphäre, bin ich froh, dass diese Art von «Austausch» freiwillig ist“, brummte Sofie. Kopfschüttelnd schob sie den Gedanken weg und richtete sich auf.

Die Sonne war höher gestiegen. Das bedrohliche Rot hatte sich in ein versöhnliches Orange gewandelt und die Größe des Feuerballs schien geschrumpft zu sein.

„Mach dich nicht verrückt, kleiner Phönix. Alles wird gut“, hallte Jans Stimme in Sofies Erinnerung durch ihre Gedanken. „Glaub mir, die Akademie ist klasse. Dort wird niemand zu einer Beziehung gezwungen. Die Drachen sind nett und die Menschen nicht anders als an anderen Hochschulen.“

„Na, damit hat er zweifellos recht.“

Sofie atmete noch einmal tief durch und machte sich auf den Rückweg, diesmal in gemäßigterem Tempo.

„Die Leute an der Steinburg passen in dieselben Schubladen wie die an der Nordakademie: Es gibt Diven, Nerds, Streber, Aufreißer, Klassenclowns und Mauerblümchen. Die meisten sind allerdings ganz normal – naja, zumindest solange man von der Tatsache absieht, dass sie über astrale Kräfte verfügen.“ Sie grinste. *„Auch an der Steinburg versucht so mancher Student, sich vor der Arbeit zu drücken und Bock auf Prüfungen hat ebenfalls niemand. Also, alles wie gehabt.“*

Die Neulinge waren in der letzten Woche gemeinsam unterrichtet worden. Sofies empathischer Sinn hatte ihr ein ziemlich klares Bild davon vermittelt, wie ihre Kommilitonen tickten.

Neben Sofie kreischte es. Offenbar hatte die Sonne die Seevögel munter gemacht. Im flachen Wasser zankten sich zwei Möwen um einen Fisch.

An der Akademie gab es Fächer, die jeder belegen musste, wie zum Beispiel die echte Geschichte, Kommunikation via Geistesmagie, naturwissenschaftliche Grundlagen beim Umgang mit der astralen Kraft, kurz NaGru genannt, Dämonologie, Verteidigungs- und Schildzauber, Überleben im Ernstfall und natürlich Latein, die Sprache der Drachen. Hinzu kam ein umfangreiches Fitnessprogramm sowie modularer Kleingruppen- oder Einzelunterricht, der den Neigungen der Studenten entsprach. In diesem Rahmen würde Eliande Sofies Empathieunterricht an der Steinburg fortsetzen und auch Bill durfte weiter an Sofies Feuerkraft feilen.

Noch immer konnte weder jemand Fremdes Bilder an Sofie senden noch sie selbst in die Gedanken anderer schauen. Da Jan bei WyvernPower dringend gebraucht wurde, sollte Bill in einigen Fächern als Übersetzer fungieren. In den Gedanken des weißen Drachen konnte Sofie immerhin Schemen erkennen. Bill und sie verstanden sich ausgesprochen gut. Sie waren auf einer Wellenlänge und hatten in den vergangenen Monaten eine Art Sprachcode für magische Sachverhalte entwickelt, der, unterstützt durch die Schemen aus dem Kopf des Weißen, dafür sorgten, dass Sofie erahnen konnte, worum es ging. Das war nicht mit den klaren Geistesbildern zu vergleichen, aber besser als nichts.

„Also, ob mein Freund bei WyvernPower wirklich so unabkömmlich ist, wie sie behaupten, wage ich mal zu bezweifeln."

„Ach, tatsächlich?", meldete sich ihr Verstand ironisch. „Der Plan ist, dass du dich auf einen Schuppenträger einlässt. Da ist es wohl kontraproduktiv, wenn du deinen Freund täglich siehst und dann auch noch in seinen Gedanken herumspazierst. Pah. Manchmal frage ich mich, wie ich bei der ganzen Wir-lieben-uns-so-sehr-Gefühlsduselei in den letzten Monaten überhaupt etwas lernen konnte. Meine Herren! Ihr zwei habt euch aber auch ablenken lassen…"

„Auch wieder wahr." Ein Lächeln huschte über Sofies Gesicht. Jans astrales Potenzial war so gering, dass er nicht zaubern konnte. Ohne

seinen Stirnreif konnte er nicht einmal seine Gedanken abschirmen oder auf der Geistesebene gezielt Kontakt zu anderen aufnehmen. Die Magie war ein Buch mit sieben Siegeln für ihn. Trotzdem hatte er die Bilder von Bill und Karvin bereitwillig an Sofie weitergeleitet. *„Der Ärmste hat kaum etwas verstanden und sich furchtbar gelangweilt. Kein Wunder, dass er abgeschweift ist.“*

„Ja, ja“, brummte Margareta. „Kein Wunder ist es, dass die Führung ihn zu WyvernPower zurückbeordert. Das Geturtel war ja nicht mehr auszuhalten... Außerdem wette ich, dass du mit Bill unterm Strich genauso viel lernst. Ihr seid ein gutes Team.“

„Das sind wir.“

Sofie mochte den weißen Drachen. Bill war neugierig, hochintelligent, ständig zerstreut, aber vor allem ein herzensguter Kerl. *„Und ihn werde ich an der Akademie jeden Tag sehen.“* Warmes Glück breitete sich in ihr aus. *„Freundschaft ist etwas Wunderbares.“*

Offiziell war die Steinburg-Akademie eine Elitehochschule, die maßgeschneiderte duale Studiengänge gemeinsam mit renommierten Firmen anbot. Sofie war beispielsweise für den Master in Wirtschaftsinformatik eingeschrieben, aber man konnte auch Abschlüsse in BWL, Mathematik, verschiedenen Naturwissenschaften, Germanistik oder Erziehungswissenschaften machen. Einige Kommilitonen belegten sogar Fitness- und Gesundheits- oder Pferdemanagement. Es war für jeden Geschmack etwas dabei. WyvernPower hatte etliche Plätze für seine Mitarbeiter reserviert. Die anderen Firmen, die sich an der Ausbildung beteiligten, waren ebenfalls in der Hand von Himmelsechsen und so war garantiert, dass während der Ausbildung und in den Jahren danach niemand im Umfeld der Studenten Fragen stellen würde.

„Es ist unglaublich, wo die Drachen überall mitmischen. Die Schwarzen haben den Kontakt zu uns Menschen sehr ernst genommen. Um dauerhaft Zutritt zu den Toren zu behalten, brauchten sie Einfluss und den haben sie sich in den vergangen Jahrhunderten reichlich verschafft. Und genug Kohle haben sie auch... Ach, ich will gar nicht wissen, was diese Akademie kostet. Allein so viele Studiengänge anzubieten, ist aufwendig. Und dann erst das Gelände und die Gebäude...“

Sofie war wieder beim Priel angelangt und lief das Stückchen Richtung Uferböschung bis zu der weniger breiten Stelle.

„Pass diesmal besser auf", stichelte ihr Verstand.

„Aber sicher." Sofie grinste breit und konzentrierte sich auf den Absprung. Das Wasser hatte unter ihr ein regelrechtes Becken in den Sand gespült und war bestimmt einen halben Meter tief. Beim Überqueren des Priels sah Sofie darin zwei größere Fische schwimmen.

„Die müssen sich hierher verirrt haben, als der Wind letzte Nacht das Wasser an die Küste getrieben hat. Jetzt sind sie gefangen."

Als Sofie landete, flog eine Möwe das Becken an.

„Es ist angerichtet!", kicherte Margareta.

„Jep! Genau wie für die Studierenden der Steinburg!"

Sofie wandte sich erneut zum Meer.

Die Akademie in Steinburg war bestens ausgestattet. Das Gelände war mehrere Hektar groß und weitläufig. Im vorderen Bereich zur Straße hin gab es ein großes modernes Gebäude, das an eine Burg erinnerte. Hier waren die Verwaltung und einige der Theorieschulungsräume sowie nichtmagische Labore untergebracht. Daneben gab es einen schicken Bau mit Gastunterkünften und einer kleinen Kantine für die Verwaltungsmitarbeiter. Diesen Teil durften auch Nichteingeweihte betreten und so wurde er ab und zu der Öffentlichkeit zugänglich gemacht.

Das gesamte Areal dahinter war Sperrgebiet für normale Menschen. Magisch gezüchteter Bambushopfen umwucherte das Gelände meterhoch und hielt neugierige Blicke fern. Tarnschilde spiegelten Flugzeugen und Satelliten falsche Tatsachen vor und ein Desinteressezauber sorgte dafür, dass potenzielle Schnüffler und Schaulustige dann doch nicht hinter die Kulissen gucken wollten.

Durch ein imposantes Tor, das architektonisch hervorragend zur Verwaltungsburg passte, gelangte man in den geheimen Bereich. Natürlich nur, wenn man zuvor eine magische Zutrittsberechtigung erhalten hatte. Hierbei handelte es sich um eine simple Chipkarte, die mit Hilfe eines Zaubers an eine Person gebunden werden konnte. Kopien oder Fälschungen waren nutzlos. Zusätzlich gab es selbstverständlich umfangreiches Wachpersonal.

„Ein Hochsicherheitstrakt“, schnaufte Sofie unwillig.

„Wohl eher ein goldener Käfig“, korrigierte Margareta. „Vergiss nicht eure Bungalows. Nur zehn Leute wohnen in einem Haus und ihr teilt euch zu zweit ein Zimmer. Es gibt eine Küche, einen Aufenthaltsraum und sogar eine überdachte Terrasse. Jedes Zimmer hat ein eigenes Bad und die Ausstattung ist vom Feinsten. Wenn du mich fragst, ist das eher ein Luxusferienzentrum und kein Internat.“

„Ja, ja, bloß dass die Häuser sowohl für Drachen als auch für Menschen ausgelegt sind. Ich frage mich echt, wie sie das mit der optischen Täuschung hinbekommen haben. Von außen sehen die Bungalows viel kleiner aus, als sie es tatsächlich sind.“

„Das muss ein Zauber sein. Frag doch Bill, wenn er diese Woche an die Steinburg kommt. Der kann dir das bestimmt erklären.“

„Ja, sicher! Bill wird sich freuen.“ Sofie musste lachen, als sie an die vor Begeisterung leuchtenden Augen des Weißen dachte. *„Seine Worte werden sprudeln wie ein Wasserfall. Nur ob ich die auch begreife, steht auf einem ganz anderen Blatt...“*

Die Bungalows nahmen zwei Drittel des Geländes in Beschlag. Allerdings waren sie in der parkähnlich gestalteten Landschaft so geschickt angeordnet, dass man immer bloß wenige Häuser gleichzeitig sah und so der Eindruck von Großzügigkeit und Privatsphäre entstand.

Dann gab es noch eine gigantische Arena. Sie war der offizielle Landeplatz für die Drachen. Außerdem fanden dort Flugunterricht und Wettkämpfe statt.

Das große Schulungszentrum stand direkt daneben. Es beherbergte die magische Verwaltung, diverse Unterrichts- und Versammlungsräume sowie eine Krankenstation und die Büros der Professoren.

Die magischen Labore hatte man vorsichthalber unterirdisch errichtet, denn es kam gelegentlich vor, dass die Versuche mit der astralen Energie aus dem Ruder liefen.

„Und ich mag den kleinen Laden. Dort duftet es immer so herrlich.“ Sofie musste schmunzeln. *„Der Tarnung wegen verbieten sie zwar den Verkauf von offensichtlich magischen Artikeln, aber die Auswahl an Zimtprodukten ist sowas von verräterisch groß, dass jeder Uneingeweihte sofort misstrauisch werden muss.“*

„Ach, die Sportanlagen sind doch auch verdächtig, findest du etwa nicht?“, hakte Margareta nach. „Welche Uni hat schon eine Sporthalle, eine Freiluftkletterwand, ein Fitnesscenter und ein Schwimmbad mit großzügiger Sauna?“

„Stimmt! Und vergiss den See nicht. Und die Laufwege. Die ziehen sich über das ganze Areal.“

„Lauf- und Reitwege“, verbesserte Margareta. „Den Reitstall und die Halle sollten wir ebenfalls nicht unterschlagen, selbst wenn sie ganz weit hinten liegen, damit die Pferde nicht wegen der Drachen austicken.“

„Also, ICH würde die Pferde schon gern unterschlagen...“

„Angsthase!“

„Grmpf.“

Sofie mochte Pferde nicht. Sie waren ihr zu groß und zu unberechenbar. Außerdem hatte sie einen gehörigen Respekt vor deren Zähnen und Hufen. Beißen und Treten konnten die Viecher allemal. Und Lust aufs Putzen und Füttern hatte Sofie auch nicht.

„Na, das wird ja ein Spaß!“, spottete ihr Verstand.

Als Vorbereitung fürs Fliegen absolvierten alle Anfänger einen Grundkurs im Reiten.

„Davor werde ich mich drücken“, dachte Sofie entschieden. *„Immerhin habe ich mit Bill geübt. Wir haben schon einige Runden in der Luft gedreht und sind sogar durch die Nebel gesprungen. Beides hat halbwegs geklappt. Den Reitkurs schenke ich mir.“*

„Wenn du meinst...“

„Was denn? Ich brauch das nicht.“

„Ich stehe diesen Tieren zwar genauso skeptisch gegenüber wie du, nichtsdestotrotz halte ich es für sinnvoll, den Kurs zu belegen.“

„Warum?“

„Pferde können nicht reden.“

„Großartige Erkenntnis, Superhirn.“

Stille.

Die Wellen rollten rauschend an den Strand.

„Also gut. Pferde können nicht reden. Und?“

„Mit den Drachen kannst du ebenfalls nicht reden, wenn ihr in der Luft seid. Dein Kopf ist Fort Knox, hast du das vergessen? Nichts geht rein, nichts geht raus."

„Ich weiß!", gab Sofie gereizt zurück. *„Worauf willst du hinaus?"*

„Also, ich muss schon sagen", lästerte Margareta, „du bist echt eine Meisterin im Verdrängen! Du hast keine Lust auf die Zossen, also redest du dir die Welt schön."

„O Mann! Hör auf rumzulabern, komm auf den Punkt! Mit Bill kann ich auch nicht kommunizieren, wenn wir in der Luft sind und trotzdem kla..."

„Quatsch. Ihr zwei kennt euch gut. Du kannst Schemen in seinen Gedanken erkennen und eure Bewegungen sind aufeinander abgestimmt. Ihr..."

Plötzlich riss in einiger Entfernung die Sphäre auf und spuckte eine schwarze Präsenz aus. Sofie zuckte zusammen und hielt inne.

„Das muss in der Nähe der Villa sein! Wer ist das?"

Zwei Atemzüge später hatte sie die Aura erkannt. Ihr Kiefer verspannte sich. *„Verdammt, das gibt Ärger!"*

3. Der letzte G'labrx

Rückblende – Monate zuvor:

Der Herrscher der Dämonensphäre hatte viele Namen. Weltenwanderer wurde er genannt, Allmächtiger, Gebieter oder auch der Letzte, denn er war der letzte seiner Art: der letzte G'labrx.

Zwei Wochen nach seiner ersten Reise an den Rand der Erdenwelt wurde der Siebte, der nun ein Zweiter war, zum letzten G'labrx gerufen. Er hatte keine Ahnung, warum man nach ihm schickte. Der Grund war irrelevant. Verlangte der allmächtige Weltenwanderer nach einem, so folgte man seinem Ruf, ohne Fragen zu stellen.

„Das ist die höchste Ehre, die einem Satan wie mir zuteilwerden kann", dachte der Zweite und trat vor das Portal des Audienzsaals. *„Und meistens endet diese Ehre tödlich."*

Er hatte Angst, doch ihm blieb keine Wahl.

Schon öffneten sich die schweren Flügel der übergroßen Tür und gaben den Blick in die Halle des G'labrx' frei. Der Boden war aus schwarzem Granit und glänzend poliert. Er wirkte wie ein gigantischer Spiegel. Die Wände bestanden ebenfalls aus dunklem Gestein. Worum es sich hierbei handelte, konnte der Zweite nicht sagen. Das Material war matt und mit fremdartigen Symbolen sowie Reliefs überzogen. Unzählige Körperspannen ragten die düsteren Mauern in die Höhe. Die fahle Beleuchtung erreichte die Decke nicht und so endeten die Wände im schwarzen Nichts.

„Es ist genau so, wie an den Feuern erzählt wird. Man fühlt sich unbedeutend, wenn man diese Halle erblickt."

Nervös legte der Zweite seine Schwingen an.

Auf der gegenüberliegenden Seite thronte der letzte G'labrx umgeben von ungefähr zwanzig Satanas, die in Gespräche verstrickt waren. Der Herrscher hatte sich in der Mitte seiner Berater zusammengerollt und überragte diese wie ein Berg, erhaben, düster und unterschwellig drohend.

Der Zweite holte tief Luft und setzte sich in Bewegung. Widerwillig.

Seine Hufe erzeugten ein klapperndes Geräusch auf dem harten Untergrund. Der junge Dämon zuckte zusammen, für sein Dafürhalten war es viel zu laut.

Prompt drehten sich alle Köpfe zu ihm um.

„Nicht gut!“

Fast alle Satanas, die den Weltenwanderer umringten, kannte der Zweite. Nicht persönlich, aber er wusste, dass die meisten von ihnen Erste ihrer Gruppe waren. Eine Handvoll Zweite mochte auch unter ihnen sein, doch sie alle hatten eines gemeinsam: Sie waren stark und dienten dem schwarzen Herrscher seit vielen Planetenumläufen.

„Ich bin ein Nichts. Was soll ich hier?“

Panik flutete seine Adern. Er wandte sich zum Portal in seinem Rücken um, aber die schweren Flügel schlossen sich in diesem Moment mit einem dumpfen Knall.

Fenster gab es in diesem Raum nicht.

„Ich bin tot.“

Der Blick des Weltenwanderers traf den Neuankömmling und seine Augen wurden schmal. *„Ist das schon wieder eines dieser unsäglichen Gefäße? Wie viele hatten wir hier in den letzten Tagesspannen? 17? Oder waren es schon 20?“*

Sofort verstummten alle Gespräche und einige Satanas wichen zurück, um dem Herrscher nicht die Sicht zu versperren. Nur einer blieb stehen.

Der Zweite erkannte bebend, dass dies sein eigener Gruppenbefehlshaber war.

Der Erste, der nicht an Flüche glaubte, verneigte sich. *„Es waren 23, Gebieter.“*

„23 und nicht einer von ihnen taugte etwas“, zischte der G'labrx gefährlich ruhig, nur um gleich darauf loszupoltern: *„Der Plan ist fehlgeschlagen! Warum schleppst du hier noch mehr von diesen nichtsnutzigen Kreaturen an?!“*

„Weil dieser anders ist“, entgegnete der Erste unerschrocken.

„Ja, das sehe ich“, höhnte der Weltenwanderer. Seine Krallen schabten geräuschvoll über den spiegelnden Boden. *„Er ist noch schwächer als die anderen Versager.“*

„Er ist jünger“, räumte der Erste ein, *„und seine Unerfahrenheit ist*

unser Vorteil. Er hat den Kroyork unbeschadet bis zur Membran der Erdenwelt gebracht.“

Der Zweite schluckte unbehaglich. Das Wohlergehen des Flüsterlings war ihm gleichgültig gewesen. Er hatte keinen Wimpernschlag lang auf dessen Unversehrtheit geachtet.

„Zu schön um wahr zu sein!“, grollte der G'labrx. *„Die letzten 23 Gefäße haben es verkackt. Wie kommst du auf die absurde Idee, bei diesem könnte es anders sein?“*

„Ganz einfach“, der, der nicht an Flüche glaubte, warf seinem umstellten Zweiten einen abschätzigen Blick zu, *„er hatte vorher noch nie Kontakt zu einem Kroyork und kannte die Abwehrmechanismen lediglich vom Hörensagen.“*

„Und so ein Neugeborener überlebt in den Nebeln?!“ Der Weltenwanderer grinste ironisch. *„Na, da haben wir aber Glück gehabt.“*

„Mit Glück hatte das weniger zu tun“, wagte der Erste zu widersprechen, *„sondern vielmehr mit akribischer Planung.“*

Die Dreistigkeit des Satans ließ Zorn im entstellten Antlitz des letzten G'labrx‘ aufwallen. Wahnsinn glomm in seinen Augen auf. Er schnaubte und aus seinem verätzten Maul troff Speichel.

Eisige Stille legte sich über die Gesellschaft in der Halle.

Der Zweite stand verloren auf halbem Weg zwischen Eingangsportal und Thron und versuchte, sich seine Angst nicht anmerken zu lassen. Er hatte lediglich ein Ziel: nicht die Aufmerksamkeit des Weltenwanderers zu erregen. Innerlich stöhnte er: *„Der Mut wird dem, der nicht an Flüche glaubt, irgendwann sein Leben kosten... und meines gleich dazu.“*

„Zeig es mir!“, wisperte der G'labrx. *„Wenn du recht hast, lasse ich dich für heute vielleicht am Leben.“*

Der Erste nickte und verzog seinen Mund zu einem diabolischen Grinsen. Ohne sich vom Gebieter abzuwenden, winkte er seinen Untergebenen heran und bedeutete ihm, vor den Weltenwanderer zu treten.

Schwerfällig setzte sich der Zweite in Bewegung. Erneut hallte das viel zu laute Klappern der Hufe von den Wänden wider und echote gespenstisch in den Ohren des jungen Dämons. Die Strecke bis zum Allmächtigen erschien ihm endlos und dennoch kam der Thron viel zu schnell näher. Zweifellos hing der Zweite an seinem kümmerlichen Leben.

Schließlich stand er neben seinem Befehlshaber und der letzte Hufschlag verklang.

Der G'labrx fixierte den jungen Satan verächtlich. *„Dann wollen wir doch mal sehen, ob dieses Gefäß hält, was du versprichst!“* Er warf dem Ersten einen irren Seitenblick zu.

Der, der nicht an Flüche glaubte, nickte.

Im nächsten Moment spürte der Zweite, wie eine fremde Präsenz die Barrieren seines Geistes niederriss und brutal in seinen Gedanken wühlte. Starr vor Todesangst ließ er den Gebieter gewähren. Schweiß trat ihm auf die Stirn.

„Tatsächlich“, frohlockte der Weltenwanderer nach einer gefühlten Ewigkeit. *„Dieser Wicht wusste kaum, wen er transportiert. Tse! Welch Ironie. Für einen Dämon ist er regelrecht unverdorben. Ha! Hahaha!“*

Der G'labrx lachte heiser und einige Satanas wagten es, mit einzustimmen. Ein Schwall fauliger Atemluft umwaberte den Zweiten.

Abrupt wurde der Weltenwanderer ernst und funkelte den Ersten erbost an: *„Er ist so unverdorben wie er schwach ist! Was soll das bringen?! Die Kontaktaufnahme wird er wohl kaum überleben.“*

Mit einem kalten Lächeln tasteten seine Augen den Zweiten ab. *„Aber wo er schon mal hier ist, werden wir es ausprobieren.“*

Beiläufig wedelte der Herrscher mit seiner verhornten Pranke und fünf Satanas schritten energisch auf den jungen Dämon zu.

Jetzt würde er sterben, war sich der Zweite sicher. Gegenwehr war sinnlos. Auch wenn sein Leben kurz gewesen war, hatte er nicht vor, sich in diesem Moment die Blöße zu geben. Er rührte sich nicht.

„Sorgt dafür, dass er nicht zappeln kann“, befahl der letzte G'labrx mit einem sadistischen Grinsen.

Im nächsten Augenblick packten den Zweiten fünf krallenbewerte Hände. Er schrak zusammen. Wie Schraubstöcke schlossen sich die faltigen Finger um seine Arme und Schultern.

So würde es also mit ihm zu Ende gehen.

„Pah!“ Der Weltenwanderer kam näher und schnaubte: *„Von den 24 Gefäßen ist dieses jedenfalls der größte Jammerlappen.“*

Er streckte seine linke Klaue aus und umfasste unerwartet behutsam den Kopf des jungen Satans. Es stank nach Verwesung und heißem Metall.

„Ich bin tot!", durchzuckte es den Zweiten.

„Hör auf zu heulen und öffne deinen Geist!", blaffte der G'labrx. *„Konzentriere dich auf die Erinnerung an den Kroyork. Ich will ihn sehen können!"*

Selbst die letzten Gedanken wollten sie ihm noch vorschreiben. Der Zweite fragte sich, was passieren würde, falls er sich weigerte, doch er wusste, dass es bedeutend schlimmere Arten gab, den Tod zu finden, als die, die der allmächtige Gebieter für ihn vorgesehen hatte. Also fügte er sich in sein Schicksal und beschwor die Erinnerung an den aufmüpfigen Flüsterling herauf, den er zwei Wochen zuvor bis zu einem vernarbten Tor der Erdenwelt gebracht hatte.

Unvermittelt spürte er die astrale Kraft seiner Artgenossen in seinen Körper schießen.

„Jetzt grillen sie mich!", dachte er panisch.

Der Weltenwanderer schloss die Pranke fester um seinen Kopf, schüttelte ihn leicht und fluchte: *„Bei der Sphäre, du Wicht, konzentrier dich auf den Kroyork! Niemand grillt dich. Jedenfalls noch nicht."*

Tatsächlich dosierten die Satanas ihre astrale Energie, so dass den jungen Dämon eine ungekannte Macht durchströmte.

„Sie stützen mich?!", stellte der Zweite überrascht fest.

„Ja, das tun sie. Ich habe es ihnen befohlen", herrschte der G'labrx ihn an. In seiner Gedankenstimme schwang drohende Ungeduld mit.

Schnell ließ der junge Dämon die Erinnerung an den Flüsterling ein zweites Mal in sich aufsteigen: dessen Stolz, dessen ungewöhnliches Selbstbewusstsein und dessen Spott malte er sich haarklein aus.

„So ist es brav!", wisperte der Weltenwanderer und zwängte seinen Geist in den des Zweiten. Er war mächtig, rücksichtslos und vor allem zielstrebig. Behände webte der Letzte eine Reihe von Zaubern, die der Zweite nicht verstand.

Plötzlich zog den jungen Dämon etwas in eine fremde Welt. Eine einzelne Sonne schien gleißend hell vom blauen Himmel herab. Überall leuchteten Pflanzen in satten Grüntönen. Vor ihm waren Gebäude mit schreiend roten Dächern. Er keuchte. Alle Farben waren so grell.

Ungewöhnliche Geräusche drangen in seine Ohren und ein betörender Duft in seine Nase. Er lief einen Sandweg entlang. Um ihn herum waren Menschen.

Am Rande seines Bewusstseins nahm er die Überraschung des Herrschers wahr. Unbändige Freude erfüllte diesen, doch schon im nächsten Atemzug folgte abgrundtiefer Hass.

„Ich werde meine Brüder und Schwestern rächen!“ Der Gebieter fletschte seine Zähne mit glühender Bösartigkeit. *„Das Natterngezücht hat alle meiner Art umgebracht. Nur ich bin übrig. Endlich naht die Stunde der Vergeltung. Ich werde sie von der Erde tilgen, so wie sie es mit meinesgleichen getan haben.“*

„Ich bin in der Erdenwelt!“, staunte der Zweite. Ehrfurcht ließ ihn erschaudern. *„Wahrlich, der letzte G'labrx trägt den Namen Weltenwanderer zu Recht!“*

„Dummkopf!“, schnappte der Herrscher barsch. *„Du bist NICHT in der Erdenwelt. Du leitest lediglich die Wahrnehmung des Kroyorks an mich weiter. Und nun sei still, Schwächling, dein lächerliches Potenzial begrenzt mich.“*

Der Zweite schluckte und beschloss, das Denken sein zu lassen. Der G'labrx hatte ihn Gefäß genannt. Das war er wohl. Und Gefäße dachten nicht.

Ein demütiges Stimmchen grüßte: *„Endlich, mein Gebieter!“*

Es war der Flüsterling.

„Ja, endlich!“, erwiderte der Weltenwanderer. *„Beeil dich, die Zeit ist knapp.“*

„Ich verstehe“, wisperte der Kroyork und flutete den Geist des Zweiten im nächsten Augenblick mit geballten Erinnerungen, eine fremdartiger als die andere.

Der junge Dämon hatte das Gefühl, platzen zu müssen. Sein Kopf schmerzte und die Meridiane brannten. Schwindel erfasste ihn. Von dem, was er sah, begriff er nur wenig. Offenbar hatte der Flüsterling einen humanoiden Wirt gefunden und brachte diesem die Grundlagen der Magie bei. Jener Malte Rasmussen hielt sich bedeckt, was sein neues Wissen anging und vor allem fern von den Drachen.

Irgendwann verebbte der Bilderstrom und der Druck im Geist des

Zweiten nahm ab.

„Sammle weiter Informationen“, befahl der G'labrx, *„aber sei vorsichtig. Du darfst auf keinen Fall erkannt werden. Wenn möglich, schare Menschen mit astralem Potenzial um dich, doch nicht die, die Kontakt zu Drachen haben. Geh kein Risiko ein! Unser Vorhaben hat Zeit.“*

„Ja, Gebieter“, raunte der Kroyork.

Die magische Kraft des Zweiten war nahezu aufgebraucht. Er taumelte.

Abrupt zog sich der Weltenwanderer aus seinem Geist zurück.

Im nächsten Atemzug stand der junge Dämon wieder im schwarzen Audienzsaal. Er erschien ihm merkwürdig farblos und noch düsterer als zuvor. Die Pranke des Gebieters ließ von ihm ab, sein Kopf sackte kraftlos nach vorn.

Er sah seine Hufe und darunter, auf dem polierten Granit, sein Spiegelbild – umringt von fünf Leichen. Das waren seine Artgenossen, die ihn gestützt hatten.

„Sie mich an!“, fauchte der G'labrx.

Zögerlich hob der Zweite seinen Blick. In den Augen des Herrschers pulsierte Tatendrang und grenzenloser Hass. Er wirkte lebendiger als vorher, obwohl seine Hornplatten einen ungesund fahlen Schimmer aufwiesen.

Der Weltenwanderer musterte ihn prüfend. *„Bist du noch bei Verstand?“*

Der junge Satan nickte und legte seinen Geist offen.

„Gut“, knurrte der letzte G'labrx und wandte sich respektvoll dem Ersten zu, der nicht an Flüche glaubte: *„Ob Glück oder Planung, das Gefäß erfüllt seinen Zweck.“*

Er hob seine linke Klaue und feuerte auf den Zweiten.

Plötzlich zischte es und ein stechender Schmerz erfüllte den jungen Dämon. Schreiend brach er zusammen. Es roch nach verkohlter Haut und dem fauligen Atem des Gebieters.

„Ich habe ihn gezeichnet“, verkündete der Weltenwanderer kühl. *„Er gehört mir. Von nun an ist dieser Satan unantastbar.“*

Drohend blickte er von einem Ersten zum nächsten. *„Ich übertrage euch die Verantwortung dafür, dass selbst das elendigste Gewürm dieser*

Welt davon erfährt. Wird dem Unantastbaren auch nur ein Haar seines Fells gekrümmt, werdet ihr euch wünschen, ihr dürftet in Schleimbeutelsud baden, bis euch das Fleisch von den Knochen fällt. Denn das, was ich euch antue, wird noch tausend Mal schlimmer sein.“

Der kalte Granitboden kühlte die Wunde des Zweiten, der nun der Unantastbare war. Auch diesen Tag würde er überleben. Erschöpft schloss er seine Augen und wünschte, er hätte sich vor zwei Wochen in den Nebeln verirrt.

4. Miesepeter und Zickenalarm

Sofie joggte am Strand, als die Sphäre über der Villa aufriss. Wenig später spürte sie, wie ein unsichtbarer Schatten über sie hinweg zog. Sie kannte die Aura. Ignorieren machte die Sache nicht besser, das war ihr klar, also wischte sie sich die verschwitzten rotbraunen Locken aus der Stirn und rief laut: „Ich weiß, dass du da bist, Karvin. Zeig dich!“

Der Schatten drehte um und kam wieder näher. Eine Welle der Verärgerung klatschte über Sofie zusammen.

„Reg dich nicht so auf!“, motzte sie zurück und hielt an. „Ich brauche einfach mal ein paar Minuten für mich. Allein!“

Der Schwarze kreiste über der jungen Frau, doch er blieb weiterhin unsichtbar. Seine Aura war so stachelig wie eine Distel. Es bestand kein Zweifel daran, dass Karvin stinksauer war.

„Warum landet er nicht endlich und macht mich lang? Worauf wartet der Miesepeter noch? Will er mich etwa zappeln lassen?“, wunderte sich Sofie und starrte nach oben.

„Ach nee, er sammelt sich, damit er nicht ungerecht wird oder über die Stränge schlägt. Diszipliniert wie immer. O Mann!“

Genervt rollte sie mit den Augen. Seine Beherrschtheit machte sie fuchsig und das wusste der Schwarze haargenau.

„Dann eben nicht, du Knalltüte“, schnaubte Sofie und setzte sich erneut in Bewegung. Sollte er ihr doch da oben folgen. Das ewige Kreisen würde ihm schnell auf den Keks gehen und das wiederum wusste SIE.

Karvin war eigentlich kein schlechter Kerl, immerhin hatte er dafür gesorgt, dass Jan und sie in den letzten Monaten zusammenbleiben durften. Außerdem hatte er sie geduldig unterrichtet und ihr viel beigebracht. Aber er war es eben auch gewesen, der darauf bestanden hatte, dass Sofies Ausbildung an der Akademie und nicht hier in Travemünde fortgesetzt wurde.

„Und er pocht kleinlich auf die Einhaltung sämtlicher Regeln, egal ob die nun sinnvoll sind oder nicht. Damit macht er mich noch wahnsinnig!“

Für Karvin war ein Befehl ein Befehl. Spielräume gab es nicht. Wurde ihm eine Aufgabe übertragen, so führte er sie aus. Präzise. Ohne Wenn und Aber. Stets hatte er alles unter Kontrolle.

„Das ist so zum Kotzen."

„Naja, DICH hat er offensichtlich nicht unter Kontrolle", mischte sich ihr Verstand ein. „... ich übrigens auch nicht."

Das war mal wieder typisch! Die Margareta in ihr hegte nicht unerhebliche Sympathien für diesen linientreuen Pedanten. Kein Wunder, waren sie einander doch sehr ähnlich. Wenn Sofie ehrlich war, musste sie zugeben, dass sie als Margareta jahrelang genauso ein Erbsenzähler gewesen war wie Karvin.

„Ja, ja, sich immer schön an die Vorgaben halten. Bloß nicht aus der Reihe tanzen. Pah! Aber jetzt nicht mehr."

„Nein, jetzt nicht mehr", stimmte ihr Verstand betrübt zu.

Die erwachende Magie hatte ihren Gefühlen Tür und Tor geöffnet und die Empathieübungen mit Eliande brachten alles noch mehr in Aufruhr. Bei einigen der Übungen sollte Sofie ihren Emotionen freien Lauf lassen und nichts zurückhalten. «Nur wer seine Gefühle kennt, kann sie gezielt in sich wachrufen und lenken oder bei Bedarf auf andere projizieren.»

„Manchmal ist es, als würde ich ungebremst gegen eine Wand rasen", seufzte Sofie und tat so, als würde sie Karvins Aura über sich nicht bemerken. Sie atmete tief durch, füllte ihre Lungen mit Seeluft und versuchte, ihren Laufrhythmus wiederzufinden.

Die Wut, die sie teilweise empfand, machte ihr selbst Angst. Mitunter verlor sie sich regelrecht in ihrem unbändigen Zorn. Das war nicht ungefährlich, da Sofie über ein beträchtliches astrales Potenzial verfügte. Meist sprühte sie dann magische Funken oder feuerte unbeabsichtigt. Und fast immer übertrug sie ungewollt ihre Gefühle. Die Drachen waren diesen Ausbrüchen gewachsen, aber normale Menschen konnte sie damit ernsthaft verletzen.

Ihre grüne Lehrerin versicherte ihr, dass das nicht passieren würde, solange Sofie ihre angestauten Emotionen regelmäßig herausließ. Eliande war klar, dass Menschen dazu erzogen wurden, insbesondere ihre negativen Gefühle zu unterdrücken. Sofie sollte sich das wie einen Luftballon vorstellen, in den alle unerwünschten Emotionen hineingeblasen wurden. War der Ballon voll oder geriet er unter Druck, zerplatzte er mit lautem Knall. Ließ man jedoch regelmäßig Dampf ab, so passierte nichts.

Durch den viel zu frühen Tod ihrer Eltern hatte Sofie ein großes Reservoir an Hilflosigkeit, Trauer und Zorn in sich angesammelt. Auch wenn Jan ihr half und mit ihr über die Dinge sprach, hatte sie die alten Geschichten noch lange nicht verarbeitet. Sie wusste ja noch nicht einmal, was damals tatsächlich mit ihrer Mutter und ihrem Vater geschehen war und allein diese Tatsache konnte sie nur schwer ertragen.

Instinktiv wanderte ihre linke Hand zur Halskette. Ihre Finger umschlossen die hauchzarten Ranken. Sie waren kunstvoll miteinander verflochten und in ihrer Mitte umhüllten sie zwei Ein-Cent-Münzen große Steine: ein weiß glitzerndes Herz und ein mattschwarzes Oval. Diese beiden Steine hatte Sofie als Kind für ihre Eltern am Ostseestrand gesammelt und Bill hatte sie mit einem bezaubernden silberfarbenen Metallgespinst eingefasst, damit Sofie sie immer bei sich tragen konnte. Die Steine trösteten Sofie, sie erdeten sie auf merkwürdige Art und Weise.

Sofie ließ ihren Blick über die endlosen Wellen schweifen und konzentrierte sich auf ihre Atmung.

„Irgendwer weiß etwas über meine Eltern“, dessen war sie sich sicher. *„Die Antwort ist irgendwo da draußen. Und ich werde sie finden. Bis dahin muss ich mit der Ungewissheit leben.“*

„... und ab und an etwas Dampf ablassen“, riet ihr Verstand.

«Ableiten» nannte Eliande die Übungen, in denen Sofie sich unter ihrer Aufsicht erst in die Emotionen hineinsteigern und sie dann ausleben musste.

„«Ausrasten» trifft es besser.“

Mittlerweile brauchte Sofie mit dem richtigen Trigger bloß noch wenige Sekunden, um aus der Haut zu fahren. Blöderweise galt das nicht nur für die Übungen mit der Grünen, sondern ebenfalls für ihr normales Leben. Sie war erheblich aufbrausender und reizbarer geworden. Eliande lobte das als großen Fortschritt und wurde nicht müde zu unterstreichen, dass Empathen in ihrer sogenannten Tempestaszeit sehr leicht aus dem Gleichgewicht zu bringen seien. Dies sei vollkommen normal und würde sich nach einigen Jahren oder Jahrzehnten von allein wieder geben. Hatte ein Empath seine Emotionen einmal in allen Höhen und Tiefen erkundet, so könne ihn kaum noch etwas aus der Ruhe bringen.

„Hätte mir jemand vor einem Jahr gesagt, dass ich überhaupt zu solchen Gefühlen fähig bin, hätte ich dem einen Vogel gezeigt", brummte Sofie und ignorierte hartnäckig die schwarze Aura über sich, die mit jedem Atemzug glatter und besonnener wurde.

„Ach, Süße. Ist ja nicht mehr lang", witzelte ihr Verstand. „So schnell wie du derzeit austickst, brauchst du maximal noch fünf Jahre und dann hast du das ganze Spektrum verinnerlicht. Übrigens: unser geschuppter Miesepeter geht grade in den Sinkflug über."

Tatsächlich beschrieb Karvins beruhigte Aura eine abwärts gerichtete Kreisbewegung um die junge Frau herum.

Sofie beherrschte den Aurenzauber noch nicht richtig, stattdessen konnte sie die Auren anderer Geschöpfe erfühlen. Das «Rieseln», wie sie ihren magischen Sinn nannte, bescherte ihr Einblick in das wahre Wesen und die Stimmung ihres Gegenübers.

Karvins Stimmung war mies, als er nur wenige Meter vor ihr landete und ihr so den Weg versperrte. Notgedrungen hielt sie an und stemmte angriffslustig ihre Fäuste in die Hüften.

Karvin ließ seine Tarnung fallen. Für den Bruchteil einer Sekunde stand ein riesiger mattschwarzer Drache vor ihr im Sand, rollte seine Schwingen ein und verwandelte sich im gleichen Moment in seine Menschengestalt. Wie immer trug Karvin als Kevin Hiller einen dunklen Anzug und ein blütenweißes Hemd mit einer viel zu akkurat gebundenen Krawatte. Die schwarzen Schuhe waren auf Hochglanz poliert, seine braunen Haare ordentlich gekämmt. Die ganze Erscheinung war makellos.

„Er sieht aus wie ein mustergültiger Konfirmand. Baah!"

Schon bei seinem Anblick schwoll Sofie der Kamm.

Karvins Miene war unbewegt, doch diese Fassade konnte Sofie nicht darüber hinwegtäuschen, dass er wütend war. Trotzdem würde er sie das nicht spüren lassen. In solchen Situationen war er so emotional wie eine Marmorstatue.

„Argh! Karvin hat echt 'nen Stock verschluckt. Heute Morgen traut sich nicht mal die Brise, seine Frisur durcheinander zu bringen."

Plötzlich hatte Sofie für einen Wimpernschlag den Eindruck, in einen

Spiegel zu sehen. Sie sah sich selbst, wie sie vor nicht einmal einem Jahr gewesen war: Damals hatte sie jeden Morgen ihre wilden Locken in einer strengen Frisur gebändigt und ihre Sommersprossen unter Makeup versteckt. Auch ihre Garderobe war tadellos gewesen. Margareta war stets souverän, zuverlässig und nie aus der Ruhe zu bringen gewesen. Sie hatte genau gewusst, wo ihr Platz gewesen war, was sie zu tun und zu lassen hatte. Alles war geregelt gewesen. Das hatte ihr Sicherheit gegeben. Sie war zufrieden gewesen.

„Und jetzt?"

Jetzt trieb sie ziellos dahin wie ein Blatt im Wind. Sie war Spielball der Lüfte. Das, was sie wollte, sollte sie nicht und das was sie sollte, wollte sie nicht.

„Damals gab es so ein Gefühlschaos nicht. Warum muss ich überhaupt was wollen?!"

Frustriert bemerkte Sofie, wie Neid in ihr aufkeimte und ihre Emotionen ins Rutschen gerieten. Früher hätte sie die unerwünschte Missgunst im Ansatz erstickt, aber heute war ihr das nicht möglich.

„Das Wochenende liegt hinter uns", erinnerte sie ihr Verstand. „Du hast seit drei Tagen nicht mehr abgeleitet."

„Stimmt."

Karvin, der Musterknabe, stand direkt vor ihrer Nase. Wie ein Fels in der Brandung. Er war haargenau dort, wo er sein sollte und bereitete sich auf eine moderate Standpauke vor.

„Bei der Sphäre, mir wäre es lieber, er würde mich mal anranzen! Immer dieses zurückhaltende oberkorrekte Gefasel. Ich kann es echt nicht mehr hören!"

Finstere Gefühle wuchsen in Sofie.

„Jetzt bringt er gleich wieder vollkommen zutreffende Argumente. Und recht haben wird er auch noch. Aaaaaaarrrrahg! Ich könnte KOTZEN!"

„Drei Tage nicht ableiten ist zu lang", wisperte ihr Verstand. „Das wird nicht gut gehen."

„Nein, das wird es nicht", stimmte Sofie zu. Hinterlist wucherte in ihr. *„Tja, der arme Miesepeter..."*

„He!", rief ihr Verstand alarmiert. „Karvin kann nichts dafür!"

„Besser er als Jan", entgegnete Sofie trocken. Sie konnte sich selbst

nicht leiden, wenn sie so drauf war, aber Eliande hatte immer wieder betont, dass sie ALLE Facetten ihrer Persönlichkeit kennenlernen musste, also auch die niederträchtigen. Und hier war eine davon.

Neben Sofie schwappten kleine Wellen an den Strand. Da sie still stand, lief ihr nun erst recht der Schweiß. Ihr T-Shirt klebte unangenehm am Rücken.

„Auch Mr Ich-Habe-Immer-Alles-Im-Griff hat seine Schwachstellen."

„Mach's nicht", bat ihr Verstand, doch Sofies Augen verengten sich provozierend. Ihre Stimme troff vor Sarkasmus: „Na sowas?! Fällt mir ein Anzugträger vom Himmel direkt vor die Füße. Wie unauffällig! Soviel also zur geheiligten Tarnung..."

Karvins Aura flackerte zerknirscht.

„Treffer!", flötete Sofie innerlich.

„Ich habe die Gegend gescannt", rechtfertigte sich der Schwarze scheinbar gelassen. „Es ist niemand in der Nähe, der mich hätte sehen können."

„Wenn du es sagst..." Sofie zuckte mit den Schultern und stichelte weiter: „Aber deine guten Schuhe bekommen Salzränder, wenn du auf dem nassen Sand läufst."

Ärger ließ ein paar Stacheln in Karvins Aura hervorschnellen. Er hatte seine Sachen gern ordentlich.

Sofie grinste voller Genugtuung. *„Touché!"*

Entschieden glättete der Drache seine Aura und blickte die junge Frau mitleidig an. „Na, Sofie? Bist heute Morgen mal wieder auf Krawall gebürstet, was? Ihr Empathen habt es aber auch nicht leicht. Ihr erlebt die Pubertät ein zweites Mal und das über Jahre."

Sein Mitgefühl war echt und frei von Vorwürfen.

„Verdammt! Ich will ihn auf die Palme bringen, doch statt sauer zu werden, tue ich ihm einfach nur leid! Mist!"

Das war nicht das, was sie wollte! Sie wollte Zoff.

„Du Schaf", mischte sich ihr Verstand ein, „das Wesen vor dir ist über 500 Jahre alt und ein Meister der Diplomatie. Und du glaubst, ihn mit zwei popeligen Sprüchen aus dem Gleichgewicht bringen zu können?"

„JA! Ich muss bloß die Voraussetzungen angleichen."

Das düstere Gefühlsgewächs in Sofie brachte ein paar hässliche

Zornesblüten hervor. Sie kannte Karvin gut. In den vielen Unterrichtsstunden mit ihm hatte sie herausgefunden, wie sie seine emotionalen Barrieren unterwandern konnte. Es wurde Zeit, das auszutesten.

„Wenn ich keine Kontrolle habe, soll er auch keine haben."

„Du bist sowas von kindisch!", zischte ihr Verstand, doch da hatte Sofie bereits gehandelt.

Einen Atemzug später erinnerte die Aura des Drachen wieder an eine Distel und sein Gesichtsausdruck an saure Milch.

Sofie lächelte liebenswürdig. „Danke für dein Verständnis. Und auch dafür, dass du in aller Herrgottsfrühe hierher kommst und dir deine Lieblingsschuhe ruinierst, nur um mir das zu sagen."

„Nein, Phönix, deswegen bin ich nicht hier", gab Karvin genauso liebenswürdig zurück. Seine Aura flackerte beunruhigend.

Zufrieden stellte Sofie fest, dass der Schwarze aufgewühlt war.

„Jetzt ist Schluss mit dem Kuschelkurs!"

„Ich bin hier", säuselte der Drache, „weil DU einen Babysitter brauchst, denn offensichtlich bist du außerstande, dich an die simpelsten Regeln zu halten."

Er schüttelte herablassend seinen Kopf. „Geh. Nicht. Allein. Raus! Vier Worte. Und du bist schon überfordert."

Sofie erstarrte. *„Er rastet nicht aus. Er dreht den Spieß um! Er macht sich über mich lustig."*

„Hab ich's dir nicht gesagt!", brummte ihr Verstand. „Du bist echt so blöd."

Aber diese Worte kamen bei Sofie nicht an. Zorn rauschte heiß in ihren Ohren und der Ballon mit den angestauten Gefühlen drohte in ihr zu platzen. Verwirrt machte sie den Mund auf, doch Karvin kam ihr zuvor.

„Du weißt, dass wir dich nicht orten können. Was denkst du dir dabei, allein die Villa zu verlassen?"

„Nichts!", motzte Sofie zurück. „Ich brauchte einfach mal frische Luft! Und wie du grade eben so brillant festgestellt hast, ist hier keine Menschenseele."

Der Schwarze richtete sich wütend auf. „Ach! Und woher wusstest DU das, als du losgelaufen bist?!"

Sofie machte sich ebenfalls gerade. „ICH habe Augen im Kopf!"
„Pah!", stieß der Drache verächtlich aus. „Und mit diesen Augen kannst du selbstverständlich auch hinter die Steilküste gucken. Sicher! Na los, Fräulein! Erzähl mir mal, was da in 400 Metern hinter der nächsten Biegung ist!"
„Nichts ist da! Was soll da schon sein?!"
Karvin überging ihre Antwort und fuhr gefährlich leise fort: „Du hast keine Ahnung, was sich in deinem Umfeld befindet. Du bist quasi blind und…"
„DAS IST DOCH VÖLLIG WURST", unterbrach Sofie ungehalten. „Selbst wenn da irgendwer ist, was soll denn schon passieren?! Hä?!"
„Du willst es einfach nicht wahrhaben, oder?", zischte der Schwarze.
„Ich bin kein hilfloses Menschlein. Ich kann mich wehren, schon vergessen?"
„So? Glaubst du das?!" Die Halsschlagader des Drachen pulsierte.
„JA, VERDAMMT!"
Karvin schüttelte abschätzig den Kopf. „Deine Fähigkeiten werden nicht helfen, wenn dir jemand auflauert und dich aus der Ferne betäubt."
„Bist du irre?" Sofie schnappte entsetzt nach Luft. „Wer sollte denn sowas tun?!"
„Du hast keinen Schimmer, in was du dich hineinmanövriert hast."
„Hör auf in Rätseln zu sprechen, Karvin! Seit Wochen diese Andeutungen. RED ENDLICH MAL KLARTEXT."
„Du willst Klartext?!" Der Drache schnaubte spöttisch. „Kannst du haben: Du hast dich selbst zur Zielscheibe gemacht, als du uns davon abgehalten hast, die Bilder von dir und Jan zu löschen. Seit die in der Zeitung gedruckt wurden, stehst du im Visier von…"
„Ahaaaa! DAHER weht der Wind. Es geht mal wieder um die Bilder! Das wird dich wohl ewig wurmen, was?"
„Mich wurmt gar nichts", knurrte Karvin. „Von mir aus können die Zeitungen so viele Knutschfotos von dir und dem Karfunkel bringen, wie sie wollen" – das war gelogen. Sofie spürte, dass er sich sehr wohl darüber ärgerte – „…aber ich bin für deine und J's Sicherheit verantwortlich. Der Firmenchef von WyvernPower hat sich bei einigen Menschen ziemlich unbeliebt gemacht. Und als seine offizielle Freundin

bist du ein gefundenes Fressen für alle, die Jan Hendrik Meier ans Bein pinkeln wollen. Du hast ja keine Vorstellung davon, WER seitdem Nachforschungen über dich anstellt."

„BLÖDSINN! Dir geht es doch nur gegen den Strich, dass Jan sich öffentlich zu mir bekennt", giftete sie zurück.

„Selbstverständlich geht mir das gegen den Strich! Denn es erschwert MEINE Arbeit! Und das alles bloß, damit Henriette und Ursula nicht schlecht von J denken!" Karvin rollte mit den Augen. Er war tatsächlich auf hundertachtzig.

Sofie ballte wütend die Fäuste. „Meine Großmutter hat noch VOR euch ach so wachsamen Himmelsechsen mitbekommen, dass uns ein Paparazzi am Strand abgeschossen hat. SIE war es, die von der Redakteurin gewarnt wurde. Offensichtlich haben du und deine Leute gepennt!"

Karvins Blick verdüsterte sich bedrohlich. „Zu dem Zeitpunkt hätten wir die Bilder noch problemlos verschwinden lassen können."

„ACH JA?!" Sofie bot dem Schwarzen entschlossen die Stirn, ihr Kiefer verspannte sich. „Dann hätten Henriette und Uschi gedacht, dass Jan seine Finger im Spiel hat und es nicht ernst mit mir meint."

„NA, UND WENN SCHON?" Karvin hob gereizt die Arme in die Luft, seine Aura brodelte. „Das ist doch eh egal! Mit ein bisschen Glück hast du in ein paar Wochen einen neuen Partner, und dann ist das mit dir und J sowieso Geschich…"

WUUUUUSCH!

Blassblaue Flammen zischten funkensprühend über den instinktiv von Karvin hochgerissenen Schutzschild. Er kollabierte, bevor der Schwarze ihn bewusst verstärken konnte. Das magische Feuer züngelte über die Menschengestalt des Drachen und steckte seine Haare und Kleidung in Brand.

Ungläubiges Erstaunen verzerrte Karvins sonst so ebenmäßigen Züge. Entsetzt erstickte er die Flammen mit einer kleinen Geste seiner linken Hand.

Aus dem Augenwinkel nahm Sofie wahr, wie sich drei Möwen hastig aus dem Staub machten.

Sie war schockiert. Der Nachhall der astralen Energie brannte in ihren Meridianen. Ihr war nicht bewusst gewesen, dass sie in den letzten

Minuten so viel Kraft aus der Umgebung in sich aufgesogen hatte. Eine dermaßen heftige Entladung hatte sie nicht kommen sehen.

„Was habe ich getan!?“

Karvins Anzug war ruiniert, das weiße Hemd hatte Brandflecken. Und seine ordentlich frisierten Haare qualmten. Sanft trug die leichte Brise kleine Rauchsträhnen mit sich fort.

„Wann hast du das letzte Mal abgeleitet?“, presste der Drache mühsam beherrscht hinter zusammengebissenen Zähnen hervor. Die oberflächlichen Verbrennungen schmerzten ihn.

„Freitag“, antwortete Sofie tonlos und schluckte. Die Wut in ihrem Inneren war verschwunden. Sie fühlte sich merkwürdig hohl. Langsam füllten Bestürzung und Reue das Vakuum.

„Ich bin zu weit gegangen.“

„Freitag? Das reicht offensichtlich nicht mehr aus“, stellte Karvin fest. „Ich werde Eliande darüber informieren.“

Sofie nickte stumm. Sie schaute beschämt zu Boden und bemerkte, dass das eben noch hochglänzende Leder von Karvins Schuhen hässliche Blasen schlug.

„O Gott! Ich habe seine Lieblingsschuhe ruiniert!“

Karvins Blick folgte dem ihren. Erst jetzt schien ihm klar zu werden, wie er aussehen musste. Der Drache versteifte sich und hob mechanisch seinen Kopf. Seine Aura verlor jegliche Zurückhaltung.

Ängstlich guckte Sofie in sein Gesicht und wurde von zwei zornig funkelnden Augen empfangen.

„OoooOoo! So hat er mich noch nie angesehen. Jetzt habe ich ihn wirklich sauer gemacht.“

„Sauer? Falsch!“, korrigierte die Margareta in ihr. „Du hast dir dein Grab geschaufelt.“

Sofie schluckte erneut. Ihr Hals war trocken.

„Ich weiß, dass die Tempestaszeit für Empathen nicht leicht ist“, fauchte Karvin gefährlich leise. „In den Übungen kannst du dich gehen lassen, aber ansonsten hat dein Verhalten Konsequenzen. Für dich, vor allem jedoch für dein Umfeld.“

Seine Augen wurden zu schmalen Schlitzen, als er herausfordernd fragte: „Falls du einen Gefährten findest, was glaubst du wird passieren, wenn die Presse das mitbekommt?“

Reißerische Schlagzeilen und Fotos wirbelten durch Sofies Kopf. Ihr wurde übel.

Der Drache nickte kühl. „Ganz genau. Wie Hyänen werden sich die Reporter darauf stürzen. J wird unzählige Interviewanfragen deswegen bekommen und auch sonst ständig darauf angesprochen. Er wird dich und deinen Neuen auf jedem Titelblatt sehen. Und jedes Mal wird ihm vor Augen geführt, dass er dich verloren hat. Unwiderruflich.“

Karvins Worte trafen Sofie, als hätte er sie ins Gesicht geschlagen. Jan und sie hatten die Zukunft ausgeblendet. *„Ich habe nicht darüber nachgedacht, was später sein wird.“*

„Und weil J sich offen zu dir bekannt hat, wird die Presse den Finger erst recht in die Wunde legen und nachbohren“, fuhr der Schwarze unbarmherzig fort. „J wird sich dem Rummel nicht entziehen können. Das wird wochenlang so gehen. Es wird die Hölle für ihn.“

„Verdammt, da hat er recht. Und dem Miesepeter war das offenbar schon damals alles sonnenklar!“ Erneut wallte Zorn in Sofie auf. Wütend klagte sie ihn an: „Warum bei der Sphäre sagst du mir das ERST JETZT?“

„Weil J es mir VERBOTEN hat!“

„Aber das ist unmöglich!“, widersprach Sofie. „Ich kann in seine Gedanken sehen. Das hätte ich doch bemerkt.“

„Ach, hättest du das?“ Karvin lachte freudlos. „J trägt tagsüber den Karfunkel. Sein Geist war abgeschirmt.“

„Ja, und?“ Sie schüttelte den Kopf. „Ich hätte es später …“

„Du verstehest NICHTS von Geistesmagie“, unterbrach der Drache sie unwirsch. „J wurde JAHRELANG intensiv von uns ausgebildet. Auch ohne astrale Kraft verfügt er über einen disziplinierten Geist und kann seine Gedanken gezielt lenken oder sie unterdrücken. Wenn er vor einem Laien etwas verbergen will, so ist das kein Problem. Und ganz nebenbei: Sogar Gefährten in der Bindungsphase können Geheimnisse voreinander haben.“

„Aber ich hätte doch etwas GESPÜRT“, beharrte Sofie. *„Spüren müssen!“* Sie schaute Karvin zweifelnd an. „Da war nichts…“

„… außer seinem Wunsch, dich zu schützen! Das WEISS ich!“, knurrte der Schwarze und schnaubte grimmig. „J will es dir recht machen! DEIN GLÜCK steht für ihn an erster Stelle. Das ist auch der Grund, warum ich dir nichts über die Kriminellen sagen darf, die Nachforschungen über dich anstellen. J will, dass du dich frei fühlst. Und wer darf unter diesen Voraussetzungen für deine Sicherheit sorgen?!"

Karvin wartete ihre Antwort nicht ab, sondern rollte genervt mit den Augen. Ein Igel war im Vergleich zu seiner Aura ein flauschiges Schmusetier. „Weißt du eigentlich, wie schwierig es ist, dich im Blick zu behalten, ohne deine Gedankenmuster orten zu können?"

Sofie schwieg. So gereizt hatte sie den Drachen noch nie gesehen. Zum ersten Mal, seit sie ihn kannte, ließ er sie seinen Ärger spüren. Seine Aura verdunkelte sich unheilvoll.

„Es ist, als wärst du GAR NICHT DA!", polterte der Schwarze weiter und funkelte sie vorwurfsvoll an. Seine Emotionen übertrugen sich auf Sofie.

„Blöderweise ist es mein Job, dafür zu sorgen, dass dir tatsächlich niemand ein Haar krümmt", regte er sich auf. „Bah! Bewach mal etwas, das du nicht sehen kannst. Ich sage dir, das ist schlimmer als auf einen Wurf soranischer Panikrenner aufzupassen. Die Viecher sind genauso ungehorsam wie DU! Bei den Schuppen des Grauen Kriegers, manchmal würde ich am liebsten alles hinschmeißen!"

Sofie hatte genug und giftete zurück: „Denn mach das doch endlich!"

Die Worte waren raus, bevor sie es verhindern konnte.

Schweigen.

„Das ist nicht dein Ernst!" Karvins Stimme ließ Sofie unwillkürlich an einen zufrierenden See denken.

„Auch wenn du dir das vielleicht nicht vorstellen kannst, Phönix: Ich bin J's Freund! Sollte ich gehen, wer ist dann für ihn da, sobald du dich an einen der unseren bindest?" Seine Aura verdichtete sich ungesund. „J ist dir verfallen, mit Haut und Haaren. Er liebt dich mehr, als ihm guttut. Viel mehr. Ich glaube nicht, dass er sich jemals wieder einer anderen Frau zuwenden wird, wenn du ihn verlässt."

„Aber ich WILL ihn doch gar nicht verlassen!", begehrte Sofie auf. „Ich will MEIN LEBEN MIT IHM VERBRINGEN!"

„Das weiß ich sehr wohl!" Karvin versuchte, sich zu beruhigen. „Du vergisst jedoch, dass diese Entscheidung nicht in deiner Hand liegt."

Farblose Schlieren der Niedergeschlagenheit durchzogen seine Aura.

Sofie schüttelte den Kopf. „Die Wahrscheinlichkeit, dass es mich erwischt, liegt bloß bei zehn Prozent."

„Wer sagt denn das?" Der Drache runzelte verächtlich die Stirn.

„Bill hat das ausgerechnet." Und Sofie hoffte von Herzen, dass er recht hatte.

„Wie nett von Bill", grummelte Karvin ironisch. „Nur leider treffen die allgemeinen Zahlen nicht auf dich zu."

Schweigen.

Sofie fühlte sich plötzlich ganz ausgelaugt. Sie hatte keine Kraft mehr und hörte auf zu kämpfen. Tonlos fragte sie: „Warum? Was weißt du?"

Karvin rang mit sich.

Im gleichen Maße, wie Sofies Widerstand erstarb, hellte seine Aura sich auf und er fand zu seiner üblichen Selbstbeherrschung zurück.

„Für heute reicht es, Sofie. Ich habe sowieso schon zu viel gesagt und damit diverse Versprechen J gegenüber gebrochen."

Er hielt kurz inne, seufzte und meinte versöhnlich: „Tu uns allen den Gefallen und mach es für J nicht noch schwerer, als es ohnehin ist. Ich weiß, dass du ihn liebst. Du willst ihm nicht wehtun, also…"

Hilflos zuckte er mit den Schultern. Er blickte ihr prüfend in die Augen, murmelte: „Durstig, wie sollte es nach dem Feuerwerk eben auch anders sein", und holte ein Päckchen Kaugummi aus der Innentasche seines Jacketts. „Nimm besser zwei Streifen."

Mechanisch griff Sofie nach dem HotSpice.

„Es tut mir leid", brummte Karvin und entfernte sich ein paar Schritte von ihr. „Ich bleibe in deiner Nähe, bis du in der Villa bist."

Dann drückte er sich vom Boden ab, verwandelte sich in einer fließenden Bewegung in seine Drachengestalt und breitete die Schwingen aus. Einen Atemzug später war er unsichtbar.

Sofie blieb allein am Strand zurück. Neben ihr rauschten die Wellen und vereinzelt kreischten Möwen in sicherer Entfernung. Der Himmel war blau, die Wolken hatten sich aufgelöst und die Sonne versprach einen wunderschönen Sommertag.

„Nicht für mich."

Das unkontrollierte Zaubern hatte Sofie erschöpft. Resigniert wickelte sie das Kaugummi aus und steckte es sich in den Mund. Es schmeckte angeköselt und ungewöhnlich nach Karamell. Dennoch entfaltete der Zimt seine Wirkung. Sofie konnte spüren, wie sich ihre Meridiane weiteten und astrale Kraft in ihren Körper floss.

„Schon besser", stöhnte sie erleichtert und setzte sich erneut in Bewegung. Sie würde mindestens noch zehn Minuten brauchen, bis sie wieder zu Hause war.

„Wohl eher 15", meldete sich ihr Verstand zurück. „Was übrigens kein Wunder ist, bei all den Schuldgefühlen, die wir mit uns rumschleppen."

„Ach, sei still!"

„Gut, dann verkneife ich mir auch die Bemerkung, dass mir von Anfang an klar war, dass dein Zickenalarm mit Karvin eine ECHT blöde Idee ist. Und auch, dass ich dich gewarnt habe."

„Oh danke, wie nett von dir."

„Bitte schön."

„Klappe. Ich will jetzt laufen. Sonst dauert es 20 Minuten."

5. Frühstück à la Albert

Sofie betrat mit sandigen Joggingschuhen den Nebeneingang.

„Na, hat Karvin dir beim Ableiten geholfen?“, versuchte Jan einen Scherz. Er stand mit einem schiefen Lächeln im Flur. Wie immer, wenn er als Geschäftsführer von WyvernPower unterwegs war, trug er einen Maßanzug, den Stirnreif und die markante Brille. Seine blonden Haare hatte er lässig ins Gesicht gekämmt, sein Geist war sauber abgeschirmt.

„Ableiten ist gut“, schnaubte Sofie und schüttelte schuldbewusst den Kopf. „Ich habe ihn gegrillt. Sein Schild ist kollabiert. Die Klamotten und seine Haare haben Feuer gefangen. Sogar die Schuhe sind angeschmurgelt.“

„Die alten schwarzen?“ Jan unterdrückte ein Schmunzeln.

„Ja, seine Lieblingsschuhe“, bestätigte Sofie düster und wischte sich mit dem Saum ihres T-Shirts den Schweiß aus dem Gesicht. Ihr war nicht nach Lachen zu Mute. „Diesmal habe ich es zu weit getrieben. Karvin wird mich auf ewig hassen. Zu Recht.“

„Quatsch“, widersprach Jan. Er ging einen Schritt auf sie zu und strich ihr zärtlich eine verirrte Locke aus den Augen. „Karvin hat mir alles erzählt. Mach dir keinen Kopf, er hat dir schon verziehen.“

„Verziehen?“, echote Sofie. „Aber ich war ein richtiger Arsch!“

„Ach“, wiegelte Jan ab, „Karvin meinte, er sei auch nicht besonders nett zu dir gewesen.“

„ER hatte keine Wahl!“, protestierte sie. „Ich habe ihn ausgetrickst und bis aufs Blut gereizt. Hätte ich ihn mit faulen Eiern und Sand beworfen, wäre nichts passiert. Aber ich blöde Kuh habe seine Barrieren unterwandert und ihn im Innersten angestachelt. Er KONNTE gar nicht nett sein.“

„Ja, er sagte, damit hättest du ihn kalt erwischt.“ Jan grinste breit. „Im Bereich der persönlichen Abgrenzung sind wohl ein paar Übungsstunden für unseren Musterknaben fällig. Er ist deswegen übrigens grade bei Mandolan.“

„Aha.“

„Hier, trink erstmal was.“ Jan reichte ihr eine Flasche.

Sofie griff nach dem Wasser, machte jedoch keine Anstalten, die Buddel zu öffnen. „Und damit ist die Sache erledigt, oder was?"

Jan nickte. „Jep!"

„O Mann. Kann Karvin nicht mal fünf Minuten sauer auf mich sein? Ich hätte das echt verdient."

„Karvin ist ein ausgebildeter Diplomat. Und Eliande hat ihn gut gebrieft. Er weiß, was es mit der Tempestaszeit von Empathen auf sich hat."

„Na prima", grummelte Sofie sarkastisch. Sie schraubte nun doch die Flasche auf und trank einen Schluck.

„Ach, komm schon, kleiner Phönix, jetzt mach dich nicht fertig. Karvin ist Pragmatiker. Er besitzt einen analytischen Verstand und über 500 Jahre Lebenserfahrung. Meistens hat er recht mit dem, was er sagt und tut."

„Das ist ja das Schlimme", stöhnte sie. „Eben ist er nicht mal ausfallend geworden, sondern hat mir einfach bloß die nackten Fakten um die Ohren gehauen." Sie bückte sich ächzend, öffnete die Schnürsenkel und zog die Schuhe aus. „Ich weiß selbst, dass er recht hat. Mit allem."

Schweigen.

„Was hat er dir denn um die Ohren gehauen?" Jans Stimme klang gelassen, doch Sofie konnte seine Besorgnis spüren.

Sie richtete sich auf und bemühte sich um eine nüchterne Miene. „Es läuft auf eine Sache hinaus: Ich bin nicht gut für dich."

Jans saphirblauen Augen verengten sich. „Von dem, was gut für mich ist, hat Karvin ausnahmsweise keine Ahnung."

„Nein, Jan!", rief Sofie hilflos. „Es stimmt, was er sagt! Wir wollen es nur nicht sehen. Wir weigern uns, an die Zukunft zu denken, aber…"

„Du bist das Beste, was mir je passiert ist", unterbrach Jan bestimmt und zog sie in seine Arme.

„Nicht", jammerte Sofie. Sie versuchte, von ihm abzurücken. „Ich bin klatschnass geschwitzt. Du ruinierst dir deinen teuren Anzug."

„Scheiß auf den Anzug", brummte Jan und hielt sie fest. „Mein ganzer Schrank hängt voll mit diesen Klamotten."

Sein Aftershave und der frische Duft von Minze hüllte Sofie in vertraute Geborgenheit.

„Er ist mein Zuhause. Hier gehöre ich her."

Ihr Herz drängte sie, das Gespräch mit Karvin zu vergessen und sich für immer an ihn zu schmiegen, doch das durfte sie nicht.

„Bitte lass mich los", murmelte sie widerstrebend. „Hör mir zu."

Jan holte tief Luft. „Also gut." Er hasste es, in solchen Situationen auf Abstand zu gehen, trotzdem gab er sie frei.

Ohne seine Berührung fühlte Sofie sich einsam und hätte sich am liebsten sofort wieder an seine Brust gedrückt. Sie seufzte niedergeschlagen.

Jan blickte sie ruhig an.

Kopfschüttelnd meinte Sofie schließlich: „Wir hätten das mit den Fotos nicht zulassen dürfen. Und deine offizielle Stellungnahme zu mir…"

„Zu uns!", korrigierte Jan.

„Ja, zu uns", flüsterte Sofie gequält. „Die Presse wird über dich herfallen, falls ich einen Gefährten…"

„Na und?"

„Weißt du denn nicht, was das bedeutet? Sie werden dich mit Fragen bombardieren! Das wird 'ne halbe Ewigkeit Thema sein. Wären es nur die Bilder gewesen…"

„Sofie, ich liebe dich." Mit ernster Miene trat Jan einen Schritt auf sie zu. „Ich MÖCHTE, dass die Welt weiß, dass du zu mir gehörst."

Sie spürte, wie wichtig ihm diese Sache war. Er hatte die Entscheidung bewusst getroffen. Sie keuchte: „Aber das wird fürchterlich für dich, wenn…"

„Ist mir egal. Du bist die Liebe meines Lebens." Erneut schloss er sie in seine Arme. Zärtlich und unnachgiebig zog er sie zu sich heran und küsste ihre verschwitzte Stirn. „Ich würde dich heiraten, hätten mir die Himmelsechsen nicht verboten, dir einen Antrag zu machen."

„Heiraten?" Diese Information überforderte Sofies Gehirn. Davon hatte sie nichts geahnt. Karvin hatte definitiv recht mit seinem Vortrag über Jans disziplinierten Geist. *„Heiraten!"*

Wie eine himmlisch duftige Sommerbrise umschmeichelte Jans Liebe Sofie. Eine Gänsehaut huschte über ihren Rücken und scheuchte einen riesigen Schwarm Schmetterlinge in ihrem Bauch auf. Sie lächelte.

Ungewollt drängelten sich diffuse Drachenschuppen zwischen die zarten Tierchen und schon wirbelten Schlagzeilen und Fotos von Jan als gehörntem WyvernPower-Ehemann durch ihren Kopf.

Mit einem Mal war Sofie den Himmelsechsen für ihre Einmischung dankbar. Betroffen wisperte sie in seine Schulter: „Wenn wir heiraten, würden sich die Zeitungen über dich lustig machen, sobald ich…"

„Falls! Nicht sobald", berichtigte Jan entschieden. „Falls ein Drache dich…" Er schluckte und brach ab.

Niemals würde er sie verlassen. Nie. Erst wenn er dazu gezwungen wurde. Bis dahin stand er bedingungslos zu ihr.

Sofies Hals schnürte sich zu. „Karvin geht fest davon aus, dass ich mich verbinde."

Jan nickte langsam und ließ die Abschirmung seines Geistes fallen. *„Das tut er. Alle Menschen mit hohem astralen Potenzial haben sich bislang verbunden, sofern die Bedingungen stimmten. Und die sind an den Akademien optimal. Trotzdem bete ich, dass du die erste Ausnahme dieser Regel sein wirst."*

„Du kennst die Fakten?!", entgegnete Sofie betroffen. *„Und trotzdem willst du die Realität nicht sehen? Karvin hat recht: Du liebst mich mehr, als dir guttut."*

„Nein." Er rückte ein Stückchen von ihr ab, nahm ihren Kopf in beide Hände und blickte ihr fest in die Augen. *„Das ist totaler Blödsinn! Und jetzt komm mir nicht wieder mit dem Empathenquatsch. Sieh in mich hinein: Ich liebe dich! Nicht weil du dir das wünschst, sondern weil es einfach so ist. Ich habe dich von Anfang an geliebt."*

„Aber ich werde dir wehtun, wenn ich mich auf einen Drachen einlasse!", protestierte Sofie.

Jan schmunzelte und hauchte einen Kuss auf ihre Nasenspitze. *„Morgen vielleicht. Doch noch nicht heute. Heute liebst du MICH."*

„Die Zukunft wird dich umbringen!", stöhnte Sofie.

Es war sinnlos, Jan war unbelehrbar. Sie schloss die Augen und hoffte wider besseren Wissens, dass er noch ein paar Küsse spendierte.

Jan lachte leise. „Als der alte Truchsess Abrexar mir damals die Wahrheit über unsere Welt, die Tore und die Dämonen erzählt hat, musste ich ihm versprechen, dass ich mir von der Angst vor der Zukunft nicht meine Gegenwart versauen lasse. «Wir leben nur einmal und dieses

Leben kann in der nächsten Minute vorbei sein», hat er zu mir gesagt. «Genieße es, wo du nur kannst.»"

Das klang vertraut. Sofie schaute seufzend zu ihm auf. In seinen Augen funkelte es spitzbübisch.

„Ich habe vor, mein Versprechen zu halten", fuhr Jan fort. „Abrexar ist tot. Würde ich es brechen, würde er mir das sehr übel nehmen, weil er mir nicht mehr persönlich den Kopf waschen kann."

Dann beugte er sich zu ihr herab. Sein Atem streifte über ihre Wangen, seine blauen Augen nahmen sie gefangen. *„Du bist das Beste, was mir je passiert ist"*, wiederholte er stumm und lächelte.

Sie erwiderte sein Lächeln.

Wie von selbst fanden sich ihre Lippen in einem hauchzarten Kuss.

Zwei Herzschläge später sah Jan Sofie abermals in die Augen und raunte: „Ich liebe dich, Sofie. Es gibt nichts, was ich bereue. Nicht heute und nicht morgen. Alles kommt, wie es kommen muss."

Sofie blickte in seine Gedanken. Er meinte es so, wie er es sagte.

„Und ich liebe dich, Jan. Ich will niemand anderen."

„Ich weiß. Wir werden uns mit der Zukunft beschäftigen, wenn sie da ist, in Ordnung?"

Sie nickte. „In Ordnung."

„So ist es brav, mein kleiner Phönix." Jans Gedankenstimme klang belegt. *„Ich betrachte jeden Moment mit dir als Geschenk. Verdirb mir nicht die Freude daran."*

Sein Atem streichelte ihr Gesicht und seine Augen leuchteten wie Sterne. Dieser Mann war ihre Heimat. Er war immer für sie da und trug sie auf Händen.

„Dir die Freude nehmen? Das werde ich nicht tun."

Noch ein Kuss, behutsam, fast schon scheu. Seine Lippen waren wunderbar weich. Beide versanken in der unschuldigen Berührung.

Auf einmal konnte Sofie spüren, wie die Leidenschaft in ihm erwachte.

Und sich auf sie übertrug. Sinnlichkeit kribbelte durch Sofies Adern.

„Er will mich."

„Und du ihn", bemerkte ihr Verstand. „Ich bin denn mal weg."

Sofie seufzte und gab das Kämpfen auf. Eine wohlige Lust breitete sich bis in ihre Fingerspitzen aus. Erwartungsvoll reckte sie sich ihm entgegen und wollte seine Lippen schmecken.

Nur zu gern kam Jan ihrem Wunsch nach. Er küsste sie liebevoll, jedoch zurückhaltend. Er wollte sie nicht bedrängen.

„Ich will aber bedrängt werden!“ Sofie öffnete ihren Mund und hieß seine Zunge willkommen.

Jan stöhnte und küsste sie fordernd zurück. Seine Hände wanderten ihren Rücken hinunter und zogen sie fest an sich. Dieses Mal ließ sie es zu. Ihr wurde heiß. Das Prickeln in ihrem Körper wurde intensiver. Sie liebte es, ihm nahe zu sein. *„Noch näher wäre besser.“*

In seinem Geist sah sie, wie ihre Reaktion seine Erregung anheizte. Etwas Hartes drückte gegen ihren Unterkörper und löste ein süßes Sehnen in ihrer Mitte aus. Sie presste sich an ihn.

Vage wurde ihr bewusst, dass sie noch immer die Wasserflasche in ihrer rechten Hand hielt.

„Loslassen“, waberte es durch ihre Gedanken und schon plumpste die Flasche auf die Fußmatte.

Das dumpfe Geräusch brachte einen Teil ihres Verstandes zurück. Sie löste sich widerstrebend von ihm und stolperte einen Schritt rückwärts. Rau flüsterte sie: „Hast du nicht gleich irgendwelche Geschäftstermine?“

„Kann ich absagen“, krächzte er und überbrückte die entstandene Distanz. Keuchend stieß er Sofie gegen die Wand. Wieder fanden sich ihre Lippen, diesmal wild und gierig. *„Aber du schaffst es nicht mit dem Frühstücken.“*

Atemlos vergrub Sofie ihre Hände in seinen blonden Haaren. *„Wer braucht schon Frühstück?“*

„Also, ich kann prima von Luft und dir leben“, meinte Jan, ohne den Kuss zu beenden. Seine linke Hand strich ihre Seite entlang hinunter bis zum Oberschenkel. Nur zu willig ließ Sofie ihn ihr Bein anheben und schlang ihre Arme um seinen Nacken. Er drückte sie gegen die Wand, umfasste ihren zweiten Oberschenkel und hob sie hoch.

Sofie konnte ihn durch den dünnen Stoff seiner Anzughose spüren. Ein heißes Pochen breitete sich in ihrer Mitte aus. Sie wollte ihn. „Verflixte Klamotten.“

„Na, da könnte ich helfen“, brummte er lüstern. „Soll ich?“

„Dann wirst du die Luft aber brauchen“, kicherte Sofie. „Ich bin vollkommen durchgeschwitzt!“

„Wir haben im Badezimmer eine Dusche“, entgegnete er salopp. „Ich gehe dir gern beim Einseifen zur Hand.“

In seinem Kopf manifestierten sich eindeutige Bilder.

„Gute Idee“, raunte Sofie. „Dann hast du ja sicher nichts dagegen, wenn ich dich ebenfalls zum Schwitzen bringe.“

Erheblich später hatte Jan sich ein frisches Outfit angezogen. Er beobachtete lächelnd, wie Sofie ein T-Shirt überstreifte und ihre braunen Locken lässig im Nacken zusammenband. Ihre Haare waren noch feucht von der Dusche. Er grinste breit und murmelte: „So lasse ich mir den Montagmorgen gefallen.“

„Alter Schmusekater“, neckte Sofie ihn. Sie griff nach ihrer Armbanduhr und zuckte zusammen. „Verdammt. Sieben Uhr! Ich brauche mindestens anderthalb Stunden bis Steinburg. Das schaffe ich niemals pünktlich!“

Hektisch warf sie ihren Kulturbeutel in die Reisetasche und zog den Reißverschluss zu. Die Margareta in ihr war wieder voll da. Und Margareta verabscheute Unpünktlichkeit. Ein Glück, dass sie den Rest gestern schon gepackt hatte.

„Nur keinen Stress, Sofie.“ Gelassen schulterte Jan ihre große Tasche. „Nun kannst du eh nichts mehr ändern.“

„Ja, ja… Ich hasse es, zu spät zu kommen.“

„Ich weiß.“ Jan schmunzelte und verließ mit ihr das Zimmer. „Frühstückst du mit mir?“

„Jetzt?!“

Sofie sah ihn entgeistert an.

Er zuckte unschuldig mit den Schultern. „Klar. Auf eine halbe Stunde mehr kommt es nun auch nicht mehr an.“

Sofie kniff ihre Augen zusammen. „Gib es zu: Du wusstest, dass es schon so spät ist!“

„Ich wusste“, antwortete Jan schelmisch, „dass ich heute Morgen unbedingt mit dir frühstücken möchte.“

„So geht das aber nicht!“ Entrüstet steuerte Sofie auf die breite Treppe zu, die in die Eingangshalle hinunter führte.

Jan lächelte nur. „Albert hat Flugmangos da."

„Ich kann doch nicht absichtlich noch später kommen!", protestierte Sofie und nahm die ersten Stufen, Jan folgte ihr.

„Und frische Himbeeren."

Sie warf einen erbosten Blick über die Schulter und funkelte ihn an. „Sowas gehört sich nicht."

„Den Joghurt hat Albert selbst kultiviert."

„Aber..."

Jan saß der Schalk im Nacken. „Und ich habe ihn gebeten, deine Haferflocken mit etwas Rohrzucker anzurösten."

Sofie war unten angekommen und stemmte ihre Hände in die Hüften. „Du Bagalut!"

„Der Kaffee läuft schon durch", lockte Jan weiter, „und neuen Zimtsirup hat Albert gestern auch angesetzt."

„Na und!", rief Sofie und wollte nach ihrer Tasche greifen.

Jan sah ihr spitzbübisch in die Augen. Er ließ die Abschirmung seines Geistes fallen und erinnerte sich bewusst an einen großen Café Latte à la Albert: perfekt geschichtet, herrlich viel Milchschaum und einen Schuss Zimtsirup. Genüsslich leckte er sich die Lippen. Er konnte das himmlische Aroma förmlich auf seiner Zunge schmecken.

„O nein! Meinst du etwa karamellisierten Zimtsirup?", jammerte Sofie. Sie hörte, dass jemand hinter ihr in der Küche hantierte. Das konnte nur Albert sein.

„Jep!" Jan nickte bedeutungsvoll. „Er macht in dieser Minute den Milchschaum."

Sofie war süchtig nach Alberts Kaffee. Sie rang mit sich. Das Essen in der Steinburg war gut, aber kein Vergleich mit dem, was der Butler zubereitete. Eigentlich hatte Jaromir den alten Herren seit Ewigkeiten im Kieler Haus Brookstedt in seinem Dienst, doch da er und Victoria ohnehin viel unterwegs waren, hatten die beiden Jan erlaubt, Albert ein paar Monate in Travemünde zu beschäftigen.

Just in diesem Moment stieg Sofie der betörende Duft von warmem karamellisiertem Zimtsirup in die Nase. Empört knuffte sie Jan in den Arm. „Du bist so fies!"

Jan grinste breit. „Ich weiß."

„Spacken!“ Sie gab auf.

Jan lachte siegesgewiss und versprach: „Du wirst es nicht bereuen. Albert hat draußen gedeckt.“

„Draußen?“, meldete sich Bill. „Oh prima!“

Der Drache kam aus dem Flur, der zum Keller führte. „Ich mag Frühstück mit Blick auf die Ostsee.“ Freudestrahlend begrüßte er sie: „Guten Morgen ihr zwei!“

„Guten Morgen“, antworteten Jan und Sofie im Chor.

„Falsch, Bill“, stichelte Jan fröhlich, „Du magst Frühstück, egal wo! Sobald es von Albert zubereitet wird, haust du voll rein.“

„Hmmmhmm“, bestätigte der Weiße selig. Tatsächlich hatte er in den letzten Monaten zugenommen, so dass sein Wacken-T-Shirt leicht über dem Bauch spannte. Er schnupperte genüsslich und setzte sich dann Richtung Terrasse in Bewegung. „Heute gibt es sogar Flugmango, Himbeeren und zum Nachtisch Zimt-Eiskonfekt.“

„Ach, Zimt-Eiskonfekt gibt es auch noch?“, grummelte Sofie und folgte dem Drachen. Sie schaute Jan finster an. „Wann wolltest du denn damit rausrücken?“

„Das war mein letzter Trumpf“, feixte Jan. „Ich dachte, ich behalte zur Sicherheit noch ein Ass im Ärmel.“

Die drei machten es sich auf der Terrasse gemütlich. Das Wetter war herrlich. Der Sommerhimmel spannte sich wolkenlos über der Ostsee und verlieh dem Wasser ein einladendes Blau. Die Wellen rollten stetig an den Strand und hin und wieder kreischte in der Ferne eine Möwe. Dazu wehte eine leichte Brise.

„Es ist so schön hier!“, seufzte Sofie. Sie hatte immer weniger Lust, nach Steinburg aufzubrechen.

Bill ließ ebenfalls seinen Blick über die Weite des Meeres schweifen und schnaufte glücklich. Er faltete die Hände über seinem Bäuchlein und murmelte abwesend: „Apropos Ass im Ärmel. Hattest du nicht heute früh einen anderen Anzug an, J?“

„Ja“, bestätigte Jan ausweichend und drückte zärtlich Sofies Hand.

Prompt kribbelte ein Nachhall der Erregung durch ihren Bauch.

„Bitte bohr nicht weiter“, bettelte Sofies Verstand. Sie spürte, wie eine unangenehme Röte in ihr aufstieg. Drachen waren nicht prüde, Jan genauso wenig, aber sie schon. Zumindest wenn außer Jan noch jemand anwesend war.

Verwundert legte Bill seinen Kopf schief. „Warum hast du dich denn umgezogen?"

Aufreizende Bilder von einer unabsichtlich angestellten Dusche, einem tropfnassen Anzug und jeder Menge Seifenschaum flackerten durch Sofies Erinnerung. Ihre Wangen nahmen die Farbe von reifen Tomaten an.

„Ach", meinte Jan beiläufig, „ich Dussel habe mir 'nen Kaffee drüber gekippt."

„Ehrlich?" Bill machte große Augen und gluckste: „Sowas passiert sonst nur mir, nicht wahr Sofie?"

„Mhmm", pflichtete sie mit viel zu hoher Stimme bei.

Der Weiße schaute sie an und stutzte. „Sofie?"

Ihr war klar, dass sie wie ein Feuermelder aussah. Sie konnte sich nicht verstellen. Das konnte sie noch nie.

In den vergangenen Wochen hatte sie mit Bill über die Sexualität der Menschen im Allgemeinen und das Führen von Beziehungen geschnackt. Der Weiße war überaus interessiert an diesen Dingen und hatte viele Fragen gestellt. Die Drachen hatten ein anderes Verhältnis zum Sex. Sie gingen untereinander keine romantischen Beziehungen ein. Sex zwischen zwei Himmelsechsen gab es, sofern die Fortpflanzung den Akt erforderte, sonst nicht. Zwischen Drachen und Menschen konnte es durchaus funktionieren, falls sich die Menschen nicht von ihrer Angst vor der Drachenaura abschrecken ließen. Die furchteinflößende Ausstrahlung der Himmelsechsen und die Tatsache, dass sich die Drachen über Jahrhunderte von den Menschen fernhalten mussten, hatten dafür gesorgt, dass es kaum Kontakte und entsprechend wenige Erfahrungen gab.

In Bills Gehirn arbeitete es. Sein Blick huschte zwischen den beiden Menschen hin und her.

Jan sah viel zu zufrieden aus.

„Verflixt! Warum habe ich Bill bloß erklärt, woran man erkennt, dass jemandem etwas peinlich ist. Und wieso habe ich mit ihm über die Tabuisierung der Sexualität in unserer Kultur gesprochen. In der Theorie ist das ja ganz easy, aber jetzt geht es um Jan und mich... Verdammt! Ich

muss echt lockerer werden. An der Akademie geht es auch nicht wie im Kloster zu.“

Plötzlich machte Bill große Augen und lachte: „Habt ihr etwa …?“

„Ja, haben wir!“, unterbrach Sofie schnell. Ihre Wangen glühten. Sie wollte das Thema nicht vertiefen.

„Ahaaaa!“, entfuhr es dem Weißen triumphierend. Die Neugier war ihm ins Gesicht geschrieben: „Dabei habe ich Sofie noch vor Sonnenaufgang joggen gehen sehen.“

Jan amüsierte sich prächtig. „Du hättest wohl gern ein Protokoll davon, was?“

Bill nickte eifrig.

Jan brach in Gelächter aus, während Sofie ihren heißen Kopf schamvoll in die Hände sinken ließ. *„Wenn das an der Akademie so zugeht, bin ich raus.“*

Kurzes Schweigen.

Sofie schaute erleichtert wieder auf.

„Das mit dem Protokoll“, hakte Bill betrübt nach, „das war ironisch gemeint, oder?“

„So ist es, mein Freund“, grinste Jan. „Der Gentleman genießt und schweigt.“

„Wegen der Tabus?“

Jan nickte.

„Wie bedauerlich.“ Der Drache guckte sich unschlüssig um und blieb an Sofies Uhr hängen. Auf einmal wurden seine Augen kugelrund. In ihm brodelte es vor Wissensdurst. Er kämpfte dagegen an, doch im nächsten Moment brach es aus ihm heraus: „Sonnenaufgang, sagtest du? Das ist ja schon ein Weilchen her. Uiuiuiuihhhh! Damit liegt ihr eindeutig über dem statistischen Durchschnitt was die Dauer von Ihr-Wisst-Schon-Was angeht!“

Jan konnte nicht mehr. Er prustete lauthals los.

„Was denn?“, fragte Bill unschuldig. „Ich würde bloß gern erfahren, ob es was Besonderes gab?“

Sofie legte ächzend die Hände über ihr erhitztes Gesicht und murmelte: „Darüber REDEN wir Menschen nicht, schon vergessen?“

Sie ahnte, dass der Drache nicht von dem Thema ablassen würde, ja, es gar nicht konnte. Die Weißen waren allesamt Sklaven ihrer Neugier.

Bill seufzte tief. „Ach richtig. Zu schade. Rein aus wissenschaftlichem Interesse würde ich zu gerne wissen, was ihr…"

In diesem Augenblick betrat der Butler mit einem großen Tablett die Terrasse.

„Wunderbar, Albert!", rief Jan freudig. „Sie retten mich heute gleich zweifach! Perfekt wie immer."

„Dreifach", verbesserte Sofie, als der Butler das Tablett auf dem Tisch abstellte. „Sie haben nicht nur mein Lieblingsfrühstück zubereitet, sondern für Jan extra Rührei und Speck gemacht."

Sofie mochte Albert Buchbinder sehr. Er war schon älter, vermutlich so um die Sechzig, und ging in seiner Arbeit als Butler leidenschaftlich auf. Er liebte es, andere zu umsorgen und ihnen den Haushalt zu führen. Seine dezente schwarze Uniform war stets pikobello, sein Auftreten diskret und sein Gespür dafür, was seine Herrschaften wünschten, ausgezeichnet. Hier in Jans Villa war Albert sich anfangs mit Frau Bröcker ins Gehege gekommen, bis die beiden die Aufgaben aufgeteilt hatten. Der Butler hatte die Küche zu seinem Reich gemacht.

Sofie lächelte Albert anerkennend an.

„Das duftet ja köstlich!", lobte Jan. „Für dieses Frühstück würde ich sogar durch die Nebel reisen."

Albert nickte würdevoll. „Ich wollte mich angemessen verabschieden. Heute ist mein letzter Tag."

Bestürzt riss Bill die Augen auf. „Wirklich? Jetzt schon?!"

„Bedauerlicherweise ja", bestätigte Albert und platzierte vor jedem der drei einen großen Café Latte sowie einen appetitlich angerichteten Teller. „Am Abend werde ich packen."

Der Weiße warf einen sehnsüchtigen Blick auf den Inhalt seiner Müslischüssel und forderte: „Das dürfen wir nicht zulassen, J."

„Ja, Bill", entgegnete Jan, „das sehe ich wie du. Ich habe schon versucht, die Frist bei Vici zu verlängern."

„UND???" Der Drache beugte sich engagiert zu Jan herüber.

„Sie hat abgelehnt." Jan zuckte mit den Schultern. Er zog den edlen Silberring von seiner Stoffserviette und legte sie über seinen Schoß. „Vici meinte, dass wir uns Albert lange genug unter den Nagel gerissen hätten.

Sie sagt, ohne ihn sei das Haus Brookstedt kein echtes Zuhause."

„Bei der Sphäre, da hat sie recht", räumte Bill widerwillig ein.

Albert stellte mit unbewegter Miene eine Karaffe Wasser und drei Gläser auf den Tisch, doch Sofie spürte, wie sehr er sich über die Reaktionen der Jungs freute.

„Ja", stimmte Jan zu. Er öffnete die Abschirmung seines Geistes, damit Sofie den stummen Teil der Unterhaltung indirekt über ihn verfolgen konnte.

„Ach, Mann", brummte der Drache und angelte sich seinen Löffel.

Albert legte die aktuelle Tageszeitung auf den Tisch und beschwerte sie mit einem hübschen Glasstein. Daneben deponierte er ein iPad. Dann war sein Tablett leer. Diskret erkundigte er sich: „Haben die Herrschaften noch einen Wunsch?"

Bill blickte auf und platzte ungewöhnlich heftig heraus: „JA! In der Tat. Den hab ich!"

Verwundert schaute Albert den Drachen an.

„Ich wünsche, dass du bei Jaro kündigst und bei uns anfängst. Ich zahl dir das Dreifache."

„Vergiss es, Bill", winkte Jan ab. „Das habe ich schon probiert. Es ist zwecklos. Albert ist überaus treu." Er lächelte den Butler warm an. „Mit Geld können wir Sie nicht locken, nicht wahr, Albert?"

„Ich fürchte nein", antwortete der Butler gemessen.

„Mit der Ausstattung des Arbeitsplatzes und anderen Vergünstigungen ebenfalls nicht", fuhr Jan fort und griff beiläufig nach seiner Gabel. „Jaro ist ein schlauer Fuchs: er hat alles aufgefahren, was geht. Das können wir nicht toppen, Bill."

In Alberts Gedanken sah man die Küche vom Haus Brookstedt. Hier blieb keiner seiner Wünsche offen.

„Aber es muss doch etwas geben", rief der Weiße. „Etwas, das Jaromir ihm nicht bieten kann."

Bills Niedergeschlagenheit war greifbar. Sofie steckte sich amüsiert ihren ersten Löffel Joghurtmüsli in den Mund. *„Mmmh. Sogar mit einem Hauch Zimt und abgeriebener Zitronenschale. Köstlich!"*

„Naja", brummte Jan, „Jaro hasst es, abzuwaschen..."

Der Drache legte neugierig den Kopf schief. „Ehrlich?"

Jan nickte und prompt tauchte in Alberts Erinnerung ein riesiger Stapel dreckigen Geschirrs in Mitten von Pizzakartons und leeren Konservendosen auf.

„Ja, ehrlich", schmunzelte Jan. „Ich könnte dir da Geschichten erzählen…", aber Alberts mahnender Blick ließ ihn verstummen. Jan zwinkerte dem Butler zu und schob sich mit dem Messer Rührei und Speck auf seine Gabel. Seufzend nahm er den ersten Bissen.

„Oh!", schwärmte er kauend. „Heute mal mit Rosmarin. Lecker! Und was ist da sonst noch? Sind das Walnüsse?"

Albert nickte stolz.

„Herrlich", schmatzte Jan. „Eine ungewöhnliche Kombination."

Bill hielt gedankenverloren seinen Löffel in der Hand und sinnierte: „Abwaschen also… Abwaschen kriege ich hin. Vermutlich."

Er stand abrupt auf und reckte seinen Löffel wie ein Zepter in die Luft. Feierlich erklärte er: „Albert, ich verspreche dir hiermit, das Spülen zu übernehmen, wann immer du es wünschst."

Der Geschirrberg in Alberts Geist geriet ins Wanken und zersprang zu tausend Scherben. Schnell hob der alte Butler seine Hände. „Das ist sehr großzügig von Ihnen, Billarius, doch das Angebot ist zu viel der Ehre. Ich kann es unmöglich annehmen."

„Aber was können wir dann tun?", fragte Bill hilflos und ließ seinen Löffel sinken. „Gibt es irgendetwas, womit wir dich zum Bleiben bewegen können?"

„Bedauerlicherweise nein", gab Albert höflich zurück, doch unkontrolliert flackerte ein *„Können Schweine fliegen?"* durch seinen Kopf.

„Hm." Bill kratzte sich ratlos am Kinn. „Ich könnte ein paar dieser Tiere fliegen lassen. Wenn du bei uns bleibst von mir aus jeden Tag."

„Die armen Schweine würden einen Herzinfarkt bekommen", dachte Albert und sofort türmten sich Steaks, marinierte Rippchen und Lenden neben einer imaginären Pfanne.

„Nein, nein!", unterbrach der Butler seine sich verselbstständigenden Gedanken. „Es tut mir leid, Billarius. Weder fliegende Schweine noch geschirrspülende Drachen können meine Anwesenheit hier verlängern. Mein Platz ist im Haus Brookstedt."

„Gib es auf, Bill“, lachte Sofie. Sie liebte den trockenen Humor des Butlers. Sie konnte fühlen, dass Albert sich in Travemünde wohlfühlte, doch er gehörte nach Kiel ins Haus Brookstedt. DAS war sein Reich.

„Genau“, nuschelte Jan kauend. „Männer wie wir wissen, wann wir verloren haben. Vici hat in Aussicht gestellt, dass wir uns Albert bei Gelegenheit noch mal ausleihen dürfen.“ Er blickte den Butler fragend an. „Zumindest sofern Sie damit einverstanden sind, Albert.“

Der alte Butler nickte würdevoll. „Mit großer Freude komme ich wieder in dieses Haus …“

Bill stöhnte erleichtert auf.

„…und Sie, Billarius, sind mir jederzeit in meiner Küche willkommen. Im Haus Brookstedt werde ich nachmittags ebenso Gebäck zum Tee bereithalten wie hier.“

Der Drache strahlte. „Ich bin gerettet!“

„Deine Plauze auch“, stichelte Jan und wandte sich an den Butler: „Mensch, Albert, also ob die Einladung so klug war… Jetzt müssen Sie davon ausgehen, dass Bill jeden Nachmittag in Ihrer Küche herumlungert.“

„Die Küche im Haus Brookstedt ist sehr geräumig.“ Alberts Mundwinkel zuckten, als er sich verneigte. „Wenn die Herrschaften mich nun entschuldigen würden. Das Eiskonfekt müsste noch angerichtet werden…“

„Unbedingt!“ Bill leckte sich die Lippen und nahm wieder Platz.

Beschwingt von der Anerkennung griff der Butler nach dem großen Tablett und verließ die Terrasse.

Sofie kicherte und wischte sich ein paar Lachtränen aus den Augenwinkeln. „Frühstück mit Entertainment. O mein Gott, wie werde ich das vermissen!“

„Und ich erst“, brummte Jan. „Das wird so trist hier, wenn ihr beiden an der Akademie seid.“

Er hatte seinen Teller leergegessen und tupfte sich mit der Serviette den Mund ab. Seufzend griff er nach seinem Kaffee und dem iPad.

„Na, was schreibt das Oculus arcanus heute?“, erkundigte sich Sofie und trank ebenfalls einen Schluck Kaffee.

Das «Verschwiegene Auge», wie das Tagesblatt der Drachen auf Latein hieß, gab es erst seit ungefähr fünf Jahren. Es erschien täglich als traditionelle Zeitung sowie in digitaler Form und sollte Zusammenhalt, Verständnis und Informationsfluss unter den verschiedenen Drachenrassen fördern. Außerdem wurde das Oculus arcanus an viele der Eingeweihten zugestellt.

Jan überflog die Artikel. „Mal wieder ein neuer Abgeordneter im Kaleidoskop, Enthüllungen über die alten Verbrechen der Goldenen, Fortschritte bei der Analyse des Versiegelungszaubers … das Übliche halt. Oder warte! Das hier ist spannend: «Freie Magier gründen eigene Akademie»“, las er vor. „«Flensburg. Wie bereits in den vergangenen Monaten berichtet, spürt der junge Mensch Malte Rasmussen humanoide Artgenossen mit mittlerem astralem Potenzial auf und scharrt diese um sich. Die Gruppe, die sich selbst als «Freie Magier» bezeichnet, hat sich nun im Umland der Stadt Flensburg auf einem alten Gehöft niedergelassen und führt dort offiziell die magische Ausbildung seiner Mitglieder fort. Ein Sprecher der Freien erklärte dem Eingeweihten Falk Sörensen, dass auch zukünftig kein Kontakt zu uns Himmelsechsen gewünscht wird. Was einen möglichen Geheimnisverrat angeht, kann Entwarnung gegeben werden: Die Freien Magier treten unter den Menschen weiterhin als Zauberer auf und werden von ihresgleichen als talentierte Trickkünstler gefeiert.»“

Jan ließ das iPad sinken.

„Freie Magier?“, echote Sofie. „Sind das nicht die mit dieser Wahnsinns-Zaubershow?“

Jan nickte. „Ja, sind sie. Allerdings sind das keine Tricks. In der Show ist alles echt.“

„Ihre Auftritte sind bei den Menschen sehr beliebt.“, erklärte Bill. „Das Oculus arcanus hat die Freien deswegen seit ein paar Monaten immer mal wieder am Wickel.“

Sofie hob die Augenbrauen. „Und die haben keinen Kontakt zu den Drachen? Sie wurden selbst also nicht ausgebildet?“

Jan langte nach seinem Café Latte. „Ja, so ist es.“

„Aber wie machen die das?“ Sofie runzelte überrascht die Stirn. „Ich meine, sieh mich an. Ohne Bill, Karvin und Eliande hätte ich keinen Schimmer, was ich mache und wäre vermutlich noch immer in der

Klapsmühle. Wie kommen diese Leute an das nötige Know-how?"
„Genau diese Frage stelle ich mir auch", antwortete Jan.
„Wir wissen nur wenig über die Freien", merkte Bill an. „Diese Menschen gehen uns aus dem Weg."
„Warum das denn?", wunderte sich Sofie.
„Keine Ahnung." Jan zuckte mit den Achseln. „Kein Drache hat ihren Anführer Malte Rasmussen je zu Gesicht bekommen. Bislang hat es lediglich ein Treffen zwischen ihm und Falk gegeben. Von Falk erhielt Rasmussen das Standardbriefing über Drachen und Magie. Das war vor ein paar Monaten, falls ich mich recht erinnere. Ich weiß noch, dass ich damals bei einer Sitzung kurz mit Falk über diesen Rasmussen sprach. Er soll Theologie studiert haben. Irgendwann hat er wohl festgestellt, dass er magisch begabt ist. Er scheint ein wahres Naturtalent zu sein. Den persönlichen Kontakt mit einer Himmelsechse hat er von Anfang an abgeblockt. Er soll gesagt haben: «Die Drachen haben sich Jahrhunderte lang aus unserem Leben herausgehalten, obwohl wir sie gebraucht hätten. Dann sollen sie jetzt nicht damit anfangen, sich einzumischen.»" Jan grinste schief. „Irgendwie kann man Rasmussen das ja nicht ganz verübeln, oder?"
Sofie hob skeptisch ihre Augenbrauen. „Und das hat das Kaleidoskop einfach so hingenommen?"
Jan zucke mit den Schultern. „Natürlich haben die Drachen Rasmussen indirekt überprüft. Sie haben mit ehemaligen Kommilitonen, Freunden und Familie gesprochen. Du weißt ja, Geistesmagier haben da so ihre Möglichkeiten. Rasmussen ist komplett harmlos, er mag lediglich keine Schuppenträger. Offenbar riecht er die kilometerweise gegen den Wind. Die Himmelsechsen haben mehrfach versucht, ihn zu treffen. Rasmussen hat jedes Mal höflich, aber bestimmt abgelehnt. Sobald es etwas zu beschnacken gab, hat er einen Sprecher geschickt. Die Freien gefährden die Geheimnisse der Drachen nicht, sie wollen einfach bloß ihre Ruhe."
„Hmm. Naja, manche Menschen sind eben scheu", stimmte Sofie zu.
„Ich würde gern wissen, wie bei den Freien unterrichtet wird", sinnierte Bill und kratzte andächtig seine Müslischüssel aus. „Wenn ich das richtig verstanden habe, sind die Leute Autodidakten. Sie bringen sich das Zaubern quasi im Alleingang bei. Ich frage mich, wie weit man ohne

Anleitung und Korrekturen kommen kann?“

Jan tippte sich grüblerisch an den Karfunkel. „Das ist ja das Erstaunliche: Sofern ich Falk richtig verstanden habe, sind die Freien Magier überraschend versiert und haben einiges auf dem Kasten.“

Sofie löffelte grinsend etwas Milchschaum vom Kaffee herunter. „Und sie schnappen euch die jungen Talente für die Akademien weg.“

„Ach“, winkte Jan ab, „das kann man so nicht sagen. Wir können längst nicht mehr alle ausbilden, die ein astrales Potenzial durchschimmern lassen. Unsere Kapazitäten an den Akademien sind ausgeschöpft, also konzentrieren wir uns auf die Stärksten. Es kann nicht schaden, wenn sich die Freien um ein paar der anderen kümmern. Unterm Strich erhöht das die Schlagkraft unserer Welt.“

„Und bei denen gibt es wirklich keine Drachen?“, hakte Sofie nach. „Beobachtet ihr die denn nicht?“

„Beobachten ja. Aber nur aus gebührendem Abstand. Die Freien sind schließlich keine Verbrecher. Rein kommt da leider keiner von uns.“ Bill schüttelte den Kopf. „Die haben diesbezüglich Menschen mit sehr feinen Antennen in ihren Reihen. Die Freien wollen unter sich bleiben, was ich sehr bedauerlich finde. Es wäre äußerst interessant zu erforschen, wie sich die Kunst der Magie entwickelt, wenn sie nicht von erfahrenen Magistern beeinflusst wird.“

„Keine Drachen…klingt verlockend“, murmelte Sofie und nippte geistesabwesend an ihrem Kaffee. „Vielleicht sollte ich mich dort einschreiben.“ Sie zwinkerte Jan halb im Scherz zu.

Jan lächelte sie zärtlich an und griff nach ihrer Hand. „Du wirst lachen, der Gedanke kam mir auch schon. Allerdings habe ich keine Ahnung, wie gut oder schlecht die Freien wirklich sind. Wären sie dir gewachsen, mein kleiner Phönix? Wenn ich da an dein «Gespräch» mit Karvin heute Morgen denke, glaube ich, wir sollten es lieber nicht auf einen Versuch ankommen lassen. Mal ganz unabhängig davon, dass du in deren Augen vermutlich eh einen viel zu intensiven Kontakt zur Drachengesellschaft hast, bezweifle ich, dass Victoria das zulassen würde.“

„Wow, mein Lieber, du hast dir darüber ja schon mächtig viele Gedanken gemacht“, staunte Sofie stumm. Sie spürte einen Kloß in ihrem Hals.

In Jans blauen Augen schimmerte Schmerz, als er ihre Hand aufmunternd drückte. „Ich bin überzeugt, dass du in der Steinburg die bestmögliche Ausbildung erhalten wirst. Nichts weniger wünsche ich mir für dich.“

Bill schlürfte geräuschvoll einen Schluck Schaum von seinem Café Latte und blickte in die Runde. Ein eindrucksvoller Milchbart zierte seine Oberlippe. „Und ich darf in etlichen Stunden dabei sein! Toll! Ich bin schon sehr auf den Unterricht gespannt.“ Aufgeregt schaute er auf seine Armbanduhr. „In nicht mal dreißig Minuten geht deine erste Stunde los, Sofie!“

„Mhmm“, brummte Sofie lahm.

„Moment!“ Der Weiße runzelte die Stirn. „Es ist zwanzig vor acht. Soll es nicht um acht losgehen?!“

„Mhmm.“

Bill machte große Augen. „Du wirst zu spät kommen, wenn du mit dem Golf fährst.“

Sofie stöhnte: „Ich weiß.“

„Es sei denn“, schlug der Drache vor, „ich springe mit dir durch die Nebel und fahre dann mit dem Auto hinterher. Ich muss ja erst um zehn zur Geistesmagiestunde da sein.“

„Manchmal ist Bill echt überraschend fokussiert“, stellte Sofie mit leichtem Widerwillen fest.

Jan sah erwartungsvoll zwischen der Himmelsechse und seiner Freundin hin und her. Er wusste, wie unangenehm Sofie die Sprünge durch dic Nebel waren.

„Unpünktlichkeit ist auch nicht gerade bezaubernd“, meldete sich die Margareta in ihr zu Wort. „Nimm das Angebot an, du musst sowieso Fliegen üben, wenn du um den Reitunterricht herum kommen willst.“

Sofie holte tief Luft und gab sich einen Ruck. „Danke Bill, das würde mir sehr helfen.“

„Echt jetzt? “, feixte Jan. „Du lässt Bill mit deinem Golf fahren?“

„Ich werde mich an die Geschwindigkeitsbegrenzungen halten“, versprach der Drache ernst. „Meistens. Vermutlich.“

Jan lachte. „Na, in dem Fall ordere ich wohl besser schon mal einen neuen Wagen für mein Mädchen.“

Teil II

Die neue Welt

6. Tyra Sjöberg

„Danke fürs Taschetragen, Bill.“ Sofie lächelte den Weißen an. „Diese Sprünge durch die Nebel schaffen mich echt. Mir ist immer noch schlecht.“

„Das geht doch fast allen so“, winkte der Drache ab. „Nach ein- bis zweihundert Jahren hast du dich dran gewöhnt. Ich finde jedenfalls, du machst dich immer besser auf meinem Rücken.“

„Das liegt nur an dir, mein Lieber.“ Sofie umarmte Bill freundschaftlich. „So, nun sollte ich mich aber beeilen. In zehn Minuten muss ich in meinem Klassenraum sein.“ Sie kramte mit einer Hand in ihrer Hosentasche nach dem Schlüssel für den Bungalow Nummer 23.

„Oh, stimmt. Bis später.“ Bill strahlte. „Ja, dann gehe ich jetzt mal … Oder…“ Er sah sich auffällig unauffällig um und flüsterte: „Was meinst du? Kann ich nicht ausnahmsweise gleich von hier durch die Nebel springen?“

„Hmm. Offiziell sollen alle Drachen in der Arena starten und landen“, meinte Sofie. „Du weißt schon, damit die Neuen nicht erschreckt werden.“

„Ach, die Menschen sind alle hinter den Hecken oder in ihren Häusern. Mich sieht keiner.“

„Du bist ab heute ein Professor“, gab Sofie amüsiert zu bedenken. „Das entspricht den Mentoren bei euch Himmelsechsen. Sind die für euch keine Vorbilder?“

„Ääh. Uh. Doch.“ Bill setzte einen seriösen Gesichtsausdruck auf. Der wirkte neben dem zu engen Wacken-T-Shirt und seinen im Nacken mit Kabelbinder zusammengehaltenen Haaren grotesk. Er hüstelte. „Selbstverständlich werde ich von der Arena aus starten. Bis später, meine Schülerin.“

„Bis später, Bill!“, schmunzelte Sofie. „Und danke nochmal!“

„Da nicht für!“

Der Weiße winkte zum Abschied und machte sich mit stolzgeschwellter Brust auf den Rückweg.

„Immerhin sehe ich Bill jeden Tag“, dachte Sofie dankbar. Sie hatte

ihren Schlüsselbund gefunden und öffnete die Tür.

Für alle anderen Studenten lief die Zutrittsberechtigung auf dem Gelände der Akademie via Gedankenkontrolle.

„Tja, bis das bei mir klappt, wird es wohl noch einige Zeit dauern. Wenn es überhaupt jemals klappt. Meine bekloppte Abschirmung ist echt nervig."

„Hey, Sofie! Da bist du ja endlich", begrüßte ihre Zimmergenossin Tyra Sjöberg sie. „Ich wollte grade losgehen. Ich hatte schon befürchtet, du wärst mit dem Auto irgendwo liegengeblieben."

Prompt spürte Sofie eine verräterische Röte in ihrem Gesicht aufsteigen. „Nee, ich bin einfach nur spät dran."

„Na, dann beeil dich lieber", trieb Tyra sie an. „Wir haben den ersten Kurs zusammen. Vorn in der Burg an der Straße."

Die kleine Schwedin schulterte ihre Umhängetasche. Sie war zierlich und hatte schulterlange blonde Haare. Ihre Haut war hell und mit unzähligen Sommersprossen übersät, genau wie bei Sofie. Ein leichter skandinavischer Akzent verstärkte den kindlich elfenhaften Eindruck, doch der täuschte. Tyra war weder schwach noch naiv.

„Mach ich!" Mit schnellen Schritten ging Sofie in das gemeinsame Zimmer, warf die Tasche aufs Bett und holte ihren Rucksack aus dem Schrank. „Welches Fach haben wir denn jetzt?"

„Latein." Tyra lehnte schmunzelnd im Türrahmen. „Was denn? Du alte Streberin hast deine Unterlagen noch nicht mal gepackt?"

„Das wollte ich heute Morgen eigentlich hier in Ruhe machen, aber…" Seifenschaum und die Erinnerung an einen sehr hilfsbereiten und vor allem sehr nackten Jan zuckten durch ihren Geist. Ihre Wangen wurden heiß. Sie brach ab. *„Verdammt! Geht das schon wieder los?!"*

„Und dann kommst du so spät?" Die kleine Schwedin grinste. In ihren grünen Augen blitzte der Schalk auf. „Mensch Sofie, so kenne ich dich ja gar nicht!"

„Ich…"

„Und du bist knallrot." Tyra lachte ungeniert. „Ich wette, du hattest Sex mit deinem Batterie-Freund."

„Nenn Jan nicht so", schimpfte Sofie. Endlich fand sie das Lateinbuch und die Mappe mit den Unterlagen der letzten Woche. Sie ließ beides in ihren Rucksack gleiten und wandte sich zum Gehen.

„Vergiss das Geschichtsbuch nicht! Mein lieber Schwan, Sofie, du bist ja voll durch den Wind. Mr WyvernPower muss echt 'ne Granate im Bett sein.“ Tyra zwinkerte ihr verschwörerisch zu. „Erzähl mir alles!“

„O Mann, Tyra“, jammerte Sofie. Auch ohne Spiegel wusste sie, dass ein Feuermelder neben ihrer Gesichtsfarbe verblasste. „Ich … was soll ich … das geht nicht!“

Tyra grinste von einem Ohr zum anderen. „Was geht nicht? Heute Morgen schien alles bestens gegangen zu sein. Oder sollte ich lieber «geflutscht» sagen?“

„Tyra!“

„Das ist mein Name“, flötete die Schwedin. Sie amüsierte sich ganz offensichtlich köstlich. „Na los. Raus damit!“

„Ich…“ Sofie langte nach dem besagten Geschichtsbuch. Achtlos stopfte sie es zu ihren anderen Sachen und verließ das Zimmer. „Ich... bin konservativ erzogen worden. Ich kann solche Mädchengespräche nicht führen! Das ist mir voll peinlich.“

„Warum?“ Tyra folgte ihr kichernd. „Menschen haben Sex. Ansonsten wären wir ausgestorben.“

„Theoretisch vielleicht“, ächzte Sofie. „Praktisch sieht das im Hause Fredenhagen aber anders aus.“

„Das merke ich, mein Blümchen.“ Tyra hakte sich feixend bei ihr unter. „Du musst lockerer werden. Mal ehrlich: An deiner feuerroten Birne kann jeder Depp ablesen, was ihr zwei heute Morgen getrieben habt. Dazu noch das Rumgestammel… Da bringt dir deine ganze Fort-Knox-Abschirmung rein gar nichts.“

„Ich weiß!“, stöhnte Sofie.

„Was du brauchst, sind gute Ausreden und ein Pokerface“, erklärte Tyra. „Keine Sorge, bis zum Ende des Semesters habe ich dir die Grundlagen beigebracht.“

„Meinst du?“

„Klar! Und wenn du dich mit mir rumtreibst, wirst du automatisch lockerer oder verrückt.“

„Also, verrückt bin ich schon.“

„Na, dann muss es mit dem Locker-Werden ja klappen!“

Lachend verließen die jungen Frauen das Haus und machten sich auf den Weg zur Burg.

Sofie war froh, dass sie Tyra als Mitbewohnerin hatte. Die Hochschule legte die Zimmerbelegung fest. Die Schwedin war eine der ersten Magie-Studenten der neuen Generation und wie Sofie 23. Damit gehörten die beiden zum alten Eisen. Tyras astrales Potenzial fiel eher gering aus, mit dem Unterricht tat sie sich ebenfalls schwer, doch sie hatte ihr Herz am rechten Fleck und war eine Sportskanone. Ihre direkte, ungezwungene Art mochte Sofie von der ersten Sekunde an. Wenn Tyra etwas sagte, dann meinte sie es auch so. Sie hängte ihr Fähnchen weder in den Wind, noch eierte sie herum. Bei Tyra wusste man immer, woran man war und das machte es leicht, Freundschaft mit ihr zu schließen.

„Ich glaube, Tyra ist meine erste richtige Freundin überhaupt", dachte Sofie, als sie beide den Sandweg entlang eilten.

Hinter der hohen Hecke zu ihrer Rechten hörten sie entfernte Stimmen.

„Ach, der Phönix meint doch sowieso, dass sie etwas Besseres ist!", lästerte jemand. „Pia sagt, sie ist heute mit einem Drachen gekommen. Und ich habe gesehen, dass sie sich ihre Tasche von so einem armen Würstchen hat zur Bude tragen lassen. Der Typ war der Obernerd schlechthin: fett, geschmacklos angezogen und dann noch lange Haare. Welcher Mann trägt heute denn noch lange Haare?"

Tyra grinste Sofie an. „Na, wenn das nicht die gute Leonie aus deinem Semester ist, die hier quer übers Gelände tratscht..."

„Brad Pitt hatte mal lange Haare", antwortete ein Kerl mit spanischem Akzent.

„Und das muss Sergio sein. Der ist auch bei uns", gab Sofie zurück. Sie lächelte, aber innerlich regte sie sich auf. Wie konnte diese blöde Tussi es wagen, so über Bill zu reden? Sie kannte ihn doch gar nicht!

Die Stimmen kamen näher. Ihre Kommilitonen mussten ihren Bungalow nach hinten raus bei der Terrasse verlassen haben und nahmen die Abkürzung über den Rasen entlang der Hecke.

„Dass Brad Pitt lange Haare hatte, ist mindestens drei Jahre her. Außerdem ist er Schauspieler", ereiferte sich Leonie. „Und mit Kabelbinder hat er die garantiert nie zusammengebunden."

„Kabelbinder?!"

„Ja! Das ist doch voll primitiv. Außerdem ist der Nerd wie ein Hündchen neben ihr hergelaufen und hat sie angehimmelt. Ich wette, dass das Würstchen sich Hoffnung macht, bei ihr landen zu können. Vielleicht sollte dem mal jemand stecken, dass sie 'nen Freund hat!"

„Ich dachte, alle Studenten müssen ihre Beziehungen beenden, wenn sie an die Akademie gehen", hakte Sergio verwundert nach. „Von mir haben sie das jedenfalls verlangt."

„Jaaaa, so ist das bei uns Normalos", entgegnete Leonie spitz, „aber Fräulein Ich-Bin-So-Geil-Weil-Ich-Der-Phönix-Bin genießt Sonderrechte. Sie ist das Betthäschen vom WyvernPower Chef, diesem Meier, wusstest du das nicht?"

Sofie schwoll der Kamm. Aufgebracht griff sie nach ihrer Kette.

„Der Karfunkel?"

„So ist es! Und dann immer ihr Getue", Leonie äffte Sofies Stimme nach: „«Herr Professor, ich kann diese Aufgabe nicht. Ich bin nicht in der Lage, in den Geist von anderen Leuten zu sehen.» Oah, Sergio, ich kann das echt nicht mehr hören!"

Sofie schluckte betroffen. *„Ein einziges Mal habe ich was gesagt. Und das bloß, weil mich alle angestarrt haben. Ich war die Einzige, die die Übung nicht mitgemacht hat. Was sollte ich denn tun?"*

Am liebsten würde sie durch die Hecke greifen und diese Leonie kräftig schütteln. Doch plötzlich flackerte die Erinnerung an ihre Begegnung mit Karvin an diesem Morgen durch ihren Kopf. *„Ich muss mich zusammenreißen!"*

Tyra drückte mitfühlend Sofies Arm und flüsterte: „Reg dich nicht auf, Süße. Lohnt sich nicht. Das ist purer Neid."

„Ich habe gehört, dass sie einen eigenen Lehrer bekommen soll", wusste der Spanier zu berichten.

„Na, siehst du", lachte Leonie. „Wahrscheinlich ist der Phönix in Wahrheit total unbegabt und hat ein lächerlich kleines Potenzial."

„Wie sehr wünschte ich, das wäre so!" Sofie schnaubte. *„Dann müsste ich nicht hier sein. Dann dürfte ich bis in alle Ewigkeit mit Jan zusammen bleiben! Aber nein..."*

„Du glaubst, sie ist bloß wegen ihrer Beziehungen hier?", erkundigte sich Sergio.

„Na sicher! Mich wundert es allerdings, dass sie kein Einzelzimmer bekommen hat. Das würde zu so einem Luxus-Prinzesschen passen. Stattdessen wohnt sie mit der Looser-Oma zusammen. Diese Tyra besucht denselben Fortgeschrittenen-Lateinkurs wie wir, dabei ist sie schon im ich-weiß-nicht-wie-vielten Semester! Pia meinte, sie ist nicht grade die Hellste und hat das Potenzial einer Mücke."

„Sie ist ja auch nur eine halbe Portion", merkte Sergio trocken an und brach in lautes Gelächter aus. Leonie stimmte mit ein.

In wenigen Metern endete die Hecke. Gleich würden die beiden Lästermäuler zu Sofie und Tyra auf den Weg kommen.

„Die mache ich sowas von lang!", zischte Sofie erbost. Sie war froh, dass sie an diesem Morgen gründlich abgeleitet hatte, sonst hätte sie für nichts garantieren können.

Tyras Griff wurde fester. „Das tust du nicht!"

Verwundert blickte Sofie zu der kleine Schwedin hinunter. Ein Rieseln und sie spürte, dass Tyra zwar sauer war, aber nicht ansatzweise so wütend wie sie selbst. *„Wieso regt sie sich nicht auf?"*

Drei Meter vor Sofie betraten die Kommilitonen den Weg. „Du bist so witzig, Sergio", gackerte Leonie. „Hach! Also, MEIN Potenzial liegt weit über dem Durchschnitt. Früher gab es wohl nicht genug Talente, da haben sie jeden genommen. Warum sonst sollten die Himmelsechsen jemanden wie Tyra hierher holen? Sie ist schon 23 und hat ohne Ende «Triff die Drachen»-Zeremonien mitgemacht. Ich habe große Zweifel, dass jemand wie sie erwählt wird, wenn jemand wie ich daneben steht. Was kann Tyra überhaupt, außer rennen?"

Gerechter Zorn pulsierte durch Sofies Adern. *„Ein Wort noch und ich explodiere!"*

„Ich kann hervorragend hören", flötete Tyra zuckersüß, woraufhin Leonie und Sergio zusammenzuckten und sich entsetzt umdrehten.

Die Schwedin grinste und strich lässig eine schulterlange Haarsträhne hinters linke Ohr. „Sofie beherrscht diese ungewöhnliche Fähigkeit ebenfalls, unglaublich, nicht wahr? Aber ich gebe zu, eines können wir zwei leider nicht", sie setzte einen betrübten Gesichtsausdruck auf, „wir sind zu blöde, um so herablassend über andere herzuziehen wie ihr. Gratuliere, darin seid ihr sicher Jahrgangsbeste."

Schweigen.

Leonie und Sergio waren völlig verdattert stehen geblieben.

Tyra hakte sich gut gelaunt bei Sofie unter und schritt hoheitsvoll an den anderen vorbei. „Komm, Phönix. Wir zwei müssen zum Lateinunterricht, damit wir den Kurs wenigstens in diesem Semester schaffen. Besonders du, du alte Lusche! Dein Einser-Abi hast du doch bestimmt gekauft, genau wie den Einser-Abschluss in Wirtschaftsinformatik. Na los, du Kollegenschwein. Rück schon raus mit der Sprache, wo man solche Strebernoten herbekommt!"

Tyra gluckste vergnügt. „Und Jan Hendrik Meier lässt dich natürlich nur deswegen an seine IT ran, weil du so gut im Bett bist. Klar! Deswegen hast du administrativen Zugang zu den Systemen von WyvernPower bekommen. Das ist voll einleuchtend für eine Hohlbirne wie mich. Der Karfunkel hat auch sonst niemanden in seiner Firma, der die technischen Dinge für ihn regelt. Logisch! Da müssen die Betthäschen ran! DARUM läuft der Laden so gut." Tyra schlug sich mit der flachen Hand vor die Stirn und kicherte: „Ich Doofi. Da wäre ich ohne Leonie echt nicht drauf gekommen."

Ihre Belustigung war so ehrlich wie ansteckend. Sie nahm Sofies Wut den Wind aus den Segeln und ließ ihre Mundwinkel zucken. Schließlich prustete Sofie los und lachte sich den angestauten Frust von der Seele.

Leonie und Sergio blieben stumm hinter ihnen zurück.

Als die Burg in Sichtweite kam, wischte Sofie sich die Lachtränen aus den Augenwinkeln und fragte Tyra: „Wie machst du das bloß?"

„Was?"

„Wie schaffst du es, so ruhig zu bleiben, wenn jemand so ätzend ist wie die beiden?" Sofie schüttelte bewundernd ihren Kopf. „Also, wenn ich ehrlich bin, hätte ich Leonie und Sergio eben am liebsten umgenietet. Du hast sie ja nicht mal angegriffen oder beleidigt."

„Ach", winkte Tyra lässig ab, „Anranzen macht da wenig Sinn. Es bringt viel mehr, solchen Leuten das eigene Verhalten zu spiegeln und ihnen zu zeigen, wie schwachsinnig ihre Gedanken sind." Sie grinste. „Und mit dir kann man prima angeben! Leonie wird nie wieder behaupten, dass du untalentiert bist, darauf wette ich."

„Ja, aber was ist mir dir?", wollte Sofie wissen. „Wieso hast du nicht aufgetrumpft?“

„Da gibt es nichts zum Auftrumpfen.“ Die kleine Schwedin zuckte fröhlich mit den Schultern. „Was mich betrifft, haben sie in den meisten Punkten recht. Mein Potenzial ist gering und ich bin garantiert keine Intellektuelle. Aus mir wird nie eine große Magierin werden.“ Sie zwinkerte. „Nicht mal eine halbwegs talentierte. Und ich glaube selbst nicht daran, dass ich einen Gefährten finde. Dazu bin ich einfach zu unterdurchschnittlich.“ Sie lächelte.

Ein Rieseln und Sofie fühlte, dass Tyra das tatsächlich so meinte, wie sie es sagte. Und zwar ohne Neid, Enttäuschung oder Bitterkeit. Für sie war es in Ordnung, wie die Dinge lagen. *„Unfassbar, ihre Gelassenheit. Sie nimmt es so hin!“* Bewundernd sah sie ihre Freundin an. „Trotzdem dürfen die nicht so über dich reden.“

„Blödsinn. Man muss auch mal einstecken können“, antwortete Tyra ruhig.

„Also, ich hätte die zwei zur Sau gemacht“, gab Sofie unumwunden zu. „Ich war so angefressen, dass ich um mich geschlagen hätte. Mindestens verbal!“

Tyra schaute zu Sofie auf. „Damit kannst du viel kaputt machen.“

„Ich weiß“, schnaubte Sofie. „Die hätten es aber nicht besser verdient.“

„Mag sein, doch das wird sich irgendwann rächen.“

Sofie runzelte die Stirn „Wie meinst du das?“

Tyra blieb stehen und holte tief Luft. „Es kann sein, dass ich nicht die Klügste bin. Trotzdem passe ich im Unterricht auf und eines habe ich begriffen: Sollten die Dämonen in unsere Welt einfallen, wird das kein Spaziergang. Wir alle hier spielen im selben Team. Wir dürfen uns nicht bekriegen, wir müssen zusammenhalten.“

Wieder war Tyra vollkommen ernst. Sofie bekam große Augen. „Sag das Leonie. Sie ist die typische Anführer-Läster-Zicke. Sich selbst groß machen und dabei immer schön auf der Konkurrenz rumhacken.“

Tyra lächelte. „Leonie wird schon noch dahinter kommen. Irgendwann. Aber wenn ich sie jetzt fertigmache, am besten noch vor anderen Leuten, wird sie ihre Fehler nicht mehr zugeben können, egal wie sehr ich im Recht bin. Wie sollen wir dann jemals Seite an Seite für dieselbe Sache kämpfen?“

Sofie schwieg verblüfft.
„Guck nicht so entgeistert", schmunzelte Tyra. „Ich werde Leonie nicht lieben. Doch ich werde sie respektieren. Das machen Kameraden untereinander so."
„Du bist so krass, Tyra", staunte Sofie. Die kleine Schwedin besaß hundert Mal mehr Größe als ihr Körpermaß erahnen ließ. Wahre Größe!
„Ach, Quatsch", winkte Tyra ab. „Ich bin nur der Meinung, dass «Fresse halten» und «einstecken können» ebenfalls zu den Talenten zählen." Sie zwinkerte spitzbübisch. „Das ist purer Eigennutz, denn so habe sogar ich was vorzuweisen."
„Alter Schwede", murmelte Sofie anerkennend. „Kann ich auch einen Löffel von deiner Weisheit abhaben, bitte? Und wo versteckst du eigentlich deinen Heiligenschein?"
„Hör auf, mir Honig um den Bart zu schmieren!", lachte Tyra und knuffte Sofie freundschaftlich in den Arm. „Und jetzt müssen wir zu Latein. Das liegt mir nicht. Ich sollte pünktlich sein und aufpassen, damit ich nichts verpasse."

Nach dem Mittagessen hatte Sofie eine Empathiestunde mit Eliande. Die fand in einem der unterirdischen Labore statt. Sofie stand seufzend vor der Tür und hob zögerlich die Hand. Sie mochte den kleinen fensterlosen Raum nicht. In diesem Kabuff fühlte sie sich eingesperrt wie in einem Bunker.
„Aber Eliande hat recht. Es ist sicherer für alle, wenn ich hier unten ableite."
Sofie gab sich einen Ruck und klopfte.
„Herein", ertönte die melodische Stimme der Grünen.
Sofie öffnete die Tür und wollte eintreten, doch der Anblick, der sich ihr bot, ließ sie wie angewurzelt stehen bleiben. Sie riss fassungslos ihre Augen auf. *„Entweder habe ich mich in der Tür geirrt, oder ich träume! Die komplette Rückwand des Labors fehlt!"*
Statt auf eine schmucklose weißgetünchte Betonwand schaute Sofie direkt in die Weite des Marschlands.
„Aber das ist unmöglich!", keuchte sie.
In der Mitte führte ein reetbewachsener Entwässerungsgraben

kilometerweit in die Landschaft hinein. Vereinzelt standen Erlen oder Kopfweiden an seinem Ufer. Rechts vom Wasserlauf erstreckten sich mehrere Hektar mit goldgelbem Weizen. Die Ähren des Getreides waren fast reif und neigten sich schwer dem Acker entgegen. Auf der anderen Seite des Grabens war das Feld schon abgeerntet. Ein Hase hüpfte über die Stoppeln und knabberte an einem Halm. Weiter hinten ragten acht Windräder imposant in die Höhe und drehten sich vor dem wolkenlosen Sommerhimmel.

„Genauso sieht es außerhalb der Akademie aus: plattes Land, schnurgerade Gräben, Wiesen, Felder, ein paar Windmühlen und sonst nix! Karg. Keine Hügel, keine Wälder, keine Knicks."

Sofie rieb sich die Augen. „Wie kann das sein? Sind wir denn nicht unter der Erde?"

„Doch, das sind wir." Eliande lächelte. „Komm herein!"

„Ähh. Ja." Sofie schüttelte ihre Überraschung ab und schloss die Tür hinter sich. Sie konnte ihren Blick nicht von der Landschaft abwenden. Der Hase hoppelte eine Treckerspur entlang.

„Wow!"

„Das ist eine Illusion", erklärte die Grüne amüsiert.

„Wow!", wiederholte Sofie. „Die sieht verdammt echt aus."

Eliande nickte. „Ja, ein Weißer hat sie am Wochenende installiert."

„Die ist der Hammer", flüsterte Sofie und trat näher an die Wand heran. „Man denkt, man bräuchte nur zwei Schritte zu gehen und würde auf dem Feld stehen. So realistisch! Und dann bewegt sich auch noch alles. Heftig. Wie macht man so etwas?"

„Das ist kompliziert. Ganz habe ich den Zauber nicht verstanden, aber grundsätzlich ist es eine Spiegelung von der Welt oben. Um es weniger eintönig zu machen, hat der Drache das Bild permanent mit der Quelle verbunden. Wir werden hier unten also Jahreszeiten haben", freute sich Eliande. „Und wenn der Weizen geerntet wird, können wir den Mähdrescher und die Traktoren sehen."

„Wahnsinn!", wisperte Sofie. „Es fehlt nur der Sommerduft…"

„Das meinte Hoggi auch. Er wollte es perfekt machen und war nur mit Mühe davon abzubringen, Geräusche und Geruch in die Illusion einzubinden."

Sofie griff unwillkürlich an ihre Kette. Die hatte Bill vor ein paar Monaten gemeinsam mit diesem Hoggi für sie gefertigt. Nachdenklich runzelte sie die Stirn. „Und warum wolltest du ihn davon abbringen? Die Landluft ist herrlich frisch. Viel besser als die Autoabgase in den Städten."

„Meistens schon", lachte Eliande, „aber die Maschinen sind ziemlich laut. Außerdem streuen die Bauern hier mehrfach im Jahr Gülle. Die stinkt bestialisch und hält sich tagelang …"

„Ein gutes Argument", kicherte Sofie. Sie beobachtete, wie der Hase aus dem Sichtfeld hoppelte. „Haben jetzt alle Labore so einen grandiosen Ausblick?"

„Nein, nur unseres. Der Zauber ist recht aufwendig. Er erfordert nicht gerade wenig körpereigene Astralenergie."

Sofie hob verwundert die Augenbrauen und drehte sich zu der Grünen um. „Oh. Warum hat Hoggi ihn dann hier installiert?"

„Mir ist nicht verborgen geblieben, wie unwohl du dich letzte Woche im Labor gefühlt hast." Eliande lächelte ausweichend. „Du wirst hier noch viele Stunden verbringen müssen. Die Hochschulleitung teilt meine Meinung, dass wir es dir leichter machen sollten."

In Sofies Geist rollte Leonie mit ihren Klimperaugen und stichelte: „Ach nee, bekommt der Ich-Bin-So-Geil-Phönix mal wieder eine Extrawurst gebraten?"

Ein ungutes Gefühl breitete sich in Sofies Bauch aus.

„Aber genug von der Illusion", meinte Eliande, „mich interessiert viel mehr, wic dein erster regulärer Unterrichtstag war."

„Ging so", gab Sofie verdrossen zurück. Sie wollte keine Sonderbehandlung.

„Wie hat sich Bill gemacht?"

Sofie zuckte mit den Schultern. „Er hat alles gegeben."

„Dann konntest du etwas in seinen Gedanken sehen?"

„Nein", widersprach Sofie. „Bill war so aufgeregt und übereifrig, dass ich überhaupt nichts sehen konnte. Stattdessen hat er versucht, mir die Zauber mit Worten zu erklären, was es nicht besser machte, weil er ständig nervös zu dem Dozenten rüber geschielt hat. Ohne Bill hätte ich vermutlich mehr von «Grundlagen der Geistesmagie» mitbekommen."

„Das habe ich befürchtet“, erwiderte Eliande. „Billarius ist manchmal wie ein junger Hund. Er möchte alles gleichzeitig und vor allem alles richtig machen.“

Sofie nickte. *„Mag sein, aber eigentlich liegt das Problem bei mir.“*

„Er wird sich schon daran gewöhnen“, versprach die Grüne gelassen. „Ich nehme an, mit Latein und Geschichte gab es keine Probleme?“

„Nein. Das läuft wie normaler Unterricht. In Latein haben wir Herrn Pott. Er ist ein Mensch. Und in Geschichte hat der schwarze Ebarox nur ab und zu Bilder übertragen. Wenn das nicht mehr wird, komme ich klar.“

„Es wird leider mehr werden“, seufzte Eliande. „In ein bis zwei Monaten wird die Hälfte des Stoffes via Gedankenübertragung vermittelt.“

Sofie nickte steif. Leonie ging ihr nicht aus dem Sinn. *„Ich bekomme tatsächlich eine Sonderbehandlung. Doch auch damit werde ich nur einen Bruchteil von dem mitkriegen, was die anderen sehen. Mit Jans Hilfe würde ich alles verstehen. Aber Jan darf keinen Fuß auf das Gelände der Akademie setzen. Bills Schemen und Erklärungen sind ein Furz gegen die klaren Bilder der Geistesübertragung. Ich bin auf mich gestellt. Friss oder stirb.“*

Die Grüne lächelte zuversichtlich. „Du und Bill, ihr werdet das hinbekommen!“

„Sicher“, log Sofie. Sie hatte es satt, über diese Dinge zu reden. Es brachte ja eh nichts. Sie war anders. Immer schon gewesen. Das Positivgeschnacke ging ihr auf den Keks, also wechselte sie das Thema.

„Heute Morgen habe ich Karvin gegrillt. Und vorhin hätte ich am liebsten meine Kommilitonen geröstet.“

„Das mit Karvin habe ich bereits gehört.“ Eliande grinste. „Wir Empathen werden oft unterschätzt.“

„Von Karvin nicht mehr.“

„Nein, bestimmt nicht.“ Eliandes grüne Augen funkelten lebendig. „Wir werden an den Wochenenden einen weiteren Termin einschieben müssen, so leid es mir tut, deine Zeit mit Jan zu unterbrechen.“

„Ich weiß.“ Der Margareta in ihr war klar, dass es dazu keine Alternative gab, doch Sofie hasste diese Termine schon jetzt.

„Und was war mit deinen Kommilitonen?“, erkundigte sich die Grüne.

Sofie erzählte von Leonie und Sergio. „Es ist nicht mein Verdienst, dass ich nicht ausgerastet bin“, räumte sie abschließend ein, „sondern Tyras. Wie macht sie das? Die beiden Lästerbacken sind übelst über sie hergezogen, aber sie hat das nicht getroffen. Ich meine, geärgert hat sie sich schon irgendwie, doch die Worte haben sie nicht verletzt.“ Sofie schaute ihre Professorin fragend an. „Wie macht Tyra das bloß?“

„Sie ruht in sich.“

„Das verstehe ich nicht.“

Eliande lächelte leise. „Tyra hat eine Gabe. Sie nimmt die Dinge hin, die sie nicht ändern kann. Sie akzeptiert sie. Bei allem anderen kämpft sie wie ein Labonischer Löwe. Sie ist zäh und unnachgiebig. Darum lässt sie sich auch nicht von solchen Nebensächlichkeiten wie ihrer geringen Körpergröße oder ihrem nicht gerade üppigen Potenzial behindern. Sie verschwendet ihre Kräfte nicht, sondern setzt sie effizient zum Erreichen ihrer Ziele ein.“

„Und woher weiß sie, wann es sich zu kämpfen lohnt?“

„Das ist die elementare Frage“, stimmte die Grüne zu. „Tyra hat eine hervorragende Intuition. Genau wie du. Wir dachten, es wäre eine gute Idee, euch beiden zusammenzustecken. Vielleicht kann sie dir helfen.“

„Also wieder eine Sonderbehandlung für mich“, grummelte Sofie. „Dabei hatte ich gehofft, hier in der Steinburg eine von vielen zu sein. Einfach mal stinknormal.“

Eliande schaute sie an. Ihre grünen Augen schimmerten ruhig. „Das bist du aber nicht.“

„Wäre ich aber gern.“

„Und das ist der Unterschied zwischen dir und Tyra“, entgegnete Eliande milde. „Wir Himmelsechsen wissen, dass du anders bist. Du hast es bisher nicht leicht gehabt und du wirst es zukünftig nicht leicht haben, Sofie. Wir tragen diesem Umstand Rechnung. Wir wollen dir helfen. Und deswegen bekommst du von uns das, was du brauchst.“

Schweigen.

„Und ständig hat jemand ein Auge auf mich“, murrte Sofie griesgrämig. „Manchmal kommt mir das wie Überwachung vor.“

„Das ist es in gewisser Weise ja auch.“ Die Aura der Grünen verströmte

Mitgefühl und Sanftmut. „Wir sorgen uns um dich, darum sehen wir nach dir. Wir bespitzeln dich nicht. Das ist ein Unterschied."

Sofie spürte, dass Eliande ehrlich war. Dennoch fühlte sich die Sorge der Drachen wie ein Korsett an, das sie einengte und ihr die Luft zum Atmen nahm.

7. Das Gefäß des G'labrx'

Rückblende – Monate zuvor:

Der Unantastbare starrte auf die verschlossene Tür seiner Kammer. Er lag auf seiner Ruhematte, es war Nacht. Eigentlich sollte er schlafen, doch er konnte nicht.

Morgen würde es wieder anstrengend werden. Das wurde es jeden Tag, seitdem er zum letzten G'labrx gerufen worden war. Mehrfach täglich stützten ihn andere Satanas und pressten ihre eigene Astralkraft in ihn hinein. Tatsächlich konnte er diese Mengen gar nicht in sich aufnehmen, aber er spürte, wie seine Meridiane sich nach und nach weiteten und sich sein Potenzial vergrößerte. Nie zuvor war er so mächtig wie heute. Und so gut genährt.

Sein Körper vergalt diese Privilegien undankbarer Weise mit Schmerz. Die Meridiane des Unantastbaren brannten fast ununterbrochen und ihm schwirrte der Kopf. Er konnte sich nicht mehr denken hören, so sehr stopften seine Lehrer ihn mit Wissen über fremdartige Zauber voll.

Lehrer. Ja, er hatte Lehrer! Er konnte es selbst kaum glauben. Ein junger Dämon wie er wurde von den Besten der Besten unterrichtet. Sie waren ungeduldig und sadistisch. Doch das Zeichen des Weltenwanderers schützte ihn vor der Wut, die seine Beschränktheit und sein Unvermögen in den Meistern hervorrief. Sie krümmten ihm kein Haar, auch wenn sie ihn am liebsten zerfleischen würden. Oder Schlimmeres.

„Wahrlich, ich bin kein guter Schüler.“

Nichtsdestotrotz zeigte die Behandlung, die der Weltenwanderer ihm angedeihen ließ, Wirkung. Neuerdings starben bei der Kontaktaufnahme mit dem Kroyork weniger Satanas – meist waren es nur noch zwei oder drei pro Sitzung – und die Gespräche zwischen dem G'labrx und dem Flüsterling dauerten länger an.

„Ja, der Gebieter ist zufrieden mit seinem Gefäß und behandelt mich pfleglich. Seinen Zorn lässt er an anderen aus, nicht, dass ich noch zerbreche…“

Es bestand für den Unantastbaren kein Zweifel: Der Herrscher war wahnsinnig. Und zerfressen von Rachsucht.

„Die Einsamkeit hat seinen Verstand in endlosen Dekaden verätzt. Es heißt, er sei unsterblich, aber ich glaube, es ist allein der Hass, der ihn am Leben hält."

Solche Gedanken verbarg der junge Dämon in den Kontaktsitzungen sorgfältig, dennoch wurde er den Eindruck nicht los, dass der Weltenwanderer ziemlich genau wusste, was der Unantastbare von seinem Gebieter hielt. Die spirituelle Reise in die Erdenwelt ließ die Grenzen zwischen den beteiligten Individuen aufweichen.

„Ich sehe viel."

Er schluckte beklommen.

„Zu viel. Vor allem vom G'labrx. Sobald er das Gefäß nicht mehr benötigt, wird er es zerschlagen."

Ruhelos rappelte er sich auf und ging ein paar Schritte durch die Kammer. Seine Hufe klapperten auf dem harten Granitboden. Das Geräusch klang irgendwie anklagend. Er sollte wirklich schlafen.

„Immerhin scheinen die Pläne des Gebieters aufzugehen, das stimmt ihn milde."

Der Unantastbare seufzte und kroch abermals auf seine Matte.

Der Flüsterling hatte einen Menschen besetzt. Malte Rasmussen. Das war der Name des Menschen. Und zwar von seiner Geburt an bis hin zum Tode. So wurde nur er angeredet, sonst niemand.

„Absonderlich. Diese Wesen geben so ziemlich allem einen Rufnamen. Sogar niederen Kreaturen. Jedes Etwas, das eine Bedeutung im Leben der Humanoiden hat, wird mit einem individuellen Namen etikettiert. Ja, selbst Unbelebtes, wie zum Beispiel diese Automobil-Werkzeuge."

Zumindest erschien der Malte Rasmussen dem Kroyork als geeigneter Wirt und das trotz dessen mittelmäßigen Potenzials. Der Weltenwanderer hatte dem Flüsterling nahegelegt, sich einen mächtigeren Wirt zu suchen, doch das lehnte dieser ab. Der Rasmussen sei leicht beeinflussbar und hätte ein gutes Gespür für seine Artgenossen. Er könne auch mit seinen geringen astralen Kräften seinesgleichen lenken und seine Gefolgschaft vergrößern.

„Offenbar ganz ohne Androhung von Folter und Tod. Er fügt den anderen noch nicht einmal Schmerzen zu. Ich begreife nicht, wie das

funktionieren kann.“

Der Kroyork hatte von «Vertrauen», «Freundschaft» und «Liebe» gesprochen. Der Unantastbare verstand nicht, was damit gemeint sein könnte.

„Unwichtig. Der Rasmussen ist wissbegierig und saugt die magischen Lektionen bereitwillig in sich auf. Er lernt aus freien Stücken. Das Wispern des Flüsterlings hält er für seine eigenen Gedanken oder für Eingebungen von einem unsichtbaren «Gott». Er denkt, dieser Gott sei mächtig. Wie unrecht er hat! Es ist doch bloß ein lächerlicher Flüsterling: kraftlos, machtlos, nutzlos.“

Oder war es der Unantastbare, der unrecht hatte? Unbestreitbar war, dass es dem Rasmussen gelungen war, andere Menschen um sich zu scharen. Auch sie lernten bereitwillig die Lektionen des Kroyorks.

„Und bislang hat niemand versucht, den Rasmussen zu töten und seinen Platz einzunehmen. Dabei behauptet der Flüsterling, dass einige der Gruppe stärker sind als sein Wirt ... Die Humanoiden sind wirklich sonderbar.“

Sie waren schwach. Harmlos. Vielleicht war das der Grund, warum der Rasmussen aus dem Verborgenen hervortreten konnte und seit einiger Zeit seine neuen Künste ganz offen vor den Augen der Drachen praktizierte. Die Echsen wussten, was er tat, aber sie hatten keine Ahnung, wer er war.

„Oder vielmehr, wer Besitz von ihm ergriffen hat. Er ist demütig genug, ihnen aus dem Weg zu gehen.“

Es hatte lediglich ein Problem gegeben: Irgendwann war der Kroyork an die Grenzen seines Wissens gestoßen, was die Zauber betraf. Die Menschen hatten neues Geistesfutter gefordert. Das hatte den letzten G'labrx verwundert.

Müde betrachtete der Unantastbare die düsteren Wände seiner Kammer.

„Als der Weltenwanderer das letzte Mal persönlich in der Erdenwelt weilte, da verfügten die Menschen über beträchtliche Kenntnisse im Umgang mit der astralen Energie. Magie soll zu jener Zeit allgegenwärtig gewesen sein und die Humanoiden ernstzunehmende Gegner.“

Der junge Satan rollte sich erschöpft auf seinem Lager zusammen.

„Und heute haben sie alles vergessen. Wie eigenartig. Da quillt eine Welt vor astraler Energie über und eine ganze Art verlernt, sie zu nutzen."

Das war Vergeudung. Aber der letzte G'labrx hatte vor, sich der Menschen anzunehmen und ihnen das alte Wissen zurückzugeben.

„Und sie werden ihm diese Großzügigkeit mit Treue vergelten. Wenn es soweit ist, werden sie sich gegen die Drachen stellen und den Weltenwanderer rächen."

Müde schloss der junge Dämon seine Augen.

„Und dann ist meine Aufgabe erledigt."

Sein Bewusstsein driftete ab.

„Dann braucht der letzte G'labrx kein Gefäß mehr. Dann hat das Brennen in meinem Körper ein Ende."

Mit diesem Gedanken schlief der Unantastbare endlich ein.

8. Die Ankunft der Drachen

Sofie stochert lustlos in ihrem Joghurtmüsli herum. Sie frühstückte wie jeden Morgen gemeinsam mit Tyra und den anderen Bewohnern des Bungalows Nummer 23 am großen Esstisch der Wohnküche. Es war Mittwoch und heute sollte die erste Gegenüberstellung stattfinden.

„Na, schon aufgeregt, Leute?“, erkundigte sich Tim augenzwinkernd. Er gehörte genau wie Tyra zu den ersten Studenten der Akademie. „Vielleicht trefft ihr heute die Liebe eures Lebens.“

„Die hat Sofie schon erwischt“, brummte Tyra, „und bei mir ist eh Hopfen und Malz verloren.“

„Ach, Quatsch“, lachte Tim und balancierte einen Teller mit frisch geröstetem Toast, ein Glas Erdbeermarmelade, Nutella und eine Packung Frischkäse zum Tisch. Unter seinem rechten Arm klemmte eine Buddel Apfelschorle und Besteck hatte er in der Hand. „Du wirst schon sehen, mein blondes Engelchen, wir zwei ziehen irgendwann das große Los. Und wenn nicht, dann schleppe ich dich ab, sobald die uns hier rauswerfen.“

Tyra hob ironisch eine Augenbraue. „Versprochen?“

„Versprochen!“

„Geht ihr gleich in die Arena, wenn die Drachen ankommen?“, wollte Jule wissen. Sie teilte sich mit Celina ein Zimmer, die neben ihr am Tisch saß.

„Ich weiß nicht“, seufzte Sofie. „Ist das eine Pflichtveranstaltung?“

„Nee, das nicht“, antwortete Tim und drapierte seine Ladung auf dem Tisch, „aber du solltest hingehen. Das muss man gesehen haben.“

„Ja?“, fragte Sofie lahm.

„Aber hundert Pro!“ Tim nickte nachdrücklich. „Ich war beim ersten Mal echt platt. Die Himmelsechsen sind beeindruckend.“

„Stimmt“, räumte Sofie ein. „Ich habe mal einen Roten gesehen, da schlotterten mir echt die Knie.“ Trotzdem war sie unmotiviert. Sie überlegte schon seit Tagen, ob es nicht doch eine Möglichkeit gab, dem Vormittagsprogramm und vor allem der Gegenüberstellung aus dem Weg zu gehen. *„Vielleicht kann ich mich ja krankmelden?“*

„EIN Drache allein ist was ganz anderes als 80 auf einem Haufen", widersprach Lars. Er war schon ein Jahr an der Akademie. „Ich lasse mir das nie entgehen."

„Ich auch nicht", grinste Tim und erklärte den Neuen: „Wir dürfen von den oberen Rängen der Arena zuschauen, wie sie landen und sich verwandeln."

„Wie alt sind die Drachen eigentlich?", piepste Celina schüchtern.

„Für Himmelsechsen sind die jung", nuschelte Jule kauend. „So um die 200 Jahre, also quasi gerade erwachsen, genau wie wir."

Paul holte sich einen Kaffee. „Landen die 80 Drachen denn alle gleichzeitig?" Er und sein Zimmergenosse Fabian besuchten einige Kurse gemeinsam mit Sofie.

„Nein", antwortete Tyra, „da gibt es festgelegte Sprungpläne, damit es nicht zu Zusammenstößen kommt."

„Hm. Irgendwie wirkt Tyra heute müde. Merkwürdig. Sonst strotzt sie nur so vor Energie."

Sofie sah ihre Freundin prüfend von der Seite an. Zart rieselte die astrale Kraft durch ihre Meridiane und einen Wimpernschlag später spürte sie, dass Tyra tatsächlich angeschlagen war.

„Dir geht es nicht gut", stellte sie verwundert fest.

Tyra lächelte schief. „Ach, ich hab bloß etwas Magendrücken. Das kommt vom Essen gestern. Bei Pizza kann ich nie aufhören zu futtern."

„Ja, ja, lasst euch von der Statur und dem niedlichen Akzent unserer Schwedin nicht täuschen", warnte Tim. „Bei uns im Jahrgang nennen wir die Kleine nur noch «die Pizzaschlächterin»." Er schaute bedeutungsvoll in die Runde. „Ich gebe euch einen Rat, Leute: Wollt ihr satt werden, müsst ihr schneller als Tyra sein. Die atmet italienische Kost förmlich ein. Ohne Rücksicht auf ihre Kommilitonen … oder ihren Magen."

„Quasseltante!" Zielsicher bewarf Tyra Tim mit einer zusammengeknüllten Serviette. „Musst halt schneller essen und weniger dumm rumschnacken."

„He!", beschwerte sich der Getroffene. „Da sind ja Eierschalen drin."

Tyra nickte unbeeindruckt. „Klar, du Weichei! Sonst hätte das Teil ja nicht genug Gewicht."

Eine halbe Stunde später stand Sofie neben Tyra und jeder Menge anderen Studenten oben im Zuschauerrang der Arena. Überall lehnten sich junge Menschen an die Balustrade, schnackten miteinander oder starrten hinunter in den riesigen Innenraum.

„Die halbe Akademie muss auf den Beinen sein“, brummte Sofie missmutig.

„Die ganze“, korrigierte Tyra. „Lass dich nicht täuschen, in dem großen Stadion verlieren wir uns.“

Die kleine Schwedin sah ziemlich blass um die Nase aus.

„Dein Magendrücken ist nicht grade besser geworden, hm?“ erkundigte sich Sofie mitfühlend. „Und das, obwohl du kaum was gefrühstückt hast.“

„Ach, das wird schon wieder.“

„Ehrlich, Tyra, wenn es dir nicht gut geht, bringe ich dich gern zurück in unser Häuschen.“

„Ich bin hart im Nehmen.“ Tyra lächelte matt und deutete nach unten. „Gleich geht es los. Die Drachen werden in kurzen Abständen auf den Sprungmarken landen. Das solltest du nicht verpassen.“

„Wie du meinst…“

Sofie seufzte und wandte sich der Balustrade zu. Die Arena hatte entfernt Ähnlichkeit mit einem Fußballstadion. Die Innenfläche war jedoch vier Mal größer und anstatt mit Rasen mit hellem Kies bedeckt. Sechs gepflasterte Mosaike zierten den Boden. Rund und mit einem Durchmesser von fünf Metern zeigten alle das Wappen der Akademie: die Steinburg. Jedes Mosaik war in einer anderen Farbe gehalten: weiß, schwarz, grün, golden, blau und rot.

Im unteren Bereich der Arena gab es, im Gegensatz zu normalen Sportstätten, keine Zuschauerplätze. Professor Ebarox hatte ihnen beim ersten Rundgang erklärt, dass man dort ohnehin wenig sehen könne, weil bei Übungskämpfen viel Staub aufgewirbelt würde. Magische Flammen und andere Angriffszauber sorgten ebenfalls nicht für eine bessere Sicht. Entsprechend erhob sich die erste Tribüne in zehn Metern Höhe. Von da aus könne man den Goldenen und Blauen prima in die Augen schauen und den Roten auf ihren mächtigen Brustkorb.

So ein Erlebnis sei für Frischlinge nur bedingt zu empfehlen, wie

Professor Ebarox sich ausdrückte, und so gab es weiter oben, kurz unter der luftigen Beschattung der Arena, weitere Zuschauerplätze: den Rang. Von hier aus durften die Studenten die Ankunft der Himmelsechsen in sicherer Entfernung verfolgen.

Sofie blickte sich um. *„Auch wenn es im Vergleich zu einem normalen Stadion kaum Zuschauerplätze gibt, könnten auf der Tribüne unten die Einwohner einer Kleinstadt Platz nehmen und hier oben noch einmal."* Sie schnaufte kopfschüttelnd. „Wir 400 Studenten wirken wirklich verloren. Diese Arena ist überdimensioniert."

Tyra grinste schief. „Die Steinburg ist die Vorzeigeakademie. Außerdem finden bei uns manchmal hochschulübergreifende Veranstaltungen statt, dann sind deutlich mehr Menschen hier. Die Königin der Schwarzen soll sich persönlich für diesen Standort eingesetzt haben."

„Victoria?! Hat die denn überall ihre Finger drin?", rutschte es Sofie heraus.

Tyra zuckte mit den Achseln. Ihr ging es definitiv nicht gut. „Victoria ist die erste Gefährtin unserer Zeit und die Schwarzen sind das Bindeglied zwischen Drachengesellschaft und Menschen. Da scheint es mir nur natürlich, wenn sie … oh, es geht los!"

An der gegenüberliegenden Wand unter der Tribüne öffnete sich ein großes Tor. Eine einzelne Person trat heraus und schritt bis zur Mitte des riesigen Kiesplatzes.

Sofie kniff die Augen zusammen, doch der Mann war zu weit weg.

Ein Rieseln: Schwarze Schuppen und eine ruhige Aura, die Beharrlichkeit ausstrahlte. Dazu ein Spritzer Zynismus und Neugier. Diese Mischung kam Sofie bekannt vor. „Ist das Loran, unser Schulleiter?"

„Richtig", bestätigte Tyra.

Sofie konnte nicht übersehen, dass das Magendrücken ihrer Freundin so langsam in Übelkeit ausuferte. Trotzdem brummte die kleine Schwedin davon unbeeindruckt: „Entweder hast du Adleraugen, oder du kannst doch Gedankenmuster erkennen."

„Weder noch. Für mich ist seine Aura wie ein Fingerabdruck." Besorgt blickte Sofie Tyra an: „Sag mal, willst du wirklich nicht nach Hause?"

Tyra schüttelte ihren Kopf. „Nee. Das geht gleich wieder."

Da tönte es laut durch die Arena: „Guten Morgen, liebe Studenten. Wie ich sehe, seid ihr alle pünktlich aus euren Betten gefallen, um bei der Ankunft der Drachen dabei sein zu können. Wunderbar. An die Neuen unter euch: Legt keinen falschen Stolz an den Tag. Wenn es euch zu viel wird, sagt jemandem Bescheid. Für die alten Hasen gilt wie immer: Habt ein Auge auf die Frischlinge. Sobald jemand in Panik gerät oder aus den Latschen kippt, gebt das Signal, damit sich eine Grüne um den Betroffenen kümmern kann."

Zustimmendes Gebrabbel wogte durch die Studenten.

Sofie runzelte die Stirn. „Warum sollte jemand Panik kriegen oder umkippen?"

Tyra nickte Richtung Kiesplatz. „Das wirst du gleich verstehen."

„Und jetzt wünsche ich euch viel Spaß bei der Show!", verkündete Loran und verwandelte sich mit einer fließenden Bewegung in einen schwarzen Drachen. Sein Körperbau war athletisch, die Schuppen mattschwarz, so dass sie alles Sonnenlicht verschluckten. Direkt unter dem Kopf befand sich eine Krause, die aus langen dünnen Schuppen bestand. Diese Schuppen schmiegten sich an den Hals der Himmelsechse, doch Sofie wusste aus Erfahrung, dass sie sich bei Gefahr oder Ärger aufstellen konnten. Weitere Langschuppen wanderten auf der Kuppe der Wirbelsäule den gestreckten Hals entlang, passierten den Rücken und zogen sich stetig kleiner werdend bis zur Schwanzspitze hinunter. Die Schwarzen maßen sowohl in der Flügelspannweite als auch in der Länge Schnauze-Schwanzspitze zehn Meter, trotzdem wirkte Loran von hier oben klein und irgendwie mickrig auf der riesigen Fläche.

Kraftvoll breitete die Himmelsechse ihre Schwingen aus, prompt fegte ein magischer Wind den Staub von den Sprungmosaiken.

Sofie spürte, dass sich unter den Menschen ein Stimmungscocktail aus Anspannung und Vorfreude ausbreitete. Das war ansteckend und so kribbelte nun ebenso durch ihre Adern Nervosität.

Plötzlich schwebte ein Roter über dem roten Steinburgmosaik und ein Schwarzer über dem schwarzen. Die Drachen landeten und traten beiseite. Unter den Studenten wurden freudige Rufe laut, einige klatschten. Die Aufregung unter den Menschen nahm zu.

Eine Viertelminute verstrich, dann erschienen vier weitere Drachen: schwarz, rot, weiß und grün. Die Echsen landeten, machten die Sprungmarken frei und kurz darauf tauchten abermals vier Drachen auf.

Der Applaus wurde lauter. Begeisterte Pfiffe kamen hinzu. Sofies Puls beschleunigte sich. Sie schluckte und starrte gebannt auf die drei roten Himmelsechsen. Sie ähnelten grundsätzlich den Schwarzen, waren mit rund zwanzig Metern Schwingenspannweite aber doppelt so groß und hatten einen deutlich massigeren Körperbau.

„Die sind so groß wie ein vierstöckiges Haus. Dazu noch ihre wilde Aura... neben den Roten sind alle anderen Drachen Kuscheltiere."

Immer mehr Himmelsechsen erschienen über den Sprungmarken. Die bedrohliche Wirkung der Auren potenzierte sich. Furcht durchflutete Sofies Körper, ihre Hände wurden feucht. Auf einmal verstand sie, warum die Studenten das Schauspiel von der Balustrade aus verfolgen sollten und nicht unten von der Tribüne.

„Würde ich da unten stehen, würde ich mir in die Hosen machen!"

Sie konnte ihren Blick nicht von den Roten wenden. Jeder von ihnen war ein muskelbepacktes Raubtier, die Bewegungen geschmeidig und vor Kraft strotzend. Ihre Schuppen waren merkwürdig stumpf und glänzend zugleich.

„Frisch vergossenes Blut", durchzuckte es Sofie. Ihr Herz klopfte hart im Brustkorb. Sie konnte die Drachenauren innerhalb der Gruppe nicht länger unterscheiden – sie verschwammen ineinander. Sofie spürte die kontrollierte Aggressivität der Roten. In jedem dieser Wesen brodelte eine ungestüme Kraft, die nur darauf wartete, losschlagen zu dürfen. Dennoch hatten sich die mittlerweile sechs Roten mit militärischer Präzision aufgestellt. Die Abstände zwischen ihnen waren exakt gleich, die Körperhaltung ebenfalls.

Ein siebter Roter traf ein. Er reihte sich ins Glied, erhob militärisch grüßend die rechte Schwinge und gefror zur Statue.

„Das sind Krieger! Diszipliniert, mächtig, tödlich!"

Sofie stieg der Geruch von heißem Metall in die Nase. Beunruhigt sah sie sich nach Tyra um und keuchte: „Was ist das?"

„Das ist der Duft der Drachen", rief ihre Freundin über den anhaltenden Applaus ihrer Kommilitonen hinweg.

„Echt?! Die riechen nach Metall? Ist mir nie aufgefallen."

„Vermutlich, weil du nie so vielen Drachen auf einmal gegenüber gestanden hast." Tyra grinste und zeigte auf Sofies Hände. „Wie ich sehe, begreifst du die Bedeutung von Lorans Worten."

„Wie?"

Irritiert blickte Sofie auf ihre Finger. Erst jetzt bemerkte sie, dass sie das Stahlrohr der Balustrade so fest umklammerte, dass ihre Knöchel weiß hervortraten. „Oh. Ja!" Sie atmete tief durch und ließ los. Ihre Muskeln waren ganz verspannt.

Plötzlich ging ein Raunen durch die Zuschauer.

„Schau!" Tyra deutete zu einer Sprungmarke, die bis eben noch verwaist gewesen war.

Eine golden schimmernde Himmelsechse landete in diesem Moment auf dem runden Mosaik. Das Sonnenlicht wurde funkelnd von einigen Schuppen reflektiert und blitzte zu den Studenten herauf.

„Sie sind tatsächlich mit Edelsteinen besetzt", wisperte Sofie staunend. Jan hatte ihr erzählt, dass die Goldenen ein Faible für kunstvoll geschliffene Juwelen hatten. Bis vor einigen Jahren galten bei den Vertreterinnen dieser Rasse Edelsteine auf den Schuppen als Statussymbol. Es hieß, Jalina, die letzte Königin der Goldenen, habe bei ihrem Tod keine einzige unbesetzte Schuppe an ihrem Körper gehabt.

Die Anmut und strahlende Schönheit dieses Geschöpfs beeindruckte Sofie. Die Goldene verneigte sich elegant vor Loran und legte ihre Schwingen an. Die Spannweite lag mit 15 Metern zwischen der der Roten und Schwarzen. Trotz ihrer beeindruckenden Größe wirkten die Bewegungen dieser Himmelsechse grazil, als sie die Sprungmarke verließ.

Der Beifall wurde lauter.

„Wahnsinn!", grölte eine männliche Stimme neben Sofie. „Eine Hüterin von Recht, Wissen und Weisheit. Sie ist umwerfend!"

„Da hat er recht!", dachte Sofie und versuchte das Wesen der Goldenen zu erfassen. Sie spürte, dass sich dieser Drache sehr wohl seiner Wirkung bewusst war. Zielstrebigkeit, Kalkül und Machthunger trieben die Goldene genauso an wie das Streben nach Gerechtigkeit und Integrität.

Sofie fröstelte. *„Auch wenn sie anmutig aussieht – harmlos ist sie nicht!*

Die möchte ich nicht zum Feind haben.“

Immer mehr Drachen trafen ein. Der metallische Geruch wurde intensiver. Bei den Weißen waren es mittlerweile elf, die neben ihrer Sprungmarke umherwuselten und die Umgebung mit langen Hälsen und schiefgelegten Köpfen unter die Lupe nahmen.

„Sie sind wie Bill!“

Sofie musste grinsen. Sie fühlte die glucksende Neugier der elfenbeinfarbenen Drachen. Ihr Körperbau sah filigran aus, ja, beinahe zerbrechlich. Mit sieben Metern Spannweite waren sie die kleinste Rasse.

Hinter den Weißen kamen die Schwarzen aus den Nebeln. Ihre Auren erinnerten Sofie in mancher Hinsicht an Karvin: Pflichtbewusstsein, Weltoffenheit, Selbstsicherheit und ein Gespür fürs Ganze. Aber insgesamt wirkten sie lockerer als Jans Assistent, zumindest in diesem ersten Moment. Ihre Körper waren athletisch, doch neben den roten Kriegern wirkten sie geradezu schwächlich.

„Was sie NICHT sind. Karvin hat so unfassbar viel Kraft!“

Sofies Blick wanderte weiter und blieb an der Gruppe von 13 Grünen hängen. Sie waren so groß wie die Schwarzen und verströmten eine in sich ruhende Lebensfreude. Die Färbung ihrer Schuppen changierte im Sonnenlicht und reichte von einem frischen Maigrün bis zu einem unglaublichen Grünton, der Sofie an einen tiefen Waldsee denken ließ. Zudem war jede Hornplatte von einem leuchtenden, metallischen Glanz überlagert.

Sofie lächelte. Sie konnte sich an dem schillernden Farbenspiel nicht sattsehen. Die Auren der Grünen waren einladend sanft, fürsorglich und gleichzeitig lebendig.

„Genau wie Eliande.“

Plötzlich tat sich etwas über der blauen Sprungmarke. Das Stadion hielt den Atem an, denn ein Drache trat aus der Sphäre. Er war so groß wie die Goldenen.

Frenetischer Jubel brach aus. Die Euphorie der Menschen berauschte Sofie. Wie von selbst applaudierte sie mit.

Perlmuttfarbene Schuppen, die wie nass glänzten. Ein stromlinienförmiger Körper, kraftvoll und unerschütterlich.

„Sie errichten die mächtigsten Schilde von allen!“, brüllte ein Typ neben Tyra. „Aus WASSER!“ Begeistert pfiff er auf seinen Fingern.

„Was für ein Hype!“ Sofie betrachtete den Blauen. Er erschien ihr reserviert. Sie spürte, wie unwohl er sich in der Arena fühlte.

Weitere Himmelsechsen kamen an. In dieser Runde wurden alle Steinburg-Mosaike zeitgleich besetzt. Der metallische Duft der Drachen war fast schon beißend.

Der zweite Blaue, der jetzt aus den Nebeln auftauchte, war noch steifer als sein Vorgänger. Abweisend blickte er in die Runde, bevor er schließlich seine Schwingen einrollte. Kalte Arroganz und Widerwille schlug Sofie entgegen.

Sie erschauderte. *„Dieser Drache ist nicht freiwillig hier!“*

Unvermittelt wurde es still.

Sofie sah sich verwundert um. *„Nanu? War es das? Kommen keine weiteren Drachen?“*

Sie zählte. 21 Rote, 21 Schwarze, 16 Grüne, 15 Weiße, 5 Goldene und 2 Blaue. *„Wow! 80 Himmelsechsen!“*

„Gleich kommt das Beste“, murmelte Tyra in die entstandene Ruhe.

Sofie schaute irritiert von links nach rechts. Ihre Kommilitonen blickten alle aufmerksam zu Loran. „Was ist denn los?“

„Richtig“, meinte Tyra, „du hörst ja keine Gedankenrede. Loran heißt die neuen Drachen hier an der Steinburg willkommen. Und jetzt guck nach unten!“

Sofie tat wie ihr geheißen und beobachtete, dass sich die ersten Weißen in ihre Menschengestalt verwandelten. Ungelenk und alles andere als flüssig.

„Machen die das zum ersten Mal? Das sieht bei Bill aber deutlich flüssiger aus.“

Nach und nach verwandelten sich auch die anderen Drachen. Lediglich die Roten standen unverändert in Reih und Glied.

„Lass die Krieger nicht aus den Augen“, empfahl Tyra.

In diesem Moment trat einer der Roten vor. Sofie bemerkte, dass seine Aura sich von der der anderen unterschied. Sie konnte es nicht exakt benennen, aber es schien Sofie, als würde dieser Soldat mehr Autorität ausstrahlen als die anderen.

„Er ist der Befehlshaber dieser Truppe“, erklärte Tyra.

Der Rote drehte sich zackig zu seinen Kameraden um und eine Sekunde später verwandelten sich alle Krieger absolut synchron in ihre Menschengestalt.

„Wow!“, staunte Sofie. „Was für ein Anblick! Wie oft sie das wohl geübt haben?!“

„Sehr oft“, entgegnete Tyra. „Wenn die Roten nicht das Kämpfen trainieren, dann exerzieren sie.“

„Horraxx!“, brüllte der Anführer und salutierte.

„HORRAXX!“, antworteten seine Untergebenen. Sie erwiderten den Gruß simultan wie ein einziger Mann.

„HORRAXX!“, erscholl es überall auf dem Rang.

Sofie schrak zusammen. Etliche ihrer Kommilitonen reckten ebenfalls ihre rechte Hand an die Schläfe.

Prompt blickten die Krieger geschlossen nach oben und grüßten die Studenten auf der Balustrade militärisch. „HORRAXX!“

„Alter, die Drachen werden wie Popstars gefeiert!“

Der Jubel der Studenten schwoll an. Es war ohrenbetäubend laut.

„Meine Herren!“, entfuhr es Sofie, als es wieder etwas leiser wurde. Sie war aufgekratzt.

„Jep!“, gab ihre Freundin lässig zurück. „Die Jungs sind echt lecker.“

Das hatte Sofie eigentlich nicht gemeint. Und von hier oben konnte sie das gar nicht beurteilen. Ihr fiel aber auf, dass die Menschengestalt der Roten groß war, deutlich größer als die der anderen. Und die Soldaten trugen allesamt schneidige Uniformen. Die Gesichter konnte sie allerdings nicht erkennen.

„Wer hat hier die Adleraugen, hm?“, lachte Sofie.

„Ich nicht“, entgegnete Tyra über den Beifall hinweg, „ich hab bloß Erfahrungswerte. Bisher ist mir noch keine hässliche humanoide Gestalt bei einem Drachen untergekommen. Die Roten sind zwar auch als Mensch wild und verwegen, aber ich stehe auf Bad Boys. Die Narben stören nicht, ganz im Gegenteil.“

„War ja klar!“ Grinsend wandte Sofie sich wieder dem Geschehen in der Arena zu. Die Größe der Menschengestalt hing ganz offensichtlich mit der Größe des Drachen zusammen. Die Weißen waren die Kleinsten, dann kamen die Schwarzen und Grünen, gefolgt von den Blauen und

Goldenen und schließlich die Roten.

„Die Krieger müssen alle um die zwei Meter groß sein!", schätzte Sofie beeindruckt. Schmunzelnd bemerkte sie, dass die Wahl der Klamotten zum Wesen der Himmelsechsen passte.

Die Weißen trugen alle einfache Hosen und T-Shirts. Sie sahen aus, als hätte jemand Fremdes die Sachen für sie ausgesucht.

Die Schwarzen, ganz Männer von Welt, waren sportlich bis lässig elegant gekleidet. Etliche trugen Oberhemden kombiniert mit stylischen Jeans. *„Tja, kein Anzug dabei. Karvin scheint auch unter seinen Artgenossen eher konservativ zu sein."*

Die Sachen der Grünen waren verspielt geschnitten und in natürlichen Farben gehalten. Sie wirkten bequem.

Die Goldenen sahen aus, als wären sie auf dem Weg zu einem wichtigen Geschäftstermin in einer Branche, die Wert auf Etikette legte. Soweit Sofie es von der Balustrade aus beurteilen konnte, saßen ihre Hosenanzüge und Kostüme perfekt und harmonierten mit Teint und Haarfarbe der Trägerinnen.

„Wie aus einem Modemagazin", murmelte Sofie.

„Das ist nur bei der Ankunft so", meinte Tyra. „Morgen schalten auch die Goldenen einen Gang runter. Oh, ich glaube, der Blaue da muss Xavosch sein."

Sofies Blick huschte zur entsprechenden Sprungmarke. Der abweisende Drache war der letzte, der noch immer in seiner wahren Gestalt dastand. Unwillig schüttelte er sein Haupt, so dass die weichen Langschuppen der Halskrause klatschend um seinen Kopf wirbelten.

„Kein Zweifel, der wechselt seine Gestalt nicht aus freien Stücken." Sofie spürte die Ablehnung der Echse deutlich. „Kennst du ihn?"

„Nein, nicht persönlich, aber ich habe von ihm gehört."

Der Blaue grollte herablassend und verwandelte sich dann doch.

Irritiert runzelte Sofie die Stirn. „Trägt er tatsächlich Frack und Zylinder?"

„Jo!", antwortete Tyra. „Das ist Xavosch. Ich habe eine Freundin, die die Akademie in Australien besucht. Lisa hat mir vor ein paar Monaten von ihm erzählt. Damals war er dort."

„Was ist mit ihm? Ist er nicht auf der Suche nach seiner großen Liebe?"

„Nein, ganz sicher nicht", schnaubte Tyra. „Die Blauen sind ein Völkchen für sich. Die meisten wollen mit den anderen Rassen und vor allem mit uns Menschen nichts zu tun haben. Darum haben sie sich in Atlantis von der Welt zurückgezogen."

Davon hatte Sofie gehört. „Und warum sind die beiden trotzdem hier?"

„Ich nehme an, sie wurden von ihrem König geschickt. Plasch Paries Aqua, der aktuelle König der Blauen, ist offener als sein Vater. Er erkennt die Notwendigkeit an, dass in diesen Zeiten alle zusammenarbeiten müssen. Zumindest haben sie uns das so im Politikunterricht erzählt. Plasch sorgt dafür, dass sich wenigstens ein paar geeignete Kandidaten an den Akademien einfinden."

„Macht das Sinn?", fragte Sofie skeptisch. „Ich meine, die zwei da unten wollen ganz offensichtlich nicht hier sein. Dieser Xavosch versucht das ja nicht mal zu verbergen. Bei so viel Widerwillen verstehe ich nicht, warum er sich nicht einfach weigert."

„Die Gesellschaftsstruktur der Blauen ist konservativ und streng hierarchisch. Xavosch würde seine Ehre verlieren, wenn er sich seinem König offen widersetzt."

„Das mag ja sein", räumte Sofie ein, „aber was bringt es, ihn gegen seinen Willen hierher zu zwingen? Sabotiert der nicht alle Bemühungen des kulturellen Austausches?"

„Oh doch, das tut Xavosch. Bei anderen Blauen hat der Besuch unserer Akademien zum Glück ein Umdenken bewirkt. Sie sind offener geworden und haben Freundschaften zu Vertretern anderer Rassen und sogar zu Menschen geschlossen. Nicht so Xavosch. Er hasst alle Menschen. Aber seine Protesthaltung wird ihm trotzdem nichts bringen."

„Wie meinst du das?"

Tyra rang sich ein Grinsen ab. „Na, wenn das Schicksal eine Gefährtin für ihn bereithält, kann er sich weigern, so viel er will. Das wird ihm nicht helfen. Sobald er ihr in die Augen schaut, ist es um ihn geschehen. Jedenfalls schwört die Kommandantin der Wölfe, dass sich niemand dagegen wehren kann."

„Wie ermutigend." Sofie rollte mit den Augen, doch ihr Verstand stellte nüchtern fest, dass sie und Xavosch in diesem Punkt eine Gemeinsamkeit hatten. Auch sie wollte sich nicht verbinden.

„Ich WERDE mich nicht verbinden", dachte sie entschlossen. *„Es wird für mich nie jemand anderen als Jan geben."*

„Vielen Dank für den herzlichen Empfang, Leute", rief Loran mit lauter Stimme und deutete eine Verbeugung Richtung Zuschauer an.

Die Drachen in der Arena applaudierten zustimmend und einige winkten zu den Studenten hinauf. Selbst die Roten. Die beiden Blauen waren die Einzigen, die regungslos dastanden.

„Wir sehen uns bei «Triff die Drachen» wieder", verkündete der Schulleiter gut gelaunt. „Bis dahin entführe ich unsere Gäste wie gewohnt zu einem kurzen Briefing. Also, bis später!"

Das große Tor an der Rückwand öffnete sich. Auf dem großen Kiesplatz kam Bewegung in die Drachen. Die Weißen legten ihre Köpfe schief und guckten sich orientierungslos um.

Der Trupp der Roten marschierte im Gleichschritt zum Tor und hielt dabei genau auf die Gruppe der Weißen zu. Quietschend stoben die auseinander. Als die Soldaten an ihnen vorbeigezogen waren, wuselten sie wieder zu einem chaotischen Haufen zusammen.

„Wie gemein!", rief Sofie, doch sie musste lachen. Das Bild war einfach zu komisch.

„Gewöhn dich dran", meinte Tyra. „Die Roten lassen gern mal den dicken Macker raushängen und die Weißen sind planlos."

„Das sehe ich. Hihi."

Langsam leerte sich der große Platz. Kleine Staubwolken erhoben sich hinter den Drachen und unterstrichen das Ende der Veranstaltung. Die ersten Studenten verließen nun ebenfalls die Balustrade.

Nachdenklich blickte Sofie nach unten ins Stadion. Xavosch und der andere Blaue waren die letzten, die das Tor durchschritten. Betont langsam. Die Unlust war beiden deutlich anzusehen.

„Xavosch ist wie ein fauler Apfel", murmelte Sofie. „Er steckt die anderen mit seiner Ablehnung an. Wäre es da nicht besser, ihn nach Hause zu schicken?"

„Das habe ich Lisa auch gefragt", antwortete Tyra.

„Und?"

Die kleine Schwedin zuckte mit den Achseln. „Sie glaubt, dass sie es wohl gemacht hätten, wenn Xavosch nicht etwas Besonderes wäre."

Sofie beobachtete, wie sich die Tore hinter den Blauen schlossen. „Was ist denn mit ihm?“

„Abgesehen davon, dass er so stur ist wie ein dickschädeliger Esel, soll er ein Meister des Lichts sein. Und das, obwohl er erst knapp 200 Jahre alt ist. Das ist ungewöhnlich.“

„Warum?“ Sofie drehte sich zu ihrer Freundin um. Viele Studenten waren schon weg, so dass die beiden Frauen nun fast allein auf dem Rang waren. Die aufgewühlten Emotionen klangen ab. „Was ist ein Meister des Lichts?“

Tyra atmete gepresst ein und erklärte: „Die Meister des Lichts erleuchten die ewige Finsternis der Tiefsee. Ohne sie wäre es in Atlantis stockdunkel. Darum genießen diese Meister unter den Blauen ein hohes Ansehen. Sie…“

„Um Himmels willen, Tyra!“, unterbrach Sofie erschrocken. Erst jetzt, wo die Euphorie der Drachenankunft versiegt war, bemerkte sie, wie schlecht es ihrer Freundin ging. „Dir ist ja kotzübel! Ich sabbel hier die ganze Zeit unwichtiges Zeug und du kippst mir gleich aus den Latschen!“

„Blödsinn. Um keinen Preis der Welt hätte ich dir deine erste Ankunft versauen wollen.“ Tyra lächelte schief. „Aber ich glaube, jetzt möchte ich doch in mein Bett. Ich fürchte, ich habe mir was eingefangen.“

9. Der Adler ist gelandet

Sofie verließ den Bungalow Nummer 23 und machte sich auf den Weg zu ihrer ersten «Triff die Drachen»-Zeremonie. Sie hatte keine Lust darauf, doch vor allem war sie in Gedanken bei ihrer Freundin. Tyra hatte sich tatsächlich etwas aufgesackt. Die Mädels hatten das Stadion kaum verlassen, da musste sich die kleine Schwedin bereits übergeben. Trotzdem behauptete sie noch immer, dass alles in Ordnung sei.

„War wohl das Frühstücks-Ei, das wieder raus wollte", hatte sie behauptet. „Ich muss mich nur eben hinlegen. Bis die Zeremonie anfängt, bin ich wieder wie neu."

Als sie das dritte Mal anhalten mussten, hatte Sofie ihrer Freundin lange genug beim Leiden zugesehen. Sie hatte ihr Smartphone gezückt und Eliande angerufen, denn die verfügte wie die meisten Grünen über eine Heilerausbildung.

Tyra war blass gewesen, aber selbst in dem Moment hatte sie noch augenzwinkernd gefragt, was man denn tun müsse, um an die Handynummern der Drachen zu kommen.

„Die Unfähigkeit, Gedankenrede zu empfangen oder zu senden reicht schon aus, wenn die Schuppenträger dich unbedingt in ihren Reihen haben wollen", hatte Sofie gebrummt. „Das Schlimme ist, dass die alle auch meine Nummer haben."

„Oh, wenn das so ist, verzichte ich lieber", hatte Tyra gekichert und abermals kotzen müssen.

„Tyra gibt echt nicht klein bei."

Sofie hielt kopfschüttelnd an und schaute sich um. Die richtige Abzweigung zur Arena durfte sie nicht verpassen.

„Gar nicht so einfach bei all den hohen Hecken. Ich glaube, da vorne muss ich rechts abbiegen."

Zum Glück war Eliande gleich gekommen. Die Grüne hatte bei Tyra einen aggressiven Magen-Darm-Virus diagnostiziert und ihr für mindestens drei Tage Bettruhe verordnet. Auf Sofies Frage, ob sie Tyra nicht einfach von dem Virus befreien könnte, hatte Eliande ruhig erklärt: „Ich könnte schon, aber das ist langfristig gesehen nicht zielführend. Die

Immunabwehr der Menschen muss ab und an etwas zu tun haben, sonst degeneriert sie."

Eliande hatte Tyra mitfühlend angelächelt. „Aus diesem Grund isolieren wir dich auch nicht. Solange du nicht mit deinen Kommilitonen kuschelst und keine Epidemie ausbricht, kannst du in deinem Zimmer bleiben."

Sofie hatte gespürt, wie enttäuscht Tyra gewesen war. Im Gegensatz zu ihr wollte Tyra unbedingt an der Zeremonie teilnehmen. SIE war auf der Suche nach ihrer großen Liebe. Also hatte Sofie sich für ihre Freundin stark gemacht. „Aber dann verpasst Tyra die Gegenüberstellung!"

„Gegenüberstellung?" Irritiert hatte die Grüne ihre Stirn gerunzelt.

„Die «Triff die Drachen»-Zeremonie", hatte Sofie sich korrigiert. „Tyra sollte doch dabei sein, oder nicht?"

„Ach, die meisten Drachen wird sie in den nächsten Wochen auch so noch treffen", hatte Eliande milde abgewunken.

Sofort hatte Sofie ihre Chance gewittert. „Wenn das so ist, würde ich gern bei ihr bleiben und mich um sie kümmern."

„Netter Versuch, Sofie. Doch die Krankenpflege werde ich in den nächsten Stunden übernehmen. Du lässt dir deine erste Zeremonie nicht entgehen."

„Aber ich habe mich vermutlich ohnehin bei Tyra angesteckt", hatte Sofie widersprochen. „Wenn der Virus tatsächlich so aggressiv ist, fange ich womöglich noch in der Arena an zu spucken und dann gibt es wirklich 'ne Epidemie. Ich fühle mich schon ganz komisch."

Eliandes Blick war daraufhin prüfend geworden.

Sofie hatte an Jan gedacht und an all die Drachen, die sich mit ihr verbinden sollten. Prompt war ihr elendig zu Mute gewesen.

„Dir scheint es wirklich nicht gut zu gehen", hatte Eliande festgestellt. Sie hatte eine komplexe Bewegung mit ihrer linken Hand ausgeführt und im nächsten Moment war Sofie in ein pastellfarbenes Glitzern eingehüllt gewesen.

„Bah!"

Sofie schüttelte sich bei der Erinnerung an das merkwürdige Kribbeln, das ihren Körper von Kopf bis Fuß durchrieselt hatte. Eigentlich war es nicht unangenehm gewesen. Tatsächlich fühlte sie sich danach fit wie ein Turnschuh. Trotzdem hätte sie liebend gern darauf verzichtet und wäre bei ihrer Freundin geblieben. Oder hätte mit ihr getauscht.

Die Hecke endete und gab den Blick auf eine große Wiese frei. Dahinter konnte Sofie das Stadion erkennen. Sie würde es locker pünktlich zur Gegenüberstellung schaffen. Leider.

„Und für die nächsten zwölf Stunden wird mir kein Virus was anhaben können", grummelte Sofie und setzte empört ihren Weg fort. *„Mal im Ernst: Die Drachen messen mit zweierlei Maß! Von wegen in der magischen Welt sind alle gleich... Die erzählen viel, wenn der Tag lang ist. Was für eine Heuchelei! Manchmal würde ich wirklich gern..."*

Plötzlich riss nur zwanzig Meter vor Sofie die Nebelsphäre über der Wiese auf und spuckte eine furchterregend mächtige Präsenz in die Welt hinaus. Die Sonne verdunkelte sich.

Sofie stockte der Atem. Ihr Verstand befahl, auf der Stelle wegzurennen, doch das konnte sie nicht. Wie paralysiert stand sie da und starrte auf das riesige Wesen, das in diesem Moment direkt vor ihr landete.

„Frisch vergossenes Blut!", durchzuckte es ihren Geist und ein Hauch von heißem Kupfer stieg ihr in die Nase.

Der Blick des roten Drachen streifte ihre Gestalt. Unvermittelt zuckte er zusammen, die Langschuppen seiner Halskrause stellten sich auf und er spreizte aggressiv die Schwingen.

Sofie unterdrückte krampfhaft den Impuls, laut aufzuschreien.

„Zeige einem Roten gegenüber niemals Schwäche", hallte Jans Ratschlag durch ihren Kopf, *„denn nur so kannst du seinen Respekt erringen."*

Ausnahmsweise waren Sofies Verstand und ihr Gefühl mal einer Meinung und so versuchte sie, das Zittern ihrer Gliedmaßen unter Kontrolle zu bringen.

„Wer hätte gedacht, dass das so schwierig sein könnte?!", ächzte sie tonlos. *„Ich mach mir gleich in die Hose!"*

Der gigantische Kopf des Roten beugte sich in diesem Moment zu ihr herab. Eine lange Narbe zog sich quer über seine rechte Gesichtshälfte und die grauen Augen funkelten gefährlich. Er schnaubte. Sein Atem roch nach scharfen Gewürzen. Bummelig zehn Meter über der jungen Frau verzog sich die Miene der Echse zu einem spöttischen Grinsen.

Dabei wurden für Sofies Geschmack eindeutig viel zu viele der rasiermesserscharfen Zähne entblößt.

„Ich bin ein DINOSAURIERHÄPPCHEN!", kreischte ihr Verstand. *„Horsd'œuvre à la Jurassic Park."*

Sofies Herz raste. Ihr wurde schlecht vor Panik. Nie im Leben würde sie sich in so einen Schuppenträger verlieben!

„NIEMALS!!!"

Die Aura des Roten war mächtig und kraftstrotzend, aber dennoch diszipliniert. Irgendwie erhaben. Sie erinnerte Sofie an einen Adler.

Die schuppige Stirn der Echse legte sich in Falten und eine Augenbraue hob sich verwundert.

„Bitte komm NICHT näher!", bettelte Sofie.

Der Drache tat ihr den Gefallen, obwohl er ihr stummes Flehen unmöglich gehört haben konnte. In einer dynamischen Bewegung verwandelte er sich in seine Menschengestalt. Auch in dieser Form war er ein Schrank, zweifellos größer als zwei Meter und muskelbepackt. Sein Aussehen war südländisch, die schwarzen Haare trug er rappelkurz. Seine militärische Uniform stand ihm ausgezeichnet, genau wie die lange Narbe, die ebenso als Humanoider seine rechte Gesichtshälfte zierte.

Erleichtert bemerkte Sofie, dass die Aura des Kriegers nun nicht mehr ganz so vernichtend bedrohlich war. Vorsichtig atmete sie auf und betrachtete den Soldaten genauer.

Das Alter seiner Erscheinung schätzte Sofie auf Mitte zwanzig, doch sie wusste, dass das nichts mit dem wahren Alter einer Himmelsechse zu tun hatte. Die Drachen konnten das Aussehen ihrer Menschengestalt weitgehend selbst bestimmen und das Alter gehörte dazu.

Der Rote deutete einen militärischen Gruß an. Mit einem entschuldigenden Lächeln schlenderte er zu ihr herüber, blieb jedoch in einem respektvollen Abstand vor ihr stehen. „Wie ich eben schon sagte, Mädchen, es tut mir leid. Ich war in Gedanken, als ich aus der Sphäre trat. Ich muss dich übersehen haben."

„Wenn man durch die Nebel reist, sollte man sich besser konzentrieren", zitierte die Margareta in ihr reflexartig. Diese Regel hatte Karvin ihr eingebläut.

„O Gott! Habe ich das jetzt echt laut gesagt?!"

Erschrocken hielt Sofie die Luft an.

„Das ist wohl richtig", stimmte der Soldat verschmitzt zu. Kleine Lachfältchen zeigten sich um seine Augen. Auf der rechten Seite wurden sie von der Narbe unterbrochen. Er wirkte auf eine gefährliche Art sympathisch.

„Ein verwegener Bad Boy. Tyra hatte recht. Diese Typen haben was…"

„Ich entschuldige mich für meine Unachtsamkeit." Der Rote deutete eine Verbeugung an. „Ich wollte dich nicht erschrecken."

Sofie dachte an Jans Ratschlag und log: „Du hast mich nicht erschreckt."

Der Mund des Kriegers verzog sich zu einem spöttischen Grinsen. Er trat einen weiteren Schritt auf sie zu, seine Aura wurde wieder intensiver. „Ehrlich? Ich meinte, bei dir Herzrasen und Zittern wahrgenommen zu haben."

„Wen wundert's? Ich hab fast 'nen Herzinfarkt gekriegt und meine Knie schlackern jetzt noch wie Wackelpudding. Aber ich darf nicht einknicken."

Sofie schluckte und kratzte den Rest ihres Mutes zusammen. „Klar hast du das. Ich bin ja auch verärgert. Ich hab es eben nicht so gern, wenn sich mir jemand in die Sonne stellt."

Demonstrativ schaute sie an dem Soldaten vorbei in den Sommerhimmel. Ihr war klar, dass sie den Roten nicht täuschen konnte.

Doch das war offenbar nicht notwendig, denn der Drache brach in schallendes Gelächter aus. „Bei den Schuppen des Grauen Kriegers, du hast Mumm in den Knochen, Mädchen!"

Seine ungezwungene Belustigung kam von Herzen und ließ Sofies Angst verblassen. Als Mensch war seine Aura zwar noch immer heftig, aber Sofie konnte spüren, dass er ihr nichts tun würde. Sie lächelte befreit.

Der Rote nickte anerkennend. „Du gefällst mir. Wie heißt du?"

Sofie reckte ihr Kinn und sah dem Drachen entschlossen in die grauen Augen. „Mein Name ist Sofie."

Der Rote neigte bedeutsam sein Haupt „Es ist mir eine Ehre, deine Bekanntschaft zu machen, furchtlose Sofie. Solltest du mal in Schwierigkeiten sein, lass es mich wissen." Er salutierte zackig.

„Kommandant Gabriellosch. Zu Diensten!“

„Uff! Er bietet mir tatsächlich seine Kameradschaft an?!“, staunte sie. *„Das ist ja... Wow! Jan hatte recht.“*

Wie ihr Freund es in einem solchen Fall empfahl, imitierte Sofie den Gruß des Kriegers und antwortete würdevoll: „Danke, Kommandant Gabriellosch. Es ist mir eine Ehre!“

Der Rote nickte zufrieden.

Unvermittelt musste Sofie grinsen.

Gabriellosch hob verwundert eine Augenbraue.

„Ich würde dir ja dasselbe anbieten“, erklärte sich Sofie, „doch das wäre wohl ziemlich lächerlich, was?“

„Mitnichten, furchtlose Sofie“, antwortete der Drache und verneigte sich respektvoll vor ihr. „Es ist mir eine Ehre.“

„Veralbert er mich?“

Ein Rieseln. Nein, Gabriellosch war es ernst mit ihr. Sie konnte spüren, dass er ihre Selbstbeherrschung achtete. Und ... er mochte sie.

Sofie horchte in sich hinein und stellte verwirrt fest, dass sie den Drachen ebenfalls mochte.

„Also, keinesfalls wie einen Gefährten! Nein, das sicher nicht. Aber er scheint nett zu sein...“

Neugierig blickte sie zu ihm auf. „Warum bist du hier auf der Wiese gelandet? Uns wurde erzählt, dass außerhalb der Arena keine Drachen aus den Nebeln kommen.“

„Uns haben sie dasselbe erzählt“, Gabriellosch zwinkerte frech, „allerdings bin ich spät dran und da dachte ich, dass es besser ist, auf dieser Wiese zu landen als in der Arena, in der sich womöglich schon die ersten Studenten für die Zeremonie aufgestellt haben.“ Er lächelte. „Nicht alle Menschen sind so furchtlos wie du, Sofie.“

„Das ist ein Argument.“ Sie erwiderte sein Lächeln. Die Anspannung fiel von ihr ab. „Und du bist wirklich ein Kommandant?“ Von Jan wusste sie, dass dieser Rang in der roten Armee gar nicht so häufig war.

Der Krieger nickte stolz. „Ja, ich führe eine eigene Einheit an. Die Ptrachroxxer Adler sind meine Truppe.“

„Adler? Das passt zu dir. ... Darf ich fragen, ob du einer unser Professoren bist?“

Gabriellosch grinste verschmitzt. „Du darfst fragen, und nein, ich bin kein Professor. Ich gehöre zu den Austauschdrachen."

„Oh!", entfuhr es Sofie überrascht. „Die sind doch alle nur um die 200 Jahre alt."

„Ich BIN 200 Jahre alt", gab der Rote trocken zurück. „Aufs Jahr genau."

„Echt?" Sofie runzelte die Stirn. „Ich dachte, Kommandant wird man erst, wenn man 300 ist oder so."

„Bei uns wird man nicht wegen seines Alters befördert, sondern ausschließlich wegen der Verdienste für die Armee", stellte Gabriellosch klar.

Genau das hatte Jan ihr auch erzählt. Das astrale Potenzial junger Drachen war in der Regel deutlich geringer als das älterer. Wenn das auf Kommandant Gabriellosch zutraf, mussten seine Fähigkeiten überragend sein, analysierte Margareta stumm. „Außerdem hat Jan betont, dass die Roten es mit der Ehre sehr genau nehmen. Wenn du den Kommandanten nicht kränken willst, musst du fix die Kurve kriegen!"

„Selbstverständlich", sagte Sofie schnell. „Es tut mir leid! Ich wollte dich bestimmt nicht beleidigen oder deine Kompetenz anzweifeln. Entschuldige."

Gabriellosch lachte gutmütig. „Keine Sorge, furchtlose Sofie, du hast meine Ehre nicht verletzt."

Sofie spürte, dass seine Worte ehrlich waren. *„Der Kerl ist wirklich nett. Und interessant."* Sie lächelte erleichtert. „Wie kommt es, dass ein Kommandant die Ankunftszeremonie verpasst? … Darf ich das überhaupt fragen?"

Der Kommandant nickte gelassen. „Ich war mit meiner Einheit im Manöver. Wir haben gewonnen. Der Sieg musste gebührend gefeiert werden."

„Ihr habt mit Garrotsch angestoßen", wusste Sofie. Garrotsch war ein sehr scharfes und für Menschen giftiges Getränk, das die roten Drachen bei allen feierlichen Anlässen tranken.

„Richtig." Gabriellosch grinste. „Hätten wir verloren, hätte ich mich noch mehr verspätet."

„Warum? Dann hätte es doch keine Feier gegeben, oder?"

„Das nicht“, stimmte der Drache zu. Sein Gesicht wurde ernst. „Wir Roten erringen unsere Siege gemeinsam ebenso wie unsere Niederlagen. Hätten wir verloren, so hätte ich gemeinsam mit meiner Truppe die Wunden geleckt. Dann hätte ich mit meinem Stellvertreter unsere Fehler analysiert und mich dem besten Schützen zum Nexxx gestellt.“

„Nexxx?“, echote Sofie mit hochgezogenen Augenbrauen. „Ist das nicht diese fiese Übung, bei der die roten Rekruten in der Luft so lange explosiven Geschossen ausweichen müssen, bis sie schließlich getroffen werden?“

„Ganz genau.“

Sofie blickte Gabriellosch skeptisch an. „Aber diese Übung endet immer mit dem Abschuss des Trainierenden. Du lässt dich echt von deinen eigenen Leuten abschießen?“

„Sicher“, antwortete der Rote lässig. „Nexxx hat noch niemandem geschadet und ich verlange nichts von meinen Soldaten, was ich nicht selbst zu leisten bereit bin. Wenn man eine Niederlage kassiert, ist es sinnvoll, sich auf die Grundlagen zu besinnen. Vor allem für mich als Kommandanten, denn schließlich trage ich die Verantwortung für meine Truppe.“

„Wow“, flüsterte Sofie beeindruckt. Sie konnte spüren, dass der Krieger voll hinter seinen Worten stand. „Du musst ein guter Vorgesetzter sein.“

„Na, das hoffe ich doch!“ Gabriellosch lachte selbstbewusst. „Ich bin der jüngste Kommandant der letzten Jahrhunderte. Ich gehöre zu den besten meiner Rasse. Aus diesem Grund wurde ich als Anwärter für die Akademie ausgewählt.“

„Er ist ja ganz schön von sich überzeugt. Bescheidenheit gehört wohl nicht zu den herausragenden Eigenschaften dieses Roten. Trotzdem kommt er nicht arrogant rüber. Ich mag ihn tatsächlich.“ Sofie lächelte. „Und jetzt willst du dir eine Gefährtin angeln?“

„Nicht irgendeine“, widersprach der Gabriellosch. „Ich will den Phönix für mich gewinnen.“

„Den Phönix!“, keuchte Sofie. *„Alter! Ich bin eine Trophäe für die Roten!“*

Der Krieger hob beschwichtigend seine Hände. „Das geht nicht gegen dich persönlich, furchtlose Sofie. Es ist nur…“

Sie ließ ihn auflaufen. „Ja?“

„Der Phönix ist stark“, erklärte Gabriellosch ernst. „Ich bin es meiner Einheit schuldig, das Optimum für uns rauszuholen. Wenn ich mich mit dem Phönix verbinde, wird mein Potenzial größtmöglich zunehmen. Eine schwächere Partnerin würde weniger Schlagkraft bedeuten.“

Sofie sagte nichts dazu.

Der Rote schaute sie ruhig an. „Ich bin Kommandant geworden, weil ich mich mit nichts weniger als dem Besten zufrieden gebe.“

„Klingt logisch“, seufzte Sofie.

„Ich wollte dich nicht beleidigen.“

„Das hast du nicht, Kommandant.“

„Gabriellosch“, verbesserte der Drache. „Freunde nennen mich Gabriellosch.“

„Gabriellosch“, wiederholte Sofie mit einem angedeuteten Lächeln.

Er nickte anerkennend. „Du hast das Herz am rechten Fleck.“

Sofie zuckte mit den Achseln.

Der Krieger blickte sie erwartungsvoll an. „Ich habe gehört, dass der Phönix vor wenigen Tagen hier eingetroffen ist.“

„Das ist richtig.“

Schweigen.

„Er weiß nicht, wer ich bin?“ Der Widerspruch kristallisierte in Sofies Verstand. „Habt ihr Drachen denn keine Bilder vom Phönix? Ihr gebt doch sonst alles via Gedankenübertragung weiter.“

„Ja, schon“, brummte Gabriellosch unzufrieden. „Aber vom Phönix kennen wir lediglich die Geschichten. Es ist verboten, Erinnerungen über sie weiterzugeben.“

Verwundert hob Sofie eine Augenbraue. „Warum?“

„Ach“, schnaubte der Rote, „die Grünen im Kaleidoskop sind wohl der Ansicht, dass zu viele Drachen außerhalb der Zeremonie ihr Glück beim Phönix versuchen könnten. Sie glauben, das würde sie überfordern.“ Er schüttelte verächtlich den Kopf. „Aber he! Wir reden hier vom Phönix, oder?“

„Was bin ich den Grünen doch dankbar! Ich glaube, ich würde irre werden, wenn alle naslang irgendwelche Schuppenträger vor mir aufkreuzen würden.“

Lauernd fragte sie: „Und? Haben die Grünen recht? Würdest du sie außerhalb der Zeremonie aufsuchen wollen?"

„Selbstverständlich würde ich nicht gegen Befehle verstoßen", behauptete Gabriellosch, dennoch schmunzelte er charmant. „Falls ich allerdings wüsste, wie sie aussieht und ihr rein «zufällig» über den Weg laufe, würde ich auch nicht wegschauen."

„Aha."

„Kennst du sie? Weißt du, wie sie aussieht?" Sein hoffnungsvolles Grinsen konnte man getrost als schamlos bezeichnen.

Sofie sah tadelnd zu dem Drachen auf. „Sowas nennt man mogeln."

„Nicht doch", wiedersprach Gabriellosch betont harmlos. „Ich würde es lieber als effizientes Nutzen von Möglichkeiten bezeichnen. Der Phönix ist stark, sie wird schnell einen Gefährten finden. Ich möchte lediglich meine Chancen wahren."

Sofie konnte die Entschlossenheit des Roten spüren. Gabriellosch war erfrischend ehrlich und unverkrampft. Er hatte Humor und stand bedingungslos zu seinen Leuten. Obwohl er offensichtlich ein Bagalut war, mochte sie ihn.

Sie setzte eine ernste Miene auf und winkte den Soldaten mit gekrümmtem Zeigefinger zu sich.

„Was?" Irritiert trat Gabriellosch auf sie zu.

Sofie wiederholte ihre Geste ungerührt.

Sein Widerwille wuchs. „Was soll das werden?" Trotzdem kam er einen weiteren Schritt näher.

Nun stand der Drache direkt vor Sofie. Sie musste den Kopf in den Nacken legen, um in sein Gesicht sehen zu können.

Demonstrativ guckte sie ihm in die grauen Augen. In ihnen glänzte Verwirrung und Belustigung.

„Nichts mit Liebe auf den ersten Blick – hätte mich auch gewundert. Soll ja schon aus viel größerer Entfernung funktionieren."

Gabriellosch lächelte entschuldigend, als er begriff, was sie vorhatte. „Ich finde dich attraktiv, furchtlose Sofie, aber das mit der Gefährtenbindung und uns…"

„Sehe ich genauso", fiel Sofie ihm gelassen ins Wort. „Den Phönix kannst du dir abschminken."

„Wie bitte?!"

Der Rote war perplex. Er konnte ihr nicht folgen.

Sofie grinste. „Ist irgendwas bei dir passiert, als du mich angesehen hast?"

„Ähh. Nein…"

Jetzt war Gabriellosch vollends durcheinander. In seinem Kopf arbeitete es.

Sofie musste aufpassen, nicht laut loszuprusten. „Dann vergiss den Phönix."

Langsam dämmerte Erkenntnis in dem Krieger.

„Oh, verdammt!", rief der Rote plötzlich und schlug sich mit der flachen Hand gegen die Stirn. „Was bin ich für ein Trottel?!"

Er lachte. „Da schreibe ich meiner Einheit Umsicht und Überblick auf die Fahnen und rühme mich meiner Aufmerksamkeit in jeder Lebenslage und dann übersehe ich das Offensichtliche: Ich habe dich bei meinem Austritt aus der Sphäre nur deswegen nicht bemerkt, weil dein Gedankenmuster unsichtbar ist! DU bist der Phönix."

Sofie lächelte schief. „So ist es."

Der Rote verbeugte sich respektvoll vor ihr. „Es ist mir eine Ehre, Phönix."

„Die Ehre liegt auf meiner Seite, Kommandant", gab Sofie zurück und verneigte sich ihrerseits.

Gabriellosch musterte sie eingehend und murmelte: „Hm. Ich hätte gedacht, du wärst größer."

„Größer?", schnaufte Sofie. „Wieso das denn?"

Der Kommandant grinste: „Für einen Menschen soll deine Feuerkraft überragend sein. Da hätte ich einfach eine…", er zuckte mit den Schultern, „eine imposantere Statur erwartet."

„Nee", lachte Sofie, „ich kann nur mit einem Meter einundsiebzig und Unscheinbarkeit dienen." Sie war froh, dass Gabriellosch nicht vorhatte, mit den distanzierten Ehrbezeugungen weiterzumachen. Das hätte ihr gar nicht gefallen. So jedoch breitete sich heiteres Glück in ihr aus.

„Ich habe einen Freund gefunden. Gabriellosch mag mich um meiner selbst willen und nicht deswegen, weil ich irgendwer bin."

„Aber, was ist mit dir?", konterte sie aufgekratzt, „für einen Roten bist du ziemlich dreist."

„Dreist?", echote der Kommandant. Seine Augen wurden schmal.

„Ja, dreist." Sofie spürte, wie die Pferde mit ihr durchgingen und strahlte ihn herausfordernd an. „Furchtlose Menschen könnten behaupten, du wärst befehlsflexibel."

„So, so. Könnten furchtlose Menschen das?" Gabrielloschs Gesichtsausdruck wurde finster. Er schaute drohend zu ihr herab. „Ich finde, DAS zu behaupten wäre dreist. Da müsste Mensch ja ganz schön furchtlos sein."

„Och nö!", jammerte die Margareta in ihr. „Jetzt ist er sauer. Warum musst du immer sowas tun?"

Sofies Herzschlag beschleunigte sich. Sie fühlte, dass er ihr nichts tun würde, trotzdem war seine Aura beunruhigend.

Mutig bot sie ihm die Stirn. „Rein zufällig werde ich von einem Roten «die furchtlose Sofie» genannt."

Er starrte sie an. Seine Aura pulsierte gefährlich. Dennoch hielt Sofie seinem Blick stand.

„Was bleibt mir Dussel sonst auch übrig?"

Angespannte Stille.

„Der Rote muss eine gute Menschenkenntnis haben", knurrte Gabriellosch und im nächsten Moment zuckten seine Mundwinkel. „Hast du echt «befehlsflexibel» gesagt?"

Sie nickte unerschrocken.

„Befehlsflexibel!" Er lachte schallend und klopfte ihr jovial auf die Schulter.

Der kameradschaftlich gemeinte Schlag ließ Sofie in die Knie gehen.

„Ups! Entschuldige." Breit grinsend richtete der Drache sie auf und wischte sich eine Lachträne aus dem Augenwinkel. „Befehlsflexibel! Ich bin nicht befehlsflexibel. Wir Roten halten uns strikt an unsere Befehle, alles andere wäre Ungehorsam und damit unehrenhaft."

„Ah! Ach so." Sofie hob ironisch eine Braue „Und wenn du «rein zufällig» an ein Bild vom Phönix kommst und ihr noch viel «zufälliger» über den Weg läufst, ist das …"

„… eine ungewöhnliche Verkettung von unvorhersehbaren Umständen." Der Kommandant zwinkerte ihr zu. „Wobei das hier eben wirklich

Zufall war. Ein sehr erfreulicher Zufall, wie ich feststellen darf. Was die Befehle angeht: Die meisten lassen Interpretationsspielraum. Die Kunst ist es, die Grenzen des Spielraums zu erkennen und sie nicht zu überschreiten."

„Was du natürlich niemals tun würdest", meinte Sofie spöttisch.

„Selbstverständlich nicht! Ich segle vielleicht ab und zu hart am Wind, doch ich weiß, wann Schluss ist." Er sah zu ihr herab, seine Augen funkelten spitzbübisch. „Wäre ich sonst so jung Kommandant geworden?"

„Wohl nicht", räumte Sofie ein und warf einen Blick auf ihre Armbanduhr. „Aber falls du außer des Phönix' noch eine andere Gefährtin in Betracht ziehst, würde ich empfehlen, dass wir uns langsam mal auf die Socken machen. Ansonsten läuft die Zeremonie ohne uns."

Innerlich seufzte sie: *„Nicht dass MICH das stören würde..."*

10. Die Gegenüberstellung

Draußen war es dunkel. Jan saß in T-Shirt und Boxershorts auf dem Sofa im geräumigen Wohnzimmer seiner Hotelsuite und drehte achtlos sein Smartphone in den Händen. Nervös starrte er auf die Zeiger der eleganten Standuhr an der Wand: 3 Uhr 17.

„In ein paar Minuten ist es soweit. Bei der Sphäre, wie ich diese Warterei hasse…“

Es klopfte.

„Karvin! War ja klar.“

Genervt legte Jan das Telefon auf den Tisch und fläzte sich scheinbar lässig auf die Couch. Er würde den Schwarzen bestimmt nicht hereinbitten. Dessen Mitgefühl und seine Ablenkungsmanöver konnte er jetzt einfach nicht ertragen.

„Außerdem steht er eh gleich im Zimmer, egal ob ich «herein» rufe oder nicht, wetten?“

Leise öffnete sich die Tür zur Suite.

„Bingo!“

„Du bist noch wach, J?“, erkundigte sich Karvin.

Jan rollte mit den Augen. „Nö. Ich schlafe mit offenen Augen.“

„Was machst du denn hier um diese Zeit? Morgen haben wir viele Termine. Das wird anstreng…“

„Ach nee, ehrlich?“, fiel ihm Jan ironisch ins Wort. „Das hatten wir heute auch schon. Und gestern. Und Montag!“

Der Schwarze lächelte milde. „Darum solltest du dich besser ins Bett legen und schlafen. Du musst doch erschöpft sein.“

„So, muss ich das?“

„Du bist es.“ Karvin setzte sich seufzend in den Sessel gegenüber der Couch. Er trug einen langen Satinpyjama.

Innerlich musste Jan schmunzeln. *„Sogar nachts ist der Knabe korrekt gekleidet und bis oben hin zugeknöpft.“*

Trotzdem sah er den Schwarzen nicht an, sondern blickte stur an ihm vorbei auf die Standuhr: 3 Uhr 19. „Ich bin nicht müde.“

Karvin runzelte besorgt die Stirn. „Deine Biowerte sagen was anderes.

Sie sind schlecht. Du ruhst dich zu wenig aus."

„Das ist bloß der Jetlag", brummte Jan. „In Europa ist Tag. Da ist es gleich halb zehn."

„Das hat dich früher nicht gestört", widersprach der Drache. „Du brauchst definitiv mehr…"

„Können wir bitte", jetzt sah Jan Karvin doch an, „mit diesem albernen Theater aufhören?"

„Theater?", wich der Schwarze aus.

„Ja, Theater, Mann!"

Jan platzte der Kragen. „Tu nicht so unschuldig. Glaubst du echt, ich wüsste nicht, was hier läuft?"

„Was läuft hier denn?", fragte Karvin ruhig.

„Ihr verschleppt mich nach Washington, überhäuft mich mit Arbeit und ständig ist eine Grüne in unserer Nähe."

„Wir «verschleppen» dich?" Der Schwarze hob skeptisch eine Augenbraue. „Du siehst Gespenster, J. Genau wie heute ist es früher auch gewesen. Solche Reisen haben wir immer schon…"

„Humbug!", rief Jan und sprang vom Sofa auf. „Das haben wir nicht! Damals hatten wir ECHTE Kunden und nicht so einen gefakten Heiopei wie die letzten Tage. Was soll der Quatsch?!"

„Der Kunde IST echt!", beharrte Karvin.

„Ach ja? Und was sollte die Nummer mit der Automobilausstellung? Und die Whiskyverkostung? Woher wusste dieser Mathew so genau, worauf ich stehe? Er kannte sogar das Baujahr von Jaros Aston Martin", zischte Jan. „Und jetzt erzähl mir nicht, dass sich der Typ bloß besonders gut informiert hat. Verkauf mich nicht für dumm, Karvin. SO sind unsere Kunden nicht!"

Karvin atmete tief durch und räumte zögerlich ein: „Wir haben ihm ein paar Sachen gesteckt."

„Was soll die Scheiße?!" Jan starrte den Drachen zornig an.

Schweigen.

3 Uhr 22.

Als die Stille unangenehm wurde, gab der Schwarze zu: „Victoria hat gesagt, wir sollen dafür sorgen, dass du beschäftigt bist. Sie wollte, dass du es nett hast."

„Wie bitte?" Jan stemmte kopfschüttelnd seine Fäuste in die Seiten. „Ich soll es «nett» haben? Habt ihr 'nen Knall?"

Der Schwarze zuckte mit den Schultern.

„Meine Güte, Karvin, mir ist klar, dass ihr mich auf die andere Seite der Welt geschafft habt, damit ich bei Sofies Gegenüberstellung nicht dazwischenfunken kann."

„Es heißt «Triff die Drachen»-Zeremonie", korrigierte Karvin leise.

„Mir ist bewusst, dass du mich seit Tagen ablenken willst", fuhr Jan ungerührt fort. „Mit Arbeit, «netten» Terminen und anderem sinnfreien Schwachsinn – Hauptsache der Tag ist vollgestopft! Ich bin nicht blöd. Zweck dieser Aktionen ist ja wohl, dass ich todmüde ins Bett falle und Sofies Gegenüberstellung verschlafe."

„«Triff die Drachen»-Zeremonie", brummte der Drache erneut.

„ICH NENNE ES «GEGENÜBERSTELLUNG», WEIL ES EINE GEGENÜBERSTELLUNG IST", brüllte Jan ungehalten.

Stille.

Jans Halsschlagader pulsierte. „Meine Fresse! Hast du echt geglaubt, ich würde euch diese pseudoheimliche Vorstellung abnehmen?! Hast du wirklich gedacht, das würde klappen? Kennst du mich so schlecht?!"

„Ich war von Anfang an dagegen", erklärte Karvin zurückhaltend. „Aber ich hatte mein Veto bereits gegen die Beruhigungszauber und Schlaftees verbraucht."

„Ihr wolltet mich ausschalten?!" keuchte Jan fassungslos.

„Victoria will nicht, dass du leidest." Der Drache ließ ihn nicht aus den Augen. „Sie hat angeordnet, dass wir alles in unserer Macht Stehende tun, um es dir leichter zu…"

3 Uhr 25. *„Mir rennt die Zeit davon!"*

Wütend ließ Jan sich aufs Sofa plumpsen. „Dann hört auf mit diesen Possen und lasst mich gefälligst in Ruhe! Ich werde Sofies Gegenüberstellung NICHT verschlafen, egal, was ihr anstellt."

Karvin setzte sich seinerseits. Seine Miene war voller Mitgefühl. „Dir ist klar, dass ich die Bilder nicht für dich übertragen darf, oder?"

„Ja, das ist mir klar, keine Sorge", fauchte Jan. „Wenn du mich jetzt also bitte allein lassen würdest?!" Verstimmt deutete er zur Tür.

Der Drache machte keine Anstalten zu gehen.

3 Uhr 26.

„Was denn noch?“, schnaubte Jan genervt.

Karvin blickte ihn prüfend an. „Ich werde dich so bestimmt nicht allein lassen, mein Freund.“

„Mist.“

Beiläufig griff Jan nach seinem Telefon. „Gut, dann bleibst du eben hier.“

Schweigen.

„Du hast was vor“, stellte der Drache nüchtern fest.

„Richtig, Sherlock“, grummelte Jan. „Ich habe vorgesorgt.“

Karvin runzelte die Stirn. „Wer hilft dir?“

„Bill.“

„Bill?“ Der Schwarze hob überrascht die Augenbrauen. „Weiße können nicht über diese Entfernungen senden und du schon gar nicht. Wie soll das gehen?“

Jan hielt sein Smartphone hoch und rief sarkastisch: „Ein Hoch auf die Technik!“

„Aber Bill hat doch gar kein Smartphone!“, widersprach Karvin.

Jan grinste grimmig. „Ich habe ihm eins organisiert. Euer IT-Drache war mir dabei gern behilflich.“

Der Schwarze bekam große Augen. „Benan?!“

„Genau der. Deswegen haben wir auch kein Problem mit dem Datenvolumen oder irgendwelchen Funklöchern.“

„Aber …“, hob Karvin verwirrt an, „… aber Bill kann mit sowas gar nicht umgehen.“

„Wir haben in den letzten Wochen nicht nur Sofies Fertigkeiten trainiert“, antwortete Jan. Er gab sich gelassen und hoffte inständig, dass der Weiße die Bedienung der Video-Chat-App tatsächlich hinbekommen würde. Sicher war er sich da nicht.

3 Uhr 27.

Der Schwarze wirkte nicht überzeugt. „Und du meinst, Bill denkt daran, dass er dich anrufen sollte?“

Jan nickte stumm. Er hatte Bill einen Termin in seinen Kalender eingetragen.

„Und ihm sicherheitshalber vorhin noch ‘ne Nachricht geschrieben. …

Naja, es waren wohl eher fünf. Sie haben alle blaue Häkchen. Gesehen hat er sie also. Ich frage mich nur, warum er sich nicht meldet? Er hat noch nicht mal das Chatprogramm gestartet ...“

Schweigen.

3 Uhr 28.

Karvin seufzte tief und schaute Jan besorgt an. „Warum tust du dir das an, J?“

„So schlimm war es gar nicht, Bill das beizubrin…“

„Lass die Witze“, unterbrach der Drache. „Du weißt genau, was ich meine.“

Jan nickte. Natürlich wusste er, worauf Karvin hinaus wollte. „Ich MUSS sehen, was in Steinburg passiert. Ob Sofie sich wirklich mit einer Himmelsechse …“ Er brach ab.

„Sie WIRD sich verbinden!“, erklärte Karvin. „Ob du nun zusiehst oder nicht, ändert NICHTS am Ergebnis. Du weißt selbst, wie die Chancen stehen. Es ist sehr unwahrscheinlich, dass jemand wie der Phönix in einem halben Jahr noch ohne Gefährten ist. Willst du dir bis dahin jede einzelne «Triff die Drachen»-Zeremonie ansehen? Die laufen einmal im Monat!“

„Ist mir klar.“ Jan nickte entschieden, seine Kiefermuskulatur verspannte sich.

3 Uhr 29.

„Ach, J. Tu das nicht. Du richtest dich damit selbst zugrunde.“ Der Schwarze schüttelte nachsichtig den Kopf. „Deine Augenringe reichen jetzt schon bis zum Kinn. Die erste Zeremonie hat noch nicht mal begonnen und deine Nerven liegen blank. Wie lange willst du das durchhalten?“

„Solange es sein muss, Kumpel.“ Jan rang sich ein Lächeln ab. „Schlafen kann ich morgen Nacht.“

„Was ist bloß aus deinem lässigen «Ich genieße es, so lange es läuft» geworden? Wo ist das «Falls sie sich in jemanden verguckt, gebe ich sie frei» geblieben?“, fragte Karvin resigniert.

„Das war gelogen“, grollte Jan und starrte auf sein Telefon. Er hatte ein mieses Gefühl. *„Warum meldet sich Bill nicht? Was ist da bloß los?“*

„Du hast überhaupt keine Distanz mehr“, redete Karvin weiter auf Jan ein. „Was wird aus dir, wenn Sofie sich verbindet?“

„Ist mir egal!“

Jan konnte Karvins Sorge spüren und dass der Drache ihm ehrlich helfen wollte, doch das, was er brauchte, würde Karvin ihm nicht geben. Keine Himmelsechse würde das, denn sie hatten entschieden, dass Sofie eine Gefährtin werden sollte. Er konnte es drehen und wenden wie er wollte – und das hatte er in den letzten Wochen weiß Gott zur Genüge getan! – er konnte nichts, REIN GAR NICHTS! dagegen unternehmen. Frustriert vergrub er seinen Kopf in den Händen. *„Ich kann nur hoffen, dass es bei Sofie nicht funktioniert! Mehr bleibt mir nicht. Das ist selbstsüchtig, aber was soll ich denn machen?“*

„Mein Freund, du bist wie besessen von ihr“, warf Karvin ihm seufzend vor. „Und es wird mit jeder Woche schlimmer.“

3 Uhr 30.

„Verdammt! Jetzt ist es 9 Uhr 30 in Steinburg. Die Zeremonie beginnt. Kann der Moralprediger nicht endlich mal seine Klappe halten?!“

Jan blickte gereizt auf. „Ich bin NICHT besessen“, ranzte er den Drachen an. „Ich LIEBE sie!“

„Liebe?“ Karvin schnaubte. „Diese Liebe ist nicht gesund. Sieh dich doch an! Du bist völlig fertig.“

Jan ignorierte ihn. *„Mir reicht es. Ich rufe Bill an.“* Er langte nach dem Telefon und entsperrte das Display.

„Seit ihrer Abreise am Montag ist es noch schlimmer geworden“, fuhr der Schwarze eindringlich fort. „Du erinnerst mich an einen Drogenabhängigen, der fieberhaft auf der Suche nach seinem nächsten Schuss ist. Das ist doch krank.“

„Es liegt nicht an Sofie“, murmelte Jan und öffnete die Kontakte.

„Weiß sie eigentlich, wie es dir geht?“

Jan blickte den Drachen übertrieben liebenswürdig an. „Also, ICH habe es ihr nicht auf die Nase gebunden, falls es das ist, was du wissen willst. Aber ich kann sie gern darüber informieren. Soll ich?“

Schnell hob Karvin seine Hände. „Nein! Natürlich nicht.“

Schweigen.

3 Uhr 31.

„Scheiße“, fluchte Jan und suchte in seinen Kontakten herum.

„Ach, J, ich will dich doch nicht ärgern", beschwichtigte Karvin. „Du weißt, dass ich auf deiner Seite stehe. Das mit deinen Biowerten war nicht gelogen. Die sind wirklich schlecht. Ich mache mir Sorgen um dich. Wir alle machen uns Sorgen, J."

„So ein Mist! Da sind definitiv zu viele Nummern in meinem Telefon. Und verflixt viele Bills! Das kommt davon, wenn man immer nur Nachrichten schreibt und nie telefoniert. Worunter hatte ich ihn noch mal abgespeichert?" Jan scrollte durch die Liste.

„Sogar Victoria erkundigt sich täglich nach dir", versuchte der Schwarze ihn aufzumuntern.

„Soll sie doch", brummte Jan. *„Ah, da ist er!"*

In diesem Moment füllte die Video-Chat-App das Display und ein Luftgitarrenspieler mit Wacken-T-Shirt und langen schwarzen Haaren blinkte zu «Highway to Hell».

Mit zitternden Fingern hob Jan ab. Noch bevor sich das Bild aufgebaut hatte, rief er vorwurfsvoll: „Na ENDLICH, Bill! Du bist zu spät!!!"

„Uff. Oh! Wieso zu spät?" Bill guckte verwirrt in die Kamera seines Smartphones. Er hielt das Gerät so dicht, dass lediglich sein rechtes Auge, Nase und Mund zu sehen waren. „Ich bin doch genau richtig. Du hast gesagt, ich soll dich kontaktieren, sobald Sofie die Arena betritt."

„Ja, eben!", meckerte Jan.

„Aber... sie ist gerade gekommen…", wandte der Weiße hilflos ein.

„Jetzt erst?", polterte Jan. „Warum das denn?"

„Das weiß ich nicht, J", antwortete Bill kleinlaut und das Bild wackelte. Offensichtlich zuckte er ausführlich mit den Schultern. „Tut mir echt leid, J."

„Bei der Sphäre, J!", mischte Karvin sich ein. „Du verunsicherst den armen Kerl ja total. Bill kann nichts dafür! Lass ihn in Ruhe."

Das rechte Auge auf dem Display wurde kugelrund und der Mund rückte noch näher. „Oh, oh!", flüsterte es knisternd aus dem Lautsprecher. „J! Ich höre Karvins Stimme! Er darf doch nichts wissen. Soll ich lieber auflegen?"

„Nein, Bill! NICHT auflegen", stöhnte Jan.

„Nicht?"

„Nein. Es ist alles in Ordnung, Bill", beruhigte Jan den Weißen. „Es tut mir leid, dass ich dich eben so angepflaumt habe. Das war nicht richtig von mir."

„Ja. Gut. Tafelputzgerät drüber. Aber was ist wegen Karvin? Hier ist er nicht. Jedenfalls kann ich sein Gedankenmuster im Umkreis von einem Kilometer nirgends entdecken."

„Karvin sitzt neben mir", erklärte Jan. „Das ist…"

„NEBEN DIR!", quietschte Bill aufgeregt. „Dann lege ich schnell auf."

„NEIN! Halt, Bill!", rief Jan. „Bleib dran! Bitte. Es ist alles ok. Karvin weiß Bescheid."

„Aber das war doch UNSER Geheimnis", protestierte der Weiße enttäuscht.

„Ja, das war es", grummelte Jan. „Er hat es trotzdem herausgefunden. Wir tun einfach so, als wäre er nicht da, in Ordnung?"

Das Bild wackelte, Bill nickte. „In Ordnung."

3 Uhr 34.

Jan seufzte tief. „Prima, mein Freund. Zeigst du mir jetzt Sofie?"

Die Nase auf dem Display machte Auf- und Abwärtsbewegungen. Das Bild kippte zu Seite und der Ausschnitt veränderte sich. Dann war Bills Gesicht vollständig zu sehen, seine Schultern ebenso. Hochkonzentriert schob sich die Zungenspitze des weißen Drachen aus dem linken Mundwinkel. Seine Stirn furchte sich unzufrieden. Ratlos murmelte er: „Merkwürdig. Ich sehe nur mich. Dabei will ich doch Sofie sehen…"

„Ja, ich auch."

Jan zwang sich zur Geduld und versuchte Karvins amüsiertes Grinsen auszublenden. „Im Moment ist deine Selfie-Kamera aktiv", erläuterte er. „Du brauchst aber das Bild von der anderen Seite…"

„Ach, richtig! Ich Schussel. Nun weiß ich es wieder!" Seine Zungenspitze schob sich weiter aus dem Mundwinkel, dann schwenkte das Bild. Bill drehte das Gerät.

„War das eben Jaro auf der Zuschauerbank?!" Alarmiert zuckte Jan zusammen. Ein tiefer Atemzug. *„Grmpf. Selbst wenn, auch egal. Ich kann eh nichts tun."*

Das Bild kam zum Stehen und stellte sich scharf. Mehr oder weniger. Ohne Zweifel war nun die Arena zu sehen, doch erkennen konnte man nichts außer ein paar dunklen Reihen in der Mitte der großen Kiesfläche.

„Sind das die Studenten?“

Jan seufzte erneut. „Bill, du musst das Smartphone wieder umdrehen. Die Auflösung von der Selfie-Kamera reicht nicht.“

„Was?“ Der Weiße war nur schwer zu verstehen.

„Hol das Gerät an dein Ohr, Bill!“, brüllte Jan. *„Alter, gleich reißt mir der Geduldsfaden!“*

Auf dem Sessel kicherte Karvin in sich hinein.

„Ich kann dich nicht verstehen, J! Ich hole das Gerät mal wieder an mein Ohr.“

Das Bild schwenkte ein zweites Mal.

„Tatsächlich! Es ist Jaromir. Und direkt neben ihm sitzt Vici. Scheiße!“

Dann füllte Bills rechte Gesichtshälfte abermals das Display. „Was hast du gesagt, J? Konntest du Sofie sehen?“

„Nein, konnte ich nicht!“, gab Jan mühsam beherrscht zurück. *„Ganz ruhig! Reiß dich zusammen, J!“*, befahl er sich selbst und holte tief Luft.

„Also, Bill, du sollst nicht das Gerät drehen, sondern bloß die Kamera auf der anderen Seite aktivieren. Die hat eine bessere Auflösung, erinnerst du dich?“

Die Nase bewegte sich motiviert auf und ab. Anschließend wurde das Bild wieder ruhig und die Lautsprecher schwiegen.

Nichts geschah.

3 Uhr 36.

„Argh! Ich werde WAHNSINNIG!“ Jan legte das Handy unsanft auf den Couchtisch, ballte die Fäuste und erkundigte sich ungeduldig: „Worauf wartest du, Bill?“

„Ich hab’s vergessen?“, piepste der Weiße betreten.

„WAS hast du vergessen?“ Jans aufgesetzte Freundlichkeit bröckelte. *„Alter! Gleich breche ich zusammen!“*

Das rechte Auge auf dem Display blickte schuldbewusst. „Wie ich die Kamera umstelle. Tut mir leid. Das weiß ich einfach nicht mehr.“

Jan kniff die Augen zusammen und zählte stumm bis zehn. Er zwang sich zu einem Lächeln: „Kein Problem, mein Freund. Wir schaffen das. Es ist das Symbol mit der Kamera und den zwei Pfeilen oben rechts.“

„Ach, das soll ‘ne Kamera sein?“ Das Auge schielte nach rechts oben und der Mund erklärte irritiert: „Das ist ein abgerundetes Rechteck mit einem flachen Trapez drauf und einem weißen Ring in der Mitte.“

„Die Kamera ist stilisiert“, presste Jan zwischen zusammengebissenen Zähnen hervor.

„Na sowas.“

„Tipp darauf! ... Mit dem Finger. Genau, wie wir es geübt haben.“

Der Gesichtsausschnitt verschwand und ein Finger näherte sich bedächtig. Das Display zeigte kurz den Himmel und dann die Arena.

„Sehr gut!“, lobte Jan erleichtert.

Leider war der Bildausschnitt viel zu groß, so dass man keine Details erkennen konnte. Acht Menschen-Reihen zogen sich über die helle Kiesfläche, das mussten die Studenten sein. An der ersten Reihe schlängelte sich langsam eine weitere Reihe entlang, vermutlich die Drachen.

„Sie haben schon angefangen! Wo ist Sofie?“ Aufgeregt knetete Jan seine Hände. „Du hast es fast geschafft, Kumpel! Und jetzt such Sofie und zoom ran.“

„Ranzoomen kann ich!“, meinte der Weiße stolz. „Das war doch «Schnabel auf», oder J?“

„Ja, das war «Schnabel auf»“, ächzte Jan. Er raufte sich die Haare, so dass sein Stirnreif beinahe vom Kopf fiel. „Hast du sie?“

„Ja“, rief Bill stolz. „Ich kann sie sehen. Sie steht ganz hinten in der letzten Reihe.“

Da war eine Person, die entweder wilde braune Locken mit einem leichten Rotschimmer hatte, oder eine Mütze trug. Ob es Sofie war, konnte Jan beim besten Willen nicht sagen.

„Steht sie mit dem Rücken zu dir?“, erkundigte er sich. „Das Bild ist nicht groß genug.“

„Ja, tut sie.“

„Zoom weiter ran“, forderte Jan und rutschte nervös auf dem Sofa hin und her. „Bitte.“

„Das geht nicht“, erwiderte Bill betrübt. „Mit «Schnabel auf» ist Schluss. Jetzt geht bloß noch «Schnabel zu». Tut mir leid.“

„Macht nichts“, seufzte Jan. „Siehst du mit deinen eigenen Augen mehr?“

„Mit magischer Verstärkung oder ohne?“, wollte Bill wissen.

„MIT!“, rief Jan und blickte trotzig zu Karvin auf. „Alles ist erlaubt. Hauptsache, du erkennst Details.“

„Mit, ja. Da kann ich sogar die Gesichter erkennen. Also, die der Drachen. Die Studenten stehen unglücklicherweise alle mit dem Rücken zu mir“, entschuldigte sich der Weiße.

„Egal. Kannst du mir beschreiben, was du siehst?“, fragte Jan. „Also vor allem, wenn die Drachen bei Sofie angelangt sind. Sonst habe ich keine Ahnung, was bei euch passiert.“

„Klar, mach ich“, erwiderte Bill eifrig. „Bis die Drachen bei ihr angekommen sind, wird es aber noch ein paar Minuten dauern, fürchte ich.“

„Danke, Bill. Ich schulde dir was.“

Unvermittelt applaudierte Karvin. „Respekt. Ich hätte nicht gedacht, dass ihr soweit kommt.“

Jan antwortete nicht, sondern funkelte den Schwarzen zornig an.

Karvin grinste ungerührt. Er beugte sich über den Tisch und betrachtete stirnrunzelnd das Display. „So viel Arbeit und dann so ein mieses Bild – man sieht ja fast gar nichts.“

„Hör auf zu lästern“, knurrte Jan. „Ich nehme, was ich kriegen kann.“

„Ja, das sehe ich“, stimmte Karvin mitleidig zu. Plötzlich wurde sein Blick abwesend. Ein untrügliches Zeichen dafür, dass er via Langstreckensenden Kontakt zu jemandem aufnahm.

Jan erstarrte. Er musste nicht fragen, mit wem der Schwarze sprechen wollte.

„Scheiße!“

Sofie hastete in die Arena. Kurz war sie geblendet vom hellen Sonnenschein, doch dann sah sie, dass sich die anderen Studenten bereits aufgestellt hatten.

Aufregung lag in der Luft.

„Schiet! Ich habe keine Ahnung, ob ich einen bestimmten Platz einnehmen muss.“ Unschlüssig blickte sie sich um.

Auf der gegenüberliegenden Seite der Arena marschierten in diesem Moment weitere Menschen ein.

„Falsch, das sind Drachen“, korrigierte Sofie sich. *„Auch egal.“*

Sie stellte sich an das Ende der letzten Reihe.

„Wenn ich falsch stehe, sollen sie eben meckern."

Das Mädchen neben ihr guckte verwundert zu ihr rüber. „Moin, du bist aber spät." Sie wirkte nervös.

„Ja, leider. Moin", entgegnete Sofie. „Meiner Mitbewohnerin ging es nicht gut." Das war wenigstens nicht ganz gelogen. „Muss ich irgendwas beachten?"

„Oh. Du bist neu hier."

Sofie nickte.

„Ich bin Nadine."

„Sofie."

Nadine lächelte. Ihre Wangen waren rosig, sie war aufgewühlt. „Du solltest den Drachen in die Augen sehen, sonst gibt es eigentlich nichts Besonderes."

„Das kriege ich hin", meinte Sofie. „Danke."

„Da nicht für."

Musik ertönte. Sie schien von überall zu kommen.

„Oh. Es geht los!", freute sich Nadine.

„Das ist der aktuelle Sommerhit! Der läuft im Radio rauf und runter", stellte Sofie überrascht fest. „Die spielen hier die Charts?!"

„Klar! Cool, oder?" Nadine lachte und wippte im Takt mit.

„Mhmm", stimmte Sofie halbherzig zu. Die Lautstärke war angenehm, man konnte die Musik gut hören und sich trotzdem noch unterhalten.

Sofie spürte, wie sich die Stimmung in der Arena veränderte. Die Anspannung unter den Studenten löste sich und die Vorfreude wurde stärker. Nicht wenige bewegten sich zur Musik, einige tanzten sogar an ihrem Platz und fast alle blickten den Drachen erwartungsvoll entgegen.

Die Schlange mit den Himmelsechsen setzte sich in Bewegung.

Sofie schluckte unbehaglich. Sie wollte nicht hier sein.

Die Drachen schritten die erste Reihe ab. Lächelnd blickte jeder von ihnen jedem Menschen für ein bis zwei Sekunden in die Augen.

„Die Drachen sind nicht mehr nach ihren Rassen getrennt, sondern bunt gemischt. Und sie geben sich Mühe, locker rüberzukommen – sogar die Roten. Hmm."

Tatsächlich tauschten Drachen und Menschen freundliche Begrüßungen aus. Alle waren gut drauf.

„Pah! Extrem-Speed-Dating auf echsisch, oder was? Ich frage mich nur, warum die Menschen so entspannt bleiben. Mal ehrlich, die Aura eines Schwarzen ist auch in seiner Menschengestalt noch furchteinflößend und von den Roten will ich da gar nicht erst reden! Besonders wenn man noch nie einem Drachen gegenübergestanden hat. Was ist da los?"

Die Antwort schwappte wenige Sekunden später gegen Sofies emotionale Barrieren. Klebrige Zuversicht, Gelassenheit und übertriebene Freude suchten einen Weg unter ihre Haut.

„Grüne Zauber!"

Alarmiert schaute Sofie sich um. Schnell lokalisierte sie zwanzig Grüne, die sich ringsherum auf der unteren Tribüne zwischen den vereinzelten Zuschauern verteilt hatten.

„Die manipulieren uns!", murmelte Sofie empört. *„Aber nicht mit mir!"* Entschieden ließ sie die fremden Gefühle an sich abprallen.

„Was hast du gesagt?", fragte Nadine. Sie strahlte. Die gute Laune quoll förmlich aus jeder ihrer Poren.

„Sie ist wie im Rausch. Na, die will die Wahrheit sicher nicht hören", dachte Sofie und log: „Ich wundere mich nur darüber, dass alle Drachen an allen Menschen vorrübergehen. Würde es nicht schneller gehen, wenn wir uns nach Männern und Frauen getrennt aufstellen und die Goldenen und Grünen an den Jungs langlaufen und der Rest an uns Mädels?"

„Schneller schon", räumte Nadine ein, „aber das wäre nicht vollständig. Es gibt immer wieder schwule oder lesbische Paare."

„Stimmt. Davon habe ich gehört."

Nadine kicherte. „Mich stört es nicht, wenn es etwas länger dauert. Ich mag «Triff die Drachen»!"

„Ja, das sieht man", erwiderte Sofie und hoffte, dass man ihr den Sarkasmus nicht allzu deutlich ansah. *„Meine Güte! Ein Schuppenträger braucht 400 mal 2 Sekunden, um die Reihen abzuschreiten. Wir haben 80 ..., nein, Gabriellosch ist ja auch noch gekommen! Wir haben 81 Drachen, also wird es wohl eine Viertelstunde dauern, bis ich es endlich hinter mir habe."*

Als Karvins abwesender Blick sich wieder klärte, schaltete Jan sein Handy stumm. Patzig erkundigte er sich: „Na, hast du mich bei Vici verpetzt?“

„Ich habe meine Königin über die Sachlage informiert“, berichtigte der Schwarze nüchtern.

Jan schnaubte resigniert: „Und? Sammelst du jetzt mein Handy ein?“

„Nein. Aber du kannst es trotzdem weglegen.“

„Was soll das denn heißen?“, fauchte Jan. „Geht Vici jetzt zu Bill und nimmt ihm das Smartphone weg? Alter! Du bist so ein…“

„Ich habe Victoria informiert“, fiel ihm Karvin ins Wort, „und darum gebeten, für dich die Bilder übertragen zu dürfen, weil du ohnehin keine Ruhe geben wirst, bis du alles gesehen hast.“

Schweigen.

„Und? Hat sie zustimmt?“, krächzte Jan angespannt.

Der Schwarze nickte stumm.

„Danke, Mann! Es tut mir leid, dass ich dich…“

Karvin machte eine wegwerfende Handbewegung. „Schon vergeben. Du bist nicht du selbst.“

„Danke“, flüsterte Jan nochmals und schaute den Drachen an. „Das werde ich dir nie vergessen.“

Karvin verzog das Gesicht zu einem spöttischen Lächeln. „Ja, genau das befürchte ich. Die Bilder wirst du nie wieder aus deinem Kopf bekommen.“

Im nächsten Moment öffnete der Drache seinen Geist. „Du wirst selbst in meine Gedanken gucken müssen. Das Langstreckensenden über diese Entfernung für eine so lange Zeitspanne aufrechtzuhalten, wird mich einiges meiner Kraft kosten, so dass ich Bills Bilder nicht auch noch an dich übertragen kann.“

Sofie war genervt. Die Partylaune passte kein Stück zu ihren eigenen Gefühlen. Die Drachen schlenderten bereits seit einer halben Ewigkeit an den Menschen vorbei. Lächelnd, beschwingt, charmant. Begleitet von aktuellen Hits und strahlendem Sonnenschein. Überall wurde gescherzt und gelacht.

„Und einander tief in die Augen geschaut. Bah! Ich will das nicht. Ich

will zu Jan."

Ihr Herz verkrampfte sich. Stocksteif stand sie an ihrem Platz am Ende der letzten Reihe.

In den ersten fünf Minuten war sie froh darüber, dass sie eine Galgenfrist hatte. Tatsächlich fragte eine absurde Neugier tief in ihr, ob bei dieser Gegenüberstellung irgendetwas Außergewöhnliches passieren würde. Doch es passierte nichts und so legte sich die Neugier schnell wieder.

„Die «Zeremonie» ist vor allem eines: langweilig."

Nach acht Minuten wurde sie ungeduldig.

„Was ist schlimmer? Dass das hier endlos dauert, oder die Tatsache, dass die Drachen mir immer näher kommen?"

Nach zehn Minuten wollte sie am liebsten wegrennen.

„Ich habe ein mieses Gefühl! Ein ganz mieses. Das ist noch ätzender, als im Wartezimmer vom Zahnarzt zu sitzen und zu wissen, dass gleich eine Wurzelbehandlung ansteht. Ich will keinen Gefährten!"

Trotzdem blieb sie an ihrem Platz. Die Drachenauren kamen näher. Kalter Schweiß überzog ihre Handflächen und in ihrem Bauch ballte sich eine diffuse Angst zu einem eisigen Klumpen zusammen.

Nach zwölf Minuten wünschte sie sich, die Drachenschlange würde endlich bei ihr ankommen und sie könnte es hinter sich bringen. Sie konnte die ausgelassene Fröhlichkeit um sich herum kaum noch ertragen.

„Ich will nach Hause. Ich will zu Jan."

Prompt schlich sich sein Gesicht in ihre Erinnerung. Er lächelte sie zuversichtlich an und wisperte: „Du schaffst das, mein kleiner Phönix. Und am Wochenende werden wir zwei das feiern. Es geht ganz schnell vorüber, du wirst schon sehen. Dann sind wir bis zur nächsten Gegenüberstellung frei."

Liebevoll strich er ihr mit der Hand über die Wange, Sofie konnte seine Berührung beinahe spüren.

Sie schluckte. *„Wie gern wäre ich jetzt bei ihm. Ich brauche Jan. Er gibt mir Kraft. Bei ihm fühle ich mich sicher."*

Aber es half nichts. Sie konnte nicht zu ihm. Sie musste hier ausharren und die Zeremonie über sich ergehen lassen.

Jan tippte sich nervös an den Karfunkel. *„Bis jetzt hat sich noch kein Gefährtenpaar gefunden."*

„Das ist nicht ungewöhnlich", antwortete Karvin. *„Nicht jedes Mal gibt es ein neues Paar. Im Schnitt sind es ein bis zwei pro Zeremonie. Selten drei. Einmal sollen es sogar vier gewesen sein."*

Die Drachen näherten sich Sofie unaufhörlich. Auch ohne ihr Gesicht zu sehen, konnte Jan an der Körperhaltung ablesen, wie unwohl sie sich fühlte. Sie wollte einfach nur weg von dort.

„Wie gern würde ich sie in den Arm nehmen und ihr Mut zusprechen." Er seufzte mitfühlend. *„Sie wirkt so verloren."*

„Garantiert hat sie wieder die Zauber der Grünen abgeblockt", mutmaßte Karvin. *„Ansonsten hätte sie Spaß wie alle anderen."*

„Ja", lächelte Jan, *„das sieht meiner Sofie ähnlich."*

Nur noch zehn Studenten und die erste Himmelsechse hatte Sofie erreicht.

„Es ist soweit!"

Sofie holte tief Luft und dann trat der erste Drache vor sie. Einsachtzig groß, dunkelblonde Haare, eine gute Figur und ein freundliches Lächeln. Am liebsten wollte sie nicht hinsehen, doch das wäre sinnlos. Seufzend blickte sie auf: braune Augen.

Er sagte: „Hi."

„Moin", erwiderte Sofie unterkühlt.

Ein Rieseln. Ihr Gegenüber trug schwarze Schuppen. Sie spürte bei ihm Erleichterung und Enttäuschung zugleich. Erleichterung vermutlich darüber, dass er die Zeremonie endlich hinter sich hatte.

„Und er ist wohl enttäuscht, dass er niemanden für sich gewinnen konnte", mutmaßte Sofie.

Sonst war da nichts.

Kein Himmel voller Geigen, keine Schmetterlinge, kein verliebtes Herzklopfen.

„Gott sei Dank!"

Der Schwarze ging weiter und machte einer … Grünen Platz. Rote Locken, Sommersprossen, hellblaue Augen.

„Hallo."

„Moin.“

Sonst nichts.

Danach kam ein Weißer. Strohblond, planlos, grüne Augen.

„Guten Morgen.“

„Moin.“

Wieder nichts.

Nächster Drache, ein Roter. Wild, asiatisches Aussehen, breites Grinsen, graue Augen.

„Hey!“

„Moin.“

Und auch diesmal nichts. Sofie atmete auf. *„So schlimm ist es ja gar nicht.“* Erst jetzt bemerkte sie, wie angespannt sie die ganze Zeit gewesen war.

„In bummelig zwei Minuten hast du es überstanden, mein Freund“, munterte Karvin Jan auf.

„Und du auch“, erwiderte Jan. Er konnte spüren, wie sehr den Drachen die Geistesverbindung mit Bill anstrengte.

„Sie schlägt sich wacker, finde ich“, mischte sich der Weiße andächtig ein. *„Sieht sie nicht schon etwas lockerer aus?“*

„Ja“, stimmte Jan erleichtert zu. Er hatte es kaum ertragen können, Sofie so verkrampft zu sehen.

Die Himmelsechsen zogen eine nach der anderen an Sofie vorbei. Drache für Drache für Drache. Nach zehn Echsen verlor Sofie den Überblick. Als würde sie bei einer Zugfahrt im Tunnel nach draußen sehen, verschwamm die Wahrnehmung. Die unterschiedlichen Schuppen-, Haar- und Augenfarben verschmolzen zu einem dauerlächelnden Brei, der im Takt der Partymusik zuckte.

„Hi“, „Tach“, „Hallo“, „Moin“, „Hey“, … die nicht enden wollenden Begrüßungsworte klangen hohl in Sofies Ohren. Unbewusst luden einige Drachen ihre Enttäuschung darüber ab, dass sie keinen Gefährten gefunden hatten. Erschöpfung mengte sich darunter. Sofie war die letzte Kandidatin und damit die letzte Hoffnung des Tages. Durchdringend bohrten sich die Blicke der Himmelsechsen in ihre Augen.

„Mir war nicht klar, wie unterschiedlich und doch gleich Augen aussehen können.“

Braun, Blau, Grün, Grau, Mischfarben, mit und ohne Sprenkel – alles war dabei.

Plötzlich: Graue Augen.

Erkennen durchzuckte Sofie und sofort war Vertrautheit da. Und Freude! Ihr Herz stolperte. Einen Schlag setzte es aus, um gleich darauf loszurasen und siedend heißes Adrenalin durch ihre Adern zu pumpen.

Emotionen im freien Fall. Erschrocken erstarrte Sofie.

„Adler und frisch vergossenes Blut.“

Dann sah sie die Narbe, die die rechte Gesichtshälfte ihres Gegenübers zierte. Und darunter ein unverschämtes Grinsen. *„Gabriellosch!“*

Der Rote deutete eine respektvolle Verbeugung an. „Furchtlose Sofie!“

Reflexartig wiederholte Sofie die Geste des Drachen. „Kommandant Gabriellosch.“

Er lächelte sie kameradschaftlich an.

Erleichterung durchflutete Sofie. *„Ich habe ihn bloß wiedererkannt! Uff. Und ich mag ihn!“* Sie strahlte. *„Es ist keine Gefährtenbindung.“*

Gabriellosch zwinkerte ihr verschmitzt zu. „Wir sehen uns.“

Er trat beiseite.

„Ja, bis später“, lachte Sofie und schaute ihm hinterher. *„Keine Bindung! Ich bin noch frei. Für Jan!“*

Trotzdem spürte Sofie, dass sie sich wirklich darauf freute, den Krieger in den nächsten Wochen besser kennenzulernen.

Vor ihr räusperte sich jemand ungeduldig.

Sofie wandte sich um. Ein Rieseln. Goldene Schuppen, Erhabenheit, Stolz und Ehrgeiz.

„Also gut“, seufzte Sofie ergeben, *„weiter im Text.“*

„Was ist da los?!“, rief Jan schroff, als er die ungewöhnliche Reaktion des Drachen bemerkte. „Warum grinst der Kerl so?“

„Das ... das ist ein Roter“, stammelte Bill verwirrt. *„Es sieht fast aus, als würde der unsere Sofie kennen!“*

„Das kann nicht sein!“ Jan war alarmiert. Ein eisiger Schauer fuhr in seine Knochen und sein Puls raste. *„Woher sollte ein roter Anwärter*

Sofie kennen?"

„DAS wüsste ich auch gern", klinkte Karvin sich ein. *„Grimmarr hat seinen Soldaten verboten, im Vorfeld Kontakt zu den Studenten aufzunehmen!"* Er klang verschnupft. Für solcherlei Regelverstöße hatte er kein Verständnis.

„Wie auch immer", meinte Bill, *„nach einer Gefährtenbindung schaut es für mich nicht aus. Der Rote geht weiter..."*

„Ja!" Mehr brachte Jan nicht heraus. Er war unendlich erleichtert. Für einen Moment hatte er geglaubt, alles sei vorbei.

Begrüßung, intensiver Blick, nächste Himmelsechse, wieder und wieder und wieder. Eine Endlosschleife. Irgendwann erkannte Sofie aus dem Augenwinkel, dass tatsächlich das Ende der Drachenschlange näher rückte.

„Pffff. Nur noch ein paar, dann habe ich es geschafft!"

„Hallo", „Hi", „Guten Tag".

Erneut drei Drachen abgefertigt. Partnerprüfung im Sekundentakt.

„Es geht schneller vorbei, als ich befürchtet hatte."

Ein Gefährtenpaar hatte sich heute nicht gefunden. Zumindest hatte Sofie davon nichts mitbekommen.

„Hey", „Hallo", „Grüß Gott".

Und noch drei abgehakt.

Die allgemeine Enttäuschung der Schuppenträger und Menschen wurde von den Grünen oberflächlich mit guter Laune zugekleistert.

„Widerlich!" Sofie schüttelte sich innerlich und verstärkte ihre Barrieren. Sie nahm die fremden Emotionen zwar wahr, doch sie ließ sie nicht an sich heran. Die Gefühle prallten resonanzlos an ihr ab. Vertraut distanziert und routiniert.

„Irgendwie ist es wie damals, nachdem mein Vater beerdigt wurde. Ich habe nur noch zugesehen und gar nichts mehr gespürt."

„Salve."

„Moin."

Nächster.

„Hi"

„Moin."

„Ein Glück, dass ich das heute steuern kann.“

Unter die klebrige grüne Fröhlichkeit mischten sich Verachtung und Arroganz.

„Was…?“

Sofies Blick huschte nach rechts ans Ende der Schlange. Lediglich drei Drachen waren übrig. Der letzte musste ein Blauer sein.

„Hallo“, grüßte ihr aktuelles Gegenüber freundlich und forderte Sofies Aufmerksamkeit ein.

Schwarze Schuppen, grau gesprenkelte braune Augen.

Sonst nichts.

„Moin.“

Nächste Echse.

Die Ablehnung auf Sofies rechter Seite wurde stärker. Spott und aufgesetzte Höflichkeit blitzten in der unterkühlten Aura auf.

„Das muss der Blaue sein, der heute Morgen als letztes gelandet ist. Wie nannte ihn Tyra noch gleich? … Ach ja: Xavosch.“

Vor Sofie stand jetzt eine Grüne. Ihr warmes Lächeln schaffte es leidlich, Xavoschs Abscheu zu überstrahlen.

„Hey!“, murmelte die Grüne. Es klang entschuldigend.

Ihre hellbraunen Augen waren sanft, in ihnen schimmerten Mitgefühl, doch auch ein Hauch Ärger.

„Moin“, grüßte Sofie zurück und schenkte der Grünen ein schiefes Grinsen. *„Die Arme. Direkt hinter sich so einen Querkopf zu haben, ist echt ‘ne Strafe! Ein Roter hätte dem Kerl bestimmt eine runtergehauen. Tja, aber die wollen hier bestimmt keine Eskalation. Schade eigentlich.“*

Beinahe musste sie kichern. Gabriellosch hätte dem Typen garantiert ein paar Takte erzählt.

„Selbstverständlich bloß im erlaubten Rahmen. Grenzen kann er ja prima dehnen. Haha. Das hätte ich zu gern gesehen!“

Dieser Blaue versuchte so gar nicht, seinen Missmut zu verstecken. Das war Sofie fast schon sympathisch.

Die Grüne trat beiseite und der letzte Drache nahm ihren Platz ein. Seine Aura war so glatt und kühl wie ein zugefrorener See, doch unter der abweisenden Eisschicht konnte Sofie gefährliche Untiefen erahnen.

Der Duft von Tang und Meerwasser stieg ihr in die Nase und ließ verheißungsvolle Bilder von der Ostsee in ihrem Geist entstehen. *„Mein Zuhause!“*

Verwirrt schüttelte Sofie die Empfindung ab. Sie versuchte, sich auf die humanoide Gestalt des Drachen zu konzentrieren. Xavosch war einsneunzig groß und schaute hochmütig über ihren Kopf hinweg. Wie bei seiner Ankunft trug er Zylinder und Frack. Sein grauer Backenbart war kunstvoll gezwirbelt und erschien Sofie überaus befremdlich. Der Blaue hatte für seinen menschlichen Körper ein Alter von Sechzig gewählt.

„Wie ungewöhnlich. Die anderen Drachen sind Anfang oder Mitte zwanzig. Aber er macht einen auf Daddy. Naja, eher Großvater! Wer will denn mit einem so alten Knacker gehen?“

Nichtsdestotrotz war der Mann sehr gepflegt, seine Kleidung sauber und edel. Mustergültig. Anfang des letzten Jahrhunderts hätte man ihn als attraktiv bezeichnet, doch hier und heute wirkte er deplatziert.

„Das ist seine Art, diese Veranstaltung zu boykottieren. Er will nicht hier sein. Und er tut alles, um das zum Ausdruck zu bringen.“

„Tja“, meinte die Margareta in ihr, „du und er, ihr seid euch gar nicht so unähnlich. Der einzige Unterschied ist, dass er seinen Widerwillen offen zeigt und du gute Miene zum bösen Spiel machst. Aber eigentlich fühlt ihr zwei dasselbe.“

„Ich soll wie er sein?! Meinst du wirklich?“ Sofie hatte Zweifel.

Ein Rieseln. Bei genauerer Betrachtung konnte sie unter seiner Unnahbarkeit eine tiefe Sehnsucht schimmern sehen. Sie kam Sofie seltsam vertraut vor.

„Er vermisst etwas ganz schrecklich. Was es wohl ist? Vielleicht möchte er einfach nur zurück in seine Heimat, so wie ich zu Jan möchte?“

Auf einmal tat Xavosch Sofie leid. Sie war versucht, aufmunternd seine Hand zu drücken und ihm zuzuflüstern: „Halte durch! Wir zwei haben es gleich geschafft. Sieh mich kurz an und dann haben wir für einen Monat Ruhe vor diesem Firlefanz.“

„Was zögert dieser aufgeblasene Blaue es hinaus?“, meckerte Jan. *„Er soll sie endlich ansehen und fertig!“*

„Das ist Xavosch", erklärte Karvin.

„Der Querulant?", nörgelte Jan. *„Ich dachte, ihr wolltet ihn nach Hause schicken. Hat er nicht die Akademie in Australien aufgemischt?"*

„Ja, hat er. Und nicht nur die", bestätigte der Schwarze angestrengt. Er war so langsam am Ende seine Kräfte, was die Übertragung der Bilder anging.

„Xavoschs Fähigkeiten sind überragend", gab Bill zu bedenken.

„Und außerdem", murmelte Karvin, *„hat er das Anwärterprogramm fast vollständig absolviert. Das hier ist seine vorletzte Station."*

Jan war das egal. Er mochte den Blauen nicht und wollte, dass er möglichst schnell aus Sofies Nähe verschwand.

Sofies Hand berührte den Arm des Drachen beinahe, da schnaubte Xavosch herablassend. Er schloss seine Augen, als müsse er sich wappnen, für den Anblick, den er im nächsten Moment ertragen musste. Seine Aura wurde dunkel vor Abscheu. Sofie badete förmlich darin.

„Als wäre ich ein widerwärtiges Insekt!", durchzuckte es sie. *„Er mag keine Menschen!"*

„Nicht mögen?", echote ihr Verstand. „Nein, das ist zu wenig. Er hasst uns!"

Ihr Mitgefühl für Xavosch versiegte.

Mit einem arroganten Seufzen öffnete der Blaue die Augen und zwang sich, seinen Kopf zu senken.

Bevor sich ihre Blicke trafen, konnte Sofie die Farbe der Iris erkennen.

„Blaugrün wie das Meer weit draußen. ... Nur eine Nuance dunkler als meine."

Und dann sahen Xavosch und Sofie einander an. Die Zeit dehnte sich.

Erstaunen?

Langsam weiteten sich die Augen des Drachen.

Ungläubigkeit.

Die blaugrüne Iris zog sich zurück wie das Meer bei Ebbe, bis nur noch ein schmaler Ring die nachtblaue Pupille umsäumte.

Erkennen!

Eine Flutwelle von Emotionen rollte auf Sofie zu. Unaufhaltsam türmten sich die Gefühle auf: Fassungslosigkeit. Verbundenheit. Und

Liebe, tief wie der Ozean.

Sofie wollte fliehen. Doch so, wie ein Mensch nicht vor einem Tsunami davonrennen kann, konnte Sofie Xavoschs Gefühlen nicht entkommen.

„Jan!“, keuchte sie und klammerte sich verzweifelt an die gemeinsamen Erinnerungen. Zärtlich schauten Jans saphirblauen Augen sie an, gaben ihr Kraft und hüllten sie in Geborgenheit.

„Du bist mein Sternenlicht! Ich liebe dich.“

Ihr Hals schnürte sich zu. Sie wünschte, sie könnte sich in Luft auflösen. Aber das konnte sie nicht.

Im nächsten Moment schlugen die Emotionen des blauen Drachen erbarmungslos über Sofie zusammen und rissen sie mit sich fort.

11. Freier Fall

„Nein!!!“, schrie Jan erstickt. Ihm stockte der Atem.

Die Mimik des Blauen ließ keinen Zweifel: Der Drache hatte seine Gefährtin gefunden.

Sofie.

„Bitte nicht Sofie“, flehte Jan erstickt, aber Xavosch starrte nach wie vor mit entrückter Miene auf sein Mädchen.

„Nein. Nicht meine Sofie!“

Jans Inneres gefror.

Merkwürdig distanziert erinnerte er sich, dass er eigentlich damit gerechnet hatte, in diesem Moment vor Schmerz umzukommen, doch dem war nicht so. Er fühlte … nichts.

Gar nichts.

„Ich bin schon tot.“

Noch immer hatte der Blaue das selige Lächeln im Gesicht. Gleich würde er sie küssen.

„Ich habe genug gesehen.“

Schockstarr saß Jan auf der Couch. Er wollte nicht zugucken, wie die Frau, die er über alles liebte, sich an den Hals dieser Echse warf. Betäubt wandte er sich von Karvins Geist ab.

Sein Blick irrte rastlos umher. Höhnisch tickte der Sekundenzeiger der edlen Standuhr im Kreis.

Schwerfällig erkannte Jans Gehirn den Widerspruch. *„Wie kann der Zeiger sich bewegen, wo doch die Welt stillsteht?!“*

Watte. Alles war in Watte gepackt.

Surreal.

Unfassbar.

Nicht echt.

„Das muss ein Traum sein. Das passiert nicht wirklich. Gleich wache ich auf.“

Schwach breitete sich Hoffnung in ihm aus.

„Eigentlich ist die Uhr ganz hübsch.“

Was für ein absurder Gedanke.

„Wo bin ich hier überhaupt?“

Orientierungslos schaute er sich um. Er wusste es nicht.

„Doch, es muss ein Traum sein.“

Eine Hand griff nach seinem Arm.

Verwundert stellte Jan fest, dass sie Karvin gehörte. Er konnte den Druck der Finger deutlich spüren.

„Nein, kein Traum. Verdammt. Sofie!!!“

Der Schwarze hatte sich zu ihm herüber gebeugt. Sein Gesicht war vor Anteilnahme verzerrt. Die Lippen bewegten sich, aber Jan hörte keinen Ton.

Stille umgab ihn. Die Welt war verstummt.

Karvins Blick war eindringlich.

„Ich muss sie freigeben“, erinnerte Jan sich dumpf. *„Das habe ich ihr versprochen.“* Sein Magen bestand aus verklumptem Eis. Ihm wurde schwindelig.

Plötzlich war Karvin direkt vor ihm und rüttelte an seiner Schulter.

Erschrocken schnappte Jan nach Luft. Das Atmen fühlte sich fremd an, so als hätte er es schon eine Weile nicht mehr getan.

„Ich habe vergessen zu atmen?“

Der Sauerstoff klärte sein Bewusstsein. Langsam schärften sich die Gedanken. Es war nur eine Frage der Zeit, bis die Geräusche und die Emotionen ebenfalls zurückkehrten.

„Darauf werde ich nicht warten“, entschied Jan. *„Ich darf ihr nicht im Weg stehen. Ich MUSS sie freigeben.“*

Dass das unmöglich war, wusste er. Aus diesem Grund hatte er schon vor Wochen einen Entschluss gefasst. Und ihn sorgfältig vor Sofie und allen anderen verborgen. Das war einzig und allein seine Angelegenheit.

„Die Welt braucht Sofie als Gefährtin. Der Blaue ist ihre Zukunft und ich bin bloß ein hinderlicher Schatten aus ihrer Vergangenheit. Ich werde ihr Glück nicht gefährden.“

Karvin redete noch immer auf ihn ein. Er wirkte erschöpft und besorgt. Seine Worte verschwammen in Jans Ohren zu einem breiigen Rauschen.

Mühsam stemmte Jan sich vom Sofa hoch. Er konnte spüren, dass irgendwo hinter den nächsten Atemzügen der alles vernichtende Schmerz lauerte. Sobald der ihn traf, würde er nie wieder aufstehen.

„Ich muss mich beeilen, wenn ich meinen Plan umsetzen will."

Karvin erhob sich ebenfalls. „Was hast du vor?"

„Ich brauche frische Luft", krächzte Jan heiser. Sein Hals war wie zugeschnürt. Er taumelte.

„Natürlich, J." Karvin lächelte erleichtert und wollte ihn stützen.

Doch Jan schüttelte die helfenden Hände ab. „Ich muss allein sein. Gönn mir ein paar Minuten."

Der Schwarze nickte verständnisvoll. Ihm war anzusehen, dass ihm das widerstrebte. Trotzdem ließ er sich zurück auf die Couch sinken.

Seine Augen hatte Jan noch nie so durstig gesehen.

„Er ist angeschlagen. Gut so."

Plötzlich lärmte «Highway to Hell» durch die Suite. Jans Smartphone lag vergessen auf dem Couchtisch. Der Luftgitarrenspieler Bill blinkte auf dem Display.

Jan ignorierte sein Handy und schleppte sich zur Terrassentür. Zögernd trat er in die Nachtluft hinaus. Jetzt hieß es, Abschied zu nehmen.

„Ich liebe dich, Sofie. Das werde ich immer tun."

Jan ließ seinen Blick über die Stadt schweifen. Unter ihm breiteten sich unzählige Lichter wie ein Meer aus. Selbst zu dieser frühen Stunde war Verkehr auf den Straßen. Gedämpft drangen die Geräusche der Fahrzeuge zu ihm herauf. Die Aussicht war grandios.

„Ein Hoch auf das Vermögen. Selbstverständlich steigt der WyvernPower Chef nur in den besten Hotels ab. Und immer muss es die größte Suite oder das Penthouse sein."

Seine Finger umklammerten die Brüstung. Das Holz war glatt und warm. Es war aufwendig verarbeitet. Irgendjemand musste sich viel Arbeit damit gemacht haben. Ob derjenige seinen Job mochte?

„Was für bekloppte Gedanken hat man in so einer Situation?", wunderte sich Jan und sah nach unten.

Kühl analysierte sein Verstand: *„Das Penthouse. Umwerfender Ausblick, große Höhe, freier Fall, tödlicher Aufprall. Das ist perfekt für mich."*

Jan hatte das hier gut durchdacht. Es gab keine Alternative.

„Manchmal muss man eben Opfer bringen."

Mechanisch tastete er nach seinem Stirnreif.

„Den werden sie noch brauchen. Er ist viel zu wertvoll, als dass ich riskieren darf, ihn zu beschädigen. Sie benötigen alles, was sie kriegen können, um gegen die Dämonen zu bestehen. Ich habe getan, was ich tun konnte. Jetzt bin ich bloß noch im Weg."

Mit festem Griff hob er den Karfunkel von seiner Stirn und ließ ihn auf die Terrasse fallen.

„Tu das nicht, J!", keuchte Karvin aus der Suite und kam schwerfällig auf die Beine.

„Oh, doch", flüsterte Jan. *„Das bin ich ihr schuldig, das bin ich der Welt schuldig und das bin ich mir schuldig."*

Dann wurde er ganz ruhig. Seine Entscheidung war richtig. Sie würde alle Beteiligten befreien und ihm Frieden geben. Entschlossen mobilisierte er seine Kräfte ein letztes Mal und hockte mit einem Satz über die Brüstung.

Kurzes Schweben.

Loslassen.

Freier Fall.

Der letzte Flug.

Ein Stockwerk zog an ihm vorüber, danach ein zweites und ein drittes. Schnell und immer schneller rasten die Etagen an ihm vorbei. Der Wind zerrte an seinen Haaren und an den Klamotten.

„Ich habe nicht vor, ohne sie zu leben."

Er lächelte.

„Danke, Sofie, für all die Erinnerungen. Du bist das Beste, was mir je passiert ist. Ich liebe dich!"

Gleich würde es vorbei sein. Jetzt durfte der Schmerz kommen.

Sofie war benommen. Die Gefühle des Blauen nahmen ihr den Atem.

„Das ist zu viel. Zu viel von allem!"

Ihr wurde übel. Sie teilte die Verbundenheit nicht. Seine Liebe hatte sie begraben und drohte sie zu ersticken.

„Er hat sich verbunden", analysierte die Margareta in ihr.

Sofie zitterte. *„Aber nicht mit mir!"*

Die Zeit nahm ihren normalen Lauf wieder auf. Verwirrt blickte Sofie hinter sich. Da war niemand.

„Mit wem hat er sich verbunden?“

Neben ihr stand Nadine und starrte sie aus großen Augen an. Sofie sah zu Xavosch auf.

„Er guckt nicht in ihre Richtung. Er schaut mich an.“

Das Lächeln des Blauen war warm und voller Zuneigung. Sofie wurde eiskalt. Ihr Magen drehte sich um.

„Er schaut MICH an!“, hallte es durch ihre Gedanken. *„MICH!!!“*

Wie in Trance hob der Drache seine faltige Hand. Er wollte sie zärtlich berühren, hielt jedoch unvermittelt inne.

Es war, als wäre sein Verstand bis eben ausgeschaltet gewesen und jetzt übernahm er wieder die Kontrolle.

Xavoschs Gesicht versteinerte. Machtvoll drängte er seine ausufernden Emotionen zurück hinter die Fassade aus Unnahbarkeit und kalter Arroganz. Es konnte nicht sein, was nicht sein durfte. Seine Hand sank.

Sofie wagte es nicht, Luft zu holen. *„Ist das möglich? Er will diese Bindung genauso wenig wie ich?!“*

Für eine Sekunde sahen Drache und Mensch einander erleichtert an.

Sofie wollte schon aufatmen, da bemerkte sie, dass Bewegung in die Aura der Echse kam. Verzweifelt rang Xavosch um Fassung, aber die Liebe zu Sofie konnte er nicht unterdrücken. Sie war Teil von ihm und bahnte sich ihren Weg.

Der Blaue schüttelte angewidert den Kopf und zischte: „Nihil aliud nisi homuncula es!“

„Ja, ich bin ein Mensch!“, übersetzte Sofie schockiert. Sie begriff nicht, was hier gerade passierte.

Hilflos versuchte Xavosch, seine Gefühle zu verbannen. Es gelang ihm nicht. Die Liebe war da.

„Ich will dich nicht!“, spie er ihr entgegen, doch die aufgewühlte Aura strafte seine Worte Lügen.

Sofie taumelte rückwärts. In dem Blauen braute sich ein tosender Sturm zusammen. Entsetzt beobachtete sie, wie sich das alte Gesicht des Drachen verfinsterte. Der kunstvoll gezwirbelte Bart zitterte, der Hochmut bröckelte.

Er ließ seine Dämme mit Absicht brechen.

„Du willst Liebe mit Hass bekämpfen“, flüsterte Sofie und wich weiter zurück. Ihr Herz füllte sich mit Furcht.

„Das IST keine Liebe!“, würgte der Drache mühsam beherrscht hervor. „Als könnte ich jemals eine wie dich lieben. Deine Spezies ist der ABSCHAUM DIESES PLANETEN!“

Den letzten Teil brüllte er zornig heraus. Seine Aura bebte vor Feindseligkeit und die Konturen seiner Menschengestalt verschwammen.

„Er wird sich verwandeln!“, durchzuckte es Sofie alarmiert.

Schreiend suchten die umstehenden Menschen das Weite.

Alle, nur nicht Sofie.

Sofie war erstarrt, gefangengenommen von hasserfüllten blaugrünen Augen.

„Und doch liebt er mich.“

Im nächsten Moment explodierte Xavoschs Aura. Sofie spürte die befreiende Aggression seiner unmittelbar bevorstehenden Verwandlung. Der Blaue genoss die brachiale Gewalt regelrecht.

„Ich bin ihm zu nah!“, merkte ihr Verstand nüchtern an. Ehe sich Bestürzung in ihr breitmachen konnte, wechselte der Drache auch körperlich in seine wahre Gestalt. Sofie wurde von einer mächtigen Echsenpranke getroffen und einige Meter nach hinten geschleudert. Hart landete sie im Kies. Der Impuls war so stark, dass sie ein Stück durch die spitzen Steinchen schlidderte. Ihre unbekleidete Haut an Armen und Beinen brannte.

Xavosch schüttelte wütend sein riesiges Haupt, so dass die Langschuppen der Halskrause klatschend um seinen Kopf herumwirbelten. Sein stromlinienförmiger Körper schimmerte perlmuttfarben in der Sonne, die glatten Schuppen reflektierten das Licht. Ungehalten stieß der Blaue sich vom Boden ab und entfaltete die Schwingen.

Wie ein drohender Schatten schwebte er einen Wimpernschlag lang über Sofie in der Luft. Er bedachte sie mit einem letzten verachtenden Blick aus seinen blaugrünen Drachenaugen, trompetete ohrenbetäubend laut und verschwand in der Nebelsphäre.

Sofie starrte paralysiert ins Nichts, ihre Gedanken waren gelähmt. Sie spürte keinen Schmerz. Betäubt blieb sie liegen.

Plötzlich war ein Roter über ihr.

Riesige Schwingen schirmten sie vom Rest der Welt ab, der muskelbepackte Rumpf schützte ihren winzigen Körper. Stumpf glänzten die blutroten Schuppen und es roch nach heißem Kupfer. Der gigantische Kopf der Himmelsechse senkte sich zu Sofie herab. Eine lange Narbe zog sich über die rechte Gesichtshälfte. Vertraute graue Augen blickten sie eindringlich an.

„Stolz und erhaben – Gabriellosch hat wirklich was von einem Adler...“

Sofie wusste, dass die Aura des Roten ihr vor Angst das Blut in den Adern gefrieren lassen müsste, aber das tat sie nicht. Ihr Körper fühlte sich merkwürdig fremd an, als würde er gar nicht zu ihr gehören.

Weitere Rote rauschten heran und formierten sich zu einem Schutzwall um sie herum.

Gabrielloschs Blick wurde drängender, fragender.

Sofie lag noch immer am Boden. Die Farben verblassten, Geräusche wurden leiser. Benommen wisperte sie: „Falls du was von mir wissen willst, sprich laut. Gedankenrede kommt bei mir nicht an.“

Im nächsten Atemzug kniete der Kommandant in Menschengestalt neben ihr. Er betrachtete sie eingehend.

„Nicht einschlafen, furchtlose Sofie“, beschwor er sie.

„Ich doch nicht“, krächzte sie und versuchte halbherzig, sich aufzurappeln.

Ein stechender Schmerz schoss in ihr Handgelenk, ihr Arm knickte ein und schon lag sie wieder im Kies.

„Autsch.“

„Nicht aufstehen!“ Gabrielloschs Hand fixierte ihren Brustkorb unerwartet sanft am Boden. „Bleib liegen. Du bist verletzt. Die Heilerin kommt.“

Sofie stöhnte: „Ist wohl besser. Irgendwas stimmt nicht mit meiner Hand. Und wieso ist meine Haut so klebrig?“

„Die Steine haben deine Arme und Beine aufgeschürft“, erklärte der Rote. Vorsichtig nahm er seine Hand von ihrem Oberkörper. „Vermutlich ist das Handgelenk gebrochen. Der Aufprall sah heftig aus.“

Ein dumpfes Pochen breitete sich in Sofie aus. „Schürfwunden sind ätzend. Die heilen schlecht und tun eine Ewigkeit weh.“

Gabriellosch lachte leise. „Dann solltest du dir vielleicht ein paar

Schuppen zulegen."

„Gute Idee", murmelte sie erschöpft und schloss die Augen.

„He!", rief der Kommandant. Behutsam berührte er sie an der Wange. „Nicht einpennen! Meine Güte, ihr Menschen seid echt nicht grade strapazierfähig."

„Nee, das sind wir nicht", entgegnete Sofie matt. „Eine Fehlkonstruktion, was?"

Gabriellosch grinste. „Fehlkonstruktion würde ich es nicht nennen. Ihr seid bloß nicht dafür gemacht, durch die Gegend geschnippt zu werden."

„Danke für den Tipp. Werde ich mir für die nächste Gegenüberstellung merken."

„DAS wollte ich von dir hören, furchtlose Sofie! Und jetzt sieh mir bitte in die Augen."

Sofie war müde. Sie konnte kaum noch die Lider offen halten. Trotzdem gehorchte sie und lallte mit schwerer Zunge: „Ach, Kommandant, das hatten wir heute doch schon zweimal. .... Du und ich, daraus wird nichts..."

Gabriellosch lachte kopfschüttelnd. „Dein Humor ist nicht totzukriegen, was?"

Plötzlich rückten zwei der roten Drachen auseinander. Mehrere Menschen eilten durch die entstandene Gasse zu ihnen. Sofie mobilisierte ihre Kräfte noch einmal und erkannte, dass es Eliande, Victoria und – ein Rieseln – zwei weitere Grüne waren.

„Flammenhaar!" Gabriellosch stand auf und salutierte respektvoll. „Wenn ich es richtig beurteile, hat der Phönix eine nicht lebensbedrohliche Gefäßverletzung im Bauchraum, mehrere Knochenbrüche, Prellungen und Schürfwunden. Außerdem leidet sie an einem astralen Überlastungsschock."

„Ich habe nicht gezaubert", murmelte Sofie mit geschlossenen Augen. Sie spürte die sanften Hände einer Grünen an ihren Schläfen. Ein kaum wahrnehmbares Flattern glitt durch Sofies Körper.

„Die Diagnose des Kommandanten ist korrekt", bestätigte die freundliche Stimme der Heilerin.

„Gut. Dann habe ich ja 'ne Minute", stellte eine emotionslose Stimme fest. „Kannst du sie noch wachhalten? Ich muss mit ihr reden."

„Victoria."

„Sie wird Schmerzen haben. Also wirklich nur kurz", forderte die Grüne.

„Selbstverständlich", stimmte die Königin der Schwarzen zu und dabei schwang eine Spur Mitgefühl mit.

Die Grüne seufzte. Gleich darauf wurde das Flattern zu einem elektrisierenden Kribbeln und scheuchte Sofies Lebensgeister auf. Das Pochen nahm zu. Es wurde stärker, schwoll an zu einem unangenehmen Ziehen und Brennen.

Gequält stöhnte Sofie auf und öffnete die Augen. „Was gibt es denn?"

Victoria kniete sich neben sie. „Es tut mir leid, dass ich dir das antun muss." Ihre Anteilnahme war echt. „Xavosch hat sich mit dir verbunden."

„Ach, echt?", zischte Sofie ironisch. Die Schmerzen wurden stärker.

„Ja." Victoria berührte ihre Wange und fremde Astralkraft durchrieselte Sofies Meridiane.

Ihre Arme und Beine brannten und das Handgelenk pochte wie verrückt.

„Arg!", knurrte Sofie hinter zusammengebissenen Zähnen. Die Schmerzen stachelten sie auf. „Liebe auf den ersten Blick habe ich mir irgendwie anders vorgestellt."

„Das sollte sie auch sein", stimmte Victoria nachsichtig zu. „Ich kann dir nicht sagen, was schiefgegangen ist, aber ich muss wissen, was mit dir ist."

„Mit mir?", schnaubte Sofie gereizt. Das Pochen wurde zu einem Stechen und machte sie irre. „Ich liege hier im Kies, verdammt!"

Die zweite Grüne machte sich an ihrem Handgelenk zu schaffen. Das Stechen ebbte etwas ab.

Victoria fixierte Sofie mit ihrem Blick. „Hast DU DICH mit ihm verbunden?"

„Ich? Nein!", ächzte Sofie. Ihre Arme und Beine brannten jetzt wie Feuer.

„Bist du ganz sicher?"

„JA! Kein Himmel voller Geigen. Kein Kribbeln im Bauch – bloß so 'ne bescheuerte Drachenpranke! Vielen Dank auch!"

In Victorias Gesicht spiegelten sich Zweifel.

„Sie glaubt mir nicht!“ Wut braute sich in Sofie zusammen.

„Warum geht immer bei mir was schief? Warum bin immer ich anders? Und warum muss das hier so verflixt wehtun? Ich will zu Jan!“

Am liebsten wollte sie um sich schlagen, aber das machte ihr Körper nicht mit.

Die Königin ließ nicht locker: „Du hast gezaubert. Welche Magie hast du gewirkt?“

Sofie konnte kaum noch klar denken. Sie fühlte sich wie zwischen Hammer und Amboss.

„Ich habe NICHT gezaubert!“, brüllte sie zornig. Zum Beweis wollte sie Victoria einen vor den Latz ballern, doch sie musste feststellen, dass ihre körpereigenen Depots nahezu erschöpft waren.

„Bei der Sphäre! Ich habe tatsächlich gezaubert...“

„Das genügt“, mischte sich Eliande mit strenger Stimme ein. „Alle weiteren Fragen müssen bis nach dem Heilschlaf warten!“

Victoria seufzte tief. „Also gut. Es tut mir leid, Sofie. Gute Besserung.“ Sie nickte ihr noch einmal zu und richtete sich auf.

Plötzlich bewegten sich dünne, in blassen Pastellfarben leuchtende Fäden an Sofies Gesicht vorbei. Sie waren strahlend hell und von einer Schönheit – so etwas hatte Sofie noch nicht gesehen. Die schillernden Fäden berührten sanft schwingend ihren Menschenkörper und sprühten dabei glitzernde Funken.

Der Kontakt der zarten Fäden kühlte Sofies geschundene Haut auf angenehme Weise. Sie konnte spüren, wie sich die Schürfwunden langsam schlossen. Die Schmerzen ebbten ab. Dankbar atmete sie auf. Mit jedem Herzschlag fühlte sie sich leichter.

„Ich kann nicht sagen, was ich gezaubert habe“, murmelte sie starrköpfig. „Ich habe da nichts bewusst gemacht.“

Die wohlige Leichtigkeit ging in eine bleierne Müdigkeit über und diesmal kämpfte Sofie nicht dagegen an. Erlöst schloss sie die Augen. Zwei funkelnde Saphire strahlten ihr entgegen.

„Jan!“, wisperte sie matt. Ihr Gehirn gaukelte Minze und einen Hauch Aftershave vor. Es war, als würde ihr Liebster direkt vor ihr stehen. Lächelnd streckte sie ihre Hand nach ihm aus.

„Ich habe mich nicht verbunden. Bitte nimm mich mit nach Hause, ja?

Ich liebe dich so …"

Ihre Stimme versagte den Dienst und dann raubte der Heilschlaf Sofies Bewusstsein.

Allein und verloren lag ihr regungsloser Körper im hellen Kies der Arena. Drei Grüne, ein Kommandant und die frustrierte Königin der Schwarzen knieten neben ihr, geschützt durch einen Ring aus Drachenkriegern. Matt rot und glänzend zugleich leuchteten deren Schuppen in der Sonne wie frischvergossenes Blut im Schnee.

„Scheiße!", fauchte Karvin und ließ sich zurück auf die Couch fallen. Er war definitiv zu ausgelaugt, um Jan noch vor dem Aufprall abfangen zu können.

Das Hotel war das höchste, was er in Washington hatte finden können. Doch auch hier dauerte der freie Fall bis zum Boden keine fünf Sekunden.

„Ich hatte schon beim Buchen ein mieses Gefühl. Aber es GIBT in dieser Stadt keine Wolkenkratzer. Beschissene Baugesetze…"

Erschöpft fuhr er sich mit der Hand über die Augen. Er hasste es, wenn er die Kontrolle über eine Situation verlor.

„Hätte ich geahnt, dass es gleich beim ersten Mal passiert, hätte ich die Bilder nicht übertragen. Mist!"

Frustriert schlug er mit der Faust aufs Sofa.

„Ich hätte es wissen müssen! Das ist mein Job. Doch ich habe mich von der Hoffnung des Karfunkels anstecken lassen. Naiv wie ein Frischgeschlüpfter! Pah! Dabei sprechen die Statistiken eine andere Sprache. Verdammt. Freundschaft macht blind."

Auf der großzügigen Terrasse erschien die Aura einer grünen Himmelsechse. Sie landete vorsichtig, Jans Körper hing schlaff in ihren Vorderpranken. Die Grüne seufzte bedrückt. *„Ich hätte nicht gedacht, dass er wirklich springt."*

„Ich schon, Narla", brummte Karvin, „ich schon. Darum habe ich dich ja angefordert."

Die Grüne verwandelte sich in ihre Menschengestalt. „Der Tod ist so sinnlos." Kopfschüttelnd trug sie Jans leblose Gestalt in die Suite und legte ihn behutsam neben Karvin auf die Couch.

„Nicht für ihn“, widersprach der Schwarze leise. „J hat sich viel Mühe gegeben, seine Gedanken zu verbergen, aber ich kenne ihn gut. Ich weiß, wann ihn etwas belastet. Ich habe gesehen, was Sofie ihm bedeutet. Darum war mir klar, wonach ich suchen musste… und auch, dass dieser dickschädelige norddeutsche Fischkopp tatsächlich springen würde.“

„Dein Distanzierungszauber war mächtig. Der Karfunkel kann ihren Verlust nicht gespürt haben“, wandte Narla ein. Sie ging zum Kühlschrank, holte eine kleine Tasche heraus und warf sie dem Schwarzen zu. „Du hast dich mit dem Zauber und dem Langstreckensenden völlig verausgabt.“

Karvin fing das Täschchen auf. „Ja, das war dumm von mir.“

Schweigen.

„Ach, wie auch immer“, ächzte Karvin. Er zog den Reißverschluss auf und holte einen Venenstauer sowie eine bereits aufgezogene Spritze heraus. In ihr schimmerte eine bräunliche Flüssigkeit. „Ich wäre dieses Risiko nicht eingegangen, wenn ich nicht sicher gewesen wäre, dass du im Stockwerk über uns am offenen Fenster stehst – jederzeit zum Sprung bereit.“

„Ich mag Sturzflüge trotzdem nicht“, entgegnete die Grüne leicht gereizt. Sie beobachtete, wie der Schwarze den rechten Ärmel seines Schlafanzugs hochschob und das Blut mit dem Venenschlauch staute.

„Ich weiß“, murmelte Karvin und richtete die Spritze auf. Er drückte die Luftbläschen aus dem Kolben, bis ein Tropfen der dunklen Flüssigkeit an der Nadelspitze glitzerte. Der intensive Duft von Zimt breitete sich in der Suite aus.

„Außerdem ist das Gebäude für solche Aktionen zu niedrig“, fuhr Narla fort. „Es war ziemlich knapp. Hätte ich dieses Manöver nicht trainiert, hätte ich ihn vermutlich nicht beim ersten Anlauf aus der Luft fischen können.“

Der Schwarze antwortete nicht, sondern stach die Nadel in seine Vene, lockerte den Stauer mit den Zähnen und presste dann langsam die braune Flüssigkeit in sein Blut.

„Der Karfunkel wollte nicht gerettet werden“, meinte Narla anklagend. „Er hat gezappelt wie ein Aal. Er WOLLTE sterben.“

„Das war mir klar.“ Karvin zog die Spritze aus seinem Arm. „Ich hab doch gesagt, dass J stur ist. Darum solltest du ihn vor dem Ergreifen schlafen legen."

„Ja, ja, sehe ich ein." Narla schnaubte missmutig und hängte einen Beutel Jogi-Tee in eine der edlen Porzellantassen auf der Anrichte. Anschließend ließ sie heißes Wasser aus dem Samowar hinein fließen. „Nächstes Mal fackel ich nicht lange. Obwohl es gegen meine Überzeugung geht, anderen Wesen meinen Willen aufzuzwingen."

„Gut", brummte Karvin. Er warf Stauschlauch und Spritze auf den Couchtisch und ließ sich mit geschlossenen Augen gegen die Rückenlehne des Sofas sinken. Als die Wirkung der Injektion einsetzte, atmete er erleichtert auf. *„Zimtextrakt intravenös – was für eine göttliche Erfindung. Das Zeug taugt nicht nur für Menschen."*

Narla runzelte die Stirn. „Sag mal, hast du tatsächlich fast deine ganze körpereigene Astralkraft verbraucht?"

„Ich denke schon."

„Aber das ist fahrlässig!" Die Grüne schüttelte vorwurfsvoll ihren Kopf.

„Ist mir klar."

„Wo bleibt da das Pflichtbewusstsein?" Verwunderung huschte über Narlas Gesicht. „Und überhaupt! Warum musst du dich nicht verwandeln?"

„Training und Disziplin", antwortete Karvin knapp. „Ich war einer von Abrexars Assistenten. Die Spinne, wie er damals genannt wurde, hat gesteigerten Wert darauf gelegt, dass wir in jeder Situation unerkannt bleiben."

„Dic Spinne?", echote Narla überrascht. „Du meinst den Grauen Krieger!"

„Nenn ihn, wie du willst. Ihm waren die Namen gleichgültig. Wichtig war, dass niemand den Humanoiden gegenüber seine wahre Identität preisgab und so die Ziele gefährdete. Abrexar war Meister der Disziplin und Selbstbeherrschung. Diese Tugenden verlangte er auch von uns. Er hat viel Energie darauf verwendet, dass wir uns weiterentwickeln."

Jans Smartphone vibrierte neben der leeren Spritze. «Highway to Hell» ließ den Luftgitarrenspieler auf dem Display tanzen.

„Als hätten wir hier nicht genug Probleme. Manchmal weiß Bill echt nicht, wann es genug ist." Verärgert griff Karvin nach dem Gerät und wies den Anruf ab.

„Warum bist du dieses Risiko eingegangen?“, wollte Narla wissen.

„Du meinst, warum ich die Bilder an J übertragen habe?“

„Nein. Das nicht. Er musste sie sehen, um es wirklich zu verstehen.“ Die Grüne stellte die Tasse mit dem Jogi-Tee vor dem Schwarzen ab und schaute ihn aufmerksam an. „Aber ich begreife nicht, warum du den Karfunkel hast springen lassen. Das hätte schiefgehen können.“

„Ich weiß.“ Karvin legte das Handy achtlos zurück auf den Tisch und schöpfte Atem. „Ich wünschte, ich hätte es nicht getan.“

Narlas Blick wurde bohrend. „Warum HAST du es getan? Warum hast du ihn allein auf die Terrasse gehen lassen?“

Karvin fuhr sich erschöpft mit der Hand über die Augen. „Ich wollte ihm die Chance geben, sich fürs Weiterleben zu entscheiden. Wäre er nicht gesprungen, wäre es für ihn in den nächsten Wochen bedeutend leichter geworden. Und für mich auch. Aber so…“

Schweigen. Jan stöhnte leise.

Karvin hob hilflos seine Achseln. „Vielleicht hätte ich den Distanzierungszauber nicht wirken dürfen. Dann hätte er womöglich Angst vor der Höhe gehabt.“

Narla legte dem Drachen mitfühlend die Hand auf die Schulter. „Dein Zauber brach im Augenblick seines Sprungs ab. Der Karfunkel hatte keine Angst vor der Höhe und auch nicht vor seinem eigenen Tod. Sein Herz war gefüllt mit der Liebe zu Sofie und dem Schmerz, ohne sie leben zu müssen. Das war ihm unerträglich. Ich habe nie eine größere Seelenqual bei einem Menschen gespürt.“

Karvin betrachtete Jan bedrückt. Langsam kam wieder Leben in seinen Freund. Es würde nicht mehr lange dauern, bis er das Bewusstsein zurückerlangte.

„Er wird mich hassen.“

Die Grüne nickte sanft. „Wahrscheinlich. Trotzdem sollten wir ihn nicht noch einmal schlafen legen. Je öfter wir das tun, desto unwirklicher erscheint ihm die Realität.“

Abermals zappelte das Smartphone auf dem Tisch zu «Highway to Hell».

„Nicht jetzt!“, rief Karvin und pfefferte das Gerät mit plötzlich aufwallendem Zorn gegen die nächste Wand. Der Aufprall war heftig. Das Gerät zerschellte und hinterließ einen kleinen Krater im Putz.

Narla schaute den schwarzen Drachen betroffen an, blieb jedoch still. Was sollte sie auch sagen?

Hilflos drückte Karvin die Hand seines Freundes. „Warum ist die Lebensspanne von euch Menschen bloß so kurz? Ihr verliert euch regelrecht im Hier und Jetzt! Nur aus diesem Grund kann euch ein Verlust so übermannen!"

Tiefes Mitgefühl zeigte sich in seiner Miene und er seufzte: „Ach, J, ich wünschte, du könntest erkennen, dass das Gefühl, sterben zu wollen, eine Momentaufnahme ist und nicht von Dauer. Der Tod hingegen ist endgültig. Heute mag dir die Situation ausweglos erscheinen, aber du weißt nicht, was morgen ist. Du weißt nicht, welche Wunder du noch sehen, wen du kennen- oder lieben lernen wirst. Bringst du dich heute um, so nimmst du dir jede Chance, das Glück von morgen zu erleben. Dein Schmerz wird nicht ewig andauern, mein Freund. ... Ich wünschte wirklich, ich könnte dir das begreiflich machen."

Schweigen. Jans Lippen bewegten sich stumm.

Karvin lächelte schief und sah zur Grünen auf. „Sollte ich es wagen, ihm das bei Bewusstsein zu sagen, wird er mich eigenhändig erwürgen und sich dann ein zweites Mal vom Balkon stürzen."

Narla grinste.

„Ja, das würde ich", wisperte eine schwache Stimme von der Couch. „Verräter! Alle beide!"

Jan schlug die Augen auf und starrte gegen die aufwendig gearbeitete Zimmerdecke. Hier lag er, in der teuersten Suite der Stadt, körperlich unversehrt und fühlte sich doch bis zur Unkenntlichkeit verkrüppelt. Er wollte sterben, allen Rettungsaktionen zum Trotz.

„J, ich..." Karvins Stimme geriet ins Stocken.

Das besorgte Gesicht des Schwarzen schob sich in sein Sichtfeld.

Jan schloss die Augen und drehte sich weg. Ungebeten stiegen Erinnerungen in ihm auf. Bilder von dem aufgeblasenen blauen Sugar Daddy. Den Moment, als dessen herablassendes Gesicht plötzlich zu leuchten begonnen hatte, würde Jan nie vergessen. Der albern gezwirbelte

Backenbart hatte erregt zu zittern begonnen und seine Miene war zärtlich geworden.

„Und all das nur, weil er Sofie in die Augen geblickt hat. MEINER Sofie!“ Jan öffnete gequält die Augen. *„Karvin hatte recht, die Bilder haben sich eingebrannt. Die werde ich nie wieder los.“*

Er schluckte. Beim besten Willen konnte er sich nicht vorstellen, dass sich SEINE Sofie in diesen absurden Heini verliebt hatte.

„Und doch ist es so. Der Blaue hat sich mit ihr verbunden. Daran gibt es keinen Zweifel. Ich habe es selbst gesehen. Sie gehört jetzt zu ihm. Ich bin über.“

Vor seinem geistigen Auge griff eine widerlich alte Hand nach Sofies grazilen Fingern und zog sie zu sich heran. Faltige Lippen hauchten Küsse auf die Sommersprossen, die Jan so vergötterte.

Tränen traten in seine Augen. Ihm wurde übel. Er schaute Karvin vorwurfsvoll an und wisperte: „Warum tust du mir das an? Ich dachte, wir wären Freunde.“

„Es tut mir leid, J“, entschuldigte der Drache sich. Für eine Sekunde huschte sein Blick hilfesuchend zu Narla. „Ich hätte die Bilder nicht übertragen dürfen.“

„Die Bilder sind nicht das Problem“, widersprach Jan und richtete sich auf. „Ich…“

Plötzlich spürte er, wie sich in seinem Nacken leises Glück anschlich und klebrig süß seine Eingeweide zukleisterte. Erbost sprang er auf und drehte sich zur Grünen um.

„Hör auf damit, Narla!“, zischte er. „Ich kann es nicht ausstehen, wenn jemand mein Inneres manipuliert. Meine Emotionen gehören mir. Auch die schlechten.“

Erschrocken hob die Grüne ihre Hände. „Entschuldige. Ich wollte bloß helfen. Dann eben nicht.“

Das falsche Glück verflüchtigte sich und hinterließ in Jan eine schwarze Wüste aus Verlust und Sehnsucht. Ihm war, als hätte jemand sein halbes Herz herausgeschnitten. Noch immer konnte er kaum glauben, dass Sofie einen anderen liebte. Das fühlte sich so falsch an. Trauer umklammerte den kümmerlichen Rest seines Herzens. Mit einer morbiden Zufriedenheit lächelte Jan.

„So ist es besser. Nun passen meine Gefühle wieder zu meinem Leben."

Gequält sah er auf und klagte Karvin an: „Warum hast du mich nicht springen lassen?"

„Ich HABE dich springen lassen", korrigierte der Schwarze düster. „Aber ich sehe ein, dass es eine beschissene Idee war."

„Oh ja!", wisperte Jan. „Es war eine beschissene Idee, Narla hinterher zu jagen. Habe ich kein Recht, SELBST über mein Leben zu bestimmen?!"

„Über dein Leben schon", gab Karvin zurück, „aber nicht über deinen Tod. Das konnte ich nicht zulassen."

„Warum?!", rief Jan verzweifelt. „Es ist MEIN Leben und damit auch mein Tod! Ich will nicht ohne Sofie sein!"

In diesem Moment wurde Jan klar, dass er gelogen hatte. Er hatte sich in den letzten Wochen eingeredet, er würde den Selbstmord für Sofie begehen, damit sie frei war für ihren Gefährten. Sie und ihr Neuer würden die Schlagkraft der Drachen verstärken und damit zur Rettung des Planeten vor den Dämonen beitragen. Er hatte geglaubt, sein Tod wäre ein Geschenk an die Welt. Doch das stimmte nicht.

Jan keuchte, als hätte ihm jemand in den Magen geschlagen.

„Ich habe es nur für mich getan! Ich bin egoistisch. Ich bin feige. Ich will nicht sehen, wie Sofie mit einem anderen glücklich ist."

Er ballte die Fäuste.

„Und noch viel weniger will ich gute Miene zu diesem perfiden Spiel machen. Ich WILL NICHT vorgeben, dass ich mich für die beiden freue. Denn das tue ich nicht!

Ich liebe Sofie, ja! Aber ich verabscheue dieses blaue Arschloch. Ich HASSE Xavosch! Und ich will ums Verrecken nicht vorheucheln, ich würde die Verbindung der beiden akzeptieren!"

Karvin berührte ihn mitfühlend an der Schulter. „Deine Wut ist verständlich. Niemand macht dir einen Vorwurf."

„Verdammt!", durchzuckte es Jan. *„Ich kann meine Gedanken nicht abschirmen. Ich bin nackt. Ich brauche den Karfunkel."*

„Narla bringt ihn dir", antwortete der Schwarze verständnisvoll. „Du machst eine schwere Zeit durch, J. Gib nicht auf. Wir brauchen dich."

„DAS ist gequirlte Scheiße", fauchte Jan und befreite sich von Karvins

Hand. „Mich braucht niemand! Ihr habt in den letzten Jahren diverse Magier ausgebildet, die für meinen Job zehnmal besser qualifiziert sind als ich. Ich bin sowas von ersetzbar."

„Keiner von denen hat dein Gespür für Menschen", beharrte der Drache.

Narla kam mit dem Stirnreif und reichte ihn Jan.

Er griff danach, doch dann zögerte er. *„Wenn ich ihn jetzt aufsetze, ist es, als würde ich zustimmen, dass ich weitermachen muss."*

„Durch das Sichern deiner Privatsphäre verpflichtest du dich zu nichts", widersprach Karvin aufmunternd.

Jans Augen wurden schmal. „Du willst mich einlullen."

Der Drache schüttelte den Kopf. „Mit «einlullen» hat das nichts zu tun. Ich bin jedoch davon überzeugt, dass du wieder glücklich sein wirst. Nicht heute und nicht morgen, aber irgendwann. Ich bin dein Freund, J. Ich lasse nicht zu, dass du dein Leben wegwirfst, nur weil es grade schwierig ist. Ich werde dir helfen."

„Dann lass mich gehen", grollte Jan und setzte den Stirnreif auf. Sobald der violette Edelstein seine Stirn berührte, schirmte er seine Gedanken ab. *„Ich vermisse sie mit jedem Atemzug. Warum musste es ausgerechnet dieser Widerling Xavosch sein?!"*

„Ich werde dir helfen", wiederholte Karvin mitfühlend. „Gemeinsam schaffen wir das."

„Wie willst du mir denn helfen?", zischte Jan verächtlich. Er wusste, dass er ungerecht war, doch das war ihm egal. „Du hast nie geliebt, Karvin. Nicht wie ich. Du weißt gar nicht, worüber ich rede! Ich will Sofie. Der Rest der Welt kann mich mal."

„Mag sein", entgegnete der Drache geduldig. „Aber du bist dem Rest der Welt nicht egal. Ich stehe nicht allein." Er grinste schief. „Meine Königin würde mir eigenhändig jede einzelne Schuppe ausrupfen, wenn ich zuließe, dass du dein Leben beendest."

„Victoria?" Jan rollte mit den Augen. „War ja klar. Ihr Schwarzen tanzt alle nach ihrer Pfeife."

„Sie ist die Gefährtin unseres Königs", antwortete der Drache gelassen.

Ein Teil von Jan erkannte, dass Karvin ihm bewusst eine Vorlage anbot, um seine Wut rauszulassen. Der Rest von ihm wollte einfach bloß um sich schlagen.

„Victoria mischt sich ständig bei mir ein“, giftete Jan. „Auch wenn sie hundertmal meine Mitbewohnerin war, soll sie gefälligst bei ihrer Politik bleiben und sich aus meinem Privatleben raushalten! Dazu hat sie kein Recht!“ So langsam sickerte der Verlust seiner Liebe in sein Herz. Ihm wurde kalt. „Und trotzdem macht Vici es immer wieder. Was ist das für eine Freundin, wenn sie darüber bestimmt, WEN ICH LIEBEN DARF?“

Die letzten Worte brüllte er.

„Ja, das ist nicht fair“, stimmte Karvin sanft zu.

Jan schluckte. Victoria WAR seine Freundin. Noch immer. Irgendwie. Seine Wut verrauchte. Umso schlimmer wog die Tatsache, dass sie sich gegen ihn gestellt hatte. Sein Hals wurde eng vor Enttäuschung. „Wie konnte Vici von uns verlangen, dass Sofie an den Gegenüberstellungen teilnimmt?!“, wisperte Jan erstickt. „Sie weiß, wie sehr wir uns lieben. So etwas tun Freunde ihren Freunden nicht an.“

„Victoria Abendrot trägt eine große Verantwortung“, gab Karvin zu bedenken. „Sie hat sich diese Entscheidung nicht leicht gemacht, das weiß ich. Sie IST deine Freundin. Sie wünscht sich nur das Beste für dich, J. Sie möchte, dass du glücklich bist.“

„Dann hätte sie mir Sofie lassen sollen. Sie ist alles, was ich je gewollt habe.“

Eine tiefe Sehnsucht füllte Jan bis zur letzten Faser aus. Er würde sie nie wieder in seinen Armen halten können. Nie wieder sein Gesicht in ihren wilden Locken vergraben. Nie wieder mit ihr lachen. Seine Miene versteinerte. *„Ich will das nicht mehr ertragen. Ich habe hier nichts mehr zu suchen.“*

Karvin schloss für einen winzigen Moment resigniert seine Augen. Als er sie wieder öffnete, schimmerten Entschlossenheit und Bedauern darin. „Du sagst, dass du Sofie liebst, doch hast du vor dem Sprung auch nur eine Sekunde an sie gedacht? Daran, was es mit ihr macht, wenn du dich umbringst?“

„Sie hat einen Gefährten. Was braucht sie mich da noch? Sie hätte nur Mitleid mit mir“, würgte Jan hervor. Er konnte spürten, das Karvin zum großen Schlag ausholte. „Ich will aber kein Mitleid. Meine Existenz würde nur ihre Bindung belasten.“

Wieder flackerte Xavoschs selig lächelndes Altherrengesicht durch seinen Geist. *„Wie kann sie ihn lieben?"* Zorn und Hilflosigkeit malträtierten die Überreste von seinem Herzen.

„Du hast der Kommandantin der Wölfe nicht richtig zugehört", korrigierte Karvin kühl. „Es ist nicht deine Existenz, welche die Bindung belastet, sondern es sind ihre Gefühle für dich. Glaubst du wirklich, die verändern sich, wenn du dich ohne Abschied in den Tod stürzt?"

Jan erstarrte. Eine diffuse Schuld verklumpte in seinem Magen zu Eis.

Karvins Blick war anklagend. „Du hast dich schon vor Wochen so sehr in deinen Ängsten verstrickt, dass du nicht mehr klar denken kannst. Was glaubst du, wie es ihr gehen würde, wenn sie deinen vom Aufprall entstellten Körper sehen müsste?" Er sendete ein Schlaglicht davon an Jan. „Gefährte hin oder her, sag mir, wie es Sofie gehen würde, wenn sie dich zu Grabe tragen müsste." Ein zweites Schlaglicht folgte: Trauerzug mit einer am Boden zerstörten Sofie vorweg.

„Ihre Liebe zu mir wird nicht erlöschen, die zum Gefährten wird nur stärker sein", erinnerte Jan sich zitternd.

„Sie könnte dir keine Fragen mehr stellen über das Warum", fuhr der Drache erbarmungslos fort. „Bei wem würde sie die Schuld für deinen Tod suchen, J?"

Jan konnte nichts sagen. Dazu war er viel zu bestürzt. Stumme Tränen liefen über seine Wangen.

„Na los", forderte Karvin kalt. „Sprich es aus. Du kennst die Antwort."

Schweigen.

„Bei der Sphäre! Was habe ich ihr angetan?!" Ein Schluchzen brach aus Jan heraus.

„Was für eine Hypothek hättest du deiner Liebsten aufgebürdet?" Der Drache schüttelte seinen Kopf. „Wie soll Sofie das ertragen?"

„Karvin hat recht!" Jan brach in die Knie. Das Wasser lief ihm ungehemmt über die Wangen.

„Was habe ich getan?!"

Er wollte fliehen, doch nun, da der Schwarze ihm die Augen geöffnet hatte, war ihm der letzte Ausweg versperrt. Er konnte sich nicht mehr umbringen. Nicht, ohne die Frau zu zerstören, die er über alles liebte. Er würde weiterleben müssen, bis das Schicksal ihn gnädigerweise erlöste.

„Wie soll ich das aushalten?“

Karvin kniete sich zu ihm auf den Boden. „Es tut mir leid, Kumpel“, flüsterte er. Jede Härte war aus seiner Stimme gewichen. „So leid!“

Jan sah zu ihm auf.

In den Augen des Schwarzen schimmerten ebenfalls Tränen. „Gerade an diesem Tag wollte ich dich hiervon verschonen, aber mir blieb keine Wahl. Ich muss sicherstellen, dass du kein zweites Mal springst.“

Jan nickte matt. Er hatte aufgegeben.

Karvin berührte mitfühlend die Schulter seines Freundes. Jan konnte das schlechte Gewissen des Drachen spüren.

„Es reicht für heute“, wisperte der Schwarze und richtete sich auf. „Wir gönnen dir Zeit zum Luftholen. Na los, Narla. Pump ihn mit Glück voll.“

„Nein“, protestierte Jan schwach. Er wollte sich in seiner Trübsal wälzen.

Die Grüne zögerte. „Gegen seinen Willen?“

„Tu es!“, befahl Karvin gereizt. „Fürs Erste haben wir genug gelitten. J braucht eine Pause … und ich auch.“ Erschöpft wischte er sich mit der Hand über die Augen. „Wenn wir ihn in den nächsten Tagen in seinem Unglück baden lassen, kommt er nie wieder auf die Füße. Wie soll er so dem Phönix unter die Augen treten?“

Narla seufzte und schaute Jan mitleidig an.

Im nächsten Moment gluckste eine kribbelige Freude durch seine Adern und überdeckte Trauer und Schmerz. Er wollte weinen, doch stattdessen kicherte er berauscht: „Was für eine herrlich beschissene Nacht.“

Auf allen Vieren krabbelte er zum Sofa und meinte zu Karvin: „Darauf sollten wir einen trinken, «Freund»!“

Der Schwarze nickte ergeben und wendete sich zur Bar, als er plötzlich erstarrte und sein Blick abwesend glänzte. Jemand nahm via Langstreckensenden Kontakt zu ihm auf.

„Warum bei der Sphäre geht J nicht an sein Handy?“, verlangte Jaromir zu wissen.

Karvins Blick huschte zu den Elektronikbröseln, die auf dem edlen Teppich unter dem Krater an der Wand versprengt waren, und dann zu Jan. Der lag von einer Endorphinschwemme beduselt auf der Couch und grinste im Kreis.

„J hat sich hingelegt", druckste Karvin herum.

„Er sich, oder du ihn?", drängte sich Victoria in die Geistesverbindung. Sie war misstrauisch, stellte Karvin fest. Das war sie irgendwie immer. Was sollte er sagen? Wie kam er aus der Nummer raus?

„Was ist da bei euch los?", hakte seine Königin nach. *„Und jetzt behaupte nicht, es sei nichts. Ich KENNE J. Wenn er die Bilder von Xavosch gesehen hat, ist er durchgedreht. Also, was ist mit ihm?"*

Das Versteckspiel machte keinen Sinn. Flammenhaar würde die Wahrheit ohnehin erfahren. Karvin seufzte tief. *„Er ist von der Terrasse gesprungen, aber Narla..."*

„WAAAS????", Victorias Gedankenstimme kippte über.

Karvin wollte erneut zu einer Erklärung ansetzen, doch da bemerkte er, dass die Gedankenverbindung zu seinem König abgebrochen worden war.

„Scheiße!"

Zwei Atemzüge später landete ein schwarzer Drache auf der besagten Terrasse. Es war Jaromir und eine sehr aufgebrachte Victoria ließ sich aus seiner Nackenfalte zu Boden gleiten, kaum dass die Krallen des Drachen die eleganten Fliesen berührt hatten.

„Oh, oh", wisperte Narla und trat ein paar Meter zurück. „Die ist sauer!"

Victoria stürzte in die Suite. „Wo ist J?! Wie konnte das passieren?"

Karvin holte Luft und stellte sich seiner Königin. Er wusste, dass Victoria jedem Wesen in die Gedanken schauen konnte, egal ob die abgeschirmt waren oder nicht. Diese Fähigkeit war ein gut gehütetes Geheimnis.

„Nur beim Phönix kann sie nichts sehen. Ich hingegen kann mir meine Worte getrost sparen", dachte er abgekämpft. Um Victoria gegenüber der Grünen nicht zu verraten, öffnete er seinen Geist und ließ Erinnerungen in sich aufsteigen.

„Ich habe gleich gewusst, dass es ein Fehler war, J die Bilder sehen zu lassen", regte Victoria sich auf. „Kein Wunder, dass er außer sich war! Aber DU", sie tippte Karvin vorwurfsvoll mit dem Zeigefinger auf die Brust, „du solltest auf ihn aufpassen! Wie konntest du ihn nur springen lassen?! Was, wenn das schiefgegangen wäre? Was, wenn er…?“

Tränen traten in Victorias Augen. Abrupt drehte sie sich weg.

Jaromir umfasste sanft ihre Schultern. „Wäre J heute nicht gesprungen, hätte er es an einem anderen Tag gemacht. Karvins Entscheidung war richtig – so war das Risiko unter Kontrolle. Wir können J nicht einsperren.“

Victoria wischte sich mit dem Handrücken die Tränen fort und lächelte ihren Gefährten dankbar an. „Ja, das können wir nicht.“

Die tiefe Verbundenheit zwischen den beiden war für jeden im Raum sichtbar.

Schließlich atmete Victoria durch und kniete sich neben Jan. Sie griff nach seiner Hand. „Es quält mich, dass du so verzweifelt gewesen bist. Das habe ich nie gewollt. Es tut mir so leid, J.“

Jan blinzelte mühsam und lallte: „Mir auch, Prinzessin, mir auch. Aber stell dir vor, Vici, der alte Miesepeter hat mir sssssogaaa den Freitod vermiest.“ Er grinste glückselig. „Weissu Vici. Ich darf das nich tun. Nix darf ich mehr tun. Selbst wenn isch mich in den Tod stürzen will, macht er mir die Hölle heißßßßß.“

Victoria lächelte nachsichtig und strich ihm die verstrubbelten blonden Haare aus dem Gesicht. „Er sorgt sich um dich. Das tun wir alle.“

Jan schnaubte übertrieben. „Aba nich ma meine schlechte Laune durfte ich behalten. Ein klitzekleiner Nervenzusammenbruch und puiiiiiihhhhhhhhh, schon lässt er mir von Narla volle Breitseite ‘n Emoschuss verpassen. Hihihi.“

Victoria umarmte ihren Freund herzlich. „Früher in unserer WG hast du mir immer die schlechte Laune verboten, weißt du noch? Was hätte ich damals nur ohne dich gemacht? Aufmuntern und Perspektiven aufzeigen war DEIN Spezialgebiet.“

„Ach, Vici“, ächzte Jan. Seine Augen waren glasig. „Früaaaa war das alles irgendwie einfacher. Hauptsache, es war was’m Kühlschrank und keine Vorlesung fing vor zehn an. Aba heute… heute liegt meine Welt in Scherben und isch grinse im Kreis. Das macht mich feddisch…“

Victoria ließ ihn los und hob verwundert eine Braue. „Dann weißt du es noch gar nicht?“

„Was‘n?“ Seine Augen rollten weg. Es dauerte ein paar Sekunden, bis er Victoria erneut fokussieren konnte.

Jaromir schaute sich nach Karvin um. „Ihr habt es noch nicht gehört?“

Karvin hob perplex seine Schultern. „Was denn?“

„Sofie hat sich nicht mit Xavosch verbunden“, rief Victoria.

„Hat sie nich?“, nuschelte Jan. Hoffnung huschte zögerlich über seine Züge.

„Nein, hat sie nicht“, bestätigte Victoria und freute sich über das unverfälschte Strahlen, das sich nun in Jans Gesicht ausbreitete. „Sie ist noch ganz dein Mädchen.“

„Das's gut“, murmelte Jan und atmete erschöpft auf. „Das's seeehr gut.“ Seine Augen schlossen sich für ein paar Sekunden und eine tiefe Freude zeigte sich in seiner Miene. Sie war echt.

Kurz darauf hob Jan mühsam die Lider und sein Blick suchte Karvin. „Du hattest recht: Ich werde wieda glücklich sein. Danke fürs aus‘er Luft schnappen. Wer hätte gedacht, dass das ferne morgen schon heute issss. … Mein Mädchen…“

Die Augen fielen ihm endgültig zu, seine Worte wurden immer undeutlicher, bis sie in ein Schnarchen übergingen.

Karvin lächelte weich. „Gern geschehen, mein Freund.“

Als Jans Atemzüge gleichmäßig waren, schaute Karvin das Königspaar ernst an. „Stimmt das wirklich? Wir konnten sehen, wie sich der Blaue mit dem Phönix verbindet. Was ist passiert?“

„Das hat er auch“, seufzte Jaromir. „Zumindest gehen wir davon aus. Aber Sofie teilt diese Bindung nicht.“ Er öffnete seinen Geist und ließ seine Erinnerungen an die «Triff die Drachen»-Zeremonie in sich aufsteigen.

„Eliande hat es schon vor Monaten befürchtet“, wisperte Victoria gedankenverloren. „Eine Gefährtenbindung mit dem Phönix gestaltet sich schwierig.“

„Bei allen Blutkratzern!“, keuchte Karvin, als Xavosch sich explosionsartig verwandelte und Sofie mit einem Prankenschlag durch die Luft schleuderte. „Ist sie…?“

„Sie ist verletzt, aber nicht lebensgefährlich“, erklärte Victoria. „Die Grünen flicken sie in diesen Minuten zusammen.“

„Dem Grauen Krieger sei Dank!“, flüsterte der Schwarze. Die Bilder machten ihn fassungslos. Er mochte sich nicht ausmalen, wie Jan reagiert hätte, wenn sie umgekommen wäre.

„Ihr Körper wird einige Tage brauchen, um zu heilen", fügte Victoria hinzu, „doch mehr Sorge bereitet mir das Trauma, dass sie erlitten haben dürfte. Da wissen wir erst mehr, wenn sie wieder wach ist."

Karvin nickte betroffen.

„Ihre letzten Worte galten ihm", Victoria bedachte Jan mit einem liebevollen Blick. „Meinst du, er ist in ein paar Stunden fit genug, dass er zu ihr kann? Ich denke, seine Anwesenheit würde ihr helfen ..."

Abermals nickte Karvin und Stille breitete sich in der Suite aus.

„Was ist mit Xavosch?", erkundigte sich Karvin.

„Der ist verschwunden. Wir wissen nicht wohin", antwortete Jaromir. „Wir lassen nach ihm suchen."

Karvin furchte überrascht die Stirn. „Soll er zur Verantwortung gezogen werden?"

Die Gefährten sahen einander an, ein intensiver Gedankenaustausch folgte und anschließend meinte die Königin: „Das nicht unbedingt..."

Schweigen.

Kaltes Entsetzen überkam Karvin.

„Es geht euch nicht darum, Jan und Sofie zusammenzubringen!", würgte er tonlos hervor. „J soll sie lediglich auffangen, bis sie soweit ist, sich auf den Blauen einzulassen."

Victoria nickte distanziert. Die jugendliche Besorgnis um ihren Freund war vollständig aus ihrem Gesicht gewichen. „Wir müssen das probieren. Immerhin stehen 50 Prozent der Bindung."

„DAS willst du von J verlangen?!" Karvin war wie vor den Kopf gestoßen.

„Wir wollen gar nichts", entgegnete Jaromir ruhig, „aber wie so oft haben wir keine Wahl: Xavosch ist ein Meister des Lichts und das Potenzial des Phönix' ist ungewöhnlich hoch. Du weißt, was es für uns bedeuten würde, wenn es funktioniert."

„Ja, das weiß ich", dachte Karvin betäubt, *„und trotzdem..."*

Er betrachtete sein Königspaar, als würde er die zwei zum ersten Mal sehen. Sie waren diszipliniert und ließen das große Ziel nicht für eine Sekunde aus den Augen, gleichwohl der Weg dahin Opfer erforderte.

„Jan so zu sehen, hat Victoria tief getroffen und doch rückt sie keinen Millimeter vom Plan ab!“ Er ahnte, dass sie die Qualen lieber selbst ertragen würde, als sie jemand anderem aufzubürden. Aber das konnte sie nicht.

Abrexar war genauso, erinnerte sich Karvin. Die Spinne hatte sich nie vor harten Entscheidungen gedrückt. Er hat sie gefällt, wann immer diese nötig waren. *„Und wahrlich, er HAT Opfer gebracht!“*

„Wir müssen bereit sein, wenn die Dämonen kommen“, wisperte Karvin abwesend. Dann streifte sein Blick Jans schlafenden Köper. *„Der Junge ahnt nicht, was wir ihm abverlangen werden.“*

Karvin ließ die letzte Stunde vor seinem geistigen Auge Revue passieren und Jans Verzweiflung hallte durch seine Eingeweide. *„Das, was nun kommt, wird um einiges schlimmer für ihn werden! Wie soll er das verkraften?“*

Er blickte das Königspaar erschüttert an.

Jaromir und Victoria nickten wissend.

„Bei der Sphäre!“, keuchte Karvin. „Ich wünschte, Narla hätte J verfehlt.“

Teil III

Auf der Suche

12. Die Suche des G'labrx'

Rückblende – Monate zuvor:

„Wo sind sie hin?“

Der Kroyork hatte seinem Gebieter keine zufriedenstellende Antwort auf diese Frage geben können. Tatsächlich hatte sein Wirt Nachforschungen angestellt, doch Rasmussen hatte keine ernstzunehmende Spur der Menschenmagier finden können. Fest stand lediglich, dass die Erdenwelt sich nach den Torkriegen, wie die Drachen die Zeit des großen Fressens nannten, grundlegend verändert hatte. Kaum etwas war noch so, wie es der letzte G'labrx erinnerte. Die Himmelsechsen hatten sich vor den Menschen verborgen und ihnen das Wissen über die astrale Kraft genommen. Jedes neue Aufflackern von magischen Fähigkeiten bei den Humanoiden war im Keim erstickt worden. Ob es Zauberer gab, die sich der Säuberungsaktion entziehen konnten, war nicht bekannt. Das behaupteten zumindest die Abgesandten der Drachen, die sich mit Rasmussens Leuten getroffen hatten.

„Die Geschichte wird von den Siegern geschrieben“, wisperte der Flüsterling düster in den Geist des Rasmussens, *„und in diesem Fall ist es das Natterngezücht. Ich darf ihnen nicht glauben.“*

Angeblich hatten die Menschen sich bereitwillig anderen Dingen zugewandt. Doch wer verzichtete auf einem magiedurchtränkten Planeten wie diesem schon aus freien Stücken auf die astrale Kraft?

„Ich würde es vermutlich nicht tun“, überlegte Malte. „Die Drachen müssen gewaltsam vorgegangen sein.“

„Ja, zweifellos. Die Echsen sind mächtig. Aber wir Menschen haben nicht klein beigegeben“, lobte der Kroyork. Er hatte schnell begriffen, dass sein Wirt sich mit positiven Gedanken leichter lenken ließ als mit Drohungen. *„Meine Vorfahren haben das Beste aus unserer Lage gemacht.“*

Heute bewirkten die Humanoiden Unglaubliches mit Hilfe von Mechanik, Elektrizität und Informationstechnik. Der Weltenwanderer hatte den Planeten seines Feindes kaum wiedererkannt.

„Es erscheint mir fast wie Magie", flüsterte der Dämon, *„nur dass diese moderne Form die Erde auf Dauer vergiftet. Die Krux ist, dass wir Gotteskinder uns darüber im Klaren sind und dennoch nichts daran ändern. Langfristig richten wir uns selbst zu Grunde. Das ist dumm."*

„Ja, das ist es", vertiefte Malte den Aspekt. „Meine Spezies kann wirklich ziemlich selbstsüchtig und blind sein. Wir sehen nur das, was wir sehen wollen."

„Einsicht ist der erste Schritt zur Besserung", griente der Flüsterling. Eine herausragende Eigenschaft seines Wirts war Demut.

„Wenn die Magie unsere Probleme löst, bin ich bereit zu lernen. Und zu kämpfen."

Rasmussen stand entschieden auf. Er wandte sich von seinem Schreibtisch ab und ging hinüber zum Fenster. Verloren irrte sein Blick über die Straße vor dem Haus.

„Ich verstehe bloß nicht, warum die Drachen uns in den vergangenen Jahrhunderten nicht geleitet haben. Sie hätten es gekonnt."

„Das Natterngezücht hatte wohl seine eigenen Ziele", raunte der Kroyork. *„Meine Mitmenschen und ich, wir sind den Schuppenträgern vollkommen egal. ... Gott aber nicht. Gott wollte uns nie verlassen und wäre schon viel früher zurückgekehrt, hätten die Echsen ihm nicht den Weg versperrt."*

„Du warst immer hier, Herr, in unseren Herzen."

Ein warmes Lächeln breitete sich auf Maltes Gesicht aus. Er fühlte sich auserwählt. Er würde dazu beitragen, dem Allmächtigen zu seinem alten Glanz zu verhelfen.

„Die gottlosen Tage werden bald ein Ende haben."

Dieser Wirt war überaus willig. Entzückend! Er würde alles tun, was der Kroyork ihm einflüsterte.

Der letzte G'labrx hatte zur Zeit des großen Fressens selbst die Vorzüge der üppigen Erdenwelt genossen. Er erinnerte sich dunkel daran, dass es in jenen Jahren Menschenmagier gegeben hatte, die gegen das Natterngezücht aufbegehrt hatten. Der Weltenwanderer hatte die Abtrünnigen persönlich kennengelernt. Sie hatten ihn eindringlich vor der Hinterhältigkeit seines Feindes gewarnt. Doch der G'labrx hatte ihnen keinen Glauben geschenkt. Er hatte sich in seinen eigenen Reihen sicher gefühlt und für unbesiegbar gehalten. Aber darin hatte er sich getäuscht. Gründlich. Alle seiner Art waren getötet worden. Nur er allein hatte entkommen können. Das war die Strafe für seinen Hochmut. Dekade über Dekade fristete der letzte G'labrx sein Dasein in der Sphäre der zwei sterbenden Sonnen und sann auf Vergeltung.

Der Kroyork ahnte, dass der Allmächtige mit seinen dämonischen Heerschaaren über die Erdenwelt kommen würde wie ein Rachegott. Das Jüngste Gericht wäre ein nettes Teekränzchen dagegen. Seinem Wirt verschwieg er die bevorstehende Apokalypse, es würde ihn zu sehr verstören. Das Werkzeug brauchte einen angstfreien Verstand, um hilfreich zu funktionieren.

Der Weltenwanderer hatte dem Flüsterling aufgetragen, nach den Abtrünnigen zu suchen. Sein vom Zorn durchlöchertes Gedächtnis hatte Erinnerungen an jene fernen Tage an die Oberfläche gespült. Wie Eisschollen trieben diese vereinzelten Brocken im Hass: Die rebellischen Magier hatten während des großen Fressens einen Geheimbund gegründet, Wissen über die Tore angehäuft und ein paar interessante Artefakte in ihren Besitz bringen können.

Falls es Nachfahren der Abtrünnigen gab, waren sie von unschätzbarem Wert für die Ziele des Weltenwanderers. Er musste sie finden.

„Genug der gottgefälligen Träumerei“, knüpfte der Kroyork an die Worte Rasmussens an. *„Ich habe Arbeit.“*

Es gab nur wenige Anhaltspunkte, doch immerhin hatte der letzte G'labrx ihm vage Koordinaten des Verstecks der Abtrünnigen übermittelt. Heute sah die Gegend natürlich anders aus, der Wirt würde also historische Karten wälzen müssen – ein Glück nur, dass die moderne «Magie» das Internet hervorgebracht hatte. Das würde die ersten Schritte der Suche erheblich beschleunigen.

13. Neustart

„Willst du wirklich heute schon wieder an die Akademie zurück?", fragte Jan und schaute Sofie skeptisch von der Seite an. Sie saßen im Aston Martin, der Autoschlüssel steckte bereits im Zündschloss. „Vici sagt, du kannst dir so viel Zeit nehmen, wie du brauchst..."

„Mir geht es gut." Sofie lächelte ihn zärtlich an. „Noch länger in Travemünde zu bleiben, würde das Unvermeidliche bloß hinauszögern. Das bringt nichts."

„MIR würde es was bringen", widersprach Jan halb im Scherz. „Nämlich die Gewissheit, dass dich nicht wieder irgend so ein bekloppter Hansel quer durch die Arena schnippt."

„Xavosch ist untergetaucht, keine Sorge", erklärte Sofie. „Das jedenfalls hat mir Eliande gestern erst beim Ableiten erzählt. Und die anderen sind friedlich."

„Da bin ich nicht so sicher", brummte Jan düster und startete den Motor. „Mein Vertrauen in die Selbstbeherrschung der Drachen wurde letzte Woche grundlegend erschüttert."

„Ach, Jan, Idioten gibt es überall", erwiderte Sofie lässig, doch wenn sie ehrlich war, teilte sie seine Meinung. Ihr wurde mulmig beim Gedanken daran, den magischen Campus zu betreten. *„Aber Jan hat die Gegenüberstellung noch mehr mitgenommen als mich. Ich muss für uns beide stark sein."*

Sacht legte sie ihre Hand auf sein Bein. „Ich kann dich beruhigen. Sollte mir an der Steinburg irgendeiner dumm kommen, hat er Gabriellosch und Bill am Hals."

„Ob mich DAS beruhigt, weiß ich noch nicht." Jan steuerte den Wagen aus der Garage und beschleunigte. „Der eine ist planlos, der andere weicht dir kaum von der Seite." Betont unwillig furchte er die Stirn. „Sag mal, was läuft da eigentlich zwischen dir und dem Roten?"

„Spacken!", schimpfte Sofie und lachte. Sie spürte, dass seine Eifersucht nur gespielt war.

„Was denn?", rief Jan und hob unschuldig die Hand vom Lenkrad. „Ich werde ja wohl noch mal fragen dürfen. Der Kommandant hat dich auf der

Krankenstation täglich besucht und nachdem ich dich am Freitag abgeholt hatte, stand er gestern schon wieder auf der Matte. In MEINER Villa." Theatralisch schüttelte er den Kopf. „Wenn der nicht EIN Wochenende ohne dich auskommt, darf ich nachhaken wieso, oder etwa nicht?"

„Doch, das darfst du, mein Schatz." Sofie grinste. „Gabriellosch und ich, wir… wir mögen uns einfach."

„Also, DAS habe ich gesehen. Er hat regelrecht einen Narren an dir gefressen."

„Na, denn weißt du ja Bescheid."

„Grumpf", murrte Jan und zwinkerte ihr zu. „Nee, mal im Ernst, was ist das mit euch beiden? Ich meine, die Aura eines Roten ist nicht grade flauschig."

„Stimmt." Sofie stellte sich Gabriellosch als niedliches Schmusehäschen vor und musste kichern. „Als er vor der Gegenüberstellung plötzlich aus den Nebeln vor meine Füße sprang, habe ich mir fast in die Hose gepiescht. Aber irgendwie… ich weiß auch nicht. Er hat was von einem großen Bruder für mich."

„«Groß» trifft auf alle Fälle zu", pflichtete Jan bei. „«Bruder»? Da bin ich mir nicht so sicher. Kamerad kommt wohl eher hin."

„Mhmm." Sofie nickte lächelnd. „Er nennt mich «furchtlose Sofie». Und er ist ein Bagalut. Außerdem ist er lustig."

„Oh, oh!", rief Jan amüsiert. „Das lass deinen heldenhaften Krieger man lieber nicht hören. Ein roter Kommandant will bestimmt kein «Bagalut» sein und erst recht nicht «lustig»."

„Aber Gabriellosch hat Humor. Er ist ein Schlitzohr." Sofie zuckte mit den Schultern. „Seine Art erinnert mich an das, was du mir über Grimmarr erzählt hast."

„Na, DAS hört er bestimmt gern", lachte Jan. „Welcher Soldat möchte nicht gern mit dem König der Roten verglichen werden."

„Siehst du! Alles in Butter."

„Jep! Und worüber hat er sich mit dir unterhalten?"

„Ach, so dies und das. Alles Mögliche eigentlich. Er macht noch nicht lange bei dem Austauschprogramm mit und weiß nicht allzu viel über uns Menschen. Er hatte tausend Fragen."

Jan hob skeptisch die Augenbrauen. „Zum Beispiel?“
Sofie grinste. „Warum ihr Männer euch teilweise den Bart rasiert.“
„Und? Was hast du geantwortet?“
„Es küsst sich besser ohne.“
„Was?!“, empörte sich Jan. „Du plauderst dem Roten gegenüber Interna aus?“
„Jep. Ich habe ihm auch erklärt, wieso wir Frauen uns die Beine rasieren. Und die Achseln.“
Jan prustete lauthals los.
Sofie kicherte.
„Und?“ Jan wischte sich eine Lachträne aus dem Augenwinkel. „Wie ist er mit der Information klargekommen?“
„Er war irritiert. Dabei hatte ich die Bikinizone extra ausgelassen.“ Ihre Augen blitzten schelmisch. „Ich denke, Gabriellosch braucht noch ein wenig, bis er die menschlichen Gepflogenheiten richtig versteht.“
„Ja, das glaube ich zu gern. Der Ärmste“, gluckste Jan in sich hinein.
„Und er wollte natürlich wissen, wie es mir geht“, fuhr Sofie fort. „Ich habe mich gewundert: Er kennt sich gut mit dem Medizinkram aus.“
„Klar. Er ist ja auch Soldat.“ Jan fuhr aus der Ortschaft raus und beschleunigte. „Und Kommandant noch obendrein.“
„Wie meinst du das?“
„Ganz einfach“, erklärte Jan. „Er führt einen Trupp an. Wenn einer seiner Kameraden verletzt ist, muss er in der Lage sein, die Erstversorgung vorzunehmen. Dazu gehört selbstverständlich eine oberflächliche Diagnose.“
Sofie nickte. „Klingt logisch… Aber warum kennt er sich bei uns Menschen aus?“
„Hast du ihn gefragt?“
„Nee. Irgendwie bin ich nicht dazu gekommen.“
„Naja“, vermutete Jan beiläufig, „Gabriellosch nimmt an dem Austauschprogramm teil. Da hat er sich vielleicht vorbereitet…“
Jans Tonfall machte Sofie hellhörig. Sobald er den anschlug, hielt er Informationen zurück. Sie schaute ihren Freund streng an. „Vielleicht? Du weißt was. Na los! Rück raus mit der Sprache.“
„Es wird dir nicht gefallen“, brummte Jan.

„Egal. Erzähl!“

„Na gut“, seufzte er und holte Luft. „Die Roten stellen die Armee der Drachen. Obwohl sie in den letzten Jahrhunderten sehr zurückgezogen von uns gelebt haben und es nur wenig Kontakt gab, waren sie doch auf den Ernstfall vorbereitet, gegen uns kämpfen zu müssen.“

Schweigen.

Sofie sah Jan erwartungsvoll an. „Ja, und?“

Er warf ihr einen vorsichtigen Seitenblick zu. „Wenn du die Anatomie eines potenziellen Feindes kennst, ist es leichter, ihn zu besiegen. Sprich: du solltest wissen, wo seine Schwachstellen liegen, damit du ihn zielsicher ausschalten kannst.“

„Hmm.“ Die Richtung, die das Gespräch nahm, gefiel Sofie tatsächlich nicht. Sie guckte aus dem Fenster. Abgeerntete Felder zogen an ihr vorbei. Rechts von ihr pflügte ein Bauer seinen Acker.

„Du wolltest es wissen“, rechtfertigte Jan sich. „Ich kann an der Wahrheit nichts ändern.“

„Ich glaube nicht, dass Gabriellosch einem von uns schaden möchte“, antwortete sie und schaute zu Jan.

„Das habe ich auch nicht behauptet“, beschwichtigte er. „Es ist einfach so, dass die Drachen ihr Ding machen. Derzeit verfolgen wir gemeinsame Ziele, aber das war nicht immer so. Himmelsechsen und Menschen sind nicht per se die dicksten Freunde.“

„Spielst du jetzt auf die Intrigen der Goldenen an?“, hakte Sofie nach.

Jan nickte. „Zum Beispiel. Ich will dir nichts einreden. Du solltest bloß wissen, dass uns nicht alle Drachen wohlwollend begegnen.“

„Wie Xavosch.“

„Ja, wie Xavosch. Vielen Blauen sind wir ein Dorn im Auge. Die hätten nichts dagegen, wenn die Menschen einfach vom Erdboden verschwinden würden.“

„Na, das habe ich gemerkt!“, schnaubte Sofie. „Bevor Xavosch sich verwandelt hat, hat er mich angebrüllt: «Deine Spezies ist der ABSCHAUM DIESES PLANETEN!» Nicht wohlgesonnen ist also noch stark untertrieben.“

„Genau das meine ich. Bei den Goldenen bin ich mir häufig ebenfalls nicht so sicher.“ Jan lächelte gequält und sah kurz zu ihr rüber.

„Versprich mir, dass du auf dich aufpasst."

Sofie erwiderte sein Lächeln. „Das verspreche ich. Außerdem ist Gabriellosch da. Der hat ein Auge auf mich." Sie ahmte die tiefe Stimme des Drachen nach: „Sollte Xavosch es noch einmal wagen, dir auch nur eine Schuppe anzukratzen, verarbeite ich ihn zu Fischfutter. Für Guppys. Lauter hübsche kleine Fitzelchen." Sofie schmunzelte belustigt. „Mann, Gabriellosch kann echt finster aus der Wäsche gucken!"

„Lach nicht", gab Jan ernst zurück. „Er hat dir seine Kameradschaft angeboten. Die Roten sind spaßbefreit, was das betrifft. Du stehst jetzt unter seinem persönlichen Schutz. Wenn dir jemand blöd kommt, ist es, als würde er Gabriellosch an den Karren fahren. Und da er Kommandant ist, stehen die anderen Roten Gewehr bei Fuß. Das kann ins Auge gehen."

Sofie grinste betont lässig. „Na, dann sollte sich Leonie, die alte Lästerziege, besser warm anziehen."

„Ja, das sollte sie."

Jan setzte den Blinker, bog auf die B75 Richtung Lübeck ab und trat aufs Gas. Der Wagen beschleunigte mit einem satten Geräusch. Jans Mundwinkel hoben sich zufrieden. „Um Leonie mache ich mir weniger Gedanken. Dem Mädel wird das schon jemand stecken. Spätestens wenn sie mit deinem neuen Freund das erste Mal aneinandergerät, dürfte sie schnallen, was Sache ist. Eine Konfrontation mit dem Kommandanten riskiert sie nur einmal…"

Sofie runzelte skeptisch ihre Stirn. „Ich hatte eigentlich nicht den Eindruck, dass Gabriellosch kleinlich ist oder fies werden könnte."

„Oh, glaub mir, sobald es um die Ehre geht, werden alle Krieger fies", versicherte Jan. „Die Ehre ist die humorfreie Zone der Roten."

„Na, umso besser", meinte Sofie zuversichtlich. „Damit kann mir ja nichts mehr passieren."

„Das hoffe ich", stimmte Jan halbherzig zu.

Schweigen.

„Was hat er?" Sofie sah ihren Freund prüfend von der Seite an. Seine Miene war unergründlich, die Gedanken abgeschirmt. Er war bedrückt.

Ein Rieseln und Sofie spürte, dass er sich ernsthaft Sorgen machte.

„Was ist denn?", fragte sie sanft.

„Ach, es sind die Bilder", murmelte Jan. „Vici hat mir doch ihre

Erinnerungen gezeigt, wie Xavosch sich direkt vor dir verwandelt hat und du meterweit durch den Kies geschleudert wurdest. … Auch wenn Gabriellosch und Bill hundertmal auf dich aufpassen wollen, habe ich Angst, dass du zwischen zwei Himmelsechsen gerätst. Es laufen eine Menge junger Drachen an der Akademie rum und Menschenkörper sind nicht für die Auseinandersetzung mit den Echsen gemacht. Wie unberechenbar unsere schuppigen Freunde sein können, haben wir ja letzte Woche gesehen."

„Ich glaube nicht, dass sowas noch einmal passieren wird", widersprach Sofie. *„Jan nimmt die Sache schwerer als ich. Ich muss wirklich für uns beide mutig sein."*

Sie blickte entschlossen nach vorn. „Victoria betont immer, wie wichtig ich angeblich bin. Ich kann mir nicht vorstellen, dass sie an der Steinburg irgendein Risiko eingehen werden. Mach dir keinen Kopf, Jan."

„Wenn das bloß so einfach wäre", seufzte Jan resigniert.

Beklemmendes Schweigen breitete sich im Wagen aus. Die Landschaft zog an den Fenstern vorbei.

„Seit Mittwoch weiß ich, wie es ist, dich zu verlieren", hob Jan leise an. „Das ist ein Gefühl, das ich nicht ertragen kann. Es frisst mich förmlich auf."

„Ich weiß", flüsterte Sofie und berührte sacht sein Bein. Sie musste an Donnerstag denken, als sie in der Krankenstation erwacht war. Jan hatte mit rotgeränderten Augen an ihrem Bett gesessen und ihre Hand gehalten. Kaum war sie zu Bewusstsein gekommen, hatte er sie umarmt und gar nicht mehr loslassen wollen. Schließlich hatte er ihr unter Tränen gebeichtet, dass er sich in den Tod stürzen wollte.

„Er hat sich so dafür geschämt."

Ein Echo der Bestürzung, ihren sonst so souveränen Jan hilflos am Boden zu sehen, erfasste Sofie. Sie schluckte betroffen.

„Der Gedanke, dass er meinetwegen sterben wollte, hat MICH irre gemacht. ... Bis mein Verstand mir den Kopf gewaschen hat: «Du hast doch nichts anderes getan, nachdem dein Vater beerdigt wurde. Du warst noch zu klein, um deinen Körper zu töten, aber deine Kinderseele hast du draufgehen lassen. Mental bist du damals genauso gesprungen wie Jan heute.» *Und das stimmt. Ich kann ihn verstehen. Ich hätte wohl dasselbe*

gemacht, wäre es umgekehrt gewesen.“

In den Tagen danach hatten Jan und sie viel miteinander geredet, offen und ehrlich, ohne etwas zu beschönigen. Über die Gegenüberstellung, Jans Sprung, aber auch den Tod von Sofies Eltern und ihre Verzweiflung danach.

„Das war ein Seelenstriptease. Nicht angenehm, aber notwendig. Jetzt brauchen wir unsere Ängste nicht mehr voreinander zu verbergen.“

Sofie streichelte Jans Bein. „Mir geht es wie dir. Ich will dich auch nicht verlieren.“

„Aber das hilft uns nicht weiter“, grollte Jan. „Karvin hatte recht mit der Wahrscheinlichkeit.“

„Und Eliande mit den Problemen“, erinnerte Sofie ihn nachdrücklich. Sie tippte sich an die Stirn. „Das hier ist Fort Knox! Da kommt keiner rein. Und ICH will keinen Gefährten. Ich habe dich!“

„Grumpf“, murrte Jan. Er war nicht überzeugt.

Sofie schmunzelte: „Sei nicht so stur. Du hast es doch am Mittwoch gesehen: Selbst wenn sich ein Drache in mich verguckt, bin ich immun dagegen. Sie können mich zu nichts zwingen. Das hat sogar Victoria eingesehen. Ich muss bis auf Weiteres an keiner Gegenüberstellung mehr teilnehmen. Du brauchst also keine Angst zu haben. Wir können es nun viel entspannter angehen als letzte Woche.“

Jan lächelte resigniert. „Es gefällt mir trotzdem nicht.“

„Mir auch nicht. Aber die Ausbildung muss sein. Da sind wir uns einig, oder nicht?“

„Doch“, lenkte Jan ein. „Nur musst du schon heute wieder loslegen?“

„Ich will nicht noch mehr verpassen.“ Sofie blickte aus dem Fenster. Der Sommerhimmel bezog sich leicht. „Ohne Gedankenrede habe ich es schwer genug. Sobald die anderen diese Technik beherrschen und der Unterricht umgestellt wird, komme ich kaum noch mit.“

„Ja, das kann ich verstehen“, räumte Jan ein.

Sofie dachte an die Akademie. Heute würde sie Tyra und Gabriellosch wiedersehen. Und Bill würde ebenfalls dort sein. Sie lächelte. Wenn sie ehrlich war, freute sie sich auf die anderen, besonders auf die kleine Schwedin.

Ihre Zimmergenossin hatte sich drei Tage lang die Seele aus dem Leib gekotzt. Ihr Magen-Darm-Infekt war heftig gewesen. Am Samstag ging es ihr dann etwas besser und sie konnte wenigstens ein paar Zwieback und etwas Tee bei sich behalten. Sobald sie halbwegs bei Kräften war, hatte sie sich bei Sofie gemeldet, ganz altmodisch per Telefon.

„Sie ist eine richtige Freundin." Warmes Glück breitete sich in Sofie aus. *„Sie interessiert sich wirklich für mich! Ich musste ihr alles haarklein berichten – aus meiner Sicht, denn die Bilder hat sie sich natürlich von ihrem Bungalowmitbewohner Tim zeigen lassen."*

Tyras aufrichtige Anteilnahme tat Sofie gut. Das war eine ganz neue Erfahrung für sie.

„Du bist gerne an der Akademie", stellte Jan mit einem kurzen Seitenblick fest.

Sofie nickte ernst. „Ja, ich glaube schon. Meine Fähigkeiten MUSS ich verbessern, da habe ich keine Wahl. Aber die Leute da – einige von ihnen mag ich sehr."

Jan lächelte und griff zärtlich nach ihrer Hand. „Das ist prima. So habe ich es mir für dich gewünscht."

Die Haut kribbelte angenehm unter seiner Berührung. Sofie genoss die Nähe und murmelte: „Außerdem hast du selbst einen vollen Terminkalender. Du hast doch gar keine Zeit."

„Ach, was!", winkte er ab. „Für dich habe ich immer Zeit."

„Ich weiß", wisperte sie gerührt. Sie konnte seine Liebe spüren *„Er wird immer für mich da sein. Und ich für ihn!"* Wunderbar leichte Geborgenheit hüllte sie ein.

Sofie drückte dankbar seine Hand. Sie war fest entschlossen, ihren Alltag in den Griff zu kriegen. Vor der Zukunft die Augen zu schließen, führte an den Abgrund, das hatte ihr der Mittwoch eindrucksvoll gezeigt. Das würde sie kein zweites Mal riskieren.

„Wir werden das schon schaffen, Jan. Und am Freitag komme ich zu dir nach Hause. Das sind nur viereinhalb Tage."

Den Rest der Autofahrt schnackten sie entspannt über Gott und die Welt und machten Pläne fürs Wochenende. Sofie war froh, dass ihr die grünen Heilerinnen Sprünge durch die Nebel fürs Erste untersagt hatten und dass Jan es sich nicht nehmen ließ, sie eigenhändig zur Akademie zu bringen.

Sofie genoss jede Minute mit ihm und wünschte sich, dass die Fahrt endlos andauern möge.

„Immerhin habe ich dadurch zwei Bonusstunden mit ihm. Es ist so herrlich, neben ihm zu sitzen und sich zu unterhalten. Seine Anwesenheit ist wie eine kuschelige Decke. Hach...“

Wehmütig bemerkte sie, dass sie auf den Parkplatz der Akademie rollten.

Sie schnaufte bedauernd: „Jetzt schon?“.

„Ja, jetzt schon, mein kleiner Phönix“, gab Jan unmotiviert zurück. Er hielt direkt vor der Burg und stellte den Motor ab.

Keiner von beiden machte Anstalten auszusteigen. Schließlich brummte Jan: „Es nützt nichts, Süße. Los geht es.“

Er kletterte aus dem Aston Martin, ging um den Wagen herum und öffnete ihr galant die Tür. Mit einem charmanten Lächeln reichte er ihr seine Hand. „Meine Dame.“

„Danke sehr, der Herr“, erwiderte Sofie und ließ sich von ihm aus dem Auto helfen. Missmutig schaute sie hoch zu den Fenstern ihres Kursraums. „Da oben habe ich nachher Latein.“

„Du meinst: gleich“, korrigierte Jan. „Es ist zehn vor acht.“

„WAS?!“ Erschrocken beschleunigte sich Sofies Puls. „Wieso haben wir heute denn so lange gebraucht?“

Jan zuckte unschuldig mit den Schultern. „An diesem Montag wollte ich es lieber sutje angehen lassen. Wozu die Eile? Wir zwei haben so gemütlich geschnackt.“

„Ja, das haben wir“, jammerte Sofie und lief zum Kofferraum, „aber ich muss noch meine Unterlagen aus dem Zimmer holen und die Klamottentasche wegbringen. Ich habe nichts für die Kurse dabei! Mist. Ich komme zu spät.“

„Keine Panik. Bill ist schon auf dem Weg.“ Jan nahm sie behutsam in den Arm und fuhr ihr liebevoll durch die wilden Locken. „Tyra hat dir alles für den Vormittag in deinen Rucksack gepackt und unserem weißen Chaoten mitgegeben. Er tauscht das gegen die Klamottentasche aus. Also ist alles gut.“

„Echt? Du hast das geplant?“ Sofie schüttelte ungläubig den Kopf.

„Geplant hört sich so hinterhältig an. Ich habe bloß die Gelegenheit beim Schopfe gepackt, mir eine zusätzliche halbe Stunde mit dir zu ergaunern", erwiderte er spitzbübisch, „…wo du schon nicht blaumachen wolltest... Und ich weiß, wie sehr du Unpünktlichkeit hasst."

„Und dafür lässt du den armen Bill flitzen?" Sofie schaute ihn vorwurfsvoll an.

Jan grinste breit. „Ach, der macht das gerne für uns."

„Na, dann hast du ja mal wieder alles im Griff, was?"

„Na, logo", lachte Jan. „Ich bin doch nicht wahnsinnig und riskiere eine Stressattacke bei dir. Entspannte Freundin, entspanntes Leben."

„Spacken!", schimpfte Sofie und schob ihn empört von sich weg.

Aber Jan hielt sie fest. „Ich liebe dich auch, Sofie", antwortete er fröhlich. Sein Gesicht wirkte jungenhaft in diesem Moment, die hellen Sprenkel in seinen Augen funkelten amüsiert.

Die Saphire zogen Sofie in ihren Bann und sein markanter Duft stieg ihr in die Nase, so dass sie vergaß, dass sie ihn schelten wollte. Sie konnte sich dem schelmischen Leuchten nicht entziehen. Seine Nähe ließ ein wohliges Kribbeln durch ihre Adern huschen. *„Gott, wie ich dich liebe!"*

„Und ich liebe dich. Auf ewig." Jans Gedankenstimme klang belegt.

Sofie fühlte sich wie Wachs in seinen Armen. Jede Gegenwehr war sinnlos. Sie gab auf. *„Küss mich!"*

Zu gern kam er ihrer Aufforderung nach und beugte sich zu ihr herab.

Sein frischer Atem strich über ihre Wangen. Sofie reckte ihren Kopf erwartungsvoll nach oben und im nächsten Moment berührten seine Lippen ihre. Weich und fordernd zugleich. Himmlisch.

„Diese Woche wird so lang", stöhnte Sofie. *„Ich vermisse dich jetzt schon."*

„Und ich dich", raunte er stumm.

Die Umarmung wurde intensiver. Sofie konnte seine Wärme durch den dünnen Stoff ihrer Sommerbluse spüren. Seine Zunge drängte sich zu ihrer. Sie schmeckte nach Zimt. Von der Jeans glitten seine Hände unter die Bluse und umfassten sehnsüchtig ihre Taille.

Seine Berührungen brannten auf Sofies Haut. Ihr wurde heiß. Sie wollte mehr. *„Ganz schlechter Zeitpunkt!"*

Entfernt nahm sie ein Rauschen war. Und war da nicht auch ein Grölen?

„Markiert ihr Menschen so euren Partner?", erkundigte sich eine neugierige Stimme direkt neben Sofie.

„BILL!“ Ertappt zuckte sie zurück und öffnete die Augen.

Das Rauschen identifizierte sie als Applaus, der gepaart mit anzüglichem Gejohle aus den nun geöffneten Fenstern der Kursräume kam. Jan und sie hatten nicht nur den Weißen als Zuschauer.

„Argh! Klar, die anderen sind alle schon da. Wie peinlich!“

Sofie konnte fühlen, wie ihre Wangen tomatenrot anliefen.

„Steckt man so Besitzansprüche ab?“, bohrte Bill nach und legte seinen Kopf schief.

„Jep!“ Jan grinste unverschämt. „Das ist jedenfalls eine Möglichkeit, um den Bagaluten da oben zu verklickern, dass Sofie zu mir gehört.“

„Für ihn ist alles easy und ich kriege 'ne knallrote Bombe. Wie ungerecht.“

Jan fixierte Bill kämpferisch. „Insbesondere für alte Säcke heißt das: Finger weg von MEINEM Mädchen! Gilt auch für Drachen. Kannst du denen gern ausrichten.“

„Mach ich.“ Bill nickte eifrig.

„Mein Kerl lässt hier den großen Macker raushängen und ich spiel Mäuschen. Ich muss echt lässiger werden. Das sagt auch Tyra. Also gut...“

Sie sah Jan von unten an und meinte: „Welche alten Säcke? Du bist doch selbst ein alter Sack.“

„ICH??!!“, rief Jan entrüstet. „Ich bin 29!“

„Eben“, stichelte Sofie. „Nächsten Monat wirst du 30. Das IST alt. Ich bin erst 23.“

„Du bist vor allem vorlaut“, konterte Jan.

„Ach, du verleugnest die Wahrheit, was?“ Sofie grinste ihn frech an. „Aber, weißt du, alt ist schon in Ordnung, Jan. Bloß mit Greisen habe ich das nicht so. Sugar Daddys sind einfach nix für mich...“

„Na, denn bin ich ja beruhigt“, brummte er grimmig.

Sofie konnte in seinen Augen sehen, dass er genau wie sie an Xavosch dachte. Sie lächelte aufmunternd, zog seinen blonden Strubbelkopf zu sich herab und küsste ihn. *„Ich freue mich auf Freitag.“*

Zärtlich erwiderte er ihren Kuss. *„Ich mich auch.“*

Das Gejohle an den Fenstern nahm zu und selbst Bill begann halbherzig zu applaudieren.

Jan beendete schmunzelnd den Kuss und warf einen Blick auf den Weißen. Der hatte noch immer Sofies Rucksack über seinen Arm gehängt und stand klatschend neben dem Aston Martin. Ganz offensichtlich überforderte ihn diese Situation. *„Du solltest unserem kleinen Luftgitarristen später noch mal erklären, was sich gehört."*

„Mach ich. Der Ärmste ist völlig verunsichert." Sie konnte sich ein Grinsen nicht verkneifen. Laut fragte sie: „Holst du mich Freitag ab?"

„Aber sicher!" Jan nickte ernst. „Den Rüpeln da oben setze ich dich keine Sekunde länger aus als nötig." Er schaute zu den Fenstern hoch und winkte der grölenden Meute zu. „Pubertäres Pack."

Sofie lachte. Sie wusste, dass Jan da oben in der ersten Reihe gestanden hätte, wäre er einer von ihnen. „Du hättest am lautesten gebrüllt, oder?"

„Darauf kannst du einen lassen!", entgegnete Jan fröhlich.

Sofie kam nicht umhin festzustellen, dass er ausgesprochen gut aussah: sonnengebräunt, legere Shorts, schickes Poloshirt, lässig frisiert und überaus selbstbewusst.

„So", seufzte Jan und holte ihr Gepäck aus dem Kofferraum, „wenn du jetzt nicht gehst, stecke ich dich direkt wieder ins Auto und nehme dich mit nach Hause."

„Bloß nicht!", log Sofie und nahm ihm die Tasche ab. Dieser Abschied fiel ihr schwerer, als sie gedacht hatte.

Sie wandte sich an den weißen Drachen und setzte ein freundliches Lächeln auf. „Vielen Dank für den Taschentausch, mein Lieber. Das ist wirklich nett von dir."

Bill lächelte erleichtert. „Das habe ich gern gemacht, Sofie."

Zwei Minuten später stand Sofie mit ihrem Rucksack vor der Tür des Kursraums. Sie war nervös. *„Wie reagieren die anderen? Bestimmt bekomme ich gleich ein paar anzügliche Sprüche um die Ohren gehauen."*

Sie wünschte sich sehr, Tyra wäre an diesem Morgen an ihrer Seite. Aber die kleine Schwedin war nach ihrem Infekt noch bis Mittwoch krankgeschrieben und durfte den Bungalow nicht verlassen.

„Da muss ich also allein durch."

Sofie spürte, wie ihre Wangen heiß wurden. Zögerlich fasste sie nach dem Türgriff.

„Na los", trieb ihr Verstand sie an. „Du bist die Außenseiterrolle doch gewohnt. Bring es hinter dich."

Unwillig drückte Sofie die Klinke runter und betrat den Raum. Fast alle Plätze waren besetzt. Die Köpfe drehten sich beinahe synchron zu ihr um. Prompt gingen das Gejohle und der Applaus wieder los.

„Du musst lockerer werden", hallten Tyras Worte in Sofies Ohren und so ignorierte sie ihre rote Birne, rief „Moin" und deutete eine Verbeugung an.

„Heißer Feger!"

„Na klar, sie ist ja auch der Feuervogel."

„Dem Meier hast du eingeheizt", und Ähnliches wogte durch den Raum.

Sofie nahm Belustigung, aber ebenfalls Anerkennung und eine Spur Erregung bei ihren Kommilitonen wahr. Bei einigen Mädels mischte sich Missgunst darunter.

„Was zu erwarten war", kommentierte die Margareta in ihr. „Hätte schlimmer kommen können."

„Stimmt." Erleichtert ging Sofie zu ihrem Platz und setzte sich. *„Wenn ich mich so gehen lasse und mit Jan vor aller Augen rumknutsche, muss ich mit den Konsequenzen leben."*

„Ha!", grunzte ihr Verstand. „Der Schnack gehört eigentlich in mein Repertoire."

Um sie herum legte sich die Aufregung.

„Tyra hat den Durchblick: Locker sein hilft."

Zufrieden packte Sofie ihre Unterlagen aus.

Plötzlich bemerkte sie, dass quittegelber Neid aus der Reihe hinter ihr hervorquoll. Es wurde getuschelt: „Kein Wunder, dass Xavosch enttäuscht war. Sie hat ihn vergrault. Sowas Blödes! Er soll echt talentiert sein. Also ich hätte ja lieber den Drachen genommen als diesen WyvernPower-Heini."

„Leonie! Wer sonst?!"

Ärger flammte in Sofie auf.

„Ich bin nicht Tyra. Und ich lasse mich nicht länger rumschubsen."

Aalglatt lächelnd drehte sie sich um. „Tu dir keinen Zwang an, meine Liebe. Du erzählst jedem, wie groß dein Potenzial ist – warum hast du dir den Blauen nicht geschnappt? Du warst doch vor mir dran. Du hattest die volle Auswahl!“

Leonie glotzte sie scheinbar unschuldig an.

Sofies Emotionen nahmen Fahrt auf. Sie zuckte lässig mit den Schultern und ätzte ohne nachzudenken weiter: „Naja, vielleicht ist ja nächsten Monat einer für dich dabei.“ Ihre Stimme troff vor ironischer Liebenswürdigkeit. „Du stehst auf die Blauen? Ich drücke dir feste die Daumen, dass das klappt, Leonie. Das wird bestimmt lustig, wenn du dich mit einem verbindest, der in dir den Abschaum dieses Planeten sieht.“

Leonie erwiderte nichts, sie verteidigte sich nicht einmal.

Betroffenes Schweigen füllte den Raum. Erst jetzt realisierte Sofie, dass sie die Einzige war, die redete. Viele hatten offenbar lediglich Sofies Worte gehört und begriffen nicht, warum sie Leonie so anging.

„Beliebt machen geht anders“, zischte ihr Verstand.

„Ach, halt die Klappe“, blaffte Sofie stumm.

Unverständnis und Abneigung gegen ihre vermeintliche Arroganz breiteten sich unter den Studenten aus. Und Mitgefühl. Für Leonie.

Über deren Gesicht huschte ein hämisches Grinsen, bevor sie erneut das Unschuldslamm spielte.

„Verdammt! Ich bin auf die blöde Ziege reingefallen! Warum ist Tyra heute bloß nicht da? Ich hätte doch in Travemünde bleiben sollen…“

Zum Jammern blieb ihr keine Zeit, denn in diesem Moment öffnete sich die Tür und der Latein-Dozent kam herein. Herr Pott war ein Mensch mit geringen magischen Fähigkeiten, wie es hieß. Ihm folgten ein paar Leute.

„Drachen“, verbesserte Sofie sich, als sie die Aura der Wesen spürte. *„Grün, Schwarz, Weiß und roter Adler. Oh! Das ist ja Gabriellosch!“*

Gleich darauf rutschten einige Kommilitonen beunruhigt auf ihren Stühlen herum.

„Ja, ja“, schmunzelte Sofie, *„die Drachenauren sind aus der Nähe und ohne die Zauber der Grünen ziemlich beängstigend. Besonders die der Roten.“*

„Guten Morgen“, begrüßte Herr Pott seine Studenten.

„Guten Morgen", antwortete der Kurs.

„Ich hoffe, Sie konnten sich in den letzten Tagen schon ein wenig an unsere Besucher gewöhnen. Wie angekündigt, nehmen einige der Himmelsechsen ab heute an Ihrem Unterricht teil."

„Echt jetzt?", murmelte ein Typ rechts neben Sofie. „Was wollen die denn mit Latein?"

„Eine berechtigte Frage", ging Herr Pott auf den Zwischenruf ein und lächelte. „Ich kann Ihnen versichern, dass ich als Student so manches Mal davon geträumt habe, in der Zeit zurückreisen zu können, nur um einmal auf einen Muttersprachler zu treffen. Diese Ehre wird uns nun auch ohne Zeitreise zuteil. Wir alle können uns glücklich schätzen, Latein von einer sehr lebendigen Seite kennenlernen zu dürfen."

Der weiße Drache nickte eifrig, legte seinen Kopf schief und erklärte: „Außerdem lernen wir hier von euch. Nicht die Sprache, sondern menschliches Verhalten." Er klatschte begeistert in die Hände. „Oh! Ich freu mich so darauf!"

„Sehr schön, Harilon", meinte Herr Pott amüsiert. „Sie sehen also, das hier ist ein Austausch, von dem beide Seiten profitieren." Er deutete einladend in den Raum und wandte sich an die Drachen: „Bitte, suchen Sie sich einen Platz."

Zielstrebig ging Gabriellosch auf Sofie zu und ließ sich auf den freien Stuhl neben sie plumpsen. „Hallo! Schön, dich zu sehen, furchtlose Sofie."

„Jetzt wird der Tag besser." Sofie strahlte. „Moin, Kommandant. Das wollte ich auch gerade sagen."

Ächzend sortierte der Rote die langen Beine unter den Tisch. Für seine Körpergröße hätten die Möbel eindeutig größer ausfallen können.

„Geht es?", erkundigte sich Sofie mitfühlend. Der Ärmste saß auf dem Stuhl wie ein Affe auf 'nem Schleifstein.

„Klar geht es", brummte er. „Das hier ist zwar nicht gerade das Elysium der Goldenen, aber in meiner Rekrutenzeit habe ich deutlich schlimmere Haltungen einnehmen müssen."

Aus dem Augenwinkel bemerkte Sofie, dass der Weiße hilflos durch den Raum irrte, fast als würde er jemanden suchen.

Neben ihr rutschte Gabriellosch hin und her. „Bei der Sphäre, ihr

Menschen seid nicht nur zerbrechlich, ihr seid auch klein!"

„Naja, relativ vielleicht", grinste Sofie. „Du musst zugeben, dass deine Menschengestalt größer ist als die vom Durchschnitt der Roten."

„Gut beobachtet." Gabriellosch zwinkerte ihr zu. „Das liegt daran, dass meine Drachengestalt ebenfalls größer ist als der Durchschnitt. Und was das angeht, werde ich mich sicher nicht beklagen."

„Bist du Sofie?", fragte plötzlich jemand. Der weiße Harilon stand direkt vor ihrem Tisch und legte neugierig seinen Kopf schief.

„Ja, bin ich", erwiderte Sofie verdattert. „Warum?"

„Guten Tag, ich bin Harilon." Ungelenk verneigte sich der Drache. „Ich kenne Billarius. Er hat mir viel von dir erzählt. Du sollst sehr nett und für einen Menschen recht intelligent sein. Ich würde gern neben dir sitzen." Er nickte dem Roten freundlich zu. „Hast du was dagegen, den Platz für mich zu räumen?"

„Ja." Die Miene des Kommandanten blieb unbewegt.

„Ähhh…" Harilons Kopf zuckte verwundert. Mit dieser Reaktion hatte er offensichtlich nicht gerechnet. „«Ja?» Heißt das, du stehst auf?"

„Nein." Gabrielloschs Augen wurden schmal.

„Warum denn nicht?" Der Kopf des Weißen geriet noch stärker in Schieflage.

„Weil DU", der Kommandant beugte sich zu Harilon vor, seine Aura flackerte bedrohlich, „gar nicht möchtest, dass ich aufstehe."

„Was, ICH?", quietschte der Weiße eine Oktave höher und wuselte ängstlich einen Tisch weiter. „Ähhh, nein… Natürlich nicht! Bin schon weg."

Allgemeines Gemurmel und leises Gelächter wogte durch den Raum, als sich der Weiße auffällig unauffällig in der hinteren Ecke auf einem Stuhl niederließ – möglichst weit weg von dem roten Kommandanten.

„Oh, Mann", stöhnte eine gedämpfte Stimme hinter Sofie. „Warum schmeißen sich der Tussi eigentlich alle Drachen an den Hals? Die will doch eh keinen von denen."

„LEONIE!"

Zorn kochte in Sofie hoch. Am liebsten hätte sie der blöden Kuh eine gescheuert. Oder sie wenigsten verbal zurechtgestutzt. Aber so, wie das vorhin gelaufen war, würde das mit einem Griff ins Klo enden. *„Ich muss* *dringend mit Tyra sprechen! So kann das nicht weitergehen. Ein Glück nur, dass ich gestern abgeleitet habe ... naja, oder auch Pech.“*

Aufgewühlt schaute sie zu Gabriellosch rüber. Der hatte Leonie garantiert gehört. *„Grmpf. Bestimmt nennt er mich jetzt nicht mehr furchtlos, sondern furchtbar!“*

Tatsächlich war der Rote neben ihr erstarrt. Ganz langsam drehte er sich nach hinten um. War seine Aura dem Weißen gegenüber zuvor angsteinflößend gewesen, so wurde sie nun horrormäßig: abgrundtief düster, aggressiv, unheilversprechend. Es war, als zöge ein schreckliches Unwetter auf.

Totenstille legte sich einem Leichentuch gleich über den Raum, das Grauen war greifbar. Herr Pott taumelte gegen die Tafel.

Sofie wurde schlecht. Ihr Herz stolperte und beschleunigte panisch. *„Was geht jetzt denn ab?!“* Zitternd folgte sie Gabrielloschs Blick.

In der Reihe hinter ihr wurde Leonie kreidebleich.

Der Rote schenkte dem Mädchen ein freudloses Lächeln und nickte ihr kaum merklich zu. Seine Augen fixierten sie erbarmungslos, bis auch Leonie ihren Kopf hölzern auf und ab bewegte.

Gabrielloschs Mundwinkel hoben sich zufrieden. Seine Aura wurde heller, ähnlich einem Himmel, an dem gerade ein Gewitter abzog.

Sofies Beklemmung ließ nach und ihr Puls fuhr wieder runter, doch ihr Magen fühlte sich noch immer an, als wäre sie auf hoher See. Überall setzte aufgeregtes Getuschel ein.

Der Rote zwinkerte Sofie zu und wisperte unschuldig: „He, du kannst ja noch atmen.“

„Jo“, ächzte sie. „Und ich gebe zu, dass ich dankbar bin, wenn sich die Übelkeit legt.“

Das Murmeln wurde lauter. Viele drehten sich zu dem Kommandanten um und einige zeigten unauffällig auf ihn.

Gabriellosch lachte leise.

Langsam ging es Sofie besser. Sie verdrehte leicht genervt die Augen, beugte sich zu dem Drachen rüber und flüsterte: „Was zur Hölle hast du zu ihr gesagt?“

„Nichts Besonderes“, antwortete er gedämpft, „bloß dass die Abschirmung ihres Geistes schlampig ist und ich alles sehen kann.“

„Das war alles?“ Sofie runzelte verdutzt die Stirn. „Deswegen ist die totenbleich geworden?“

„Naja“, brummte Gabriellosch, „ich habe sie dezent darauf hingewiesen, dass ihre Absichten dir gegenüber unehrenhaft sind.“

„Dezent?“ Sofie verzog misstrauisch ihr Gesicht.

„Sicher“, meinte der Rote trocken. „Außerdem habe ich ihr versprochen, dass ich ihre hinterhältigen Gedanken allen Kameraden ihrer Dekade offenlegen werde, falls sie so etwas noch einmal wagen sollte.“

Er lächelte fürsorglich. „Dabei habe ich selbstverständlich nur ihr Bestes im Sinn: Jemand mit so narzisstischen Motiven wie Leonie sollte genügend Rückgrat haben, zu seinem Inneren zu stehen, gleichgültig wie widerwärtig es in meinen Augen auch sein mag.“

„Und sonst noch?“, bohrte Sofie nach.

„Was sonst noch?“, fragte Gabriellosch mit einem arglosen Lächeln.

Sofie warf ihm einen tadelnden Blick zu. „Mädchen von Leonies Kaliber lässt das Risiko aufzufliegen relativ kalt. Also, was war es, was sie so dermaßen aus der Fassung gebracht hat? Hast du ihr gedroht?“

„Ich doch nicht! Das ist uns strengstens untersagt.“ Gabriellosch saß der Schalk im Nacken. „Ich habe ihr lediglich ein paar Bilder davon zuteilwerden lassen, wie wir Roten im Allgemeinen mit Wesen umgehen, die sich erdreisten, die Ehre unserer Kameraden zu beflecken.“ Er zuckte harmlos mit den Schultern. „Es waren nicht allzu viele und noch nicht einmal die blutigsten…“

„Und SOWAS ist erlaubt?“ Sofie schluckte. Ihr hatte die Aura zu diesen Bildern vollkommen gereicht.

„Wir wurden dazu angeregt, die Gepflogenheiten unseres Alltags mit euch Menschen zu teilen“, erwiderte der Kommandant. „Mir hat niemand gesagt, dass das nicht anschaulich sein darf. Ich bin noch nicht lange dabei. Woher soll ich wissen, dass jemand, der so viel Mantokscheiße im Kopf hat, dermaßen zart besaitet ist. Ich wollte nur … kulturellen Austausch betreiben.“

„So so. «Kulturellen Austausch» also“, murmelte Sofie trocken. „Du segelst hart am Wind, mein Freund.“

„Ach, das tut sie auch.“ Gabriellosch deutete ohne hinzusehen mit seinem Daumen über die Schulter. „Sie will unbedingt einen Gefährten und wenn das nicht klappt, dann wenigstens einen Vertrauten. Dafür ist ihr jedes Mittel recht.“ Er schnaubte verächtlich. „Am liebsten will sie einen Roten. Baaah! Also, wenn du mich fragst, passen die Goldenen viel besser zu ihr und…“

Vorn an der Tafel räusperte sich Herr Pott: „Ähh. Ja. Ich bitte um Ruhe, meine Damen und Herren!“

Das Getuschel der Studenten wurde minimal leiser.

„Also“, erhob Herr Pott das Wort, „ich sehe, alle haben einen Platz gefunden, so dass wir beginnen können.“

Gabriellosch beugte sich zu Sofie und flüsterte in ihr Ohr: „Übrigens, der Befehlshabende Loran – Schulleiter nennt ihr ihn wohl – also, Loran hat mich gefragt, ob ich etwas dagegen hätte, dieselben Kurse wie du zu besuchen.“

Sofie hob überrascht die Augenbrauen. „Und?“

Der Rote gönnte sich ein breites Grinsen. „Selbstverständlich habe ich ja gesagt. Unter der Voraussetzung, dass es dich nicht stört.“

„Du hast echt Bock, den Babysitter für mich zu spielen?“

„Babysitter?“ Gabriellosch schüttelte nachsichtig seinen Kopf. „Davon kann nicht die Rede sein, furchtlose Sofie. ICH bin der Nutznießer in dieser Angelegenheit. Ich sonne mich im Ruhm, an der Seite des Phönix‘ zu wandeln! So sieht die Sache aus.“

Erneut räusperte sich jemand an der Tafel. Herr Pott hatte Sofie und ihren Tischnachbarn im Visier.

Sofie spürte, dass er nicht sicher war, wieviel Autorität er dem Roten gegenüber an den Tag legen sollte.

Schließlich gab Herr Pott sich einen Ruck und verkündete mit strengem Blick: „Das mit der Ruhe gilt auch für unsere schuppigen Gäste.“

„Richtig so!“, dachte Sofie anerkennend.

Gabriellosch schmunzelte amüsiert und flüsterte ein letztes Mal in ihr Ohr. „Na, dann müssen wir zwei wohl jetzt unsere vorlaute Klappe halten, was?“

Geschichte und Geistesmagie verliefen ohne besondere Vorkommnisse, zumindest abgesehen davon, dass Bill mit ungewöhnlich energischen

Schritten den Kursraum betrat, sich todesmutig vor dem Krieger aufgebaute und ihm erklärte: „Das ist meine Sofie, ähhh meine Schülerin. Ich habe sie in den letzten Monaten unterrichtet und das gedenke ich auch weiterhin zu tun, Kameradschaft hin oder her! Misch dich nicht ein, sonst werde ich ungemütlich."

Was genau der Weiße unter «ungemütlich werden» verstand, verriet er nicht. Doch das war für Gabriellosch von untergeordneter Bedeutung. Er taxierte Bill kurz und warf Sofie einen neugierigen Blick zu.

Die spürte sofort, wie sehr dem Weißen die Knie schlotterten und griff mitfühlend nach Bills Hand. „Natürlich wirst du mich unterrichten. Wer sonst?" Sie schaute warnend zum Roten auf und meinte betont harmlos: „Ich kann mir nicht vorstellen, dass jemand etwas dagegen hätte."

„Schüler und Lehrmeister darf man nicht trennen", stimmte Gabriellosch zu. „Darf ich vielleicht bei euch zusehen?"

Damit hatte der Weiße nicht gerechnet. Verdattert stammelte er: „Ähhh, ja? Zusehen? Wieso das? Naja, warum eigentlich nicht? Meinetwegen." Dann umwölkte sich seine Stirn und er fügte hinzu: „Aber nur, wenn du nicht störst."

„Das werde ich nicht", versprach der Rote und hielt sich im folgenden Unterricht im Hintergrund. Tatsächlich unterbrach er kein einziges Mal, sondern beobachtete lediglich, so dass Sofie und Bill seine Anwesenheit fast vergaßen.

Gegen Mittag kehrte Sofie allein in den Bungalow Nummer 23 zurück. Solange Tyra krankgeschrieben war, waren alle anderen Bewohner dazu angehalten, keinen Besuch mitzubringen. Die meisten aßen ohnehin lieber in der Mensa, doch Sofie wollte unbedingt zu ihrer Freundin. Sie hatte Tyra nicht mehr gesehen, seit sie sie am letzten Mittwoch mit Eliande in ihrem Zimmer zurückgelassen hatte.

Als Sofie die Wohnküche betrat, saß Tyra am großen Esstisch und zog einen Pommes nacheinander durch Ketchup und Majo und steckte ihn genüsslich in den Mund.

„Moin, Tyra, ich dachte, du bist noch auf Schonkost."

Die kleine Schwedin antwortete nicht, sondern schloss ihre Augen und kaute andächtig. „Hmmmmmm."

„Na, dir scheint es ja zu schmecken." Sofie stellte ihren Rucksack ab und beobachtete amüsiert das verzückte Gesicht ihrer Freundin. Erschrocken bemerkte sie, dass Tyra noch schmaler war als sonst. Sie war regelrecht ausgemergelt und viel zu blass.

„Eliande war vorhin da. Schonkost ist seit 30 Minuten vorbei", nuschelte Tyra. Selig lächelnd zog sie den nächsten Pommes durch die Saucen und ließ ihn in den Mund wandern. „Tim war so nett und hat Lieferant gespielt. Hmmm. Yammi. Endlich wieder richtiges Essen."

„Richtiges Essen?" Sofie runzelte zweifelnd die Brauen. „Na, ich weiß nicht, ob Fritten so gesund sind."

„Aber sicher! Fritten enthalten viel Vitamin C und das ist sehr gesund", widersprach Tyra fröhlich. Sie deutete auf die braune Papiertüte neben sich. „Ich habe auch noch eine Portion Nudeln Bolognese, 'nen großen Chefsalat, frisches Baguette mit Kräutertunke und als Nachtisch sechs hübsche Zimtschnecken."

Ohne mit dem Essen aufzuhören, holte Tyra einhändig ein in buntes Papier eingeschlagenes Paket aus der Tüte und seufzte glücklich: „Hach, die Schnecken sind sogar noch warm."

„Wenn du das alles isst, kotzt du direkt wieder", prophezeite Sofie.

„Irrtum, Süße! Erstens habe ich jede Menge nachzuholen", Tyra schob sich demonstrativ vier Pommes auf einmal in den Mund, „und zweitens, mhmmmm, jam, lecker. Zweitens habe ich für dich mitgeordert, oder hast du etwa schon gegessen?"

„Nein, ich wollte erst sehen, wie es dir geht."

„Das habe ich mir gedacht. Mir geht es prima!" Tyra strahlte sie an, angelte die anderen Gerichte aus der braunen Tüte und drapierte sie auf dem Tisch. „Los, hol dir 'ne Gabel! Den O-Saft aus dem Kühlschrank kannst du auch mitbringen. Wir Mädels werden jetzt himmlisch speisen!"

„O Mann, Tyra, was habe ich dich vermisst!", lachte Sofie.

„Und ich dich erst", schnaufte die Schwedin, während sie die Verpackungen öffnete. „Ich darf erst seit heute wieder in die Gemeinschaftsräume. Du glaubst ja gar nicht, wie öde es ist, den ganzen Tag allein im Zimmer rumzuhocken. Mir war so langweilig! Ich hatte nichts zu tun."

„Na, dem kann ich Abhilfe schaffen", kicherte Sofie. „Herr Pott hat mir extra für dich die Arbeitszettel der letzten Woche mitgegeben."

„Och nööö!“, stöhnte Tyra. „Nicht Latein!“

„Leider doch.“ Sofie stellte zwei Gläser und den Orangensaft auf den Tisch und reichte Tyra eine Gabel. „Ich helfe dir: erst beim Essen, dann bei Latein und als Belohnung gibt es zum Nachtisch Zimtschnecken mit den neusten Geschichten von Gabriellosch. Tyra, ich schwöre dir, den Kerl wirst du mögen. Der ist ganz deine Kragenweite!“

14. Plan B

Victoria stand am Fenster und starrte gedankenverloren auf den endlosen Wald vor der Zitadelle der Schwarzen. Sie fühlte sich elend. Das, was sie gleich mit den anderen Gefährten zu besprechen hatte, verabscheute sie schon jetzt.

Jaromir trat von hinten an sie heran und umarmte sie tröstend. *„Wir haben keine Wahl und das weißt du, Kleines."*

„Das macht die Sache auch nicht besser." Victoria drehte sich seufzend um. *„J wird mich dafür hassen."*

„Er wird es verstehen", widersprach ihr Gefährte stumm und hauchte einen Kuss auf ihre Stirn. *„Irgendwann jedenfalls."*

„Sein Verstand wird es vielleicht nachvollziehen können, aber verstehen? Nein, Jaro, J wird mich hassen!" Sie schüttelte deprimiert ihren Kopf und flüsterte: „Was ist bloß aus mir geworden?"

Jaromir zog sie in seine Arme. „Du bist erwachsen geworden und trägst viel Verantwortung."

„Ach", schnaubte Victoria sarkastisch, „so nennt man es also, wenn man seine Menschlichkeit verliert und dem besten Freund die Liebe seines Lebens abspenstig macht."

„Nein, Vici." Jaromir lächelte unglücklich. Er teilte ihren Schmerz. „So nennt man es, wenn man das Wohl Vieler über das Wohl Einzelner stellt. Wir treffen die richtigen Entscheidungen. Und wir scheuen nicht davor zurück, uns selbst oder unsere Freunde zu belasten."

„Ich würde lieber mich als J belasten!" Victoria ließ ihren Kopf kraftlos an seine Schulter sinken. Sie fühlte sich erschöpft. *„Ich wünschte, einer der anderen fände ein gutes Argument dagegen. Dann könnten wir die Sache abblasen."*

„Ja, das wünsche ich mir auch", stimmte Jaromir zu, doch Victoria konnte in seinen Gedanken die Zweifel daran erkennen, dass das passieren würde.

Wenig später betraten Lexia und Felix die privaten Gemächer des schwarzen Königspaares. Die beiden waren die ersten goldenen

Gefährten aller Zeiten und bekannt als erfolgreiche Streitschlichter und Vermittler.

Aer, die Kommandantin der Wölfe, folgte ihnen.

„Moin! Lenni kommt gleich nach", entschuldigte sie ihren Gefährten. „Er muss noch etwas mit Grimmarr klären." Sie grinste. „Ihr kennt ja die zwei, sobald es um Kampftaktiken geht, finden sie kein Ende."

„Ihr drei habt die Taktiken mal wieder in der Praxis ausprobiert, was?", meinte Felix und deutete feixend auf eine grünlich violett umrahmte Schramme auf der Stirn der Kommandantin. „Hübsche Blessur."

Aer zuckte lässig mit den Schultern. „Wer den König der Roten zum Mentor hat, sieht nicht wie ein Model aus, zumindest nicht lange."

„Soll ich vielleicht einen kleinen Heilzauber…", bot Lexia mitfühlend an.

„Nein danke, Lex", lachte Aer. „So schlimm ist es nicht. Und die Frischlinge der Gefährtenakademie dürfen mir gern ansehen, dass ich im Training was einstecken muss. Ein Sprichwort der Roten lautet: «Ein Krieger ohne Narben ist kein Krieger.»"

Victoria begrüßte die Ankömmlinge und ging ihnen entgegen. „Moin. Danke, dass ihr gekommen seid." Sie umarmte Felix und Lexia und danach Aer.

„Ich habe dich vor Grimmarr gewarnt", erinnerte Victoria die Kommandantin „ganz am Anfang. Weißt du noch?"

„Klar weiß ich das, Vici." Aer grinste breit und fuhr sich durch die kurzen roten Haare. „Grimmarr ist gar nicht so fiese, wie immer alle denken. Tief im Inneren ist er ein ganz Lieber."

„Er ist ein ausgekochtes Schlitzohr", mischte sich Jaromir ein. „Schön, dass ihr da seid. Kommt mit durch ins Wohnzimmer."

„Ja, ein Schlitzohr ist er auch", stimmte Aer augenzwinkernd zu. „Aber das passt schon."

Kurz darauf nahmen alle im Wohnzimmer des Königspaares Platz. Der Raum war lichtdurchflutet und mit schlichten Möbeln ausgestattet. Alles wirkte hell und freundlich.

„Bedient euch, bitte." Jaromir deutete einladend auf den Couchtisch. Hier standen Getränke, Gebäck und Knabbereien bereit.

Felix schenkte allen Wasser ein und schnappte sich ein Eiskonfekt. „Mit

Zimt? Von Albert?“

Victoria nickte lächelnd.

„Dann müsst ihr was auf dem Herzen haben“, seufzte Felix. Er packte das Konfekt aus und ließ es genüsslich auf der Zunge zergehen.

Jaromir nickte ernst. „Ja, es geht um Xavosch und Sofie.“

„Du sagst «und»?“ Lexia hob überrascht die Augenbrauen. „Gibt es bei den beiden überhaupt ein «und»?“

„Ein halbes“, erwiderte Victoria. „Xavosch hat sich zweifelsfrei mit ihr verbunden.“

„Ist das wirklich sicher?“, wollte Felix wissen und angelte sich ein zweites Eiskonfekt. „Ich weiß, dass du bei «Triff die Drachen» anwesend warst, Vici, aber kann das bei dem Blauen nicht bloß eine Momentaufnahme gewesen sein? Immerhin hat er es sich nach ein paar Sekunden anders überlegt und ist abgerauscht. Sowas machen Drachen nicht, wenn sie gerade ihren Gefährten gefunden haben.“

„Stimmt.“ Victoria griff zögerlich nach ihrem Wasser. „Jaro und ich haben heute mit ihm gesprochen und… ich konnte sehen, dass er sie will und das, obwohl sie ein Mensch ist. Selbstverständlich leugnet er diese Tatsache anderen gegenüber und vor allem vor sich selbst.“

Die Goldene blickte Victoria aufmerksam an. „Ich dachte, Xavosch wäre abgetaucht.“

„Das war er auch. Allerdings konnten Telliar und Aiko ihn aufspüren“, erklärte Jaromir. „Ihr wisst ja selbst, wie gut die beiden in diesen Dingen sind.“

Lexia nickte anmutig. „Und was ist mit Sofie?“

Victoria zuckte hilflos mit den Schultern. „Sie sagt, dass da nichts ist. Ich kann nicht in ihre Gedanken schauen, also muss ich ihren Worten glauben. Ihre Reaktion bei der Zeremonie würde passen: Xavosch lässt sie kalt. Sie will nur J.“

Aer verzog mitfühlend ihr Gesicht. „Armer Xavosch.“

„Wieso arm?“, Lexia sah die Kommandantin verwundert an. „Ich habe die Bilder gesehen. Er war froh darüber, dass sie ihn nicht will. Felix und ich haben in den letzten Jahren etliche Blaue kennengelernt. Das konservative Lager lehnt den Kontakt mit Menschen rundweg ab. Eine Gefährtenbindung mit einem Individuum eurer Spezies kommt für diese

Gruppe einem Tabubruch gleich."

„Jemand wie Xavosch verzichtet mit Freuden auf diese Verbindung, solange er dafür an seinen Prinzipien festhalten kann", pflichtete Felix bei. „Sogar wenn das bedeutet, dass er für den Rest seines Lebens Liebeskummer hat. DAS stellt für einen Wertebewahrer, wie sich die Konservativen selbst nennen, kein Problem dar. Sie sind in ihrem Alltag in einem Korsett aus rückwärtsgerichteten Ge- und Verboten gefangen. Emotionen spielen keine Rolle. Als Blauer kann sich Xavosch nach Atlantis zurückziehen. Diese «Triff die Drachen»-Zeremonie hat er bald vergessen, einmal davon abgesehen, dass er uns Menschen nun vermutlich noch stärker meidet."

„Von außen betrachtet habt ihr bestimmt recht", räumte Aer ein, „aber in ihm sieht es anders aus."

Lexia schaute die Kommandantin interessiert an. „Wie meinst du das?"

„Liebeskummer ist nicht das richtige Wort. Xavosch wird sich bis an sein Lebensende unvollständig fühlen", gab Aer zurück. „Das wird nie vergehen. Auf Dauer zermürbt es ihn."

Felix runzelte die Stirn. „Ich dachte immer, sowohl Mensch als auch Himmelsechse haben die Wahl, was die Gefährtenbindung angeht, sofern die noch nicht vollendet ist und das Paar räumlich getrennt voneinander lebt. Waren das nicht mindestens achtzig Kilometer, die zwischen beiden liegen müssen, damit sich die Bindung nicht von allein weiterentwickelt?"

„Es sind hundert Kilometer", korrigierte Aer. „Aber das ist das kleinere Problem. Als Kommandantin der Gefährten habe ich mich notgedrungen mit diesem Thema beschäftigt. Wir treffen immer wieder auf Paare, bei denen es Schwierigkeiten gibt, also habe ich in der Vergangenheit geforscht. Durch die Öffnung der geheimen Archive der Goldenen haben wir einiges an Informationen über die alten Gefährten auftreiben können und die decken sich mit unseren Beobachtungen: Haben sich Drache und Mensch einmal ineinander verguckt und wird die Bindung nicht vollendet, so führt das zu Schmerz, Zorn und Trauer bei den Betroffenen. Zeit heilt hier die Wunden nicht."

„Das ist übel", brummte Felix. „Jetzt haben wir zwei, die ohne Sofie nicht mehr leben können." Er wandte sich an Victoria: „Wie geht es eigentlich J? Ich habe gehört, er wollte sich nach der Zeremonie in den Tod stürzen."

„Er ist von der Terrasse seines Hotels gesprungen", bestätigte Victoria düster. „Zum Glück hat Karvin mit so einer Reaktion gerechnet und war vorbereitet. Im Moment geht es ihm den Umständen entsprechend. Er hat Angst, sie doch noch zu verlieren."

Lexia nickte mitfühlend. „So etwas habe ich vermutet. Er und Sofie sind so eng miteinander, man könnte fast meinen, sie seien Gefährten."

„Sind sie aber nicht", widersprach Aer. „Rein menschliche Gefährtenpaare hat es nie gegeben. Außerdem ist das astrale Potenzial von J viel zu gering. Und würde es zwischen den beiden irgendeine magische Beziehung geben, so hätte Xavosch sich nicht in Sofie verguckt. Die Gefährten eines Paares verbinden sich nicht mit weiteren Individuen."

Felix seufzte und fasste zusammen: „Also, J will Sofie und Sofie will J, nicht Xavosch. Der will von Menschen nichts wissen, obwohl es ihm nicht bekommt, seine Gefühle für Sofie zu verleugnen." Er schaute fragend in die Runde: „Was habt ihr vor? Warum sind wir heute hier?"

Victoria holte tief Luft, blieb aber still.

Jaromir entgegnete an ihrer Stelle: „Wir wollen mit euch ausloten, welches der beste Weg ist, Xavosch und Sofie doch zusammenzubringen."

„Geht das denn überhaupt?" Lexia hob skeptisch die Augenbrauen.

In diesem Moment betrat Lenir das Wohnzimmer und hob stumm die Hand zum Gruß. Die anderen nickten ihm zu.

„Keiner der drei möchte das!", nahm Felix das Gespräch wieder auf. „J und Sofie wird es das Herz brechen und Xavosch seinen Stolz. Warum wollt ihr das jetzt auf Biegen und Brechen erzwingen?"

„Weil Xavosch ein Meister des Lichts ist", warf Lenir ein und ließ sich neben Aer auf die Couch plumpsen.

„Er beleuchtet die Unterwassersiedlungen der Blauen, ja, und?" Lexia füllte ein Glas mit Wasser und reichte es Lenir. „Ich weiß, dass Xavosch begabt ist, aber warum seid ihr so scharf auf diese Fähigkeit? Es ist bloß Licht."

„Danke, Lex." Lenir trank das Glas in großen Schlucken aus.

„Nicht ganz", antwortete Aer der Goldenen. „Die Meister des Lichts können hochenergetische Strahlen erzeugen. Magische Laserstrahlen, wenn du so willst."

„Davon habe ich noch nie gehört", meinte Lexia und schenkte Lenirs Glas erneut voll.

„Das ist kein Wunder", erwiderte Lenir. „Normalerweise können das nur die Alten. Bei den Jungen reicht das Potenzial für diesen Zauber nicht aus. Aer hat berichtet, dass wir in den geheimen Archiven der Goldenen gestöbert haben, oder?"

Allgemeines Nicken.

„Dort haben wir Aufzeichnungen über die Torkriege gefunden. Unter anderem über den letzten Kampf gegen die Nachtmaare. Wir haben weiter nachgeforscht und..."

Lenir öffnete seinen Geist und eine mächtige Gewitterfront türmte sich in seinen Gedanken auf. Blitze zuckten wild im Inneren der Wolke, die anschwoll und quellend ihre Form veränderte. *„Das hier ist ein Nachtmaar der Klasse 17. Der größte, der je auf dieser Welt sein Unwesen getrieben hat. Unsere Vorfahren konnten ihn damals nur knapp und unter Aufbietung aller Kräfte besiegen."*

Victoria fröstelte, obwohl sie diese Bilder gut kannte. Sie waren über sechshundert Jahre alt. Nachtmaare gehörten zu den gefährlichsten Dämonen überhaupt: fremdartig, eine nahezu substanzlose Wolke, die allen Wesen, die sie berührte, die astrale Kraft aussaugte, bevorzugt bei Drachen und Menschen. Jedes Quäntchen Energie, das dieser unirdische Qualm in sich aufnahm, ließ ihn wachsen, dunkler werden und bestialisch stinken. Nachtmaare waren unersättlich. Sie fraßen und fraßen und fraßen. Bis nichts mehr da war. Auf diese Weise hatten sie während der Torkriege ganze Landstriche entvölkert.

Victoria schluckte beklommen. Die vielen kleinen Flecke in der Gewitterfront, die Lenir zeigte, waren keine Störungen einer verblassenden Erinnerung, sondern unzählige Drachen, die gemeinsam auf die riesige schwarze Wolke feuerten. Manche von ihnen wurden einfach von dem wabernden Dämon verschlungen.

Victoria roch den typischen Gestank von verbranntem Fleisch und kokelnden Autoreifen, ihr wurde übel. Schlaglichtartig durchzuckten die Königin Szenen von ihrem eigenen Kampf gegen die Nachtmaare vor fast sieben Jahren. Eiseskälte kroch in ihren Körper, Victoria zitterte.

Jaromir drückte tröstend ihre Hand. „Danke, Lenni. Wir alle kennen die Bilder."

Lenir ließ die alte Erinnerung verblassen. „Die Nachtmaare stellen unter den Dämonen die größte Bedrohung für unsere Welt dar. Mit allen anderen werden wir irgendwie fertig, aber finden diese Monster den Weg zu unserem Planeten, sieht es schlecht für uns aus. Hier ist der Tisch üppig gedeckt. Ein Nachtmaar würde in einer der mittleren Megastädte wie New York vermutlich nur eine Nacht brauchen, um sich auf Klasse 17 zu fressen. Nach zwei Tagen hätte er Klasse 18. Nach einer Woche 19 und in der Stadt wäre niemand mehr am Leben."

„Wir kennen diese Szenarien", sagte Lexia ruhig. „Wir wissen, dass wir die Biester zur Strecke bringen müssen, bevor sie Klasse 10 erreichen."

Aer nickte düster. „Ja, das müssen wir. Wenn sie klein sind, ist es noch relativ leicht, sie zu überfüttern. Der Beschuss einer Kompanie Roter genügt, um einen Klasse 7 Nachtmaar zum Platzen zu bringen. Doch bei den aktuellen Bevölkerungszahlen ist es schwierig, sie am Wachsen zu hindern. Wir können nicht überall sein und es gibt einfach zu viele Menschen in zu vielen Städten."

Die Kommandantin blickte ernst in die Runde und fuhr fort: „Wir haben das von den Weißen durchrechnen lassen: Sobald die Nachtmaare die Erde als Futterkrippe identifiziert haben, liegt die Wahrscheinlichkeit, dass es innerhalb der ersten zwei Wochen mehr als eine Handvoll Klasse 15 Nachtmaare geben wird, bei achtzig Prozent. Und die SIND ein Problem."

„Wir sind erledigt", stöhnte Felix und ließ sich mutlos gegen die Rückenlehne des Sofas sinken. „Lasst die Zahlen bloß nicht nach außen dringen."

„Keine Sorge. Die halten wir unter Verschluss", beruhigte Victoria mit einem schwachen Lächeln.

„Außerdem arbeiten wir an dem Problem", meinte Lenir, „und da kommen die Meister des Lichts ins Spiel. Ihr magischer Laserstrahl könnte sich im Kampf gegen die Nachtmaare als wirksame Waffe erweisen: Mehr Energie pro Zeiteinheit kann niemand produzieren. Trifft dieser Strahl einen Nachtmaar, entspricht das der Überfütterung in

Reinform."

Alle vier blickten erwartungsvoll zu den Kommandanten der Wölfe.

Aer hob abwehrend ihre Hände. „Wir wollen keine falschen Hoffnungen wecken. Uns liegen weder Daten noch Erinnerungen vor, doch die Hinweise in den alten Dokumenten sehen vielversprechend aus. Allein kann ein Meister des Lichts gegen einen großen Dämon ebenfalls wenig ausrichten, aber als Gefährte und mit Unterstützung der Roten…"

Schweigen breitete sich im Raum aus.

„Egal, wie die Datenlage aussieht", murmelte Lexia schließlich, „ich gebe zu, ich könnte bedeutend ruhiger schlafen, wenn wir einen «Meister des Lichts»-Gefährten in unseren Reihen hätten."

Victoria seufzte stumm. *„So viel zu meinen Hoffnungen."*

Jaromir griff nach ihrer Hand und erklärte an die anderen gewandt: „Das ist der Grund, warum wir alles daransetzen, dass sich Sofie und Xavosch miteinander verbinden, jetzt, wo schon eine Hälfte steht."

Felix nickte nachdenklich. „O Mann, mir tut J leid."

Lexia schaute Victoria an. „Ich dachte, bei Sofie hat sich nichts geregt. Wie kommt ihr auf die Idee, dass sich die Bindung trotzdem noch entwickeln könnte?"

„Es gibt keine halben Gefährtenbindungen", antwortete die schwarze Königin. „Es gibt höchstens Bindungen, die in irgendeiner Form blockiert sind. Ihr beiden", sie sah Felix und Lexia an, „seid das beste Beispiel dafür."

„Wir?", Felix runzelte irritiert die Stirn. „Spielst du damit auf das zweite Gesicht an, das verhindert hat, dass die Goldenen eine Gefährtenbindung zu uns Menschen eingehen können?"

„Ja", bestätigte Victoria, „die Fähigkeit, bei geöffnetem Geist lügen zu können, verhindert die absolute Offenheit, die Basis für solch eine Bindung ist. Genau in diesem Punkt sehen Jaro und ich eine Parallele zwischen den Goldenen und Sofie."

„Na, ich weiß nicht recht", meinte Lexia skeptisch.

„Vici hat recht", unterstützte Aer die Königin. „Sofie hat sich jahrelang vollkommen eingeigelt und niemanden an sich herangelassen. Sie hält die Umwelt auf Distanz und wagt sich ebenfalls nicht an andere heran. Außerdem hat sie lange einen Teil ihrer Persönlichkeit verdrängt."

„Das mag ja sein“, räumte Lexia ein, „aber was willst du dagegen tun? Das zweite Gesicht wurde bei mir durch eine Gehirn-OP entfernt. Du kannst Sofie doch nicht im Kopf herumschnippeln!“

„Selbstverständlich nicht“, erwiderte Jaromir. „Das wäre sinnlos. Nein, der Schlüssel für Sofie liegt im Vertrauen.“

„Vertrauen?“, echote Felix.

„Ja, das sehe ich wie Jaro“, pflichtete Lenir bei. „J war der erste, in dessen Geist Sofie blicken konnte. Er hat sich ihr Vertrauen über Wochen hinweg durch sein Verhalten verdient, so dass sie sich ihm öffnen konnte, mit allem was dazugehört.“ Er zwinkerte anzüglich. „Seitdem sie miteinander in der Kiste waren, kann sie in seine Gedanken sehen, sofern er sich nicht abschirmt.“

Lexia machte große Augen. „Du schlägst nicht ernsthaft vor, Xavosch und Sofie sollten miteinander ins Bett gehen, oder? Dazu wirst du weder ihn noch sie bringen können. Nicht in diesem Leben!“

„Nein“, lachte Lenir, „ich denke vielmehr an Bill. Also, an das freundschaftliche Verhältnis zwischen ihm und Sofie. J hat mir erzählt, dass die beiden sich so gut verstehen, dass Sofie in seinem Geist Schemen erkennen kann. Die Bilder werden von Woche zu Woche klarer.“

Victoria nickte. „Ich wette, bei ihrer Mitbewohnerin Tyra wird sie auch bald etwas sehen, genauso wie bei Kommandant Gabriellosch. Wenn Sofie jemanden gern hat, dann lässt sie sich auf diese Person ein. Vertrauen ist der Schlüssel zum Phönix.“

„Eure Thesen hören sich logisch an“, kommentierte Lexia und strich sich anmutig eine blonde Strähne aus dem Gesicht. „Doch es gibt einen Haken: J, Bill, Tyra und auch Gabriellosch mögen das Mädchen. Sie alle haben sich ihr aus eigenem Entschluss zugewandt. Xavosch wird das nicht tun. Er verabscheut Menschen. Ich kann mir nicht vorstellen, dass er sich freiwillig auch nur in Sofies Nähe begeben wird.“

„Nein, das wird er garantiert nicht“, brummte Felix, „zumal er weiß, dass sich in dem Fall die Bindung weiterentwickelt. Das ist etwas, was er als Wertebewahrer um jeden Preis verhindern wird.“

„Und deswegen brauchen wir euch“, erklärte Jaromir und schaute die goldenen Gefährten eindringlich an. „Ihr zwei könnt sehr überzeugend sein, ohne zu manipulieren."

„Du willst also, dass wir Xavosch dazu bringen, aufrichtig und geduldig um Sofie zu werben?", fragte Lexia mit hochgezogenen Augenbrauen.

Jaromir nickte.

„Tse!", schnaubte Felix. „Das ist, als sollten wir einen talaxianischen Wurm durch ein Nadelöhr treiben. Das ist unmöglich!"

„Dass das schwierig wird, ist uns bewusst", gab Victoria zu. „Aber ihr seid unsere besten Vermittler. Außerdem habt ihr selbst erlebt, wie es ist, wenn eine Bindung blockiert ist. Und ihr kennt die Blauen. Wie oft habt ihr in den letzten Jahren die Differenzen zwischen den Wertebewahrern und den Erneuerern geschlichtet?" Sie öffnete bittend ihre Hände. „Wenn das jemand schaffen kann, dann ihr!"

Schweigen.

„Falls ihr erfolgreich seid, könnte Xavosch sich als Joker gegen die Nachtmaare erweisen", erinnerte Lenir. „Wäre das nicht die Mühe wert, den ollen Wurm durchs Nadelöhr zu quetschen?"

Victoria konnte in den Köpfen ihrer Freunde sehen, wie ihr Widerstand bröckelte.

Schließlich holten Lexia und Felix synchron Luft und erklärten aus einem Munde: „Also gut, wir werden es versuchen."

Ein Aufatmen ging durch die Runde.

„Und jetzt brauche ich erstmal Nervennahrung", knurrte Felix, langte kopfschüttelnd in das Schälchen mit dem Eiskonfekt und schob es zu Aer rüber. „Verdammt! Ich darf gar nicht daran denken, was wir J damit antun."

„Ja, armer J", flüsterte die Kommandantin der Wölfe, nahm ein Konfekt und gab das Schälchen weiter. „Er wird am Boden zerstört sein."

Auch Lenir angelte sich ein Stückchen Zimtschokolade und versprach: „Wir werden uns um ihn kümmern. Der Karfunkel wird nicht allein sein."

„Das werden wir", wisperte Victoria mit schwerem Herzen. *„Aber wird das genügen? Mein armer, armer J..."* Sie seufzte tief und reichte das Schälchen weiter, ohne sich etwas zu nehmen. Wie so oft, war ihr jeder Appetit vergangen.

15. Die Spur der Abtrünnigen

Rückblende – Monate zuvor:

Der letzte G'labrx würde zufrieden mit seinem Kroyork sein. Es war nicht leicht gewesen, doch sie hatten das Suchgebiet eingrenzen können. Der Unterschlupf der rebellischen Magier lag fünf bis sechs Kilometer nordwestlich außerhalb von Hamburg, jedenfalls hatte er das vor ungefähr 650 Jahren getan.

Laut der bruchstückhaften Erinnerungen des Weltenwanderers war es ein einsames Gehöft gewesen, in dessen Kellern sich die Abtrünnigen vor dem Natterngezücht verkrochen hatten. Damals hatte in der Umgebung keine Menschenseele gewohnt. Heute sah das anders aus.

Wie ein unersättlicher Nachtmaar hatte Hamburg sich in den vergangenen Dekaden das Umland einverleibt und war ausufernd gewachsen. Straßen, Häuser und Industrie hatten Schneisen in die Natur gefressen und alte Wegpunkte verschlungen.

Der Flüsterling und sein Wirt hatten tagelang alte Karten und vergilbte Dokumente studiert. Sie hatten die spärlichen Hinweise mit den Erinnerungen des G'labrx‘ abgeglichen und waren nun ziemlich sicher, dass der Geheimbund der Abtrünnigen dort seinen Standort hatte, wo heute Hamburg-Stellingen lag.

„Ja“, brummte Rasmussen und rieb sich müde mit der rechten Hand über sein Gesicht. „Jetzt weiß ich, wo der Geheimbund der rebellischen Magier vor ewigen Zeiten tagte.“

Abgekämpft ließ der Mensch sich aufs Bett fallen.

Malte hatte sich in Hamburg ein günstiges Hotelzimmer genommen – unter falschem Namen selbstverständlich, denn niemand durfte wissen, was er hier tat. Gott hielt schützend die Hand über ihn und so war bei der Anmeldung niemandem aufgefallen, dass der Name, den er in das Formular eingetragen hatte, ein anderer war als der, der auf seinem Ausweis stand.

Erschöpft starrte er auf die Wand. Die Tapete stammte aus den Siebzigern, original, nicht retro. «Günstig» traf es also nicht ganz, was sein Zimmer anging. Heruntergekommen passte besser. Hier würde kein Drache je freiwillig einchecken und nur das zählte. Die Matratze fühlte sich wie Beton an.

Malte konnte sich nicht mehr aufraffen. Er schob mit dem linken Fuß den Schuh vom rechten und umgekehrt.

„Aber", grübelte er, „wie hilft mir die Standortinfo weiter?"

Ächzend rollte Malte sich auf die Seite. Mist. So war es auch nicht bequemer. Zu allem Überfluss bestand die Füllung seines Kopfkissens aus einer knotigen Masse. Diese Schlafstatt quälte ihn von Nacht zu Nacht mehr.

Mein Wirt wälzt sich im Ungemach, stellte der Kroyork lauernd fest und fischte ein Bildnis von Jesus am Kreuz aus den Gedanken des ehemaligen Theologiestudenten.

Prompt zuckte Malte zusammen. „Nein, ich habe keinen Grund, mich zu beschweren. Meine Bequemlichkeit zu opfern ist nicht der Rede wert. Ich sollte mich schämen."

Entzückend! Diese Bibelanspielungen funktionierten bei dem Rasmussen jedes Mal.

Malte seufzte und knuffte das knubbelige Kissen mehr schlecht als recht in Form.

„Und was mache ich jetzt?", sinnierte Malte. „Wie finde ich die genaue Lage? Ich meine, das alte Gehöft ist längst verschwunden, der Boden von Baumaschinen durchpflügt und mehrfach zubetoniert oder asphaltiert. Wie bitteschön soll ich da denn noch auf etwas stoßen?"

„Sofern keine U-Bahnlinie durch den Keller gebaut worden ist, müsste er noch da sein", flüsterte der Kroyork. *„Um nicht von den Echsen entdeckt zu werden, mussten die Magier tief graben. Eine Schicht von mehreren Metern Erde behindert das Orten von Gedankenmustern, das war damals allgemein bekannt. Je tiefer die Rebellen gescharrt haben, desto ruhiger konnten sie schlafen."*

„Ja. Ja, ich erinnere mich wieder dunkel. Solche Informationen haben meine Leute von den Drachen erhalten", murmelte Rasmussen. Der Dämon ließ ihn Dinge sehen, die sich nie ereignet hatten. „Bloß wie soll ich diesen tiefen Keller finden?"

Der Wirt hielt das Unterfangen für aussichtslos. Dieser Narr dachte halbherzig über technische Lösungen wie ein Bodenradar nach, verwarf es jedoch sofort wieder: zu auffällig, zu geringe Scantiefe, zu ungenau festgelegter Standort und außerdem war die Gegend, in der sie suchen mussten, fast vollständig bebaut.

„Ich vertraue auf meine Fähigkeiten", wisperte der Flüsterling salbungsvoll. *„Wie schon so oft, wird der Herr mich leiten und mir den rechten Weg weisen. Hat er mich je in die Irre geführt?"*

„Nein", antwortete Rasmussen respektvoll. „Der Herr ist mein Hirte. Er führet mich auf rechter Straße um seines Namens willen."

Entzückend! Noch mehr Bibelblödsinn. Amüsiert stieg der Kroyork ein: *„Mir wird nichts mangeln."*

Ein ehrfürchtiger Schauer durchrieselte den Wirt. Sein Vertrauen in die Eingebungen des substanzlosen Dämons festigte sich weiter.

Dieses Buch der Bücher war ein Geschenk des Himmels, ein Quell unendlicher Freude! Der Flüsterling griente spöttisch in sich hinein. Die Bibel war eine Multifunktionswaffe mit unzähligen Knöpfen. Jeder Psalm bewirkte eine andere Wundertat. Und als Bonus machte es den Plagegeist Rasmussen mundtot. Das war sogar mehr als entzückend.

Allerdings würde ein Quäntchen mehr an Information den Menschen besser schlafen lassen. Das wäre zielführend. Der Dämon sandte einen Geistesblitz: *„Ich werde nicht nach dem Keller an sich Ausschau halten, sondern nach den darin enthaltenen Artefakten. Ihre Magie beeinflusst das astrale Feld auf eine ganz spezifische Art und Weise."*

Einem Drachen würde das nicht auffallen, aber einem Kroyork, der in einer ausgelaugten Welt wie der Dämonensphäre geboren worden war, der erspürte auch die kleinsten Veränderungen im astralen Gefüge.

„Ja", prophezeite der Flüsterling, *„die Magie wird mir den Weg leuchten wie damals der Stern von Bethlehem den Heiligen drei Königen."*

Von Rasmussen kam keine Reaktion.

Nicht entzückend. Hatte er es übertrieben?

Nein. Sein Wirt war allem Unbill zum Trotz eingeschlafen. Die tagelange Suche hatte Körper und Geist erschöpft und ihn das unbequeme Bett vergessen lassen.

„Na, hoffentlich finden wir wirklich etwas", dachte der Kroyork

deutlich weniger selbstbewusst als noch wenige Atemzüge zuvor. Er musste dem Weltenwanderer gegenüber Erfolge präsentieren und lebende Nachfahren der Abtrünnigen zu finden, das hielt er mittlerweile für ausgeschlossen. Die Himmelsechsen waren sehr gründlich gewesen, was die Beseitigung ihrer Feinde anging. Das hatten sogar ihre eigenen Sprecher Rasmussens Leuten gegenüber zugegeben.

„Der Keller des Geheimbundes ist unsere einzige Spur."

16. Auf einen Blick

Tyra zog die Bungalowtür hinter sich zu und wandte sich an Sofie: „Und? Was hältst du von Rebrax und Lunala?“

Sofie lächelte, als sie an den Schwarzen und die Grüne dachte, die seit der «Triff-die-Drachen»-Zeremonie bei ihnen im Bungalow Nummer 23 lebten. In jedem Häuschen waren ein bis zwei Drachen eingezogen. Sie würden dort bis zu ihrer Abreise in ein paar Wochen wohnen und den Alltag der Studenten mitmachen: Mahlzeiten, Freizeit, Sport und Unterricht, überall waren die Himmelsechsen mit dabei. Einfacher und unverfälschter konnte man einander nicht kennenlernen.

„Lunala erinnert mich stark an Eliande“, antwortete Sofie. „Ich mag sie sehr. Und Rebrax, hmmm, er überrascht mich.“

„Ja? Warum das denn?“ Tyra band ihre glatten blonden Haare beiläufig zu einem Pferdeschwanz zusammen.

„Ach, ich hätte erwartet, dass er irgendwie steifer ist. Schließlich ist er ein Schwarzer. Die Schwarzen, die ich kenne, lieben Regeln und haben nur wenig Sinn für Spaß.“ Sofie zuckte mit den Schultern.

Gemeinsam machten sie sich auf den Weg zu den Sportanlagen. Die Trainingsklamotten hatten sie schon an.

„Tja“, grinste Tyra, „bei den Drachen ist es wie bei uns Menschen. Selbst wenn wir zum selben Kulturkreis gehören, gibt es zwischen den Individuen große Unterschiede.“

„Das kann man wohl sagen“, lachte Sofie. „Rebrax‘ Gesangseinlage eben beim Frühstück war echt einmalig. Ich habe nicht gewusst, dass die Schwarzen so witzig sein können.“

„Doch, doch! Vor zwei Jahren hatten wir einen bei uns zu Gast, der Leute parodieren konnte.“ Die kleine Schwedin kicherte und ihr skandinavischer Akzent ließ ihre Worte noch amüsanter klingen. „Den hättest du sehen müssen. In der letzten Woche seines Aufenthalts hatte sich sein Talent endgültig herumgesprochen. Jeden Abend kamen ‘ne Menge Kommilitonen vorbei und er musste seine Show bei uns im Wohnzimmer geben. Der Bungalow Nummer 23 ist aus allen Nähten geplatzt. Das war toll!“

„Leute parodieren…“ Sofie schmunzelte. „Na, das sollte ich Karvin mal vorschlagen. Der würde mir was husten.“

„Es muss auch Spaßbremsen geben“, meinte Tyra altklug, „schließlich muss ja irgendwer den Laden auf Kurs halten, oder?“

Die kleine Schwedin nickte Richtung Kiesweg. „Apropos Kurs. Was meinst du, wollen wir zu den Sportanlagen joggen? Die richtigen Klamotten haben wir ja schon an.“

„Du hast wirklich Hummeln im Hintern, was, Tyra?“ Sofie schüttelte tadelnd ihren Kopf. „Heute ist der erste Tag, an dem du nach der Magen-Darm-Grippe vor die Tür darfst. Lass es ruhig angehen, sonst haut es dich gleich wieder aus den Socken.“

„Ach Quatsch, ich bin fit“, beharrte ihre Freundin. „Das kleine Stück stecke ich locker weg. Schließlich habe ich die ganze Woche nur rumgesessen. Ich brauche Bewegung!“

„Und die wirst du bekommen. Gleich.“ Sofie ließ sich nicht erweichen. „Als Tutorin unserer Laufgruppe darfst du uns eine ganze Stunde lang durch die Gegend scheuchen. Da kannst du von mir aus rennen. Vorher nicht. Ich habe Eliande versprochen, dich zu bremsen.“

„Ja, ja, Spaßbremse“, neckte Tyra sie. „Eigentlich müsstest du dich blendend mit diesem Karvin verstehen.“

Sofie zwinkerte der Schwedin zu. „Also, die vernünftige Seite von mir fährt voll auf ihn ab.“

Wenig später standen die beiden jungen Frauen auf dem Sportplatz. Es war leicht bewölkt, bestes Wetter zum Joggen. Nach und nach trudelten die anderen Teilnehmer der Gruppe ein, alle schnackten miteinander. Als letzte betrat Leonie den Platz.

Sofie konnte den Widerwillen ihrer «Lieblingskommilitonin» schon spüren, als diese die Umkleide verließ und quer über das Fußballfeld zum Treffpunkt spazierte. Leonie trödelte ganz bewusst. Ihre Aura war provozierend schroff und abweisend wie eine Felswand.

„Prima, alle da. Und das sogar fünf Minuten vor der Zeit“, rief Tyra gut gelaunt, sobald Leonie in Hörweite kam. „Ich hoffe, ihr wart in der letzten Woche auch ohne mich fleißig.“

Halbherziges Gemurmel kam aus der Gruppe.

Die kleine Schwedin grinste. „Wunderbar. John, wie bist du mit den neuen Schuhen klargekommen?"

„Die sind klasse!" John hob den rechten Fuß und blickte zufrieden auf seinen quietschgrünen Laufschuh. „Ich hätte nicht gedacht, dass die Dinger so einen Unterschied machen würden. Danke für deinen Tipp."

„Gern." Tyra lächelte. „Es ist wichtig, dass ihr auf eine gute Qualität achtet. Beim Laufen belastet ihr die Füße mit einem Vielfachen eures Körpergewichts. Wenn die Sohle den Tritt nicht ordentlich abdämpft, macht ihr euch die Gelenke kaputt." Sie drehte sich zu Leonie um. „Wie ist es bei dir?"

Leonie verdrehte genervt die Augen und murrte: „Ich hatte noch keine Zeit, mich um neue Schuhe zu kümmern."

Tyra runzelte überrascht die Stirn. „Du hattest zwei Wochen."

Leonie zuckte gleichgültig mit den Schultern. „Außerdem bin ich pleite."

„Wie kannst du pleite sein? Jeder Student hat von der Akademie ein Konto eingerichtet bekommen. Ich kenne das Budget. Es ist absolut ausreichend, um davon alles Notwendige zu kaufen."

„Für dich vielleicht", gab Leonie schnippisch zurück. „Aber ich musste mir ein Notebook kaufen."

„Ein Notebook?" Tyras Augen wurden schmal. „Notebooks stehen nicht auf der Materialliste."

„Und wie soll ich in den bekloppten Stunden dann mitschreiben?", motzte Leonie.

Dic kleine Schwedin holte tief Luft und erklärte ruhig: „Alle Studenten sind aufgefordert, ihre Notizen handschriftlich zu verfassen. Auch die Abschriften. Einen Computer darfst du dafür gar nicht benutzen."

„Aber das ist doch voll vorsintflutlich! Ich …"

„Kein «aber»", unterbrach Tyra streng. „Das Schreiben per Hand schult deine Motorik und stellte eine wichtige Vorübung für diverse Zauber dar."

„Na super, das hätte man uns ja ruhig mal früher mitteilen können", nörgelte Leonie. Der schroffe Fels ihrer Aura bekam noch schärfere Kanten. Um Unterstützung heischend, sah sie sich zu den anderen um. „Überhaupt bekommen wir so gut wie nie erzählt, warum wir hier was tun müssen oder bleiben lassen sollen. Wir werden wie kleine Kinder behandelt."

Niemand sagte etwas, doch Sofie konnte spüren, dass einige Studenten Leonies Worten durchaus zustimmten.

Tyra schaute entspannt in die Runde. „Ihr bekommt alle Informationen, die ihr braucht. Besonders für die Neuen unter euch wäre es zu viel, wenn wir zu jedem Sachverhalt auch noch eine Begründung liefern würden. Wenn ihr etwas nicht versteht, fragt einfach. An der Akademie hält niemand etwas unter Verschluss. Ansonsten gilt: haltet euch an die Anweisungen. Sie sind in eurem Sinne."

Tyra blickte freundlich von einem zum anderen. „Möchte noch irgendjemand was wissen? Jetzt wäre Gelegenheit."

Schweigen und Kopfschütteln. Die Protesthaltung verflüchtigte sich bei fast allen, nur bei Leonie nicht.

„Gut." Tyra nickte. „Dann lasst uns beginnen. John und Marie, traut ihr euch zu, die Gruppe zu führen? Teilt euch selbst ein: die Schnelleren laufen mit Marie, die Langsameren mit John."

„Und was ist mit dir?", ätzte Leonie. „Läufst du etwa nicht mit?"

Äußerlich ruhig drehte Tyra sich zu ihr um, doch Sofie fühlte, dass ihre Freundin sich ärgerte.

„Nein, ich laufe nicht mit", erklärte die kleine Schwedin und sah leidenschaftslos zu Leonie auf. „Ich werde mit dir hierbleiben und Krafttraining machen."

„Das ist Schikane", zeterte Leonie und stemmte aufgebracht ihre Fäuste in die Hüften. „Du willst dich bloß rächen, weil ich neulich ein bisschen getratscht habe. Meine Güte, was bist du kleinkariert!"

„Ach, Leonie, du nimmst deine Person viel zu wichtig." Der Angriff prallte an Tyra ab. „Deine Lästereien sind mir piepegal. Wenn ich mich rächen wollte, müsste ich das mit deinen Laufschuhen nur unserer Sportleiterin stecken. Frau Rubens kann es nämlich gar nicht ausstehen, wenn jemand ihre Anordnungen missachtet. Aber das ist mir viel zu kindisch. Du hast beim letzten Mal über Knieschmerzen geklagt. Solange du in der nächsten Stunde angemessene Schuhe an den Füßen hast, werde ich dich nicht melden. Die Gesundheit deiner Gelenke ist das, was mich interessiert, nicht dein Ego."

Leonie öffnete empört ihren Mund. „Also... das ist..."
Tyra schaute sie fragend an.
Offenbar wusste Leonie nicht, was sie sagen sollte, denn sie schnappte nach Luft wie ein Fisch auf dem Trocknen.
Als nichts kam, ließ Tyra Leonie links liegen und wandte sich aufmunternd klatschend den anderen zu: „So Leute, seht zu, dass ihr loskommt. Ich habe nicht vor, unsere Stunde mit Gesabbel zu verdaddeln. Abmarsch!"
Sofie bewunderte Tyra wieder einmal für ihre gelassene Souveränität. *„Es ist, als sei sie unverwundbar. Nicht mal die Zimtzicke Leonie schafft es, sie zu verletzen. Davon würde ich mir zu gern eine Scheibe abschneiden. Unfassbar. Sie wird nicht mal ungerecht... ich wäre längst ausgeflippt und hätte die blöde Kuh abgefackelt – trotz des Ableitens."*
Sofie nickte Tyra anerkennend zu. „Bis später dann."
Am Rande nahm sie wahr, dass die lockere Reaktion auf Leonies Attacke die Sympathien für Tyra bei den anderen Kommilitonen verstärkt hatte. Aber da war noch etwas. Sofie spürte, dass sich ihr von hinten eine mächtige Präsenz näherte: wild, kraftvoll und doch erhaben.
„Adler", schoss es ihr durch den Kopf. Sie drehte sich um.
Gabriellosch hatte soeben die Umkleide verlassen und lief auf die Gruppe zu. Er trug Trainingsklamotten.
„Oh, wartet", rief Sofie, „Ich glaube, da kommt noch ein Nachzügler. Das ist Gabriellosch."
Grüßend winkte sie dem Drachen zu und der winkte zurück.
„Ist er nicht ein Roter?", erkundigte sich John mit gedämpfter Stimme. „Ich dachte, die sind immer so diszipliniert. Was ist das für ein lausiger Soldat, der zu spät kommt?"
„Erstens sind wir heute früh dran", meinte Tyra mit einem beiläufigen Blick auf ihre Armbanduhr, „er ist also grade noch pünktlich. Und zweitens sind die Roten angewiesen worden, erst kurz vor knapp zu den Stunden zu erscheinen. Zumindest in der ersten Woche."
John schüttelte verständnislos seinen Kopf. „Warum das denn?"
Tyra schmunzelte. „Du wohnst nicht mit 'nem Roten zusammen oder hattest gemeinsam mit einem von ihnen Unterricht, hmm?"
„Nö, das nicht, doch ich weiß, dass die Aura von denen beeindruckend

ist."

„Sie ist umwerfend", versicherte die Schwedin breit grinsend. „Und übrigens, wenn du deinen Geist nicht abschirmst, kann er deine Gedanken sehen – selbst auf diese Entfernung. Einen Roten solltest du niemals «lausig» nennen, es sei denn, du möchtest, dass es dir «lausig» geht."

Der Kommandant joggte lässig über den Platz. Das Tanktop und die Shorts versteckten weder seine austrainierten Muskeln noch sein breites Kreuz. Seine Bewegungen waren geschmeidig. Sie wirkten unterschwellig explosiv und ließen keinen Zweifel daran, dass er eine hervorragend ausgebildete Kampfmaschine war.

„Ähhh…" John wurde blass. „Aber ich kann meinen Geist noch nicht abschirmen."

„Dann hüte besser deine Gedanken", riet Tyra freundlich.

„Wie denn?" Panik schwang in Johns Stimme mit.

Marie kicherte. „Denk an Blümchen, Häschen und ähnlich harmloses Zeug. Bloß nicht provozieren."

„Häschen?", echote John heiser. „Echt jetzt?"

Gabriellosch näherte sich der Gruppe. Nun wurde deutlich, was für ein Hüne er war. Der Drache verlangsamte sein Tempo, seine ausufernde Aura erreichte die Menschen.

„O mein Gott", keuchte John entsetzt. „Hoffentlich läuft er in deiner Gruppe mit, Marie."

Es war offensichtlich, dass er Angst hatte.

„He, verfallt nicht in Panik", mischte Sofie sich ein. „Gabriellosch ist echt nett. Er tut niemandem etwas zu leide."

Leonie schien zwar anderer Meinung zu sein, doch sie verkniff sich jeden Kommentar.

„Er braucht gar nichts zu tun", wisperte John erstickt. „Ich mach mir auch so gleich in die Hose."

„Ja", bestätigte Tyra fröhlich, „das erste Mal mit einem Roten ist schon ein Erlebnis! Und das nicht nur auf dem Sportplatz…" Sie zwinkerte anzüglich.

Kurze Stille, dann kicherten einige Studenten. Die angespannte Stimmung entkrampfte sich.

Gabriellosch kam langsam heran, er schien zu wissen, wie es den Menschen ging, darum gab er ihnen Zeit, mit seiner Aura klarzukommen.

Tyra behielt ihre Gruppe im Auge. „Roten begegnet man am besten mit aufrichtigem Respekt. Für Angst haben sie durchaus Verständnis, also mach dir keinen Kopf, John. Deine Furcht wird sich in ein paar Minuten legen. Zumindest ein wenig." Sie schenkte jedem in der Runde einen prüfenden Blick. „Alles klar?"

Stummes Nicken.

„Gut." Tyra lächelte zuversichtlich. „Und nun sollten wir so höflich sein und unseren Gast begrüßen."

„Guten Morgen, Tutorin Tyra", kam Gabriellosch ihr zuvor. Er salutierte. „Ich würde gern bei euch mitlaufen, wenn das erlaubt ist."

Geduldig blieb er auf Distanz, während seine Augen zu Sofie Kontakt aufnahmen. Sein vernarbtes Gesicht wirkte gefährlich, doch ihm saß mal wieder der Schalk im Nacken.

„War ja klar. Der Adler amüsiert sich prächtig. Also wirklich, er ist wie ein kleiner Junge. ... Ein frecher kleiner Junge!"

Tyra hob ihre Stimme und drehte sich zu dem Drachen um. „Guten Morgen, Kommandant Gabriellosch. Selbstverständlich darfst du dich uns anschließen. Herzlich willkommen in meiner Laufgru..."

In diesem Moment geschah etwas Seltsames: Ein erdrutschartiges Beben erschütterte die Aura des Roten und ebenfalls die von Tyra.

Sofie schnappte nach Luft.

Die Zeit blieb stehen, die Szene gefror.

Sofie starrte mit großen Augen auf ihre Freunde. Sie hatte den Eindruck, dass sich die Auren der beiden in ihre Einzelteile zerlegten, feiner und immer feiner, so als würden sie zu Staub pulverisiert. Für eine Millisekunde waren sowohl Gabriellosch als auch Tyra komplett schutzlos, ganz auf ihren verwundbaren Wesenskern reduziert.

Erst jetzt fiel Sofie auf, dass Tyra und Gabriellosch einander in die Augen blickten.

Plötzlich umhüllte ein Luftstrom die zwei. Der leichte Wind streichelte Mensch und Drache und wirbelte die elementaren Partikel der Auren auf. Gründlich durchmischte die zarte Brise alles.

Sofie stand nahe bei Tyra. Ihr war es, als würde sie in einer leuchtend bunten Farb-Staubwolke stehen, so ausdrucksstark und lebensfroh war das unsichtbare Aurengemenge. Die Bandbreite der unterschiedlichen Persönlichkeitsaspekte war unfassbar und doch passte alles herrlich harmonisch zueinander.

„Sie gehören zusammen. Genau so muss es sein!“

Der Aurenstaub wogte um das Paar herum. Es verstrich eine Ewigkeit, die kaum einen Herzschlag lang andauerte.

Dann veränderte sich das ziellose Treiben. Langsam fügten sich die Partikel zusammen. Stück für Stück bauten sich die Auren von Drache und Mensch erneut auf, bis sie vollständig waren.

„Gabriellosch ist wieder Gabriellosch und Tyra wieder Tyra. Genau wie immer und doch so anders“, bemerkte Sofie ergriffen.

Die Zeit nahm Geschwindigkeit auf, bis sie normal weiterfloss.

Sofie blickte zwischen ihrer Freundin und dem Roten hin und her. Fassungsloses Erstaunen breitete sich auf beiden Gesichtern aus, gefolgt von Erkenntnis. Und auf einmal begannen vier Augen vor Liebe zu strahlen.

„Sie haben sich gefunden. Wow! So ist das also.“ Unwillkürlich musste Sofie an Xavosch denken und fühlte einen Stich in ihrem Herzen. Die Gegenüberstellung hatte für sie nichts von dieser Magie gehabt.

Neben Sofie atmete John hörbar auf und murmelte: „Ja, tatsächlich, die Bedrohung nimmt ab.“

„Du Einfaltspinsel“, neckte Marie und knuffte ihn in die Seite. „Die beiden haben sich verbunden.“

In diesem Moment lösten sich Tyra und Gabriellosch aus ihrer Trance und traten vorsichtig aufeinander zu. Der Drache überragte die kleine Schwedin mindestens um einen halben Meter.

„Sie ist winzig neben ihm. Eine zarte Elfe und ein vernarbter Riese, was für ein ungleiches Paar…“

Und dennoch spürte Sofie, dass die beiden perfekt zusammenpassten.

„Du bist es?“, flüsterte Gabriellosch ungläubig. Seine Stimme zitterte. Er sah zu Tyra herab und griff scheu nach ihrer Hand. Sie war wie eine Kinderhand in seiner großen Pranke.

„Ja, ich bin es“, wisperte Tyra mit einem selbstbewussten Lächeln.

Glück explodierte. Ein Silvesterfeuerwerk war nichts dagegen.

„Du bist es!“, staunte der Drache.

Die kleine Schwedin strahlte. „Ja!“

„Sie?“, keuchte Leonie entgeistert. „Aber ihr Potenzial ist ein Witz!“

„Halt die Klappe, Leonie!“, zischte Sofie warnend.

Die frischgebackenen Gefährten hatten nur Augen füreinander.

„Du bist es wirklich!“, lachte Gabriellosch. Berauscht packte er Tyra mit beiden Händen bei der Hüfte und wirbelte sie um sich herum.

Tyra kreischte überrascht auf.

„Oh! Entschuldige.“ Unsicher stellte der Rote seine Gefährtin auf den Rasen zurück. „Es ist mit mir durchgegangen.“

„Mit mir auch“, lachte Tyra und legte ihren Kopf in den Nacken, um ihn weiterhin ansehen zu können. Der Blick, den sie ihm schenkte, war innig und voller Zärtlichkeit.

Gabriellosch schüttelte überwältigt den Kopf, seine Miene konnte man getrost als andächtig bezeichnen. „Wow! Du bist es. Ich kann es nicht glauben.“

„Glaub es ruhig“, antwortete Tyra trocken. „Ich stehe ja vor dir.“

Plötzlich ruckte ihr Kopf zu Leonie herum. Auch einige der Laufgruppe starrten die Kommilitonin entsetzt an.

Die Aura des Roten verdunkelte sich bedrohlich, seine Augen wurden schmal vor Zorn.

Leonies Gesicht verlor jede Farbe, sie wagte es kaum zu atmen.

„Was geht hier vor?“ Alarmiert guckte Sofie sich um. Sie konnte Missgunst und Wut spüren, doch sie verstand nicht, was genau hier vor sich ging.

Tyra wandte sich gelassen ihrem Gefährten zu. „Leonie kann nicht begreifen, was ein stolzer Krieger wie du mit so einem Püppchen wie mir will.“

„Ich weiß“, knurrte Gabriellosch. „Ich kann die gequirlte Mantokscheiße in ihrem Hirn sehen.“ Seine Aura flackerte angriffslustig.

Die kleine Schwedin lächelte und legte ihm begütigend ihre kleine Hand auf den Arm. „Erkläre es ihr, sonst rafft sie es nie.“

Der Rote schaute Tyra missmutig an, doch dann nickte er. „Aber nur, weil sie ihre Gedanken nicht abschirmen kann…“

„Selbstverständlich“, grinste Tyra und drückte seinen Arm.

Die Aura des Drachen hellte sich etwas auf. Er drehte sich zu Leonie und fauchte beherrscht: „Du denkst also, meine Gefährtin sei mickrig?“

Leonie erstarrte zur Salzsäule. Sie traute sich weder zu nicken noch den Kopf zu schütteln.

„Mickrig! Ha!“, schnaubte Gabriellosch. „Tyra mag die Gestalt einer Maus haben, aber sie hat das Herz einer labonischen Löwin.“ Seine Miene wurde abfällig. „Bei dir ist es umgekehrt.“

Der Rote blickte wieder zu seiner Gefährtin herab und auf seinem Gesicht ging die Sonne auf. „Mickrig… du! … Das ist ja lächerlich. Ha. Was für ein absurder Scherz.“

Seine Aura verlor die bedrohliche Aggressivität. Seine Gefährtin versetzte ihn in Glückseligkeit. Er schwebte auf Wolke sieben.

„Ich glaube, jetzt hat sie es“, meinte Tyra zwinkernd.

Die Anspannung der Gruppe löste sich.

„Ja, sie hat es“, murmelte Gabriellosch. Verträumt sah er sein Mädchen an. „Du bist perfekt für mich.“

„Wunderbar“, wisperte Tyra. Sie schloss die Augen und stellte sich auf ihre Zehenspitzen. „Dann küss mich endlich.“

Der Drache lächelte und beugte sich langsam zu ihr herab. Seine Aura flackerte erregt.

„Er begehrt sie.“ Sofie wurde mulmig.

Mit jedem Zentimeter, den sich der Rote seiner Gefährtin näherte, nahm das Flackern zu.

„Scheiße, er wird sich VERWANDLEN!“, durchzuckte es Sofie.

„Oh, oh!“, brüllte Marie, „Alle Mann in Deckung!“

Panisch stoben die Studenten auseinander.

Gabriellosch hielt inne und brummte: „Stimmt. Da war ja was.“

„Richtig.“ Tyra seufzte enttäuscht. „Komm, lass uns abhauen.“

Die Brauen des Kriegers hoben sich erstaunt. Anscheinend hatte sie ihm irgendwelche Bilder geschickt. „Bist du sicher? Soll ich das wirklich tun?“

„Na logo!“, entgegnete die kleine Schwedin salopp. „Oder soll ICH dich vielleicht tragen?“

„Nein, Löwinherz, das ist mein Job“, lachte Gabriellosch. Er nahm sie bei der Hand und zog sie von den Menschen weg.

„Du gehörst mir!“, dröhnte er mit tiefem Bass. Noch im Laufen verwandelte er sich mit einer raubtierhaften Bewegung in seine wahre Gestalt: riesengroß, blutrot und muskelbepackt. Seine mächtigen Schwingen entfalteten sich. Vorsichtig, ja fast zärtlich, umschloss er seine Gefährtin mit der rechten Vorderklaue. Gleich darauf drückte er sich ab. Drei kraftvolle Schwingenschläge ließen das Paar rasch an Höhe gewinnen.

Der rote Drache sah sich noch einmal nach der Laufgruppe um, gab ein triumphierendes Trompeten von sich und einen Atemzug später waren die zwei in den Nebeln verschwunden.

Gespenstische Stille legte sich über den Sportplatz.

„Alter“, schnaufte John schließlich. „Wie krass war das denn?!!“

„Ach“, meinte Marie achselzuckend, „so sind die Roten eben, wenn sie verknallt sind.“

„Warum sind sie abgehauen?“, erkundigte sich Leonie leise. Sie war noch immer kreidebleich. „Wieso hat er sie nicht hier geküsst?“

Marie grinste. „Ein Drache in der Bindungsphase ist nicht dazu in der Lage, seine Menschengestalt beizubehalten, wenn der menschliche Gefährte erotische Gefühle bei ihm erregt. Anfangs reicht da schon ein Kuss aus und «buff»! Sie müssen sich verwandeln, koste es, was es wolle.“

„Also, kein Sex in der Bindungsphase“, murmelte John betrübt. „Verdammt, ich habe es nicht wahrhaben wollen.“

Sofie schmunzelte. Sie wusste, dass Tyra kein Kind von Traurigkeit war, was dieses Thema anging. *„Wie sie damit in den nächsten Monaten wohl klarkommen wird? Auf alle Fälle hat sich soeben ihr größter Traum erfüllt. Und Gabrielloschs wohl auch…“*

Sie freute sich von Herzen mit ihren Freunden. Die Verbindung der beiden fühlte sich richtig an.

„So wie bei Jan und mir. Ich wünschte, er wäre hier und hätte das miterlebt. Was für ein außergewöhnlicher Moment…“

Sehnsucht und Glück breiteten sich in ihr aus.

„Bald ist Freitag“, tröstete ihr Verstand.

Sofie lächelte still in sich hinein. *„Ja bald! Und dann werde ich Jan alles zeigen.“*

17. Rock und Roll

Die Nachricht von dem neuen roten Gefährtenpaar verbreitete sich wie ein Lauffeuer an der Steinburg. Noch am selben Abend fand eine fröhliche Zeremonie in der Arena statt. Alle Studenten, Mitarbeiter und Gasthimmelsechsen der Akademie sowie Grimmarr, der Vorsitzende der Drachenversammlung, Aer und Lenir, die Kommandanten der Wölfe, und einige Abgeordnete aus dem Kaleidoskop waren anwesend, als offiziell verkündet wurde, dass Tyra und Gabriellosch Gefährten waren.

Die beiden wurden wie Popstars bejubelt. Anschließend gab es ein Festessen und es wurde bis tief in die Nacht gefeiert. Verbindungen, die außerhalb von «Triff die Drachen» zustande kamen, waren etwas ganz Besonderes.

Sofie hatte beim offiziellen Teil dieser Veranstaltung gemischte Gefühle. Weder die euphorische Stimmung noch der ohrenbetäubende Applaus für ihre Freunde konnte sie darüber hinwegtäuschen, dass dieser Abend inszeniert war. Grüne Himmelsechsen hatten wieder einmal dafür gesorgt, dass die Menschen keine Furcht vor den vielen Drachen empfanden.

Jan erklärte ihr später am Telefon, dass dieses spezielle Rahmenprogramm in früheren Zeiten zum guten Ton gehört hatte. Insbesondere für die Neuen sei die Hilfe der Grünen die einzige Möglichkeit, angstfrei an solchen Events teilnehmen zu können. Grundsätzlich ging es ihm jedoch wie ihr: Er mochte die emotionale Beeinflussung nicht.

In Momenten wie diesen kamen Sofie Zweifel, ob die Allianz zwischen Menschen und Himmelsechsen wirklich so natürlich war, wie die Schuppenträger alle Welt glauben machen wollten.

Jan erzählte ihr außerdem, dass diese Party nicht nur Spaß bringen sollte, sondern einem praktischen Zweck diente. Die Bekanntgabe der Verbindung machte allen klar, dass die Gefährten von nun an tabu waren, was romantische Avancen anging. «Gefährten anbaggern gefährdet die Gesundheit» lautete ein Slogan. Nach der vergnüglichen Zeremonie wusste jeder, dass man von Tyra und Gabriellosch zukünftig die Finger zu lassen hatte.

Am nächsten Tag räumte der schwarze Rebrax sein Quartier im Bungalow Nummer 23 und machte Platz für Gabriellosch. Tyra behielt ihr Zimmer und schlief, sehr zu Sofies Verwunderung, weiterhin in ihrem eigenen Bett.

Darauf angesprochen meinte die kleine Schwedin: „Ach, Sofie, das ist alles sooo.... ich weiß auch nicht. Irgendwie habe ich das Gefühl, ich verliere den Boden unter den Füßen. Alles ist anders. Gabriellosch ist mir fremd und vertraut zugleich. Manchmal denke ich fast, ich löse mich auf in dem neuen Wir."

„Das hört sich bedrohlich an", hatte Sofie stirnrunzelnd geantwortet.

Da hatte Tyra den Kopf geschüttelt und gelächelt. „Nein, Süße, bedrohlich ist das bestimmt nicht. Es ist eher so, dass es zu viel Wunderbares für den kurzen Moment ist. Ich muss mich daran gewöhnen, dass ich einen Gefährten habe. Ich kann mein Glück noch nicht ganz fassen. Hach, mein Herz weiß, dass es absolut richtig ist, aber mein Kopf kommt nicht so fix hinterher. Der braucht Zeit, um sich zu sortieren. Deswegen tut mir ein bisschen Abstand ganz gut. Und Alltag. So weiß ich, dass ich immer noch ich bin."

Das konnte Sofie gut verstehen. Als sie fünfeinhalb Monate zuvor mit Jan zusammengekommen war, erschien ihr das in den Tagen danach ebenfalls unwirklich. Sie war damals wie auf Drogen gewesen und hatte andauernd im Kreis gegrinst. Wohlige Geborgenheit flutete bei dieser Erinnerung ihren Körper. *„Er ist mein Zuhause."*

„Dass die menschlichen Gefährten anfangs in ihrer gewohnten Umgebung bleiben, ist normal", hatte Jan ihr am Telefon erklärt. „Erst wenn sie innerlich bereit sind, gehen sie an die Gefährtenakademie zum Hungrigen Wolf."

„Auch für mich hat sich mit der Verbindung von Tyra und Gabriellosch einiges verändert", dachte Sofie seufzend, als sie am Montag gegen Mittag das Klassenzimmer nach dem Geistesmagieunterricht verließ. *„Ich habe zwei meiner besten Freunde auf einen Schlag verloren."*

Sie schulterte ihren Rucksack und machte sich auf den Weg zum Bungalow Nummer 23. Seitdem der Kommandant und die kleine

Schwedin zusammen waren, trafen sich die Mitbewohner aus Solidarität dort zum Essen. Gabriellosch konnte seine Gestalt nicht immer aufrechterhalten und eine Verwandlung in der Kantine war nicht empfehlenswert.

„Nein, ich habe sie nicht verloren“, korrigierte sich Sofie. Sie lief den heckenumsäumten Weg zu ihrem Häuschen entlang. *„Sowohl Tyra als auch Gabriellosch haben weiterhin Zeit für mich. In den Kursen, die Tyra und ich vorher schon gemeinsam besucht haben, sind wir jetzt zu Dritt. In einigen anderen Stunden ist nur der Kommandant bei mir. Und abends sehe ich Tyra auf dem Zimmer und wir quatschen. Die zwei nehmen sich bewusst Zeit für mich, das kann ich spüren.“*

Trotzdem zuckte sie niedergeschlagen mit den Schultern. *„Alles ist anders. Für Gabriellosch und Tyra hat das Universum ein neues Zentrum bekommen. Ich bin nur noch eine unbedeutende Randerscheinung.“*

„Sei nicht undankbar“, wies Margareta sie zurecht. „Die beiden sind Gefährten. Wie sollen sie sich denn bitte deiner Meinung nach verhalten?“

„Hast ja recht!“ Sofie holte tief Luft und beschleunigte ihre Schritte auf dem Sandweg. Sie freute sich mit Tyra und Gabriellosch und gönnte ihnen das gemeinsame Glück.

Tatsächlich faszinierte Sofie die Bindung zwischen dem Drachen und ihrer Freundin. Beide waren sehr offen und sprachen mit ihr über das, was in ihnen vorging und wie sie die Veränderungen empfanden.

„Sie würden mich sogar in ihren Geist blicken lassen, wenn das denn möglich wäre.“

Doch natürlich funktionierte das nicht. Sofie konnte nichts sehen, mal abgesehen von den Schatten, die sie manchmal wahrzunehmen glaubte.

„Aber auch ohne Gedankenübertragung ist das der Hammer.“

Sofie lächelte verträumt und bog ab. So langsam kannte sie den Weg zu ihrem Häuschen wie im Schlaf.

„Ich darf hautnah bei den frischgebackenen Gefährten dabei sein. Das ist ein großes Privileg. Die Art, wie sie miteinander umgehen, ist beeindruckend: die stumme Zwiesprache, ihre Fürsorge, die Liebe – wow! Und dennoch sind sie sie selbst. Taff, schlagfertig, lässig. Sie frotzeln miteinander rum und kabbeln sich. Die beiden sind echt

füreinander geschaffen."

Sofie wurde das Herz schwer. *„Mir graust vor dem Tag, an dem sie zu den Wölfen gehen und mich hier zurücklassen..."*

Fröstelnd schaute sie nach oben. Der Augusthimmel war heute zwar wolkenverhangen, aber eigentlich war es warm.

„Jan wird von Victoria quer durch die Weltgeschichte gescheucht... Die, die mir am wichtigsten sind, sind bald alle weit weg."

Traurig zog sie den Reißverschluss ihrer Fleecejacke hoch. Nicht mehr lange und sie würde allein sein. Mit solchen Leuten wie Leonie.

„Ach, Mist."

„Hör auf zu jammern", mischte sich die Margareta in ihr ein. „Jan siehst du jedes Wochenende und Bill ist ebenfalls für dich da. Und Eliande. Zählen die etwa nicht?"

„Doch", räumte Sofie ein, *„natürlich zählen die. Ich sollte wirklich nicht so ungerecht sein. Trotzdem werde ich Gabriellosch und Tyra vermissen."*

Wenig später betrat Sofie den Bungalow Nummer 23. Durch die raumhohen Wohnzimmerfenster konnte sie sehen, dass sie nicht die erste war. Der Tisch auf der überdachten Terrasse war bereits für zehn Personen gedeckt und Getränke standen bereit. Tim hatte es sich mit einem großen Glas Eistee auf einem Gartenstuhl bequem gemacht und las etwas auf seinem Tablet-PC.

Sofie stellte den Rucksack neben ihrer Zimmertür ab und ging zu ihrem Mitbewohner nach draußen. „Moin, Tim. Du warst ja schon fleißig, danke."

„Gerne doch, Sofie." Tim schaute lächelnd vom Flensburger Tagesblatt auf.

„Und? Was schreiben sie?", erkundigte sie sich. „Irgendwelche interessanten Neuigkeiten aus deiner Heimat?"

Tim nickte. „Jo. Die Freien Magier gehen mit ihrer neuen Show auf Welttournee."

„Was?" Sofie zog überrascht die Augenbrauen hoch. „Eine Welttournee? Ich dachte, die haben sich grade in Flensburg eingerichtet."

„Ja, aber die spektakuläre Zaubershow wollen alle sehen. «Hans Klok und David Copperfield können einpacken»“, zitierte Tim grinsend die elektronische Zeitung. „«Die Darbietung der sogenannten Freien Magier stellt alles Dagewesene in den Schatten und kommt ganz ohne Superstars und leichtbekleidete Tänzerinnen aus. Die Illusionen sind so perfekt wie atemberaubend und wirken dabei täuschend echt, so dass man glauben könnte, Magie gäbe es wirklich. ‘Diese Show muss man einfach erleben, sonst verpasst man etwas!‘, sind sich die Zuschauer einig.

In den sozialen Medien verbreiten sich Bilder und Filme dieses außergewöhnlichen Bühnenspektakels mit viraler Geschwindigkeit. Die Freien Magier erlauben die privaten Aufnahmen ausdrücklich. ‘Wir haben nichts zu verbergen. Bei uns wird nicht getrickst‘, so der humorvolle Sprecher der Freien.

Aufgrund des großen Andrangs wird es für Flensburg, die Wahlheimatstadt unserer Freien, einen zusätzlichen Auftritt geben. Es wird der krönende Abschluss ihrer furiosen Deutschlandtournee. Danach müssen wir unsere talentierte Truppe mit der Welt teilen. Die Daten der Tour finden Sie unter www.freieMagier.de.»“

„Wow“, staunte Sofie und ließ sich auf den Stuhl neben Tim fallen. „Das ist ja krass. Die leben das voll aus. Warum machen die das?“

„Die Welttournee?“, hakte Tim nach.

„Ja.“ Sofie nickte und schenkte sich ein Glas Wasser ein. „Die treten aufs Gas. Sich zu Tarnungszwecken als Zauberkünstler auszugeben ist eine Sache, aber das hier… Wozu?“

„Die Eintrittsgelder bringen Kohle“, mutmaßte Tim.

„Hmm“, brummte Sofie unschlüssig. „Das sind echte Magier wie wir. Ich kann mir nicht vorstellen, dass es ihnen bloß ums Geld geht. An Kohle können sie auch auf anderen Wegen kommen. Es sei denn, sie bräuchten Unmengen.“

„Stimmt. Lebensunterhalt verdienen ginge definitiv unauffälliger. Vielleicht mögen sie einfach das Rampenlicht?“

„Meinst du? Dieser Rasmussen ist doch angeblich so scheu.“

„Hmm, ja.“ Tim überflog den Artikel auf dem Tablet. „Warte, hier steht noch was.“ Er hielt das Display so, dass Sofie besser gucken konnte und zeigte auf einen Text.

Sofies Blick wurde jedoch von dem Bild darüber angezogen. Eine Frau, bekleidet mit einer bodenlangen schwarzen Robe, stand in der Mitte der Bühne und formte mit ihren Händen einen kürbisgroßen Feuerball, orangerot und bedrohlich glühend. Das Gesicht der Magierin war vor Anstrengung verzerrt. Die Szene wirkte gespenstisch.

Sofie schluckte beklommen. *„Den Feuerball möchte ich nicht abbekommen!"*

„Fertig?", fragte Tim.

„Was? Äh, nein", murmelte Sofie und zwang ihre Augen, den fett gedruckten Text unter dem Bild zu lesen: «Du bist anders, glaubst an das Paranormale und verfügst über ungewöhnliche Talente? Dann komm zu uns und werde ein Freier Magier!»

„Sie rekrutieren!", keuchte Sofie.

„Naja, das tun die Drachen auch", beschwichtigte Tim. „Unsere schuppigen Freunde können nicht alle ausbilden, das betonen sie immer wieder. Die Freien haben sogar schon ein paar der weniger begabten Menschen von den Akademien abgeworben. So ist Platz für neue Studenten."

„Was? Die krallen sich unsere Leute?" Plötzlich hatte Sofie ein ungutes Gefühl. „Und was sagt das Kaleidoskop dazu?"

„Keine Ahnung, aber das Tagesblatt der Drachen, das «Verschwiegene Auge», schreibt, dass das im Sinne aller sei", erwiderte Tim gelassen. „Falls die Tore sich irgendwann öffnen sollten, ist jeder Magier ein Gewinn für den Planeten, egal von wem er ausgebildet wurde."

„Aber Jan meinte, dass sich die Freien nicht in die Karten gucken lassen", merkte Sofie an. Sie tippte beunruhigt auf das Foto mit der Feuerballmagierin. „Das hier sieht für mich nicht nach einer harmlosen Gaukelei aus."

„Umso besser", gab Tim grinsend zurück. „Die Freien haben echt was auf dem Kasten, das stand auch im «Verschwiegenen Auge»."

Sofie furchte besorgt die Stirn. „Und woher haben sie das Wissen? Wer hat ihnen das beigebracht?"

„Weiß nicht." Tim zuckte mit den Achseln. „Der Anführer, dieser Malte Rasmussen, scheint ein echtes Naturtalent zu sein."

„Kann die Natur so viel Talent in so kurzer Zeit hervorbringen?"

„Offenbar schon." Tim lächelte gelassen. „Bevor die Drachen dich gefunden haben, sind dir da nicht auch merkwürdige Dinge passiert? Gerade über den Phönix sind mir ein paar ziemlich abenteuerliche Gerüchte zu Ohren gekommen: fliegende Tische, pulverisierte Dachziegel, Visumsprojektionen und so'n Zeug. Wer hat dir das gezeigt?"

„Niemand", gab Sofie zu.

„Siehst du. Wahrscheinlich ist dieser Rasmussen ein echter Crack im Vergleich zu uns. Kein Grund, misstrauisch zu werden. Die tun doch niemandem was." Tim zwinkerte ihr zu. „Das Kaleidoskop hat erklärt, dass die Herrschaft der Goldenen hinter uns liegt. Die alten Fehler sollen kein zweites Mal gemacht werden. Entsprechend wird die Privatsphäre anderer Rassen und Völker heutzutage respektiert. Und darüber bin ich ehrlich gesagt ziemlich froh."

„Ja, ich auch." Sofie nickte.

„Apropos Privatsphäre", Tim grinste verschmitzt, „wie war denn dein Wochenende mit Jan? Nach eurem Abschiedskuss letzte Woche auf dem Parkplatz vor der Burg ist euer Liebesleben an der Akademie in aller Munde."

Prompt schoss Sofie das Blut in die Wangen.

„Was denn?", lachte Tim. „Du küsst deinen Lover, dass einem nur vom Zusehen heiß wird, und jetzt wirst du rot? Du bist ja süß!"

„Ich weiß. Daran muss ich arbeiten", murrte Sofie peinlich berührt.

„Ja, das solltest du tun. Immerhin gehörst du zu den wenigen, die das Gelände am Wochenende überhaupt verlassen dürfen. Von der Tatsache, dass du einen nicht schuppigen Freund hast, will ich gar nicht erst reden…"

Tim schaute Sofie belustigt an. Sein Blick war frei von Vorwürfen, trotzdem fühlte sie sich schuldig. Im Gegensatz zu den meisten anderen genoss sie Privilegien. Kein Wunder, dass Leute wie Leonie sie auf dem Kicker hatten.

„Das waren meine Bedingungen", entschuldigte sie sich unbeholfen. „Ich wäre nicht an die Akademie gegangen, hätte ich mich von Jan trennen müssen."

„Also, an dieser Rechtfertigerei solltest du ebenfalls arbeiten." Tim klopfte ihr brüderlich auf die Schulter. „Lass dich nicht in die Ecke drängen. Du hast etwas ausgehandelt, was dir wichtig ist. Dafür musst du dich nicht verteidigen. Das hätte jeder machen können."

„Jeder? Das kann ich mir nicht vorstellen." Sofie schüttelte den Kopf. „In der ersten Zeit ist der unbeaufsichtigte Kontakt zu Uneingeweihten verboten. Wenn man darauf besteht, wird man gar nicht erst an die Akademie aufgenommen."

„Und genau das ist der Punkt!" Tim grinste breit. „Unsere Kommilitonen waren alle viel zu scharf drauf, hierher zu kommen, dass sie ihren Liebsten freiwillig den Laufpass gegeben haben. Bei dir war es anders. Du hättest der Akademie den Laufpass gegeben, oder?"

Sofie nickte stumm.

„Na, siehste!", meinte Tim zufrieden. „Jeder bekommt das, was er verdient. Lass dir nichts anderes einreden und vor allem lass dich nicht von dummen Sprüchen ärgern. Das hast du gar nicht nötig."

„So wie er es sagt, hört sich das richtig an." Sofie seufzte und nickte abermals. „Danke."

„Bitte."

Schweigen. Sie tranken beide einen Schluck.

„Und?" Tim strahlte unschuldig und kam auf seine ursprüngliche Frage zurück: „Was treibt man so am Wochenende mit dem WyvernPower Chef?"

Erinnerungen fluteten Sofies Geist: ein Sonnenuntergang, sie schwebte bis zum Hals im herrlich kühlen Ostseewasser, konnte Jans Haut auf ihrer spüren, er zog sie an sich, zärtliche Küsse, drängende Leidenschaft, nicht mehr warten wollen…

Ihr wurde heiß. Der Nachhall ihrer Erregung prickelte durch ihre Adern und prompt schoss ihr erneut die Röte ins Gesicht.

„Wir…ich…", stammelte Sofie, „wir waren …"

Ihr Verstand stöhnte innerlich: „Wie peinlich!" und schob resolut die erotischen Gedanken beiseite. Stattdessen zauberte er das Bild von einem großen Eisbecher hervor.

„Wir waren Eis essen in Italien", brachte Sofie hervor.

„Soso, Eis essen also…" Tim grinste anzüglich. „Wart ihr mit dem Jet unterwegs?"

„Nein", antwortete Sofie und hoffte, dass ihre Feuermelder-Birne langsam wieder eine normale Farbe annahm. „Wir waren in einem winzigen Dörfchen im Gebirge. Da gab es garantiert keine Landebahn. Wir waren mit Bill unterwegs."

„Er muss euch ja sehr mögen." Tim schob sein Glas auf den Tisch zurück. „Normalerweise lassen sich die Drachen nur ungern als Taxi benutzen."

„Bill ist mit Jan und mir befreundet", erklärte Sofie ernst. „Von Taxi kann da keine Rede sein. Es war sein Vorschlag und er hat das größte Eis verputzt."

Tim schaute sie skeptisch an. „Ich habe gehört, dass dieser Billarius bummelig 400 Jahre alt ist und dazu begabt. Kann man einander da überhaupt auf Augenhöhe begegnen?"

„Absolut." Sofie nickte nachdrücklich und lächelte. „Sein Herz ist mindestens so groß wie seine Neugier. Eigentlich hat er immer tausend Fragen im Kopf, besonders, was uns Menschen angeht. Da lernt er von mir, ansonsten ist es umgekehrt. Bill gibt sein Wissen gern weiter."

„Du strahlst ja richtig", stellte Tim überrascht fest. „Ich finde die Weißen eher anstrengend mit ihrer wuseligen Art. Das macht mich irre. Die führen doch keinen Gedanken zu Ende."

„Das stimmt so nicht", widersprach Sofie schmunzelnd. „Sie beschäftigen sich nur mit mehreren Dingen gleichzeitig und springen zwischen diesen Themen hin und her. Das kann schon mal verwirrend für uns sein. Ich lasse nichts auf Bill kommen. Er ist großartig!"

„Na, diese Einschätzung beruht anscheinend auf Gegenseitigkeit." Tim lachte. „Ich habe Bilder von seinem Statement Gabriellosch gegenüber gesehen. Es ist schon ungewöhnlich, dass ein Weißer einen Roten so in die Schranken weist und sein Territorium verteidigt. «Sofie ist meine Schülerin»! Haha. Er hatte Schiss, das war offensichtlich."

„Die Weißen sind nicht besonders mutig, aber sie sind loyal. Für die, die ihnen wichtig sind, würden sie durchs Feuer gehen", erwiderte Sofie stolz. „So ist das mit Freunden."

„Gut gesprochen." Tim erhob anerkennend seinen Eistee. „Darauf trinke ich. Auf die Freundschaft."

Sofie lächelte und prostete ihm mit dem Wasser zu. „Auf die Freundschaft."

Beide nahmen einen Schluck.

„Und?“, erkundigte Sofie sich, „Wie lief es hier am Wochenende mit Gabriellosch und Tyra?“

„Gut“, erwiderte Tim betont unbefangen, doch Sofie bemerkte den Schatten, der über sein Gesicht huschte.

Ein Rieseln und sie war sich sicher, dass er neidisch auf den Roten war. Sein lässiges Angebot, Tyra nach ihrem Abschluss an der Akademie abzuschleppen, war durchaus ernst gemeint gewesen. Für ihn war Tyra mehr als nur irgendeine Freundin.

„Die zwei waren viel für sich“, berichtete Tim äußerlich gelassen. „Frisch Verliebte eben. Aber gegessen haben sie fast immer mit uns.“

„Jan hat mir erzählt, dass die Drachengefährten in der Bindungsphase ziemlich eifersüchtig werden und gefährlich aufbrausen können. Weißt du, wann die beiden weggehen müssen?“

„Ach“, winkte Tim ab, „in den nächsten Wochen ist das mit der Eifersucht noch kein Problem. Tyra meinte, dass sie jetzt erstmal Unterrichtsstoff aufholen will. Das Lernen über die Geistesverbindung ist sehr effizient.“

„Stimmt. Wir haben am Wochenende telefoniert. Da sagte sie: «Ich will nicht als Trottel bei den Wölfen aufschlagen.» Heute in Latein konnte sie jedenfalls richtig glänzen.“ Sofie blickte ihn nachdenklich an. „Waren das ihre Antworten oder die von Gabriellosch?“

Tim zuckte mit den Schultern. „Das ist nicht wichtig. Sobald sie vollständig miteinander verbunden sind, können sie eh auf das Wissen des Partners zugreifen.“

„Das ist schon ganz schön krass“, murmelte Sofie.

„Mhmmmm“, brummte Tim und trank noch einen Schluck Eistee. „Bis es soweit ist, werden allerdings noch etliche Monate ins Land gehen, wenn nicht sogar Jahre. Und außerdem kann über die Geistesverbindung dauerhaft nur das vermittelt werden, was der Lernende mit seinem eigenen Intellekt erfassen kann.“ Er grinste. „Aus Hein Blöd wird als Gefährte also auch kein Einstein.“

Sofie lächelte schief. „Irgendwie beruhigend, oder?“

„Jep. … Oh, schau an!“ Tim nickte Richtung Rasen. „Wenn man vom Teufel spricht, kommt er gerannt.“

Tatsächlich schlenderten Gabriellosch und Tyra über die Wiese auf die Terrasse zu. Der Kommandant trug eine große Styroporbox mit dem Logo der Mensa in seinen Händen. Die kleine Schwedin wirkte neben ihm wie ein Kind.

Im selben Moment öffnete sich die Haustür und drei ihrer Mitbewohner betraten quatschend das Haus. Die anderen kamen hinter den Gefährten über den Rasen.

„Na, dann kann es ja losgehen mit der Essensschlacht", seufzte Sofie. Wenn alle Bungalowbewohner an einem Tisch saßen, wurde es meist ziemlich laut.

„Doch!"

Tyras Stimme erscholl laut über der Grünfläche. Sofie sah, dass ihre Freundin Gabriellosch energisch in die Seite knuffte.

„Das sollten wir sehr wohl machen."

„Nein!", widersprach der Rote ebenso resolut. „Wie alle Drachen bin ich deutlich stärker als ihr Humanoiden. Welchen Sinn würde da ein Kampf machen. Außerdem brechen Menschenknochen schnell, besonders wenn sie so zart sind wie deine."

„WAS?", rief die kleine Schwedin entrüstet. „Bin ich dir etwa jetzt zu klein zum Kräftemessen? Das ist nicht dein Ernst!!!"

„Nein, du bist nicht zu klein. Du bist genau richtig für mich", grummelte Gabriellosch genervt. „Und ja, ich meine das ernst! Ich werde NICHT mit dir kämpfen."

„Du sollst ja auch GEGEN mich kämpfen", protestierte Tyra.

Der Rote blickte kopfschüttelnd auf seine Gefährtin herab. „Ich könnte dich verletzen. Das wäre unverzeihlich."

„Seit wann tragen Krieger Samthandschuhe?", zischte Tyra abschätzig. „Ich kann einstecken, das weißt du."

„Du hast das Herz einer Löwin", bestätigte Gabriellosch. „Dein Körper ähnelt jedoch mehr einer Elfe."

„Argh! Was für ein schwachsinniges Geseier!"

Tyras schwedischer Akzent schlug voll durch und ließ ihre Worte unbeabsichtigt niedlich klingen. Die beiden hatten die Terrasse fast erreicht.

Der Kommandant grunzte unwillig: „Wir Roten «seiern» nicht. Wir reden Klartext."

Tim beugte sich amüsiert zu Sofie rüber und flüsterte: „Also sprachlich haben die beiden hier schon viel gelernt."

Es war offensichtlich, dass Tim den Streit des Paares genoss.

„Ging das am Wochenende auch so?", wisperte Sofie zurück.

Tim nickte mit einem ironischen Grinsen. „Jep. Deren Himmel hängt voller Geigen."

„Aber sicher seiert ihr Roten. Und wie!" Wütend stellte Tyra sich vor den Drachen und stemmte ihre Fäuste in die Hüften. „Das sind doch alles bloß Ausreden! Ich weiß, dass du eine Prüfung ablegen musstest, bevor du für das Austauschprogramm zugelassen wurdest. «Unauffälliges menschliches Verhalten» ist Teil davon. Und den Schein bekommt nur der, der seine Kräfte menschlich wirken lassen kann. Dazu musst du sie dosieren. Also komm mir nicht mit", Tyra äffte seine Stimme nach, „«Wie alle Drachen bin ich deutlich stärker als ihr Humanoiden.» Ich will doch bloß einen waffenlosen Übungskampf ohne Magie."

„Und ich sage, das ist zu gefährlich." Gabriellosch trat einen Schritt zur Seite und ging an Tyra vorbei. „Du hättest keine Chance. Ich bin ein roter Krieger."

„Falsch, du bist ein Weichei!", widersprach Tyra aufgebracht. Sie war stinksauer.

Der Kommandant warf stöhnend den Kopf in den Nacken und stellte die Styroporbox auf den Tisch.

„Ehrlich Leute, ihre Hartnäckigkeit macht mich irre", grollte er an Sofie und die anderen Bungalowbewohner gewandt. Mittlerweile hatten sich fast alle auf der Terrasse versammelt.

„Stimmt", entgegnete Tim.

Gabriellosch furchte argwöhnisch die Stirn. „Du bist meiner Meinung?"

„Ja, und Tyras ebenso", meinte Tim trocken. „Sie ist hartnäckig und du bist ein Weichei."

Nun stemmte auch der Drache seine Fäuste in die Seiten. Seine Aura flackerte düster auf. „Willst du mich beleidigen?"

„Das würde ich nie wagen", gab Tim liebenswürdig zurück. „Du bist ein roter Krieger, Kommandant! Wie könnte ich so dreist sein, dich herauszufordern?"

Gabriellosch nickte grunzend. „Das will ich dir auch geraten haben."

„Herausfordern kann man schließlich nur jemanden, der sich auch herausfordern lässt." Tim strahlte übers ganze Gesicht. „Aber du kämpfst ja nicht gegen uns Menschen mit unseren zerbrechlichen Knochen."

„Für dich mache ich glatt 'ne Ausnahme, Bürschchen!", fauchte der Drache barsch und beugte sich mühsam beherrscht zu Tim herab.

Sofie schluckte alarmiert. Die Aura des Roten war aufgewühlt und bedrohlich aggressiv. *„So sieht eine Gewitterfront aus, kurz bevor es losgeht! Der Adler ist gereizt bis unter die Hutschnur. Ist Tim verrückt geworden?!"*

Doch Tim gab sich gelassen. „Ach, der Kampf mit mir würde dich langweilen. Nimm lieber sie!" Er zeigte auf Tyra.

Die strahlte ihn an. „Danke, mein Schatz! Endlich mal einer, der meine Fähigkeiten nicht belächelt!"

„Ich bin doch nicht lebensmüde, Engelchen!" Tim warf ihr eine Kusshand zu, bevor er sich mit ernstem Gesicht an den Drachen wandte. „Falls du an diesem Tisch eine kriegerische Herausforderung suchst, nimm deine Gefährtin."

Schweigen.

Gabrielloschs Augen waren schmal, die Hauptschlagader an seinem Hals pulsierte und seine Aura erinnerte an einen Lavastrom. Ihm war anzusehen, dass er Tim am liebsten eine verpasst hätte. Oder auch zwei.

„Tyra zu unterschätzen, gibt blaue Flecke", murmelte Jule in die angespannte Stille hinein.

Sofie spürte, wie sich Zustimmung unter denen ausbreitete, die die kleine Schwedin schon länger kannten.

„Nur einen Übungskampf", bat Tyra und legte ihrem Gefährten begütigend die Hand auf den Arm.

Sogleich beruhigte sich die Aura des Drachen merklich.

„Danach nerve ich dich auch niiiie wieder damit!", versprach sie und lächelte treuherzig. „Ehrlich!"

Gabrielloschs Widerstand bröckelte. Trotzdem drehte er sich schnaubend zu ihr um. „Was, wenn ich dich verletze?"

„Ach", entgegnete Tyra gelassen, „der Phönix hat Eliandes Nummer in ihren Favoriten."

Die beiden taxierten ihren Partner für einen Moment.

Halsstarrig. Keiner wollte nachgeben.

„Ein einziger Kampf", knurrte Gabriellosch irgendwann, „und danach ist dieses Thema ein für alle Mal abgehakt!"

„Ja." Tyra nickte feierlich. „Abgehakt. Einverstanden."

Wie sie so dastand, bekleidet mit einer luftigen Sommertunika, einem halbtransparenten knielangen Rock, den offenen blonden Haaren, die ihr sommersprossiges Gesicht noch schmaler erscheinen ließen, und den grünen Augen voller Aufrichtigkeit, ganz allein vor der großen Wiese mit dem alten Baum, da wirkte Tyra tatsächlich wie eine Elfe: harmlos und zart, vor allem jedoch wehrlos. Es bestand kein Zweifel, dass der rote Krieger sie mit dem kleinen Finger besiegen würde.

„Was habe ich mir nur dabei gedacht?", stöhnte Gabriellosch.

„Dass ich noch dickköpfiger bin als du?"

Tyra lächelte unschuldig, angelte sich ein Zopfgummi aus der Rocktasche und band ihre Haare zu einem Pferdeschwanz zusammen.

„Na, das ist allemal wahr", grummelte der Krieger. Schicksalsergeben wandte er sich an Sofie. „Legst du dein Handy bereit? Ich kenne Eliandes Gedankenmuster nicht und möchte keine Zeit verlieren, falls…" Er brach ab.

Sofie nickte stumm und zog ihr Smartphone aus der Fleecejacke. Sie hatte ein mulmiges Gefühl.

„Der Ausgang des Kampfs ist klar. Ich weiß, dass Tyra taff ist, aber warum macht sie das bloß? Und wieso hat Tim ihr geholfen?"

Tim zwinkerte seiner Freundin zu. Zuversichtlich reckte er seinen Daumen in die Höhe. „Zeig ihm, wer die Hosen anhat, Engelchen!"

Gabriellosch bedachte ihn mit einem vernichtenden Blick und näherte sich seiner Gefährtin. Alles an ihm war defensiv in diesem Moment. Er wollte sie nicht angreifen. Er WÜRDE sie nicht angreifen. Allenfalls würde er sich verteidigen. Halbherzig, um ihren zerbrechlichen Körper nicht zu verletzen.

„Keiner sieht bei dem anderen in die Gedanken", forderte Tyra.

„Natürlich nicht!", brummte der Drache. „Dann wäre das hier ja noch sinnloser."

„Genau." Tyra ging leicht in die Knie und suchte sich mit den Füßen einen sicheren Stand. Kämpferisch blickte sie zu ihrem Gefährten auf.

„Bereit?"

„Nein", murrte der Rote, „aber lass es uns einfach hinter uns bringen, ja?"

„Nimm mich ernst", verlangte Tyra. Sie reckte ihm energisch die Stirn entgegen.

„Wie denn?", zischte der Rote. Er rollte genervt mit den Augen und hob seine Hände. „Ich bin einen halben Meter größer als du und meine Armlänge beträgt bald das Doppelte von deiner." Er machte einen zaghaften Schritt auf sie zu, so dass er direkt vor ihr stand. „Du kommst nicht mal an mich heran. Wie willst du denn…"

Während er sprach, ließ er achtlos seine Hände sinken. Blitzschnell packte Tyra mit ihrer rechten Hand sein linkes Handgelenk, machte einen Satz hinter sein linkes Bein, stemmte ihren Fuß bei seiner Verse ins Gras, beugte ihr Knie und riss den Drachen mit einem überraschend starken Impuls nach hinten.

Das hatte der Krieger nicht kommen sehen. Er wollte sich mit einem Rückwärtsschritt abfangen, doch das verhinderte Tyras aufgestelltes Bein. Es ließ sein Knie einknicken. Gabriellosch taumelte. Wie eine gefällte Eiche stürzte er ins Gras.

Rumms!!!

Einen Wimpernschlag später hockte Tyra auf seinem Brustkorb, fixierte seine Arme unter ihren Knien und drückte ihm die rechte Handkante an den Hals.

„Deine Unaufmerksamkeit und mein tiefer Schwerpunkt machen einiges wett, mein Lieber", erklärte Tyra lässig.

„Alter Schwede!", keuchte Sofie. Sie war baff.

„Nee, junge Schwedin!", kicherte Tim neben ihr. „Die Roten sehen es nie kommen. Bislang hat sie noch jeden Krieger herausgefordert, der bei uns eingezogen ist."

Gabriellosch starrte sie entgeistert an. „Du hast mich stolpern lassen!"

Seine Gefährtin strahlte. „Richtig, du Esel!"

Dann rollte sie sich athletisch von seinem Oberkörper und kam in sicherer Entfernung wieder zum Stehen. „Um dich umzuhauen bin ich schließlich viel zu klein und zu schwach. Aber ich bin nicht blöd!"

Fassungslos rappelte der Kommandant sich auf. „Mach das noch mal.“

„Vergiss es!“, lachte Tyra. „Bei dem Größenunterschied klappt das nur, wenn der Gegner nicht damit rechnet.“

Das Gesicht des Drachen verdüsterte sich. „Na schön. Und jetzt?“

„Jetzt bist du dran.“ Sie grinste und ging erneut leicht in die Knie. „Greif mich an!“

Gabriellosch schnaubte: „Wenn ich dich wirklich treffe, ist es über unsere Geistesverbindung, als würde ich mich selbst schlagen.“

„Weichei!“, trällerte Tyra honigsüß. „Wir waren uns doch einig, dass wir das mit der Geistesverbindung während des Kampfes sein lassen.“

Der Rote grunzte unwillig. Er hatte eindeutig Manschetten, nach ihr zu schlagen.

„Nimm mich ernst“, flötete Tyra und behielt seine Bewegungen genau im Auge.

„Ich werde dir deinen hübschen Dickschädel zertrümmern“, jammerte der Drache und machte einen zögerlichen Schritt auf sie zu.

„Das wollen wir erstmal sehen.“ Harmlos lächelnd wich Tyra zwei Schritte zurück. „Na los, mach schon!“

Neben Sofie gluckste Tim amüsiert: „Sie wird ihn so dermaßen nassmachen!“

Und tatsächlich: in dem Augenblick, als der Kommandant halbherzig zum Schlag ausholte, tauchte Tyra ab, hieb mit der rechten Handkante gegen die Innenseite von Gabrielloschs linkem Oberschenkel und hechtete durch seine Beine. Sie rollte sich geschickt ab und kam sofort in sicherer Entfernung hinter ihm auf die Füße.

„Wird die Oberschenkelarterie mit einem Messer verletzt, hast du vielleicht noch fünf Minuten, bis du verblutet bist“, dozierte sie. „Verdammt, nimm mich endlich ernst!“

Tim unterdrückte ein Prusten. „Hach! Die Roten schauen immer so herrlich belämmert aus der Wäsche, wenn ihnen dämmert, dass unser Engelchen in Wahrheit ein verkappter Kampfterrier ist.“

Gabriellosch sah wirklich ziemlich verdattert aus. Unzufrieden runzelte er die Stirn. Er war hin- und hergerissen zwischen dem Bedürfnis, seine Gefährtin nicht zu verletzen und seine Kriegerehre wiederherzustellen.

Es folgten zwei verhaltene Angriffe vom Roten, denen die blonde

Schwedin auswich.

Gebannt beobachtete Sofie den Schlagabtausch ihrer Freunde. *„Die Körperspannung des Adlers hat sich verändert. Nun ist er auf der Hut!"*

Trotzdem wirkte der Krieger gehemmt bei seiner nächsten Attacke.

Tyra sprang früh genug beiseite und feixte: „Du schlägst zu wie ein Bär in der Winterruhe, aber echt!"

Das reichte.

Ein Ruck ging durch Gabrielloschs Aura. Das Mitgefühl für seine Gefährtin verschwand, der Kampfgeist loderte hell auf. Seine Augen wurden schmal und die Bewegungen raubtierhaft. Aufmerksam taxierte er seine Gegnerin.

Sofie umklammerte beklommen ihr Smartphone. *„JETZT nimmt er sie ernst."*

„Na endlich, das Bärchen ist wach!", provozierte Tyra ihn weiter und wollte um ihn herumtänzeln.

Doch diesmal war der Drache schneller. Seinen Schlag konnte niemand vorausahnen. Gabriellosch traf seine Gefährtin von unten mit der flachen Hand am Brustkorb. Der Hieb ließ sie rückwärts durch die Luft schießen.

Sofie hielt den Atem an. In Zeitlupe sah sie Gabrielloschs Augen sich weiten. Zufriedenheit spiegelte sich darin wider. Aber dann begriff er, was er getan hatte und Entsetzen erfasste ihn.

In Tyras Flugbahn stand der alte Baum. Gegen den würde sie im nächsten Atemzug mit ihrem Rücken krachen.

Hilflos hob Gabriellosch seine linke Hand, so als wolle er sie in der Luft festhalten.

Sofie spürte das typische Kribbeln von Magie. Die Aura an der Faust des Drachen veränderte sich.

„Verdichtete Luft!", erkannte Sofie. *„Er formt einen Luftschild!"*

Und den schleuderte der Drache seitlich gegen seine Gefährtin. Er traf Tyra an der rechten Schulter. Der Impuls veränderte ihre Flugbahn so, dass sie knapp am Baum vorbeisegelte und zwei Meter weiter im Gras landete.

Geschickt rollte die Schwedin sich ab. Beiläufig rieb sie sich die Schulter, warf dem Baum einen verwirrten Blick zu und taxierte sofort wieder ihren Gegner.

Ein Raunen ging durch die Bungalowbewohner, gefolgt von unterdrückten Schreien und aufgeregtem Gemurmel.

Gabriellosch war blass geworden. Betroffen machte er einige Schritte auf seine Gefährtin zu. „Alles in Ordnung bei dir?"

„Na logo." Tyra fasste sich zwar ein zweites Mal unbehaglich an die Schulter, doch sie meinte lässig: „Das ist gleich wieder weg."

Der Drache seufzte erleichtert. „Wir brauchen unbedingt ein geeignetes Übungsgelände, bevor wir fortfahren."

Tyra gab ihre Kampfhaltung auf.

„Fortfahren?" Hoffnungsvoll schaute sie Gabriellosch an.

Der Rote nickte ernst.

Tyra grinste harmlos. „Ich dachte, wir haken das Thema ein für alle Mal ab, wenn wir hier fertig sind."

Gabriellosch schüttelte feierlich seinen Kopf. „Nein, Löwinherz."

„Aber dann ... müsste ich", sie gestikulierte unbestimmt mit ihren Händen, „mein Versprechen dir gegenüber brechen. Wäre das nicht unehrenhaft?"

„Du nimmst mich schon wieder hoch, nicht wahr?", knurrte der Drache und packte sie mit seinen Pranken bei den Oberarmen.

„Nur ein bisschen." Tyra kicherte kokett. „Du stehst doch auf selbstbewusste Frauen, oder etwa nicht?"

Die Stimmung kippte. Erotische Schwingungen breiteten sich zwischen den Gefährten aus.

„Und wie ich das tue", raunte Gabriellosch. „Wo hast du diese Angriffstaktik bloß her?"

Tyra lächelte. „Meine Mutter sagt immer: «Für seine Körpergröße kann niemand was. Aber wer wehrlos ist, ist dumm.»"

„Eine kluge Frau, deine Mutter", krächzte der Drache kehlig. Das erregte Flirren in seiner Aura nahm zu.

„Ja, das ist sie", bestätigte Tyra.

Die Blicke der beiden trafen sich und verhakten sich ineinander. Das unsichtbare Prickeln um sie herum wurde stärker.

„Küss mich", forderte Tyra mit belegter Stimme.

„Zu Befehl." Gabrielloschs Aura pulsierte, als er sich zu ihr herab beugte und seine Lippen leidenschaftlich auf ihre presste.

Die Gefährten schienen die Welt um sich herum zu vergessen.

„Wow! Die Anziehungskraft zwischen den beiden ist wie ein Sog!", stellte Sofie erstaunt fest. *„Die können die Finger nicht voneinander lassen."*

Die Lust der Gefährten war ansteckend. Prompt dachte Sofie sehnsüchtig an Jan.

Am Rande nahm sie wahr, dass Gabrielloschs Aura flirrend auseinanderfloss. Nicht mehr lange und er würde sich in seine Drachengestalt verwandeln müssen.

„Anstandsmitbewohner an die Frischverliebten", meldete sich Tim mit lautstarkem Singsang zu Wort. „Die Kinder sitzen alle hier am Tisch. Wir werden gleich blind, wenn ihr so weitermacht!"

Mühsam beherrscht löste sich der Drache von seiner Gefährtin. Mit geschlossenen Augen stand er für ein paar Sekunden einfach nur da und versuchte, seine überschäumenden Gefühle unter Kontrolle zu bringen.

„Was denn?", meinte Tyra mit einem lässigen Blick in die Runde. „Ihr habt das Essen ja noch nicht mal aus der Box geholt! Komm mein Großer, bis die Trantüten endlich fertig sind, haben wir mindestens noch für einen Kuss Zeit."

„Wie könnte ich dir da widersprechen?", stöhnte Gabriellosch rau.

„Wunderbar", stichelte Tim, „damit hätten wir also geklärt, wer bei den beiden die Hosen anhat, auch wenn es in diesem Fall ein Rock ist."

18. Das Leuchten der Abtrünnigen

Rückblende – Monate zuvor:

Der Kroyork hatte seinen Wirt in den vergangen Tagen kreuz und quer durch Hamburg-Stellingen gescheucht. Er hatte sogar ein paar von Rasmussens Gefolgsleuten in die Stadt bestellen müssen, damit sie ihren ausgelaugten Anführer stützten, ansonsten hätte die Suche eine Ewigkeit gedauert. Hatte sie aber nicht. Rasmussens Empfindlichkeit erwies sich bei der Tiefenerforschung als vorteilhaft, denn seine sensiblen Sinne schlugen nicht nur bei unbequemen Betten aus, sondern ebenfalls bei anormalen Reflektionen des Suchzaubers.

Und nebenbei: sein vom vielen Laufen schmerzender Körper und die harte Schlafstatt waren kein Problem mehr. Kaum hatte der Mensch das heruntergekommene Zimmer betreten, fiel er wie tot ins Bett. So geschehen vor fünf Minuten.

Kein Gemaule. Entzückend!

Bereits nach sechs Tagen waren sie fündig geworden. Tief unter der Erde gab es Unregelmäßigkeiten im astralen Feld, schwach nur, aber dennoch vorhanden. Sein Wirt hatte exakt über der besagten Stelle gestanden und das leichte Kribbeln gespürt, welches ein magisches Artefakt von entsprechender Mächtigkeit typischerweise verursachte. Sie waren am Ziel! Genau dort mussten sie graben.

„Das dürfen wir nicht."

Behauptete der Rasmussen.

Vermutlich hatte er recht. In seinem erschöpften Geist schwirrten Erklärungen herum, von wegen, dass das Gelände zwar öffentlich zugänglich sei, aber trotzdem in privater Hand.

„Hagenbecks Tierpark ist unverkäuflich", war der Wirt überzeugt, „gleichgültig, wie viel Geld ich aufbringen kann. Der Zoo ist seit Generationen in Familienbesitz und selbst in schlechten Zeiten haben die nie darüber nachgedacht, ihn zu veräußern."

„Und doch... ich könnte die Eigentümer davon überzeugen, dass der

Verkauf richtig ist", hatte der Flüsterling gewispert.

„Aber das würde für großen Wirbel sorgen. Spätestens, wenn ich den Zoo zumache, um ungestört graben zu können, hätte ich die Presse am Hals."

Eine breite Öffentlichkeit zu beeinflussen, war eine Nummer zu groß, gestand sich der Kroyork ein. Also musste eine andere Lösung her.

Und die hatte sein mittlerweile schnarchender Mensch auch schon gefunden. Sie würden ein benachbartes Grundstück erwerben und von dort aus einen unterirdischen Tunnel graben. Mit Hilfe entsprechender Zauber sollte das kein allzu großes Problem darstellen.

Ein hervorragender Plan.

Hatte er angenommen.

Dann hatte er in Erfahrung gebracht, wie teuer ein Grundstück neben dem Zoo war. Und wie wenig der Rasmussen besaß.

Außerdem hatte er abgeschätzt, wie kräftezehrend die Magie fürs Graben werden würde. Und über wie wenig Energie der Rasmussen verfügte.

Beides nicht entzückend.

„Nein, wir sind nicht am Ziel", grummelte der Kroyork. *„Wir haben allenfalls die erste Etappe erreicht. Wir brauchen Geld. Viel Geld! Und dazu Gefolgsleute mit einem ausreichend großen astralen Potenzial."*

Er wand sich unwillig.

„Rasmussen hat recht. Wir müssen die Gangart ändern und uns aus der Deckung hervorwagen. Wir brauchen mehr Anhänger und lassen uns die Tarnung als Trickkünstler versilbern. ... Obwohl das eigentlich unter meiner Würde ist. Aber wenn der letzte G'labrx auf einen Flüsterling wie mich angewiesen ist, dann wird eine Bühnenshow meinem Ruf vermutlich nicht schaden."

Teil IV

Der zweite Blick

19. Wandlung

Anderthalb Wochen später hatte sich die Aufregung um das rote Gefährtenpaar gelegt und auch in der Bungalow-Wohngemeinschaft Nummer 23 kehrte wieder der Alltag ein. Es war Ende August, Sofie besuchte nun seit vier Wochen die Steinburg-Akademie. Verwundert stellte sie fest, dass sich der erste Block mit den Austauschdrachen schon seinem Ende entgegenneigte.

So langsam hatte Sofie sich eingelebt. In ihrer WG fühlte sie sich wohl und ansonsten kam sie mit den meisten Leuten klar. Sie hatte sogar ein paar lockere Freundschaften zu anderen Kursteilnehmern geknüpft. Im Unterricht konnte sie einigermaßen folgen, die Schemen bei Bill wurden immer deutlicher und so machte sie Fortschritte, was ihre magischen Fähigkeiten betraf.

„Das Highlight sind aber eindeutig die Wochenenden mit Jan", dachte sie sehnsüchtig. Gerade gönnte Eliande ihr beim Ableiten eine kleine Verschnaufpause. *„Heute ist erst Mittwoch... es dauert noch sooo lange bis Freitag."*

Seufzend schaute sie auf die Rückwand des unterirdischen Labors, die das Marschland der Oberfläche zeigte. Träge drehten sich die Windräder über den schwarzen Feldern. Die Bauern hatten schon vor Wochen gepflügt und gegrubbert. Gestern hatten sie den Acker rechts vom Entwässerungsgraben neu eingesät. Diese Arbeitsschritte hatte Sofie früher nie wahrgenommen. Sie war gespannt, wann der erste zartgrüne Schimmer der Saat zu sehen sein würde.

„Ich verbringe eindeutig zu viel Zeit in diesem Raum."

Sie stöhnte. Heute war das Ableiten besonders anstrengend, denn Eliande traktierte sie mit Erinnerungen an ihre Eltern. Sie hatte noch immer keine Ahnung, warum ihre Mutter so früh massiv an Alzheimer erkrankt war, dass sie keine drei Jahre später verstarb. Sofie war damals sieben gewesen. Als sich der Todestag erstmalig jährte, war ihr Vater mit dem Auto verunglückt. Die Umstände dieses Verkehrsunfalls waren ebenfalls ungeklärt, Sofie wusste nur, dass er zuvor Nachforschungen rund um die Erkrankung ihrer Mutter angestellt hatte. Bevor die ersten

Symptome auftraten, war Sarah bei einer Ballettprobe durch eine herabfallende Requisite am Kopf verletzt worden.

„Und dieser verflixte Metallvogel hätte noch nicht einmal auf der Bühne sein dürfen."

Sofie griff nach ihrer Kette. Das weiß glitzernde Herz und das schwarze Oval gaben ihr Trost.

Das Verhalten des behandelnden Sanitäters soll merkwürdig gewesen sein. Und dann war da noch die Sache mit dem Gedankenlesen. Sarah hatte das Beuteversteck eines Bankräubers zufällig in dessen Geist entdeckt. Das Geld war aufgrund ihres Hinweises tatsächlich gefunden worden.

„Das war das erste Mal, dass diese Fähigkeit bei meiner Mutter zu Tage getreten ist. So viele Zufälle kann es nicht geben! Ich wette, irgendwer hatte da seine Finger im Spiel!"

Ihr Griff um die kleinen Steine verkrampfte sich.

„Oder seine Krallen."

Sofie hatte die Drachen im Verdacht. Jan hatte für sie seine Fühler ausgestreckt. Es waren damals andere Zeiten, das wusste sie. Die Goldenen waren an der Macht gewesen und hatten dafür gesorgt, dass die magischen Fähigkeiten der Menschen unterdrückt wurden.

„Aber außer, dass meine Mutter als begabte Tänzerin unter den Himmelsechsen verehrt wurde, konnte Jan auch nichts herausfinden."

Es ging Sofie gar nicht um eine Schuldzuweisung. Sie wollte einfach nur wissen, was damals passiert war.

„Vielleicht war der Alzheimer bei meiner Mutter ja die Folge einer Gedächtnislöschung. Jan meint, dass das als Spätfolge bekannt ist. Normalerweise tritt die Krankheit bei den Betroffenen jedoch erst Jahre später und im höheren Alter auf. ... Verdammt, es gibt so viele Ungereimtheiten. Nichts passt zusammen!"

Sie schluckte die Tränen herunter.

„Und mein Vater? Großmutter hat mir erzählt, dass er den Tod meiner Mutter nicht verkraftet hat. War es tatsächlich ein Autounfall oder hat er sich umgebracht?"

Wieder stieg ihr das Wasser in die Augen.

„Oder war er einer Sache auf der Spur und WURDE umgebracht?"

Sofie fühlte sich so hilflos.

„Wie damals."

Jetzt liefen die Tränen doch über ihre Wangen.

„Was auch immer passiert ist, es hat dafür gesorgt, dass ich ohne meine Eltern aufwachsen musste."

Erinnerungen an Georg und Sarah wirbelten durch ihren Kopf: Vaters beruhigender Händedruck an ihrem ersten Schultag, Laternelaufen an der Trave, Zelten unter der großen Buche im Garten, Besuche bei ihrer Mutter im Krankenhaus, Würstchengrillen auf der Terrasse, wilde Locken und Sommersprossenlächeln, Vaters kläglicher Versuch, ihr das Skateboard fahren beizubringen, Sonntagsausflüge an die Ostsee, Sarahs schwächer werdender Herzschlag unter ihrer Kinderhand, Mau Mau bis ihr die Augen zufielen.

„Ich vermisse sie. So sehr. Wie hätte es sein können, wenn die beiden noch lebten?"

Das würde sie nie erfahren.

Obwohl Eliande sie heute schon reichlich in die Mangel genommen hatte, wallte erneut Zorn in ihr auf. «Lass ihn raus», pflegte die Grüne zu ihr zu sagen, doch das half nicht gegen diesen Schmerz.

Dagegen half gar nichts, außer vielleicht sich in Jans Arme zu verkriechen und sich auszuweinen.

„Aber Jan ist nicht hier. Nicht mal in Deutschland ist er. Sie halten uns bewusst voneinander fern! Das ist so ... argh!"

Ihre Wut schwoll an.

Sofie ließ das Gefühl zu. Sie hieß es willkommen und spürte, dass Hilflosigkeit, Trauer und Ohnmacht es anheizten. Wie ein heißer Wüstensturm fegte der Zorn durch ihren Körper und riss alte Wunden auf.

Unbewusst öffnete sie ihre Meridiane. Die astrale Energie strömte rieselnd in ihr Inneres. Ihr war klar, dass sie diesmal mehr aufnahm, als ihr guttat, doch sie konnte nicht anders. Ihr Seelenschmerz brauchte körperlichen Schmerz als Gegengewicht, sonst war er nicht zu ertragen.

Die magische Kraft brannte in ihren Meridianen, die Wut in ihrer Seele. Mit einem verzweifelten Schrei schleuderte sie das unheilige Gemenge auf den Fokuspunkt an der gegenüberliegenden Wand.

WUSCH!

Blassblaue Energiefäden blitzten über das weißgetünchte Mauerwerk. Funken sprühten und brutzelten lautprasselnd gezackte Brandspuren in die Farbschicht, schwarz verkohlt und ausladend aggressiv.

Sofie fühlte sich leer. Erschöpft betrachtete sie das Ergebnis ihres Ausbruchs. Es erinnerte sie an eine Spinne. Eine sehr haarige, raumhohe, zermatschte Spinne.

„Moderne Kunst. Ein Bild des Zorns", schoss es spöttisch durch ihre Gedanken. *„Ja, das trifft es."*

„Ich glaube, es reicht für heute", vernahm Sofie Eliandes sanfte Stimme. „Du wirst immer besser darin, deine Emotionen gezielt rauszulassen. So langsam müssen wir aufpassen, dass du es nicht übertreibst."

Sofie nickte matt. Sie war so fertig, als hätte sie soeben den zehnten Zweihundert-Meter-Sprint innerhalb einer halben Stunde absolviert, ihre Meridiane kribbelten unangenehm und ihre Seele war wund. Sie sehnte sich nach Jans Nähe. Allein die Art, wie er sie ansah, während er ihr aufmunternd durch die Locken strich, war wie eine kuschelige Decke für ihr frierendes Herz.

Die Heilerin legte ihre Hand mitfühlend auf Sofies Schulter. „Wenn du möchtest, kann ich deine Trauer ein wenig dämpfen."

„Nein." Sofie schüttelte ihren Kopf. „Die gehört zu mir."

Eliande lächelte verständnisvoll. „Ich weiß. Es ist nur ein Angebot, um es dir leichter zu machen."

Sofie erwiderte das Lächeln. „Danke, aber ich komme klar."

„Dann machen wir für heute Schluss. Du warst sehr fleißig", lobte die Grüne.

„Jaaa", schnaufte Sofie gedehnt. *„Unfreiwillig. Wenn meine Eltern Thema sind, ist es immer besonders anstrengend."*

Müde sammelte sie ihre Sachen zusammen.

„Übrigens", Eliande hielt ihr die Labortür auf, „Loran hat mich vorhin kontaktiert. Die Kommandantin der Wölfe möchte dich sprechen."

„Aer?" Sofie runzelte verwundert die Stirn und verließ den Raum. „Was will sie von mir?"

„Das wird sie dir sicher gleich verraten", schmunzelte die Grüne. „Sie wartet in Lorans Büro auf dich. Ich habe ebenfalls drüben zu tun, wir können zusammen gehen."

Sofie nickte wortlos. *„Ob es etwas mit der Abschlussparty nachher zu tun hat?"*

Heute war der letzte Tag der Austauschdrachen. Deren drei Wochen hier an der Steinburg waren tatsächlich schon um. Am Abend wurden sie mit einem Fest verabschiedet.

Sofie seufzte. Nachbohren machte keinen Sinn, die Heilerin würde ihr nichts erzählen.

„Warum nur werde ich den Eindruck nicht los, dass Eliande etwas vor mir verbirgt?"

Stumm ging sie neben der Grünen her. Um der Sache magisch auf den Grund zu gehen, war sie viel zu alle. Sie würde es auf sich zukommen lassen müssen.

„O Mann. Ich mag keine Überraschungen!"

Kurz darauf stand Sofie vor der Sekretärin des Hochschulleiters, die sie telefonisch anmeldete. Die Tür zum Büro des Rektors war zweiflügelig und außergewöhnlich groß. Geräusche drangen nicht hindurch. Sofie schaute sich neugierig um, sie war noch nie hier gewesen.

„Wie es dort drinnen wohl aussieht?"

„Du wirst schon erwartet", erklärte die Sekretärin mit einem freundlichen Lächeln. „Geh einfach rein."

„Danke, Frau Becker."

Befangen drückte Sofie die Klinke. Vor ihr öffnete sich ein riesiger, unmöblierter Raum, ähnlich wie Jans Büro bei WyvernPower in Lübeck. Ein Roter würde sich hier problemlos verwandeln können. Die Wände waren ebenfalls bemalt, nur dass hier keine Drachen abgebildet waren, sondern Menschen. Sie wurden in allen möglichen Berufen dargestellt und gehörten zu den verschiedensten ethnischen Gruppen.

Sofie musste grinsen. *„Das wird dann wohl so eine Art Vorstellungszimmer für Drachenneulinge sein, damit sie vorab schon mal einen Blick auf uns Humanoiden werfen können. Haha! Warum auch nicht – gleiches Recht für alle. Und logisch, natürlich darf auch die Sprungmarke nicht fehlen…"*

Sofie betrachtete das kunstvoll gestaltete Bodenmosaik in der Mitte des Fußbodens. Es zeigte das Hochschulwappen, die Steinburg, in den Farben blau, rot, grün, golden, schwarz und weiß.

„Sofie, da bist du ja!", begrüßte Loran sie. „Komm herein."

„Na, dann", seufzte Sofie stumm und betrat das Büro.

Sie wandte sich nach links, woher die Stimme des Schulleiters kam. Hier gab es einen Schreibtisch, der unter Aktenbergen begraben war, und an der Wand dahinter etliche mit Ordnern gefüllte Regale. Daneben stand eine Sitzecke mit Couchtisch, in der es sich fünf Personen gemütlich gemacht hatten.

Alle Möbel waren für Menschen gefertigt worden und sie hätten in dem fast leeren Raum verloren wirken müssen. Doch das taten sie nicht.

„Das ist wie bei Jan im Büro. Alles harmoniert perfekt miteinander. Wie kriegen die das nur hin? Also, wenn ICH in einem Tanzsaal nur eine Ecke einrichte, dann sieht das total beknackt aus. Naja, egal."

Sie lächelte scheu und trat auf die Sitzgruppe zu. Loran war aufgestanden und nickte ihr aufmunternd zu. Neben ihm erkannte sie Aer und Lenir auf der Couch. Den Anführern der Gefährten war sie in den letzten Monaten ein paar Mal begegnet, denn die zwei gehörten zu Jans Freunden. Aer war offen und taff und Lenir ein Bagalut. Sie mochte die beiden.

Die anderen kannte Sofie nicht. Ein zartes Kribbeln durchrieselte ihren Körper.

„Schwarze Schuppen und blaue. Autsch!"

Sofort brannten Sofies Meridiane wieder.

„Ich habe mich beim Ableiten überanstrengt. Falls ich nicht aufpasse, haut es mich um, sobald ich zaubere. Mist. Das passt mir jetzt gar nicht."

„Wie mir Lenir eben erzählt hat", schmunzelte Loran, „kennst du die Kommandanten der Wölfe gut."

„Der Phönix hat mich mehrfach beim Schach geschlagen", grummelte Lenir augenzwinkernd. „Kein Wunder, bei ihr kann niemand in die Gedanken gucken."

Aer knuffte ihm empört in die Seite. „Was?! Du wolltest mogeln? Ich fasse es ja nicht!" Das Drachentattoo, das sich um ihren Hals ringelte, fauchte aufgebracht.

Der Kommandant der Wölfe zuckte lässig mit den Schultern. „Ich bin 'ne Lusche im Schach. Ich wollte wenigstens EINMAL gewinnen."

Aer schüttelte ihren Kopf und verdrehte die Augen. „Die Jungs können manchmal echt kindisch sein, oder was meinst du, Sofie?"

„Sie benehmen sich wie halbstarke Jugendliche, aber das werde ich hier garantiert nicht sagen."

„Niemand kann aus seiner Haut", meinte sie stattdessen. „…oder seinen Schuppen."

„Danke, Sofie", Lenir deutete grinsend eine Verbeugung an, „deine diplomatische Höflichkeit rettet mir den Hals."

„Drachen", stöhnte Aer theatralisch. Sie trug wie meist ein Tanktop. Die Tattoos von einer Wölfin und einem Jaguar rollten balgend über die nackte Haut ihrer linken Schulter.

„Diese lebendigen Tattoos sind so krass!"

Sofie konnte nicht anders, sie musste sie anstarren.

„Naja", Aer fuhr sich beiläufig mit der Hand durch die kurzen feuerroten Haare, „eigentlich sind wir nicht hier, um Lennis Niederlagen beim Schach zu analysieren…"

Eine Pause entstand.

„Sie zögert? Das passt nicht zu ihr." Sofie lenkte ihr Interesse auf das Gesicht der Kommandantin. *„Oder täusche ich mich?"*

Ungewollt durchfuhr ein erneutes Rieseln ihren Körper und hinterließ neben unangenehm brennenden Meridianen *„Aua!"* auch die Gewissheit, dass Aer sich unwohl fühlte mit dem, was sie vorhatte.

„Verflixt, was wollen die von mir?"

Die Kommandantin gab sich einen Ruck. „Wir möchten dir gern jemanden vorstellen." Umständlich stand sie auf.

„Nein, das Verhalten passt wirklich nicht zu Aer." Verunsichert huschte Sofies Blick zu den beiden Leuten, die sie noch nicht kannte. Der erste, der neben Lenir saß, war ein schwarzer Drache, der Kerl neben ihm ein blauer. Die Menschengestalt von beiden war um die dreißig Jahre alt. Der Schwarze wirkte athletisch und durchtrainiert, er trug ein knallgrünes T-Shirt und eine robuste Outdoorhose. Er war attraktiv.

„Der Typ ist ruhig und konzentriert. Er beobachtet nur."

Sofies schaute zum Blauen. Der war ebenfalls gutaussehend und ein bisschen größer als die drei Schwarzen im Raum. Er hatte etwas merkwürdig Vertrautes an sich. Dennoch war Sofie sich sicher, dass sie ihn noch nie zuvor gesehen hatte. Er war mit einer ausgewaschenen Jeans und einem schlichten weißen Hemd bekleidet. Die oberen zwei Knöpfe hatte er offengelassen, was bei ihm allerdings nicht lässig, sondern gekünstelt aussah. Seine Haut war hell, so als hätte sie in diesem Sommer noch kein Sonnenlicht abbekommen. Die schwarzen Haare bildeten einen harmonischen Kontrast dazu und schimmerten leicht bläulich. Der Mann hielt sich an seinem Wasserglas fest und guckte verkrampft zu Boden, so dass sie seine Augenfarbe nicht sehen konnte.

„Um IHN geht es! Er ist nervös. Und wie.“

Sofies Herz schlug schneller. Zu gern hätte sie ihren magischen Sinn bemüht, um in seiner Aura zu lesen, doch sie hatte Angst, dann aus den Latschen zu kippen. *„Verdammt!“*

Die Kommandantin räusperte sich und zog Sofies Aufmerksamkeit erneut auf sich.

„Also, das hier“, Aer deutete auf den Schwarzen neben ihrem Gefährten, „ist Mhoran, Lenirs Stellvertreter.“

Der Drache nickte Sofie freundlich zu und sie erwiderte seine Geste.

„Und das“, Aers Hand zeigte zum Blauen, „ist Xavier, ein … Freund von uns.“

„Schon wieder dieses Zögern! Was hat sie bloß heute?!“

Sofie innerer Widerstand wuchs.

„Irgendwas ist hier faul.“

Der Blaue nickte ebenfalls höflich und hob langsam den Blick.

Seine Augen waren blaugrün und tief wie das Meer.

Sofie erstarrte. Diese Augen! Unter tausenden hätte sie die wiedererkannt.

„XAVOSCH!“

Erinnerungen einer explodierenden Aura wirbelten durch ihren Geist und ließen sie rückwärts taumeln. Sie spürte den Nachhall von einem Prankenschlag gegen ihre Brust, wurde in weitem Bogen nach hinten geschleudert und schlidderte hart durch hellen Kies.

„Nein!“, keuchte Sofie entsetzt. Undeutlich bemerkte sie, dass sie nicht in der Arena, sondern in Lorans Büro stand. Sie schluckte und tastete prüfend über ihr rechtes Handgelenk. Es war unversehrt.

„Niemand wird dir etwas tun!“, versprach Aer und eilte an ihre Seite.

Verwirrt drehte Sofie ihren Kopf zur Kommandantin. Sie brauchte einen Atemzug, um ihre Gedanken zu sortieren, dann schaute sie anklagend zum Blauen rüber. Ihm war ein Lächeln ins Gesicht gemeißelt, doch seine Augen funkelten abweisend.

„Was will der hier?!“

„Dich kennenlernen“, antwortete Aer mit aufgesetzter Zuversicht.

Sofies Magen drehte sich um. „Ich ihn aber nicht!“ Sie wich zwei Schritte zurück, ohne den Blick von Xavosch zu nehmen.

Sie konnte das Rieseln nicht verhindern. Bei ihren Worten kam Bewegung in seine Aura. So hätte Sofie ihn sofort erkannt: unterkühlt, hochmütig, ablehnend.

Die astrale Kraft zog hinter sich eine beißende Spur durch ihre Meridiane. Sofie unterdrückte einen Schmerzensschrei. Vor IHM würde sie sich garantiert keine Blöße geben.

Xavosch sah spöttisch zur Kommandantin. Seine Miene war emotionslos, doch unterschwellig kochte er vor Wut. «Habe ich es euch nicht prophezeit? Das hier ist sinnlos!», schien seine vorwurfsvolle Miene zu sagen.

„Arroganter Arsch!“

„Sofie, jetzt beruhige dich erstmal“, bat Aer. „Niemand zwingt dich zu irgendwas. Wir wollen nur miteinander reden.“

„Reden? Ach! Das kann er?“ Trotzig reckte Sofie dem Blauen die Stirn entgegen. „Beim letzten Mal sollten wir uns bloß ansehen und keine Minute später hat er mich quer durch die Arena geschnippt. Tut mir leid, heute habe ich keinen Bock auf Koma!“

Xavoschs gekünstelte Gelassenheit zersplitterte wie Eis und plötzlich erinnerte seine Aura an einen reißenden Fluss. Zornig sprang er auf.

„Ich KONNTE die Verwandlung nicht unterdrücken. Du wolltest mich nicht“, grollte er. „Ich habe dich nicht absichtlich verletzt.“

Sehnsucht flackerte in seinen blaugrünen Augen.

„Blödsinn!“, schrie Sofie und stemmte ihre Fäuste in die Seiten. „Du hasst alle Menschen! Du warst froh, dass ich mich nicht mit dir verbunden habe! Das wäre für einen wie dich doch das Allerschlimmste!“

„DU HAST JA KEINE AHNUNG, MÄDCHEN!!!“, brüllte Xavosch. Er war außer sich. Schmerz, Wut und Verachtung tosten durch seine Aura.

„Er wird sich verwandeln!“

Panisch starrte Sofie auf die Drachen. Die drei Schwarzen wirkten unnatürlich angestrengt, während der Blaue tobte wie die See bei Orkan. Dennoch behielt er seine Menschengestalt bei.

Ein brennendes Rieseln und Sofie war klar, dass Lenir, Loran und Mhoran gemeinsam Xavoschs Verwandlung unterdrückten.

Keuchend biss sie die Zähne zusammen.

„Scheiße, ich kann das Zaubern nicht lassen. Ich muss hier weg, sonst kippe ich um!“

Wortlos machte sie kehrt und floh aus dem Büro des Schulleiters.

Ihr folgte ein verzweifelter Schrei.

Er gehörte Xavosch.

Sofie hastete durch die Flure des Verwaltungsgebäudes.

„Vermutlich hat Eliande mich heute seinetwegen durch die Mangel gedreht. Die hatten Angst, dass ich ihm eine verpasse!“

Zorn flammte in ihr auf.

„Zu recht! Ohhh, wie gerne hätte ich diesem arroganten Lichtanknipser eine vor den Koffer geknallt. Ein hübsches kleines Spinnenmuster für seine hochnäsige Visage!“

Sie lief die Treppen hinab, zwei Stufen auf einmal nehmend. Als sie unten angekommen war, fummelte sie mit zitternden Fingern ihr Smartphone aus dem Rucksack und drückte auf die Wahlwiederholung. Jans Nummer stand oben, wie eigentlich immer.

Es klingelte. Einmal, zweimal.

Sofie eilte weiter.

Dreimal.

„Geh schon ran!“, fauchte sie.

Viermal.

Verwundert drehten sich ein paar Studenten nach ihr um. Sie ignorierte die Leute und stürmte aus dem Gebäude.

„Luft! Ich brauche Luft!“

Fünfmal.

Wenn Jan in Übersee war, dauerte es ewig.

Dann knackte es endlich in der Leitung. „Hallo, Sofie."

„Jan! Weißt du, wer an der Hochschule ist?" Ihre Stimme überschlug sich vor Aufregungen.

„Ja."

„Xavosch ist hier!", schrie Sofie. Das Zittern wurde schlimmer. Sie konnte das Telefon kaum ruhig halten. „Der hat sich ein anderes Aussehen verpasst und nennt sich Xavier. Alter! Glauben die, ich bin blöd?! Die haben sie doch nicht mehr alle!!! Dieser Schuppenkerl hätte mich vor drei Wochen fast umgebracht und jetzt denken die, ich würde Smalltalk mit ihm machen. Oder was?!"

„Ich weiß", antwortete Jan mit schwerer Zunge.

Sofie war viel zu wütend, um darauf einzugehen. Ihre Stimme troff vor Sarkasmus, als sie ein Gespräch imitierte: „Hallo, Xavosch. Na, noch alle Lampen an in Atlantis?" Aufgebracht fuhr sie fort: „Hätte ich das sagen sollen?! Die haben doch nicht mehr alle Latten am Zaun!"

Unter ihre Wut mischte sich Angst. Plötzlich wurde ihre Kehle eng. Sie schluchzte. „Jan, er hasst uns Menschen! Haben sie erwartet, ich würde nett mit ihm plaudern?! Was will der hier?"

„Er will gar nichts", lallte Jan. „Er wurde geschickt."

Sofie stutzte. Sie wischte sich mit dem Handrücken die Tränen ab. „Sag mal, bist du betrunken?"

„Ja", ächzte Jan. „Karvin hat Whiskey mit miaaa gedrunken."

Schweigen.

„Jan betrinkt sich nie. Außer vielleicht…"

Etwas in Sofie zerbrach. Betäubt wisperte sie: „Du wusstet, dass Xavosch hier ist und ich ihn treffen soll?"

„Ja", nuschelte Jan. „Sofie, ich…"

„Du wusstest es und hast mir nichts davon gesagt?!"

In Sofies Innerem tat sich ein Abgrund auf. Jan hatte sie verraten.

„Ich durfte dir nichsssss sagen."

„Er hat mir nichts gesagt!"

Sofie konnte es nicht glauben. Der Boden unter ihren Füßen schien zu schwanken. „Warum, Jan?"

„Ich durfte nicht, weil …"

Sofie war völlig durch den Wind. Tränen liefen über ihre Wangen und sie zitterte so stark, dass ihr das Smartphone aus den Händen glitt. Es schlug mit der Ecke auf dem Kiesweg auf.

„Nein", schluchzte sie und bückte sich nach dem Telefon. Das Display war schwarz, ein Netz aus zahllosen feinen Linien zog sich über das Glas.

„Jan?!"

Sofie drückte das Gerät ans Ohr, doch er antwortete nicht. Da war gar nichts mehr, nicht einmal mehr ein Rauschen.

„Nein!", flüsterte Sofie. Wie besessen drückte sie auf den Anschalter.

Es tat sich nichts. Das Handy war tot.

„Oh, Mist!"

Noch mehr Tränen stiegen in ihr auf.

„Wie konnte er mir das verschweigen?!"

Sie fühlte sich verlassen und leer. Jan hatte sie nicht gewarnt. Kälte breitete sich in ihrem Herzen aus.

„Hallo, Sofie", rief eine fröhliche Stimme neben ihr.

„Bill!"

„Nanu, du hier?", schnackte der Weiße munter drauf los. „Sonst gehst du mittwochs doch immer direkt vom Labor zu Geistesmagie. Oder hast du hier auf mich gewar… Oh!"

Sofie sah ihren Freund an und wischte sich aufgewühlt die Tränen ab. Am liebsten hätte sie sich in Luft aufgelöst.

„Du hast ja geweint!" Bill schaute sie verunsichert an.

Sofie nickte stumm. Was sollte sie auch sagen? Sie brauchte dringend ein Taschentuch und durchforstete ihre Jacke.

Diese Situation überforderte Bill. Beiläufig streifte sein Blick das zerstörte Smartphone. Drei Sekunden später hellte sich seine Miene auf. „Aber, aber, Sofie! Ein kaputtes Handy ist kein Weltuntergang, sondern bloß ein Haufen Styrol-Polycarbonat mit Nickelverbindungen, Kupfer und Kunststoffverbindungen, Silicium-Kunststoffen, Epoxydharz, Flammschutzmitteln, Eisen und noch ein paar anderen Bestandteilen. Aber deren Anteil liegt unter drei Prozent. Ich denke, die können wir an dieser Stelle mal vernachlässigen. Deine Daten sind in der Cloud. Das", er tätschelte tröstend ihre Hand, „ist problemlos ersetzbar."

„Ich weiß", schniefte Sofie. Sie hatte ein Taschentuch gefunden und schnäuzte sich.

Eine Idee blitzte in den Augen des Weißen auf, strahlend legte er seinen Kopf schief. „Wenn du möchtest, bringe ich dich direkt zu Benan und dann leiern wir beide ihm ein neues Gerät für dich aus dem Kreuz."

Er hielt stirnrunzelnd inne und murmelte: „Auch wenn ich immer noch nicht begreife, welches Kreuz genau gemeint ist."

Gegen ihren Willen musste Sofie lachen. „Ach, Bill! Du bist ein Schatz. Komm, ich brauche unbedingt mal eine Umarmung."

„Ähh, ja! Gut." Bill schaute sie irritiert an, öffnete jedoch seine Arme und drückte Sofie an seine Brust. „Richtig so?"

„Perfekt!", seufzte Sofie, als ihr sein typischer Geruch nach heißem Silber in die Nase stieg. „Du bist ein wahrer Freund."

„Danke!" Der Weiße strich unbeholfen über ihren Rücken und flüsterte: „Das ist normalerweise aber Jans Job, oder?"

„Mhmmm", brummte Sofie. „Weißt du, wo er ist? Kannst du mich zu ihm bringen?"

Bill lockerte seine Umarmung, um Sofie ins Gesicht gucken zu können. „Ja, doch da bekommst du kein neues Telefon."

Sofie lächelte schief. „Das Telefon ist nicht das Problem. Ich muss einfach mit ihm reden."

„Das bekommen wir hin!" Bill nickte eifrig, fasste sie an der Hand und zog sie Richtung Arena.

Sofie atmete erleichtert auf. *„In wenigen Minuten werden wir in der Arena sein und ein paar Herzschläge später bei Jan."*

Sie warf einen letzten Blick zu den Fenstern von Lorans Büro hoch. *„Die wollten mich austricksen!"*

Erneut wallte Wut in ihr auf. Trotzig blieb sie stehen und meinte: „Weißt du was, Bill? Wir sparen uns die Rennerei und starten heute von hier aus."

„Hier?!", echote Bill mit großen Augen. „Aber dieser Bereich ist nicht für Starts und Landungen freigegeben, das hast du selbst gesagt."

„Verdammt, ja." Sie schaute ihren Freund grimmig an. „Das ist eine Ausnahme."

„Ehrlich?" Der Weiße furchte skeptisch die Stirn.

Sofie nickte nachdrücklich.

„Und was ist mit meiner Vorbildfunktion? Schließlich bin ich ein Professor."

„Er merkt sich echt alles", ächzte Sofie stumm. Widerborstig knurrte sie: „Die Vorbildfunktion setzt heute mal aus. Bill, die Hochschulleitung macht, was sie will, also warum sollten wir uns dann haarklein an jede Regel halten?"

„Ach so." Der Weiße grinste verwegen. „Die Ausnahme schließt vermutlich auch das Schwänzen von Unterricht mit ein, oder?"

Sofie lächelte zufrieden. „So ist es, mein Lieber!"

„Prima!" Bills grüne Augen glänzten. „Solche Ausnahmen habe ich noch nie gemacht. Wie aufregend."

„Ja", seufzte Sofie. „Können wir jetzt los?"

„Gleich", antwortete der Weiße und betrachtete sie prüfend von Kopf bis Fuß. „Da ich keinen Zugang zu deiner körperlichen Verfassung habe und du mir angeschlagen zu sein scheinst, muss ich dich fragen, ob du dich gut genug für eine Reise durch die Nebel fühlst. Du weißt ja, lebensfeindliche Umgebung und so…"

Für eine Sekunde dachte Sofie an ihre brennenden Meridiane und schluckte. *„Ich will nicht länger hier bleiben!"* Sie horchte in sich hinein. *„Ich trage noch genügend eigene astrale Kraft in mir. Denke ich."*

„Es wird schon gehen", brummte sie und trat ein paar Schritte zurück. *„Ich werde mich einfach nicht mit seinem Geist verbinden, so laufe ich nicht Gefahr zu zaubern."*

„Wunderbar!", trällerte Bill vergnügt und verwandelte sich in einer gewollt unauffälligen Bewegung in seine wahre Gestalt.

Mit sieben Metern von Schnauze bis Schwanzspitze war er im Vergleich zu den Roten ein Winzling. Sein Körperbau wirkte zierlich, ja beinahe zerbrechlich. Seine Schuppen hatten einen feinen, elfenbeinfarbenen Schimmer, der Bills Zartheit noch unterstrich.

Er drehte seinen Echsenkopf nach Sofie um und nickte ihr aufmunternd zu. Dann hockte er sich hin, streckte seinen linken Vorderlauf aus und ließ sie aufsteigen.

„Ein Glück, dass wir schon öfter zusammen gesprungen sind!", dachte Sofie dankbar. Sie wusste genau, wohin sie treten durfte und woran sie sich festhalten konnte, um in seine Nackenfalte zu kommen. Mit den

normalen Straßenklamotten, die sie heute trug, fühlte sie sich auf Bills glatten Schuppen zwar etwas unsicherer als mit ihrer Flugmontur, aber es würde gehen.

„Hauptsache weg von hier!“

Bill wartete geduldig, bis sie sich zurechtgesetzt und die beiden weichen Langschuppen um ihre Handgelenke geschlungen hatte. Er warf ihr einen fragenden Blick über seine Schulter zu.

Sofie nickte. „Kann losgehen!“

Der Drache grinste, erhob sich, lief ein paar Schritte und drückte sich sacht vom Boden ab. Direkt hinter Sofies Oberschenkeln entfalteten sich in diesem Moment seine Schwingen und wenige Flügelschläge später glitten sie in zwanzig Metern Höhe durch die Luft.

Erneut drehte sich Bills Echsenkopf fragend zu ihr um.

Sofie nickte deutlich und wappnete sich innerlich. Einen Herzschlag später tauchte sie in das wattige Weiß der Nebelsphäre ein.

20. Verschätzt

„Sie hat einfach auffelegt!“ Empört schlug Jan mit der Faust auf den Tisch, so dass die Whiskeygläser klirrten. Sogar die edle Flasche zitterte. Sie enthielt lediglich noch drei Fingerbreit der honigbraunen Flüssigkeit.

Karvin hob verwundert die Augenbrauen. „Aufgelegt? Sofie? Das sieht ihr gar nicht ähnlich.“

„Doch, sie isss wech!“, lallte Jan und hielt dem Schwarzen das Telefon hin. „Hör selbst.“

Stirnrunzelnd hob Karvin das Smartphone an sein Ohr. „Tatsächlich, die Leitung ist tot.“

„Scheißsssse!“, jammerte Jan, griff nach seinem Glas und leerte den Rest in einem Zug.

Der Drache betrachtete seinen Freund besorgt. „Willst du sie nicht lieber noch mal anrufen?“

„Ach, bin doch vollkommen blau! Ich kann gaaaa nich mehr klar denken“, grunzte Jan. „Blöde Idee, sich zu besaufen, aber echt.“

„Ja“, räumte Karvin ein, „hätte man wohl eleganter lösen können. Aber du wolltest keinen Emoschuss und ich keinen zweiten Freiflug von dir, Kumpel.“

Er seufzte. „Xavosch und Sofie haben sich auch diesmal nicht verbunden. Was meinst du, soll ich Narla rufen, damit sie den Alkohol aus deinem Blut holt? Ich könnte währenddessen bei Sofie durchklingeln und ihr die Lage erklären.“

Jan sah Karvin mit glasigen Augen an. „Dasss würdesst du füa mich tun?“

Der Schwarze nickte ernst. „Selbstverständlich. Sobald du wieder nüchtern bist, kannst du selbst mit ihr sprechen.“

„Gut!“, schnaufte Jan, er hatte Mühe, sein Gegenüber zu fokussieren. Sein Blick eierte über den Tisch und blieb an Karvins halbvollem Tumbler hängen. „Wia wolln doch nix verkommen lassen, oda?“

„Nein, natürlich nicht“, schmunzelte der Drache. „Nicht bei einem Flaschenpreis von sechshundert Dollar.“

„Schnnnäppchen“, kicherte Jan spöttisch, angelte sich Karvins Glas und exte es ebenfalls. „Was fürn Topfen... Früher hab isch mir sowas nich leisten können. Im Leben nich!"

Er ließ sich zurück in die exquisiten Sofakissen fallen und atmete schwer. „Ich wünschte, es wäre wieder früher. Da konnte ich die Leute, die mir mein Mädel ausspannen wollten, wenigstenssss umhauen."

„Ich weiß, Kumpel, ich weiß", brummte Karvin, tippte auf die Wahlwiederholung in Jans Telefon und wartete auf das Klingeln.

Es kam nicht, stattdessen teilte eine freundliche Stimme mit: „Der gewünschte Teilnehmer ist vorübergehend nicht erreichbar. Wenn Sie eine Nachricht..."

Karvin legte auf. Er hatte ein mulmiges Gefühl. *„Sie hat das Telefon ausgestellt! Meine Güte, muss Sofie sauer sein... Mist. Naja, erstmal kümmere ich mich um J."*

Alles war weiß um Sofie herum, wattig weiß. Wie gewohnt verlor sie in der Nebelsphäre schon beim ersten Herzschlag die Orientierung. Eine unbarmherzige Kälte kroch in ihre Glieder. Ihr Magen hatte diesen Zustand noch nie gut ertragen und rebellierte. Bill konnte sie nicht mehr unter sich spüren.

„Das ist alles normal."

Tapfer biss sie die Zähne zusammen und zählte. *„21, 22, 23..."*

Tiefer und tiefer fraß sich die entsetzliche Kälte in ihre Knochen, viel schlimmer jedoch war, dass ihre Meridiane brannten, als hätte sie Eisspray in sich aufgenommen.

„Verdammt, das ist nicht normal! 24, 25, 26..."

Leere griff nach ihrem Herzen. Die Übelkeit nahm zu, das Brennen auch. Beides konnte sie kaum ertragen.

„27, 28, 29..."

Noch immer war sie im widerlich wattigen Weiß gefangen.

„Das dauert viel zu lange!", dachte Sofie panisch. *„Warum kommen wir nicht an?"*

„Eine Reise durch die Nebel ist gefährlich, wenn man angeschlagen ist", erinnerte die Margareta in ihr. „Du hast deine Meridiane heute beim Ableiten überdehnt und ich würde wetten, dass du ebenfalls einiges deiner körpereigenen astralen Energie zusammen mit deiner Wut im

Labor an die Wand geklatscht hast. Dachtest du, die Sprungregeln würden für dich nicht gelten?“

„Ich wollte da einfach nur weg“, antwortete Sofie. Sie fühlte sich furchtbar, gleich würde sie kotzen. Oder erfrieren.

„Jetzt bist du weg.“

Die Leere breitete sich in Sofie aus. Diese Reise nahm kein Ende. Verzweifelt dachte sie, sie müsse sterben, so elend war ihr zumute.

Dann wurde sie ruhiger. Gelassenheit folgte der Kälte in ihren Körper und eine bleierne Müdigkeit betäubte die Übelkeit.

„Gleich habe ich es hinter mir....“

Plötzlich stach helles Tageslicht in Sofies Augen. Die Schwerkraft traf sie wie eine Faust in ihren Magen und der Duft von teuren Blumen gepaart mit einer intensiven Whiskeynote taten ein Übriges: Sofie kippte schluchzend nach vorn und übergab sich in den geräumigen Flur der Hotelsuite.

„Bei allen kreischenden Blutkratzern, was willst du denn hier, Bill?!“, stutzte jemand den Weißen zurecht.

„Karvin! Mein Lieblingsmiesepeter!“

Aus Sofies Kehle drang ein hysterisches Lachen. Sie hätte den Schwarzen am liebsten umarmt. Stattdessen glitt sie kraftlos aus Bills Nackenfalte.

Eine elfenbeinfarbene Drachenpranke fing ihren Sturz ab und legte sie behutsam auf den Boden.

Sofie versuchte, die Augen offen zu halten. Alles um sie herum drehte sich.

Im nächsten Moment tauchte Bills menschliches Antlitz über ihr auf und schaute sie anklagend an: „Als du zu mir sagtest: «Es wird schon gehen», hast du mir nicht die Wahrheit gesagt, oder?“

Sofie wollte antworten, doch in diesem Moment krampfte sich ihr Magen erneut zusammen. Keuchend drehte sie sich auf die Seite und erbrach sich ein zweites Mal.

„Du hast Sofie hergebracht?!!!“ Karvins Stimme überschlug sich fast. „In dem Zustand?! Bei den Schuppen des Grauen Kriegers, willst du sie umbringen?!“

„Ihr Handy ist runtergefallen“, jammerte Bill und griff nach Sofies

Hand. „Dabei ist es kaputt gegangen. Sie hat doch grade mit J telefoniert und war noch nicht fertig."

Ein himmlisches Prickeln ging von Bills Hand aus und vertrieb die beißende Kälte aus Sofies Arm. Langsam floss die Wärme von dort in ihre Meridiane.

„O Mann, Bill!", schimpfte Karvin. „Denk doch einmal nach, bevor du etwas tust. Nur ein einziges Mal!"

Der Schwarze griff nach ihrer anderen Hand und gleich darauf spürte Sofie in diesem Arm ebenfalls eine wunderbare Wärme.

„Woher hätte ich denn wissen sollen, dass sie so erschöpft ist?", fragte Bill trotzig. „Sie war verzweifelt, weil sie nicht mit J sprechen konnte. Sie hat sogar geweint. Sie ist meine Freundin! Ich wollte ihr helfen!"

„Ein toller Freund bist du!", fauchte Karvin aufgebracht. „Deine «Hilfe» hätte sie fast umgebracht."

„Ich weiß!", winselte Bill. „Und das tut mir so unendlich leid. Ich kann einfach nicht in sie hineinsehen."

„Das bringt uns jetzt auch nichts", grummelte der Schwarze düster.

Schweigen.

Die herrliche Wärme kam nach und nach in Sofies Kopf an und vertrieb die lähmende Kälte. Unangenehmerweise ließ das ihr Schmerzempfinden wieder aufleben. Sofies Kopf fühlte sich an, als wäre er in einem Schraubstock eingeklemmt.

„Wo ist J denn überhaupt?", erkundigte Bill sich. „Hat er eine Sitzung?"

„Wohl kaum. Er liegt mit einer Alkoholvergiftung auf der Couch", erklärte Karvin gereizt. „Narla kümmert sich um ihn."

„Eine Alkoholvergiftung?" Bills Händedruck ließ abrupt nach. „Um diese Uhrzeit? Wir haben hier acht Uhr morgens! Wie kann J da eine Alkoholvergiftung haben?"

Schweigen.

„Er… Es gab da", setzte der Schwarze zögerlich an, „… ein Treffen zwischen Xavosch und Sofie an der Hochschule."

„Xavosch?", echote Bill perplex. „Der Ich-Hasse-Alle-Menschen-Xavosch?"

„Ja."

Die Stimme des Weißen schwoll an: „Der Ich-Verbinde-Mich-Mit-

Sofie-Xavosch?“

„JA.“

„Der Ich-Schnippe-Sofie-Quer-Durch-Die-Arena-Xavosch?!“, schnappte Bill.

„JAA-A!“, pampte Karvin zurück.

Die Worte der Drachen wurde immer lauter und dröhnten unangenehm ins Sofies Kopf. Sie stöhnte.

„Hast du ‘n Flüsterling geschluckt?“, echauffierte sich Bill. „Bist du von Dämonen besessen?“

„Eliande hat Sofie vor dem Treffen gründlich ableiten lassen“, rechtfertigte sich der Schwarze. „J war informiert. Ich habe auf ihn aufgepasst.“

„Bei sowas machst du mit?“, zischte Bill. „Freiwillig?! Was bist du denn für ein Freund? Du hast ja … SCHMELZWASSER im Hirn! Das ist doch UNSERE Sofie! Wie kannst du mit dem aufgeblasenen Lichtheini gemeinsame Sache machen?! Der will sie uns doch WEGNEHMEN!“

„Als hätte ich eine Wahl!“, keifte Karvin zurück. „Ich kann nicht wie du den lieben langen Tag mit irgendwelchem Tüddelkram verdaddeln. Ich muss BEFEHLE ausführen, ob die mir nun passen oder nicht!“

Das war zu viel für Bill. „ACH JA?“, brüllte er. „Dann sollten du oder die anderen folgsamen Befehlsempfänger mich nächstes Mal vielleicht über eure bescheuerten Befehle informieren. Hätte ich nämlich geahnt, dass Sofie dermaßen angeschlagen ist, wäre ich mit ihr IM LEBEN NICHT DURCH DIE NEBEL GEREIST! ICH BIN NÄMLICH NICHT IRRE!“

Sofies Kopf drohte zu platzen. Sie konnte das Geschrei nicht ertragen. Ihr wurde schon wieder schlecht.

„Jungs, nicht so laut“, krächzte sie matt, bevor Karvin zu einer Antwort ansetzen konnte. „Bitte, streitet euch woanders.“

Sofort kehrte Ruhe ein.

Sofie öffnete ihre Augen einen Spalt breit und sah, wie sich Karvins Musterknabenfrisur einträchtig neben Bills Heavy-Metal-Matte schob. Beide guckten betroffen auf sie herab.

Dann schaute der Schwarze den Weißen betont freundlich an und erklärte leise: „Ich denke, wir haben ihr fürs Erste genug von unserer

Energie übertragen. Würdest du sie bitte ins Gästezimmer tragen, Bill? Es ist die zweite Tür rechts. Ich hole noch eine Zimtinjektion. Bleib du bei ihr, ich kümmere mich um den Teppich hier um Flur."

„Einverstanden", stimmte Bill überaus würdevoll zu.

„Komm, Sofie", flüsterte der Weiße fürsorglich und hob sie auf seine Arme. „Ein bisschen Schlaf wird dir guttun. Morgen bist du wieder ganz die Alte."

„Das glaube ich kaum", nuschelte Sofie, doch da fielen ihr bereits die Augen zu.

Als Sofies Bewusstsein wieder an die Oberfläche dämmerte, war sie orientierungslos. Schläfrig nahm sie ungewohnte Geräusche und Gerüche wahr.

„Wo bin ich? ... Das ist nicht die Akademie und auch nicht Jans Villa...aber es duftet nach Jan."

Müde schlug sie die Augen auf und schaute direkt in zwei vertraute Saphiraugen. Ihr Herz machte einen Freudensprung. Jan lag neben ihr auf einem cremefarbenen Kopfkissen und lächelte sie verträumt an. Der Karfunkel glitzerte an seiner Stirn.

„Hallo, mein kleiner Feuervogel", wisperte er. „Na, geht es dir besser?"

Erinnerungen an ihren riskanten Sprung durch die Nebel fluteten Sofies Gehirn. Eiseskälte, endlose Übelkeit und zwei auf Krawall gebürstete Drachen, die ihren Kopf fast zum Platzen gebracht hatten.

„Uagrh! Da war ja was."

Vorsichtig horchte Sofie in sich hinein und stellte fest, dass sie sich eigentlich ganz normal fühlte. Sie nickte: „Ja, viel besser. Die Schmerzen sind weg und schlecht ist mir auch nicht mehr. Gott sei Dank."

„Das ist gut", murmelte Jan und strich ihr erleichtert durch die Locken. „Das ist sehr gut. Ich...", schuldbewusst zog er seine Hand zurück, „... es tut mir leid, Sofie."

„Richtig. Er wusste wegen Xavosch Bescheid. Und er hat mir nichts gesagt!"

Diese Tatsache versetzte Sofie einen Stich. Mit so etwas hatte sie nicht gerechnet. Nicht bei Jan. Ihm hatte sie grenzenlos vertraut. Enttäuscht blickte sie ihn an.

„Du glaubst gar nicht, wie sehr ich das bereue“, flüsterte Jan.

Schweigen.

Die Stille fühlte sich gar nicht gut an. Normalerweise war sie eine Einheit mit ihm. Jan und sie gegen den Rest der Welt. … Und jetzt?

Sofie schluckte. „Warum hast du mich nicht gewarnt, wenn du wusstest, dass er kommt?“

“Ich…“, Jan brach ab und stütze sich auf seinen Ellenbogen. Mit dem linken Zeigefinger tippte er sich an den Karfunkel. „Am liebsten würde ich es dir zeigen, aber du sollst heute nicht zaubern. Die astrale Kraft hat sich in deinen Depots noch nicht vollständig gesetzt.“

„Dann erkläre es mir“, forderte Sofie und richtete sich ebenfalls auf.

Ihr Kopf pochte leicht. *„Ganz fit bin ich wirklich noch nicht. Naja, die Suppe habe ich mir selbst eingebrockt.“*

Jan fuhr sich unbehaglich durch die blonde Strubbelfrisur. „Sie werden nicht aufgeben.“

„Wer?“

Jan starrte an ihr vorbei an die Wand. Seine Kiefermuskulatur verkrampfte sich. „Die Drachen werden alles daransetzen, dass du dich doch noch mit dem Lichtmeister verbindest. Das im Büro des Schulleiters war lediglich der erste Versuch.“

Sofie verdrehte die Augen. „Wahnsinnig romantisch, dieser Versuch. Haben die echt gedacht, unter den Bedingungen würde ich auf diesen «Xavier» abfahren? In Lorans Büro, zwischen Anstandsdrachen und Hochschulakten?“

„Sie haben es gehofft.“ Jan schaute sie eindringlich an. „Die Romantik war unwichtig. Es ging um andere Dinge. Xavosch wurde eingenordet und gründlich vorbereitet. Er hat sein Äußeres so angepasst, dass es attraktiv wirkt, so wie das von allen Austauschdrachen. Und damit du den Braten nicht sofort riechst und keine magischen Barrieren hochreißen kannst, hat Eliande dich vollständig ableiten lassen.“

„Ich hab’s gewusst“, zischte Sofie.

Jan seufzte und fuhr fort: „Sie haben gehofft, dass es bloß Xavoschs Ablehnung war, die dich bei der Gegenüberstellung hat zurückschrecken lassen. Hätte das der Wahrheit entsprochen, wärst du jetzt seine Gefährtin. Und er wäre eine Geheimwaffe für unseren Planeten, wenn die

Dämonen hier einfallen."

„Dass Gefährten wichtig für die Verteidigung sind, hören wir nicht zum ersten Mal", antwortete Sofie. In ihrem Magen breitete sich eine diffuse Angst aus. „Das hat dich vor ein paar Wochen nicht gestört."

„Mir war damals nicht klar, wie hartnäckig die Führung ihr Ziel verfolgen würde." In Jan brodelte es.

„Er ist total angespannt."

Sofie betrachtete verwirrt sein Profil und sagte betont gelassen: „Aha. Jetzt machen sie also Druck. Na und?"

Er drehte sich zu ihr, verzweifelt sah er sie an. „Sofie, du verstehst das nicht. Die machen nicht einfach nur Druck, die setzen ihren Willen durch. Wir haben keine Möglichkeit, uns gegen ihre Pläne zu wehren."

„Was soll das heißen?"

Das miese Gefühl in Sofies Bauch gefror zu einem Eisklotz. Ihr Hals schnürte sich zu, sie konnte nichts sagen.

Jan holte Luft und erklärte gepresst: „Die Drachen gehen davon aus, dass die Bindung zwischen Xavosch und dir bloß blockiert ist. Sie beabsichtigen, diese Blockade zu lösen."

„Und wie wollen sie das anstellen? Solange sie weiter so dermaßen feinfühlig vorgehen, brauchen wir uns keinen Kopf zu machen."

Sofies gab sich äußerlich locker, doch ihre Stimme klang ungewollt schrill. *„Was, wenn Jan recht hat?"* Ihr war, als würde ihr der Boden unter den Füßen weggezogen.

„Ich habe keine Ahnung!", erwiderte Jan gereizt. „Wenn ich das richtig mitgekriegt habe, wissen sie es selbst nicht so genau."

„Ach! Ich will von diesem aufgeblasenen blauen Schuppenträger aber nichts wissen!", fauchte Sofie.

„Ja, das ist mir klar", schnappte Jan und fuhr sich erneut hilflos durch die Haare.

„Das alles ist ihm unerträglich."

Sofie wurde übel, Tränen stiegen in ihr auf.

„Warum hilfst du ihnen dann dabei?", wisperte sie erstickt. „Willst du mit mir Schluss machen?"

„Was?" Entsetzt riss Jan die Augen auf. Der Schmerz in seinem Gesicht war unübersehbar.

„Wenn sie recht haben“, flüsterte Sofie, „wirst du am Ende allein sein. Ich werde bestimmt nicht von dir verlangen, dir bis dahin das Drama mit mir anzutun.“

„Nein!“, rief er und griff nach ihren Händen.

Er schaute sie eindringlich an, die hellen Sprenkel in seinen Augen leuchteten wie Sterne im Abendhimmel.

Prompt kribbelte es in Sofies Bauch.

„O Gott, wie ich es liebe, wenn er mich so ansieht!“

„Sofie, ich liebe dich. Ich werde mich nicht von dir trennen!“

Sie spürte, dass Jan die Wahrheit sagte. Ein zentnerschwerer Stein fiel von ihrem Herzen und ließ die aufgestauten Tränen über ihre Wangen kullern.

Trotzdem murmelte sie: „Vielleicht wäre es aber besser für dich.“

„Sag so etwas nicht.“ Er wischte ihre Tränen zärtlich mit seinen Daumen fort. „Ich werde dich nicht verlassen. Das könnte ich gar nicht.“

„Warum hast du mich nicht gewarnt?“, schniefte Sofie. Sie tippte gegen den violetten Edelstein in Jans Stirnreif. „Und bitte lass mich in deinen Geist sehen, sonst werde ich noch irre hier.“

Jan seufzte tief und ließ seine Abschirmung fallen. „Karvin meinte, dass es keine einseitigen Bindungen geben würde. Die Führung geht fest davon aus, dass du und Xavosch zusammengehört. *Wenn es drauf hinauslaufen muss, dann möchte ich, dass du schnellstmöglich einen Partner an deiner Seite hast, der dich auffängt und trägt.“*

Sofie blickte ihn verwundert an. *„Du wolltest es mir damit leichter machen!“*

Seine Liebe hüllte sie ein. Noch mehr Tränen liefen über ihre Wangen.

Jan nickte ernst. *„Ich habe versprochen, deinem Glück nicht im Wege zu stehen. Sobald er dein Gefährte ist, wird er dich glücklich machen.“*

Sofie schüttelte aufgewühlt ihren Kopf. *„Aber ich HABE schon einen Partner an meiner Seite, der mich auffängt und trägt! Du bist mein größtes Glück, Jan. Bei dir bin ich zu Hause!“*

Sie beugte sich zu ihm und drückte ihre tränenfeuchten Lippen auf seine. *„Ich will niemand anderes als DICH!“*

„Ich weiß…“ Jan schlang seine Arme um sie und erwiderte ihren Kuss. Bittersüße Erleichterung durchflutete ihn.

Plötzlich musste Sofie lachen. Sie löste sich aus seinen Armen und kicherte: „Wir beiden Torfköpfe sollten aufhören, es dem anderen leichter machen zu wollen. Das geht doch bloß nach hinten los."

„Und wie so oft hat mein kluges Mädchen recht!" Jan grinste schief, zog sie an seine Brust und ließ sich mit ihr in die Kissen fallen.

Behutsam schirmte er seinen Geist ab und flüsterte: „Am liebsten würde ich mit dir abhauen und untertauchen. Aber sie kennen mein Gedankenmuster, gleichgültig wo wir uns verstecken, sie würden mich finden."

„Und wenn ich mich weigere, zurück an die Akademie zu gehen?", schlug Sofie vor. Sie kuschelte sich an ihn und genoss seinen Duft nach Aftershave und Minze. „Das mit dem Ableiten klappt ganz gut. Das könnte ich auch allein hinbekommen."

„Im Moment vielleicht", brummte Jan. Er strich ihr zärtlich über den Rücken. „Ich habe mich mit Eliande unterhalten: Die Entwicklung eines Empathen verläuft in Wellen. Mal hat er sich halbwegs unter Kontrolle und mal nicht. Bis deine Ausbildung abgeschlossen ist, wirst du ohne fachmännische Betreuung ständig Gefahr laufen, entweder dich selbst zu verletzen oder andere. Du brauchst jemanden, der dir hilft."

„Das muss doch aber nicht an der Akademie sein", beharrte Sofie.

Jan lächelte grimmig. „Ich weiß, was du damit sagen willst und ich versichere dir, ich habe meine Fühler intensiv nach Alternativen ausgestreckt. Es gibt keine. Grimmarr und Victoria haben ihren Laden voll im Griff. Niemand wird uns helfen, die Akademie zu umgehen."

Sofie konnte seine unterdrückte Wut und die Frustration spüren. „Mist."

Beklommenes Schweigen breitete sich zwischen ihnen aus.

„Wo sind wir überhaupt?", wechselte Sofie das Thema.

Jan seufzte: „Ach, irgendwo in Kanada."

„Und wie lange habe ich geschlafen?"

„Bummelig 24 Stunden."

Sofie runzelte die Stirn. „Also ist heute Donnerstag. Wann muss ich zurück?"

Jan drückte sie fester an sich und lächelte. „Nicht vor Montag. Dein unverantwortlicher Sprung durch die Nebel hat deine astralen Depots so durcheinander gewirbelt, dass du frühestens morgen wieder gefahrlos durch die Sphäre reisen kannst."

„Wow, wir haben vier ganze Tage für uns!", frohlockte Sofie und stützte sich auf seine Brust. „Oder musst du arbeiten?"

„Ich müsste." Er strich ihr eine vorwitzige Locke aus dem Gesicht, seine Miene spiegelte Trotz wider. „Aber ich werde nicht."

Sofie grinste frech. „Ich sollte vielleicht öfter riskante Sprünge durch die Nebel wagen."

„Untersteh dich!", zischte er und gab ihr einen Klaps auf den Po. „Wenn du das machst, werde ich dir eigenhändig deinen süßen Hintern versohlen. Du hättest dabei draufgehen können."

Sofie schaute prüfend in seine saphirblauen Augen. Unbeabsichtigt durchrieselte Magie ihren Körper:

Jan hatte Angst, dass ihr etwas zustieß. Er befürchtete, dass er sie an einen anderen verlieren würde. Er machte sich Vorwürfe, dass er auf Karvin gehört und sie nicht gewarnt hatte. Er liebte sie. Mehr als alles andere auf der Welt.

„…und viel mehr als ihm guttut!"

Jetzt genoss er ihre Nähe. Er hatte in den letzten 24 Stunden fast ununterbrochen neben ihr gelegen und über sie gewacht. Er vergötterte ihren Duft, die dunkelblonden Locken und die blaugrünen Augen. Er liebte ihre sommersprossige Haut.

Sanft schob er seine rechte Hand unter ihr T-Shirt und streichelte ihren Rücken.

Ein wohliger Schauer folgte seiner Berührung. Sofie ächzte selig.

Jan lächelte. Es faszinierte ihn, wenn sie so auf ihn reagierte.

Sofie schloss genießerisch die Augen und wünschte sich, er würde bis in alle Ewigkeit damit weitermachen.

Seine linke Hand kam der rechten zu Hilfe und ein leises Lachen ließ seinen Brustkorb vibrieren. „Du bist wie eine Katze", raunte er.

„Oh ja, das bin ich", schnurrte sie mit belegter Stimme. Einhändig streifte sie den Stirnreif von seinem Kopf. Er verschwand unbeachtet zwischen den Kissen. „Ich will dir ganz nah sein."

„Keine gute Idee", seufzte Jan, „deine Astraldepots sind noch …"

„Die halten das aus", entschied Sofie und beugte sich zu ihm herab. Hauchzart küsste sie seine weichen Lippen.

Jan rührte sich nicht.

Sofie konnte in seinem Geist sehen, wie sehr er diese unschuldige Berührung mochte. Er hoffte, dass sie nicht aufhören würde, trotzdem warnte er besorgt: *„Du darfst dich nicht überanstrengen."*

„Keine Angst. Das werde ich nicht."

Sofie küsste ihn ein zweites Mal. Behutsam knabberte sie an seinen Lippen.

Ein warmes Prickeln bahnte sich den Weg durch Jans Adern. Er spürte ihren Körper halb auf sich lasten und sog ihren herrlichen Duft ein. Unwillkürlich schossen Erinnerungen an nackte Haut, rhythmische Bewegungen und Sofies süßes Stöhnen durch seinen Geist. Jan wurde heiß, sein Atem ging schneller. Auch wenn er es jetzt nicht sollte: Er wollte sie!

Sofie fühlte genau, was ihr Kuss bei ihm auslöste. Seine Hitze entflammte ihre eigene Lust und sein Kopfkino ließ ihre Mitte sehnsüchtig kribbeln. *„Mehr!"*

Jans Hände lagen auf ihrem Rücken. Er zwang sich zur Reglosigkeit. Viel lieber hätte er sie ausgezogen.

Sofie lächelte. Seine selbstauferlegte Enthaltsamkeit verhinderte nicht, dass sein Körper auf ihre Zärtlichkeiten reagierte. Das machte sie an. Sie würde seine Beherrschung ausreizen. Langsam ließ sie ihre Hand unter sein Shirt gleiten und strich über seine behaarte Brust. Sie liebte die goldenen Löckchen. Ihre Finger wanderten tiefer, umkreisten seinen Bauchnabel und öffneten den Hosenknopf.

Jan erbebte unter ihrer Berührung. Er wollte mehr. Er wünschte, sie würde ihn überall streicheln, doch er wusste, dass sie das nicht tun sollte. Das wäre unverantwortlich.

Ächzend griff er nach ihrem Handgelenk und hielt es fest. „Du darfst nicht zaubern! Und wenn wir erst «dabei» sind, kann ich mich nicht mehr bremsen, das weißt du."

Er konnte sich ja jetzt kaum noch zurückhalten.

Sofie hielt inne. Leidenschaft pulsierte durch ihre Adern. Sie wollte ihn spüren, ihn verführen, bis er sein Begehren nicht mehr aushielt. Und dann wollte sie mit ihm verschmelzen.

„Ich werde nicht aufhören", hauchte Sofie. Für eine Sekunde

konzentrierte sie sich auf ihre Meridiane und teilte ihren Sinneseindruck mit Jan. „Siehst du, es geht mir gut. Ich werde keine Magie wirken, nicht bewusst. Ich will dir einfach nur nah sein.“

Jan schaute ihr in die Augen und nickte schließlich. Dann ließ er ihre Hand los. *„Je mehr sie versuchen, uns zu trennen, desto mehr will ich dich!“*

Sofie lächelte. *„Wir werden uns einfach nicht trennen.“*

Entschlossen küsste sie ihn abermals, diesmal hemmungslos. Das Prickeln in ihrem Inneren wurde drängend.

Sofies Hartnäckigkeit gab Jan den Rest. Er ergab sich ihrer Lust und zog sie leise stöhnend auf sich. „Komm her!“ Gierig öffnete er seinen Mund und hieß ihre Zunge willkommen.

Sofie versank in diesem Kuss. Es berauschte sie, wie sich ihr Verlangen gegenseitig aufschaukelte. Dadurch, dass sie in seine Gedanken schauen konnte, war es noch intensiver. Sie wusste genau, was ihn scharf machte.

Mit den Händen stützte sie sich neben seinem Kopf ab, spreizte die Beine und setzte sich auf seine Hüften. Unter sich nahm sie eine verheißungsvolle Härte wahr. Das Sehnen in ihrer Mitte schwoll an. Mit einem leisen Seufzen löste sie sich von seinen Lippen und richtete sich auf.

Jan keuchte. Eine lüsterne Vorfreude rollte über ihn hinweg.

Sofie tastete nach dem Saum ihres Shirts, zog es aus und warf es achtlos hinter sich.

Seine Augen funkelten.

„Darf es für den Herrn noch etwas mehr sein?“, erkundigte sie sich kokett.

„Wenn mehr weniger ist, gern.“

Jan stellte sich vor, wie sie auch den Rest ihrer Klamotten im Hotelzimmer verteilte.

„Kommt sofort“, wisperte Sofie frech und öffnete ihren BH.

21. Auf dem Weg zu den Abtrünnigen

Rückblende – Wochen zuvor:

Malte Rasmussen stand im Tunnel und wischte sich mit seinem Hemdsärmel den verdreckten Schweiß von der Stirn. Seit 13 Tagen grub er nun schon hier unten, getrieben von einer inneren Unruhe, die er sich nicht erklären konnte. Er war erschöpft, nein, mehr als erschöpft: er war regelrecht ausgelaugt. Der Zauber, mit dem er den Boden Zentimeter für Zentimeter pulverisierte und anschließend an den Tunnelrändern zu einer stabilen Stützschicht verdichtete, war kräftezehrend, vor allem jedoch erzeugte er einen feinen Staub, der sich permanent in der Luft hielt und überall hineinkroch. Malte konnte duschen so viel er wollte, den Schmutz bekam er weder aus den Ohren noch aus seiner Nase oder der Lunge. Morgens nach dem Aufstehen hustete er und schnäuzte sich minutenlang, bis mehrere Taschentücher mit erdigem Schleim bedeckt waren.

„Was für eine elendige Schinderei!“, seufzte Malte. „Nur am gesegneten Sonntag habe ich mir ein paar Stunden zur Andacht gegönnt, bevor ich nachmittags doch wieder in meine Grube geklettert bin. Dieser Dreck ist wirklich übel.“

Am zweiten Tag hatte er es mit einem Mundschutz probiert. Das Teil hatte zwar den Staub von seinen Atemwegen ferngehalten, aber es hatte genauso den astralen Fluss behindert. So sehr, dass Malte maximal ein Drittel vom Vortag geschafft hatte. Ähnlich sah es mit dem magischen Schutzschild aus: Der lenkte ihn ab und raubte außerdem noch die Energie, die er so dringend fürs Graben brauchte. Er fühlte sich rastlos.

„Ich habe auch so schon zu viele meiner Anhänger um Hilfe bitten müssen“, murmelte Malte missmutig. „Am liebsten hätten sie mir ja einen Teil der Plackerei abgenommen, aber keiner von ihnen beherrschte den Zauber annähernd so gut wie ich. Das war sinnlos.“ Er stöhnte. „Darum haben sie mich großzügig gestützt und das, obwohl sie ihre Kräfte für die Shows brauchen. Wenn das hier nicht bald ein Ende hat, muss ich nach anderen Wegen suchen. Ich darf meine Leute nicht gefährden. Nicht auszudenken, wenn einer von Ninas Feuerbällen Lasse trifft und dessen Schild kollabiert. Und das bloß, weil ich noch einen halben Meter mehr schaffen will."

Verärgert beobachtete der Kroyork, wie die Ablehnung seines Wirts wuchs. Dieses sensible Jüngelchen sträubte sich von Tag zu Tag mehr gegen das Graben. Und es war viel zu sehr auf die Gesundheit seiner Anhänger bedacht, eine Haltung, die ihm selbst fremd war.

„Um Ziele zu erreichen, müssen Opfer gebracht werden! Glück gehabt, wenn man nicht selbst dabei draufgeht."

Exakt diese Worte hatte er nichtsahnend dem Rasmussen eingeflüstert. Sein Wirt hatte darauf mit so heftiger Abwehr reagiert, dass er dem Menschen etliche Bibelzitate hatte einsäuseln müssen, um ihn wieder zu besänftigen.

Nicht entzückend! Der letzte G'labrx wollte Fortschritte sehen, und ob der Tunnel nun zehn Meter in die Tiefe ragte oder zwanzig, war dem Gebieter vollkommen gleichgültig. Genauso wenig wollte er etwas von den vertraglichen Problemen hören, die beim Kauf des Grundstücks aufgetreten waren, oder von den Anstrengungen, die sie bei der Beschaffung des Geldes und der astralen Kraft auf sich nahmen.

Den Weltenwanderer interessierten lediglich die Artefakte, die im Boden verborgen lagen.

„Bei der Sphäre", ächzte der Flüsterling bei sich, *„dieses christliche Wertesystem bremst die Pläne des G'labrx' aus. Daran werden wir arbeiten müssen."*

Er würde subtil vorgehen und ein paar Wahrheiten verdrehen. Das Alte Testament bot da sicherlich konstruktive Ansätzc. Doch das würde Zeit brauchen. Zeit, die er jetzt nicht hatte. Auch nicht entzückend.

Unzufrieden kramte der Kroyork nach motivierenden Gedanken für seinen Wirt. *„Ich kann die Artefakte schon spüren"*, wisperte er und ignorierte die eigene Langeweile. *„Es ist nicht mehr weit. Nur noch wenige Meter. «Und sieh, ob ein Weg der Mühsal bei mir ist, und leite mich auf ewigem Wege!» Gott leitet mich, das schaffe ich."*

Noch ein paar von diesen Psalmen über Mühsal und Plackerei und der Dämon würde dem Rasmussen ins Hirn kotzen. Jammerschade, dass das der Intelligenz seines Wirts abträglich war. Erst recht nicht entzückend!

22. Wer hoch fliegt, fällt tief

Am Montag ließ Jan es sich nicht nehmen, Sofie persönlich von Lübeck aus zur Akademie zu fahren. Als Dankeschön verabschiedete sie sich auf dem Parkplatz vor der Burg mit einem filmreifen Kuss von ihm. Im Gegensatz zu vor drei Wochen war sie sich diesmal nur allzu bewusst, dass ihnen die halbe Hochschule zusah und sich an den Fenstern die Nase platt drückte. Sofie hoffte inständig, Loran und Xavosch wären unter den Zuschauern.

„Nur weil mich die Drachen zwingen können, hierher zurückzukehren, bedeutet das nicht, dass ich nach deren Pfeife tanzen muss.“

„Ja, nee“, brummte ihr Verstand, „ist klar. Du bist eine Spätrebellin. Da bringe ich die Pubertät ohne irgendwelche Skandale hinter mich und nun lässt du die Sau raus und ruinierst den tadellosen Ruf!“

Der Ruf war Sofie egal, zumindest in dieser Hinsicht. Sie hatte nichts zu verlieren.

Die Hochschulleitung sorgte erwartungsgemäß dafür, dass Xavosch etliche der Kurse gemeinsam mit ihr besuchte. Der Lichtmeister war in der vergangenen Woche selbstverständlich NICHT mit den anderen Austauschdrachen abgereist, sondern genau wie Gabriellosch geblieben. Anfangs versuchte Xavosch zaghaft, Kontakt zu Sofie aufzunehmen, doch sie behandelte ihn wie Luft. Nach zwei Tagen gab er auf und beschränkte sich darauf, ihr ab und zu einen emotionslosen Blick zuzuwerfen.

Sein Desinteresse war allerdings nur Fassade. Sofie konnte die unterdrückte Wut und seine Verachtung für die Menschheit in seiner Aura nicht übersehen. Und da war noch mehr: Er fühlte sich zu ihr hingezogen. Diese absurde Mischung aus Hass und Liebe zerrte an Sofies Nerven.

Sie war froh darüber, dass Tyra und Gabriellosch sich klar auf ihre Seite schlugen, genau wie die anderen Mitbewohner des Bungalows Nummer 23. Beim Kommandanten hatte Sofie das kaum zu hoffen gewagt, immerhin unterstand er indirekt der Führung der Drachen. Aber als sie ihn darauf ansprach, erklärte der Rote ernst: „Hätte Grimmarr mir einen blauen Schatten auf den Hals gehetzt, so wäre ich deutlich ungehaltener, als du es bist. Du bist meine Kameradin." Damit war das Thema für ihn erledigt.

Selbstverständlich unterstützte Bill Sofie ebenfalls. Sobald im Unterricht die Zusammenarbeit von Drache und Mensch erforderlich war, stand er Gewehr bei Fuß und absolvierte die Übungen gemeinsam mit ihr. Er war dabei so engagiert, dass man sein Verhalten fast schon als gluckenhaft bezeichnen konnte und Gabriellosch ihn scherzhaft Leibwächter nannte. Sofie war vor allem dankbar, dass Bill sie vor Xavosch abschirmte.

Der Zuspruch ihrer Freunde machte die Anwesenheit des Blauen für Sofie ertragbar, auch wenn ihr seine Nähe gehörig auf den Keks ging.

Am Donnerstag fehlte Bill an der Akademie. Er wollte endlich den Schein für «Unauffälliges menschliches Verhalten» erwerben und hatte einen Testtermin. In den Jahren zuvor hatte er bereits zwei Anläufe gewagt, war jedoch gescheitert. Weil er Sofie nicht im Stich lassen wollte, überlegte er, die Prüfung kurzfristig abzusagen. Das kam für Sofie natürlich nicht in Frage. Sie wusste, wie viel es dem Weißen bedeutete, sich endlich allein unter Menschen bewegen zu dürfen. Erst Gabrielloschs Versprechen, ihn als Sofies Leibwächter zu vertreten, konnte Bill überzeugen, sich einen Tag Abwesenheit zu erlauben.

Die Zusammenarbeit mit dem Roten machte Sofie bewusst, wie gut Bill und sie aufeinander eingespielt waren. Gabriellosch gab sich alle Mühe, ihr die Bilder zu beschreiben, welche die Dozenten via Geistesverbindung sendeten, doch seine Erklärungen waren nicht halb so verständlich wie die von Bill. In den Gedanken des Kommandanten nahm sie mittlerweile zwar ebenfalls Schemen wahr, aber die waren kein Vergleich zu dem, was sie inzwischen bei Bill sehen konnte.

Entsprechend müde und frustriert war Sofie, als sie sich gegen kurz vor drei auf den Weg zum Flugunterricht machte. Die roten Gefährten begleiteten sie. Wie so viele Sportarten lag Tyra das Fliegen im Blut. Sie unterstützte den menschlichen Trainer Marvin Beerbaum in diesem Anfängerkurs als Assistentin.

„Unsere kleine Schwedin ist echt ein Naturtalent", seufzte Sofie und

rieb sich den verspannten Nacken. *„Ich dagegen tue mich schwer. Grmpf. Vielleicht sollte ich heute lieber schwänzen. Bill ist eh nicht da. Die anderen Himmelsechsen kenne ich kaum. Mit dem Flugzentrum in deren Köpfen kann ich mich bestimmt nicht verbinden. Und ohne diese Verbindung… ich weiß nicht. Ach, Bill und ich kennen uns einfach so gut, dass wir uns wortlos verstehen."*

Ihr wurde mulmig bei der Aussicht, auf einen fremden Drachenrücken klettern zu müssen.

„Na, du machst ja ein Gesicht!", neckte Tyra und lachte. „Entspann dich mal. Xavosch hat noch nie einen Menschen auf sich reiten lassen. Dazu ist er viel zu stolz. Ich glaube nicht, dass er da gleich auftauchen wird."

Das war Sofie noch gar nicht in den Sinn gekommen. „Boa", stöhnte sie, „ich auf Xavosch? Was für ein Albtraum!" Sie schüttelte sich. „Ganz ehrlich, mir reicht es schon, dass ich auf irgendjemand anderem als Bill fliegen muss."

„Nicht auf irgendjemandem, sondern auf mir", korrigierte Gabriellosch gut gelaunt.

Vor Sofies geistigem Auge manifestierte sich die wahre Gestalt ihres Freundes. Als Himmelsechse war er gigantisch. *„Wie soll ich da bloß hochkommen?"* Mit finsterer Miene schaute sie zu ihm auf: „Du bist riesig. Ich weiß nicht, ob das eine gute Idee ist."

„Das ist eine hervorragende Idee, furchtlose Sofie!", widersprach der Kommandant. „Wer einem Krieger Befehlsflexibilität unterstellen kann, den wird ja wohl eine kleine Runde auf dessen Rücken nicht schrecken."

Gabriellosch grinste breit und klopfte ihr kameradschaftlich auf die Schulter. „Das kriegen wir schon hin, Phönix."

Tyra runzelte nachdenklich die Stirn. „Wenn du echt Muffensausen wegen seiner Größe hast, solltest du lieber noch mal in den Pferdereitkurs gehen…"

„Bloß nicht zu den Pferden!" Sofie schüttelte ihren Kopf. „Nein, so schlimm ist es nicht. Gabriellosch und ich, wir werden das schaffen. Irgendwie."

„Das ist die richtige Einstellung!", lachte der Rote. Er guckte seine Gefährtin selbstzufrieden an. „Ich habe doch gesagt, dass Sofie sich traut."

Wenig später hatten Tyra und Sofie ihre Fliegerklamotten angezogen und betraten gemeinsam mit Gabriellosch die Arena. Die anderen Kursteilnehmer warteten bereits dort. Gestern war ein neuer Schwung Austauschdrachen angekommen. Sofie hatte weder deren Ankunft noch die Gegenüberstellung verfolgt, sondern stattdessen mit Tyra und Gabriellosch auf dem verwaisten Hochschulgelände trainiert. Anschließend hatten sie zu Dritt ausgiebig Kaffee getrunken und Kuchen gegessen. Wie Sofie zu Ohren gekommen war, hatte Xavosch ebenfalls nicht an «Triff die Drachen» teilgenommen.

„Wir sind uns ähnlicher, als uns lieb ist."

Spöttisch verzog sie ihr Gesicht.

„Nun ja. Eine neue Mitbewohnerin haben wir seit gestern auch. Ob es Zufall ist, dass wir wieder eine Grüne bekommen haben? Na, ich glaube nicht."

Sofie schaute sich unwillig auf dem Kiesplatz um. Gleich wurde es ernst. Offensichtlich hatten sich die neuen Himmelsechsen und ihre Kommilitonen schon beschnuppert, denn nun standen sie paarweise zusammen, je ein Drache in seiner humanoiden Gestalt und ein Mensch, und unterhielten sich. Es wurde gelacht, die Stimmung war gelöst.

Nur nicht bei Sofie. Sie war angespannt. Am liebsten wäre sie unter einem Vorwand geflüchtet, doch sie wollte sich vor Gabriellosch keine Blöße geben. Dass er sie furchtlos nannte und ihr seine Kameradschaft angeboten hatte, bedeutete ihr viel.

„Ich bringe das hinter mich. Es ist nur heute. Nächste Woche ist Bill wieder da!"

Pünktlich um viertel nach drei tauchte der Trainer Marvin Beerbaum auf. Er war Mitte zwanzig und einer der ersten Absolventen der Akademie. Tyra hatte Sofie erzählt, dass Marvin aus einer Reiterfamilie stammte und quasi im Sattel großgeworden sei. Nach der Kommandantin der Wölfe gehörte er zu den besten Drachenreitern der Welt. Er war streng, aber er hatte Ahnung.

Sofie seufzte missmutig. *„Na, denn. Auf geht es..."*

„Moin, Moin!", begrüßte Marvin seine Truppe. „Seid ihr fit heute?"

Zustimmendes Gemurmel kam von allen Seiten.

Marvin ließ seinen Blick prüfend in die Runde schweifen. „Wie ich sehe, haben alle Neuen den Weg gefunden. Prima, dann können wir ja loslegen. Billarius hat sich für heute abgemeldet, doch wir haben Ersatz."

„Xavosch!", stöhnte Sofie. Sie spürte seine Aura, noch bevor der Blaue das doppelflügelige Tor passierte. *„Verdammt, ich hätte es wissen müssen!"* Demonstrativ rückte sie näher an Gabriellosch.

Tyra warf Sofie einen mitfühlenden Blick zu und trat vor. „ICH würde gern mit Xavosch fliegen!"

„Du, Tyra?" Marvin zog verwundert seine Augenbrauen hoch.

„Klar!" Die kleine Schwedin grinste lässig. „Warum denn nicht? Ich bin noch nicht so oft auf einem Blauen geflogen. Das würde mich reizen."

Sofie atmete erleichtert auf. *„Tyra ist 'ne Wucht! Das werde ich ihr nie vergessen!"*

Xavosch hatte die Gruppe inzwischen fast erreicht. Unsicher verlangsamte er seine Schritte. Wie immer hatte sein erster Blick Sofie gegolten: oberflächlich distanziert und gleichzeitig unterschwellig voller Sehnsucht.

„Tyras Vorschlag, mit ihm fliegen zu wollen, stößt bei ihm offensichtlich nicht auf Gegenliebe", bemerkte Sofie. *„Seine Aura fühlt sich an wie ein haiverseuchtes Gewässer."*

„Also, ich weiß nicht", brummte der Trainer und taxierte Xavosch, Tyra und Gabriellosch einen Moment lang. Dann schüttelte er seinen Kopf. „Nein, das lassen wir lieber."

„Warum?", fragte Tyra und ging lächelnd auf den Blauen zu. „Ich bin mit einem Roten verbunden. Mir wird sich in Zukunft wohl nicht mehr viel Gelegenheit bieten, mit anderen zu fliegen."

„Richtig, du hast einen Gefährten", stimmte Marvin zu, „und genau aus diesem Grund wirst du nicht mit Xavosch fliegen. Die Wölfe haben mich eindringlich davor gewarnt, einen Drachen in der Bindungsphase zu reizen."

„Ach", murrte Gabriellosch betont entspannt, „von mir aus kann sie das ruhig. Ich werde schon nicht ausflippen."

„Das sagst du JETZT", erwiderte der Trainer unbeirrt. „Nee, nee, ich habe die dollsten Dinge über die Eifersucht der Gefährten gehört. Da gehe ich kein Risiko ein."

Sofie ahnte, dass der Kelch an sie weitergereicht würde. *„Verdammt!*

Ich hätte mich krankmelden sollen. PMS, Übelkeit, Pocken – irgendwas!"

Prompt fiel Marvins Blick auf sie. „Sofie, du fliegst mit Xavosch."

„Mist!"

Die Haie verschwanden aus der Aura des Blauen.

„Klar, IHM gefällt das! Uarks."

Sofie lief ein unangenehmer Schauer über den Rücken.

„Ich habe mich schon mit Gabriellosch verabredet", versuchte sie aus der Nummer rauszukommen. „Ich habe nichts dagegen, zwischendurch eine Runde auszusetzen."

„Ich auch nicht", hakte Tyra sofort ein. „Wir teilen uns den Kommandanten."

„Xavosch soll zugucken, während jeweils eine von euch pausiert? Das ist Quatsch, Mädels!" Marvin stemmte unzufrieden die Fäuste in seine Seiten. „Tyra, ich brauche dich heute in der Luft und du, Sofie, hast schon zwei Stunden versäumt. Dein Sitz ist unsicher, du hast jede Minute Übung nötig."

„NICHT auf Xavosch!", protestierte Sofie stumm. Dessen Aura erinnerte nun an ein aufregend buntes Korallenmeer, das unter einer hauchdünnen Eisschicht verborgen lag. Seine Verachtung für die Menschheit war ausnahmsweise kaum noch wahrzunehmen.

„Ich will das nicht!"

Sie schluckte und räumte ein: „Ja, ich bin unsicher. Ich kann mich schließlich nicht mit dem Flugzentrum im Geist der Drachen verbinden. Und Xavosch hat noch nie einen Menschen getragen. Vielleicht könnte ich mit jemand anderem…"

Die Korallen starben ab, das Eis wurde dicker.

„Was für eine lahme Ausrede!", schnaubte der Trainer. Er war genervt, seine Augen wurden schmal.

„Aber sie hat recht", meldete sich Xavosch zu Wort. „Ich habe keinerlei Erfahrung. Es könnte sich als sinnvoll erweisen, wenn ich meinen ersten Flug mit einem geübteren Menschen absolviere."

„Er würde freiwillig einen anderen auf seinem Rücken mitnehmen?" Ungläubig starrte Sofie zum Blauen rüber. *„Will er mir helfen, oder was?"*

Ein Rieseln und sie wusste, dass er tatsächlich genau das versuchte und das, obwohl er sich nach ihrer Nähe sehnte.

„Leute! Wir sind hier nicht beim Wunschkonzert", brauste Marvin auf. „Mal ehrlich, Sofie: Du würdest auf einem Roten fliegen, aber mit einem Blauen traust du dich nicht, bloß weil der noch nie jemanden mitgenommen hat?"

„Eigentlich traue ich mich auch auf dem Roten nicht!", stöhnte Sofie innerlich und guckte ihren Trainer halsstarrig an.

„In dem Fall solltest du dich beim Pferdereitkurs melden", fuhr Marvin gereizt fort.

„Nicht zu den Zossen!" Sofie schüttelte mit zusammengebissenen Zähnen den Kopf. „Nein, das ist nicht nötig."

„Gut, dann können wir diese Kindergartendiskussion jetzt ja beenden!", erklärte der Trainer mit erhobener Stimme. „Das hier ist keine Vergnügungsveranstaltung. Wir bereiten euch auf den Ernstfall vor. Falls die Dämonen in unsere Welt einfallen, könnt ihr von Glück reden, wenn euch ein Drache mitnimmt und in ein sicheres Versteck bringt. EGAL, wie viel Erfahrung er hat. Je schneller ihr das Fliegen lernt, desto besser."

Er schaute Sofie an und sein Blick sagte: „Vom Phönix hätte ich mehr erwartet."

Eine unangenehme Stille breitete sich in der Arena aus.

Sofie nickte Gabriellosch wortlos zu. Er lächelte freundlich, doch sie spürte, dass sie sich nicht gerade mit Ruhm bekleckert hatte.

„Na, super!" Aufgewühlt stapfte sie durch den Kies zu Xavosch. *„Das habe ich voll vergeigt. Bescheuerter Tag, wäre ich bloß im Bett geblieben."*

„Wenn sonst niemand gepudert werden muss", rief Marvin spöttisch, „steigt auf, damit wir endlich anfangen können."

Sofie verdrehte entnervt die Augen. Um sie herum traten die Himmelsechsen ein paar Schritte nach hinten und verwandelten sich. Rot, grün, golden, weiß, schwarz! Bunte Schuppen schossen wie Pilze aus dem Boden und verbreiteten den beißenden Geruch von erhitztem Metall.

Sofie wurde übel. Vor ihr stand ein perlmuttfarbenes Monster mit nassglänzenden Schuppen und stromlinienförmigem Körperbau. Es blickte aus kühlen blaugrünen Augen auf sie herab.

Sofie starrte zornig zurück. Trotz Xavoschs distanzierter Fassade, war es für sie nicht zu übersehen, dass der Drache sich darauf freute, von ihr berührt zu werden.

„Uargh, widerlich!“

Das Tor zu den Umkleiden entwickelte eine ungeahnte Anziehungskraft auf Sofie.

„O Mann!“, fluchte sie aufgebracht. *„Ich könnte echt kotzen! Aber ich darf nicht kneifen. Argh!“*

Ihr Flugpartner wartete nur wenige Meter von ihr entfernt. Der Geruch von heißem Platin, Tang und Meerwasser stieg ihr in die Nase.

„Wunderbar. Da fehlt ja bloß noch die Möwenscheiße! Bah.“

Sie bemühte sich nicht, ihre Abscheu zu verbergen. Der Blaue sollte ruhig wissen, was sie für ihn empfand.

In diesem Moment verdunkelte sich seine Aura. Schmerz quoll wie schwarze Tinte in das fröhliche Korallenmeer und eine Welle hochmütiger Verachtung für die Humanoiden schwappte hinterher.

Sofie grinste die Echse sarkastisch an.

„Geht doch! Soviel also zu deiner unsterblichen Liebe!“

Mit seiner Geringschätzung konnte sie besser umgehen als mit der verkappten Sehnsucht.

Der Drache richtete sich stolz vor ihr auf und schüttelte sein gewaltiges Haupt, so dass die Langschuppen der Halskrause klatschend um seinen Kopf wirbelten.

Sofie gab sich unbeeindruckt. Sie verschränkte die Arme vor der Brust und murmelte: „Na, so wird das mit dem Aufsteigen jedenfalls nichts.“

Xavosch funkelte sie ungehalten an. Seinen blaugrünen Augen sprühten vor Empörung.

Sofie lächelte nur. Wenn es nach ihr ging, konnten sie den ganzen Tag hier stehen und einander anglotzen.

„Dann muss ich wenigstens nicht mit ihm in die Luft.“

Aber leider tat Xavosch ihr diesen Gefallen nicht. Fauchend hockte er sich hin und streckte seiner Reiterin den rechten Vorderlauf entgegen.

„Bei Bill steige ich immer links auf“, dachte Sofie unbehaglich, doch Schwäche zeigen kam nicht in die Tüte. Unerschrocken ging sie auf ihren Flugpartner zu und erklomm seine Pranke.

Schon bei den ersten Schritten wurde Sofie bewusst, dass die Schuppen eines blauen Drachen erheblich glatter waren als die eines weißen. Sie fand trotz ihrer weichen Kletterschuhe kaum Halt.

„Verdammt, ist das rutschig! Als würde ich mit Sandalen auf Eis laufen.“

Hinzu kam, dass Xavosch doppelt so groß wie Bill war, falls das überhaupt ausreichte. Diese Maße war Sofie nicht gewohnt. Sie legte den Kopf in den Nacken und starrte zu der Falte vor den Schwingen hinauf, wo sie sitzen sollte. Der Weg bis dahin war verflixt weit. Wie sollte sie da raufkommen?

„Die normalen Tritte und Griffe kann ich bei ihm knicken. Schiet!“

Xavoschs Bollerkopp drehte sich zu ihr um und kam ihr aufdringlich nah. Seine Drachenaugen kreisten, als wollte er ihr etwas sagen.

„Ich verstehe keine Gedankenrede“, zischte Sofie. „Was willst du von mir?“

„Beruhig dich, Sofie“, rief Marvin. Seine Stimme klang freundlich. Das Theater von eben hatte er offenbar schon vergessen. „Ich helfe euch bei der Kommunikation.“

Er lief zu ihnen und erklärte: „Die Schuppen eines Blauen sind sehr glatt, wie du sicher schon bemerkt hast. Außerdem ist Xavosch größer als Bill.“

„Ach, ehrlich?“, schnaubte Sofie ironisch. „Ist mir noch gar nicht aufgefallen.“

Der Trainer lachte. Er ließ sich von ihrer miesen Laune nicht aus dem Konzept bringen. „Da raufzukommen ist eine Herausforderung. Es gelingt dir mit der Hilfe des Drachen. Xavosch hat dir vorgeschlagen, dass er seinen Vorderlauf hebt, damit du in Reichweite der Langschuppen am Hals kommst.“

„Wahnsinnsvorschlag“, motzte Sofie. Sie fühlte sich vollkommen hilflos auf der Pranke. „Bevor ich auch nur in die Nähe der Nackenfalte komme, bin ich schon zehnmal abgerutscht und liege im Kies.“

Marvin lächelte nachsichtig. „Deswegen streckt Xavosch dir ja auch seine Schnauze entgegen. Du darfst dich daran festhalten.“

„An seiner SCHNAUZE!“, kreischte Sofie entsetzt. Sie spürte, dass der Blaue aufgebracht war und ihr kamen die unzähligen rasiermesserscharfen Zähne in den Sinn, die sich hinter seinen beschuppten Lippen verbargen. „Seid ihr verrückt?!"

„Nicht verrückter als alle anderen." Marvin grinste gelassen. „Sofie, das ist die übliche Technik, um auf einen Blauen zu kommen. Das machen ALLE so."

„Ich bin aber nicht alle!"

„Wirklich", pflichtete Sofies Verstand bei. „Du hättest heute Morgen im Bett bleiben sollen."

„Na, los!", munterte der Trainer sie auf. „Das schaffst du schon. Alles was du brauchst, sind Mut und Vertrauen."

„Prima", murrte Sofie spöttisch, „beides habe ich ja soo im Überfluss."

Marvin zeigte zu Gabriellosch. „Wenn ein Kommandant der Roten dich «furchtlos» nennt, musst du mutig sein! Und das mit dem Vertrauen kommt beim Tun."

Sofie blickte zu Tyra und Gabriellosch hinüber. Die beiden beobachteten sie mit einer Mischung aus Mitgefühl und Skepsis. Der Rote nickte, seine Gefährtin winkte und rief: „Du packst das, Sofie!"

„Ja, ja", knurrte sie unwillig und konzentrierte sich wieder auf ihre drei Probleme: die rutschigen Schuppen, die Höhe und den Drachen an sich.

Letzterer stellte für sie das Hauptproblem dar.

„Kann Xavosch sich nicht selbst auf den Mond schießen? Das müsste mit einem Sprung durch die Nebel doch gehen ... Grmpf."

„Bist du bereit?", bohrte Marvin nach.

„Nein."

Sofie holte tief Luft. „Ja."

Im nächsten Moment näherte sich Xavoschs Schnauze. Der Duft nach heißem Platin, Tang und Meerwasser wurde intensiver.

Sofie schluckte. Das Herz schlug wild in ihrem Brustkorb.

Dichter, immer dichter kam der Drachenkopf. Er war riesig!

Dann verharrte er wenige Zentimeter vor ihr. Der Blaue berührte sie nicht und überließ ihr so die Entscheidung, ihn anzufassen oder auch nicht.

„Blödmann!"

Sein respektvolles Verhalten ging Sofie auf den Geist. Sie wünschte, sie könnte von hier verschwinden, irgendwohin – egal wohin, bloß weg!

„Der Mond wäre noch frei", dachte sie selbstironisch.

Das Verzögern brachte nichts, es machte die Angelegenheit nur noch peinlicher.

Sofie seufzte und streckte ihre Hand widerstrebend nach Xavoschs Schnauze oberhalb der Nasenlöcher aus. Diese Partie war mit zahllosen Schuppen in der Größe von Zwei-Euro-Münzen bedeckt. Sofie schluckte beklommen. Sie erwartete, dass die Schuppen kalt und glitschig sein würden.

Doch da hatte Sofie sich geirrt. Sie waren angenehm warm, trocken und hart und fühlten sich wie temperiertes Glas an.

Die Erinnerung an eine mit Mosaikkacheln geflieste Wärmeliege in Sofies Lieblingsspa flackerte durch ihren Geist. Wie viele Stunden hatte sie dort gelegen und wohlig vor sich hin geträumt?

Verwirrt starrte Sofie auf die perlmuttblau schimmernden Drachenschuppen neben ihren Fingern. Sie waren wunderschön.

„Nimm lieber beide Hände“, riss Marvin Sofies Gedanken auf den Kiesplatz in der Arena zurück.

„Ja, das ist wohl besser“, stimmte Sofie zu. Ihre Stimme klang ungewollt heiser, sie räusperte sich.

Befangen platzierte sie ihre Hände links und rechts vom Drachenkopf oberhalb der Nüstern. Sie achtete drauf, ja nicht seine Lippen zu berühren. „Ist das so für dich in Ordnung?“

Xavosch zwinkerte.

Sofie runzelte die Stirn. „Heißt das ja oder nein?“

„Wenn du dich festhältst, kann er schlecht nicken oder mit dem Kopf schütteln“, meinte Marvin amüsiert. „Xavosch sagt, dass es so ok ist. Aber darfst gern stärker zupacken.“

Wieder blinzelte der Drache zur Bestätigung.

„Na gut“, murmelte Sofie und drückte halbherzig zu.

„Denn man los. Jetzt geht es aufwärts“, kündigte ihr Trainer an und im nächsten Moment setzte sich die Pranke in Bewegung.

Obwohl Xavosch versuchte, seinen Vorderlauf so ruhig wie möglich zu heben, gerieten Sofies Füße nach einem halben Meter ins Rutschen.

Sie unterdrückte ein Kreischen und klammerte sich erschrocken an Xavoschs Schnauze.

„Keine Sorge“, rief Marvin von unten, „wenn du erstmal in der

Nackenfalte sitzt, wird es deutlich besser. Deine Flugklamotten werden sich regelrecht an den Schuppen festsaugen. Da oben bist du so sicher wie in Abrahams Schoß.“

Sofie hörte nicht zu. Die Pranke des Blauen war jetzt bereits anderthalb Meter über dem Boden. Sie musste sich voll darauf konzentrieren, nicht den Halt zu verlieren. Ihre Hände presste sie so heftig an den Drachenkopf, dass sie schmerzten.

Xavoschs Augenbrauen wölbten sich besorgt.

Der Trainer übersetzte für ihn: „Sofie, Xavosch sagt, dass du deinen Oberkörper auf seinem Haupt ablegen darfst.“

„Das hätte er wohl gern!“ Sofie schnaufte angewidert. In der Aura des Blauen schwamm für ihren Geschmack auch so schon zu viel Glückseligkeit herum. *„Auf gar keinen Fall werde ich das tun!“*

Verbissen balancierte sie ihren Körper aus und ignorierte das Ziehen in ihren Oberarmmuskeln.

Dann endlich kam die Nackenfalte in Reichweite. Sofie angelte sich zwei der Langschuppen und wand sie routiniert um ihre Handgelenke.

„Die sind länger als Bills, aber nicht glatter. Da werde ich gut Halt finden. Immerhin was.“

Sie atmete tief ein und beugte ihre Knie. Vorsichtig stieß sie sich mit den Füßen von Xavoschs Pranke ab, gleichzeitig zog sie sich mit den Armen hoch und schwang ein Bein über die Kuppe der Himmelsechse. Wie von selbst glitt sie in die Falte vor den Schwingen.

„Geschafft! Das klappt ja erstaunlich gut.“

Sofie ächzte befreit.

Der perlmuttblaue Drachenkopf hob sich auf ihre Augenhöhe und grinste. Stolz nickte er ihr zu. Im nächsten Moment streckte Xavosch seinen langen Hals und schüttelte leicht das Haupt.

Sofie spürte, dass für ihn die Haltung beim Aufsteigen ziemlich unbequem gewesen war.

„Super gemacht!“, lobte der Trainer und klatschte in die Hände. „Dafür, dass es Xavoschs erster Reiter und Sofies erster Blauer ist, habt ihr zwei das elegant hinbekommen. Respekt!“

Die anderen Teilnehmer applaudierten ebenfalls und die Drachen klatschten zustimmend die Schwingen aneinander. Tyra pfiff sogar auf ihren Fingern und hob danach beide Daumen.

„Na!", lachte Marvin. „Wir wollen mal nicht übertreiben. Sie müssen auch noch in die Luft."

Er drehte sich wieder zu dem blauen Paar um. „Sofie, überprüfe deinen Sitz. Wenn alles in Ordnung ist, sag Bescheid."

Sofie nickte und konzentrierte sich auf ihre Position.

„Sein Rücken ist breiter als Bills."

Sie musste zugeben, dass sie auf Xavosch um einiges bequemer saß. Probeweise verlagerte sie ihr Gewicht.

„Hmmm."

Sofie stellte fest, dass der Fluganzug tatsächlich hervorragend auf den Schuppen in der Nackenfalte haftete.

„Marvin hat recht. Ich werde hier oben nicht rutschen."

Abschließend korrigierte sie ihren Griff um die Langschuppen und rief: „Ich bin fertig."

„Gut", antwortete der Trainer. „Ihr beiden macht heute den Anfang. Es ist übersichtlicher, solange der Luftraum frei ist."

Xavosch schaute nach hinten zu Sofie und musterte sie.

Sie fühlte, dass er nervös war. Er mochte die Wärme, die ihr Körper ausstrahlte. So nah waren sie einander noch nie gewesen. Er fand das angenehm.

Plötzlich veränderte sich seine Aura. Bittere Schuld trübte die Freude. Die blaugrünen Augen, die auf Sofie ruhten, wurden kalt.

Sofie schluckte. Sie ahnte, dass Xavosch dran dachte, was die anderen Wertebewahrer bei diesem Anblick empfinden würden. Verachtung und Abscheu schwemmten Xavoschs Glück fort, seine Aura wurde spröde.

„Packeis…"

Sein Gefühlswirrwahr schlug Sofie auf den Magen.

„Worauf wartest du noch?", zischte sie gereizt. „Bringen wir es hinter uns, damit ich endlich hier runter kann."

Äußerlich emotionslos wandte Xavosch sich von ihr ab und erhob sich mit widerwilliger Vorsicht. Er hasste diese Flugstunde jetzt schon.

Es schien Sofie, als müsste der Blaue den Impuls unterdrücken, sie abzuwerfen.

„Alter! Ich sitze auf einem Pulverfass. Der hat ja wohl 'nen Knall! Das

war nicht meine Idee. ICH will doch gar nicht mit ihm fliegen!!!"

Zeit zum Protestieren ließ Xavosch ihr nicht. Kaum hatte er sich aufgerichtet, verfiel er in einen leichten Trab.

„O Gott!", keuchte Sofie stumm. *„Das schaukelt wie eine Nussschale bei Wellengang! Hoffentlich wird das gleich besser."*

Krampfhaft klammerte sie sich an die Langschuppen des Drachen. Ihr wurde schlecht.

In dem Moment drückte Xavosch sich vom Boden ab. Mit kraftvollen Schwingenschlägen gewann er rasch an Höhe. Der Flugwind trieb Sofie Tränen in die Augen. Das Schaukeln wurde schlimmer.

„Oah, nööh!"

Der Luftstrom riss ihre Worte ungehört von den Lippen.

Ganz im Gegensatz zu Bill, der seinen Rumpf beim Fliegen möglichst ruhig auf einer geraden Linie hielt, bewegte der Blaue sich sinuskurvenmäßig auf und ab.

„Ich bin auf hoher See! Uaah."

Sofie war speiübel, während Xavosch seine Art zu fliegen eindeutig genoss und sich immer höher schraubte.

„Bitte nicht", flehte Sofie und starrte am Hals der Echse vorbei in die Tiefe. Die Arena unter ihr wurde kleiner und kleiner.

„Bill fliegt nie so hoch!"

Alarmiert hämmerte Sofies Herz gegen ihren Brustkorb.

Am Rande spürte sie, wie zerrissen Xavosch innerlich war. Er mochte den Wind, der seine Schwingen entlang streichelte, und Sofies Anwesenheit in seiner Nackenfalte löste ein wohliges Kribbeln in ihm aus. Er trug freiwillig einen Menschen durch die Luft.

Trotzdem waberten Schuldgefühle durch seine Aura: Die Tatsache, einen Humanoiden auf sich reiten zu lassen, war an sich schon eine Schande, es auch noch zu genießen, ein schwerer Tabubruch. Er war verachtenswert. Die Frau gehörte nicht auf seinen Rücken.

„Ja! Ich habe hier garantiert nichts zu suchen!", jammerte Sofie und wünschte sich sehnlichst festen Boden unter den Füßen.

Einen Wimpernschlag später schien ihr Anzug seine Haftung zu verlieren. Es war, als hätte sie Schmiere unterm Hintern. Das ewige Auf und Nieder machte sie irre, ihre Übelkeit wurde grauenvoll.

„Bring mich runter!“, brüllte Sofie gegen den Wind und unterdrückte ihren Brechreiz.

Xavosch reagierte nicht, sondern stieg weiter auf.

„Hört er mich nicht, oder will er mich nicht hören?!“

Gleich würde sie kotzen. Zu allem Überfluss hatte Sofie das Gefühl, dass ihr Gesäß bei der nächsten größeren Bewegung aus der Nackenfalte rutschte. Sie musste dringend zurück auf die Erde. Erneut schrie sie: „BRING MICH RUNTER!“

Doch der Luftstrom riss ihr die Silben von den Lippen.

„Scheiße! Ohne Gedankenrede kann ich überhaupt nicht mit ihm kommunizieren!“

Panik befiel Sofie. Ihr war unendlich schlecht, sie musste würgen.

Xavosch drehte eine Runde über der Arena und focht seinen eigenen Kampf. Hochgefühl rang mit Schmach und das Geschaukle ging unerbittlich weiter.

Sofies Magen krampfte sich zusammen. Säure stieg ihre Speiseröhre empor.

„Was soll ich bloß tun?“, wimmerte sie und schluckte mühsam gegenan. Ihr war hundeelend zumute.

Xavosch machte nicht den Eindruck, dass er in den nächsten Minuten zu landen gedachte.

„Ich halte das nicht mehr aus!“

Verzweifelt lockerte Sofie den Griff der linken Hand und entwand ihr Gelenk der Langschuppe. Sie ballte eine Faust und schlug mit aller Kraft gegen Xavoschs Hals. Prompt glitt sie ein Stück nach links.

„VERDAMMT, BRING MICH RUNTER!!!“

Endlich verlangsamte der Drache seinen Flug.

Sofie korrigierte ihren Sitz und angelte nach der Langschuppe, bekam sie jedoch nicht zu fassen. Die Übelkeit folterte sie und jagte ihr abwechselnd heiße und kalte Schauer durch den Körper. Sie konnte kaum noch klar denken.

„Oaaa, alles ist besser als das hier! Hätte ich einen Fallschirm, würde ich springen!“

Sie wünschte sich zurück auf den Kies in der Arena. Fast sehnsüchtig schaute sie nach unten. Das auf- und abschlingernde Bild gab ihr den

Rest, der Brechreiz wurde übermächtig.

Sofie schaffte es gerade noch, sich neben den perlmuttfarbenen Hals zu beugen, da entleerte sich ihr Magen in einem Schwall. Der Flugwind klatschte das Erbrochene gegen die Drachenbrust.

„O nein!“

Ruckartig schnellte Xavoschs Haupt herum. Seine Augen wurden schmal, als er die besudelten Schuppen sah. Ekel und Wut explodierten siedend heiß in seiner Aura. Er bereute es zutiefst, sich darauf eingelassen zu haben, sie zu tragen. Sein Blick traf die Reiterin. Er war strafend. Der stumme Vorwurf war beinahe körperlich spürbar. Sofie fühlte sich schuldig und so erwünscht wie Fußpilz. Wenn sie könnte, würde sie sich in Luft auflösen.

Allerdings war Xavoschs ablehnende Gemütslage Sofies kleinstes Problem. Die ruckartige Bewegung des Drachen hatte sie nach rechts geschleudert und ließ sie nun langsam, aber stetig aus der Nackenfalte rutschen. Ihre Flugmontur haftete kein Stück mehr auf den Schuppen – warum auch immer!

„NEIN!“

Panisch grapschte Sofie mit der linken Hand nach der zweiten Langschuppe, doch der Wind ließ diese unberechenbar flattern wie einen fliehenden Aal.

„Neeeeeeiiiiiiiiinnnnnn!“, kreischte Sofie.

Sie versuchte, sich mit dem rechten Arm wieder hochzuziehen, aber dazu hatte sie bereits zu viel Schlagseite.

Als Xavosch begriff, was los war, durchfuhr schneidende Sorge seinen Leib. Er zuckte zusammen. Das machte es noch schlimmer: Sofie glitt vollends aus der Nackenfalte und baumelte plötzlich einhändig am Hals der Himmelsechse. Sofies Leben hing an ihrem rechten Arm, ihre Hand umklammerte die Langschuppe.

„Aaaaahhhhhhhhh!“

Sie schrie aus Leibeskräften.

Beim Abrutschen hatte Sofies Eigengewicht die Schuppe jäh um ihr Gelenk festgezogen. Drachenschuppe schnitt in Menschenhaut, Blut sickerte hervor. Der rote Lebenssaft machte die Schuppe schlüpfrig. Egal wie stark Sofie zupackte, die Langschuppe schlängelte sich trotzdem unaufhaltsam durch ihre Hand. Sofie konnte sich maximal noch ein oder zwei Atemzüge halten.

„Ich werde fallen. O mein Gott!!!"

Xavosch stierte sie an. Seine blaugrünen Augen waren tief und unergründlich wie das Meer. In seiner Aura tobte ein Sturm: Verachtung kämpfte gegen seine verbotenen Gefühle für die Menschenfrau.

Unternahm er nichts, so würde sich sein Gefährtenproblem von allein lösen. Doch aller Abscheu und allen Leitsätzen der Wertebewahrer zum Trotz wurde ihm in diesem Moment klar, dass er ohne das Wesen, welches dort hilflos an seinem Hals hing, nicht leben wollte, ja, gar nicht leben KONNTE.

Zorn und Enttäuschung über den eigenen wankelmütigen Charakter rangen mit seiner Liebe zu Sofie, aber er wusste, dass er das Mädchen von seinem Hals pflücken musste. Die Vorstellung, sie könnte sterben, war ihm unerträglich. Der Schmerz würde sein Herz für immer begraben.

Diese Erkenntnis beendete Xavoschs altes Leben. Von jetzt auf gleich war alles verändert.

Er durfte keine Erschütterungen mehr riskieren. Vorsichtig spannte er die Schwingen auf, ging in den Segelflug und hob seine linke Pranke.

Sofie blickte betäubt in die blaugrünen Drachenaugen. Es war unfassbar, wie viele Emotionen in einen Atemzug passten.

Ein dünner Blutfaden lief an der Innenseite ihres Armes hinunter. Unvermittelt flutschte ihr die Langschuppe durch die Finger.

Sie fiel.

Über ihr schnappten Xavoschs Krallen ins Leere.

Sofie stürzte in die Tiefe. Schnell entfernte sie sich von dem Blauen.

„Ich werde sterben", stellte ihr Verstand unangemessen nüchtern fest und atmete auf.

Sofie wusste, dass sie eigentlich vor Angst eingehen müsste, doch in diesen ersten Sekunden war sie viel zu erleichtert darüber, Xavoschs tosender Aura zu entkommen. Seine inneren Widersprüche hatten sie fast zermalmt. Sie gehörte nicht zu ihm.

Ihr Körper trudelte. Die Luft zerrte an ihrer Kleidung, erst verhalten, dann wild.

Abwechselnd zogen die Arena und Xavoschs Silhouette an ihr vorbei.

Der Blaue schrumpfte, die Arena wuchs, bis der Drache seine Flügel anlegte und ihr hinterherjagte.

Noch immer sah Sofie seine blaugrünen Augen vor sich. Der gequälte Blick hatte sich bei ihr eingebrannt.

Die Arena wurde größer.

„Gleich ist es vorbei.“

Aus blaugrün wurde saphirblau.

„Jan.“

Sofie spürte seine Liebe. Gnädigerweise startete ihr Kopfkino den Film «Der Mann meines Lebens». Der verrückte Jan flimmerte in abgewarzten Klamotten durch ihr Gehirn und zauberte ein Lächeln auf Sofies Gesicht. Endlose Gespräche in der Psychiatrie, eine Sofakissenschlacht, Iron Man und ein Tanz auf dem Ehemaligenball folgten. Leises Glück und Geborgenheit breiteten sich in Sofie aus. Wie gern würde sie sich jetzt in seine Arme flüchten?

Plötzlich bemerkte Sofie im Augenwinkel einen roten Schatten heranrasen. Von der entgegengesetzten Seite näherte sich ein blauer.

Sofies Sturz verlangsamte sich, das Trudeln wurde weniger.

„Dehnt sich die Zeit?“

Sie drehte ihren Kopf.

„Nein.“

Unter ihr spreizte Gabriellosch seine mächtigen Schwingen auf. Tyra saß winzig klein in seiner Nackenfalte.

Über ihr fing Xavosch mit ausgebreiteten Flügeln seinen Sturzflug ab.

„Warum falle ich nicht mehr?“

Sofie hing mitten in der Luft, ohne dass sie irgendjemand berührte.

„Hä?! Was passiert hier?“

Der Kommandant manövrierte sich mit einem Schwingenschlag neben Sofie und streckte eine Vorderpranke nach ihr aus.

Unterdessen näherten sich Xavoschs Krallen von oben.

Gabriellosch grollte warnend, aber der Blaue trompetete aufgebracht. Keiner von beiden wollte dem anderen das Feld überlassen.

Sofie wurde erneut in fremde Auren getaucht. Ein Gemenge aus Zorn, Angst und Beschützerinstinkt griff nach ihr. Die Emotionen ihres Freundes waren deutlich aggressiver als die des Blauen. Xavosch war vor allem verbittert.

„Nicht schon wieder!", ächzte Sofie. Die Gefühle der Echsen erdrückten sie. *„Warum bin ich heute Morgen nicht im Bett geblieben?"*

Um sie herum warteten 15 spitze Krallen darauf, ihren Körper zu packen.

Gabriellosch war abgesunken. Das änderte nichts an seiner Entschlossenheit, Sofie zu verteidigen. Mit einem präzisen Schwingenschlag brachte er sich abermals in Position und fauchte drohend. Xavosch ließ sich davon nicht beeindrucken. Der Blaue war vor Sorge und Wut wie von Sinnen.

Sofie spürte deutlich den stummen Streit der Drachen.

„Ich hänge hier in der Luft!!! Wie können die sich in so einem Moment zoffen?!"

Gabrielloschs Anschuldigungen wurden heftiger und drängten den Blauen in die Ecke.

„Oooooh, das kann nicht gut gehen!", stöhnte Sofie innerlich. „He, ihr Kampfhähne, denkt ihr zur Abwechslung auch mal an mich?!"

Unvermittelt feuerte Xavosch auf seinen Kontrahenten. Die Szene fror ein.

„Echt jetzt?!!!"

In Zeitlupe zischte das magische Geschoss eine Armlänge über Sofies Kopf hinweg. Abrupt sackte sie ab. Ihr Herz setzte einen Schlag aus.

„Ahhhh! Idiot!"

Sofie war fassungslos. Das astrale Projektil raste weiter am Rücken des Roten vorbei. Es verfehlte Tyra nur knapp.

Über Sofie flammte sirrend ein blassblauer Schutzschild auf und umschloss den Roten und seine Gefährtin.

Sofie entfernte sich langsam von den Drachen.

„Xavosch hat wirklich geschossen!! Hat der 'nen..."

Die Zeit beschleunigte wieder und Sofie rauschte gnadenlos in die Tiefe.

„... KnaaaaaaaaaaaaAAAAAAAAAHHHHHHHH!"

WUUUUSCH!!!

Im Fallen sah Sofie, dass zwei grelle Explosionen Xavosch gezielt an Kopf und Brust trafen. Der blaue Drache bäumte sich vor Schmerz auf.

Zunehmend wild zerrte der Wind an ihrer Kleidung und erinnerte Sofie an das eigene Problem: ihren bevorstehenden Aufprall.

„Scheiße, gleich bin ich Mus! Wie viele Meter bleiben mir noch?"

Sie wagte einen Blick nach unten.

In die Himmelsechsen des Flugkurses kam Bewegung. Sie warfen sich mit ihren Reitern in die Lüfte.

„Die wollen mir helfen."

Aber die Arena wurde viel zu schnell größer. Sofies Herz pochte wie ein Presslufthammer in ihrer Brust.

„Arg! Wenn die mich abfangen wollen, bevor ich in den Kies klatsche, muss das beim ersten Versuch klappen. ICH MUSS HIER WEG!"

Sie hielt den Atem an.

Ein verzweifeltes Trompeten ließ Sofie nach oben schauen. Xavosch war angeschlagen, seine Bewegungen wirkten ungesund eckig. Im nächsten Moment riss der Blaue die Nebel auf und verschwand im wattigen Nichts der Sphäre. Der Himmel blieb verwaist zurück.

„Wo sind Gabriellosch und Tyra? Haben sie etwa doch was abbekommen?"

Plötzlich ertönte ein dumpfes Grollen und die Drachen, die Sofie zu Hilfe kommen wollten, stoben auseinander.

Ein Schatten preschte von rechts heran, zwei mächtige Pranken packten Sofie und rissen sie unsanft mit sich in die Höhe. Die schroffe Richtungsänderung presste die Luft aus ihren Lungen, ihre Knochen knackten. Sofie keuchte.

Der Boden entfernte sich.

Ungläubig starrte Sofie auf die langen schwarzen Krallen, die in matt und zugleich glänzend rot beschuppten Pranken endeten.

„Frisch vergossenes Blut! Gabriellosch."

„Wuchuuuu!“ Fetzen von Tyras Jubelschrei drangen an Sofies Ohren.

Kräftige Schwingenschläge hoben sie souverän über die Beschattung der Arena. Prompt rebellierte ihr Magen.

„Halt!“, jammerte Sofie. „Ich will doch runter! Bitteeeeee, Gabriellosch!“

Der Luftstrom riss ihre Worte ungehört fort.

„O Gott! Ich muss wieder kotzen."

Und wie gern Drachen vollgekotzt wurden, hatte sie eben ja gesehen. Diese Tatsache hatte bedauerlicherweise keinen Einfluss auf Sofies Brechreiz. Sie würgte und erneut entleerte sich ihr Magen krampfartig.

In die aufgebrachte Aura des Kommandanten mischte sich Sorge. Gabrielloschs riesiger Drachenkopf kam für eine Sekunde in Sofies Sichtfeld, seine Miene verzog sich beunruhigt und verzerrte die Narbe auf seiner rechten Gesichtshälfte, dann verschwand er wieder. Gleich darauf endete das Auf und Ab. Der Rote zog im Segelflug weite Spiralen über der Arena und sank tiefer.

„Das ist besser!“

Sofie versuchte sich zu beruhigen und konzentrierte sich auf ihre Atmung. *„Jetzt wäre 'ne Ohnmacht prima!“*

Doch den Gefallen tat ihr ihr Körper nicht. Schließlich nahte der Erdboden ein zweites Mal.

„O nein!“, wimmerte Sofie alarmiert. „Wir sind viel zu schnell!“ Sie würde meterweit durch den Kies schliddern.

Aber im nächsten Moment stellte Gabriellosch seine Schwingen in den Wind, bremste ab und setzte behutsam mit den Hinterläufen auf.

Ihr Magen schlug einen Purzelbaum. Sofie schluckte hart.

„Ooooohh! Geschwindigkeitsänderungen sind gar nicht gut!“

Entschlossen unterdrückte sie das neue Würgen.

Eine Klaue löste sich von ihrem Körper und stützte Gabrielloschs Gewicht ab, die andere legte Sofie sanft in den hellen Splitt.

Sie schloss die Augen und rührte sich nicht mehr.

Es knirschte um sie herum, hektische Schritte liefen auf sie zu. Sofie kannte die Aura: Tyra.

„He!“, rief die kleine Schwedin. Sie kniete sich neben sie und tätschelte Sofies Wangen. „Geht es dir gut?“

„Awwww“, stöhnte Sofie. Ihr war unterirdisch schlecht.

Tyra ließ nicht locker. „Gleich kannst du pennen! Aber vorher siehst du mich einmal an. Los, mach die Augen auf! Was fehlt dir?“

„Eine Kotztüte“, krächzte Sofie. Ihr Magen fuhr noch immer Achterbahn. Widerwillig schaute sie ihre Freundin an.

Hinter Tyra hatte sich der halbe Kurs versammelt. Die Auren reichten von besorgt bis bestürzt. Gabriellosch und einige andere Drachen hatten sich nicht verwandelt, sondern wachten in ihrer wahren Gestalt über die Menschen am Boden.

Aus dem Augenwinkel sah Sofie, dass Bill auf Gabriellosch zu stapfte und sich vor dem Roten aufbaute. Als Humanoider wirkte er lächerlich winzig vor der Echse.

„Das nennst du mich vertreten, du Angeber?“, empörte sich der Weiße. Er stemmte eine Faust in die rechte Seite, die andere hob er drohend der Schnauze des Kriegers entgegen. „Sofie ist kein Garrotsch-Fässchen, mit dem man Schnapp-Sonst-Platsch spielt! Ich weiß ja, dass ihr Roten euer Salmiakgebräu zu gern aus Wolkenhöhe zu Boden werft und es als Nervenkitzel empfindet, das Fässchen erst kurz vor knapp aus der Luft zu fischen, aber das geht zu weit! Sofie ist ein Mensch, kein Eichenfass!“

Der Kommandant senkte sein mächtiges Haupt und fauchte protestierend. Sein Atem fegte Bills langen schwarzen Haare nach hinten und ließ die offene Jacke des Weißen flattern.

„Oh. Ehrlich?“ Bill legte seinen Kopf schief. „Bist du sicher?“

Gabriellosch nickte schnaubend.

„Aha! Ja, logisch. Das war mir neu“, frohlockte der Weiße. „Wenn das stimmt, entschuldige ich mich bei dir. Das müssen wir unbedingt genauer untersuchen!“

Seine Aura sprudelte vor Wissensdurst.

„Hmmm, ja, das ist wirklich äußerst ungewöhnlich“, murmelte Bill und wandte sich mit leuchtenden Augen Sofie zu.

23. Null Null Bill

Eliande versorgte noch in der Arena Sofies Verletzungen. Da waren zum einen die Quetschung und Schnitte von Xavoschs Langschuppe an ihrer rechten Hand und zum anderen diverse Prellungen sowie eine angebrochene Rippe von Gabrielloschs unsanftem Klauengriff. Und gezaubert hatte sie offenbar auch. Schmerzen verspürte Sofie keine. Anfangs war ihr Körper mit Adrenalin vollgepumpt und dann wirkten die Heilzauber. Anders verhielt es sich mit der Übelkeit. Die dauerte für Sofies Geschmack viel zu lange an, bis die Grüne endlich das Gleichgewichtsorgan im Innenohr beruhigt hatte.

Während der gesamten Prozedur wichen ihr weder Bill noch Tyra oder Gabriellosch von der Seite.

Am Abend hockte Sofie mit ihrer Freundin im gemeinsamen Zimmer. Die kleine Schwedin hatte für sie beide einen leichten Salat und Baguette aus der Mensa geholt, aber Sofies Magen war so angeschlagen, dass er zwickte und so hielt sie sich vor allem ans Brot.

Mit angezogenen Beinen saß Sofie auf ihrem Bett und steckte sich ein Stückchen Baguette in den Mund. Sie fühlte sich merkwürdig verloren. Seufzend schnappte sie sich ihr Kopfkissen und drückte es an die Brust.

„Sag mal“, hob sie unschlüssig an, „hast du ‘ne Ahnung, was die beiden sich an den Schädel geworfen haben, bevor Xavosch auf Gabriellosch gefeuert hat? Es WAR doch Gabriellosch, den er treffen wollte, oder?“

„Mhmm.“ Tyra nickte und stellte kauend ihren Salat beiseite. „Es sollte wohl ein Warnschuss sein. Unmittelbar vorher hat er rumgebrüllt, dass du SEINE Gefährtin bist und dass mein Großer gefälligst seine dreckigen Klauen von dir lassen soll.“

„Ja, das passt.“ Sofie schaute ihre Freundin auffordernd an. „Und Gabriellosch?“

„Na, der hat zurückgepöbelt, was denn sonst?!“ Die kleine Schwedin grinste. „Etwa so in der Art“, nun imitierte sie die Stimme des Kriegers, „«Ich habe gesehen, wie gut du für deine Gefährtin sorgen kannst. Du hast sie gar nicht verdient. Der Phönix ist MEINE Kameradin und ich kümmere mich um meine Leute. Ich werde nicht zulassen, dass ihr wegen deiner Unfähigkeit etwas zustößt!»"

Tyra lächelte stolz. „Du musst wissen, dass es Gabriellosch war, der deinen Sturz mit einem Levitationszauber abgefangen hat, nicht Xavosch."

„Aha", gab Sofie hölzern zurück. „Und warum sind die beiden überhaupt aufeinander losgegangen? Es muss ihnen doch klargewesen sein, dass ich fallen würde, wenn der Zauber abbricht, oder nicht? War da vorher noch was?"

„Ja, da war einiges. Das Ganze hat sich hochgeschaukelt", erklärte Tyra schnaubend. „Als Gabriellosch bei dir ankam, war er ziemlich angefressen. Er hat dich mit dem Schwebezauber außer Gefahr gebracht, aber er konnte dich nicht zu fassen kriegen, da Xavosch im Weg war. Da hat er versucht, ihn zu brüskieren, damit er beleidigt abzieht." Wieder imitierte sie die Stimme des Kriegers: „«Wie kannst du es zulassen, dass der Phönix aus deiner Nackenfalte rutscht?» Darauf Xavosch", jetzt äffte Tyra oscarreif den Blauen nach, „«Versuch du mal ein Wesen im Blick zu behalten, dessen Gedankenmuster unsichtbar ist. Der Phönix ist leicht wie eine Feder! Ich habe schlichtweg», Alter, Sofie, der bornierte Kerl hat auf Latein echt «simpliciter» gesagt! Also, Xavosch meinte: «Ich habe schlichtweg nicht mitbekommen, was da auf meinem Rücken los ist! Erst als es schon fast zu spät war.» Da wollte Gabriellosch natürlich wissen, wie er so debil sein konnte, daneben zu greifen, nachdem dir die Langschuppe aus der Hand geglitten war."

Tyra tippte sich zur Verdeutlichung an den Nacken. „Xavosch schwadronierte irgendwas von wegen, dass die Lichtbrechung von Luft eine andere sei als die von Wasser und dass er aber die von Wasser gewohnt sei. Er hätte instinktiv nach deinem Gedankenmuster getastet, welches er jedoch nicht finden konnte und dann seist du auch schon etliche Meter unter ihm gewesen."

Sofie umfasste das Kissen fester und starrte ihre Freundin kopfschüttelnd an.

„Ach, Süße, ich glaube, Xavosch wollte sich bloß rausreden." Tyra zuckte mit den Schultern. „Wenn du mich fragst, hat er viel zu lange gezögert, bis er endlich nach dir gegriffen hat. Der Kerl hatte eindeutig ein schlechtes Gewissen."

Sofie nickte beklommen. „Er hat mit sich gerungen, ob er mich nicht einfach fallen lassen soll."

„Im Ernst?! Er wollte dich sterben lassen?", keuchte Tyra entsetzt.

„Ja, so hat es sich zumindest für mich angefühlt. Seine Aura war ... ziemlich anschaulich."

„Boa, der hat ja wohl 'nen Schaden!", schimpfte die kleine Schwedin. „Kein Wunder, dass Gabriellosch ihm verbal seinen pastellblauen Schuppenarsch aufgerissen hat. Mein Großer war stinksauer auf ihn."

„Das habe ich gemerkt", murmelte Sofie.

„Nach Xavoschs luschigem ersten Rettungsversuch haben wir nicht damit gerechnet, dass er so dermaßen scharf darauf sein würde, dich persönlich auf dem Boden abzusetzen", rechtfertigte sich Tyra. „Seine Eifersucht kam für uns überraschend. Gabriellosch macht sich Vorwürfe, dass er anders hätte vorgehen müssen."

„Nein", widersprach Sofie. „Wie hätte er das denn ahnen sollen? Sich bei Schwierigkeiten beleidigt zu verpieseln, ist sonst genau Xavoschs Ding."

Die Erinnerung an jene schrecklichen Sekunden, als seine Liebe für sie gegen seinen Hass auf die Menschheit gekämpft hatte, stieg in Sofie auf. Schwer atmend schloss sie ihre Augen und lehnte den Kopf gegen die Wand. Einen Herzschlag später hing sie erneut einhändig am Hals des Blauen. Der innere Krieg des Drachen war brutal gewesen und hatte ihn beinahe zerrissen. Xavosch wollte das alles ebenso wenig wie sie.

Ein ungewolltes Schluchzen löste sich aus Sofies Kehle.

„Kein Wunder, dass er aufgebracht war. Und dann wirft mein Kamerad ihm Versagen und Gleichgültigkeit vor."

„Hey", rief Tyra leise und krabbelte zu ihr aufs Bett. „Du hast es überstanden. Dich trifft keine Schuld." Beruhigend streichelte die kleine Schwedin ihren Arm.

„Ich weiß", wisperte Sofie erstickt. Sie konnte die Emotionen des Drachen nur schwer abschütteln. Er war so unsagbar zornig und hilflos gewesen, als er auf die roten Gefährten gefeuert hatte.

Schweigen breitete sich aus. Die Sonne stand schon tief am Himmel und tauchte das Zimmer in goldenes Licht.

„Gabriellosch hat sich revanchiert. Und das nicht zu knapp." Die

knisternden Explosionen hallten noch in Sofies Ohren. *„Der Blaue hatte keinen Schild errichtet, da bin ich mir sicher.“*

„Gabriellosch hat Xavosch getroffen. Ist er…?“ Sofie brach ab. „… hat er…?“

„Ach, eigentlich will ich gar nicht wissen, wie es dem Idioten geht!“

Aufgewühlt blickte sie aus dem Fenster.

„Du möchtest wissen, ob Xavosch verletzt wurde?“, hakte Tyra behutsam nach.

„Nein…doch“, flüsterte Sofie und kam sich vor, als würde sie Jan verraten. Nervös schaute sie ihre Freundin an.

„Um Xavosch brauchst du dir keine Sorgen zu machen.“ Tyra lächelte. „Gabriellosch hat mit derselben Magie angegriffen, die die Roten bei ihren Übungen anwenden. Die Treffer sind schmerzhaft, aber sie verletzen nicht wirklich. Dem Blauen geht es gut, wo immer er auch sein mag.“

Erneut folgte Stille. Die Sonne malte mit den Zweigen, die vor das Fenster ragten, bewegte Schatten an die Zimmertür. Sanft bewegten sie sich in der Abendbrise auf und ab.

Sofie beobachtete den Tanz der Blättersilhouetten eine Weile. Schließlich seufzte sie und brummte: „Ganz ehrlich, Tyra, manchmal wünsche ich mir echt die spießige Beschaulichkeit des Kontors zurück. Damals war meine größte Sorge, ob ich vor den Augen meiner Großmutter bestehe.“

Die kleine Schwedin nickte. „Das kann ich gut verstehen. Die Umstellung durch die Akademie ist allgemein schon heftig, aber du… puh, du nimmst einfach alles mit. Bist eben was ganz Besonderes, Süße.“ Aufmunternd drückte Tyra ihre Hand.

Sofie grinste schief. „Dabei wollte ich immer nur normal sein. Tja, irgendwie kriege ich das wohl nie hin…“

„Ach, normal ist langweilig.“ Tyra zwinkerte ihr zu. „Apropos hinkriegen: Bill hatte doch heute seine Prüfung. Hat er bestanden?“

Sofie schüttelte betrübt ihren Kopf. „Nein, leider nicht. Offenbar hat er deinem Gefährten nicht zugetraut, ihn würdig als Leibwächter zu vertreten. Er hat tatsächlich jeden schwarzen Drachen, der an diesem Tag einen Kurs gemeinsam mit mir besucht hat, belatschert, ihn zu kontaktieren, falls ich in Schwierigkeiten geraten sollte."

„Nee!"

„Doch!"

„Aber die Neuen sind doch erst gestern hier angekommen!"

„Ich weiß!" Sofie stöhnte. „Jedenfalls … die Kurzform ist, dass er bis zur Flugstunde in Habacht-Stellung war, weil er permanent mit Nachrichten von den Schwarzen gerechnet hat. Verrückterweise hat diese Mischung aus Ablenkung und Sorge dazu geführt, dass er all seine üblichen zerstreuten Gedanken beiseitegeschoben hat und so die Tests ausgezeichnet absolvieren konnte. Alles lief perfekt. Und dann kam unsere Flugstunde…"

„Auweia!", wisperte Tyra. „Was ist passiert?"

„Es war seine letzte Prüfung, Bill sollte einkaufen. Er hatte wohl all seine Waren ordnungsgemäß aufs Laufband gelegt und sogar ein Trenner-Hölzchen hinter die Cornflakes gepackt, da meldet sich einer der Schwarzen bei ihm."

Tyras Augen waren handtellergroß. „Und???"

Sofie zuckte hilflos mit den Schultern. „Bill wurde hektisch. Er war hin- und hergerissen, wusste nicht, was er tun sollte. Als sich die Lage bei mir zuspitzte, hat er sich für den Abgang entschieden und der Kassiererin erklärt, dass er dringend fort müsse, weil seine Freundin abzustürzen drohte."

„Waaas? Echt?!"

Sofie nickte. „Ja, echt. Dabei fiel ihm anscheinend auf, dass das für einen Menschen merkwürdig klingen müsste. Also hat er in James-Bond-Manier hinzugefügt, dass er Mitglied einer Spezialeinheit sei und dass hinter dem Laden ein Hubschrauber auf ihn warten würde und die Kassiererin sich gerne die Mühe sparen sollte, da nachzugucken, weil der wirklich total unspektakulär sei."

Tyra presste ihre Hand vor den Mund und prustete los.

„Das war noch nicht alles", ächzte Sofie. „Beim Rausrennen hat er über seine Schulter hinweg gebrüllt, dass die Ohrstöpsel der neuen Handys so klein seien, dass sie fast unsichtbar wären. Und dass Mobiltelefon und Ohrstöpsel mit Bluetooth verbunden seien."

Jetzt konnte Tyra nicht mehr, sie lachte aus vollem Hals. „Bill ist ein

Knaller!“

Sofie schüttelte ihren Kopf und schnaufte halb amüsiert: „Hätte er länger gebraucht, um den Laden zu verlassen, hätte er die arme Frau sicherlich noch mit der Supertarnfunktion des nicht vorhandenen Hubschraubers vollgetextet. Von wegen umgeleiteten Lichtstrahlen, Hintergrundbildern und so’n abgedrehtes Zeug.“

„O Gott! Haha! Die Erinnerungen der Kassiererin muss ich mir unbedingt besorgen. Hahaha!“

Tyra wischte sich ein paar Lachtränen aus den Augenwinkeln und versuchte sich wieder einzukriegen. „Und? Wie haben die Prüfer das geradegebogen?“

„Sie haben der Kassiererin weisgemacht, dass Bill Schauspieler sei und sich auf eine Rolle vorbereiten würde.“

„Na, dann ist doch alles prima“, kicherte Tyra. „Bill als 007. Das wäre eine ganz neue Dimension! Für die Spezialeffekte würde unser guter Weißer direkt selbst sorgen, was?“

„Vermutlich.“ Sofie grinste schief. „Weil Bill nicht versucht hat, sich im Laden zu verwandeln und von dort aus in die Nebel zu springen, darf er die Prüfung in ein paar Monaten wiederholen. O Mann, Tyra, was bin ich froh, dass niemand im Hinterhof war!“

„Ja, das war wirklich Glück“, stimmte Tyra glucksend zu. Sie stand auf, holte sich ihre Wasserflasche und trank einen großen Schluck. „Was für eine Geschichte. Meine Herren!“

„Bill ist eben immer für eine Überraschung gut.“

Die kleine Schwedin nickte. „Stimmt. Du aber auch.“ Sie wurde ernst. „Was ich mich schon die ganze Zeit frage: Wie konnte es überhaupt passieren, dass du aus der Nackenfalte gerutscht bist? Ich meine, klar, die Schuppen der Blauen sind extrem glatt, doch darauf sind die Fluganzüge abgestimmt. Ich bin mehrfach mit einem Blauen geflogen und saß da wie festgeklebt.“

„So war das bei mir anfangs auch, aber dann…“, Sofie zuckte mit den Schultern, „… ich weiß auch nicht. Ich wollte bloß noch fort von seinem Rücken, runter auf den Boden und plötzlich hat der Anzug die Haftung verloren.“

„Wie?“ Tyra runzelte verwundert die Stirn. „Einfach so?“

„Ja. Als Eliande mit mir fertig war, hat Bill mich deswegen gelöchert. Er nimmt an, dass dieses Phänomen mit meiner intuitiven Zauberei zusammenhängt.“

„Intuitive Zauberei?“, echote die kleine Schwedin. Sie stellte die Wasserflasche beiseite und brach sich ein Stück Baguette ab. „Was soll das sein?“

„Ach“, winkte Sofie genervt ab, „wenn ich mir etwas ganz fest wünsche, sorge ich mit unterbewusster Magie dafür, dass meine Wünsche in Erfüllung gehen.“

Tyra kaute skeptisch auf dem Brot herum. „Verarschst du mich?“

„Nein, bestimmt nicht.“

Schweigen.

Tyra taxierte sie für einen Moment.

„Das ist ja krass!“

„Nee, das ist gefährlich“, widersprach Sofie. „Ich habe mich quasi selbst nach unten befördert. Und weil ich da nur noch weg wollte, egal wohin, hat meine Aura fluktuiert. Das hat Gabriellosch jedenfalls Bill gegenüber angedeutet. Er konnte mich beim zweiten Sturz nicht mehr mit dem Levitationszauber zu fassen kriegen.“

Tyra legte nachdenklich ihren Kopf schief. „Stimmt. Als er dir nach dem Schusswechsel nachgejagt ist, hat er geflucht wie ein betrunkener Soldat. Ich habe nicht begriffen, worum es ging, aber mir war klar, dass da irgendetwas überhaupt nicht so läuft wie erwartet.“

„Jep! Das war meine Aura.“ Sofie zuckte mit den Achseln. „Angeblich soll sie geflackert haben wie eine Kerze im Wind kurz vor dem Erlöschen. Bill war ganz aus dem Häuschen. Das will er natürlich unbedingt weiter untersuchen.“

„Ja“, lachte Tyra, „das kann ich mir vorstellen!“

Müde rieb Sofie sich mit den Händen über ihr Gesicht. Sie fühlte sich abgeschlagen. „Ich frage mich allerdings, wie der Versuchsaufbau dafür aussehen soll. Freiwillig stürze ich mich nämlich kein zweites Mal aus der Nackenfalte eines Drachen! Und sowieso, so schnell werde ich nicht wieder fliegen. Höchstens noch mit Bill.“

„Das verstehe ich gut.“

Stille breitete sich im Zimmer aus.

Schließlich schüttelte Tyra ihren Kopf und grinste: „So, so. Wünsche, die sich selbst erfüllen. Wie unpraktisch…“

Plötzlich flog die Tür auf und ein sehr blasser Jan stand keuchend im Rahmen. Seine Krawatte hing schief und er wirkte, als wäre er soeben durch die Nebel gereist.

Mit aufgewühltem Blick fixierte er Sofie. „Ich habe grade die Bilder gesehen. Geht es dir wirklich gut?!“

Sofie nickte beklommen. „Ja. Jetzt wieder.“

„Er wollte mir das partout nicht glauben“, meldete sich Bill aus dem Gemeinschaftsraum. Der Weiße hopste hin und her, um an Jan vorbei zu Sofie gucken zu können. „Da habe ich ihn lieber hergeschafft. … Bevor er noch durchdreht.“

„Hervorragende Entscheidung, Herr Professor“, lobte Tyra und stand auf. „Na, dann geh ich mal, Süße!“

Jan war mit wenigen Schritten bei Sofie.

Sie hörte, wie sich ihre Freundin an Bill wandte: „Also, Billarius, was ich immer schon mal wissen wollte: Wie…“

Dumpf klappte die Tür hinter ihnen zu.

Jan zog Sofie in seine Arme und vergrub den Kopf in ihren Haaren. Er zitterte, als er sie an sich presste. In seinem Inneren kämpften Erleichterung, Angst und Wut miteinander. *„Ich bin so unsagbar froh, dass es dir gut geht, mein kleiner Phönix.“*

„Du bist hier?!“, war das Einzige, was Sofie denken konnte.

„Ja, bin ich. Und wenn ich Xavosch in die Finger kriege, bringe ich ihn um!“

Teil V

Das Licht des Phönix

24. Rumms!

Sofie schaute auf ihre Armbanduhr. *„Mist, die Mittagspause ist gleich vorbei. Nun aber fix!“*

In einer Viertelstunde begann ihr Empathie-Kurs bei Eliande im Labor. Der Nachmittag danach war komplett mit Unterricht und Sport vollgestopft und die Wege weit.

„Ich habe nur noch zwei leere Seiten in meinem Collegeblock. Außerdem ist mein Tee leer.“

Zu allem Überfluss hatte sie direkt nach der letzten Stunde einen Termin beim Schulleiter. Mal wieder. Sie verdrehte die Augen.

„Die Katastrophenflugstunde ist vier Tage her und bis jetzt ist Xavosch nicht wieder aufgetaucht. Na, was wird Loran wohl von mir wollen? Bah! Ich habe so keinen Bock darauf. Und wenn ich da wieder raus bin, hat der Laden geschlossen.“

Mit einem Blick auf die Uhr beschleunigte sie ihre Schritte.

Kurz darauf hetzte sie in das kleine Geschäft. Der Duft von Zimt hieß sie Willkommen und schon wurde sie ruhiger. Sofie mochte den Laden. Die Gänge waren so eng, dass es keine Einkaufswagen gab, sondern lediglich Körbe. In diesem Minisupermarkt bekam man alles, was ein Student der magischen Künste brauchte: Schreibutensilien, Artikel des täglichen Bedarfs, Lebensmittel und ein riesiges Regal mit Tee, Kaffee, Knabberkram und Süßigkeiten. Besonders beliebt war die integrierte Bäckerei, in der täglich frisches Gebäck und selbstgemachte Pralinen angeboten wurden. Die meisten Leckereien waren mit reichlich Zimt gewürzt und von hervorragender Qualität. Es hieß, dass der Butler des Hauses Brookstedt die meisten der Rezepte entwickelt hatte.

„Wenn das stimmt, ist es kein Wunder, dass alle verrückt nach dem Zeug sind. Albert ist ein Meister seines Fachs“, grinste Sofie und beschloss, sich heute ein paar Zimtschnecken zu gönnen. Eliande würde sie gleich garantiert wieder gründlich ableiten lassen, da konnte eine Extraportion Zimt nicht schaden.

Sie schnappte sich einen Korb und eilte die Gänge entlang.

Fünf Minuten später flitzte sie zur Kasse. Prüfend betrachtete sie ihren

Einkauf auf dem Laufband: Zahnpasta, zwei Päckchen Tee, Duschgel, vier Tafeln Chai-Schokolade – die würde sie nach dem Gespräch mit Loran sicher brauchen – und drei verlockend duftende Zimtschnecken.

„Verdammt!" Sofie schlug sich mit der flachen Hand gegen die Stirn. *„Ich habe den Collegeblock vergessen."*

„Bin gleich wieder da!", rief sie der Kassiererin zu und lief zurück Richtung Schreibutensilien. Jetzt würde es verflixt knapp werden.

„Ich hasse Unpünktlichkeit!", ärgerte sie sich über sich selbst.

„Tja", feixte die Margareta in ihr, „das kommt davon, wenn der Magen der Boss ist!"

„Klappe!"

Sofie nahm die Abkürzung entlang des Süßigkeitenregals und bog am Ende scharf um die Ecke. Der Sekundenzeiger ihrer Armbanduhr tickte anklagend.

„Schneller!"

Rumms! – stieß sie mit jemandem zusammen.

Es regnete Pralinen.

„Scheiße!", fluchte Sofie und rappelte sich hektisch vom Boden auf. *„Jetzt komme ich definitiv zu spät."*

„Oh", ächzte ihr Opfer.

„Entschuldige!"

Zerknirscht streckte Sofie ihrem Kommilitonen die Hand entgegen, um ihm aufzuhelfen. Sie hatte den armen Kerl voll über den Haufen gerannt. *„Wen überhaupt?!"*

Ihr Blick wanderte hoch zu seinem Gesicht.

„XAVOSCH?!"

„Ja", bestätigte der Blaue leise.

Sofie erstarrte. Ihre Hand sank von ganz allein. *„Wie konnte ich seine Aura bloß übersehen?"*

Schweigen.

Der Drache schaute betreten zu ihr auf.

„Wieso ist ER verlegen? ICH habe ihn doch umgerannt!"

Sofie war verwirrt. Langsam dämmerte ihr, warum sie die Aura ihres Beinahe-Hoffentlich-Nie-Gefährten nicht erkannt hatte. Seine Arroganz und die Unnahbarkeit fehlten.

Sofie schluckte. Dass er wieder aufkreuzen würde, hatte sie erwartet, allerdings erst am Abend. Nicht jetzt schon! Verdattert krächzte sie: „Was machst du hier?“

„Ich…“ Nervös presste Xavosch seine Lippen aufeinander. Scheinbar musste er nach den richtigen Worten suchen.

Sofie spürte, dass er sich ehrlich freute, sie zu sehen.

Sie tat das nicht, sie war einfach baff.

Der Drache stand auf und wischte sich verunsichert die Hände an der Jeans ab. Er hatte Angst, etwas falsch zu machen.

„Ich…“

Er stockte erneut.

„Also… ich wollte mich bei dir entschuldigen. Für den Flug. … Letzte Woche.“

Stille.

Sofie antwortete nicht. Sie konnte nichts sagen. *„Wo ist sein Hass geblieben? Wo der Hochmut?“*

„Man hat mir erzählt“, setzte Xavosch vorsichtig an, „dass Menschen mit Blumen oder Pralinen um Verzeihung bitten. Blumen gibt es hier im Laden ja nicht“, er zuckte hilflos mit den Achseln und blickte hinunter zum versprengten Konfekt auf den Fliesen, „da dachte ich, dass du vielleicht …“

„Er meint das tatsächlich ernst!“

„Sofie, ich…“ Der Blaue hob bittend seine Hände. „Es tut mir unendlich leid, was bei unserer ersten Flugstunde passie…“

„Mir auch!“, unterbrach Sofie ihn und die Erinnerung prasselte auf sie ein. Sie baumelte mit einer Hand an der Langschuppe des Drachen. Unter ihr winzig klein die Arena. Panik gemischt mit Übelkeit flutete Sofies Inneres. „Ich bin vor Angst fast gestorben! Als ich an deinem Hals hing, konnte ich spüren, dass du darüber nachgedacht hast, mich fallen zu lassen. Glaubst du, ich werde das noch einmal riskieren? Wie soll ich dir vertrauen? Nein, Xavosch, das war ganz sicher unsere LETZTE Flugstunde!“

Der Drache ließ die Schultern hängen. Er hatte sich eine andere Reaktion von ihr erhofft.

Sofie beobachtete ihn abweisend. *„Na, warte. Gleich flippt er wieder* *aus."*

Doch das tat Xavosch nicht. Seine Aura war klar und tief wie ein Gebirgssee. Sofie konnte förmlich in ihn hineinschauen, er lud sie dazu ein.

Seine blaugrünen Augen ruhten auf ihr und baten stumm um Entschuldigung dafür, dass er sie immer wieder weggestoßen hatte, ja, sogar ihr Leben in Gefahr gebracht hatte. Er fühlte sich schuldig. Diese Dinge würde er sich bis an sein Lebensende vorwerfen.

Bittere Reue flutete das Ich des Drachen. Er wünschte sich nichts sehnlicher, als dass sie ihn anhörte.

„Das kann er sich von der Backe putzen! In dieser Minute will er es vielleicht, aber was ist mit der nächsten? Schlagen da wieder seine Wertebewahrerprinzipien durch? Was stellt er dann mit mir an?"

Sofie stemmte ihre Fäuste in die Hüften. „Hast du echt gedacht, du machst einen Termin für uns zwei bei Loran, drückst mir irgendwelche Schokolade in die Hand", sie deutete zornig auf die um sie herum verstreuten Pralinen, „und alles ist Friede, Freude, Eierkuchen?"

„Nein", flüsterte Xavosch kleinlaut, „natürlich nicht. Mein Verhalten war unverzeihlich."

„JA! Das war es! Was bei der Sphäre hast du dir dann gedacht?", rief Sofie aufgebracht.

Sie kam mit seiner bodenlos ehrlichen Reue nicht klar und merkte nicht, dass sie laut geworden war.

„Verdammt, warum rastet er nicht aus?"

Wie ein Häufchen Elend stand der Drache vor ihr. Seine helle Haut schien noch blasser als sonst und bildete einen ungesunden Kontrast zu den schwarzen Haaren. Seine Augen, groß und blaugrün, schauten Sofie flehentlich an.

„Er sieht schlecht aus – irgendwie mitgenommen."

Seine Körperhaltung war kraftlos.

„Ich weiß, dass ich ein Stultus bin. Narr sagt ihr Menschen wohl heute dazu."

Seltsame Gefühle regten sich in Sofie. Sie konnte ihren Blick nicht von seinen Augen abwenden.

Xavosch seufzte tief und es schien, als trüge er die Last der Welt auf seinen Schultern. „Es hat lange gedauert, bis ich Tor dessen innegeworden bin, doch nun ist es mir offensichtlich: Sofie, ich liebe dich. Du bist alles, was ich in diesem Leben brauche, was ich in diesem Leben will. Ich kann nichts anderes tun, als dir mein Bedauern auszudrücken und auf Milde zu hoffen. Sofie, bitte verzeih mir."

Der Blaue schaute eindringlich auf seine Gefährtin herab. „Nie wieder werde ich dir ein Leid zufügen, das verspreche ich. Nicht ein einziges."

Dann senkte er demütig sein Haupt. Als der Augenkontakt abbrach, schwappte eine Welle aus Mitleid über Sofie hinweg. Sie spürte die verzehrende Sehnsucht und die Schuld des Drachen. Xavosch war am Ende. Er hatte alle äußeren Zwänge gesprengt und folgte dem Ruf seines Herzens. Fort waren Hochmut und Verachtung, verschwunden jeder Hass. Nackt und rein stand er vor ihr, bereit ihr Urteil anzunehmen, wie auch immer es ausfallen mochte.

Sofies Knie zitterten, sie konnte kaum atmen.

„Wie kann ich über ihn richten? Er ist das, was das Leben aus ihm gemacht hat und entsprechend hat er gehandelt."

Ihr wurde schwindelig.

„Mir selbst erging es nicht anders nach dem Tod meiner Eltern. Auch mich hat das Leben verändert und zu dem gemacht, was ich heute bin."

Plötzlich fühlte sie die Kette zwischen ihren Fingern. Die kleinen Steine gaben ihr Kraft. *„Er ist nicht bösartig..."*

Xavosch blickte auf. Hoffnung und Angst schimmerten in seinen blaugrünen Augen. Er wirkte so verletzlich.

Sofie schluckte beklommen. Der Drache tat ihr leid. *„Er hat das hier nie gewollt. Wie kann ich ihn dafür büßen lassen, was die Wertebewahrer ihm jahrzehntelang eingetrichtert haben?"*

„Stopp!!! Hast du 'nen Knall?", mischte sich die Margareta in ihr ein. „Das ist nicht dein Ernst, oder?! Dieses Schuppending da hat dich beinahe umgebracht. ER war es, der dich einfach in den Tod stürzen lassen wollte, nur um sein Gefährtenproblem loszuwerden. Und ER ist es, der dich von Jan fortreißen wird, wenn du nicht endlich zur Vernunft kommst!"

„Jan?"

Ein eisiger Schauer kroch über Sofies Rücken.

„Ja, Jan! Willst du Mr Sternenhimmelsaphirauge tatsächlich gegen das Meeresungeheuer vor dir eintauschen? Erinnerst du dich etwa nicht mehr daran, was diese Echse dir bei eurer ersten Begegnung entgegen gebrüllt hat?“

„Meine Spezies ist der Abschaum dieses Planeten“, krächzte Sofie. „Du kannst mich nicht lieben, Xavosch.“

Trotzdem spürte sie überdeutlich, dass er genau das tat.

„Doch!“, keuchte der Drache. „Bitte, Sofie! Ich…“

Er hob seine rechte Hand. Panik flackerte über sein blasses Gesicht.

„O Gott! Ich kann das nicht. Sieh mich nicht so an!“

Sofie konnte den Schmerz in seinem Blick kaum ertragen. Er riss brutal an ihrem Herzen, denn sie war es, die ihm diese Qualen bereitete. In diesem Moment wünschte sie sich nur eines: Sie wollte seinen Hass spüren.

„Bitte, schrei mich an! Bade mich in deiner Arroganz, schütte deine Abscheu über mir aus. Nur guck mich nicht so an!“

Unvermittelt schoss Magie durch Sofies Meridiane und rauschte in ihren Ohren. Erschrocken zuckte sie zusammen. Sie wollte nicht zaubern, aber ein Rieseln, das einer Explosion glich, steckte ihren Körper in Brand und griff von selbst nach den Emotionen des Drachen. Sofie hatte keine Kontrolle darüber.

Im nächsten Moment gefror Xavoschs Aura. Unzählige Eisspeere reckten sich drohend seiner Gefährtin entgegen.

Der Drache schnappte nach Luft, sein Kiefer verspannte sich. Verbissen kämpfte er gegen seine eigene Wut, doch er hatte keine Chance – Sofies unbewusster Zauber zerrte seine zornige Seite zielsicher an die Oberfläche.

Xavosch fauchte, dann ergab er sich seinem abgelegten Ich. Erstaunlich schnell fand er sich in der alten Gemütslage zurecht und hob stolz sein Haupt. Ein Wertebewahrer bat Menschen nicht um Verzeihung. Und gleichgültig, wie sehr er die Frau vor sich auch lieben mochte, die Vorwürfe den Humanoiden gegenüber waren deswegen nicht weniger zutreffend.

Einen Atemzug lang taxierte er sie von oben herab, dann zischte er mühsam beherrscht: „Menschen SIND Abschaum! Willst du wissen, warum wir Blauen euch für unwürdig erachten?"

Sofies Handflächen waren unangenehm heiß. Auch ohne hinzusehen wusste sie, dass blassblaue Flammen um ihre Finger züngelten. Ihr letztes Ableiten lag eindeutig zu lange zurück, ihre Emotionen waren aus dem Ruder gelaufen. Sie konnte die Magie nicht lenken. *„Ich habe seine Rage heraufbeschworen, dann ist es nur fair, ihn anzuhören."*

Sie nickte stumm.

Der Blaue schnaubte verächtlich: „Ihr Humanoiden haltet euch für die Krone der Schöpfung und tretet alles, was vermeintlich unter euch steht, mit Füßen. Die Ozeane sind nicht euer Lebensraum, also leitet ihr eure stinkenden Abwässer hinein. Hier entsorgt ihr den Giftmüll, den ihr an Land nicht haben wollt. Ihr saugt Öl aus dem Meeresboden ungeachtet dessen, welche Schäden eure dilettantische Technik an den Küsten verursacht. Wie viele Kreaturen sind elendig verendet, bloß damit ihr im Winter nicht frieren müsst oder mit euren Automobilen auch noch die Luft verpesten könnt? Oder noch schlimmer: damit ihr diese unsäglichen Kunststoffe daraus herstellt!"

In seiner Aura tobte ein Sturm. Er musste sich zusammenreißen, damit er nichts zerschlug. Wütend funkelte Xavosch Sofie an.

„Am liebsten würde ich dir Bilder von den Müllstrudeln zeigen, aber du kneifst deinen Geist ja so fest zu, dass niemand dich erreichen kann! Wusstest du, dass eure Abfälle allein im Nordpazifik eine Fläche von der Größe Mitteleuropas bedecken? Ach, nein? Ich kann dir sagen, Mädchen, allein dort treiben mehr als hundert Millionen Tonnen Plastikdreck. Einhundert Millionen Tonnen! Kannst du dir diese Unmenge überhaupt vorstellen?!"

Nein, das konnte Sofie nicht. Mit aufgerissenen Augen starrte sie den Drachen an.

Xavosch Miene wurde finster. Seine Halsschlagader pulsierte. Er wartete auf eine Antwort.

Schnell schüttelte Sofie ihren Kopf. Sie war betroffen. *„Von diesen Dingen habe ich nichts gewusst."*

„Dann solltest du besser mal deine Augen öffnen!", fauchte Xavosch und hob aggressiv seine Arme. „Die Krone der Schöpfung interessiert sich nämlich nicht für ihre Hinterlassenschaften. Und auch nicht dafür, dass Vögel und Meerestiere den Mist fressen. Die Tiere sind ahnungslos. Sie stopfen sich aus Neugier mit dem unverdaulichen Zeug voll und verhungern, weil ihre Mägen bis zum Rand mit Plastik gefüllt sind, so dass kein Platz mehr für Nahrung bleibt! Du solltest dir mal einen dieser Kadaver ansehen", schlug er höhnisch vor. „Wahrlich, sehr farbenfroh! Fast schon Kunst. Ha! Solche Leichen werden zu Hauf an euren Stränden angespült. Wenn du wolltest, könntest du sehen, wie hübsch die perfekten Federn von Seevögeln euren schreiend bunten Müll umschmeicheln."

Sofie schluckte schuldbewusst. *„Solche Bilder habe ich schon mal im Internet gesehen. Fürchterlich."*

„Ihr lasst euren Abfall fallen, wo ihr geht und steht. Und selbstverständlich wird jeder Einkauf in einer neuen Plastiktüte transportiert!"

Zornig zischte der Blaue: „Wen euer Dreck nicht von innen heraus umbringt, den verletzt er von außen. Ich bin Schildkröten begegnet, deren Panzer wie Sanduhren geformt waren, weil ein Kunststoffring das Wachstum behindert hat. Es gibt auch zahllose Fische mit eingeschnürten oder abgerissenen Flossen, oder Robben und Delfine, die sich in verlorengegangenen Netzen verfangen haben, um dort qualvoll zu ersticken."

Xavosch schüttelte ohnmächtig seinen Kopf. „Das Meer ist MEINE Heimat. Und ihr zerstört sie! Unersättlich fischt ihr die Gewässer leer und kippt dann gleich die Hälfte der Tiere wieder zurück, verletzt, sterbend oder tot. Beifang nennt ihr das und behandelt die Kreaturen so respektlos wie euren Müll. Aber das sind LEBEWESEN, Mädchen! Sie atmen. Und sie fühlen."

Sofies Hals schnürte sich zu. Der Drache hatte mit jedem seiner Anklagepunkte recht.

„Eure Schiffe durchpflügen die Ozeane, deren Krach ist meilenweit zu hören und macht uns Wasserwesen krank", fuhr Xavosch bebend fort. „Taucher zerstören aus Sensationssucht die Korallenriffe. Tse! Ihr zündet sogar Atomwaffen unter Wasser, obwohl ihr WISST, wie verheerend die Folgen sind. Und ganz nebenbei blast ihr so viel Kohlenstoffdioxid in die Luft, dass die Erde sich erwärmt und die Polkappen schmelzen. Und warum das alles? Geht es um das Überleben der Menschheit?"

Eisige Stille.

„Nein", entgegnete Sofie stumm. Sie konnte dem Drachen nichts entgegensetzen.

„Nicht mal ansatzweise!", beantworte der Blaue seine Frage selbst. „Es geht lediglich um Geldgier, Macht und Bequemlichkeit. Das sind nämlich die Motive, die euch Menschen antreiben. DAS sind die Gründe, aus denen ihr unser aller Welt vernichtet."

Er blickte sie zynisch an. „Habt ihr irgendwo einen zweiten Planeten versteckt, von dem wir nichts wissen, oder denkt ihr wirklich bloß an euch selbst und seid blind für alles andere?"

Sofie wusste nicht, was sie sagen sollte. Hilflos starrte sie Xavosch an. Er hatte nur die Wahrheit ausgesprochen und dabei nicht einmal übertrieben.

„Menschen sind abartig."

Am Rande bemerkte sie, dass das Brennen an ihren Handflächen nachgelassen hatte und die astrale Kraft in ihren Meridianen versiegte. Sie atmete auf. *„Ein Glück! Dann ist der Zauber beendet."*

Der Blaue schloss erschöpft seine Augen und brummte: „Selbstsüchtig und verantwortungslos seid ihr Menschenkinder. Und darum ist «die Krone der Schöpfung»", diese Worte würgte er hervor, als würden sie widerlich bitter schmecken, „für mich der Abschaum des Planeten."

Er seufzte tief. Als er sie wieder ansah, hatte sich der Sturm in seiner Aura gelegt.

Eine unwirkliche Stille breitete sich zwischen den engen Regalen des Ladens aus.

Sofie betrachtete den Drachen vor sich. Mit jedem Atemzug kühlte sich sein Hass weiter ab und auch der Hochmut verschwand aus seiner Aura.

„Was soll ich nur sagen?"

Es gab nichts, was Sofie angemessen erschien.

Eine halbe Ewigkeit später ließ Xavosch die Schultern hängen. Das Blaugrün in seinen Augen hatte einen reumütigen Glanz. „Ich hätte dir das nicht vorwerfen dürfen, Sofie … ich. Es tut mir leid."

Erneut gerieten Sofies Gefühle in Aufruhr. *„Er konnte gar nichts für den Ausbruch. Das war ich!"*

„Ich habe mich nicht besonders gut im Griff. Und in deiner Gegenwart erst recht nicht." Xavosch lächelte schief. Ihm war anzusehen, dass er sich über sich selbst ärgerte. Dann fragte er leise: „Kannst du wenigstens etwas nachvollziehen, warum ich so über die Menschen denke?"

Sofie nickte. Sie verstand ihn gut.

„Viel zu gut! Wie kann er die Tatsache, sich an eine Menschenfrau gebunden zu haben, überhaupt ertragen? Wie ist es ihm vorhin gelungen, sich trotz allem auf mich einzulassen und mich offen und ehrlich um Verzeihung zu bitten? MICH? Dabei gehöre ich zu der Art, die all das zerstört, was er liebt."

Die Gedanken in ihrem Kopf wanden sich von Verständnis über Schuld zu Mitleid. Und ihre Liebe zu Jan mischte sich auch noch darunter. Immer schneller kreiste das ungesunde Gemenge. Sie war verwirrt, sie wusste nicht, was sie tun sollte.

Kälte kroch in ihre Knochen, sie zitterte. Ihr war, als würde sie den Boden unter ihren Füßen verlieren. Sofie hatte sich noch nie so hilflos und überfordert gefühlt.

„Ich kann nicht mehr. Ich muss hier weg!"

Doch ihre Beine weigerten sich, ihrem Befehl Folge zu leisten, bis ihr Verstand die Notbremse zog und sich in den Vordergrund drängte.

„Ja, Xavosch, ich begreife, was du gesagt hast", hörte sie sich flüstern. „Und ich gebe dir recht. In allen Punkten. Was für eine Qual muss es für dich sein, dass deine Führung von dir verlangt, um eine wie mich zu werben? Das ist unzumutbar. Für uns beide."

„Nein, Sofie, so habe ich das nicht gemeint", hakte der Drache erschrocken ein, doch seine Gefährtin hob abweisend ihre Hand.

„Es kann so nicht weitergehen", entschied Margareta. Sofie fühlte sich innerlich wie gelähmt, dennoch sprach ihr Mund weiter: „Ich werde zur Schulleitung gehen, und darauf bestehen, dass wir Abstand voneinander halten dürfen."

Der Blaue verzog spöttisch das Gesicht. „Als wenn Loran das unterstützen würde!"

„Er wird!", erwiderte Sofie mit Margaretas Überzeugung. „Ich werde androhen, dass ich abhaue, falls sie nicht zulassen, dass wir einander aus dem Weg gehen."

Xavosch hob skeptisch die Augenbrauen. „Und wenn sie sich nicht darauf einlassen?“

„Dann GEHE ich.“

Mit diesen Worten stakste Sofie am Drachen vorbei durch die herabgeregneten Pralinen. *„Raus! Ich muss hier raus!“*

„Aber das will ich gar nicht mehr!“, rief Xavosch ihr nach. „Ich will dich.“

„DAS habe ich sehr wohl kapiert“, stöhnte Sofie innerlich und floh aus dem Laden so schnell sie konnte.

25. Das Versteck der Abtrünnigen

Rückblende – Wochen zuvor:

Malte Rasmussen konnte sie spüren: Die anormalen Reflektionen des Suchzaubers machten die magischen Artefakte für ihn sichtbar. Sie waren ganz in der Nähe, er hatte es also tatsächlich geschafft.

Eigentlich hätte er gestern schon das letzte Stückchen Weg freilegen können, doch er hatte ein ungutes Gefühl gehabt. In der Nähe der Reflexionen hatte er Gedankenmuster ausgemacht. Mit jedem Meter, den er sich durch den kleiigen Boden gewühlt hatte, waren die Muster deutlicher geworden. Schließlich hatte er keinen Zweifel mehr: sie waren abgeschirmt. Nichtmagier konnten ihren Geist nicht verhüllen. Wer also verbarg sich in dem alten Gewölbe?

Offiziell durfte es dort vorn gar keinen Hohlraum geben, das hatte er vorsichtshalber noch einmal überprüft. Die Pläne der Baubehörde waren eindeutig. An dieser Stelle und in dieser Tiefe gab es keinen genehmigten Keller. Selbstverständlich hatte Hagenbecks Tierpark einige unterirdische Bauten angelegt, aber nicht so weit unten.

„Wozu auch? Das ergibt gar keinen Sinn.“

Malte war nicht argwöhnisch anderen Leuten gegenüber. Normalerweise. Seitdem er allerdings mit dem Graben angefangen hatte, fühlte er sich paranoid.

„Was werde ich hinter diesen Mauern finden? Oder sollte ich besser fragen: Wen?“

Er legte seine Hand auf die feuchte Wand vor ihm und schüttelte den Kopf. Was war nur los mit ihm? Früher hatte er in den Menschen immer zuerst das Gute gesehen und war Ärger aus dem Weg gegangen. Heute Morgen hingegen hatte er sich von dreien seiner Anhänger stützen lassen, bis seine Depots vollständig gefüllt und seine Mitstreiter erschöpft auf der Couch zusammengesunken waren. Zusätzlich hatte er zwei seiner stärksten Kämpfer aufgefordert, ihn zu begleiten.

„Um was zu tun? Um in ein fremdes Gebäude einzudringen und mir Dinge zu nehmen, die mir nicht gehören – notfalls auch gegen den Willen

der Bewohner?"

Malte schluckte. Der Stein unter seinen Fingerkuppen war rau. Vielleicht sollte er einfach wieder gehen und alles vergessen.

„Nein!" Der Kroyork war in heller Aufregung. Bei der Sphäre! Warum kriegte der verflixte Wirt ausgerechnet jetzt seinen Moralischen?

„Ich habe so viele Geheimnisse aufgedeckt", wisperte der Flüsterling eindringlich, *„so viel Schweiß vergossen und so viel Staub gefressen. Gott hat mich geführt. Hierher. Ich bin Gottes Werkzeug, durch mich kann er wirken und seine Wunder tun."*

Der Rasmussen nickte und atmete tief durch.

Und der substanzlose Dämon hoffte inständig, dass er seinen Wirt an diesem Tag nicht dazu würde zwingen müssen, jemanden umzubringen. Das würde den Rasmussen verstimmen – nachhaltig. Nicht entzückend.

„Es wird alles gut", sprach der Kroyork dem Menschen und sich selbst Mut zu. *„Und jetzt beginne ich."*

Er schickte einen starken Impuls aus, der jedes Zögern im Wirt hinwegfegte.

„Haltet euch bereit", forderte Malte von seinen Mitstreitern. Er hob die Hände und schloss seine Augen.

Im nächsten Moment erhitzten sich die Steine und zerbröselten zu feinstem Ziegelstaub. Auf der anderen Seite wurden aufgeregte Stimmen laut. Sie waren trotz des Getöses der sich pulverisierenden Wand gut zu hören.

Malte konzentrierte sich auf seine Aufgabe. Erst als der Widerstand der Steine abnahm, ließ er den Zauber abbrechen und wappnete sich für das, was nun kam. Was immer das auch sein mochte.

„Ich gebe mein Leben in Gottes Hand", beruhigte der Flüsterling seinen Wirt und schickte ihm einen zweiten Impuls.

Ohne zu zögern, hieb Rasmussen mit seiner Faust auf die fast abgetragene Ziegelmauer. Die daumendünnen Steine zerbrachen und gaben den Weg frei. Eine Wolke aus orangerotem Staub quoll in den Raum hinein, Malte konnte nur Schemen in einer spärlich beleuchteten Halle erkennen.

„Da stehen drei Personen."

Etwas klickte.

„Waffen, die entsichert werden!“, durchzuckte es Malte. Sein Herz raste. Alarmiert riss er einen stabilen Schutzschild hoch. Dieses Klicken kannte er sonst nur aus dem Fernsehen. Er wollte wegrennen, doch Angst lähmte seinen Körper.

„Uargh“, ächzte der Kroyork und beeilte sich, die Hormonausschüttung seines Wirts zur regulieren. Wachsamkeit war gut, Panik tödlich. Die Artefakte waren so nah! Das durfte er nicht vermasseln.

Abrupt wurde der Wirt ruhiger. Die Angst war verschwunden, seine Sinne geschärft. Merkwürdig entrückt nahm Malte wahr, wie sich der orangerote Staub langsam legte. Er hatte sich nicht getäuscht. In zirka zehn Metern Entfernung standen drei Männer an der rückwärtigen Wand der Halle. Zwei von ihnen zielten mit Pistolen auf ihn, der dritte mit einem Gewehr.

„Guten Tag, meine Herren“, kam es aus Maltes Mund. Betont friedfertig hob er seine Hände.

„Das bin nicht ich!“

Erneut wallte Panik im Wirt auf.

Der Flüsterling sah sich gezwungen, die Hormone abermals zu manipulieren. Für subtiles Vorgehen hatte er keine Zeit.

„Gott lenkt mich“, wisperte er eindringlich. *„Ich bin Gottes Werkzeug. Ich bin Teil eines Wunders! Gott spricht durch mich.“*

Zweifel regten sich in dem Rasmussen.

Der Kroyork spendierte eine Extrarunde Vertrauen und Glückseligkeit und gleich noch eine – sicher war sicher. Abwarten… und…JA! Staunen flutete den Geist seines Wirts. Jetzt lief es! Endlich. Entzückend!

„Wer seid ihr?“, knurrte der Mann mit dem Gewehr. „Und was wollt ihr hier?“

Wie von selbst streckte Malte seine Sinne aus. In der Nähe konnte er keine Drachenauren ausmachen. *„Damit ist es unwahrscheinlich, dass unser Empfangskomitee auf der Seite des Natterngezüchts steht. Ihre Gedanken sind sauber abgeschirmt, also wissen sie mit der astralen Kraft umzugehen.“*

In ihm frohlockte der Dämon. Konnte es wirklich sein, dass diese drei Menschen dort…?

„Ich bin Malte“, ließ er seinen Wirt mit einem Lächeln erklären. „Malte

Rasmussen, das Oberhaupt der Freien Magier. Und mit wem habe ich das Vergnügen?“

„Das geht dich nichts an!“, entgegnete der Gewehrmann abweisend. „Wir mögen keine uneingeladenen Besucher – auch nicht, wenn es sich dabei um geldscheffelnde Trickkünstler handelt.“

„Meine «Tricks» sind keine.“ Malte ließ seine rechte Hand sinken und öffnete sie zur Decke hin. „Das ist alles echt.“

Im nächsten Augenblick entstand über seiner Handfläche ein kleiner orange glühender Feuerball. Sanft schwebte die Kugel ein Stückchen nach oben.

„Uns interessiert deine Pyrotechnik nicht!“ Der Kerl hob seine Knarre höher und kniff ein Auge zu. „Zieh Leine!“

Dieser Humanoide war so misstrauisch wie sein Wirt gottgefällig war. Es wurde Zeit für eine Machtdemonstration.

Der Feuerball über Maltes Kopf implodierte mit einem leisen Plopp. Danach durchwogte Malte die astrale Kraft ungewohnt intensiv.

„Meine Tricks haben weniger mit Technik zu tun, sondern mehr mit Magie“, meinte er freundlich. Einem Dirigenten gleich bewegte er beide Arme in harmonischen Schwüngen. Er deutete auf die Waffen und hob seine Hände nach oben. Prompt richteten sich die Läufe der Schusswaffen gen Gewölbedecke.

„Was passiert hier?“, rief einer der Pistolenträger. „Ich kann nicht mehr zielen!“

„Ich auch nicht!“

Entsetzen rang mit Erstaunen.

„Bist du ein Diener des Natterngezüchts?“, schnauzte der Gewehrträger anklagend. „Willst du uns vernichten?“

„Nein und nein“, antwortete Malte ruhig.

Macht ohne Charisma und Integrität kam bei den Menschen nicht gut an, fiel dem Flüsterling zum wiederholten Mal auf. Bah! Das war genauso sinnvoll, wie das Verzieren von Mahlzeiten, nämlich nicht im Geringsten! Nahrung war Nahrung. Ende. Aber gut, wenn die drei Männer darauf bestanden, würde er seinen Wirt für sie hübsch machen.

Der Kroyork pumpte Rasmussens Ausstrahlung mit all dem überflüssigen Scheiß voll, auf den die Humanoiden abfuhren:

Aufrichtigkeit, Verständnis, Intelligenz, Mitgefühl und Gerechtigkeit. Noch einen Schuss Selbstbewusstsein sowie einen Spritzer Durchsetzungskraft – doch bloß nicht zu viel davon! Das mochten die Menschen dann auch wieder nicht. Fertig. Von dem zurückhaltenden, selbstzweiflerischen Theologiestudenten war nichts mehr zu sehen. Hier stand ein Anführer, der vor Charisma nur so troff!

Ein Raunen ging durch das Empfangskomitee. Selbst der Gewehrmann zollte ihm widerwillig Respekt.

Tja, lediglich den Geist abzuschirmen, reichte eben nicht aus, wenn man nicht manipuliert werden wollte. Allzu weit war es mit der Magie der Kellermenschen offenbar nicht bestellt. Diese drei «Lichtgestalten» könnten gut eine Nachhilfestunde vertragen.

„Ich bin kein Diener der Drachen“, versicherte Malte und spürte verwundert, dass ihm die Fremden jedes Wort glaubten. *„So ähnlich muss es gewesen sein, wenn Jesus sprach, denn durch ihn sprach Gott.“*

Ein erhabener Schauer jagte über Maltes Rücken und schon öffnete sich sein Mund zu neuen Wahrheiten: „Im Gegenteil, ich traue dem Natterngezücht nicht. Darum habe ich mich auf die Suche nach Verbündeten gemacht. Vor vielen Jahrhunderten gab es einmal eine Gruppe von Zauberern, die genauso dachten, wie ich es tue. Damals haben sie hier gelebt. Ich hatte gehofft, in diesem Gewölbe Spuren über den Verbleib ihrer Nachkommen zu finden.“ Er lächelte einladend. „Seid ihr die Kinder des edlen Geheimbundes?“

Die drei Orgelpfeifen an der Wand nickten einträchtig.

Wie entzückend, amüsierte sich der Kroyork. Ob die vor lauter Ehrfurcht jetzt überhaupt noch einen Ton heraus bekommen würden?

„Ja“, antwortete der Gewehrmann bewegt. „Wir sind die Hüter des Bundes. Mein Name ist Wolfgang Stahl. Bitte entschuldige mein Misstrauen und willkommen in unserer Mitte, Malte Rasmussen.“

26. Frühnebel

Sofies Drohung, die Steinburg-Akademie zu verlassen, zeigte bei der Hochschulleitung Wirkung. Ob es daran lag, dass Sofie direkt vom Laden mit durstigen Augen in Lorans Büro stürmte, um dort ihren Frust abzuladen, konnte sie nicht sagen. Tyra hatte gehört, dass Xavosch nur kurz nach ihr beim Schulleiter aufgetaucht war und dort seine Sicht des Vorfalls geschildert hatte, untermalt von den passenden Erinnerungen selbstverständlich. Und weil Sofie beim Ableiten ein Loch in die Laborwand gesprengt hatte, mischte sich Eliande am Abend ebenfalls in die Diskussion ein.

„Meine hässliche Wut-Spinne hat keinen Körper mehr.“

Es war fünf Uhr morgens. Sofie konnte nicht schlafen.

„Wie auch immer. Zumindest besucht Xavosch seit einer Woche andere Kurse.“

Trotzdem hatte der Blaue die Akademie nicht verlassen. Im Gegenteil, er absolvierte das Austauschprogramm seit dem Pralinenregen-Montag mit großer Ernsthaftigkeit. Von Sofie hielt er Abstand, aber anderen Menschen gegenüber zeigte er sich für seine Verhältnisse überraschend interessiert. Beim ersten Mal dachte Sofie, sie hätte sich verguckt, doch das hatte sie nicht.

„Es war tatsächlich Xavosch. Er hat sich intensiv mit zwei Studenten unterhalten. Seine Aura war offen und zugewandt – warm wie das Mittelmeer im Spätsommer. Und er hat mit ihnen gelacht. Hmmm... Ich konnte keine Ironie bei ihm fühlen.“

Gabriellosch, Tyra, Tim und Bill berichteten Ähnliches. Außerdem stellte Xavosch sich neuerdings sogar als Flugpartner zur Verfügung. In der ersten Stunde waren die Schüler misstrauisch, aber das legte sich wieder. Und laut Tyra machte er seine Sache gut.

Sofies Freunde konnten sich nicht vorstellen, dass ihr Möchte-Gern-Gefährte aus freien Stücken handelte. Sie vermuteten, dass dem jungen Lichtmeister sowohl vom Kaleidoskop als auch vom König der Blauen befohlen worden war, zu bleiben und sich Mühe mit den Menschen zu geben.

Sofie wälzte sich auf die andere Seite. Irgendwie war ihr Bett in dieser Nacht ungemütlich.

„Ich weiß nicht. Vielleicht hat Xavosch Anweisungen von Oben bekommen, doch... ach, sein Verhalten wirkt anders auf mich. Seine Aura ist weich. Da ist kein Zwang. ... Er geht mir aus dem Weg, weil er mich nicht belästigen möchte, nicht weil er sich fernhalten MUSS. Und was sein Interesse an seinen neuen Kursteilnehmern angeht, also ich fürchte, das ist echt."

Diese Tatsache konnte sie selbst kaum glauben, aber sie spürte, dass sie der Wahrheit entsprach. Xavosch ließ sich auf seine Kommilitonen ein, um sie kennenzulernen. Er wollte sich mit ihnen austauschen, sie verstehen.

„Gabriellosch hält das für eine Kriegslist: geheuchelte Freundschaft, um den Feind auszuspionieren. Und Bill verweist pausenlos darauf, dass ein erzkonservativer Wertebewahrer niemals zu einem Menschenfreund mutieren kann. Tim und Tyra tippen auf Aufgabe. Ihrer Meinung nach geht Xavosch den Weg des geringsten Widerstands. Er erfüllt die Forderungen der Führung, um später sagen zu können, er hätte alles probiert. Damit er schnell wieder nach Hause darf."

Sie schluckte.

„Nach Hause in den Ozean."

Im Laden hatte der Blaue ihr die kollektiven Vergehen ihrer Art um die Ohren gehauen.

„Er bereut seinen Ausbruch, da bin ich sicher. Die Aktion tat ihm schon leid, bevor er geendet hatte. Vor allem die Heftigkeit. Aber nicht die Anklage an sich."

Ohne ihren Zauber hätte er das nicht gemacht. Sofie seufzte und vergrub ihr Gesicht im Kissen. Sie hatte unbewusst seine Barrieren unterwandert, weil sie seine Liebe nicht ertragen konnte. Mit seinem Hass kam sie besser klar.

Xavoschs Verachtung für die humanoide Art war ungebrochen, dennoch war es ihm wichtig, dass sie seine Sicht auf die Menschen nachvollziehen konnte. Sie sollte ihn verstehen.

„Das ist neu. Vor ein paar Wochen hat es ihn nicht die Bohne interessiert, ob der Rest der Welt seinen Gedanken folgen kann. Er weiß,

dass er recht hat. Und Basta.“

Das war jetzt anders. Xavosch war bestrebt, seinerseits die Menschen zu verstehen und zwar nicht das Kollektiv, sondern die Individuen.

„Er versucht, sich auf meine Kommilitonen einzulassen! Unvoreingenommen und aufrichtig. Wer hätte das gedacht? Aus diesen Kontakten könnten sich mit der Zeit sogar Freundschaften entwickeln... mit Wesen, die mehr oder weniger dafür verantwortlich sind, dass seine Heimat zerstört wird. Das ist absurd.“

Sofie schüttelte ihren Kopf. Die roten Leuchtziffern ihres Weckers verkündeten, dass es viertel nach fünf war. Viel zu früh, um aufzustehen. Draußen war es noch stockfinster.

„Ist das wirklich so absurd?“, erkundigte sich die Margareta in ihr. „Denk mal nach: Er hat dir versprochen, dir kein einziges Leid mehr zuzufügen. Und du willst, dass er dich in Ruhe lässt.“

„Ja. Und?“

„Indem er sich auf deine Kommilitonen einlässt, erkundet er die menschliche Natur. Deine Natur. Er muss wissen, was dich bewegt, was dich ängstigt, was du liebst. Er studiert die anderen, um zu begreifen, wie DU tickst. Und er möchte dir beweisen, dass du ihm vertrauen kannst.“

„Also doch eine Kriegslist.“

„Wenn du Liebe als Krieg definierst, ja. Xavosch will dich. Er bereitet sich auf dich vor“, analysierte ihr Verstand. „Es gefällt mir nicht, aber er hält sich von dir fern, um dir nahe zu sein.“

Das kam hin.

„Ziemlich gut sogar.“

Vor ein paar Tagen hatte er trotz seines selbstauferlegten Kontaktverbots mit ihr geredet. Sofie war mit Unterlagen vollbepackt gewesen. Eigentlich hätte sie sich zusätzlich zu ihrem Rucksack zwei Taschen holen müssen, um alles mitzubekommen, aber das war ihr zu umständlich gewesen. Also hatte sie die Ordner und Bücher kurzerhand aufeinander gestapelt und vor ihrem Bauch geschleppt. Schwer beladen wie sie war, konnte sie die Tür vom Seminargebäude bloß noch mit dem Rücken aufdrücken.

„Es hätte mir vorher klar sein müssen, dass das nicht gutgehen kann, doch wie das so ist... Die Tür ist aber auch schwergängig!“

Nun ja, bevor ihre Unterlagen auf den Boden klatschen konnten, war Xavosch zur Stelle gewesen und hatte den wackeligen Stapel stabilisiert. Anschließend hatte er ihr wortlos die Hälfte abgenommen und Anstalten gemacht, ihren Kram zu ihrem nächsten Kurs zu tragen. Natürlich wusste er genau, was auf ihrem Stundenplan stand.

Seine Aura war auf der kurzen Strecke mehr als aufgewühlt gewesen, ein bunter Gefühlscocktail, der zur Hauptsache aus Schmerz bestand.

„Du musst das nicht tun", hatte Sofie gemurmelt. „Ich schaff das schon allein."

„Ich weiß", hatte Xavosch geantwortet und die Sachen dennoch bis zu ihrem Platz getragen. Dort hatte er ihre Unterlagen wortlos auf dem Tisch abgelegt.

Eine Sekunde lang hatte er innegehalten, *„das war wie eine Ewigkeit"*, dann hatte er ihr zugenickt, sie mit seinen intensiven blaugrünen Augen angesehen und war gegangen.

„Einfach so. Seine Aura ist fast übergelaufen. Er wollte mir so viel sagen und doch kam kein Wort über seine Lippen."

„Ich bin trotzdem für Jan", brummte Margareta.

Sofie schluckte beklommen.

5 Uhr 20. Die Zeit kroch.

Xavosch liebte sie. Daran bestand kein Zweifel.

„Er hat sich für mich entschieden, mit allem was dazu gehört."

Sofie stöhnte leise und wälzte sich geräuschvoll auf die andere Seite.

Offensichtlich machte dieser Drache keine halben Sachen. Als Wertebewahrer hasste er die Menschen mit jeder Faser seines Körpers und verweigerte jegliche Kooperation. Hätte ihm sein König nicht befohlen, am Austauschprogramm teilzunehmen, wäre er nie im Leben hier in der Steinburg aufgetaucht. So jedoch war ihm lediglich der Boykott der Details geblieben und den hatte er bis zum letzten Fitzelchen ausgereizt.

„Was für ein Dickschadel! Er hat sich so dermaßen quergestellt, dass sie schon überlegt hatten, ihn vorzeitig nach Hause zu schicken. Haben sie aber nicht. Mist."

Sofies Kopfkissen schien aus zusammengeknoteten Socken zu bestehen. Genervt schüttelte sie es auf.

Selbst nachdem der Lichtmeister sich mit ihr verbunden hatte, hielt er an seinen Grundsätzen fest.

„Er hätte sich lieber seine Seele aus dem Leib gerissen, als sich mit einem Menschen abzugeben. ... Aber das haben sie nicht zugelassen. Sie haben ihn dazu gezwungen, in meiner Nähe zu bleiben."

Wie es Xavosch dabei ergangen war, hatte Sofie mehr als einmal hautnah mitbekommen.

„Das war die reinste Folter für ihn. Der Widerspruch zwischen dem, was er für mich fühlte und dem, was er als Wertebewahrer fühlen sollte, hat ihn fast um den Verstand gebracht. Kein Wunder, dass er ausgeflippt ist."

5 Uhr 22. Eine Schnecke war 'ne Rakete im Vergleich zur Zeit.

Xavoschs Zerrissenheit hallte in Sofie nach. Ohne es zu wollen, keimte Mitgefühl in ihr auf.

„Ich habe es ihm auch nicht leichter gemacht. Ich habe ihn immer bloß weggestoßen."

„He!", meldete sich Margareta empört. „Könntest du bitte damit aufhören?"

„Womit?"

„Womit wohl?", fragte Margareta barsch. „Mit dem schlechten Gewissen! Du bist nicht für das verkorkste Innenleben des Lichtmeisters verantwortlich. Schon vergessen? Er hätte dich beinahe sterben lassen."

„Ja."

Dieses Argument zog wunderbar, genau wie letztes Mal.

Diffuser Protest meldete sich in Sofie. Oder doch nicht?

„Aber das ..." Der Protest wurde klarer. *„Es ... also, das war nichts Persönliches."*

„Ach, ehrlich?" Die Stimme ihrer Vernunft troff vor Ironie.

„Ja. Xavosch wollte die Menschenfrau fallen lassen. Nicht speziell mich."

„Pah! Und wenn schon. Es kommt aufs selbe raus. Außerdem hast du dich nicht mit ihm verbunden. Du musst deine eigenen Interessen wahren. Du liebst Jan, also welchen Grund hättest du, Xavosch auf die Pelle zu rücken? Du würdest ihm damit nur falsche Hoffnungen machen. DAS wäre unfair."

„Stimmt..."

„Genau. Hör auf, dich in den Blauen reinzufühlen. Wer weiß, wohin das führt. Ich glaube nicht, dass du da hinwillst. Und ich auch nicht."

Die Warnung ihres Verstandes trug nicht gerade zu Sofies Entspannung bei. Sie fand einfach keine gemütliche Liegeposition. Schnaufend wälzte sie sich abermals auf die andere Seite. Ihr Gehirn ratterte unaufhörlich weiter.

In dem Moment, als sie abzustürzen drohte, hatte Xavosch sich entschieden.

„Er hat sich für mich entschieden."

Und das offenbar mit allen Konsequenzen. Der Wertebewahrer hatte in den Tagen danach sein Inneres umgekrempelt und jeden einzelnen Leitsatz daraufhin überprüft, ob dieser mit seinem neuen Dasein als Gefährte vereinbar war. Alles, was nicht passte, hatte er über Bord geworfen: den pauschalen Hass, die ungefilterte Verachtung einer ganzen Rasse gegenüber, das krampfhafte Festhalten an überholten Traditionen und ebenfalls seine Unnahbarkeit.

„Er hat sein halbes Ich entsorgt. Wie kann das gehen?"

5 Uhr 25.

Sofie fand keine Ruhe.

«Als Gefährte wirst du mehr du selbst sein, als du es ohne deinen Gefährten je sein könntest.» Das hatte die Kommandantin der Gefährten Sofie vor einem halben Jahr erklärt.

„Gradlinigkeit gehört dann wohl zu Xavoschs wahrem Charakter. Wenn er etwas tut, zieht er es voll durch. Er wird nicht aufhören, um mich zu werben, bis ich mich auf ihn einlasse. ... Oh nein! Jan!"

„Wolltest du nicht damit aufhören?!", meckerte ihr Verstand.

„Ja!", jammerte Sofie und vergrub ihren Kopf ein zweites Mal unter dem Kissen. „Verdammt."

Im Bett neben ihr regte sich Tyra.

„Was'n los?", murmelte ihre Freundin. Ihre Stimme klang träge. „Kannst du nicht schlafen?"

„Neee", stöhnte Sofie. „Tut mir leid, dass ich dich geweckt habe. Ich steh auf. Mach die Augen wieder zu."

„Zu spät", gähnte Tyra. „Ich muss heute eh früher hoch. Ich habe meine Hausaufgaben noch nicht alle fertig."

„Was denn?“, neckte Sofie. „Ich dachte, das geht jetzt wie von selbst, wo du auf Gabrielloschs Wissen zurückgreifen kannst.“

„Theoretisch schon.“ Die kleine Schwedin reckte sich. „Aber praktisch sind wir meistens mit anderen Dingen als den Aufgaben beschäftigt, falls du verstehst was ich meine…“

Obwohl es noch stockdunkel war, konnte Sofie das anzügliche Grinsen im Gesicht ihrer Mitbewohnerin förmlich sehen.

Sofie lachte.

Tyra setzte sich auf. „Blöderweise haben meine Dozenten für die Vertiefung unserer Bindung nur Verständnis, sofern ich meine Übungen gemacht habe.“

„So ein Schiet aber auch“, kicherte Sofie.

„Ja, ja, Gabriellosch und ich haben es echt nicht leicht.“

Tyra knipste ihre Nachttischlampe an und kniff die Augen zusammen. „Oah, viel zu hell!“ Sie linste auf ihren Wecker. „Und zu früh auch. Bei allen fleißigen Studenten, was hindert dich um diese Uhrzeit am Pennen?“

„Nicht was, sondern wer“, korrigierte Sofie und zog sich die Decke über den Kopf.

„Ach, sag bloß, du bist aufgeregt, weil dein Batteriefreund heute Geburtstag hat und er für euch zwei einen zusätzlichen freien Tag bei der Führung rausgeschlagen hat.“

„Nein“, schnaufte Sofie, „das ist es nicht. *Leider! Dabei freue ich mich schon auf nachher.*“

„Na, in dem Fall bleibt nur der Lichtheini.“

„Richtig“, nuschelte Sofie, „es ist Xavosch.“

„Wie das? Hält er sich nicht seit einer guten Woche von dir fern?“

„Doch. Tut er.“ Sofie streckte ihre Nase unter der Decke hervor und schaute unglücklich zu ihrer Freundin rüber.

Die runzelte die Stirn. „Dann ist doch alles super. Warum zerbrichst du dir den Kopf?“

„Ach… irgendwie… ich weiß auch nicht.“ Hilflos starrte Sofie an die Wand. „Er tut mir leid.“

Schweigen.

Irritiert guckte Sofie Tyra an. „Was denn? Wo bleibt dein «Vergiss den

Heini! Er ist es nicht wert, dass du einen Gedanken an ihn verschwendest.»?“

„Das macht Pause.“ Tyra zog nachdenklich die Nase kraus. „Gestern haben Gabriellosch und ich etwas beobachtet. Mein Großer meint, dass ich dir das nicht sagen soll, aber jetzt“, sie zuckte mit den Schultern, „wenn du dir eh dein Hirn zermarterst.“

„Was hast du gesehen?“

Tyra seufzte unschlüssig. Schließlich gab sie sich einen Ruck. „Gabriellosch und ich nehmen am Fortgeschrittenen-Flugtraining teil. Xavosch ist da gestern ebenfalls aufgekreuzt. Und er kam nicht allein.“

Sofie schüttelte verwundert den Kopf. „Wen hatte er denn dabei?“

„Kamikaze-Kai.“

„Was? Was will er denn mit dem?“

Tyra wischte sich eine blonde Strähne aus dem Gesicht und grinste. „Fliegen. Was sonst? Kai konnte es kaum abwarten, endlich auf Xavoschs Rücken zu kommen. Du weißt ja, die Blauen gelten als besondere Herausforderung und Kai ist kein Manöver zu gewagt.“

„Ja, dafür ist Kai bekannt.“ Sofie grunzte nur.

„Jedenfalls“, fuhr die kleine Schwedin fort, „hat dein Beinahe-Hoffentlich-Nie-Gefährte ihm einen wilden Ritt versprochen, sofern Kai die erste halbe Stunde nach seiner Pfeife tanzt.“

„Und was wollte Xavosch von ihm?“

„Kai sollte mit ihm fliegen, ohne mit ihm auf der Geistesebene zu kommunizieren. «Das ist wichtig für mich», hat Xavosch gesagt. «Ich muss das üben.»“

Unbehagen breitete sich in Sofie aus. *„Er will noch immer mit mir in die Luft.“* Sie schluckte. „Wie lief es?“

„Allenfalls mittelmäßig. Aber die beiden haben sich am Ende gleich für die nächste Stunde verabredet.“ Tyra schaute sie ernst an. „Sofie, Xavosch hat nicht aufgegeben. Im Gegenteil, er bereitet sich auf seine Zeit mit dir vor. Und er ist gründlich.“

Sofie nickte stumm. Genau das hatte sie ja vermutet. Trotzdem fühlte sie sich in die Ecke gedrängt.

Plötzlich wurde ihr das Zimmer zu eng. Abrupt stand sie auf.

„Ich brauche frische Luft. Ich geh joggen.“

Es war zwanzig vor sechs, als Sofie den Bungalow Nummer 23 in ihren Laufklamotten verließ. Außer ihr war noch niemand auf den Beinen. Die Morgendämmerung tauchte das verwaiste Gelände der Akademie in fahles Licht und die Luft war herbstlich kühl.

„Kein Wunder, heute ist der 19. September, Jans Geburtstag. Der Sommer ist so gut wie vorbei."

Sofie nahm den Sandweg Richtung See. Sie musste ihre aufgewühlten Gedanken beruhigen. Der Blick übers Wasser würde ihr gut tun, selbst wenn der große Hochschul-Teich nicht ihre geliebte Ostsee war.

„Was ist eigentlich los mit mir?"

Sofie war sich hundertprozentig sicher, dass von ihrer Seite aus keinerlei Bindung zu Xavosch bestand. Sie liebte ihn NICHT. Kein Stück. Nicht mal ein klitzekleines Bisschen.

Trotzdem war mit seinem Hass auch ihre eigene Abwehr verschwunden. Es war fast wie bei einem Spiegelbild.

„Ich will es nicht, aber ich fühle mit ihm. Ich kann ihn verstehen."

„Das ist der Anfang vom Ende", prophezeite die Margareta in ihr.

„Blödsinn!", zischte Sofie und beschleunigte ihr Tempo.

„Du kannst davor nicht wegrennen."

„Will ich ja gar nicht! Ich will nur meine Gedanken klarkriegen."

„Na dann, viel Erfolg."

„DANKE!"

Sofie verdrehte genervt die Augen und versuchte, sich auf ihre Atmung zu konzentrieren. Ihre Schritte knirschten auf dem Sandweg. Die Morgenluft kühlte ihr Gemüt. Endlich fand sie ihren Takt.

„So ist es besser."

Ihr blauer Möchte-Gern-Gefährte tat ihr also leid. Na und? Hatte das irgendwas zu bedeuten? Nein. Die Bindung war von ihrer Seite aus blockiert. Sie hatte nicht vor, irgendetwas daran zu ändern. Selbst wenn sie es gewollt hätte, konnte sie das nicht. Wie auch? Sie hatte keinen Schimmer, was da los war.

Das Einzige, was sie wusste, war, dass sie Jan liebte. Er hatte sie in mehr als nur einer Hinsicht gerettet und ihr gezeigt, wer sie war. Und er liebte sie. Ganz unaufgeregt, ohne irgendeine kranke speziesübergreifende magische Bindung, ohne Gehirnwäsche. Jan und sie waren einfach bloß zwei Menschen, die einander zugetan waren.

„Das fühlt sich richtig an. Und so wird es auch bleiben.“

Durfte Xavosch ihr leidtun?

„Hmm.“

Der See kam in Sicht. Einige Bereiche waren aus dieser Richtung nicht einsehbar. Das ließ ihn größer wirken, als er tatsächlich war. Über dem Wasser bildete sich ein zarter Frühnebelschleier. Sofie lächelte bei dem Anblick.

„Ich liebe diese mystische Stimmung. Und die Böschung ist so herrlich bewachsen.“

Überraschend schnell kroch der Nebel aufs Ufer. Er benetzte Schilf mit Tautropfen und ließ Gras und Wege unter einer diffusen weißen Decke verschwinden. Es sah zauberhaft aus im Dämmerlicht.

Sofie verlangsamte ihr Tempo. Sie sog das friedliche Bild in sich auf.

„Ich bin ein Mensch, keine Maschine und eine Empathin noch dazu. Ja, Xavosch darf mir leidtun.“

Der Gedanke gab ihr zusätzlichen Frieden. Die Wolken am Himmel färbten sich rosa. Sie fühlte sich leicht und frei, das Laufen ging wie von selbst.

Für ein paar Meter verschwand der See hinter Büschen und Bäumen. Eine seltsam vertraute Melancholie erfasste Sofie. Ihr Herz wurde schwer.

Als sie wieder über den großen Teich schauen konnte, fiel ihr Blick auf den Steg am anderen Ufer. Dort saß jemand und ließ seine Beine im Nebel baumeln. Die Aura kannte Sofie zu gut. Abrupt blieb sie stehen.

„Xavosch.“

Der Drache hatte sie nicht bemerkt. Vorsichtig zog sie sich ein paar Schritte hinter den letzten Busch zurück.

„Ich sollte besser umkehren.“

In dem Moment hob Xavosch seine Arme. Er wirkte selbstvergessen und entspannt. In den Nebel vor ihm kam Bewegung.

„Was macht er da?!“

Plötzlich sprang ein schneeweißer Delfin aus den Schleiern hervor, elegant und voller Lebensfreude. Ein paar Meter weiter tauchte das Tier geräuschlos ins wattige Weiß.

„Aber ..." Sofie riss die Augen auf. *„Im See gibt es keine Delfine!"*

Eine Albino-Schildköte schwamm gemächlich an die Oberfläche und bewegte sich gut sichtbar einen halben Meter über den Schwaden. Der Delfin erhob sich ein zweites Mal aus den Nebelwellen und schlug gewandt einen Salto über die Schildkröte hinweg.

„Xavosch zaubert. Wow! Er beherrscht das Element Wasser in Perfektion!"

Und wie er es beherrschte. Einem Dirigenten gleich befehligte der blaue Drache den Frühnebel über dem See. Es folgten weitere Meerestiere: ein Krake, eine Robbe mit ihrem Jungtier, drei pfeilschnelle Pinguine und ein kleiner Schwarm Heringe. Sie alle bewegten sich entsprechend ihrer Art. Sofie konnte sich kaum sattsehen.

„Die Tiere wirken so echt!"

Gerade jagten die Pinguine den Heringen hinterher und die Robbe den Pinguinen.

Sofie musste grinsen. *„Ganz wie in der Natur: fressen und gefressen werden."*

Derweil lag der kleine Nebelheuler auf einer eigens für ihn geschaffenen Nebelsandbank und wartete dort brav auf seine Mama.

Krake, Delfin und Schildkröte tummelten sich unbeeindruckt mitten in der Jagdszene.

Sofie schüttelte fasziniert ihren Kopf und betrachtete Xavosch. Der Blaue war in seinem Element, ganz er selbst. Seine Züge waren gelöst. Während er hier einen Teil seiner Unterwasserwelt zum Leben erweckte, wirkte er glücklich und wehmütig zugleich.

„Wie sehr muss er das alles vermissen?"

Sofie ahnte, dass die Melancholie, die sie vorhin gespürt hatte, seine gewesen war. Ihm fehlte die Heimat. Sehr sogar. Sofie wurde das Herz noch schwerer.

Unvermittelt zeichnete sich auf Xavosch Gesicht ein Strahlen ab.

Im nächsten Augenblick stockte Sofie der Atem, denn alle Nebeltiere begannen sanft von innen heraus zu leuchten: Der Krake färbte sich zart violett, die Pinguine orange, die Robben blaugrün und die Heringe funkelten golden. Der Hammer war jedoch der Delphin, er schimmerte perlmuttblau.

„Das ist genau Xavoschs Schuppenfarbe! Wahnsinn. Er ist wirklich ein Meister des Lichts.“

Der besagte Meister erhob sich nun und breitete seine Arme aus. Die bunten Nebeltiere formierten sich neu. Sie ordneten sich in einem Kreis an.

Der Drache schloss kurz seine Augen. Als er sie wieder aufschlug, war seine Miene hochkonzentriert und voller Begeisterung. Mit den Händen vollführte er komplexe Bewegungen und sofort schwammen die Meeresbewohner los. Sie tauchten anmutig schimmernd durch die zarten Nebelschleier, vollführten grazile Sprünge und Pirouetten. In immer neuen geometrischen Mustern fanden sie sich zusammen und trennten sich. Der Morgendunst über dem See wurde zur Bühne, auf der Xavosch ein leuchtendes, dreidimensionales Kunstwerk erschuf. Präzise, ästhetisch und unfassbar lebendig.

„Das ist wunderschön.“

Sofie schluckte ergriffen. Sie musste an ihre Mutter denken. *„Was für ein atemberaubendes Ballett!“*

Ihr Hals wurde eng, Tränen liefen über ihre Wangen.

In diesem Moment war Xavosch ein anderer als der, den sie kannte. Er ging vollkommen in seinem Tun auf, versank in seiner Magie.

„Er sieht so jung aus, so verträumt“, staunte Sofie, *„und so verletzlich.“*

Und er zog sie in seinen Bann. Sofie konnte sich kaum abwenden von dem farbenfrohen Schauspiel und seinem Dirigenten.

Aber dann breitete sich ein mahnendes Gefühl in ihr aus. Ihr wurde bewusst, dass diese Seite des Lichtmeisters nicht für die Augen anderer bestimmt sein konnte. Das hier war privat.

„Ich werde das respektieren.“

Sofie atmete tief durch und zog sich zurück. Sie hatte einen Blick in die Seele von Xavosch erhascht. So etwas Wunderschönes hatte sie nicht erwartet. Durch das Blattwerk der Büsche und Bäume strahlte das zauberhafte Leuchten zu ihr herüber und ließ ihre Gefühle überlaufen.

„Nein, ich liebe ihn nicht. Aber ich kann ihm nun auch nicht mehr mit Hass begegnen. Das hat jemand wie er einfach nicht verdient.“

27. Glückwunsch!

Jan rollte auf den Parkplatz der Steinburg und stellte den Motor von Bills Corsa ab. Grinsend stieg er aus dem Kleinwagen und lehnte sich gegen die eingebeulte Fahrertür, den Blick auf den Eingang der Akademie gerichtet. Gleich würde Sofie zu ihm kommen.

„Mein Geburtstagsgeschenk!"

Heute wurde Jan 30. Victoria hatte ihm eine Freude machen wollen: Vor ein paar Tagen hatte sie ihn angerufen und ihm erklärt, dass er einen Wunsch frei hätte. „Egal was es ist, such dir etwas aus, J", hatte sie gemeint.

„Meine liebe Ex-Mitbewohnerin hat eindeutig ein schlechtes Gewissen."

Jan schnaubte.

„Wie auch immer. Ich HABE mir etwas ausgesucht."

„Ich möchte Sofie heiraten", hatte er geantwortet.

Erwartungsgemäß hatte Victoria das nicht gefallen, aber damit hatte Jan gerechnet. Diesen Wunsch konnte die Königin der Schwarzen ihm nicht erfüllen. Er hatte sein Blatt bewusst überreizt, um etwas zu bekommen, was normalerweise kurz hinter dem Rahmen des Möglichen lag.

„Keine Hochzeit, keine Verlobung und kein Brillantring", hatte Victoria resigniert geantwortet. „Nimm etwas Realistisches."

Das hatte er getan.

„Und jetzt haben Sofie und ich einen ganzen Tag extra frei! Ohne irgendwelche Verpflichtungen und vor allem ohne Babysitter. Nur wir zwei. Meine Güte, wie lange war ich schon nicht mehr ohne Drachen im Schlepptau unterwegs? Das wird großartig!"

Jan rückte sein Baseball Cap zurecht. Das Teil war nicht besonders modisch, doch es verbarg den Karfunkel. Selbstverständlich hatte Victoria darauf bestanden, dass er den Stirnreif trug und sich ein Wächter in Rufreichweite aufhielt. Mit Sofies magischer Unterstützung konnte er mittlerweile drei Kilometer weit senden, was bedeutete, dass sie heute niemand unbeabsichtigt belauschen würde.

„Endlich mal privat!", frohlockte Jan. In seiner Villa hatten sie zwar

auch ihre Ruhe, aber das war etwas anderes. Dort hauste der Alltag und unzählige Kleinigkeiten erinnerten an die tausend Dinge, die er oder Sofie noch erledigen mussten.

„Wie soll man da abschalten? Nein, wir müssen einfach mal raus. Und heute ist es soweit!"

Als Ziel hatte er sich ein unspektakuläres Stückchen Ostseeküste ausgesucht, irgendwo zwischen Eckernförde und Maasholm.

„Sofie liebt das Meer. Wir werden spazieren gehen, Steine sammeln, Picknicken und einfach nur reden."

Jan warf einen bangen Blick in den Himmel. Laut seiner Wetterapp sollte es heute trocken bleiben.

„Ein bisschen Nieselregen würde uns auch nicht stören. Hauptsache, es gießt nicht."

Vorsichtshalber hatte er seine alte Outdoor-Jacke angezogen und die von Sofie lag im Kofferraum.

„Wir werden aussehen wie zwei Urlauber mit schmalem Budget. Niemand wird mich als WyvernPower Chef erkennen."

Er lächelte. Sofie stand nicht auf teure Anzüge. Sie mochte seine leicht abgewarzten Autoschrauber-Klamotten, mit denen er sie damals in der Psychiatrie besucht hatte.

„Und Bills mitgenommener Corsa passt perfekt zu meinem Outfit."

Karvin hatte zu Recht angemerkt, dass Jans eigene Autos zu auffällig waren. Entweder waren sie selten oder teuer und allesamt hervorragend gepflegt. Darum fielen die Fahrzeuge selbst Laien sofort ins Auge.

„Was man von Bills zerschundenen Karren nicht gerade behaupten kann."

Jan grinste. Sein weißer Freund hatte ein Faible für schnelle Autos. Er tunte seine Wagen mit Schraubendreher und Magie und raste dann über die nächtlichen Landstraßen. Tagsüber konnte er sich das nicht erlauben, da er weder einen Führerschein besaß, noch die Prüfung für «Unauffälliges menschliches Verhalten» erfolgreich absolviert hatte.

Jan lachte. *„Sogar wenn er einen Lappen hätte, sollte er besser nur nachts fahren. Sein Fahrstil ist so risikofreudig, dass man das anderen Verkehrsteilnehmern echt nicht zumuten kann."*

Jan ließ seinen Blick mitleidig über den schwarzen Corsa schweifen.

Die Karosserie war an diversen Stellen eingedellt und der Lack zerkratzt. Die 250 Stundenkilometer, die der Kleinwagen locker auf den Asphalt brachte, sah man ihm wirklich nicht an, wohl aber Bills Bleifuß.

„Das perfekte Auto für heute!", freute sich Jan.

Bill hatte keinen Moment gezögert, als Karvin Jans Millionärskarossen für untauglich erklärt hatte. „Wenn es dir nicht zu unbequem ist, kannst du dir gern einen von mir leihen", hatte er angeboten.

„Tja, Bill ist einfach der Beste! Nur schade, dass das Radio kaputt ist."

Der Schlaumeier musste da natürlich widersprechen: „Das Radio ist nicht defekt, J. Da ist nur der eine Schaltkreis, der etwas korrodiert ist. Den kannst du ganz einfach mit etwas Magie überbrücken und ..."

„Ich?!", hatte Jan spöttisch unterbrochen und seinen Freund betont verständnislos angesehen.

„Naja, DUUU vielleicht nicht gerade. Aber Sofie kann das. Ich zeige es ihr Montag, dann habt ihr Dienstag Musik."

Ob Bill daran gedacht hatte, wusste Jan nicht. Es war auch vollkommen unwichtig, denn Sofie und er brauchten keine Musik.

„Mit niemandem ist Stille so harmonisch wie mit ihr."

Jan lächelte. Geborgenheit und Liebe breiteten sich in ihm aus.

„Mein Plan für heute wird ihr gefallen."

Victorias Gewissen war so schlecht gewesen, dass sie Albert gebeten hatte, ein Picknick zusammenzustellen. Bill war heute Morgen durch die Nebel nach Kiel gesprungen und hatte es abgeholt. Fürsorglich, wie der Butler war, hatte er die Leckereien gleich auf zwei Rucksäcke verteilt und die lagen nun im Kofferraum des Corsas.

„Womit sich der Wert dieses Autos mal eben verdoppelt hat", feixte Jan. Er wusste, dass Albert sich für Sofie und ihn voll ins Zeug gelegt hatte.

„Ich habe sogar eine Thermoskanne mit Zimt-Milchkaffee gesehen. Lecker. Heute bleiben keine Wünsche offen. Das wird der beste Geburtstag seit Jahren!"

Voller Vorfreude tastete er nach dem kleinen Schmuckkästchen in seiner Jackentasche. Einen Brillantring hatte Victoria ihm verboten, aber...

Eine Person trat durch den Eingang der Akademie. Erwartungsvoll hob

Jan den Kopf.

Und schaute gleich wieder weg. Auch wenn er dem Kerl noch nie persönlich begegnet war, so erkannte er sofort dessen blasse Haut und die schwarzen Haare mit dem bläulichen Schimmer.

„Unfassbar", schnaubte Jan. *„Ein Blick auf diesen Arsch und meine Laune ist im Keller."*

Unwillkürlich ballte er seine Fäuste. Am liebsten würde er diesem schuppigen Will-Nicht-Will-Doch-Gefährten eine verpassen.

„Blöde nur, dass ich als Nichtmagier keine Chance gegen den Lichtfreak habe. Grumpf. Nicht mal ohne Astralkraft würde das Sinn machen. Himmelsechsen sind selbst in ihrer Menschengestalt deutlich stärker als Menschen. ... Scheiße."

Jan unterdrückte das Jucken in seinen Fingern. Er betrachtete möglichst unbeteiligt die verzogene Motorhaube des Corsas und hoffte, dass Xavosch verschwinden möge.

„Wohin auch immer. Vorzugsweise 2.000 Meilen unter das Meer. Oder auf den Mond. Egal. Hauptsache, du Idiot versaust mir nicht meinen freien Tag."

Jans Wunsch wurde nicht erhört, Xavosch kam weiter auf ihn zu. Er schien mit ihm sprechen zu wollen.

„Ich aber nicht mit dir, Blauschuppe!", grollte Jan innerlich. Er tat, als würde ihm eine der vielen Schrammen Sorgen machen und untersuchte den Lackschaden genauer.

„Bills Corsa ist echt ein Schrotthaufen."

Der Drache verlangsamte seine Schritte, wenige Meter vor dem Auto blieb er stehen und räusperte sich.

Jan ignorierte ihn. Er entfernte mit dem Zeigefingernagel ein paar Dreckspritzer von dem Kratzer. Darunter kam Rost zum Vorschein. Mit 'nem Lackstift konnte man hier nichts mehr ausrichten.

„Karfunkel?"

Der Pfützenheini kapierte es nicht! Jan hatte keinen Gesprächsbedarf. Nicht mit ihm.

Trotzdem wandte er sich um und sah den Blauen abweisend an.

Xavosch deutete ein Lächeln an. „Guten Morgen. Ich bin…"

„Ich weiß, wer du bist", unterbrach Jan kühl.

Der Lichtmeister hob irritiert eine Augenbraue. „Gut…“

Jan ließ ihn auflaufen und schwieg. Als WyvernPower Chef musste er seine Gefühle viel zu oft hinter diplomatischem Gesabbel verstecken. Selbst den größten Idioten gegenüber zeigte er sich verständnisvoll, tolerant und kam ihnen entgegen – alles im Dienste der Drachengesellschaft. Aber auch ein Jan Hendrik Meier hatte Grenzen. Und die waren erreicht, sobald es um Sofie ging.

Das Schweigen stand frostig zwischen den Männern.

Xavosch nahm einen zweiten Anlauf. „Ich wollte… dir sagen, dass … also, von meiner Seite geht das nicht gegen dich persönlich.“

Jans Kiefermuskulatur verspannte sich. Wollte der Blaue sich bei ihm entschuldigen? Misstrauisch taxierte er die Echse.

„Tatsächlich.“

Eine großmütige Geste. Jan könnte ihn direkt sympathisch finden, wenn es der Affe nicht darauf anlegen würde, ihm die Liebe seines Lebens auszuspannen.

„Aalglatte Pockenschuppe!“

Schnell überprüfte Jan die Abschirmung seines Geistes. Alles dicht.

„Der Phönix ist mein Mädchen. Warum meinen alle, dass sie in unserer Beziehung mehr zu melden haben als Sofie und ich?“

„Ich…“ Xavosch stockte. Sein Blick, seine Miene, seine Körperhaltung, alles bat um Verzeihung, doch er hatte Mühe, die richtigen Worte zu finden.

„Von dir will ich eh nichts hören, Tangschnorchler.“

Damit der Blaue endlich abzog, ließ Jan sich zu einem angedeuteten Nicken herab.

Aber der Blaue zog nicht ab, sondern kam noch einen Schritt näher.

Unwillig räumte Jan ein, dass Xavoschs neue Gestalt anziehend wirkte. Sehr sogar.

„Ein begehrenswerter Junggeselle um die dreißig. ... Das ist MEIN Image, Arschloch!“

Wenn Jan ehrlich war, musste er zugeben, dass seine Kopie attraktiver war als das Original. Beim Äußeren konnten Menschen einfach nicht mit den Echsen mithalten. Die Drachen hatten es leicht. Sogar der vernarbteste Rote konnte unwiderstehlich aussehen, sofern er es darauf anlegte.

„Sobald sich unsere Frauen an deren mächtige Auren gewöhnt haben, brauchen die Schuppenträger diese beschissene Gefährtenbindung gar nicht mehr, um unsere Mädels abzuschleppen."

Zorn kroch durch Jans Adern, hilflos und heiß. Nichtmagier wie er hatten den Himmelsechsen nichts entgegenzusetzen. Gar nichts!

„Wie lange wird Sofie sich noch für mich entscheiden?"

Xavosch machte einen weiteren Schritt auf ihn zu. „Ich wollte mich entschuldigen."

„Wofür?", zischte Jan mit zusammengebissenen Zähnen.

Zögerlich hob der Drache an: „Ich habe…"

„…Sofie beinahe umgebracht. Des Öfteren. Richtig!" Jans Augen wurden schmal. „Willst du dich dafür entschuldigen? Oder dafür, dass du es dir anders überlegst hast und sie nun doch willst?"

„Ich…"

Xavosch hob unbeholfen seine Hände. Er war aufgewühlt.

Jan starrte ihn spöttisch an. „Ach? Hast du dich noch nicht entschieden?"

Der Blaue presste seine Zähne aufeinander. Er musste sich zusammenreißen und fixierte Jan mit einem Blick, der keinen Zweifel daran ließ, dass er den Menschen am liebsten zu Fischfutter verarbeiten würde.

„Mach doch, alter Teichpirat!"

Jan grinste höhnisch. „Willst du Sofie? Oder vielleicht lieber ihren Tod? Oder noch besser: das Ende der Menschheit? Wie wäre es denn damit? Hm? Dann hättet ihr Wertebewahrer da unten in Atlantis ein für alle Mal eure Ruhe. Niemand mehr, auch keine Sofie, der die Meere verpest…"

Damit war Xavoschs Beherrschung Geschichte.

„ICH HABE MIR DAS NICHT AUSGESUCHT!", brach es aus ihm heraus.

„Sieh an. Hat der gezähmte Möchte-Gern-Gefährte doch noch etwas Wut im Bauch."

Jan lächelte finster. „Glaubst du etwa, ich hätte das?"

Der Lichtmeister atmete tief durch.

„Nein. Wohl kaum."

„Gut."

Betont desinteressiert wandte Jan sich wieder dem rostigen Kratzer auf der Motorhaube zu. „Auf deine Entschuldigungen verzichte ich."

Die Sekunden verstrichen. Xavosch machte keinerlei Anstalten zu gehen. Seine Gegenwart war nicht zu ertragen.

„Verdammt, was willst du denn noch?", fluchte Jan. Er drehte sich um und stemmte die Fäuste in die Hüften.

Die Miene des Drachen erinnerte an Packeis, als er erklärte: „Ich hielt es für fair, dich persönlich drüber zu informieren, dass ich die Bindung zu Sofie akzeptiere. Ich schwöre bei allem Leben in den Meeren, dass ich ihr nie wieder ein Leid zufügen werde."

„Na, das fällt dir ja früh ein", ätzte Jan. „Wenn du das wirklich ernst meinst, solltest du dich bei Gabriellosch, Eliande und den anderen Heilern dafür bedanken, dass Sofies Herz noch schlägt."

„Das werde ich noch." Xavoschs blaugrüne Augen wurden kalt. „Des Weiteren versichere ich dir, dass ich alles tun werde, um mich Sofies würdig zu erweisen. Und solange ich atme, werde ich nicht damit aufhören."

„Super", brummte Jan scheinbar an sich selbst gerichtet, „die Gehirnwäsche funktioniert also auch bei Wertebewahrern. Wenn das man keine 180 Grad Kehrtwende ist."

„Nenn es von mir aus Gehirnwäsche, MENSCH", Xavoschs Blick schien Jan mit Eisblitzen töten zu wollen, „ich nenne es Erkenntnis. Die Bindung hat mir die Augen geöffnet."

„Wie schön für dich." Jan wollte den Seelenmüll des Blauen nicht hören, doch Xavosch laberte weiter.

„Sofie strahlt heller als jedes magische Licht. Glaub mir", der Drache schnaubte verbittert, „ich bin ans andere Ende der Erde gesprungen und habe meine Augen vor der Wahrheit verschlossen! Ich wollte nichts von ihr und ihresgleichen wissen. Aber das war sinnlos. Sofies Licht hat mich berührt. Und jetzt kann ich sie beim besten Willen nicht mehr übersehen. Die Dinge, die mich vorher erfüllt haben, sind bedeutungslos geworden. Es ist, als würde man nach den Sternen am sonnigen Nachmittagshimmel suchen. Gleichgültig wie viele es sind, sie schaffen es niemals, die große Himmelsscheibe zu überstrahlen."

„Willkommen in meiner Welt." Jan schluckte. „Du bist nicht der Einzige, der Sofie liebt."

„Ich weiß."

Xavosch schaute Jan an und wartete, bis er zu ihm aufsah. „Aber ich werde der letzte sein."

„ARGH!" Jans Fäuste zuckten. Sie wollten unbedingt in das blasse Gesicht des Lichtmeisters. Nur knapp gelang es ihm, den Impuls zu unterdrücken. Bebend presste er seine Hände an die Oberschenkel und trat einen Schritt näher an den Blauen heran.

„Sofie liebt MICH!"

„Ja. Noch." Der Drache nickte leicht. „Doch das wird sich ändern. Ich bin ihr Gefährte. Die Bindung arbeitet für mich."

Das war zu viel. Jan rastete aus!

„VERGISS DIE GEFÄHRTENKACKE! DER BINDUNGS-SCHWACHSINN FUNKTIONIERT BEI SOFIE NICHT!", brüllte er aufgebracht. „WANN KAPIERT IHR ECHSEN DAS ENDLICH UND LASST UNS IN RUHE?"

„Es gibt keine einseitigen Bindungen", erklärte Xavosch. Er war zum Kotzen gelassen. „Ich habe mich mit ihr verbunden. Sobald die Blockade gelöst ist, wird Sofie…"

„ACH JA?!" Jan zitterte vor Wut. „Und wie willst du diese angebliche Blockade lösen?"

„Das ergibt sich."

„Wird es nicht!", spie Jan aus. „Aber es wird Zeit, dass du eines schnallst, Algenfresser: Sofie ist nicht blockiert. Bei. Ihr. Ist. NICHTS. Kaputt!"

Xavosch starrte ihn unbewegt an.

„Sofie ist perfekt, so wie sie ist", giftete Jan. „Sie ist nur anders. Ihr Gedankenmuster ist unsichtbar für euch ACH SO GROSSEN Magier. Ha!" Er lachte freudlos. „Das ist kein DEFEKT, der behoben werden müsste, sondern bloß BESONDERS. Sie kann prima ohne Gedankenrede und Co leben. Wen juckt es schon, dass sie die geistige Zutrittskontrolle nicht nutzen kann? Wen kratzt es, dass die Gedankenmuster-Bewegungsmelder an der Steinburg nicht auf sie anspringen? Glaubst du, Sofie stört das? BESTIMMT NICHT! Wir Menschen haben Handys und altmodische, magiefreie Schlüssel. Und mit einer Taschenlampe ist auch das Finden von Schlüssellöchern bei Nacht kein Problem! Die Einzigen, die mit Sofies Abschirmung ein Problem haben, seid IHR!“

„Wenn du meinst.“

Die Miene des Lichtmeisters war gefroren, doch seine Halsschlagader pulsierte.

Jan bohrte seinen Zeigefinder anklagend in Xavoschs Brust. „Ihr Himmelsechsen seid so BORNIERT! Ihr könnt es einfach nicht ertragen, dass jemand unter eurem astralen Radar fliegt!“

Der Drache reagierte nicht.

Jan hob affektiert die Hände an sein Gesicht und ließ seine Stimme geziert klingen: „Ohh! Ich kann Sofies Gedankenmuster nicht sehen. Bei der Sphäre, mit ihr muss etwas nicht stimmen!“ Mit kaltem Blick ließ er die Hände wieder sinken. „Was für ein Bullshit! Die Einzigen, bei denen was nicht stimmt, seid ihr Kontrollfreaks!“

„Verleumde mich so viel du willst“, fauchte Xavosch bedrohlich leise, „ich werde nicht aufhören, um Sofie zu werben.“

„Von mir aus“, zischte Jan, „aber stell dich hinten an! Sie ist MEIN Mädchen.“

„Noch.“ Der Blaue lächelte leicht. „Der stete Tropfen höhlt den Stein.“

„DER STETE TROPFEN KANN MICH MAL! Ich LIEBE Sofie. Glaub ja nicht, dass ich sie deinetwegen aufgebe.“

„Meinetwegen?!“ Xavosch legte den Kopf in den Nacken und schnaubte verächtlich. „Wie alle Humanoiden denkst du ausschließlich an dich selbst! Und was ist mit ihr, Kurzlebiger? Du wirst in wenigen Dekaden das Zeitliche segnen. Bis dahin wird dein Mädchen zur alten Frau. Sie wird welken und ebenfalls sterben. Du wirfst IHR Leben weg, bloß damit dein kleines Menschenherz nicht zerbricht. Würdest du sie wahrlich lieben, würdest du den Weg freimachen. Sobald Sofie sich mit mir verbindet, liegen Jahrhunderte vor ihr. Jahrhunderte gefüllt mit vollkommener Gefährtenliebe. Ich werde sie auf Händen tragen, ihr alles geben, was sie braucht!“

„Alles? Würdest du das?“ Jan lachte höhnisch. „Bist du naiv!!! Ich versichere dir, dass du ihr in den ersten Jahren GAR NICHTS geben kannst – und da beziehe ich mich auf diverse Erfahrungsberichte aus erster Hand! Haben sie dir das etwa nicht gesagt?"

Der Blaue gab sich unbeeindruckt. „Worauf willst du hinaus?"

„Sie haben es dir echt nicht gesagt! Haha! Hätte ich mir denken können. Na, dann will ich dich Lichtmacher nicht länger im Dunklen lassen!"

Jan grinste honigsüß. „Es ist so: Du wirst heiß auf sie sein und ihre Lust zum Kochen bringen, bis sie nicht mehr weiß, wohin mit sich. Und dann wirst du Schuppenscheusal dich VERWANDELN! Sofie vergeht vor Leidenschaft und du lässt sie unbefriedigt zurück."

„Über diesen Aspekt der Bindungsphase bin ich informiert. Keine Sorge, ich bin sehr diszipliniert", erwiderte Xavosch, doch seine pulsierende Aura strafte sein beherrschtes Äußeres Lügen.

„Das glaubst du jetzt!", antwortete Jan. *„Verdammt! Ich habe schon viel zu lange vor der magischen Allianz gekuscht. Diese Schlacht werde ich nicht verlieren. Nicht gegen IHN!"*

Er betrachtete den Drachen prüfend und erklärte: „Wir Menschen lieben Sex. Wir brauchen Sex! Hast du eine Ahnung, wie stark dieses körperliche Verlangen sein kann?"

Der Blaue schüttelte herablassend den Kopf.

„Nein?" Jan lächelte. „Dann werde ich dir eine kleine Kostprobe gönnen."

Er dachte an eines der Mädchen, mit denen er in den ersten Jahren als frischgebackener Millionär geschlafen hatte. Kingsize-Bett, heiße Haut, wollüstiges Stöhnen und die drängende Gier kurz vor dem Orgasmus. Dann ließ er seine Abschirmung fallen.

Der Lichtmeister erstarrte. Die menschliche Erregung traf ihn unerwartet. Seine Augen weiteten sich entsetzt, die Aura franste aus. Keuchend wich er einige Schritte zurück. „Was tust du?! Soll ich dich umbringen? Du bist ja wahnsinnig!"

„Nein. Ich nicht, aber du! Bald."

Jan schirmte seine Gedanken sorgfältig ab und schenkte Xavosch einen abschätzigen Blick. „Die Bilder eben waren nichts. Denkst du wirklich, du könntest dich beherrschen, wenn Sofie dich will?"

Der Drache blieb stumm, glotzte ihn nur feindselig an.

Erinnerungen an das letzte Wochenende fluteten Jans Geist. Er schloss seine Augen und atmete tief durch. „Ich versichere dir, Xavosch, das

Liebesspiel mit Sofie ist ein anderes Level. Sie bringt einen um den Verstand. Durch die Gedankenverbindung potenziert sich die Lust. Außerdem ist sie Empathin. Du hast ja keinen Schimmer, was sie mit einem anstellen kann!"

Jan guckte dem Drachen unverwandt ins Gesicht. „Was sie mit MIR anstellt! Und wie sehr sie meine Reaktion genießt, wenn ich sie auf jede mir menschenmögliche Art zufriedenstelle!"

„Sei still!", knurrte Xavosch. Bebend wich er noch weiter zurück.

Doch Jan dachte nicht dran, still zu sein. „Hätte ich dir eben Bilder von IHR gezeigt, hättest du dich verwandelt. Und das sind lediglich Erinnerungen, das ist nicht SIE! Du weißt nicht mal ansatzweise, was auf dich zukommen würde. Oder auf Sofie. Hast DU mal an SIE gedacht? Ganz ehrlich, diese abartige Drachen-Mensch-Liebe ist nicht so vollkommen, wie sie dich glauben machen wollen. Die Bindungsphase verlangt beiden Partner einiges ab, besonders wenn der Start holprig ist. Und dein Start", Jan schüttelte hämisch den Kopf, „war eine Vollkatastrophe! Also, lass Sofie da raus."

„Du verdrehst die Wahrheit, Landratte!"

„Ach? Meinst du das oder hoffst du das?"

Jan konnte dem Blauen die Verunsicherung ansehen. Und, dass dieser ihn zu gern in der Luft zerfetzen wollte. *„Touché! Tja, damit geht der Punkt wohl an mich."*

„Ich habe Sofie versprochen, ihr nie wieder ein Leid zuzufügen", fauchte Xavosch und ballte seine Fäuste. „Sie liebt dich, darum werde ich dir vorerst nichts tun."

Jan grinste lässig. „Meinetwegen musst du dich nicht zurückhalten. Verpass mir eine! Oder möchtest du vielleicht lieber noch mehr Bilder sehen?"

Die Fäuste des Drachen zitterten.

Jan spürte, dass nicht viel fehlte und die Echse würde auf ihn losgehen.

„Gleich habe ich dich soweit. Was sind schon ein paar gebrochene Knochen? Greif mich an, und du hast Sofie für immer verloren!"

„HEY!", ertönte plötzlich ein lauter Ruf vom Eingang der Steinburg. „Hört auf mit dem Mist! SOFORT!"

Sofie lächelte. Heute würde ein guter Tag werden, davon war sie überzeugt. Sie schnappte sich ihre Handtasche und durchquerte den verlassenen Gemeinschaftsraum. Die anderen waren längst auf dem Weg zu ihren Kursen.

„Sei um viertel nach acht Uhr auf dem Parkplatz“, hatte Jan gesagt. Und er hatte darauf bestanden, dass sie festes Schuhzeug trug.

„Was er wohl mit mir vorhat?“

Sie kicherte. Mit «festen Schuhen» würde er sie kaum zu irgendwelchen Schickimicki-Veranstaltungen schleifen.

„Würde er sowieso nicht. Er mag den ganzen High-Society-Kram genauso wenig wie ich.“

Jan hatte Geld, Macht und Ansehen im Überfluss und nichts von allem bedeutete ihm wirklich etwas. Das hatte es ihr nicht einfacher gemacht, ein passendes Geburtstagsgeschenk für ihren Liebsten zu finden. Von seinem Hobby, dem Autoschrauben, verstand sie nichts. Sie hatte überlegt, Bill in der Sache um Rat zu fragen, fürchtete aber, dass das nach hinten losgehen könnte.

Seufzend zog sie die Haustür hinter sich zu. Sie zückte ihren Schlüssel und schloss ab.

„Tja, was schenkt man jemandem, der sich ALLES kaufen kann?“

Die Antwort auf diese Frage befand sich in ihrer Handtasche. Zufrieden dachte sie an den selbstgebastelten Gutschein über einen «Marvel-Kino-Abend». Jan liebte diese Filme! Iron-Man fand Sofie selbst ja noch ganz nett, aber bei Hulk und Konsorten war Schluss für sie. Normalerweise.

„Aber diesmal nicht.“ Sie grinste tapfer. *„Da muss ich nun durch. Jan wird sich freuen. Er hat freie Auswahl.“*

Sie ging den Sandweg Richtung Steinburg entlang und krauste unwillig die Stirn. *„Vielleicht hätte ich doch nicht «freie Auswahl» schreiben sollen, nachher sucht er sich mir zuliebe noch irgendeinen Star Trek aus…“*

Jan war echt ein Schatz. Er war so darum besorgt, dass sie glücklich war, dass er sich selbst ganz vergaß.

„Aber nicht mit mir. Ich werde auf Marvel bestehen! Und Pizza bestelle ich auch. «Einmal mit alles»“, sie lachte, *„die mag er am liebsten. Und dann schmeißen wir alle Aufpasser aus dem Haus. Naja, Bill darf noch*

bleiben, wenn Jan das möchte. Die zwei haben einen ähnlichen Filmgeschmack und seit ich in der Villa wohne, haben sie kaum noch Zeit für ihre Männerabende gefunden. So geht das nicht.“

Sofie freute sich auf Jans Gesicht beim Auspacken.

Ein leichter Wind wehte. Die Sonne lugte hinter einer Wolke hervor und ließ zahllose Spinnenweben aufleuchten, die überall an Büschen und Bäumen hingen. Sie wirkten wie lange, weiße Haare.

„Darum heißt diese Jahreszeit auch Altweibersommer.“

Die ersten Blätter begannen sich zu verfärben, und Kastanien hatte sie ebenfalls schon am Boden liegen sehen. Es war fast schon herbstlich.

Sofie lächelte glücklich. Heute war wirklich ein besonderer Tag.

Mit Xavoschs bezauberndem Nebelreigen über dem See hatte er in aller Früh begonnen. Die selbstvergessene Magie des Drachen hatte Sofie auf merkwürdige Weise berührt. Das Licht seiner Nebelfiguren war so lebendig gewesen, so warm!

Die Erinnerung ließ eine Gänsehaut über Sofies Rücken krabbeln und verstärkte das Glück in ihrem Bauch. Ungewollt hatte der Lichtmeister ihr eine ganz neue Seite gezeigt: sanft, verspielt und gleichzeitig machtvoll und wunderschön.

„Und vor allem echt. Das, was ich dort am See beobachtet habe, war wirklich Xavosch. Faszinierend.“

Der Blaue war nicht böse und auch nicht arrogant, wie sie anfangs gedacht hatte. Er war vielmehr selbst für eine Himmelsechse außerordentlich talentiert. Und er hielt an seinen Überzeugungen fest.

„Was im Grunde ja eine bewundernswerte Eigenschaft ist. Es gibt so viele, die ihr Fähnchen in den Wind hängen. Nicht so Xavosch...“

Der grobe Sand knirschte unter Sofies Schuhen und holte ihre Gedanken in die Gegenwart zurück. Verwundert bemerkte sie, dass vor ihr ein emotionales Unwetter lag.

Sofie stutzte.

Ein Rieseln und sie war sich sicher, dass dort hinten bei der Steinburg zwei Personen stritten. Eine giftige Gefühlswolke aus Erregung, Wut, Eifersucht und Liebe waberte über dem Parkplatz.

„Ein Drache und ein Mensch. Da gehen sich zwei wegen eines Mädchens an die Gurgel. Gleich gibt es Mord und Totschlag!“

Sofie verstand nicht, wie es dazu hatte kommen können, denn es gab an der Akademie feste Regeln, was Liebesbeziehungen anging: Flüchtige Affären zwischen Drache und Mensch waren erlaubt. Alles andere war streng verboten.

„Wer ist das?"

Sofie streckte ihre Sinne aus und blieb abrupt stehen.

„Xavosch! Und..."

Der Mensch war so aufgebracht und fies, dass sie ihn beinahe nicht erkannt hätte.

„JAN!"

Wie von selbst rannten ihre Füße über den Sandweg hin zur Burg. Die Emotionen wurden immer aggressiver.

Eine Minute später hatte sie den Parkplatz erreicht. Jan und Xavosch standen zehn Meter voneinander entfernt und stierten sich hasserfüllt an. Die Aura des Drachen drohte zu explodieren, er stand kurz vor der Verwandlung.

„Warum geht niemand dazwischen?!"

„Ja", spottete die Margareta in ihr, „warum nur ist niemand so lebensmüde und wirft sich zwischen einen austickenden Gefährten in der Bindungsphase und Jan Hendrik Meyer, den legendären Chef von WyvernPower?"

Xavosch ballte gerade seine Fäuste und fauchte: „Ich habe Sofie versprochen, ihr nie wieder ein Leid zuzufügen. Sie liebt dich, darum werde ich dir vorerst nichts tun."

Jan grinste lässig. „Meinetwegen musst du dich nicht zurückhalten. Verpass mir eine! Oder möchtest du vielleicht lieber noch mehr Bilder sehen?"

„Was bei allen Dämonen der Sphäre treiben die da??!!"

Die Fäuste des Drachen zitterten. Er war so zornig, dass er jeden Moment auf Jan losgehen zu wollen schien.

„Jan!"

Sofies entsetzter Blick huschte zu ihrem Liebsten. Der wirkte merkwürdig zufrieden. Offensichtlich hatte er den Blauen genau dort, wo er ihn haben wollte.

„Alter! Die haben ja wohl einen an der Klatsche! ALLE BEIDE!"

Sofie stemmte ihre Hände in die Hüften und brüllte aus Leibeskräften: „HEY! Hört auf mit dem Mist!“ Sie marschierte auf die Kampfhähne zu. „SOFORT!“

Synchron fuhren Jan und Xavosch zusammen, so als hätte jemand sie bei etwas Verbotenem ertappt. Und synchron wandten sie ihre Köpfe Sofie entgegen.

„WOLLT IHR EUCH UMBRINGEN?!“, schrie Sofie die beiden an. „Falls ja, sagt Bescheid, wenn ihr fertig seid. Ich will das nämlich nicht mit ansehen!“

Weder Jan noch Xavosch sagte ein Wort, doch beide senkten schuldbewusst den Blick.

Sofie knöpfte sich den Lichtmeister vor, ihre Stimme kippte fast über. „Du bist ein Drache! Findest du es fair, deine Kräfte mit einem Menschen zu messen?!“

Xavosch war voller Wut und seine Mordlust, was Jan betraf, ungebrochen. Widerwillig starrte er Sofie an.

„Beim Grauen Krieger“, kanzelte sie ihn ab, „Jan trägt keinen Funken Astralkraft in sich! Willst du mich etwa damit beeindrucken, dass du einen Lichtlosen platt machst?!“

„Nein“, würgte der Blaue hervor. „Das war nicht meine Absicht.“

„Ach?!“, ätzte Sofie, „Und was war dann deine Absicht?“

„Ich wollte ...“, hob Xavosch an, brach aber beschämt ab.

Aus dem Augenwinkel sah Sofie, dass Jan hämisch grinste.

„Das kann ja wohl nicht angehen!“

Vorwurfsvoll drehte sie sich zu ihrem Freund um. „Und du?! Du weißt genau, wie Gefährten ticken! Wie kannst du ihn bis aufs Blut reizen? ER“, sie zeigte mit ausgestrecktem Arm auf Xavosch und funkelte Jan anklagend an, „kann nicht aus seiner Haut! Warum zur Hölle bist du ihm nicht aus dem Weg gegangen?!“

Damit hatte Jan nicht gerechnet. Empört und verletzt zugleich schnappte er nach Luft. „Das wollte ich ja, doch dieser Ich-Bin-In-Nur-Einer-Woche-Experte-Für-Die-Menschen-Geworden-Wertebewahrer musste mich unbedingt volltexten! Und mir unter die Nase reiben, dass er dich auf alle Fälle kriegt und ich in die Röhre gucke!“

„Ich wollte mich bloß bei dir entschuldigen“, rechtfertigte Xavosch sich. „Und dich darüber informieren, dass ich…“

„Siehst du!“, fiel Jan ihm ins Wort und deutete nun seinerseits auf den Blauen. „Er macht es schon wieder!“

„Was?“, empörte sich Xavosch, „Ich will doch nur…“

„STOPP!“, brüllte Sofie.

„Aber…“, hallte es zweistimmig über den Parkplatz.

„Haltet die Klappe!“, rief Sofie und hob gebieterisch ihre Hand. „ALLE BEIDE.“

Schweigen.

„Besser.“ Sofie schaute den Drachen an. „Du gehst in deinen Bungalow oder wohin auch immer und lässt dir von Eliande erklären, was es mit menschlicher Eifersucht auf sich hat.“

„ABER…“

„Kein aber!“, zischte Sofie mit zusammengekniffenen Augen. Die Typen wollten einfach nicht klein beigeben. Xavoschs Aura toste sturmflutmäßig und Jans Halsschlagader pochte wild. Die wollten sich echt selbst jetzt noch die Köpfe einschlagen.

„Das werde ich nicht zulassen.“

Prompt kribbelte ein vertrautes Rieseln durch Sofies Meridiane. Sie richtete sich zu voller Größe auf und befahl Xavosch: „MACH, WAS ICH DIR SAGE!“

Der Drache bewegte sich keinen Millimeter. Seine geballten Fäuste zitterten und seine Miene war vor Anspannung verzerrt.

Sofie spürte, dass eine unsichtbare Macht den Lichtmeister vom Parkplatz fortzog, doch er WOLLTE nicht gehen! Nicht bevor er diesem Menschen …

„GEH ENDLICH!“, donnerte Sofie.

Das genügte. Xavoschs Widerstand brach. Er drehte sich um und setzte widerwillig einen Fuß vor den anderen.

Am Rande bemerkte Sofie, dass diesmal keine blassblauen Flammen über ihre Finger leckten. Verwundert hob sie ihre Hände.

„Tatsächlich! Kein magisches Feuer! Dann muss ja alle Energie direkt in meinen Zauber gegangen sein... Egal! Da steht noch ein zweiter Querulant vor mir.“

Sie wandte sich streng an Jan: „Und wir beide fahren jetzt. Wir reden im Auto!"

Jan hatte noch immer an ihrer Zurechtweisung zu knapsen und war nicht überzeugt. Mürrisch starrte er sie an.

Sofie rollte genervt mit den Augen. „Ich kann auch allein gehen, wenn dir das lieber ist. Dann kannst du Xavosch hinterher rennen und dich von ihm zu Brei schlagen lassen!"

In dem Moment stürzten drei Männer aus dem Tor der Steinburg.

„Schwarze Drachen", durchzuckte es Sofie. Sie erkannte Moran und Mandolan. *„Das wird dann wohl die Kavallerie sein, um Xavosch zu bändigen. Tja, Jungs, ihr seid zu spät. Hier gibt es nichts mehr zu sehen."*

Jan hatte die Schwarzen ebenfalls bemerkt. Mit denen wollte er auf keinen Fall sprechen, also lenkte er widerstrebend ein: „Nein, schon gut. Lass uns fahren, Sofie."

28. Ja!

Schweigend rollten Jan und Sofie vom Parkplatz. Schweigend passierten sie das Ortsausgangsschild «Steinburg» und schweigend fuhren sie bei Hohenfelde auf die Autobahn Richtung Itzehoe. Der Einzige, der etwas von sich gab, war Bills Corsa. Er heulte aggressiv auf, als Jan das Gaspedal bis zum Bodenblech durchtrat. Sofie wurde in den Sitz gepresst. Und schwieg.

Jan hatte seinen Geist abgeschirmt, aber die Wut quoll ihm aus jeder Pore. Darunter konnte Sofie seine Enttäuschung darüber spüren, dass sie ihn vor Xavosch abgekanzelt hatte. Noch tiefer lag die kalte Angst, sie zu verlieren. Er fühlte sich furchtbar.

Trotzdem war Sofie viel zu sauer auf Jan, als dass sie Mitleid mit ihm haben konnte.

„Was hat er sich dabei gedacht, Xavosch so zu provozieren? Der hätte ihn töten können! Wie konnte er nur so.... unfassbar DUMM sein?! Er hat mit seinem Leben gespielt und das Schlimmste ist, dass er sich dessen vollkommen bewusst war!“

Sofie hatte keinen Zweifel daran, dass Jan den Blauen mit Absicht auf die Palme gebracht hatte. Sie hatte sein Wesen kaum wiedererkannt, so sehr war es in dem Moment vor Hinterhältigkeit, blinder Wut und Missgunst zerfressen gewesen.

Fröstelnd zog sie ihre Jacke enger. Diese Seite hatte sie noch nie zuvor an ihm gesehen. Das war nicht ihr Jan.

„Und wir haben uns auch noch nie so entsetzlich angeschwiegen. O Gott! Was passiert mit uns?“

Ihr wurde übel. Seit sie Jan kannte, hatten sie noch nie gestritten. Und nun war Bills verbeulter Corsa bis unters Dach mit unausgesprochenen Vorwürfen gefüllt.

Jan starrte stur nach vorn auf die Fahrbahn. Er tat, als wäre sie gar nicht da.

Sofie ertrug die ohrenbetäubende Stille zwischen ihnen nicht länger und stellte das Radio an. Wie Bill es ihr am Vortag gezeigt hatte, überbrückte sie den korrodierten Schaltkreis und – KREIIIIIIIIIIIIIIIISCH!!! – aus den Lautsprechern dröhnte ein E-Gitarrensolo, das Tote geweckt hätte. Sofie und Jan zuckten erschrocken zusammen.

„ZU LAUT!“

Hektisch drehte Sofie am Regler, doch nichts geschah. Zumindest wurde das Radio nicht leiser, im Gegenteil, jetzt schrubbten auch noch andere «Musiker» wild auf ihren Instrumenten herum und ein «Sänger» brüllte ins Mikro. Das war Heavy-Metal vom Feinsten! Bills lange schwarze Haare hätten vor Freude gezuckt.

Sofie drückte den Ausschalter, doch auch das zeigte keine Wirkung.

„ANDERER SENDER!“

Ihre Hand tastete nach dem dritten Knopf. Und traf dort Jans. Haut an Haut.

Die Zeit dehnte sich in diesem Moment, der Lärm verblasste. Herrlich vertraute Geborgenheit kribbelte ihre Finger entlang und zog eine wonnige Gänsehaut hinter sich her. Die Berührung ließ die Wut verrauchen. Weder Sofie noch Jan wagte es, sich zu bewegen. Beide sogen die Wärme des anderen in sich auf. Auf einmal klang der Krach aus den Boxen so harmonisch zart wie eine Violinsonate.

Sofie lächelte. DAS war ihr Jan. So fühlte sie sich nur bei ihm.

„Heavy-Metal bringt die Geigen in meinen Himmel zurück. Ich werde nie wieder über Bills Musik lästern.“

Sie kicherte erleichtert und auch Jan grinste schief.

„Das hätten wir eigentlich wissen müssen!“, rief er über den grölenden Sänger hinweg.

„Ja!“, lachte Sofie. „Bills Auto, Bills Musik. Warte mal…“

Sie streckte ihre Sinne aus und suchte nach dem korrodierten Schaltkreis. Der Weiße hatte ihr zwar gezeigt, wie sie ihn überbrücken konnte, nicht aber, wie sie den Zauber beendete. Beim dritten Versuch klappte es endlich und Stille breitete sich im Wagen aus. Diesmal war sie angenehm.

„Es tut mir leid“, hoben Jan und Sofie gleichzeitig an und brachen synchron wieder ab.

Sofie lächelte und Jan zwinkerte ihr zu. „Zwei Dumme, eine Gedanke. Augenblick – hier kommt eine Abfahrt, ich fahre raus.“

Er setzte den Blinker und verließ die Autobahn bei Lägerdorf. Kurz darauf lenkte er den Corsa auf den Grünstreifen und stellte den Motor aus.

„Es tut mir leid." Jan schaute Sofie ernst an. „Ich bin ein Idiot. Ich hätte mich nicht so gehen lassen dürfen – aber", er verzog grimmig das Gesicht, „dieser Lichtheini hat mich rasend gemacht! Der Kerl ist sowas von borniert. Ich… ich will nicht um den heißen Brei rumreden. Ich habe Mist gebaut. Sieh es dir selbst an."

Mit diesen Worten ließ er seine Abschirmung fallen und erste Bilder in sich aufsteigen.

Sofie legte ihm sanft die Hand auf den Arm. „Du musst dich nicht rechtfertigen. Nicht vor mir. Ich kenne den Lichtmeister. Ich weiß, wie aufgeblasen und arrogant er rüberkommt."

„Doch, das muss ich tun", beharrte Jan. „Ich will keine Geheimnisse vor dir haben. Ich hatte…", er schüttelte zerknirscht seinen Kopf, „ich hatte die Schnauze voll. Die Chance, den Kerl endgültig loszuwerden… die konnte ich nicht ungenutzt verstreichen lassen."

Sofie nickte stumm und schaute in seine Erinnerungen. Jan mit einer anderen im Bett zu sehen, gefiel ihr gar nicht. Und auch nicht, dass er mit dem Blauen über ihren Sex geredet hatte. *„Erstens geht den das gar nichts an und zweitens ist das so, als würde man vor der Nase eines Hungernden einen Burger futtern. Kein Wunder, dass Xavosch ausgetickt ist."* Diese Aktion von Jan war ganz klar unter der Gürtellinie.

„So kenne ich dich gar nicht", wisperte Sofie.

Jan lächelte gequält. „Ich bin ein Lichtloser. Ich kämpfe um dich mit allem, was ich habe. Ohne Magie ist mein Arsenal dummerweise ziemlich begrenzt. Hätte ich gewusst, dass du schon Gefühle für ihn entwickelst, dann…"

„WAS?", rief Sofie entsetzt. „Ich? Gefühle für den Lichtmeister?! Bist du verrückt geworden? Wie kommst du denn auf die Idee?"

„Du hast ihn vor mir verteidigt, Sofie!" Jan presste seine Lippen aufeinander und schloss die Augen. „Vor zwei Wochen hättest du das nicht getan. Xavosch hat recht: Die Bindung arbeitet für ihn."

„So ein Blödsinn!"

„Und warum hast du ihn in Schutz genommen?" Jans Stimme klang resigniert.

„Du hast keine Ahnung", schimpfte Sofie. Sie packte ihren Freund am Arm. „Sieh mich an!"

Jan hob niedergeschlagen den Blick. „Ehrlich, du musst nicht…".

„Oh doch! Ganz offensichtlich muss ich. Und du hörst zu!" Aufgebracht erinnerte Sofie sich an Xavoschs leuchtendes Nebelballett vom Morgen und ließ es in Jans Gedanken fließen. Dieser selbstvergessene Drache hatte etwas in ihr ausgelöst. Er hatte sie berührt. Sie wünschte sich von Herzen, dass Jan sehen konnte, was sie gesehen hatte.

„Er ist nicht bösartig", flüsterte sie. „Er hat das mit mir nicht gewollt. Und das mit dir auch nicht. Er hatte keine Ahnung von uns Menschen. All die Jahrzehnte hat er nur das hier von uns gesehen." Sie fügte Xavoschs Anklage vom Pralinen-Regen-Nachmittag hinzu und ebenfalls seine aufrichtige Entschuldigung.

Sofie schluckte. „Er liebt mich." Sie ließ den Nachhall von Xavoschs Gefühlen in sich aufsteigen und teilte diese mit Jan. *„Bitte sieh es dir an. Bitte versteh, wie es in ihm aussieht."*

Und Jan sah hin; er tat es Sofie zu Liebe.

„Oh verdammt!", stöhnte Jan schließlich. „Wie soll ich den Lichtheini denn jetzt noch hassen?"

„Lichtmeister", verbesserte Sofie. „Und ich will nicht, dass du ihn hasst. Ich jedenfalls kann das nicht mehr."

Jan nickte. Er konnte die Kälte, die sich in seinem Inneren ausbreitete, nicht vor ihr verbergen. *„Hand aufs Herz, bahnt sich bei euch was an?"*

„Abgesehen von interkulturellem Verständnis?", fragte Sofie demonstrativ und griff nach Jans Hand. Sie legte sie auf ihren Brustkorb über ihr Herz. *„Sieh selbst hinein! Ich VERSTEHE Xavosch. Ich SPÜRE, wie es ihm geht. Aber ich LIEBE nur dich."*

Sie schaute in Jans saphirblaue Augen und konzentrierte sich auf all das, was sie mit ihm verband. Unzählige Erinnerungen purzelten durcheinander: stundenlange Gespräche in der Psychiatrie, die Flucht aus dem Krankenhaus, ihr erster Drache, Spaghetti Bolognese, Spaziergänge an der Ostsee, seine tröstenden Umarmungen, wenn sie um ihre Eltern trauerte, der Tanz auf dem Ehemaligenball, sein Verlangen, dass das ihre entfachte, Wasserschlachten am Strand, Kerzenschein auf der Terrasse, gemeinsam einschlafen und wieder aufwachen, …

Jan war alles, was Sofie wollte. Wie Eliande es ihr beigebracht hatte, filterte sie die Emotionen heraus: Dankbarkeit, Geborgenheit, Trost, tiefe Freude, Lust, überschäumendes Glück und Liebe, die für ein ganzes Leben reichen würde.

Vorsichtig stupste sie die extrahierten Gefühle in Jans Geist hinüber und die hellen Sprenkel in seinen Augen begannen zu strahlen.

„DAS machst du mit mir“, wisperte Sofie. „Mehr brauche ich nicht. Mehr will ich nicht.“

Jan lächelte sie zärtlich an. „Du bist unglaublich.“ Tränen stahlen sich in seine Augenwinkel.

Sofie lächelte zurück und drückte seine Hand fest an sich. „Ich liebe dich.“ Auch ihre Augen wurden feucht.

Er nickte aufgewühlt. „Ich wollte nur sichergehen…“

Sie lachte auf und wischte sich die Tränen von den Wangen. „Brauchst du noch mehr Beweise?“

„Alle, die ich kriegen kann“, antwortete er rau. Er beugte sich zu ihr hinüber und küsste sie. Unfassbar sanft legten sich seine Lippen auf ihre, so als würde er es zum ersten Mal tun.

Sofie seufzte und ging in der Berührung auf. Warm und weich – das Beste, was sie je gekostet hatte. Der Streit war bedeutungslos, endlich waren sie wieder im Einklang miteinander.

Einige ewig andauernde Atemzüge später löste er sich und wich ein Stück zurück. Staunend betrachtete er ihr Gesicht und strich eine Locke hinter ihr linkes Ohr. „Ich liebe dich.“

Sofie lächelte. „Ich dich auch.“

Dann musste sie unvermittelt kichern und rückte sein verrutschtes Baseball Cap wieder gerade. „Den ultimativen Beweis für meine Liebe habe ich übrigens hier drin.“ Sie klopfte auf ihre Handtasche.

Jan hob skeptisch eine Augenbraue. „Da drin?“

„Jep!“ Sofie holte den Umschlag heraus und überreichte ihn Jan.

„Was ist das?“ Jan grinste spitzbübisch. „Bekomme ich etwa ein Geschenk?“

„Na, klar! Wer 30 wird, kann doch nicht leer ausgehen. Herzlichen Glückwunsch zum Geburtstag, alter Mann.“

„Und schon wird mein Mädchen wieder frech“, murmelte Jan. „Ja, ja, so ist das mit den jungen Dingern.“ Pseudotadelnd schüttelte er den Kopf. Im nächsten Moment siegte seine Neugier und er öffnete den Umschlag.

„Oh!“, freute er sich. „Du willst mal wieder Iron Man mit mir gucken? Super!“

„Eigentlich dachte ich mehr an Hulk, Antman oder die Avengers“, widersprach Sofie zögerlich.

Jan schaute sie überrascht an. „Du magst diese Filme doch überhaupt nicht!“

„Ja“, seufzte Sofie, „aber ich liebe dich. Da tut man schon mal verrückte Sachen. Und nur damit das klar ist: Mit Xavosch würde ich nicht mal Iron Man gucken.“

„Nicht?“, hakte Jan nach. Plötzlich saß ihm der Schalk im Nacken. „Nicht mal aus Gründen von interkulturellem Verständnis?“

„Nee! Vergiss es.“ Sofie boxte ihm empört auf den Oberarm. „Nicht mal dafür.“

Jan hielt ihr Handgelenk fest und sah ihr tief in die Augen. „Wie gesagt, ich wollte nur sichergehen…“

Seine Stimme klang belegt und sein Blick löste ein Kribbeln in Sofies Bauch aus.

„Du gehst sicher“, antwortete sie.

Jan nickte, hob ihre Hand an seine Lippen und küsste sie. *„Du glaubst ja gar nicht, wie froh ich bin, dass wir das geklärt haben.“*

Jan und Sofie fuhren an diesem Tag wie geplant an die Ostsee. Das Wetter war wechselhaft, alles andere war traumhaft. Viel zu schnell flogen die Stunden dahin: frischer Wind – Steilküste – sanfte Wellen – Herbstsonne, ab und zu wenigstens – köstliches Picknick – Kiesel, die übers Wasser flitschten – Sommersprossenlächeln – Hand in Hand am Strand entlang – himmlisches Schweigen – innig aneinander kuscheln – Möwen beobachten – stundenlang schnacken über Gott und die Welt – am Zimtkaffee die Finger wärmen – Nähe spüren – einfach nur sein und nichts müssen.

Aber irgendwann waren die Rucksäcke leergefuttert und die Sonne sank tiefer. Es wurde empfindlich kalt, doch keiner von beiden wollte nach

Hause. Fröstelnd schmiegte sich Sofie an Jan.

Er schmunzelte: „Gleich bist du ein Eiszapfen. Du solltest den Klimazauber üben, der ist echt praktisch.“

„Ich weiß“, seufzte Sofie, „aber bis dahin muss ich wohl doch noch mal ins Warme. Hoffentlich funktioniert die Heizung in Bills Corsa besser als das Radio.“

Jan lachte leise. „Falls nicht, holen wir uns an irgendeiner Tankstelle noch ‘nen Kaffee.“

„Gute Idee.“ Sofie nickte und warf einen sehnsüchtigen Blick auf die Ostsee. „Hach, ich möchte hier gar nicht weg.“

„Ein paar Minuten haben wir noch“, entgegnete Jan und sie spürte, dass er plötzlich nervös wurde.

Verwundert schaute sie in sein Gesicht. „Was ist los?“‘

Seine Aufregung wuchs. „Ich habe etwas für dich.“

„Für mich?“ Sofie krauste verdutzt die Nase. „Es ist doch DEIN Geburtstag.“

„Ja.“ Jan lächelte. „Und ich wünsche mir, dass du den hier trägst. Es würde mir viel bedeuten.“

„Was…?“

Sofie wurden die Knie weich und auf einmal krabbelte ein ganzer Ameisenstaat durch ihre Adern.

Jans Miene wurde ernst. Er zog ein kleines Kästchen aus seiner Jackentasche und ging vor ihr auf die Knie. Als müsse er all seinen Mut zusammennehmen, holte er tief Luft und stieß sie geräuschvoll wieder aus.

„O Gott! Was hat er vor?“

Jan sah zu ihr auf und sprach: „Margareta Sofie Fredenhagen, ich liebe dich mehr, als ich sagen kann. Wie es aussieht, darf ich nicht bis an mein Lebensende mit dir zusammen sein. Aber solange du mich willst, verspreche ich dir, dich zu lieben und an deiner Seite zu sein, in guten wie in schlechten Tagen.“

Er schluckte bebend. Seine Kehle schnürte sich zu vor Liebe und genauso vor Trauer. *„Kleiner Phönix, willst du mein Mädchen sein, bis… bis der Lichtmeister gewinnt?“*

„Er wird nicht gewinnen!“, krächzte Sofie. „Und nur darum sage ich ja.

Du bist kein Lückenfüller für mich, Jan, du bist die Liebe meines Lebens! Ja, ich will mit dir zusammen sein, und zwar solange ich lebe."

Tränen liefen über ihre Wangen. Sie platzte vor Glück und war trotzdem unsagbar traurig.

Jan schloss erleichtert die Augen und flüsterte: „Du machst mich zum reichsten Mann der Welt, Sofie!"

Dann atmete er tief durch, alle Anspannung fiel von ihm ab. Freudestrahlend stand er auf und die Sprenkel in seinen Saphiraugen funkelten so hell wie schon lange nicht mehr.

„Da du «ja» gesagt hast, habe ich hier etwas für dich."

Lachend und weinend zugleich platzte Sofie heraus: „Ich dachte, Victoria hat dir verboten, mir einen Brillantring zu kaufen und dich mit mir zu verloben."

Jan grinste breit. „Darum habe ich weder das eine noch das andere gemacht. Wir haben uns nicht verlobt, ich habe dir lediglich eine Interimsbeziehung angeboten."

„Eine Interimsbeziehung?!" Sofie prustete los. „Bitte was?!"

„Jep! Eine Übergangsbeziehung. Wenn Manager und Fußballtrainer interimsmäßig eingesetzt werden können, kann ich das auch", erklärte Jan stolz. „Und du hast dich darauf eingelassen. Womit dir der Inhalt dieser schmucken Schatulle gehört – quasi als Vertragsabschlussbonus."

„Und da drin ist kein Brilli?!", hakte Sofie fassungslos nach.

„Nein. Wäre da einer drin, würde die gute alte Vici mir den Kopf abreißen."

Sofies war verwirrt. „Und was ist da …?"

„Ich war neulich bei uns vorm Haus am Strand spazieren", meinte Jan leichthin und öffnete das Kästchen, so dass sie den Inhalt sehen konnte.

Sofies Herz stolperte. *„O mein Gott! Wie wunderschön!"*

„Kieselsteine hat mir die Königin der Schwarzen nicht verboten." Jan lächelte trotzig. „Und dieser kleine hellblaue Stein, den konnte ich da nicht im Sand liegen lassen. Er hat mich an deine bezaubernden magischen Flammen erinnert. Er wollte mitgenommen werden."

Jan nahm den Ring aus dem Kästchen und hob ihn hoch, bereit ihn seiner Freundin anzustecken.

„Wow!", hauchte Sofie.

Silbrig glänzende Ranken waren kunstvoll miteinander zu einem Kreis verflochten. Der kleine hellblaue Kiesel thronte obenauf. Er war in das feine Gespinst eingewoben wie eine Blüte. Die letzten Sonnenstrahlen ließen den Stein funkeln und Sofie sah, dass er leicht durchscheinend war.

„Bill und Hoggi haben ihn für mich geschliffen und eingefasst“, erklärte Jan. „Ich dachte, es wäre schön, wenn der Ring zu deiner Kette passt. Gefällt er dir?“

„Gefallen?“ Sofie streckte ihm zitternd ihre Hand entgegen. „Gefallen ist gar kein Ausdruck. Du machst mich sprachlos.“

Jan lächelte glücklich und streifte das Schmuckstück auf Sofies rechten Ringfinger. „Er passt wie angegossen. Jetzt trägst du Ostseekiesel von all deinen Liebsten auf der Haut und kannst keinen von uns vergessen.“

29. Nachtisch

„Hach“, schwärmte Tyra, „was für ein Wahnsinnsklunker! Lass mich noch mal gucken.“

Sofie saß mit den beiden Gefährten am Tisch des Gemeinschaftsraums ihres Bungalows. Es war der Freitag nach Jans Antrag. Sie aßen gerade zu Mittag, genauer gesagt Nachtisch. Tyra war wie immer als Erste fertig. Sie schob ihr Puddingschälchen von sich und strahlte ihre Freundin erwartungsvoll an. „Biiiitteee!“

„Also gut“, seufzte Sofie und streckte ihr die rechte Hand entgegen. „Wie oft hast du dir den seit Dienstag eigentlich schon angeguckt?“

„Hundertausendmal. Mindestens“, murmelte Gabriellosch und würzte seinen Schokoladenpudding großzügig mit Chilipulver nach.

Die kleine Schwedin ignorierte die Kommentare der anderen und drehte Sofies Hand hin und her, so dass der zartblaue Ostseekiesel das Licht brach und reflektierte. „Also, dieses Funkeln… es ist unaufdringlich und doch unübersehbar. Sooo schön!“

„Ja“, brummte ihr Gefährte, „das Steinchen ist genau wie du.“ Er rührte seinen Pudding durch und steckte den ersten Löffel in den Mund.

„Ach, ja?“ Tyra zog misstrauisch eine Braue hoch.

„Aber sicher!“ Der Rote grinste breit und kippte noch mehr Chilipulver auf seinen Nachtisch. „Ihr beiden hängt seit Dienstag am Phönix rum.“

Sofie kicherte. DAS war ihr auch aufgefallen. Tyra fand Jans Antrag umwerfend. Sie konnte weder von der Geschichte noch von dem Ring genug bekommen.

„Alter Banause!“, schimpfte die Schwedin und ihr skandinavischer Akzent schlug mal wieder voll durch. Empört knuffte sie den Krieger in die Seite. „Schlepp du erstmal etwas Vergleichbares an, Herr Kommandant. Dieses «Steinchen», wie du es nennst, ist mehr Brillant als alle Diamanten, die ich je gesehen habe!“

„Wie viele hast du denn schon gesehen?“, erkundigte sich Gabriellosch trocken.

„Keine Ahnung!“ Tyra machte eine wegwerfende Handbewegung. „Du weißt doch, was ich meine.“

„Ja, ich weiß“, entgegnete ihr Gefährte gelangweilt. „Du meinst das umwerfende Funkeln, das Strahlen, das Glitzern. Soll ich dir was sagen? Den Stein haben weiße Spezialisten auf magische Weise geschliffen. Wenn die wollen, können sie auch getrocknete Gortraxx-Kacke zum Glänzen bringen. Kieselsteine sind da nur halb so schwierig. Ist also kein Wunder, dass er funkelt wie ein Einhornfurz.“

„DUU!“, ereiferte sich Tyra und piekste dem Roten drohend mit dem Zeigefinder in die Brust. „Ich hoffe, dir ist klar, dass du dich grade um Kopf und Kragen redest!“

„Ach, lass ihn doch“, beschwichtige Sofie und gönnte sich nun selbst einen Blick auf ihren Ring. Kribbelndes Glück füllte ihr Herz, wann immer sie die zarte Blüte betrachtete. Alles an diesem Schmuckstück war mit Liebe ausgesucht und gestaltet worden.

„So‘n oller Krieger hat keine Ahnung von Mädchenkram.“ Sofie zwinkerte Gabriellosch zu. „Aber ein Bild von dem Einhornfurz würde ich ja zu gern mal sehen.“

Der Drache zwinkerte zurück. „Schick ich rüber, sobald du mir ‘ne Lücke in deiner Fort-Knox-Abschirmung lässt.“

„Abgemacht. Daran werde ich dich erinnern!“

„Ja, ich auch!“ Tyra angelte sich eine Zimtschnecke aus der Tüte, die in der Tischmitte lag, und biss hinein. Kauend nuschelte sie: „Mir könntest du den Furz eigentlich jetzt schon zeigen.“

„Echt? Du willst, dass ich furze? Das krieg ich hin!“ Der Rote machte ein angestrengtes Gesicht und fing an zu grunzen.

„NEIN!!!“, schrien die Mädchen.

„Mach das nicht!“

„Wehe!“

„Untersteh dich!

„Schade eigentlich.“ Gabriellosch grinste unschuldig und widmete sich wieder seinem Chilipudding.

„Sei nicht immer so vulgär“, schimpfte Tyra, um sich dann den Rest ihrer Zimtschnecke zwischen die Zähne zu stopfen.

„Sag mal, Sofie, mmhhpf“, hob sie schmatzend an, so dass man sie kaum verstehen konnte, „sind eigentlich alle Roten so bescheuert, hmpfmm, oder nur mein Exemplar?!“

Sofie lachte. „Dein Kommandant ist etwas ganz Besonderes!“

Wärme breitete sich in ihr aus. Sie liebte ihre Freunde – alle beide. Wie sollte sie nur ohne sie auskommen, wenn sie zu den Wölfen gingen? Lange würden die zwei nicht mehr bleiben können.

Im Gemeinschaftsraum wurde es für ein paar Sekunden ruhig.

„Mal im Ernst“, griff Sofie das Ursprungsthema wieder auf. „Selbst wenn der Stein nicht so einhornfurzmäßig funkeln würde, würde ich den Ring einfach wunderschön finden.“

Tyra hatte den Mund mit der nächsten Zimtschnecke voll. Sie nickte zustimmend, so dass ihr blonder Pferdeschwanz wippte.

„Einfach?“, echote der Rote und missverstand Sofie absichtlich. „An diesem Ring ist NICHTS einfach, außer vielleicht dem Kiesel, BEVOR Hoggi ihn in seine Finger bekommen hat. Und dabei will ich mich gar nicht über den aufwendigen Schliff, die Platinfassung oder das filigrane Design auslassen“, er rollte spöttisch mit den Augen, „nein, ich rede hier ausschließlich über die Zauber, mit denen die weißen Meister das Teil belegt haben. Im Übrigen genau wie bei deiner Kette.“ Gabriellosch deutete auf Sofies Hals.

Unwillkürlich wanderte ihre Hand zu dem kleinen weißen Glitzerherz und dem schwarzen Oval. Dass Jan seinen Ring extra passend zu ihrer Kette mit den Steinen ihrer Eltern hatte machen lassen, rührte Sofie. Die beiden Schmuckstücke waren aus einem Guss, sie gehörten zusammen.

„Ich glaube, meine Eltern hätten Jan gemocht.“

Dieses Gefühl gab Sofie Frieden. Obwohl ihre Mutter und ihr Vater vor vielen Jahren gestorben waren, waren sie trotzdem noch immer da, wenn auch bloß in ihrem Herzen.

Tyra schluckte geräuschvoll und fragte: „Was denn für Zauber? Und komm mir jetzt nicht mit Feenstaub oder so ‘nem Blödsinn.“

„Feenstaub? Nä! Vergiss es, Süße. Das Zeug taugt nichts.“ Der Rote lachte, dann wurde er wieder ernst. „Ich habe mich umgehört: Der Ring des Phönix‘ wurde mit diversen Sprüchen belegt. Unter anderem ist er resistent gegen Hitze und Kälte. Er läuft nicht an und kann nicht zerkratzt oder verformt werden. Zudem ist er schmutzabweisend sowie unempfindlich gegenüber Säuren, Laugen oder anderen reaktiven Chemikalien. Unterm Strich macht ihn das quasi unzerstörbar.“

Gabriellosch seufzte. „Der optimale Schmuck für eine Kriegerin, vor allem weil die Zauber nicht nur für ein paar Monate oder Jahre Bestand haben, sondern zeitlich unbegrenzt." Er schaute seine Gefährtin an. „Es tut mir leid, Löwinherz, aber als junger Kommandant verfüge ich bei Weitem nicht über das notwendige Vermögen, um so ein Schmuckstück erwerben zu können."

„Permanente Magie?!", flüsterte die Schwedin und starrte ehrfürchtig auf Sofies Ring. „Wow! Für permanente Zauber muss ein Meister auf jeden Fall körpereigene Astralenergie einsetzen. Und die regeneriert er unfassbar langsam, zumindest bei den Mengen, die für sowas", sie zeigte auf Kette und Ring, „benötigt wird. Darum sind solche Dauerartefakte echt selten."

„Hmm." Sofie runzelte die Stirn. „Jan hat mir erzählt, dass es bestimmte Tränke gibt, die die körpereigene Energie ganz schnell wieder auffüllen."

„Ja, stimmt", meinte Gabriellosch, „und diese Tränke sind ebenfalls unbezahlbar, selbst in einer minderen Qualität."

„Aber es gibt doch Leute, die die astralen Depots direkt mit Umgebungsmagie auffüllen können", wandte Sofie ein.

„Nicht «Leute»", korrigierte Tyra. „Es gibt nur eine einzige Person."

Sofie zuckte mit den Schultern. „Also, soweit ich weiß, kann Jans Ex-Mitbewohnerin das auch."

„Nicht «auch»! Victoria Abendrot ist die Einzige", stellte der Rote klar. „Phönix, du vergisst, in welchen Kreisen du verkehrst. Die Königin der Schwarzen verfügt als einziges Lebewesen über diese Gabe. Und sie hat in diesen Tagen Besseres zu tun, als Schmuckdesigner mit Astralkraft zu versorgen. Dieser Ring", er deutete mit seinem Puddinglöffel auf Sofies Finger, „ist mehr wert als Jans Villa an der Ostsee."

Dann schaute er bedauernd zu seiner Gefährtin. „Es tut mir leid, Löwinherz, so etwas kann ich dir nicht kaufen. Und obwohl ich die Ehre habe, Billarius persönlich zu kennen, wäre es vermessen, ihn um so einen Gefallen zu bitten."

Sofie griff abwesend nach einer Zimtschnecke. *„Jan hat gesagt, dass er für den Ring keinen Cent ausgegeben hat. «Ein Ring aus dem Kaugummiautomaten wäre mich teurer gekommen». Pah! So ein Schnacker!"*

Der Rote drückte entschuldigend die Hand seiner Gefährtin. „Wenn du möchtest, kannst du dir einen normalen Ring aussuchen."

„Ach, mein Großer, mach dir nichts draus", winkte Tyra ab. „Ich steh eh nicht auf Schmuck."

Gabriellosch und Sofie glotzten die kleine Schwedin mit großen Augen an.

Tyra starrte verwundert zurück. „Was denn?"

Der Drache schüttelte seinen Kopf. „Seit Sofie diesen Ring trägt, redest du von nichts anderem mehr."

„Ja, schon", räumte Tyra ein, „aber nur, weil das so romantisch ist. Hach. Der Antrag! Der Kiesel! Der Ring! Das alles zeigt doch, wie sehr Jan Sofie liebt. Und wie wenig er sich von Xavosch oder der schwarzen Königin abschrecken lässt. Von so einer Liebe habe ich als kleines Mädchen immer geträumt. Das ist sooo schön!"

Sofie konnte ihrer Freundin nicht folgen. „Du hast einen Gefährten. Ist das denn nicht romantisch?"

„Doch!" Gabriellosch nickte energisch. „Und wie!"

„Gefährten lieben einander mehr als alles andere auf der Welt", stimmte Tyra geistesabwesend zu, „aber sie haben keine Wahl. Sie entscheiden sich nicht bewusst füreinander. Es passiert einfach mit ihnen."

Seufzend schaute sie Sofie an. „Im Gegensatz dazu hat Jan dich gezielt ausgesucht. Er hätte auch jemand anderen wählen können, hat er aber nicht. Er will DICH. Und er steht zu dir, allen Widrigkeiten zum Trotz. Felsenfest. Der Ring ist das Symbol dafür."

„Ich hätte DICH auch ohne Bindung umwerfend gefunden", versicherte Gabriellosch seiner Freundin. „Und wenn du ein Symbol möchtest – bei den Wölfen gibt es ein Ritual: Die menschlichen Gefährten lassen sich die Drachengestalt ihres Liebsten auf den Rücken tätowieren. Falls du möchtest, lasse ich mich auch verschönern. Eine Löwin wäre passend, findest du nicht?"

Tyra grinste breit. „Jaa, wir beide vereint im Schmerz unter der Tätowiernadel. Ich halbnackt, du halb wahnsinnig, weil du meinen Stecher über den Jordan schicken willst..."

Dieses Bild ließ die Eifersucht im Roten explodieren, seine Aura flirrte bedrohlich.

„He! Mit «Stecher» meine ich natürlich den Tätowierer!", beeilte sich die kleine Schwedin klarzustellen. „Du weißt schon, den Typen mit der Tinten-Nadel-Maschine." Sie gestikulierte wild und lachte.

Ein tiefes Grollen löste sich aus der Kehle des Drachen, während er seine Aura wieder unter Kontrolle brachte. Schnaubend warf er seiner Gefährtin einen finsteren Blick zu.

„Och, komm schon, Gabriellosch!", Tyra strich ihrem Freund lasziv mit den Fingern über die Schulter. „Die Vorstellung hat doch was. Das wird heiß, Schatz!"

Sie küsste Gabriellosch auf den Mund und zuckte gleich wieder zurück.

„SCHARF!"

„Ich weiß", knurrte der Rote selbstgefällig.

„Nein!", rief Tyra und knuffte ihn auf den Arm. „Nicht DUU, dein Chilischokopudding." Sie leckte sich die Lippen. „Aber… nicht unlecker. Hmmm. Yummi. Mehr!"

Fröhlich beugte sie sich erneut zu ihrem Gefährten und knutschte ihn hingebungsvoll ab.

Der Kommandant hatte nicht das Geringste dagegen. Erregung verdrängte die Eifersucht aus seiner Aura.

„Also, wenn das jetzt nicht romantisch ist, weiß ich auch nicht", brummte Sofie und verdrehte die Augen. Sie lächelte. Tyra und Gabriellosch waren eine explosive Kombination. Man wusste nie, ob die beiden aufeinander losgehen oder übereinander herfallen wollten.

„Meistens läuft das eine eh auf das andere hinaus. Hihi. Und die Reihenfolge ist dabei egal."

„Komm her, Löwin", krächzte der Drache und zog Tyra auf den Schoß. Seine Aura franste vor Leidenschaft aus.

„He!", rief Sofie. „Leute, ich sitze hier mit am Tisch! Wenn ihr mehr Romantik wollt, dann geht in Gabrielloschs Zimmer. DA ist Platz genug für seine Verwandlung."

„Ich will keine Romantik", stöhnte Tyra, „ich will Sex! Aber bis wir so weit sind, wird es wohl noch etliche Monate dauern."

Zerknirscht ließ ihr Gefährte seinen Kopf sinken. „Du glaubst nicht, wie leid mir das tut."

„Ach, Quatsch", winkte Tyra ab und grinste anzüglich. „Wir haben auch so unseren Spaß." Sie zwinkerte Sofie zu. „Der im Übrigen nur wenig mit Romantik zu tun hat, Blümchen. Für Romantik musst du den Experten fragen."

Sofie runzelte die Stirn. „Welchen Experten denn?"

„Na, wen wohl?" Tyra rutschte von Gabrielloschs Schoß auf ihren Stuhl zurück. „Jan natürlich! Schließlich schmeißt er morgen eine Verlobungsparty für euch Turteltauben!"

„Das ist seine Geburtstagsparty!", widersprach Sofie.

„Ja, klar." Tyra kicherte. „Darum hat er neben seinen auch all DEINE Freunde eingeladen."

„Er wird 30." Sofie zuckte mit den Schultern. „Er wollte niemanden ausschließen."

„Er kennt weder Tyra noch mich besonders gut", wandte der Rote ein. „Wir stehen deinetwegen auf der Gästeliste. Es IST eine Verlobungsparty."

Sofie seufzte. „Ja, vermutlich habt ihr recht. Aber ihr kommt doch trotzdem, oder?"

„Selbstverständlich kommen wir!", antwortete der Krieger und richtete sich auf. „Ich lasse meine Kameradin nicht im Stich, wenn es brenzlig wird."

Sofie schüttelte ihren Kopf. „Brenzlig? Es kommen nur Freunde!"

„Eben", entgegnete Gabriellosch trocken. „Aus gut informierten Kreisen weiß ich, dass die Königin der Schwarzen stocksauer auf den WyvernPower Chef ist. Ihre Wutausbrüche sind allgemein bekannt. Jan segelt härter am Wind, als ich es je wagen würde. Wenn er viel Glück hat, zieht sie ihm bloß die Ohren lang."

„Ja, Vici war sauer", gab Sofie zu, „aber laut Jan hat sie sich schon wieder eingekriegt."

Tyra hob skeptisch die Augenbrauen. „Flammenhaar?! Der Antrag ist noch keine Woche her. Sie soll sehr nachtragend sein."

Sofie wusste, dass Victoria Jan auf ihre eigene Weise liebte. Lediglich aus diesem Grund konnte er sich so viel herausnehmen. Gleichwohl ahnte Sofie, dass die Schwedin recht hatte. Kämpferisch ballte sie ihre Fäuste. „Falls Victoria mit ihren Fingern auch nur in die Nähe von Jans Ohren kommen sollte, werde ich ihr ein paar Takte erzählen."

Tyras Augen blitzten erwartungsvoll. „Oh! Was willst du ihr sagen?"

„Bloß ein Wort: Exmatrikulation!", knurrte Sofie. „Wir haben monatelang nach deren Regeln gespielt, aber das hat Grenzen. Jan und ich lassen uns nicht alles gefallen. Es ist unsere Beziehung. Solange ich keine Bindung eingehe – und das habe ich nicht vor! – sollen sie uns in Ruhe lassen."

Der Rote nickte. „Ja, das haben wir Xavosch auch gesagt."

Sofie sah ihn verblüfft an. „Was? Du hast mit «dem Feind» geredet? Seit wann machst du denn sowas?"

„Seit du ihn nicht mehr als Feind betrachtest", antwortete Tyra an der Stelle ihres Gefährten. „Letzten Dienstag hast du mir nach dem Joggen von seinem Nebelballett berichtet …" Sie brach hilflos ab und holte Luft. „Sofie, es war unübersehbar, sogar für mich! Du hasst den Blauen nicht mehr. Du fühlst mit ihm. Er kann nichts dafür, dass er die Bindung eingegangen ist, das waren deine Worte. Gabriellosch und ich wissen besser als du, dass das die Wahrheit ist."

„Ich fasse es nicht!" Sofie hatte keine Ahnung, ob sie empört oder erleichtert sein sollte.

„Xavosch hat ausführlich mit Eliande gesprochen", brummte der Kommandant, „so wie du es von ihm verlangt hast. Und dann hat er uns ganz förmlich um eine Unterredung gebeten."

„Und ihr habt euch darauf eingelassen?"

Gabriellosch und Tyra nickten stumm.

„Und mir nichts davon gesagt?!"

Nun siegte doch die Empörung. Anklagend verschränkte Sofie ihre Arme vor der Brust.

„Nein, haben wir nicht", seufzte Tyra und zeigte auf den funkelnden Ring an Sofies Hand. „Du warst mit deinen Gedanken ganz woanders. Außerdem haben wir ihn dir vom Hals geschafft, oder hast du ihn in den letzten Tagen irgendwann mal gesehen?"

Das hatte sie nicht. Sofie schüttelte immer noch verschnupft den Kopf.

„Wir haben ihm erklärt, was du für Jan empfindest", fuhr Tyra fort, „zumindest soweit es uns möglich war. Xavosch konnte das kaum ertragen, aber er hat zugehört. Deine Reaktion auf dem Parkplatz hat ihm zu denken gegeben."

Sofie starrte ihre Freunde an.

„Die Bindung schreitet fort und ergreift mehr und mehr Besitz von ihm“, murmelte Gabriellosch. „Er leidet. Allerdings muss ich zugeben, dass er sich für seinen Gemütszustand noch überraschend gut hält. Bei unserem Treffen wirkte er sehr diszipliniert.“

Widerwillige Anerkennung spiegelte sich im Gesicht des Drachen.

„Xavosch ist ein Meister der Selbstkontrolle.“ Sofie schluckte. *„Wie ich nach dem Tod meiner Eltern.“*

Schweigen füllte den Gruppenraum des Bungalows Nummer 23. Tyra und Gabriellosch war anzusehen, dass Xavoschs Schicksal sie bedrückte. Die Vorstellung, in so einer blockierten Bindung festzustecken, ließ ihre Auren spröde werden. Es fühlte sich an, als würden sie absterben.

Sofie wurde das Herz schwer. Sie war die Ursache für das Leid des Lichtmeisters. *„Dabei will ich gar nicht, dass er leidet. Ich wollte auch nicht, dass er sich an mich bindet. Ich wollte ja nicht mal hier sein! Und trotzdem fühle ich mich, als hätte ich ihm das angetan.“*

„Ist er fort von hier?“, fragte sie und erlaubte der Margareta in ihr, die Gewissensbisse beiseitezuschieben.

Tyra schüttelte den Kopf. „Nein. Er kann sich nicht mehr dazu überwinden, sich von dir zu entfernen.“

„Dann geht es also weiter?“, flüsterte Sofie.

„Nicht direkt“, antwortete Gabriellosch. „Xavosch hat bei allen Lebewesen in den Ozeanen dieses Planeten geschworen, dass er dich und Jan in Ruhe lassen wird, solange dies deinem Wunsch entspricht.“ Er lächelte aufmunternd. „Der Blaue wird dir aus dem Weg gehen, so gut er kann. Vermutlich wirst du ihn gar nicht mehr zu sehen bekommen.“

„Ein Drogensüchtiger auf Entzug.“

Sofie erinnerte sich deutlich an die verzehrende Sehnsucht des Lichtmeisters. „Was für ein Masochist. Er sollte lieber vor mir fliehen.“

„Nein, so machen ehrenvolle Krieger das nicht“, widersprach ihr Kamerad. „Wir kämpfen bis zum Ende, selbst wenn ein Sieg aussichtslos ist.“

„Na super. Und ich bin schuld.“ Stöhnend verbarg Sofie ihr Gesicht in den Händen.

„Das bist du nicht!“, brauste Tyra auf. „Und wehe, du redest dir diesen

Mist ein!“

Die Heftigkeit ihrer Worte ließ Sofie aufschauen.

„Du hörst mir jetzt genau zu, Margareta Sofie Fredenhagen“, forderte die kleine Schwedin energisch, „denn ich habe keinen Bock auf Wiederholungen. Guck mich an!“

Sofie tat wie ihr geheißen. Der Blick ihrer Freundin war eindringlich.

„DU“, Tyra stach mit ihrem Zeigefinger in Sofies Richtung, „trägst an dieser Misere KEINE Schuld! Mal davon abgesehen, dass du gar nicht an diese Akademie wolltest, kann sich erstens niemand absichtlich in jemanden verlieben oder nicht verlieben. Zweitens gilt das besonders für Gefährten: es passiert oder eben nicht! Drittens: Bindungen bewusst blockieren kann niemand. Ich habe mich da extra bei Eliande erkundigt, weil ich weiß, wie du tickst. Und viertens: Wie die Blockade einer Bindung zu lösen ist, weiß kein Schwein, kein Mensch und auch kein Drache! Das ist bislang vollkommen unerforscht. Frag Bill! Ich hab es getan. Seine Augen haben angefangen zu leuchten wie die Kerzenkrone von Santa Lucia, und sein Kopf ist in akute Schräglage geraten. Er hat also null Ahnung davon!“

Tyra holte tief Luft. Ihr Akzent schlug voll durch, als sie fortfuhr: „Wenn jemand die Verantwortung für Xavoschs Leiden trägt, dann sind es das Kaleidoskop und die Berater der Vorsitzenden, allen voran die schwarze Königin. DIE haben entschieden, dass Xavosch sich als Austauschdrache zur Verfügung stellen muss, worauf er übrigens genauso viel Lust hatte wie du auf dein Studium hier. DIE haben ihn dazu gezwungen, sich trotz seiner Ablehnung weiter in deiner Nähe aufzuhalten und sich mit den Menschen auseinanderzusetzen. Und das, obwohl sie wussten, was ihm blüht, wenn es nicht klappt. DIE denken bloß an ihre großen Pläne. Wir Individuen sind denen piepegal.“

Tyra langte über den Tisch und griff nach Sofies Hand. „Verstehst du, was ich sagen will?“

Sofie nickte zögerlich.

„Gut“, brummte Tyra. „Ich werde es trotzdem noch zusammenfassen, nur für alle Fälle: DIE da oben haben den Mist verzapft, nicht du! Du trägst keine Schuld und du kannst auch nichts daran ändern! Und wenn du dir wegen dieser Scheiße hier deine Beziehung mit Jan kaputtmachen lässt, dann scheuer ich dir eine. Kapiert?!“

Gabriellosch grinste breit. „Das macht sie wirklich!“

„Ich weiß.“ Jetzt musste auch Sofie lächeln. Mit ihren Worten hatte Tyra es tatsächlich geschafft, ihr die Last von den Schultern zu nehmen. Sofie fühlte sich befreit. „Danke.“

„Gerne.“ Tyra drückte ihre Hand. „Ich werde das übrigens kontrollieren.“ Drohend hob sie ihren Zeigefinger. „Wehe, du feierst nicht ordentlich am Samstag…“

„Ich werde Spaß haben ohne Ende“, versprach Sofie lachend. „Ehrenwort!“

Die Gefährten nickten zufrieden.

Plötzlich klopfte es an der Haustür.

Sofie kannte die Aura vor dem Bungalow. *„Nanu? Was will Bill denn hier?“*

Gabriellosch rief „Herein!“ und öffnete den Schließmechanismus via Gedankenkontrolle.

Fröhlich streckte der Weiße den Kopf in den Gemeinschaftsraum. „Hallooo! Prima. Da habe ich ja richtig geraten, dass du mit den Gefährten zusammen Mittag isst. Jan konnte dich nicht übers Handy erreichen.“

„Ach, ja“, seufzte Sofie. „Das schalte ich im Unterricht immer auf stumm.“ Sie stand auf und ging zu ihrem Rucksack rüber, um das Telefon herauszuholen.

„Das macht nichts“, meinte Bill, „du hast ja mich. Benan hat mir nämlich gezeigt, wie man Benachrichtigungen von diesen Geräten an den eigenen Geist weiterleitet. Ist eigentlich ganz einfach. Du musst bloß die Patroxxikonjunktion deiner persönlichen Astralfrequenz mit der Schwingungsebene der Elektronenresonanz des Smartphones synchronisieren und dann …“, er hielt inne, „ach, nee. Das führt jetzt doch zu weit.“

Sofie schaute Bill überrascht an und die Gefährten prusteten los.

Der Weiße ließ sich davon nicht aus dem Konzept bringen, sondern redete munter weiter: „Also, langes Geschnacke, kurzer Sinn: Jan lässt fragen, ob du Lust hättest, heute Nachmittag schon früher zu kommen. Er hat seine Eltern zum Geburtstagskaffee eingeladen. Und deine

Großmutter und Ursula auch."

„Das ist ein Verlobungskaffee!", quietsche Tyra begeistert und klatschte in die Hände.

„Nein, ein Geburtstagskaffee", beharrte der Weiße würdevoll. „Schließlich hat sich niemand verlobt, aber der Tag von J's Geburt jährte sich am Dienstag exakt zum 30. Mal. Menschen feiern so etwas. Um drei Uhr geht es los."

Sofie warf einen Blick auf ihre Armbanduhr. „Verflixt, es ist schon zwei!"

„Wenn du möchtest, nehme ich dich mit", bot Bill an. „Ich soll eh noch Torte und Gebäck aus Kiel holen." Seine Augen leuchteten und er leckte sich die Lippen.

„Na, dann komme ich wohl besser mit", neckte Sofie ihn, „sonst sind in Lübeck bloß noch ein paar Krümel übrig."

Der Weiße Drache machte ein unschuldiges Gesicht. „Das hat Jan auch gesagt. Ich verstehe gar nicht wieso…"

„Weil du ein Naschdrache bist!", lachte Sofie und zog ihr Smartphone aus dem Rucksack. Jan hatte ihr vier Nachrichten geschrieben.

Während die drei anderen über Alberts Essen und die Notwendigkeit von Diäten diskutierten, tippte Sofie ihre Antwort: „Sorry, hatte mein Telefon mal wieder aus. Ja, Geburtstagskaffee finde ich prima. Schwänze die letzten Stunden und halte Bill vom Kuchen fern. Liebe dich, bis gleich!"

Fünf Minuten später hatte sie ihre Sachen zusammengepackt und verließ gemeinsam mit Bill den Bungalow Nummer 23.

„Gib her!" Der Weiße zeigte auf ihre Tasche. „Die trage ich für dich."

„Danke, Bill." Sofie lächelte ihren Freund an. „Du bist echt der Beste. Ich bin noch gar nicht dazu gekommen, mich bei dir für diesen unfassbar schönen Ring zu bedanken! Du hast genau meinen Geschmack getroffen." Sie hob ihre rechte Hand, so dass sie den als Blüte gefassten zartblauen Stein betrachten konnte. Glück breitete sich in ihr aus.

Der Drache hob verwundert eine Augenbraue. „Jan hat bestimmt, wie er aussehen soll."

„Mag sein, aber du hast seine Idee umgesetzt."

„Ach, das haben Hoggi und ich doch gern gemacht", winkte Bill bescheiden ab.

„Ich weiß", Sofie drückte den Arm des Weißen. „Trotzdem, mein Interimsbeziehungspartner hat glatt unterschlagen, wie viel Arbeit ihr euch mit diesem Schatz gemacht habt. Gabriellosch hat mir eben erst erzählt, was da alles an Zaubern drauf ist. Unzerstörbar… Wow."

Bill nickte andächtig. „Unzerstörbar wie eure Liebe."

Sofie drückte dem Drachen einen Kuss auf die Wange. „Du bist so süß! Ich bin ganz gerührt."

„Du bist meine Freundin und Jan ist mein Freund", strahlte der Weiße. „Mit dem Ring konnte ich euch beiden eine Freude machen. Sowas nennt man Effizienz."

„Nein", berichtigte Sofie, „das heißt Billarius! Ich kann gar nicht ausdrücken, wie froh ich bin, ein so herzensgutes Wesen wie dich zu kennen. Bill, ich fühle mich geehrt, dich zu meinen Freunden zählen zu dürfen. Mit solchen Leuten an meiner Seite kann mir nichts Schlimmes passieren."

„Aber ich bin doch nur ein Weißer!"

„Streich das Wort «nur», dann passt es", erwiderte Sofie.

Bill kicherte und reckte sich stolz.

Sofie warf noch einen Blick auf ihren Ring. Die Herbstsonne ließ den kunstvoll geschliffenen Ostseekiesel funkeln.

Plötzlich war Sofie, als würde Jan ihr sein Versprechen ein zweites Mal geben. Und sie ein zweites Mal «JA!» sagen. In diesem Moment wusste sie, dass Jan kein Lückenbüßer war. Sie war sich hundertprozentig sicher, dass sie niemals aufhören würde, ihn zu lieben. Gefährten hin oder her: Kein Drache der Welt würde sie jemals von Jan fortreißen können.

Warmes Glück ließ ihr Herz überfließen. Jetzt war sie bereit für ein Wochenende mit jeder Menge als Geburtstagsparty getarnter Verlobungsfeiern.

„Jan und ich gehören zusammen! Für immer."

Epilog

Der Unantastbare wurde von zwei Satanas zu seinem Quartier begleitet. Seine Meridiane brannten unerträglich. Er war vollgepumpt mit der astralen Kraft von einem Dutzend Zweiten oder mehr, dennoch fühlte er sich so ausgelaugt, dass er kaum noch einen Huf vor den anderen setzen konnte. So war es stets, nachdem er für den letzten G'labrx als Kommunikationsgefäß fungiert hatte.

„Ja. Mein Gebieter sorgt gut für mich“, ächzte der junge Satan innerlich. *„Er gibt mir mehr, als ich brauche. So viel mehr, als ich vertrage.“*

Hohl klapperten die Pferdefüße der drei Dämonen auf dem schwarzen Granit. Der Unantastbare wollte nur schlafen und seinen schmerzenden Körper vergessen.

„Gleich habe ich es geschafft. Noch zwei Flure, dann kann ich mich ausruhen.“

Aber seine Beine verweigerten ihm schon jetzt den Dienst, er strauchelte.

Sofort schnappten die krallenbewerten Hände seiner Artgenossen nach seinen Oberarmen und richteten ihn wieder auf.

Wortlos.

Emotionslos.

Erbarmungslos.

Kühl und doch voller Neid schleppten sie das Gefäß des Weltenwanderers zu seiner Kammer. Der Unantastbare wusste genau, was sie über ihn dachten: «Dieser Dämon bekommt alles in seinen viel zu jungen Arsch geblasen, wofür wir so hart kämpfen müssen.» Würde er nicht das Zeichen des Allmächtigen tragen, würden sie ihn…

„Wenn sie es bloß täten!“

Aber sie taten es nicht. Niemand krümmte dem Unantastbaren auch nur ein Haar.

„Obwohl – gegen diese beiden hier brauche ich das Zeichen des letzten G'labrx nicht. Nicht mehr. Über Monate haben sie mich Tagesspanne für Tagesspanne mit so viel Astralkraft vollgestopft, dass sich mein Potenzial

gefährlich vergrößert hat. Selbst jetzt, wo ich mich kaum noch auf meinen Beinen halten kann, könnte ich die zwei mit einem Fingerschnippen einäschern.“

Früher mal hatte er von so einem Potenzial geträumt und sich vorgestellt, wie es wäre, so viel Macht zu besitzen. Heute sehnte er sich bloß nach einer einzigen Nacht ohne dieses höllische Brennen in seinen Meridianen.

Das Hufgeklapper wurde unregelmäßig, die Eskorte verlangsamte ihre Schritte. Der rechte Satan riss eine Tür auf und beide Wächter gaben dem jungen Dämon einen unsanften Schubs.

Mit unsicheren Schritten wankte der Unantastbare in seine Kammer. Krachend fiel die Tür hinter ihm ins Schloss.

„Endlich allein.“

Erschöpft taumelte er zu seiner Schlafstatt. Dort knickten seine Beine ein und er fiel auf seine Ruhematte.

Heute hatte sich etwas Außergewöhnliches ereignet. Der Kroyork hatte berichtet, dass sie die Erben der Abtrünnigen gefunden hatten. Trotz der Verfolgung durch das Natterngezücht war es den Magiern des Geheimbundes offenbar gelungen, Nachkommen zu zeugen und ihr Wissen weiterzugegeben. Über Generationen hinweg hatten sie das getan: sich verkriechen, sich fortpflanzen, das Wissen weitergeben. Generation für Generation für Generation. Die jüngsten Abkommen der Abtrünnigen nannten sich Hüter.

„Unzählige Schriften haben diese Menschen in den vergangenen Jahrhunderten angefertigt und dennoch verstehen sie den Sinn ihrer eigenen Worte nicht mehr. Sie haben in den vielen Dekaden schlichtweg vergessen, was sie bedeuten.“

Stöhnend drehte sich der Unantastbare auf die Seite.

„Das Natterngezücht nahm den Humanoiden die Magie und um nicht aufzufallen, durften auch die Abtrünnigen keine mächtigen Zauber mehr weben. Ohne Praxis haben ihre Kinder die alte Kunst verlernt. Das, was sie heute noch beherrschen, ist nicht der Rede wert. Tse. Sie sind im Besitz von Almanachen über die komplexe irdische Magie, doch die simplen Grundlagen sind aus ihren Gedächtnissen gesickert wie Wasser aus einem leckgeschlagenen Eimer. Was können sie ohne Grundlagen mit

den Almanachen anfangen?"

Nichts. Obwohl sie blind für die Inhalte waren, hatten die Hüter jede einzelne Schrift aufgehoben und teilweise mit ihrem Leben verteidigt. Genauso verhielt es sich mit den Artefakten. Deren Funktionsweise konnte ebenfalls kein Mensch mehr entsinnen.

„Wahrlich, in diesem alten Keller lagern Kostbarkeiten. Allein die Amulette werden von unschätzbarem Wert für den Rasmussen und seine Freien Magier sein."

Das größte Wunder jedoch war ein scheinbar leeres Gewölbe. Der Flüsterling stieß erst Tage nach seiner Begegnung mit den Hütern darauf. Der Eingang war sorgfältig verborgen und versiegelt gewesen. Es hatte den Wirt Stunden gekostet, die Schutzzauber unter Anweisung des Kroyorks zu entfernen. Was sie dann gefunden hatten, versetzte den letzten G'labrx in Ekstase: ein jungfräuliches Tor.

Der Unantastbare rollte sich auf seiner Ruhematte zusammen. Die Erregung des Gebieters summte noch immer in seinen Knochen.

„Dieses Tor haben die abtrünnigen Magier nie geöffnet. Es war ihr letzter Ausweg, ihr Notausgang. Nur deswegen hat das Natterngezücht keine Kenntnis davon. Wohin es führt?"

Der Dämon gähnte. Selbst seine Gesichtsmeridiane schmerzten.

„Keine Ahnung. Noch hat der Kroyork in den Menschenschriften nichts darüber gefunden. Ha! Diese einfältigen Hüter dachten tatsächlich, es gäbe in dem Keller ein Art Geheimgang. Pah! Diese dumpfen Menschen sind kein Hilfe.

Nun ja, wohin das Tor führt, ist irrelevant. Der Erste, der nicht an Flüche glaubt, ist der Ansicht, dass er auch ohne dieses Wissen das jungfräuliche Tor von den Nebeln aus orten kann. Der Weltenwanderer plant bereits eine Offensive. Er wird zurückkehren in die Welt seiner Feinde, dorthin, wo vor so vielen Dekaden all seine Brüder und Schwestern von dem verräterischen Natterngezücht umgebracht worden waren."

Der Unantastbare holte tief Luft und versuchte, sich zu entspannen. Er hatte die unbändige Sehnsucht des G'labrx gespürt. Der Letzte verzehrte sich förmlich nach dem fremden Planeten.

„Nicht mehr lange und die Rache ist sein. Die wilden Horden werden

über die Erdenwelt herfallen. Sie werden die betörende Magie dieses Planeten aussaugen. Alles Natterngezücht wird ein für alle Mal ausgemerzt. Und dann endlich wird mein Gebieter Ruhe finden. Dann braucht er sein Gefäß nicht mehr. Dann kann er es zerschlagen und das Brennen in meinen Meridianen hat für immer ein Ende."

Diese Aussicht gab dem jungen Dämon Frieden und schließlich fand er in einen unruhigen Schlaf.

Ende

... zumindest vorerst...

„Was? Wie jetzt? Ende?! Nicht entzückend!"

Der Kroyork könnte kotzen.

„Soll ich jetzt etwa ‘ne Ewigkeit warten, bis endlich dieses TOR aufgeht! Und mir bis dahin endlos Bibelzitate mit dem Rasmussen hin- und herschieben, oder was?! Hast du ‘nen Knall, Johanna?! Ich weiß schon, was er denken wird: «Wer geduldig ist, der ist weise; wer aber ungeduldig ist, offenbart seine Torheit.» Bla, bla, bla! Würg. Ich will wissen, wie es weitergeht. Bekommt der Letzte G'labrx seine Rache? Johanna, mach das Tor auf! SOFORT!"

„Keine Chance", entgegnete die Autorin. „Im Gegensatz zu dir kann ICH nicht zaubern. Gut Ding will Weile haben."

„Boa! Noch mehr sinnlose Sprüche. Ich dreh durch! Argh! GAR NICHT entzückend!"

„Jetzt krieg dich wieder ein, kleiner Flüsterling", antwortete Johanna und löffelte gelassen etwas Milchschaum von ihrem Zimtkaffee, „es wird keine Ewigkeit dauern, bis die Geschichte vom Phönix weitergeht, sondern bloß bis Ende 2017/Anfang 2018. Solange wirst du dich gedulden müssen. Wenn dir langweilig ist, dann lies doch noch mal die ***Kiel-Reihe*** und schau wie alles begann."

„Grumpf! Vielleicht."

Moin, lieber Leser!

Vielen Dank, dass ich Dich auf Sofies Reise mitnehmen durfte. Keine Sorge, der Plot für den dritten Teil der Lübeck-Reihe steht und wenn Du das hier liest, habe ich bestimmt schon die ersten Seiten fertig.

Falls Du mir einen Gefallen tun möchtest und ein paar Minuten übrig hast, würde ich mich sehr über eine Leserbewertung auf Amazon freuen. Als unabhängige Autorin habe ich keinen Verlag, der mich mit Reklame unterstützt. Dafür brauche ich Dich! Die beste Werbung sind Mundpropaganda und positive Rezensionen – ein paar Sätze darüber, was Dir besonders an der Geschichte gefallen hat, genügen schon.

Und sonst? Hast Du Wünsche, Lob oder Kritik? Oder möchtest Du einfach nur Hallo sagen? Dann freue ich mich über eine Mail von Dir. Die direkte Rückmeldung von Euch Lesern ist mir wichtig. Aufgrund solchen Feedbacks durfte Albert in diesem Buch für ein paar Wochen bei Jan und Sofie in Lübeck kochen. Du glaubst gar nicht, wie dankbar Bill dafür war!

Selbstverständlich bekommst Du auch eine Antwort von mir. Und keine Angst: Die Frage, wann endlich der nächste Teil der Nebelsphäre rauskommt, nervt mich nicht! Im Gegenteil, sie macht mich stolz, denn das fragt nur jemand, der von meiner Geschichte gefesselt wurde.

Danke, dass Du dabei bist. Herzliche Grüße aus Glückstadt!

Johanna

P.S.: Hast Du Lust auf Alberts Zimtschnecken? Auf meiner Website findest du sein Rezept zum kostenlosen Download.

Kontakt:
Mail: info@johanna-benden.de
gern auch eine PN über Facebook

Aktuelles:
www.johanna-benden.de
oder auf Facebook

Danke – mal anders: Aus dem Nähkästchen

Im Sommer hatte ich eine zufällige Begegnung mit den Leseladies von Rodenberg, einer sehr netten Gruppe von Frauen, die gemeinsam Bücher lesen und sie im Anschluss miteinander besprechen. Obwohl sie weder meine Bücher noch mich kannten, wurde ich ganz spontan zum Frühstück eingeladen und ein intensives Gespräch entspann sich. Die Mädels hatten jede Menge Fragen zum Schreibprozess und auch dazu, was alles passiert, bis ein Buch tatsächlich in den Händen eines Lesers ankommt. Es hat mich erstaunt und gefreut zu sehen, wie interessiert sie an dem Drumherum waren, darum möchte ich Euch das nicht vorenthalten. (An dieser Stelle noch einmal herzliche Grüße an die Ladies! Das war ein wunderbarer Vormittag mit Euch!)

Also, am Anfang eines jeden Romans steht eine Idee, bzw. ein Gefühl. Worum soll es in dem Buch gehen? Diese Idee lasse ich eine Weile wirken, ich kaue sie quasi mehrfach gedanklich durch. Dann kommt mein Mann **Maik** ins Spiel. Er muss sich den unausgegorenen Kram anhören. An seinem Gesicht kann ich meist erkennen, ob das was taugt oder nicht. Maik gibt seinen Senf dazu und danach schmort das Gemenge noch ein paar Wochen. Häufig kristallisieren sich in der Phase schon erste Szenen, Figuren und Dialoge heraus. Ich notiere alles in meinem Skizzenbuch, damit ich nichts vergesse. Irgendwann ist es dann soweit und ich beginne mit dem Schreiben.

Bei diesem Buch war es so, dass **Gabriela** den Tagesoutput als PDF bekommen und unfassbar fix kommentiert zurückgeschickt hat. So wusste ich immer gleich, ob die Richtung stimmt, konnte Verbesserungen vornehmen und weiterschreiben. Diese Rückmeldung ist echt wichtig für mich, denn beim Schreiben male ich mir eine Szene mit allen Einzelheiten aus. Davon kann ich allerdings nur einen Bruchteil aufschreiben. Ob dieser Teil ausreicht, um die passenden Bilder im Kopf meiner Leser entstehen zu lassen, kann ich selbst nicht beurteilen – mein eigenes Kopfkino ist mir ja schließlich noch in Erinnerung. Um objektiv urteilen zu können, müsste ich so ein Skript ein paar Jahre liegen lassen.

Keine Angst, das mache ich nicht! Denn ich hab nicht nur Gabriela, sondern auch noch **Christine** und **Ute**. Die beiden lesen das Skript in etwas größeren Blöcken, kommentieren ebenfalls und streichen Fehler an (Ute auf Papier mit Skizzen am Rand – Leute, die sind großartig!).

In regelmäßigen Abständen skype ich dann mit Gabriela und Christine oder treffe mich mit Ute auf einen Tee. Bei diesen Terminen gehe ich die Kommentare mit den Mädels durch und frage konkret nach, wie dieses oder jenes wahrgenommen wurde. Spannend ist, dass jede der Drei ihre ganz eigenen Schwerpunkte hat. Manchmal weiß ich schon beim Schreiben, dass es zu den Zeilen ein paar Worte von der einen oder anderen geben wird. Es ist also fast, als würden sie mir beim Tippen über die Schulter schauen und ab und an auf die Finger klopfen ;-) .

Entsprechend des Feedbacks passe ich das Skript an oder erkläre einen Sachverhalt in späteren Kapiteln noch einmal. Die veränderten Passagen überprüfen meine drei Lektorinnen selbstverständlich nochmals. Gegebenenfalls muss ich nachbessern, eben so lange, bis alles rund ist.

Ach, Gabriela, Christine und Ute, Ihr seid einfach super! Ohne Euch wäre es wie ein Blindflug für mich.

Maik liest ebenfalls in größeren Blöcken. Er hat eine andere Sicht auf die Dinge: Als DSA- und D&D-Rollenspielleiter will er große Geschichten und nicht nur «Liebesgeschnulze». Er drängt darauf, dass auch die Rahmenhandlung vorangetrieben wird. Die Einschübe mit den Dämonen habt ihr ihm zu verdanken. Da fällt mir ein: In den nächsten Tagen muss ich ihn mir noch mal schnappen und über Band 6 schnacken. Wie viele Dämonen sollen in unsere Welt kommen? Und was machen die hier? Werden sie entdeckt? Wann? Wie geht es mit der Invasion des G'labrx voran? Wer hält ihn auf? Naja, ihr merkt schon, da liegt noch einiges an Arbeit vor mir.

Ganz wichtig ist auch **Ebba**. Die hat neben dem Inhalt auch ein Adlerauge auf meine Rechtschreibung und die vielen Kommas. „Das Licht des Phönix“ hat sie drei Mal korrigiert.

Was viele nicht wissen, ist, dass ich in der Schulzeit eine Lese-Rechtschreibschwäche hatte. Durch das Romaneschreiben bin ich besser geworden, aber tatsächlich sehe ich viele Fehler einfach nicht (selbst dann nicht, wenn das Wort markiert ist). Vor der Interpunktion habe ich bis heute einen großen Respekt und darum bin ich sehr froh, dass ich meine liebe Nachbarin **Rita** bei Spezialfällen um Rat fragen darf.

Und **Babette** habe ich wegen der Lateinübersetzungen gelöchert. Danke für den hervorragenden Übersetzungsservice. Ich habe von dieser Sprache leider überhaupt keine Ahnung.

Ist endlich das Wort Ende geschrieben, geht das Skript raus an Gabriela, Christine, Ute, Ebba, Maik, aber auch an Annika, Marion und Susanne (trotz frisch geschlüpftem Nachwuchs). Diesmal gibt es eine knappe Deadline, schließlich haben sich so viele von Euch das Buch noch vor Weihnachten gewünscht.

Annika, **Marion** und **Susanne** lesen das Buch zum ersten Mal. Wenn ich es geschafft habe, vorher NICHTS zu erzählen (gar nicht so einfach), geht es den Dreien wie Euch. Ihr Feedback ist für mich maßgeblich dafür, ob die Geschichte funktioniert oder nicht.

Sobald eine fertig ist, spreche ich mit den Mädels über das Skript und notiere mir ihre Anmerkungen. Am liebsten ist es mir jedoch, möglichst viele von ihnen zur Buchbesprechung auf mein Sofa zu bekommen. Maik natürlich auch! Da sitzen wir ganz gemütlich bei Kerzenschein mit Tee, Kaffee, Kuchen, Schokolade, Chips, Laugengebäck, Käse, Weintrauben, Obst, Gemüse, Dips UND guter Laune und dann wird diskutiert. Ich gebe zu, ich mag es, wenn Annika (liebt Action) neben Marion (liebt Romantik) sitzt und die beiden sich die Szenen auseinander nehmen! Ein Traum <3 . Diesmal konnte Annika leider nicht, aber beim nächsten Buch müssen wir das wieder hinbekommen!

Für die, die es nicht nach Glückstadt schaffen – Gabriela wohnt in der Schweiz, Susanne in Bayern und Christine hat viel um die Ohren – spiele ich den Anwalt und trage deren Argumente vor.

Nach bummelig drei Stunden sind wir mit dem Skript durch und satt sind wir auch. Danach habe ich eine Liste mit Arbeitsaufträgen, es gibt eine finale Korrektur, die wieder von meinen Testlesern abgenommen wird und dann….

… ist das Buch immer noch nicht fertig! Jetzt muss **Ebba** noch ein letztes Mal ran und **Corrina** auch. Sie stellen sicher, dass ich nichts verschlimmbessert habe und jedes Wort da sitzt wo es hingehört.

In der Zeit bastle ich das Cover, bereite eBook, Druck, Newsletter,

Homepage und Werbung vor und dann, ja DANN ist es soweit. Nach Monaten voller Rumgedenke, Tippen, Lesen, Kommentieren, Überarbeiten, Diskutieren und noch mehr Tippen schlägt mein Herz schneller und die Hände werden feucht. Ich drücke auf den Button „Jetzt veröffentlichen“. Ein paar Stunden später erblickt mein neuer Roman das Licht der Welt.

Die Stunden danach sind … wie das Warten auf Prüfungsergebnisse für mich. Furchtbar. Was werden meine Leser sagen? Mögen sie die Geschichte? Wird es gekauft? Bin ich durchgefallen?

Bibber.

Meine Familie kennt das schon. Sie wissen, dass ich in den Tagen danach immer ein bisschen verrückt bin.

Ruhiger werde ich, wenn die ersten guten Rezensionen bei Amazon hochgeladen werden. Danke an all jene, die mich erlösen! Ich schreibe meine Geschichten noch immer vor allem für mich, aber ich gebe zu: fünf Sterne und liebe Worte tun mir einfach gut. Und Lesermails auch. Hach, ich habe schon so viele sympathische Menschen über die Nebelsphäre kennenlernen dürfen.

Und dann? Ja, dann geht es weiter mit Band 6!

Danke …

… an Euch alle, die mit mir an der Nebelsphäre arbeiten, die meine Bücher kaufen, die meine Begeisterung teilen, meine Romane weiterempfehlen und im Netz sichtbar machen! Ohne Euch würde es diese Geschichten nicht geben.

Und danke auch an meine Eltern und Schwiegereltern: **Helga**, **Johann**, **Wilma** und **Fritz**. Ohne die vier wäre „Das Licht des Phönix“ erst 2017 rausgekommen. Danke, dass Ihr Zeit für meine Kinder, Maik und mich habt!

21371510R00213

Printed in Poland
by Amazon Fulfillment
Poland Sp. z o.o., Wrocław